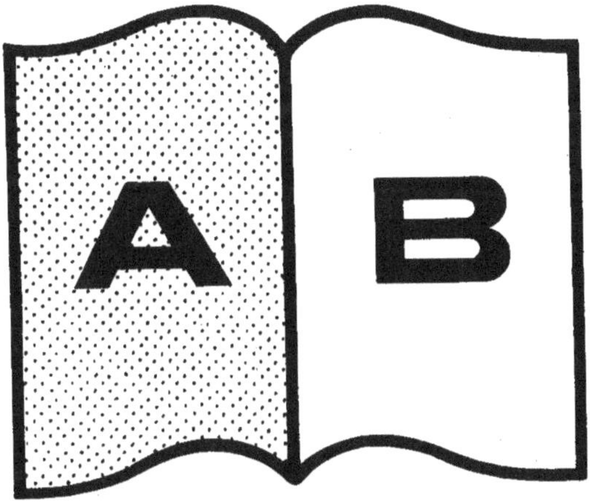
A
B

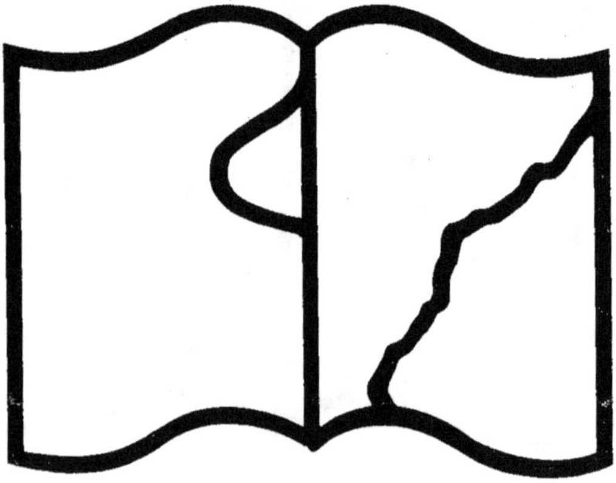

Texte détérioré — reliure défectueuse

NF Z 43-120-11

18

PUBLICATIONS

DE L'ÉCOLE FRANÇAISE D'EXTRÊME-ORIENT

BIBLIOTHECA INDOSINICA

DICTIONNAIRE BIBLIOGRAPHIQUE

DES OUVRAGES

RELATIFS À LA PÉNINSULE INDOCHINOISE

PAR

HENRI CORDIER

MEMBRE DE L'INSTITUT

VOLUME IV

PARIS

IMPRIMERIE NATIONALE

ERNEST LEROUX, ÉDITEUR, RUE BONAPARTE, 28

MDCCCCXV

PUBLICATIONS
DE L'ÉCOLE FRANÇAISE D'EXTRÊME-ORIENT

BIBLIOTHECA INDOSINICA

DICTIONNAIRE BIBLIOGRAPHIQUE
DES OUVRAGES
RELATIFS À LA PÉNINSULE INDOCHINOISE

PAR

HENRI CORDIER
MEMBRE DE L'INSTITUT

VOLUME IV

PARIS
IMPRIMERIE NATIONALE

ERNEST LEROUX, ÉDITEUR, RUE BONAPARTE, 28

MDCCCCXV

PUBLICATIONS

DE

L'ÉCOLE FRANÇAISE D'EXTRÊME-ORIENT

VOLUME XVIII

BIBLIOTHECA INDOSINICA

BIBLIOTHECA INDOSINICA

DICTIONNAIRE BIBLIOGRAPHIQUE

DES OUVRAGES

RELATIFS À LA PÉNINSULE INDOCHINOISE

PAR

HENRI CORDIER
MEMBRE DE L'INSTITUT

VOLUME IV

PARIS
IMPRIMERIE NATIONALE

ERNEST LEROUX, ÉDITEUR, RUE BONAPARTE, 28

MDCCCCXV

INDOCHINE FRANÇAISE.

XII. — LANGUE ET LITTÉRATURE.

ORIGINES. — ÉTUDES COMPARÉES.

—— Asia polyglotta... par M. J. Klaproth. Paris, Eberhart, 1823, in-4, et Atlas in-fol.

—— Asia polyglotta... 2e édit. corrigée et augm. Paris, Schubart, 1829, in-4.

«Ce n'est pas une nouvelle édition, c'est un titre nouveau, mais l'ouvrage est augmenté de 60 pages, sous le titre de : *Additions et Améliorations.*» (Cat. de Klaproth, No. 438.)

—— A Dissertation on the Nature and Character of the Chinese System of Writing, in a Letter to John Vaughan, Esq. By Peter S. Du Ponceau. LL. D. President of the American Philosophical Society,... to which are subjoined, a Vocabulary of the Cochinchinese Language, By Father Joseph Morrone, R. C. Missionary at Saigon, with References to Plates, containing the characters belonging to each word, and with notes, showing the degree of affinity existing between the Chinese and Cochinchinese Languages, and the use they respectively make of their common system of writing, By M. de la Palun, Late Consul of France at Richmond, in Virginia; and a Cochinchinese and Latin Dictionary, in use among the R. C. Missions in Cochinchina. — Published by order of the American Philosophical Society, by their Historical and Literary Commitee. — Philadelphia, M'Carty and Davis, 1838, in-8, pp. XXXII-376.

L'introduction à cet ouvrage (pp.-IX-XXXII, par Du Ponceau, porte la date de Philadelphie, 12 Février 1838. Elle est reproduite dans *The Chinese Repository*, VII, pp. 336-353.

—— Review of Du Ponceau's «Dissertation on the Nature and Character of the Chinese System of Writing». — From the North American Review, No. CII. — Cambridge: Folsom, Wells, and Thurston, 1839, in-8, pp. 42.

— Obituary Notice of Peter S. Du Ponceau, LL. D. [By John Pickering, LL. D.] (*Jour. Amer. Orient. Soc.*, Vol. I, No. II, 1844, pp. 161 et seq.)

Du Ponceau, né le 8 juin 1760 à l'île de Ré, arriva à Portsmouth, New Hampshire, le 1er déc. 1777. Il est mort à Boston, le 1er avril 1844.

— Remarks on the Cochinchinese language, designed to disprove the opinion that the language of Cochinchina is different from that of China. In a note to the Editor. (*Chinese Rep.*, XI, Aug. 1842, pp. 450-452.)

Par W. Dean.

—— Über die sogenanten Indo-Chinesischen Sprachen insonderheit das Siamische von Wilhelm Schott. Aus den Abhandlungen der Königl. Akademie der Wissenschaften zu Berlin 1856. — Berlin Gedruckt in der Druckerei der Königl. Akademie der Wissenschaften, 1856, in-4, ch. 162 à 179.

—— Remarks on the Indo-Chinese Alphabets. By Dr. A. Bastian. Br. in-8, pp. 16. [June 1867.]

Ext. du *Journal of the Royal Asiatic Society.*

—— Sprachvergleichende Studien mit besonderer Berücksichtigung der Indochinesischen Sprachen von Dr. Adolf Bastian. Leipzig : F. A. Brockhaus, in-8, pp. XXXVIII + 1 f. n. ch. + pp. 344. [1870.]

—— Die Präfixe mit vocalischem und gutturalem Anlaute in den einsilbigen Sprachen von Prof. Dr. Anton Boller... Wien, K. K. Hof. u. Staatsdruckerei... 1869, br. in-8.

—— Carlo Puini. — Notizie intorno alle popolazioni dell' Indo-Cina. — La parola e la proposizione nelle lingue monosillabiche e in alcune delle Altaiche. Firenze, Successori Le Monnier. — 1874, in-8, pp. 67 et 41.

Estratto dall' *Annuario della Società italiana per gli Studi orientali.* — Anno II.

—— La langue hindoustanie en Indo-Chine par M. Garcin de Tassy. (*Mém. Soc. Acad. Indo-Chinoise*, I, 1879, pp. 18-21.)

—— Premier Essai sur la Genèse du langage et le Mystère antique par P.-L.-F. Philastre Lieutenant de vaisseau, Inspecteur des Affaires indigènes en Cochinchine... Paris Ernest Leroux... — 1879, in-8, pp. XII + 248.

—— Philastre. — Sa vie et son œuvre par M. le Lieutenant de Vaisseau Nel. (*Bull. Soc. Et. Indo-Chinoises de Saigon*, No. 44, 2e sem. 1902, pp. 3-27.)

Notice : *Bull. École franç. Ext.-Orient*, III, No. 3, juillet-sept. 1903, pp. 470-472, par P. Pelliot.

Philastre est + à Beaujeu (Rhône). Cf. *Moniteur de la Flotte*, 20 sept. 1902.

—— Sur la possibilité de trouver l'existence d'une affinité généalogique entre les langues dites indochinoises, par Georg von der Gabelentz. (*Atti del IV Cong. int. degli Orient.*, 1881, II, pp. 283-293.)

—— Essai sur l'origine de la langue annamite. Par G. Janneau. (*Bull. Soc. Études indochinoises de Saigon*, 1883, 3e et 4e fasc., Juill.-Déc., pp. 187-200.)

—— K. Himly. — Über die einsilbigen Sprachen des Südöstlichen Asiens. (*Intern. Zeitsch. f. allg. Sprachwissenschaft herausg. von F. Techmer*, Bd. I, Hft. 2, Leipzig, J. A. Barth, 1884, pp. 281 à 294.)

—— Des langues monosyllabiques du sud de l'Asie par K. Himly. Traduit de l'allemand par A. Chéon. (*Bul. Soc. Ét. Indochinoises*, 1886, 2e sem., pp. 43-69.)

—— Des langues monosyllabiques du Sud de l'Asie. Par K. Himly — Traduit de l'allemand Par A. Chéon Professeur d'annamite au Collège des Interprètes. — Saigon, Rey et Curiol, 1887, in-8, pp. 46 à 69.

— Indo-Chinese Philology. By A. Terrien de Lacouperie. (*Academy*, 24th Oct., 1885.)

— Annamese and Chinese. By E. H. Parker. (*China Review*, XV, pp. 270-273.)

—— Mémoire sur les Origines et le Caractère de la Langue annamite et sur l'influence que la littérature chinoise a exercée sur le mouvement intellectuel en Cochinchine et au Tonkin, par M. Abel Des Michels Professeur à l'École spéciale des Langues orientales vivantes. — Extrait des *Mémoires présentés par divers savants à l'Académie des inscriptions et belles-lettres*, tome X. — Paris, Imprimerie nationale, MDCCCLXXXVII, in-4, pp. 31.

—— Le Colonel Frey de l'Infanterie de Marine. — L'Annamite Mère des Langues Communauté d'origine des races celtiques, sémitiques, soudanaises et de l'Indo-Chine. — Ouvrage contenant 3 cartes. — Paris, Hachette, 1892, in-8, pp. XVI-248 + 1 f. n. ch.

—— Annamites et Extrême-Occidentaux. — Recherches sur l'origine des langues par le général Frey. — Ouvrage illustré par deux Tonkinois. — Paris, Hachette, 1894, in-8, pp. 272.

—— P.-G. V[allot]. Origine de la Langue annamite et du Cuôc ngữ. — Hanoi,

F.-H. Schneider, Imprimeur-éditeur, 1903, in-8, pp. 20.

—— Dix Dialectes Indochinois recueillis par Prosper Odend'hal Administrateur des Services civils de l'Indochine. — Etude linguistique par Antoine Cabaton. — Extrait du *Journal Asiatique*. — Paris, Imprimerie nationale. — MDCCCCV, in-8, pp. 80.

Journal Asiatique, Mars-Avril 1905, pp. 265-344.

—— Contribution à l'étude du système phonétique des langues thai par H. Maspero Pensionnaire de l'Ecole française d'Extrême-Orient. Hanoi, gr. in-8, pp. 17.

Extrait du *Bull. de l'École franç. d'Ext.-Orient*, XI, N°s 1-2, Janv.-Juin 1911, pp. 153-169.

—— Études sur la Phonétique historique de la langue annamite Les Initiales par Henri Maspero... Hanoi, Imprimerie d'Extrême-Orient, 1912, gr. in-8, pp. 126 + 1 f. n. ch. tab.

Bulletin de l'École Française d'Extrême-Orient, T. XII, No. 1.

— The Classification of the Annamese Language By C. O. Blagden. (*Journ. Roy. As. Soc.*, April 1913, pp. 427-432.)

— Les langues indigènes. Circulaire de M. P. Luce gouverneur par intérim de l'Indochine. (*Asie française*, Juillet 1911, p. 330.)

—— Les expressions comparatives dans la langue annamite. Par V. Barbier, de la Société des Missions Etrangères. (*Revue Indochinoise*, Mars 1912, pp. 225-245; *ibid.*, Avril 1912, pp. 356-369.)

—— Études sur la langue annamite, par MM. Grammont et Lè Quang Trinh. — Extrait des *Mémoires de la Société de Linguistique de Paris*, tome XVII, s. d. [avril 1912], in-8, pp. 56.

Pages 201-241, 295-310 des *Mémoires*.

Notice : *Bull. École franç. Ext.-Orient*, XII, Hanoi, 1912, pp. 15-17, par Henri Maspero.

LEXICOGRAPHIE.

DICTIONNAIRES ET VOCABULAIRES.

—— Dictionarivm // Annamiticvm // Lvsitanvm, et Latinvm ope // Sacrae // Congregationis // de // Propaganda Fide // in lvcem editvm ab // Alexandro de Rhodes // È Societate Iesv, eiusdemque Sacrae Congre-// gationis Missionario Apostolico. // [*marque*] // Romae, Typis, & sumptibus eiusdem Sacr. Congreg. 1651. // — Svperiorvm Permissv. Pet. in-4, 3 ff. n. ch. déd. + pp. 450 ch. 1-900 colonnes. + 3 ff. n. ch. err. + Index latini sermonis, 88 ff. n. ch. à 2 col. + Lingvae Annamiticae sev Tvnchinensis brevis Declaratio, pp. 31.

Sans caractères.

Taberd.

—— 南越洋合字彙 Dictionarium Anamitico-Latinum, primitus inceptum ab Illustrissimo et Reverendissimo P. J. Pigneaux, Episcopo Adranensi, Vicario apostolico Cocincinae, &c. Dein absolutum et editum a J. L. Taberd, Episcopo Isauropolitano, Vicario apostolico Cocincinae, Cambodiae et Ciampae, Asiaticae Societatis Parisiensis, nec non Bengalensis Socio honorario.

Consuetudo vero, certissima loquendi magistra : utendumque
Plane sermone, ut nummo, cui publica forma est.

Quinctil. Lib. I. Parag. VI.

Fredericnagori vulgo Serampore, — Ex typis J. C. Marshman. — 1838, in-4, 1 f. n. ch. déd. à Lord Auckland + pp. XLVI + 1 f. blanc + pp. 722 + 1 f. add. et corrig.

Suivi de :

—— Appendix ad Dictionarium Anamitico-Latinum sistens voces sinenses. In-4, pp. 128.

Caractères.

—— Dictionarium Latino-Anamiticum, Auctore J. L. Taberd, Episcopo Isauropolitano, Vicario apostolico Cocincinae, Cambodiae et Ciampae, Asiaticae Societatis Parisiensis, nec non Bengalensis Socio honorario.

Tentavit quoque rem si digne vertere posset.

Horatius, Lib. 2. Epist. 1.

Fredericnagori vulgo Serampore, — Ex typis J. C. Marshman. — 1838, in-4, pp. lxxxviii-708 à 3 col. sans caractères + 1 f. n. ch. add. et corrig. + 1 f. blanc.

Suivi de :

—— Appendix ad Dictionarium Latino-Anamiticum — Cochin-Chinese Vocabulary.— Vocabulaire Cochinchinois. — Index Vocabulorum Cocincinensium. — Tự vị An nam. — 1838, in-4, pp. viii-135; carte.

Notice by J. R. Morrison, *Chin. Rep.*, VIII, 1840, pp. 593-597.

— Le Séminaire des Missions étrangères de Paris possède une copie manuscrite du : *Dictionarium Anamitico-Latinum* de Mgr d'Adran, in-fol., à 2 col. et une copie manuscrite du Dictionnaire chinois-latin du même, petit in-fol., à 2 col.

—— Rapport sur les dictionnaires cochinchinois de M. Taberd, imprimés à Sirampour, et offerts par l'auteur à la Société Asiatique de Paris; par M. Bazin. In-8, pp. 20.

Extrait du *Journal Asiatique*, IIIe Série — No. 5, 1840.

—— Dictionarium Anamitico-latinum. Ex opere ill. et Rev. Taberd constans Necnon ab. Ill. et Rev. J. S. Theurel Episc. Acanthensi et vicario apost. Tunquini Occidentalis. Recognitum et notabiliter adauctum Ad quod accedit Appendix de vocibus sinicis et locutionibus minus usitatis. — Ninh phú, Ex typis missionis Tunquini occidentalis, 1877, in-4, pp. xxx + 566 + 71.

* * *

—— Vocabulaire Français-Annamite et Annamite-Français, précédé d'un traité des Particules Annamites, rédigé par les soins de M. Aubaret, Lieutenant de vaisseau, Chevalier de la Légion d'Honneur, Imprimé par ordre de M. le Vice-Amiral Charner Commandant en Chef des Forces navales françaises dans l'Indo-Chine. — Bangkok. Imprimerie de la Mission Catholique. 1861.

2 f. Vocabulaire Français-Annamite, précédé d'un abrégé de grammaire et d'un Traité des Particules. — Bang Kok. Imprimerie de la Mission Catholique, 1861, in-8, pp. xcv-96.

Vocabulaire Annamite-Français faisant suite au vocabulaire Français-Annamite. — Bang Kok. Imprimerie de la Mission Catholique. 1861, in-8, pp. 157.

—— Dictionarium Latino-Anamiticum vocabulorum quae continentur in libro nuncupato *Epitome Historiae sacrae* et *Selectae è Novo Testamento Historiae* ad usum Linguae latinae tirunculorum. — J. M. J. — Saigon. Ex typis Missionis. 1868, in-8, pp. 194.

Sans caractères.

—— Dictionnaire élémentaire Annamite-Français par l'Abbé Le Grand de la Liraye, Chevalier de la Légion d'honneur, Interprète du Gouvernement pour l'annamite et le chinois, Inspecteur des Affaires indigènes. Saigon, Imprimerie Impériale — 1868, in-fol., pp. 184.

Sans caractères.

—— Dictionnaire élémentaire Annamite-Français par le R. P. Legrand de la Liraye... — Deuxième édition — Paris, Challamel aîné... 1874, gr. in-8, pp. 262.

Le P. Legrand de la Liraye étant mort avant l'achèvement de cette seconde édition, celle-ci à partir de la p. 161 reproduit la première éd. sans changement et a été imprimée sous la direction du R. P. Pernot, Directeur aux Missions étrangères.

—— Tự vị Annam — Pha lang sa. Dictionnaire Annamite-français. — J. M. J. — Tân Định Imprimerie de la Mission 1877, in-8, pp. xvi-916.

Sans caractères.

—— Chữ nôm An nam — Petit Dictionnaire pratique à l'Usage des Elèves du Cours d'Annamite par Abel des Michels... — Paris, Chez Maisonneuve, 1877, in 8, pp. 60 lith.

—— Lexicon Anamitico-Latinum — Tự vị Annam-Latinh Tóm lại hết mọi tiếng đã có trong sách thema. — Ninh phú 1878, in-8, 1 f. n. ch. + pp. 153.

Sans caractères.

—— Dictionarium Latino-Annamiticum completum et novo ordine dispositum cui accedit Appendix praecipuas voces proprias cum brevi explicatione continens. Auctore M. H. Ravier miss. apost. Societatis Parisiensis Missionum ad exteros. Ninh Phú ex typis missionis Tunquini occidentalis, 1880, in-4 à 2 col., pp. XII-1270-72.

—— *Lexique franco-annamite, par MM. Ravier et Dronet. Ke-so, imprimerie de la Mission, 1903, in-8, pp. 540.

—— 富浪音話楊要字彙合解安南國音 Petit dictionnaire Français-Annamite. Par P.-J.-B. Trương-vĩnh-Ký. 士載張永記合撰. — Saigon, Imprimerie de la Mission, à Tân-định, 1884, in-8, pp. II-1192.

Quốc ngữ, sans caractères chinois.

—— Petit Dictionnaire Français-Annamite par P.-J.-B. Trương-vĩnh-Ký professeur de langues orientales, Chevalier de la Légion d'Honneur, Officier de l'Instruction Publique. Nouvelle édition ornée du portrait de l'auteur Illustrée de 1250 gravures extraites du Petit Larousse illustré. — Saigon, F.-H. Schneider, 1911, in-8.

—— 類事譯法 Vocabulaire Annamite-Français. Mots usuels, noms techniques, scientifiques et termes administratifs Par P.-J.-B. Trương-Vĩnh-Ký 士載張永記 Tous droits réservés. — Saigon, Bản in nhà hàng Rey et Curiol, 1887, in-8, pp. 191.

Quốc ngữ, sans caractères chinois.

—— Index Des caractères chinois. Contenus dans le dictionnaire Chinois Anglais de Williams, avec la prononciation mandarine annamite par M. Phan-đức-hóa, Lettré au Collège des Interprètes. — Saigon, Collège des Interprètes, 1886, in-4, pp. IV + 449 + 193.

[Autographié.]

(LEXICOGRAPHIE : DICT. ET VOCAB. — DIVERS.)

—— Vocabulaire franco-tonkinois par Gaston Kahn Elève diplômé de l'Ecole des Langues Orientales Commis de Résidence. Hanoï 1887, gr. in-8, autog., pp. 68 + 4 ff. prél. n. ch. p. l. t., l'av., etc., + 1 f. n. ch. à la fin p. l. tab.

—— Cochinchine française. — Dictionnaire Chinois-Français par Bailly. Saïgon, Imprimerie commerciale Rey & Curiol, 4, Rue d'Adran, 1889, 5 vol. gr. in-4.

Notice : *T'oung Pao*, VI, 1895, pp. 79-82, par Henri Cordier.

—— Tự vị Latinh-Annam. — Dictionarium Latino-Annamiticum ad usum Linguae latinae tirunculorum. Editio tertia. — Tân-Định. Bản In Địa phận Sàigòn. 1892, in-8, pp. 259.

Sans caractères.

—— Dictionnaire annamite. 大南國音字彙 Đại Nam Quốc âm tự vị Tham dụng chữ nho có giải nghĩa, có dẫn chứng, mượn 24 chữ cái phương Tây làm chữ bộ. [Par] Huình-tịnh Paulus Của. Tome I. A-L. — Saigon, Imprimerie Rey, Curiol & Cie, 4, rue d'Adran, 4, 1895, in-4, pp. XIV + 608.

Tome II. M-X., pp. VI + 596.

—— 千字解音歌 Thiên tự dải âm ca. 譯國語畫演大法義 Dịch chữ quốc-ngữ, diễn nghĩa đại-pháp. Vocabulaire sino-annamite versifié. Contenant mille caractères, transcrit en quốc-ngữ et traduit en français, accompagné de trois index alphabétiques, par Edmond Nordemann, Instituteur, Primé pour la connaissance de la langue annamite et des caractères chinois, Chevalier du Dragon de l'Annam et de l'ordre royal du Cambodge, décoré du Kim-khánh de 2e classe.

Có công mài sắt, có ngày nên kim.
A force d'aiguiser le fer, on obtient un jour une aiguille.

(Proverbe annamite.)

Prix ... 0 $ 50.

敎學蘇能文續解 Dáo học Tô-Năng-Văn tục dải. — Hà-nội. — 1895, in-8, pp. 148 + 1 table.

(LEXICOGRAPHIE : DICT. ET VOCAB. — DIVERS.)

— 千字解音歌習圖 Thiên tự dải âm ca tập đồ. Appendice au vocabulaire sino-annamite versifié contenant mille caractères Pour servir de modèle d'écriture, par Edmond Nordemann Instituteur... Prix ... 0 $ 10 — Hà-nội — 1896, in-12, ff. doubles à la chinoise, caractères rouges.

— 千字解音歌 Thiên tự dải âm ca. 譯國語畫演大法義並廣東音 Dịch chữ quốc-ngữ, diễn nghiã đại-pháp mấy tiếng Quảng-đông. Petit vocabulaire chinois-annamite-français. Composé d'un Vocabulaire sino-annamite versifié contenant mille caractères Transcrit en quốc-ngữ annamite et chinois traduit en français accompagné de divers index par Edmond Nordemann, Directeur au Collège quốc-học, à Huế, Membre permanent des Commissions d'examen pour la connaissance des langues orientales, officier d'académie. Deuxième édition. — Prix... 0 $ 70. Frais de poste en sus. 國學場掌教與低旻積解 Chưởng dáo Chường Quốc-Học Ngô-đê-mân dải nối thêm. — Huế, 1905, in-8, pp. 176 + 1 errata.

— 安南音字彙合解大法國音 Dictionnaire Annamite-français, par M. Jean Bonet. (*Actes Onz. Cong. Int. Orient.*, Paris, 1897, pp. 411-413.)

Annonce du Dictionnaire.

— 大南國音字彙合解大法國音 — Dictionnaire Annamite-Français (langue officielle et langue vulgaire) par Jean Bonet Professeur à l'Ecole spéciale des Langues Orientales vivantes et à l'Ecole coloniale. Paris, Imprimerie nationale — Ernest Leroux, éditeur, MDCCCXCIX-MDCCCC, 2 vol. in-8, pp. xxv-440 à 2 col., et 532.

Forme les Vols. I et II de la 5e Série des *Publications de l'École des Langues Orientales vivantes.*

Notice : *Bull. École franç. Ext.-Orient,* I, Avril 1901, pp. 140-142, par L. Cadière.

— Jean Bonet. Nécrologie. Par H. C[ordier]. (*T'oung Pao,* N° 3, Juillet 1907, pp. 412-413.)

— Dictionnaire Annamite-français comprenant 1° tous les caractères de la Langue annamite vulgaire, avec l'indication de leurs divers sens propres ou figurés, et justifiés par de nombreux exemples. 2° les caractères chinois nécessaires à l'étude des *tứ thơ* ou Quatre Livres classiques chinois. 3° la Flore et la Faune de l'Indo-Chine. Par J. F. M. Génibrel Missionnaire apostolique. — Deuxième édition Refondue et très considérablement augmentée. Saigon, Imprimerie de la Mission à Tán Định 1898, in-4, 2 ff. n. ch. + pp. 987 à 2 col.

« En 1877, l'Imprimerie de la Mission de Saigon publiait un excellent petit *Dictionnaire Annamite-français* sans caractères, dont l'auteur, Mgr. Caspar, évêque et vicaire apostolique de la Mission de Huế, était alors simple missionnaire à Saigon. C'est cet ouvrage qui a servi de *Canevas* à notre travail, voilà pourquoi nous lui avons donné le titre de *deuxième* édition. »

— 南語譯西總約 Nam ngữ thích tây tổng ước — Petit Dictionnaire Annamite-Français par J.-F. M. Génibrel Missionnaire apostolique 2e Édition. Saigon, Imprimerie de la Mission à Tàn-Định — 1906, pet. in-8, pp. xxviij-812.

Sans caractères.

— P.-G. V[allot]. — Dictionnaire Franco-Tonkinois Illustré Comprenant :

1° La traduction d'environ 15.000 mots français avec les différents sens et les idiomes qui s'y rapportent.

2° Des développements encyclopédiques. — Lettres, Religions, Code, Administration, etc.

3° Des illustrations et des tableaux en couleur.

4° Un supplément pour les noms propres et les noms géographiques.

Prix : 4 piastres.

Hanoi, F.-H. Schneider, Imprimeur-Editeur, 49 à 51, Rue du Coton, 1898. Tous droits réservés, in-8, pp. II + 405.

— Cours complet de langue annamite. — Sixième volume. — Petit dictionnaire Annamite-Français Composé sur le plan des dictionnaires de l'Evêque d'Adran (éditions de Mgr. Tabert et de Mgr. Theurel) et à l'aide du dictionnaire franco-tonkinois Par P.-G. Vallot, Missionnaire au Tonkin. — Hanoi, F.-H. Schneider, Imprimeur-Editeur, 1901, in-8, pp. IV + 287.

— Vocabulaire Annamite-Français par P. Dupla Professeur avec la collaboration de Nguyễn-vân-Sanh Instituteur. — Saigon,

Imprimerie Ménard & Legros, 1900, in-8, pp. 16.

Supplément au No. 39 du *Bulletin de la Société des Etudes Indo-Chinoises de Saigon*, 1900, 1er semestre. — Sans caractères.

—— 新刊字彙節要 Vocabulaire Grammatical Franco-Tonkinois Par Hàn-thái-Dương 韓泰瑒, Directeur de l'École Franco-Annamite à Vinh, Đô-Thận 杜慎 Secrétaire-Interprète titulaire de Résidence au Tonkin. De la Librairie Franco-annamite 58, rue du Papier. 有志事竟成. Prix : 3 $ 50. — Hanoi, F.-H. Schneider, Imprimeur-Éditeur, 1904. — Tous droits réservés, in-8, pp. II + II + 213 + 3.

Notice : *Bull. École franç. Ext.-Orient*, IV, No. 4, Oct.-Déc. 1904, p. 1087. Par L. Cadière.

—— Nouveau vocabulaire français-tonkinois et tonkinois-français par Le Capitaine Crépin B. de Beauregard des tirailleurs tonkinois. — Deuxième édition — Paris, Augustin Challamel, 1907, pet. in-8, pp. II-192 + 1 f. n. ch. er.

Sans caractères.

Havre. — Imprimerie A.-G. Lemale.

—— *Petit lexique annamite-français, par Al. Pilon : Hongkong, Imprimerie de la Société des Missions Etrangères, 1908, pet. in-8, pp. 400.

Notice : *Bull. École fr. Ext.-Orient*, Juill.-Déc. 1908, pp. 568-571. Par L. Cadière.

—— Petit Lexique de poche Français-annamite. — Librairie Imprimerie, Quinhon (Annam), 1910, in-8, pp. 16* + 326.

Par P.-A. Maheu?

—— Dictionnaire Tày-Annamite-Français précédé d'un précis de grammaire tày et suivi d'un vocabulaire français-tày par F. M. Savina Mission. Apost. Hanoi — Haiphong Imprimerie d'Extrême-Orient — 1910, gr. in-8, pp. XV-488.

« Dans ce travail, nous avons essayé de réunir la plupart des mots usuels parlés par les *Tày blancs*, qui peuplent une grande partie de la haute région du Tonkin, et particulièrement, le bassin de la rivière Claire. »

—— Petit Dictionnaire des homonymes annamites (pour écrire correctement le Quốc-ngữ). Đồng âm tự vị (Học viết cho trúng chữ quốc-ngữ). Par Nguyễn-van-Mai, Professeur d'annamite au Collège Chasseloup-Laubat, Officier d'Académie, Lê-quang-Liêm dit *Bảy*, Tri-huyện au Cabinet du Gouverneur de la Cochinchine, Officier d'Académie, 2e mille. Tous droits réservés. — Saigon. Imprimerie Commerciale Marcellin Rey, C. Ardin, Successeur, 1912. Prix : 1 $ 00. In-8, pp. 160 + 1 errata.

—— Vocabulaire Français-Annamite. S. tit., s. l. n. d., in-8, pp. 208.

MANUELS DE CONVERSATION.

—— Dialogues en langue cochinchinoise Publiés à l'usage des Commerçants et des Voyageurs. Par Abel des Michels. — Paris, Maisonneuve, 1869, in-8, 2 ff. n. ch. + pp. 24 lithog.

—— 冉問答 Dialogues cochinchinois, expliqués littéralement en français, en anglais et en latin, suivis d'une étude philologique du texte et d'un exposé des monnaies, poids, mesures et divisions du temps en usage dans la Cochinchine... par Abel Des Michels... — Paris, Maisonneuve, 1871, gr. in-8, pp. x + 1 f. n. ch. + pp. 212-24 lith.

—— Conversations françaises et annamites à l'usage des Établissements d'Instruction publique par E. Potteaux. — Saigon, Imprimerie nationale, 1873, in-8, pp. 91.

Sans caractères.

—— Guide de la Conversation Annamite — Sách tập nói chuyện tiếng Annam và tiếng Langsa. Par P. J. B. Trương-vĩnh-Ký... Saigon, C. Guilland et Martinon — 1882, in-8, pp. 116 + 1 f. n. ch.

Quốc ngữ, sans caractères chinois.

—— Guide de la Conversation annamite. Sách tập nói chuyện tiếng Annam và tiếng

Phangsa Par P. J. B. Trương-vĩnh-Ký. 2e édition. — In lần thứ 2. 士載張永記集撰. — Saigon, Ban-in nhà hàng C. Guilland et Martinon, 1885, in-8, pp. 118 + 1 table.

—— Manuel de Conversation française-annamite. Sách tập nói chuyện tiếng langsa. — Deuxième édition. Tân Định (Saigon). Imprimerie de la Mission, 1887, in-8, pp. v-194.

—— 集書兵越法 Manuel militaire franco-tonkinois par G. Dumoutier Ancien interprète du Gouvernement pour l'annamite et le chinois inspecteur de l'Enseignement en Annam et au Tonkin — Ouvrage adopté par l'état-major général de la division d'occupation de l'Indo-Chine pour les troupes indigènes — Hanoi F.-H. Schneider, imprimeur-éditeur — 1888, in-8, pp. vii-108.

—— Manuel de Conversation Franco-Tonkinois. — Sách dẫn đàng nói truyện bằng tiếng Phalangsa và tiếng Annam Par MM. Bon (Cố Bản) et Dronet (Cố Ân) Missionnaires apostoliques au Tonkin Occidental. Kẻ-sở, Imprimerie de la Mission, 1889, in-12, pp. xiv + 1 f. n. ch. abr. + pp. 452.

—— Manuel de conversation Franco-Tonkinois. Sách dẫn đàng nói truyện bằng tiếng Phalansa và tiếng Annam Par MM. Bon (Cố Bản) et Dronet (Cố An) Missionnaires apostoliques au Tonkin Occidental. Deuxième édition. — Ke-so, Imprimerie de la Mission, 1900, in-8, pp. xii + 503 + 1 table.

—— Manuel de Conversation Franco-Tonkinois. — Sách dẫn đàng nói truyện bằng tiếng Phalansa và tiếng Annam Par MM. Bon (Cố Bản) et Dronet (Cố Ân) Missionnaires apostoliques au Tonkin Occidental. Troisième Édition. — Ke-So, Imprimerie de la Mission, 1905, in-8, pp. ii + 1 f. n. ch. + pp. 504.

—— Manuel franco-tonkinois de conversation spécialement à l'usage du Médecin précédé d'un exposé des règles de l'intonation et de la prononciation annamites par le Dr Paul Gouzien Médecin de 1re classe des Colonies. Paris, Augustin Challamel, 1897, in-8, pp. xi-174.

Sans caractères chinois.

—— Manuel Franco-Annamite de Conversations usuelles par J.-C. Boscq Interprète du Gouvernement Chargé des Cours Publics de Langues Orientales. — Premier Livret — Saigon, Coudurier & Montégout, 1906, in-8, pp. 191.

Sans caractères.

—— Manuel de conversation française-annamite. Sách tập nói chuyện tiếng langsa annam. Cinquième édition revue et augmentée. — Saigon, Imprimerie de la Mission, à Tân định, 1907, in-8, pp. xxvj + 180.

—— 方捷最話法學 Phép học chóng thông tiếng tây Méthode d'annamite Phrases et dialogues progressifs sur des sujets familiers. Divisés en leçons, avec des vocabulaires après chaque leçon et un vocabulaire récapitulatif de tous les mots contenus dans l'ouvrage Par Raymond Deloustal Interprète principal du Service judiciaire de l'Indo-Chine. — Hanoi-Haiphong, Imprimerie d'Extrême-Orient, 1908, in-8, pp. 240 + 1 table.

Notice : *Bull. École fr. Ext.-Orient*, Juill. Déc. 1908, p. 567. Par L. Cadière.

GRAMMAIRES, ETC.

—— *Diccionario Castellano-Anamitico por el P. Francisco Hermosa de San Buenaventura de la Provincia de S. Pablo :

MS. — «Cosi l'Huerta (*Estado, ec.*). Il Padre Hermosa nacque in Plasenica, e vesti l'abito Francescano nella Provincia di San Paolo il 1732. Il 1747 si recò alle Filippine, donde l'anno seguente fu inviato alle Missioni della Concincina. Vi lavorò con molto zelo fino al 1749, quando venne preso nella provincia di Saygon, e chiuso in carcere, ove soffri molti travagli, finchè venne bandito da quel regno alle Filippine. Ma il 1753 s'imbarcò di nuovo per la stessa Missione; ed avendo incontrato in Siam alcuni poveri Spagnuoli prigioni per debito che non avevano potuto sodisfare, si diede ostaggio per essi, che vennerono lasciati liberi e fecero ritorno al loro paese. In due anni pagò il debito, e così anchè egli racquistò la sua libertà. Ma le fatiche e i patimenti sostenuti n'avevano logora per modo la salute, che gli fu mestieri abbandonare quel campo evangelico, imbarcandosi per la sua patria. Ei però non doveva rivederla, colto dalla morte in alto mare l'anno 1772, dopo 24 di penoso apostolato.» (*Marcellino da Civezza, Bib.*, p. 237.)

—— Grammaire de la langue annamite par G. Aubaret, Capitaine de frégate, publiée par ordre de S. Exc. le Ministre de la Marine et des Colonies. Paris. Imprimerie Impériale. — MDCCCLXIV. In-8, pp. VIII-112.

—— Grammaire Annamite suivie d'un vocabulaire français-annamite et annamite-français par G. Aubaret, Capitaine de frégate, Consul de France à Bangkok, publiée par ordre de son Exc. le Ministre de la Marine et des Colonies. Paris, Imprimerie Impériale. — MDCCCLXVII. Gr. in-8, pp. VIII-598.

—— P. Jourdain. — Grammaire annamite (supplément au *Courrier de Saigon* du 20 septembre [1865]).

—— Grammaire Française-Annamite. Par le R. P. Jourdain, Missionnaire apostolique. — Saigon, Imprimerie du Gouvernement, 1872, in-8, pp. 100.

—— Abrégé de grammaire annamite [par] P. J. B. Trương-vĩnh Ký. — Saigon, Imprimerie Impériale, 1867, in-8, pp. 131.

Sans caractères chinois.

—— Mẹo luật dạy học tiếng Pha-lang-sa. — Tóm lại vắn vắn để dạy học trò mới nhập trường. P. J. B. Trương-vĩnh-Ký. — In ra lần thứ hai. Saigon, Bản in nhà nước. 1869, in-8, pp. 55.

—— Mẹo luật dạy học tiếng Pha-lang-sa. — Tóm lại vắn vắn để dạy học trò mới nhập trường cứ hội động các quan coi lại P. J. B. Trương-vĩnh-Ký. Paris, Challamel aîné, 1872, in-8, pp. 56.

Sans caractères chinois.

—— Grammaire de la Langue annamite Par P. J. B. Trương-vĩnh-Ký. — Saigon, Bản in nhà-hàng C. Guilland et Martinon, 1883, in-8, pp. 304.

—— Thầy trò Vè luật-mẹo léo-lắt tiếng Phalangsa. Maître et élève Sur la Grammaire de la Langue française. Par P. J. B. Trương-vĩnh-Ký. 2e édition — In lần thứ 2. 士載張永記集撰. — Saigon, Bản-in nhà-hàng C. Guilland et Martinon, 1883, in-8, pp. 23.

—— Éléments de Grammaire annamite par Edouard Diguet Capitaine d'Infanterie de Marine — Ouvrage dédié à M. le Général Brière de l'Isle Général de Division Inspecteur général de l'Infanterie de Marine. — Paris, Imprimerie Nationale — En vente à la librairie Challamel, 5, rue Jacob — MDCCCXCII, in-8, pp. II-132 + 1 p. n. ch. tab.

Sans caractères.

—— —— Deuxième édition. — *Ibid.*, 1897, in-8, pp. II-136.

—— —— Troisième édition. — *Ibid.*, 1904, in-8, pp. 137.

—— Theoretisch-praktische Grammatik der Annamitischen Sprache. — Mit analysierten Übungssätzen, einer Chrestomathie und einem annamitisch-deutschen Wörterbuch. Mit 9 Schrifttafeln. Von A. Dirr. — Wien, A. Hartleben's Verlag, s. d. [1894], pet. in-8, pp. XIV-164 + 9 tables.

Forme le 42° Theil de la collection *Die Kunst der Polyglottie.* Eine auf Erfahrung begründete Anleitung, jede Sprache in kürzester Zeit in Bezug auf Verständnis, Conversation und Schriftsprache durch Selbstunterricht sich anzueignen.

Notice : *T'oung Pao*, VI, 1895, pp. 84-85, par Henri Cordier.

—— Grammaire Française (Année préparatoire) Avec exercices faciles par MM. Larive et Fleury. — Ouvrage inscrit sur la liste des livres fournis gratuitement aux écoles communales de la Ville de Paris. — Edition annamite préparée par les soins de L. Mossard, Missionnaire apostolique, Directeur de l'école Taberd. — Armand Colin et Cie, Editeurs, 1, 3, 5, rue de Mézières, Paris. — Schrœder Frères, Libraires, Rue Catinat, Saigon. — Linage, Libraire, Rue Catinat, à Saigon. — Croizade, Libraire à Haiphong. — Schrœder Frères, Libraires à Hanoi, in-8, pp. 111 + 1 lexique, pp. 25.

—— P.-G. V[allot]. — Grammaire annamite à l'usage des Français de l'Annam et du Tonkin. — Hanoi, F. H. Schneider, imprimeur-éditeur, 1897, in-8, pp. VIII + 208 + III.

Notice : *China Review*, XXIII, n° 1, pp. 54-55, par T. K. D.

—— *P. G. Vallot. — Grammaire annamite à l'usage des Français de l'Annam et du Tonkin. Seconde Edition, 1905, in-8, pp. 248.

—— Eléments de grammaire de Langue chinoise écrite Accompagnés d'une traduction des textes du tù' hàn Par A. Chéon, Administrateur de 2e classe des Services civils de l'Indo-Chine, Ancien chef de cabinet du Résident supérieur au Tonkin et Chef du service des affaires indigènes. — Hanoi, Imprimerie typo-lithographique F.-H. Schneider, 1904, in-4, pp. 3 + CXIX + 49 + 1 table.

—— Syllabaire simplifié A l'usage des Écoles françaises et Franco-annamites par G. Géraud. — Méthode conduisant en 18 Leçons à la Lecture du Français. — Hanoi, F. H. Schneider, Imprimeur-Editeur, 1905, in-8, pp. 29.

A la couverture on lit : Publications F.-H. Schneider, Collection des classiques, Syllabaire... etc...

—— 安南國語集韻 An-nam quốc-ngữ tập-vận Syllabaire annamite par Edmond Nordemann, Chef du Service de l'Enseignement en Annam, Fondateur de la Société d'Enseignement mutuel du Tonkin et de celle de l'Annam. Prix... 0 $ 30. Frais de poste en sus. 中圻學政呉低旻總較 Học-chánh Trung-kì Ngô-đê-mân tóm lại. — Huế. — 1907, in-8, pp. 92.

—— Grammaire Française A l'usage des étudiants d'Indo-Chine. — Etude progressive des difficultés spéciales aux étudiants du pays : prononciation ; modifications des mots ; syntaxe ; style et composition. — Exercices appropriés. Choix de textes en prose et en vers, de proverbes et maximes, de sujets de rédaction Par H. Délétie, Licencié ès-lettres (anglais) diplômé pour la connaissance du Koan-hoa ; Chargé de la direction de l'Ecole Pavie. Ouvrage inscrit sur la liste des livres adoptés par la Direction Générale de l'Instruction Publique pour les Ecoles de l'Indo-Chine et honoré d'une souscription de la Résidence supérieure au Tonkin. — E. Schneider aîné, libraire à Hanoi, Editeur et dépositaire pour l'Indo-Chine. — Hanoi-Haiphong, Imprimerie d'Extrême-Orient, 1908.

—— Résidence supérieure du Tonkin. — Cours élémentaire de Caractères chinois, 1910, 2e trimestre — Mécanisme phraséologique Simple exposé des règles élémentaires de la grammaire (d'après les ouvrages du P. D. Wiéger). Le chargé de cours : L. Marty. In-4 (autogr.), pp. 122.

—— Une page de grammaire annamite par V. Barbier, de la Société des Missions Etrangères. (*Revue Indochinoise*, Février 1911, pp. 111-122.)

—— Les formes pronominales de l'annamite. Par Jean Przyluski, Administrateur des Services civils de l'Indochine, Correspondant de l'École française d'Extrême Orient. (*Bulletin de l'École française d'Extrême-Orient*, XII, n° 8, 1912, pp. 5 9.)

—— Pronoms, prépositions, conjonctions, particules chinoises, adverbes. S. l. n. d., Ms. in-4.

Cours professés à la Résid. Sup^re. — École française d'Extrême-Orient.

CHRESTOMATHIES. — MANUELS.

— Alphabet adopté par les Missionnaires du Tongking et de la Cochinchine, pour écrire la langue annamite avec les caractères latins. (*Ann. Prop. Foi*, No. XXXI, Janvier 1833, pp. 91-92.)

Petrus Trương-vĩnh-Ký

士載張永記.

† Sept. 1908. — Nécrologie par Henri Cordier. (*T'oung Pao*, 1900, pp. 261-268.)

—— Cours de langue mandarine ou de caractères chinois par M. Petrus Ký. Saigon, Collège des Stagiaires, . . . in-fol. autog.

—— Cours pratique de langue annamite par M. P.-J.-B. Trương vĩnh Ký, Directeur et professeur du Collège des Interprètes. Saigon, Imprimerie impériale, 1868, in-4, pp. 69.

—— Cours pratique de langue annamite par M. Petrus Ký. Saigon, Collège des Stagiaires, 1874, in-fol. autog.

—— 初學門津國語演歌 Sơ Học vấn tân Quốc ngữ diễn ca Répertoire pour les nouveaux étudiants. P. J. B. Trương-vĩnh-Ký . . . Saigon, C. Guilland et Martinon — 1884, in-8, pp. 36.

—— 三千字鮮音 Tam thiên tự giải âm — 字學纂要 Tự Học Toát Yếu — Livre élémentaire de 3000 caractères usuels, avec traduction en annamite vulgaire, transcrit en Quốc ngữ et traduit en français par P.-J.-B. Trương-vĩnh-Ký . . . — Saigon, Rey et Curiol — 1887, in-8, pp. 71.

—— Alphabet quốc-ngữ En 12 tableaux avec des exercices de lecture par P. J. B. Trương-vĩnh-Ký. 4ᵉ édition. Revue et corrigée. — Saigon, Imprimerie Rey et Curiol, 1887, in-4, pp. 22.

—— Alphabet quốc-ngữ en 13 tableaux avec des exercices de lecture par P. J.-B. Trương-vĩnh-Ký. 5ᵉ édition revue et corrigée. 士載張永記. — Saigon, Imprimerie Nouvelle, 1895.

—— *[Cours de langue annamite, par P. J. B. Trương-vĩnh-Ký.] — S. l. n. d., un volume autographié in-4, de 199 feuillets.

Abel Des Michels

Né à Paris en 1833; † à Hyères (Var) en 1910.

—— Discours prononcé à l'ouverture du cours de cochinchinois à l'école annexe de la Sorbonne (amphithéâtre Gerson) par Abel Des Michels, . . . [Sur les coutumes, l'idiome et la littérature de la Cochinchine.] — Paris, Maisonneuve, 1869, in-8, pp. 44.

—— 傳制文章 Truyện-Chơi-Văn-Chương. Chrestomathie cochinchinoise. Recueil de textes annamites, publiés, traduits et transcrits en caractères figuratifs, par Abel Des Michels, . . . Premier fascicule. — Paris, Maisonneuve, 1872, in-8, pp. xv-47 + pp. 67 lith.

—— 漸進文集 Manuel de la langue chinoise écrite destiné à faciliter la rédaction des pièces dans cette langue par Abel Des Michels, . . . Paris, Ernest Leroux, 1888, gr. in-8, pp. xvi-439.

— Abel Des Michels. Nécrologie par H. C[ordier]. (*T'oung Pao*, Décembre 1910, pp. 687-689.)

—— Ouvrages de M. Abel Des Michels, professeur à l'École des Langues orientales vivantes... S. l. n. d., in-4, 1 p. autog.

— Faculté de Médecine de Paris N° 70. — Thèse pour le Doctorat en Médecine, Présentée et soutenue le 7 Mai 1857, Par Abel Des Michels, né à Paris, ancien Élève des Hôpitaux de Paris (1855-1856). — *Du catarrhe pulmonaire dans ses rapports avec les Maladies*... — Paris, Rignoux, 1857, in-4, pp. 68.

— Quelques idées pratiques sur l'instruction universelle, par Abel Des Michels... — Draguignan, impr. de C. et A. Latil, 1867, in-8, pp. 45.

—— Répertoire de caractères usuels avec la signification française compilée sur le Dictionnaire de Deguignes par Trần-nguơn Hanh.

Ce répertoire se compose des caractères différents relevés dans les cahiers d'impôt, actes de vente, reçus et autres pièces usuelles. Il contient, en outre, tous les caractères du Tam-Tu' Kinh, et tous les caractères qui se répètent de 200 à 10.000 fois dans les livres classiques. E. L.

Saigon, Collège des stagiaires, 1874, in fol., 1 f. n. ch. + pp. 101 autog.

E. L. = E. Luro, Directeur.

—— Prononciation figurée des Caractères chinois en mandarin annamite Autographié par Trần-nguơn-Hanh D'après le Manuscrit original du P. Legrand de la Liraye. — Saigon, Collège des Stagiaires, 1875, in-fol., pp. 426 autog.

—— Recueil de caractères chinois avec la signification française accompagnée d'exemples et d'expressions usuelles par Trần-nguơn-Hanh Interprète principal — Saigon, Collège des Stagiaires, 1877, in-fol., 3 ff. n. ch. + pp. 393 autog.

On lit la note suivante au 1er feuillet après le titre :

«Ce Recueil comprend à peu près tous les caractères qui forment le fond des diverses pièces usuelles du Code annamite et des livres classiques. Il donne la traduction des expressions habituelles du code, des noms des provinces du royaume d'Annam, ainsi que l'explication des principales citations relatives, soit à des traits de mœurs, soit à des personnages mythologiques ou historiques, E.A.»

—— Sách thema latinh Dọn tại Hoàng Nguyên Tràng Cho học trò latinh. Địa phận tây. — In tại Ninh Phú Đương, 1876, in-8, pp. 156.

Recueil de thèmes latins.

—— Sách Mẹo latinh. In lần thứ hai [2e édition]. — Tân định (Sài gòn). Bản In Địa Phận Đàng Trong Bên Tây, 1887, in-8, pp. 314.

Grammaire latine.

—— Notions pour servir à l'étude de la langue annamite. — J. M. J. — Tân Định, Imprimerie de la Mission, 1878, in-8, pp. 381.

—— Recueil de formules annamites Tân Soạn Từ Trát Nhứt Xấp. (*Bull. Soc. Et. indo-chinoises de Saigon*, 1888, 3e trim., pp. 5-158.)

—— Bài tập tiếng An-nam. Exercices pratiques de Langue annamite. Par G. Dumoutier, Inspecteur de l'Enseignement en Annam et au Tonkin. — Hanoi, F.-H. Schneider, Imprimeur-éditeur, 1889, in-8, pp. II + 182.

—— Méthode de lecture et de langage à l'usage des élèves étrangers de nos colonies par L. Machuel Directeur de l'Enseignement public en Tunisie — 1er Livret Traduit en langue annamite pour les élèves des Écoles de l'Indo-Chine française par G. Dumoutier Directeur de l'Enseignement public en Annam et au Tonkin. — Hanoi, F.-H. Schneider, 1893, in-8, pp. 74.

—— Méthode d'instruction mutuelle pour Français et Annamites par H. Ruel Capitaine au 3e régiment de Tirailleurs tonkinois. Hanoi, F.-H. Schneider, 1890, pet. in-4, pp. IV + 1 f. n. ch. + pp. 58.

—— Notions pratiques de Langue Annamite fondées sur l'étude séparée des tonalités suivies de fables, légendes et jugements, traduits mot à mot avec une étude philologique des textes par Henri Laune, Instructeur de la garde civile au Tonkin... Paris, Imprimerie nationale, MDCCCXC, gr. in-8, pp. x-250 + 1 f. n. ch. p. le texte.

V. Davant.

—— Seul ouvrage de ce genre qui ait paru jusqu'ici. — Parle Annamite qui veut sans professeur et sans études préalables — Lexique français-annamite contenant les mots les plus usuels, suivis de quelques phrases faciles et des notions grammaticales permettant de construire soi-même de petites phrases usuelles. Par V. Davant — Saigon, Imprimerie coloniale, 1891, pet. in-8, pp. 276.

—— *Davant. — Parle annamite qui veut, sans professeur et sans études préalables, 1892, in-8.

Notice par E. Aymonier, *Bull. de géog. hist. et descript.*, N° 4, p. 430.

—— La Langue annamite écrite avec l'alphabet français (Transcription V. Davant). Cours pratique de Langue Annamite en cinq leçons Permettant de posséder les 5 intonations de la Langue Annamite indispensables pour bien parler cette langue. On peut parler annamite dès la 1re leçon.

«Avec la transcription de M. Davant on lit l'annamite absolument comme le français, aucune préparation préalable n'est exigible ni utile, il suffit de savoir lire en français.» Ext. Rt Navelle, Administrateur-Conseil.

Par V. Davant, Commis de 1re classe des Services Civils de l'Indo-Chine. Prix : 0 $ 60 (En vente dans toutes les librairies). — Saigon, Imprimerie Commerciale Marcellin Rey, Imprimeur-éditeur. — C. Ardin, directeur, 1907, in-8, pp. 64.

—— La Langue annamite écrite avec l'alphabet français (Transcription V. Davant) — Cours pratique de Langue Annamite (avec les mots en quoc-ngu) en cinq leçons Permettant de posséder les 5 intonations de la Langue Annamite indispensables pour bien parler cette langue — On peut parler annamite dès la 1re leçon — Par V. Davant, Administrateur des Services civils de l'Indo-Chine... — Saigon, Imprimerie commerciale, 1910, in-16, pp. 70 + une notice sur la Méthode Davant.

—— La Langue annamite écrite avec l'alphabet français (Transcription V. Davant). Cours pratique de Langue Annamite (avec les mots en quốc-ngữ) en cinq leçons Permettant de posséder les 5 intonations de la Langue Annamite indispensables pour bien parler cette langue et Lexique français-annamite Parle annamite qui veut avec Notions Grammaticales et Tableau permettant d'apprendre rapidement à lire le Quốc-ngữ. On peut se préparer rapidement à la prime d'annamite. Par V. Davant Administrateur des Services civils de l'Indo-Chine. Officier d'Académie. Prix : 3 $ 50 (En vente dans toutes les librairies). — Saigon, Imprimerie Commerciale, 1910, in-8, pp. 391 + 1 tableau.

* * *

—— Tập dạy học tiếng Phansa và tiếng Annam. Méthode pour apprendre le Français et l'Annamite. Par Thé-Tải, Trương-minh-Ký, Officier d'Académie.

Gardez-vous de la routine, c'est la mort de l'enseignement. Matter.

Saigon, Imprimerie Commerciale Rey, Curiol et Cie, 1892, in-8, pp. 32.

—— 幼學啟蒙 Ấu học khải mông. Cours gradué de langue chinoise écrite Par Thé-tải, Trương-minh-Ký, Officier d'Académie, Chevalier du Đại-nam et du Cao-mang, Ancien professeur de chinois au collège Indigène, Interprète au titre européen au Secrétariat général.

Nhược thăng cao, tất tự hạ; nhược trắc hà, tất tự nhỉ. Y doãn.

Saigon, Imprimerie Commerciale Rey, Curiol & Cie, 1892, in-8, pp. 32.

—— Quấc ngữ só giải Syllabaire Quấc ngữ Par Thé-tải Trương-minh-Ký, Officier d'Académie Interprète au titre européen au Secrétariat du Gouvernement de la Cochinchine.

L'étude fait acquérir l'amour du travail. Rollin.

Saigon, Imprimerie Commerciale Rey, Curiol et Cie, 1895, in-8, pp. 8.

—— Cours pratique et gradué de Langue chinoise écrite à l'usage des Européens. En cinquante leçons. Par Thé-tải, Trương-minh-Ký, Officier d'Académie, Ancien professeur de chinois au Collège indigène, Interprète au titre européen au Secrétariat général du Gouvernement de la Cochinchine. — Saigon, Imprimerie Commerciale Rey, Rue Catinat et d'Ormay, 1899, in-8, pp. 32.

—— Leçons de lecture En Français et en Annamite. — Bài đọc Tiếng Langsa cùng tiếng Annam. — Tân định, Imprimerie de la Mission de Saigon, 1893, in-8, pp. 35.

—— Leçons de lecture En Français et en Annamite. — Bài đọc-Tiếng Langsa cùng tiếng Annam. — Tân định, Imprimerie de la Mission de Saigon, 1898, in-8, pp. 35.

—— Méthode d'enseignement mutuel franco-annamite par Edouard Diguet Capitaine au 1er Régiment de Tirailleurs Tonkinois. — Hanoi, F.-H. Schneider, 1894, in-8, pp. v-113-II.

Ce livre n'est pas écrit en quốc ngữ.

P. G. Vallot.

—— P.-G. V[allot] Méthode Théorique et pratique de la Langue annamite à l'usage Des Français de l'Annam et du Tonkin. — Hanoi, F.-H. Schneider, Imprimeur-éditeur, 1897, in-8, pp. 30.

—— Cours complet de langue annamite. 3e volume. — Recueil de morceaux choisis annamites avec traduction française A l'usage des Français de l'Annam et du Tonkin. Par P.-G. Vallot, Missionnaire au Tonkin. — Hanoi, F.-H. Schneider, Imprimeur-Editeur, 1900, in-8, pp. II + 83 + 1 table.

—— Cours complet de langue annamite. Quatrième volume. Essai de Prosodie annamite et Recueil de poésies inédites. Par P.-G. Vallot, Missionnaire au Tonkin. — Hanoi, F.-H. Schneider, Imprimeur-Editeur, 1901, in-8, pp. VIII + 120.

—— Lettres de félicitations adressées au R. P. Vallot Au sujet de ses ouvrages exposés ici. S. l. n. d., in 8, pp. 7.

1° et 2° de M. Fourès, Résident supérieur.

3° de M. Chéon, administrateur.

4° de M. Ch. Prêtre, administrateur.

5° de plusieurs évêques et missionnaires.

6° d'un officier supérieur.

7° Opinion des journalistes.

— A la fin du volume on lit :

« Hanoi. — Imprimerie F.-H. Schneider. »

* * *

—— Recueil de petits textes à l'usage des Annamites étudiant la langue française et des Français voulant apprendre l'annamite Par Mme Nina Taupin, Professeur au Collège des Interprètes.

Travaillez, prenez de la peine,
C'est le fonds qui manque le moins.

La Fontaine.

1re Edition. — Hanoi, F.-H. Schneider, Imprimeur-Editeur, 49, Rue du Coton, 49, 1898, in-8, pp. II + 114 + II.

Edmond Nordemann.

—— 教南音階模式 ... Méthode de Langue Annamite (Dialecte tonkinois) par Edmond Nordemann Professeur au Collége d'interprètes Fondateur de la Société tonkinoise d'Enseignement mutuel ... Indications générales pour apprendre soi-même — Phonologie. — Formulaires d'étude. — Syntaxe résumée. — Chrestomathie élémentaire contenant vingt-cinq textes-exercices traduits. Lexiques français-annamite et annamite-français. — Prix... 2 $ — Hà-nội. — 1898, in-8, pp. XXXVI-94.

—— 廣集炎文 Quảng tập viêm văn — Chrestomathie annamite contenant 180 textes en dialecte tonkinois suivie d'un lexique encyclopédique annamite-français illustré de 62 fac-simile et d'un index français concernant ce lexique. Par Edmond Nordemann Professeur au Collège des Interprètes ... — Prix 2 $ 50 — Hà-nội — 1898, in-8, pp. XXIII-232.

—— 廣集炎文 Quảng tập viêm văn — Chrestomathie annamite contenant 180 textes en dialecte tonkinois suivie d'un lexique encyclopédique annamite-français illustré de 62 fac-simile et d'un index français à l'usage de ce lexique. Par Edmond Nordemann Directeur du collège Quôc-học à Huế — Fin (pages 237 à 312) — Huế — 1904, in-8.

Notice : *Bull. Ecole franç. Ext.-Orient*, IV, n° 4, Oct.-Déc. 1904, pp. 1082-1087. Par L. Cadière.

— 朱柏廬治家格言 Chu-Bá-Lư chì da cách ngôn 翻炎華國語譯炎法言 Phiện ra quốc-ngữ an-nam, quốc-ngữ tầu, dịch ra tiếng an-nam tiếng đại-pháp. Instructions familiales du professeur Chu-Bá-Lư (populaires en Chine et en Annam). Transcrites en quốc-ngữ annamite et chinois. Traduites en Annamite et en français. Suivies de divers index par Edmond Nordemann, Chef du Service de l'Enseignement en Annam, Membre permanent des Commissions d'examen pour la connaissance des langues orientales. Prix . . . 0 $ 60. Frais de poste en sus. 監督中圻學政吳低旻續解 Dám-đốc-học-chánh chung-kì Ngô-đê-mân dải nối thêm. — Huế, 1908, in-8, pp. 124 + 1 errata + 1 table de matières en annamite et 1 en français.

A. Chéon.

— Notes sur les textes du Tư-Hàn par M. Chéon. S. l. n. d., un volume in-4.

[Manuscrit et autogr.]

— Phrases d'imitation faisant suite aux explications des textes de Tư-Hàn par M. A. Chéon. — Un volume in-4 manuscrit.

[En chinois.]

— Analyses des Caractères contenus dans les Textes du Tư-Hàn et dans les Textes d'imitation et Notes et commentaires [par A. Chéon]. S. l. n. d., in-4, pp. 419.

[Tiré à la pâte à polycopie et manuscrit.]

— Transcription en caractères des cent textes du cours d'Annamite [de Chéon]. — S. l. n. d., in-4, pp. 156.

[Autogr.] — [Cours professés à la Rés^{ce} Sup^{re}.]

— Cours de Chữ-nôm par A. Chéon Comprenant : 1° Formation des Chữ-nôm et vocabulaire élémentaire par catégories. 2° Analyse des Chữ-nôm des «Cent textes». 3° Transcription en Chữ-nôm des «Cent textes» du Cours d'Annamite. S. l. n. d., in-4, pp. 120 + 116.

[Autographié.]

— Transcription en Chữ-nôm de textes annamites (recueils des Cent textes et des nouveaux textes de M. Chéon). — S. l. n. d., un volume in-4, manuscrit.

[Cours professé à la R^{ce} Sup^{re}.]

— Recueil des Compositions données aux Examens de langue annamite et de caractères chinois au Tonkin et traduites par A. Chéon, Vice-résident, Chef du cabinet du Résident supérieur, Chargé des Cours de langue annamite et de caractères chinois. — Hanoi, F.-H. Schneider, Imprimeur-Editeur, 47 à 51, Rue du Coton, 1899, in-4, pp. x + 87 + III.

— Recueil de Onze textes annamites originaux suivis de thèmes d'imitation. Par A. Chéon, Administrateur de 3° classe des Services civils de l'Indo-Chine, Chef du Service des Affaires indigènes, Chargé du Cours supérieur de langue annamite. — Hanoi, F.-H. Schneider, Imprimeur-Editeur, 1901, in-4, pp. II + 55.

— Recueil de Six textes annamites avec Traduction, notes et vocabulaire. Par A. Chéon, Administrateur de 2° classe des Services civils de l'Indo-Chine, Chef de cabinet du Résident supérieur au Tonkin, Chef du Service des Affaires indigènes, Chargé du Cours supérieur de langue annamite. — Hanoi, F.-H. Schneider, Imprimeur-Editeur, 1902, in-4, pp. 67.

— *A. Chéon. — Cours de langue annamite, et Recueil de cent textes annamites annotés et traduits, faisant suite au Cours d'Annamite par le même. Hanoi, Schneider, 2 vol. in-4.

Notice : *Bull. Ecole franç. Ext.-Orient*, II, 1902, pp. 196-198, par L. Cadière.

—— Cours de Langue annamite Par A. Chéon, Administrateur de 2e classe des Services civils de l'Indo-Chine, Ancien chef du cabinet du Résident supérieur, et du Service des Affaires indigènes du Tonkin. — Deuxième édition. — Hanoi, F.-H. Schneider, Imprimeur-Editeur, 1904, in-4, pp. IV + 659.

—— Recueil de Textes nouveaux. Faisant suite au cours de langue annamite par A. Chéon, Administrateur de 2e classe des Services civils de l'Indo-Chine, Ancien chef de cabinet du Résident supérieur et chef de service des Affaires indigènes. — Hanoi, Imprimerie typo-lithographique F.-H. Schneider, 1903, in-4, pp. 68 + III.

* * *

—— *Mgr. Mossard, vicaire apostolique de Saigon. — L'Annamite appris en quatre leçons et vingt fables. — Hong-Kong, 1900, in-16, pp. 137.

—— Méthode de Lecture illustrée à l'usage des Ecoles de l'Indo-Chine par J.-C. Boscq Professeur de Langues Orientales Interprète du Gouvernement — 9e édition revue et augmentée — Saigon, Claude et Cie, 1900, br. in-8, pp. 62.

—— Méthode de quốc-ngữ illustrée à l'usage des élèves des Écoles de l'Indo-Chine par J.-C. Boscq, Interprète du Gouvernement, Professeur de Langues Orientales, 2e Edition. — Saigon, Claude et Cie, Imprimeurs-Editeurs, 1903, in-8, pp. 32.

5e édition : 1906.

—— Tráts et rapports en quốc-ngữ Traduits en français avec Notes et commentaires. Par J.-C.-Bocsq [sic], Interprète. — Saigon, Imprimerie Nouvelle, 1893, in 8, pp. 86.

—— *J. Crémieux. — Notions d'annamite vulgaire. Paris, André, 1901, pet. in-8.

—— Petite méthode de Langue annamite vulgaire par L. Ryckebusch, Titulaire du brevet supérieur de langue annamite. — Saigon, Claude et Cie, Imprimeurs-Editeurs, 1905, in-8, pp. 213.

—— Méthode de langage par Nguyễn-đình-Quì, Directeur de l'Ecole des Thaïs à la Résidence supérieure au Tonkin et des Cours gratuits de la Société d'Enseignement Mutuel des Tonkinois, Officier d'Académie. Deuxième édition. — Hanoi, Imp. F.-H. Schneider, 1905, in-8, pp. 181 + 1 table.

—— Vần-Quốc-Ngữ. Méthode élémentaire pour l'étude du Quốc-ngữ A l'usage des élèves de l'Ecole des Hậu-bổ par Bùi đình-Tá, Professeur à l'Ecole des Hậu-bổ au Tonkin, Président de la Société de l'Enseignement mutuel. — Hanoi, F. H. Schneider, Imprimeur-Editeur, 1905, in-8, pp. 22.

—— Cours de langue annamite. Grammaire, Exercices et Recueil de proverbes par Le Capitaine Julien de l'Infanterie coloniale. — Hanoi, F.-H. Schneider, Imprimeur-Editeur, 1906, in-8, pp. VI + 291 + III.

Notices : *Bull. Ecole franç. Ext.-Orient*, VI, Juill.-Déc. 1906, pp. 346-347. Par L. Cadière. — *Revue Indo-Chinoise*, 28 fév. 1906, p. 319, par un Annamitisant.

—— Sắch kuốk-ngữ mới Làm theo như nhời nghị-định kuả koan Toàn-kuyền Dông-jương ngải 16 tháng năm, năm 1906. — 國語新式炤從東洋總統全權大臣準定 Nouvel alphabet kuốk-ngữ A l'usage des écoles annamites Par Dỗ Thận 杜愼. Ouvrage conforme aux prescriptions de l'arrêté du 16 mai 1906. — Hanoi, Imp. F.-H. Schneider, 1906, in-8, pp. 36.

—— 國語習讀經有東洋學務會同閱依 Méthode pratique pour l'étude du quốc-ngữ A l'usage des écoles annamites Par Đỗ-Thận 杜愼. Ouvrage adopté par le Conseil de perfectionnement de l'Enseignement indigène. — Hanoi-Haiphong, Imprimerie d'Extrême-Orient, 1909, in-8, pp. 15.

—— J. Berjot Professeur agrégé de l'Université... — Premières Leçons d'Annamite ou Exposé du Mécanisme général de cette langue à l'usage des Élèves de l'École coloniale de l'École des Langues Orientales vivantes des Écoles supérieures de Commerce des Officiers, Fonctionnaires ou Commerçants que leurs affaires appellent en Indo-Chine. — Paris, Ernest Leroux, 1907, in-8, pp. 19.

Notice : *Bull. École franç. Ext.-Orient*, VII, Janv.-Juin 1907, p. 112. Par Cl.-E. M[aître].

—— 國語字法 Quốc-ngữ-tự-pháp. Méthode de lecture du Quốc-ngữ Par L. Péralle, Inspecteur des Ecoles de la Cochinchine. Nguyễn-khắc-Huê, Instituteur principal. 幼而學壯而行 ấu nhi học tráng nhi hành. — Saigon, Imprimerie Commerciale Marcellin Rey, Imp.-éditeur — C. Ardin, directeur, 1907, in-8, pp. 45.

—— Projet de Nouvel Alphabet Annamite (Emprunté immédiatement de l'alphabet français). Prononciation et Accent Cochinchinois. (Edition française) Par Nguyễn-công-Hòa. — Saigon, Imprimerie saigonnaise, 39-41, rue Catinat, 1907, in-4, pp. XI + 126 + 1 table.

—— Cours supérieur d'Annamite — Année 1898, in-fol., autog. — Cours supérieur d'Annamite professé par M. H. Tissot Administrateur des Services Civils Chef de Cabinet du Résident Supérieur au Tonkin — 1er semestre 1909, in-fol., autog.

—— —— 2e semestre 1909, in-fol., autog.

—— Cours élémentaire d'Annamite comprenant des Eléments de grammaire. — Textes en langue indigène. — Thèmes. — Exercices de conversation. — Un Lexique annamite français par Alfred Bouchet Ancien élève breveté de l'Ecole spéciale des Langues orientales vivantes Commis de 1re classe des Services civils de l'Indo-Chine Chef de Section au Bureau des Affaires indigènes de la Résidence supérieure au Tonkin. Hanoi-Haiphong Imprimerie d'Extrême-Orient — 1908, in-8, pp. VIII + 1 f. er. + pp. 423 + VI.

Préface de H. Tissot.

Notice : *Bull. École fr. Ext.-Orient*, Juill.-Déc. 1908, pp. 567-568. Par L. Cadière.

—— Corrigés des Thèmes — Versions. — Exercices de conversation Composant la deuxième partie du Cours élémentaire d'annamite Par Alfred Bouchet, Administrateur des Services Civils de l'Indochine. Prix rectifié : 0 $ 60. — Hanoi-Haiphong, Imprimerie d'Extrême-Orient, 1912, in-8, pp. 1 + 82 + 1.

—— Gouvernement Général de l'Indo-Chine. Direction Générale de l'Instruction Publique. Textes et documents relatifs à la réforme du Quốc-ngữ. — Hanoi, F. H. Schneider, Imprimerie typo-lithographique, 1907, in-4, pp. 37 + 3 pages non numérotées.

—— Đai pháp Công-thân.

Notice : *Bull. Com. Asie franc.*, Déc. 1909, pp. 547-548. — Voir col. 2148.

—— Leçon d'ouverture du cours D'intonations et de lectures annamites Professé à Hà-nội en 1909 Par Jules Roux, Capitaine d'Artillerie Coloniale, Docteur en droit, Titulaire du brevet supérieur de langue annamite, Commissaire du Gouvernement Rapporteur près le 1er Conseil de Guerre permanent du Tonkin. 善推所爲因利而利中道而立能者從之 Etre utile. Bien faire et laisser dire. Làm sự gì để người ta được ích lợi thì hay. Làm điều lành rù ai khen chê mặc lòng. — Hanoi-Haiphong — Imprimerie d'Extrême-Orient, 1909, in-4, pp. 34.

—— Nouvelle Méthode pratique de Lecture annamite par le Capitaine Jules Roux... Paris, Imprimerie nationale — en vente à la Librairie Challamel, MDCCCCXI, in-8, pp. XV-84.

—— Tập Đánh vần Chữ quốc-ngữ (Méthode P.-A. M.). In lần thứ năm [5e édition]. — Librairie-Imprimerie. Quinhon (Annam), — 1910, in-8, pp. 16.

L'Alphabet quốc-ngữ.

—— Alphabet quốc-ngữ — 韻語國 Par N. V. Dần Instituteur, Directeur de l'École Libre de Tuy-Hoa par Song-Cau (Annam).

... Saigon, Imprimerie saigonnaise Royer & Cie, 1910, in-8, pp. 24.

Bib. nat., 8° X Pièce 2153.

—— [Alphabet, syllabaire et exercices de lecture en quốc-ngữ.] [Imp. de la Mission de Saigon.] [1910], in-8, pp. 16.

Bib. nat., 8° X Pièce 2154.

—— Résidence Supérieure du Tonkin. Cours élémentaire de caractères chinois. 1910. 2me Trimestre. Mécanisme phraséologique simple exposé des règles élémentaires de la grammaire (d'après les ouvrages du P. L. Wiéger). Le chargé de Cours, [signé] *Marty*. — S. l. n. d., in-4, pp. 122.

[Autogr.]

—— Méthode de Lecture Franco-Annamite illustrée à l'usage des Ecoles communales de l'Indochine par J. C. Boscq Interprète du Gouvernement Professeur de Langues Orientales — 5e Édition. — Saigon. — F.-H. Schneider, ... 1910, in-8, pp. 118.

La couverture extérieure porte la date de 1911. — Tiré à 5000 exemplaires.

—— Henri Denis. Collection de textes annamites Transcrits en quốc-ngữ, traduits et annotés en Français. N° 1. — 六畜爭功, Lục súc tranh công. — Les Six Animaux domestiques. Poésie satirique attribuée à Tự Đức. — Librairie-Imprimerie, Quinhon (Annam), 1911, in-8, pp. 93 + 1 table.

—— Henri Denis. Collection de textes annamites Transcrits en quốc-ngữ, traduits et annotés en Français. N° 2. 鰡鮎 Trê cóc tân truyện Le Crapaud et le Silure. Conte Nouveau. — Librairie Imprimerie, Quinhon (Annam), 1913, in-8, pp. 77.

—— Đại Pháp Dân Chủ Quốc Tự-do. — Bình-Đang. — Bác ái. République Française [Liberté-Égalité-Fraternité]. L'écrit et l'oral aux Examens d'annamite. Par J. Garde, commis des Douanes et Régies de l'Indochine, Hanoi, Nguyên-Tao, secrétaire des Douanes et Régies de l'Indochine, Hanoi. In lần thứ nhất [1re édition]. Prix 0 $ 50. — Hanoi, Imp. Mặc-đình-Tư, 136, Rue du Coton, 1912, in-8, pp. 55 + III.

—— Supplément gratuit au Lục-Tỉnh-Tân-Văn. Lục-Tỉnh-Tân-Văn tặng-tống phụ-trương. Abécédaire Méthode d'écriture et lecture du quốc-ngữ et du français. Vần A B — Cách dạy viết và đọc chữ quốc-ngữ và chữ Langsa 𢯛阿韻格呧曰吧讀㝊字國語吧㝊字郎沙 Du Lục-Tỉnh-Tân-Văn Publié sous la direction de F.-H. Schneider. Ce supplément est offert gratuitement à Messieurs les Lecteurs qui ont souscrit à un abonnement d'un an ou qui auront souscrit d'ici le 31 décembre 1912. 張附尼底贈送朱諸位看官[illegible]固摸報論没輸耒吧諸位仕模徐低[illegible]没[illegible]西輸没[illegible]渚吏. Trương-phụ nầy để tặng tống cho chư-vị Khán-quan đã có mua báo trọn một năm rồi và chư-vị sẽ mua từ đây đến ngày 31 décembre 1912 trở lại. — A Saigon, aux bureaux du Lục-Tỉnh-Tân-Văn, 7, Boulevard Norodom, 7, in-4, pp. 22.

—— 國語自學儒家讀寫國語字簡易捷法 La clé du quốc-ngữ Par F.-H. Schneider Phép học chữ quốc-ngữ không thầy. Sách dạy Những người đã biết chữ-nho, chư-nôm Đọc và viết chữ quốc-ngữ Thật nhanh — Thật dân-dị — Thật rỏ ràng. Méthode rationnelle permettant aux Professeurs de caractères des villages de l'Indochine L'enseignement simultané du quốc-ngữ par un procédé connu.

Pour paraître successivement :

2e Partie. — La lecture du français enseignée aux Annamites à l'aide des caractères sino-annamites.

3e Partie. — Le quốc ngữ chinois.

F.-H. Schneider, éditeur, Saigon. Saigon, Boulevard Norodom, 7, in-4, sans pagination, 52 pages.

—— [Alphabet annamite.] S. l. n. d., in-4, pp. 18.

En quốc ngữ, sans caractères.

—— Rapports, ordres & requêtes. S. l. n. d., 1 gros volume in-4.

[En caractères chinois, manuscrit.]

[Cours professés à la Rce Supre.]

—— Figuration en Chù-Thảo d'une partie du Tứ-Hàn. S. l. n. d., un volume manuscrit in-4.

[En chinois.]

[Cours professés à la Rre Supre.]

—— [Textes annamites sur les coutumes, la religion, etc.] S. l. n. d., un gros volume in-4.

[Manuscrit et autogr.]

[Cours professé à la Rre Supre.]

OUVRAGES DIVERS. — DISSERTATIONS.

—— Zur beurteilung der annamitischen schrift und sprache. Von Wilhelm Schott. Aus den Abhandlungen der Königl. Akademie der Wissenschaften zu Berlin, 1855. — Berlin, 1855, in-4, pp. ch. 115-130.

—— Du Système des intonations chinoises et de ses rapports avec celui des intonations annamites, par M. Abel Des Michels ... — Paris, Imp. impériale, MDCCCLXIX, in-8, pp. 19.

Ext. du *Journal asiatique*, 1869, No. 11.

—— Les six intonations chez les Annamites, par A. Des Michels. — Paris, Maisonneuve, 1869, in-8, pp. 14.

—— Prononciation figurée des Caractères chinois en mandarin annamite Autographié par Trần Nguơn Hanh D'après Le manuscrit original du P. Legrand de la Liraye — Saigon Collège des Stagiaires 1875, in-fol., pp. 420.

L'avertissement est signé du Directeur du Collège des Stagiaires : E. Luro.

—— *Language of Cochinchina (J. Pickering). (*North American Review*, LII, 404.)

—— Documents pour servir à l'histoire de la langue et des mœurs de l'Annam. Note par M. Bartet. (*Bull. Soc. Géog. Rochefort*, I, 1879-1880, pp. 219-224.)

Suivi de :

1er Document. — Brevet en forme d'oraison funèbre donné par le roi de Cochinchine Thieu-tri pour honorer la mémoire de son père le roi Minh-mang (pp. 225-230).

2e Doc. — Proclamation impériale aux soldats et au peuple des six provinces de Nam ky (*Cochinchine française*) (pp. 269-275).

3e Doc. — Traduction d'une pétition adressée par les Annamites de la province de Bien hoa à l'amiral Bonnard lors de la cession de cette province à la France (pp. 275-277).

—— Documents pour servir à l'histoire de la langue et des mœurs de l'Annam (Deuxième partie). Par M. Bartet. (*Bull. Soc. Géog. Rochefort*, IV (1882-1883), pp. 212-222.)

—— Janneau. — De l'étude pratique de la langue annamite vulgaire. (*Bull. Soc. Ét. Indo-Chin. Saigon*, 1884, pp. 21-34.)

—— Notes sur le Quoc-ngu. Par M. Landes Administrateur des Affaires indigènes. (*Bull. Soc. Ét. Indochin. Saigon*, 1886, pp. 5-22.)

—— Kreolische Studien von Hugo Schuchardt ... VIII. Ueber das Annamito-Französische. — Wien, 1888, F. Tempsky, in-8, pp. 10.

Aus d. Jahrg. 1888 d. *Sitzungsb. d. phil.-hist. Cl. d. k. Akad. d. Wiss.* (CXVI. Bd., I. Hft. S. 227) besonders abgedruckt.

—— La Langue française en Indo-Chine par E. Aymonier — Extrait de la *Revue scientifique* — Paris, Administration des Deux Revues, 1891, br. in-8, pp. 67.

—— Le français, le quốc-ngữ et l'enseignement public en Indo-Chine — Réponse à M. Aymonier — Par E. Roucoules, ... (*Bull. Soc. études indo-chinoises de Saigon*, 1890, 1er Sem., 2e fasc., pp. 5-17.)

—— Chinese and Annamite Tones. (*China Review*, XVI, 1888, pp. 309-312.)

—— Indo-Chinese Tones. — By E. H. Parker. (*Trans. Asiat. Soc. Japan*, XVII, 1889, pp. 66-86.)

—— *P. Gouzien. L'Intonation et la Prononciation Annamites. 1897, in-8, pp. 36.

—— Protectorat de l'Annam et du Tonkin. L'enseignement Franco-Annamite A l'Exposition Universelle de 1900. Par G. Dumoutier, Directeur de l'Enseignement du Protectorat. — Hanoi, Imprimerie typo-lithographique F.-H. Schneider, 47, 49 et 51, rue du Coton, 1900, in-4, pp. 44.

— Gustave Dumoutier. Nécrologie par Henri Cordier. (*La Géographie*, 15 décembre 1904, p. 414.)

— Gustave Emile Dumoutier. Nécrologie par Henri Cordier. (*T'oung Pao*, Sér. II, Vol. V, No. 5, Déc. 1904, pp. 621-623.)

L. Cadière.

—— Phonétique Annamite (Dialecte du Haut-Annam). Par L. Cadière, de la Société des Missions Etrangères à Paris. Paris, Imprimerie Nationale, Ernest Leroux, 1902, 1 gr. in-8, pp. XIII-113.

Publications de l'École française d'Extrême-Orient. — Vol. III. — Voir col. 1654.

Notice : *Journ. R. A. S.*, July 1902, pp. 665-667, par S. W. B.[ushell.]

— Le Quốc-ngữ et les caractères Par T. K. Q. B. (*Revue Indo-Chinoise*, 15 mars 1904, pp. 265-267.)

—— La question du Quốc-ngữ Par L. Cadière, des Missions Etrangères de Paris. (*Revue indo-chinoise*, 15 mai 1904, pp. 585-600; *ibid.*, 31 mai 1904, pp. 700-705; *ibid.*, 15 juin 1904, pp. 784-788; *ibid.*, 30 juin 1904, pp. 872-876; *ibid.*, 15 juillet 1904, pp. 58-63.)

21 avril 1904.

—— Monographie de *A*, voyelle finale non-accentuée, en annamite et en sino-annamite. Par L. Cadière. (*Bull. École franç. Ext.-Orient*, IV, No. 4, Oct.-Déc. 1904, pp. 1065-1081.)

Notice : *Anthropos*, I, Hft 4, pp. 1003-1006. Par J. Guesdon.

—— Monographie de la semi-voyelle labiale en sino-annamite et en annamite Par M. L. Cadière, De la Société des Missions Étrangères de Paris, Correspondant de l'École française d'Extrême-Orient. (*Bull. École Franç. Ext.-Orient*, VIII, Janv.-Juin 1908, pp. 93-148; Juill.-Déc. 1908, pp. 381-485; IX, Janv.-Mars 1909, pp. 51-89; Avril-Juin 1909, pp. 315-345; Juillet-Sept. 1909, pp. 533-547; Oct.-Déc. 1909, pp. 681-706; X, Janv.-Mars 1910, pp. 61-93; Avril-Juin 1910, pp. 287-337.)

Notices : *T'oung Pao*, Déc. 1910, p. 695, par Ed. C.[havannes]; *Journ. Asiat.*, Mai-Juin 1911, 563-566, par Maurice Grammont.

—— Le dialecte du Bas-Annam. Esquisse de phonétique. Par M. L. Cadière, de la Société des Missions étrangères de Paris, Correspondant de l'École française d'Extrême-Orient. (*Bull. École franç. Ext.-Orient*, Janvier-Juin 1911, pp. 67-110.)

*
* *

— Encouragements à la connaissance des langues orientales. (*Bull. Com. Asie française*, Mai 1904, p. 254.)

—— L'argot annamite Par M. A. Chéon, Administrateur des Services civils de l'Indochine, Correspondant de l'École française d'Extrême-Orient. (*Bull. École française Ext.-Orient*, V, Nos. 1-2, Janv.-Juin 1905, pp. 47-75.)

—— L'argot annamite par A. Chéon ... Hanoi, F.-H. Schneider, 1905, gr. in-8, pp. 29.

Extrait du *Bulletin de l'École française d'Extrême-Orient* (Janvier-Juin 1905.)

— L'argot annamite Par Chéon, Administrateur des Services civils. (*Revue indochinoise*, 30 août 1906, pp. 1269-1297.)

—— De la langue annamite parlée et écrite. Par Diguet. Lieutenant-Colonel d'Infanterie Coloniale. (*Revue indochinoise*, 15 février 1905, pp. 226-232.)

—— Essai sur la pratique et l'enseignement de la sténographie en Indo-Chine Par Tribout. (*Revue Indo-Chinoise*, 15 avril 1905, pp. 481-489.)

—— «Pro parvis» — Essai sur la pratique et l'enseignement de la sténographie en Indo-Chine Par Henri Tribout, Conducteur des Travaux Publics, Membre délégué de l'Institut sténographique de France. —

Hanoi, Imprimerie Typo-lithographique F.-H. Schneider, 1905, in-4, pp. 9.

— Les primes de langues orientales [Rapport de M. Broni, secrétaire-général, et arrêté de M. Beau, Gouv.-Gén. de l'Indo-Chine, Hanoï, 11 juillet 1906]. (*Bull. Com. Asie franç.*, Sept. 1906, pp. 350-352.)

— La question de l'enseignement des caractères. (*Bull. Com. Asie franç.*, Sept. 1907, pp. 345-346.)

Conférence faite à la Société des études indo-chinoises de Saigon par M. Lê-van Phat, de Cholon.

— Les études indochinoises. Leçon d'ouverture du cours d'histoire et de philologie indochinoises faite au Collège de France, le 16 mai 1908, par M. L. Finot, ancien Directeur de l'École Française d'Extrême-Orient. (*Bull. Com. Asie française*, Juin 1908, pp. 240-247.)

—— Les Études indochinoises — Leçon d'ouverture du Cours d'histoire et de philologie indochinoises Faite au Collège de France, le 16 mai 1908, par M. Louis Finot Directeur adjoint à l'Ecole des Hautes Etudes Ancien directeur de l'Ecole française d'Extrême-Orient — Extrait du *Bulletin du Comité de l'Asie Française* — Paris, Comité de l'Asie française, 1908, pet. in-8, pp. 28.

—— Cuôc-ngữ et mécanisme des Sons de la langue annamite étude phonétique pratique Par le lieutenant M. Dubois. (*Revue indo-chinoise*, 15-30 sept. 1908, pp. 383-393; 30 oct. 1908, pp. 531-542; 15 nov. 1908, pp. 642-649; 30 nov. 1908, pp. 721-733; 15 déc. 1908, pp. 812-826; 31 déc. 1908, pp. 861-883.)

Notice : *Bull. École franç. Ext.-Orient*, Juillet-Déc. 1908, pp. 559-567, par L. Cadière.

—— Cuôc ngữ et Mécanisme des Sons de la langue annamite Étude phonétique pratique par M. Dubois Infanterie coloniale — Hanoi-Haiphong, Imprimerie d'Extrême-Orient — 1909, gr. in-8, 1 f. er. + pp. 78.

—— Annamite et français Etude phonétique pratique. Par M. Dubois. (*Revue indochinoise*, Avril 1910, pp. 275-303, fig.; *ibid.*, Mai 1910, pp. 428-450.)

Nam-Dinh, septembre 1909.

—— Annamite et Français. Etude phonétique pratique Par M. Dubois, de l'Infanterie Coloniale. — Hanoi-Haiphong, Imprimerie d'Extrême-Orient, 1910, in-8, pp. 1 + 52.

—— De l'étude des langues indigènes en Indochine Par Paul Macey. (*Revue indochinoise*, Mai 1909, pp. 463-471.)

Hin-Boun, 12 janvier 1909.

—— Au sujet de la constitution à Hanoi d'un Comité amical et privé d'études Franco-Annamites pour la fixation et la vulgarisation du «quôc-ngữ». Pièce in-4, s. l. n. d. [1909], 4 ff. n. ch.

Par le Capitaine Roux. — Cf. *Notre Journal*, Hanoi, 7, 14 et 21 sept. 1909.

— Intéressantes initiatives tonkinoises [— Association amicale franco-annamite d'études pour la fixation et la vulgarisation du quoc-ngu, dite Bac-van-hoi; — l'Ecole des orphelins à Thaï-ha]. (*Bull. Com. Asie franç.*, février 1910, pp. 95-96.)

—— Le Triomphe définitif en Indochine du mode de transcription de la langue annamite à l'aide des caractères romains ou «Quôc-ngữ» — Conférence Faite le 6 juillet 1912, à la Mairie du VIe arrondissement de Paris sous les auspices de l'Association philotechnique de Paris par le capitaine Jules Roux, de l'artillerie coloniale ..... Avec une Lettre-Préface de Monsieur H. de Lamothe Gouverneur des Colonies en retraite — Thouars (Deux-Sèvres) Imprimerie Nouvelle. — Bibliothèque de la *Revue Indigène*, M. Paul Bourdarie directeur, 16 bis, rue Mayet, Paris, in-8, pp. 32.

— L'emploi du quôc-ngu au Tonkin. (*Asie française*, Août 1910, p. 355.

—— Connaissances nécessaires aux personnes appelées à faire leur carrière en Indo-Chine par M. Edmond Nordemann — Conférence faite à l'École Coloniale le 8 mars 1910. — Paris, Imprimerie Chaix, 1910, in-8, pp. 12.

—— M. C. Pléneau. Le livre d'or des candidats au diplôme de langue Annamite.

Học mạc tài, thi mặc vận.
Tous pour étudier, ayons l'intelligence.
Aux examens, ayons la chance.

Un vieux Docteur.

Imprimerie Thiện Bản Ninh-bình 1912, in-8, pp. 203 + 1 table de 4 pages.

—— Etudes sur la phonétique historique de la langue annamite. Les initiales. Par Henri Maspero, Professeur à l'École française d'Extrême-Orient. (*Bull. École fr. Ext.-Or.*, T. XII, No. 1, Hanoi, 1912, pp. 196 + 1 p. n. ch. + 1 pl.)

— La question des langues et l'enseignement indigène. (*Revue indochinoise*, Janvier 1913, pp. 75-78.)

Etude de M. Charles Beaugé dans la *Revue internationale de l'Enseignement*.

ÉCRITURE.

—— Nos transcriptions Étude sur les systèmes d'écriture en caractères européens adoptés en Cochinchine française par Ét. Aymonier. (*Exc. et Recon.*, No. 27, 1886, pp. 31-89.)

—— Nos transcriptions Étude sur les systèmes d'écriture en caractères européens adoptés en Cochinchine française par Etienne Aymonier Résident de France au Binh Thuan, Saigon Imprimerie coloniale 1886, br. in-8, pp. 63 + erratum de pp. 2.

Extrait des *Excursions et Reconnaissances*.

—— Ecriture en Annam. — (Extrait de l'*Annam politique et social*, de Pétrus-Ký.) (*Bull. Soc. Ét. Indo-Chin.*, 1888, 1er sem., pp. 5-9.)

Ed. Nordemann.

—— Tableau des 214 radicaux de l'écriture chinoise groupés dans l'ordre actuellement adopté en Chine avec, en regard de chaque caractère, la prononciation annamite du nom chinois, la signification annamite et la traduction française par Edmond Nordemann Instituteur, s. d. [Hanoi. — Imp. E. Crébessac, rue Paul Bert, 50], une grande feuille.

—— Liste des 214 radicaux de l'écriture chinoise groupés dans l'ordre actuellement adopté en Chine Avec, au verso de chaque caractère, la prononciation annamite du nom chinois, la signification annamite et la traduction française par Edmond Nordemann Instituteur... — Prix 0 $ 40. — Hà-nội, 1894, Tous droits réservés, pet. in-12 étroit, pp. 104.

Hanoi. — Imp. E. Crébessac.

—— 二百十四部漢字習圖增二百四十七字收伊各部及諸變部叉分爲列部 Hai chăm mươi bốn bộ chữ nho để làm tập đồ. Thêm 237 chữ, thu đủ các bộ ấy mấy các bộ biến, lại chia ra từng bộ. — Les 214 radicaux chinois En modèle d'écriture suivis d'une liste de 237 caractères décomposés, contenant tous ces radicaux et leurs variantes. Accompagnés de deux gravures et de divers index par Edmond Nordemann, Professeur au Collége des interprètes, Fondateur de la Société tonkinoise de l'Enseignement mutuel, Primé pour la connaissance de la langue annamite et des caractères chinois. Prix ... 0 $ 25. Frais de poste en sus. 教學吳低旻新刊 Dáo học Ngô-đê-mân tân san. — Hà-nội, 1898. — Tous droits réservés, in-12, ff. doubles à la chinoise, caractères rouges.

—— Cahier d'écriture chinois par Edmond Nordemann Directeur du Quôc-học Collège national Primé pour la connaissance de la langue annamite et des caractères chinois. N° 1 — Prix 0 $ 10 — Hué 1899, cahier gr. in-8, ff. doubles à la chinoise, caractères rouges.

—— Tập Han Tư Thuc — Cahier d'écriture chinois ... N° 2 — 0 $ 10 — Hué 1899, cahier gr. in-8, ff. doubles à la chinoise, caractères rouges.

—— 千字解音歌習圖 Thiên tự dải àm ca tập đồ. Appendice au vocabulaire sino-annamite versifié contenant mille caractères, Pour servir de modèle d'écriture, par Edmond Nordemann, Instituteur, Primé pour la connaissance de la langue annamite et des caractères chinois, Chevalier du Dragon de l'Annam et de l'ordre royal du Cambodge, décoré du Kim-khánh de 2e classe.

Có công mài sắt, có ngày nên kim.
A force d'aiguiser du fer, on obtient un jour une aiguille.

(Proverbe annamite.)

Prix ... 0 $ 20.. 教學蘇能文續解. Dáo học Tô-năng-văn tục dải. — Hanoi, 1896. Tous droits réservés, in-8, pp. 21.

— 華文字彙纂要習圖 Tự vị chữ nho dút lại in làm tập đồ — Một vạn chữ 壹萬字 — Appendice à notre dictionnaire chinois-annamite-français Contenant dix mille caractères Pour servir de modèle d'écriture. Par Edmond Nordemann, Directeur du Collège Quốc-học, Professeur de langue annamite et de caractères chinois. — Prix ... 0 $ 50. Frais de poste en sus. 國學場掌教吳低旻摘錄 Chưởng dáo chường Quốc-học, Ngô-đê-mân chọn chép. Huế, 1899, Tous droits réservés, in-8, pp. 105 [feuilles doubles].

— 朱柏廬治家格言習圖 Những nhời hay của thầy Chu-bá-lư dạy việc nhà, in làm tập đồ. Instructions familiales du professeur Chu-Ba-Lu. En modèle d'écriture par Edmond Nordemann, Directeur du Collège Quốc-học. Fondateur de la Société d'Enseignement mutuel des Tonkinois. Prix ... 0 $ 20. Frais de poste en sus. 國學場掌教吳低旻重訂 Chưởng dáo chường Quốc-học, Ngô-đê-mân chép lại. — Huế, 1900. — Tous droits réservés, in-8, pp. 13.

— 習漢字式 Phép tập viết chữ nho. Méthode d'écriture chinoise en six cahiers par Edmond Nordemann, Directeur du Collège Quốc-học, Professeur de langue annamite et de caractères chinois. — Cahier 1. Prix ... 0 $ 10. Frais de poste en sus. 國學場掌教吳低旻摘寫 Chưởng dáo chường Quốc-học Ngô-đê-mân chọn việt. — Huế. — 1900. Tous droits réservés.

A la 4e page de la couverture on lit :

成泰己亥年孟春中浣新鐫習漢字式第壹價銀五毫國學場掌教吳低旻藏版.

[La méthode comprend 6 cahiers.]

— 2e édition. 1905.

— Tập-đồ chữ quốc-ngữ An-nam — Méthode d'Écriture annamite (Notation dite «Quốc-ngữ») par Edmond Nordemann Chef du Service de l'Enseignement en Annam Officier de l'Instruction publique. — Prix : 0 $ 25 — Paris. — 1910, in-12 oblong, 18 ff. lithog.

— Étude raisonnée sur la traduction en signaux télégraphiques Système Morse des caractères latins dits Chữ quốc ngữ. — Publication de la *Revue Indo-Chinoise*. — Hanoi, F.-H. Schneider, 1899, gr. in-8, pp. 16.

— Des caractères [chinois] (Ecriture et formation). S. l. n. d., un volume manuscrit in-4.

[Cours professés à la Résidence supérieure ?]

— Méthode d'écriture chinoise par Thụy-Ký. Librairie — R. du Chanvre, 98 — Hanoi. 習漢字式維新辛亥仲春明道家訓河城行茭庯九十八号瑞記鐫, in-4, pp. 33.

— Les origines de l'écriture quôc-ngu. (*Asie française*, Février 1914, pp. 71-72.)

— L'évêque d'Adran et l'écriture quôc-ngu. (*Ibid.*, p. 72.)

LITTÉRATURE.

ROMANS, CONTES ET NOUVELLES.

Abel Des Michels.

—— Huit Contes en langue cochinchinoise Suivis d'Exercices pratiques sur la conversation et la construction des phrases transcrits à l'usage des élèves du cours d'Annamite par Abel des Michels Professeur à l'École annexe de la Sorbonne — Paris, Maisonneuve, 1869, in-8, 2 ff. n. ch. + 36 p. de texte + 1 f. n. ch. lith.

—— 傳代初 Chuyện đời xưa Contes plaisants annamites Traduits en français pour la première fois par Abel Des Michels... Paris, Ernest Leroux, 1888, in-8, pp. IV-147 + 67 p. de texte.

Le texte annamite avait été primitivement publié en Cochinchine par Petrus Trương Vĩnh Ký.

Petrus Trương-vĩnh Ký.

—— 張頁從赤松子遊賦 Trương Lương Tùng Xích-Tòng-Tử du phú. Retraite et apothéose de Trương-Lương. P. J. B. Trương-vĩnh-Ký. Chép ra chữ quốc-ngữ, và dẫn-giải. 退食追編張士載字永記註解. — Saigon, Bản-in nhà-hàng C. Guilland et Martinon, 1881, in-8, pp. 7.

—— 張留侯賦 Trương-Lưu-Hầu phú. Apologie de Trương-Lương [par] P. J. B. Trương-vĩnh-Ký. Chép ra chữ quốc-ngữ, và dẫn-giải. 退食追編士載張永記註解. — Saigon, Bản-in nhà hàng C. Guilland et Martinon, 1882, in-8, pp. 17.

—— 書吪濫妯 Thơ dạy làm dâu. La Bru. P. J. B. Trương-vĩnh-Ký. Chép ra chữ quốc-ngữ, và dẫn-giải 公暇便攬士載張永記註解. — Saigon, Bản-in nhà hàng C. Guilland et Martinon, 1882, in-8, pp. 13.

—— Chuyện khôi-hài Passe-temps [par] P. J. B. Trương-vĩnh-Ký. 公暇便攬士載張永記集撰. — Saigon, Bản-in nhà hàng C. Guilland et Martinon, 1882, in-8, pp. 16.

—— 寒儒風味賦 Học Trò Khó phú. Un lettré pauvre [par] P. J. B. Trương-vĩnh-Ký Chép ra chữ quốc ngữ và dẫn-giải [transcrit en quốc-ngữ et annoté] 士載張永記註解. — Saigon, Bản in nhà-hàng C. Guilland et Martinon, 1883, in-8, pp. 6.

—— 排檄昆鵶 Bai hịch con quạ. Proscription des corbeaux [par] P. J. B. Trương-vĩnh-Ký, Chép ra chữ quốc-ngữ, Dẫn-giải cắt-nghĩa 士載張永記註解. — Sai-

—— Chinki, // histoire // cochinchinoise, // Qui peut servir à d'autres Pays. // — [*Vig.*] — A Londres. // — M. DCC. LXVIII. In-8, pp. 100.

Par l'abbé Gabr.-Fr. Coyer.

«Les idées développées dans cet ouvrage se trouvent textuellement, pour ainsi dire, dans un mémoire de Clicquot de Biervache, qui remporta le prix en 1757 à l'Académie d'Amiens... Cet ouvrage a été attribué aussi à Voltaire, parce qu'il y a une édition qui porte : Seconde partie de l'Homme aux quarante écus.» Une parodie de «Chinki» a été publiée sous le titre de : «Naru, fils de Chinki.» (Barbier.)

gon, Bản-in nhà-hàng C. Guilland et Martinon, 1883, in-8, pp. 7.

—— 盛衰否泰賦 Thạnh suy bĩ thới phú. Caprices de la fortune [par] P. J. B. Trương-vĩnh-Ký 士載張永記註解. — Saigon, Bản-in nhà-hàng C. Guilland et Martinon, 1883, in-8, pp. 7.

—— Chuyện đới Xưa Lựa nhón lấy những chuyện hay và có ích. In ra lần đầu hết. Sài-gòn, Bản in nhà nước, 1866, in-8, pp. 74-4.

—— Chuyện đời Xưa Lựa — Nhón lấy những chuyện hay và cò ích — In ra lần thứ hai Saïgon, Bản in nhà nước 1873, in-8, pp. 66.

—— Chuyện Đời Xưa Lựa nhón lấy những chuyện hay và cò ích Contes Annamites P. J. B. Trương-vĩnh-ký... 3e édition. — Saigon, C. Guilland et Martinon — 1883, in-8, pp. 66.

Quốc-ngữ.

—— 傳蒐習 Chuyện đời xưa Lựa Nhón lấy những chuyện hay Và cò ích. Contes annamites par P. J.-B. Trương-vĩnh-Ký, 載士張永記. 4e édition. Saigon, Bản-in nhà hàng Aug. Bock, 1888, in-8, pp. 66.

—— P. J. B. Trương-vĩnh-Ký. — Chuyện đời xưa Lựa Nhón lấy những chuyện hay và cò ích. — Librairie Imprimerie Quinhon (Annam), 1909, in-8, pp. 101.

Voir Des Michels, col. 2327.

....

Contes amusants choisis parmi les contes les plus intéressants.

—— 魚樵長調 Ngư tiều trương điệu. — Pêcheur et Bucheron. — P. J. B. Trương-vĩnh-ký,... Saigon, Imprimeur de la Mission, 1885, br. in-8, pp. 8.

—— 明心寶鑑 Minh tâm bửu giám. Le précieux miroir du cœur. Texte en Caractères traduit et annoté en annamite Par P.-J.-B. Trương-vĩnh-Ký. 士載張永記. — Saigon, Imp. Rey, Curiol & Cie, 1891-1893, 2 vol. in-8. 1er vol. pp. 135; 2e vol. pp. 143.

(Romans, Contes, etc. : Petrus Trương-vĩnh Ký.)

—— Phú Bần truyện, diễn ca. Riche et pauvre Par Trương-minh-Ký. — Saigon, Bản in nhà hàng C. Guilland et Martinon, 1885, in-8, pp. 24.

[Traduit et adapté en vers annamites du «Riche et pauvre» en vente à Paris, chez Blériot et Gauthier, libraires-éditeurs, 55, quai des Grands-Augustins.]

Le texte chinois a été imprimé en un peun à Saigon, 1885 : 富貧傳演歌.

A. Landes.

—— Contes et légendes annamites par A. Landes, Administrateur des Affaires indigènes. (*Exc. et Recon.*, No. 20, 1884, pp. 297-314; No. 21, 1885, pp. 131-151; No. 22, 1885, pp. 359-412; No. 23, 1885, pp. 39-90; No. 25, 1886, pp. 107-160; No. 26, 1886, pp. 229-322.)

—— Contes et Légendes Annamites Par A. Landes Administrateur des Affaires indigènes. Saigon, Imprimerie coloniale, 1886, in-8, pp. VIII-392 + 2 ff. n. ch.

On lit à la *Table de Concordance* à la fin : «Nota. — Ces contes ont d'abord paru dans les *Excursions et Reconnaissances* nos 20, 21, 22, 23, 25 et 26. Plusieurs ont été retouchés et mis dans un ordre nouveau indiqué par la table.»

Paul Của.

—— Chuyện Giải Buồn Cuồn Sau dịch rút trong các sách hay, lại phụ các án tấu, án đoán quan Annam làm, lập lời nói trang nhả, lịch sự, để giúp trong các trường học cùng giúp cho các người học tiếng Annam. — Paulus Của... — Có hội đồng quản hạt giúp tiền. — Cuồn sau. Mới in lần đầu. — Saigon, Bản in Nhà hàng, 1886, pet. in-8, pp. 96.

—— Chuyện Giải Buồn Rút trong các sách hay, để giúp trong các trường học cùng những người học tiếng Annam. — Paulus Của, Đốc phủ sứ. — In lần thứ hai năm 1886. — Saigon, Bản in Quản hạt — 1886, in-8, pp. 100 + 3.

—— Chuyện Giải Buồn. Rút trong các sách hay. Để giúp trong các trường học cùng

(Romans, Contes, etc. : A. Landes. — Paul Của.)

những người học tiếng Annam [par] Huỳnh-Tinh Paulus Của, Chevalier de la Légion d'Honneur et Officier d'Académie, Đốc-phủ Sứ, In lần thứ tư năm 1904 [4e édition en 1904]. — Saigon, Imprimerie Commerciale, 1904, in-8, pp. 100 + 3.

—— Saigon, 1911.

Contes plaisants. Tirés des livres intéressants. A l'usage des écoles et des personnes qui étudient la langue annamite.

—— Suite des Chuyện giải buồn de Paulus Của Đốc phủ sứ Traduction française et traduction juxtalinéaire par C. Cotel Professeur — (1re Livraison). Saigon, Rey, Curiol & Cie, 1894, gr. in-8, pp. 16.

—— —— (2e Livraison). *Ibid.*, 1894, gr. in-8, ch. pp. 17 à 32.

— Contes annamites — La belle-mère qui accuse sa bru. — L'habile tailleur. D'après les Chuyện giải buồn de Paulus Của, par Arnoux, Inspecteur de la Garde Indigène. (*Revue indo-chinoise*, 31 mars 1904, pp. 370-371.)

—— Deuxième édition 陳生演歌 Trần Sanh diễn ca. Bổn cũ dọn lại [par] Hoàng-Tinh Paulus Của, Chevalier de la Légion d'Honneur et Officier d'Académie, Đốc-phủ-sứ. (Tous droits réservés). — Saigon, Imprimerie Commerciale, 1905, in-8, pp. 61.

Trần-Sanh, traduit en vers. Texte ancien remanié par ...

—— Deuxième édition 瑞卿珠俊傳 Thoại-Khanh Châu-Tuấn truyện, Bổn cũ dọn lại Par Đốc-phủ Paulus Của, Chevalier de la Légion d'Honneur et Officier d'Académie (Tous droits réservés). — Saigon, Imprimerie Commerciale, 1906, in-8, pp. 28.

Histoire de Thoại-Khanh et de Châu-Tuấn. — Texte ancien remanié par ...

—— Cinquième édition. 白猿尋閣傳 Bạch-Viên, Tôn-Cac Truyện. Phụ chinh phụ ngâm. Bổn cũ dọn lại [par] Đốc-phủ Paulus Của, Chevalier de la Légion d'Honneur et Officier d'Académie (Tous droits réservés). — Saigon, Imprimerie commerciale, 1906, in-8, pp. 36.

Histoire d'un singe blanc dans un palais splendide. Suivie des «chants d'une épouse fidèle».

—— Quatrième édition, 宋子尤傳 Tống-Tử-Vưu Truyện. Bon cũ dọn lại Par Đốc-Phủ Paulus Của, Chevalier de la Légion d'Honneur et Officier d'Académie (Tous droits réservés). — Saigon, Imprimerie Commerciale, Marcellin Rey, Imp.-éditeur. — C. Ardin, Directeur, 1907, in-8, pp. 32.

Histoire de Tống-Tử-Vưu. Texte ancien remanié par ...

* * *

—— Truyện Thầy Lazaro Phiền. Của P. J.-B. Nguyễn-trọng-Quản, làm ra. — Saigon, J. Linage, Libraire-éditeur, Rue Catinat, 1887, Tous droits réservés, in-8, pp. 32.

Histoire de Lazaro Phiền. — Conte moderne.

—— A. Clayton Contes franco-annamites.

Les lois répriment pour un temps,
L'enseignement seul enchaîne pour toujours.

L'empereur Kang-Hi.

Livre de lecture pour les écoles du Tonkin. — Hanoi, Imp. F. H. Schneider, 1887, in-8, pp. VI + 29.

Préface de G. Dumoutier. A. Clayton = Mlle Anna Clayton.

A. Chéon.

—— Conte chinois extrait de la Collection intitulée *Lieu-trai* — Seules la charité et la mansuétude élèvent l'homme au rang de Bouddha. — Histoire de La-tô. (*Bull. Soc. Ét. Indo-Chin. Saigon*, 1889, pp. 97-99.)

Par Chéon.

—— Conte extrait des Jugements célèbres de Bao-công — Le Gibbon noir de la fenêtre. (*Bull. Soc. Ét. Indo-Chin. Saigon*, 1889, pp. 100-104.)

Par Chéon.

—— Conte extrait des jugements célèbres de Bao Công — Le vase qui parle. (*Bull. Soc. Ét. Indo-Chin. de Saigon*, 1889, 2e Sem., pp. 45-47.)

Par Chéon.

—— Chuyện anh xứ đông với anh xứ nam. Histoire de l'Homme du Pays de l'Est et de l'Homme du Pays du Sud. Conte annamite Traduit littéralement et suivi d'Exercices d'imitation et d'un petit Vocabulaire. — Hanoi, F.-H. Schneider, Imprimeur-Éditeur 47 à 51, rue du Coton, 1898, in-4, pp. 42 + 1 table.

Par A. Chéon.

—— 奇觀集錄 (Kỳ quan tập lục). Recueil de Nouvelles curieuses Publié sous la direction de M. Chéon, Administrateur de 2e classe des Services civils, chef de cabinet du Résident supérieur, Chargé des Cours de langue annamite et de caractères chinois. — Hanoi, Imprimerie typo-lithographique F.-H. Schneider, 1902, in-8, pp. VII + 77 + 1 table.

[En chinois; préface seule en français.]

—— 成泰丙午夏季訶翰 [par A. Chéon]. 河内嘍呢咈巴堂藏板. [Hanoi, F. H. Schneider], in-4, pp. 128.

*
* *

—— Contes et apologues annamites. — S. l. n. d., in-8, pp. 243 + 5.

[Autogr.].

NGUYỄN-ĐĂNG-HƯỜNG.

—— 陳金海傳. Trần-Kim-Hải truyện. Transcrit en Quốc-ngữ par Nguyễn-đăng-Hường. In lần thứ nhứt. [1re édit.] — Saigon, P. Legros, Imprimeur-éditeur, 156, rue Pellerin, 1903, in-8, pp. 23.

Histoire de Trần-kim-Hải.

—— 仙宝傳. Tiên-Bửu-Truyện có hình. Bổn cũ dọn lại par Nguyễn-Đăng-Hường. Nouvelle édition. Tous droits réservés. — Saigon, Imprimerie Commerciale, 1904, in-8, pp. 32.

Histoire de Tiên-Bửu Illustrée. Texte ancien remanié par ... — [Roman dialogué.]

*
* *

— Les Fils de la Nang Sin. Par T. K. Q. B. (*Revue Indo-Chinoise*, 20 juillet 1903, pp. 648-651; 26 oct. 1903, pp. 984-987.)

(ROMANS, ETC. : DIVERS. — NGUYỄN-ĐĂNG-HƯỜNG.)

—— Conte annamite — La fiancée du prince Hoang-Chiêu. Par T. K. Q. B. (*Revue Indo-Chinoise*, 15 janvier 1904, pp. 27-31).

—— Conte annamite — Les quatre jeunes filles qui veulent épouser un fils de roi. Par T. K. Q. B. (*Revue Indo-Chinoise*, 29 février 1904, pp. 238-241.)

—— Truyện hai anh em quan mã binh trại allemands với Nhà dòng Chartreuse Diễn ra tiếng Annam của [traduction annamite de] Michel Trần-Quang-Tỉnh 陳光情 (Giá : 0$ 50). In lần thứ nhứt [1re édition]. — Saigon, Claude & Cie, Imprimeurs-Éditeurs, 1904, in-8, pp. 72 + 1 errata.

Histoire de deux frères, officiers de la cavalerie allemande, et les religieux de la Chartreuse.

—— Contes du pays d'Annam Par Henry Richard, Commis des Services Civils en Annam. (*Revue Indo-Chinoise*, 15 mars 1904, pp. 268-275.)

—— 張僥 Trương-Ngáo. Sửa và dịch ra chữ Quốc-ngữ Par P. H. S. In lần thứ nhứt [1re édition]. — Saigon, Claude & Cie, Imprimeurs-Éditeurs, 1904, in-8, pp. 28.

[Histoire de] Trương-Ngáo. Remaniée et traduite en quốc-ngữ par ...

—— Truyện Nhạc-Phi [Adapté et traduit en annamite] Par Phụng-Hoàng-Sang. Avec la collaboration de Nguyễn-Chánh-Sắt. (Tous droits réservés). — Saigon, Imprimerie Commerciale Ménard et Rey, 1905, 27 fasc. in-8, pp. 881.

Histoire de Nhạc-Phi.

[Roman historique chinois sur l'époque des T'ang.]

—— Contes pour rire. Par Lê-trúc-Khê Huyên attaché au Secrétariat général. (*Revue indo-chinoise*, 15 mai 1905, pp. 664-668.)

—— Trần-đại-lang — Roman annamite Par Hồ-văn-Đoàn Instituteur du Service local. (*Revue indo-chinoise*, 30 mai 1905, pp. 726-734; *ibid.*, 15 juin 1905, pp. 802-809; *ibid.*, 30 juin 1905, pp. 869-881; *ibid.*, 15 juillet 1905, pp. 965-969.)

(ROMANS, CONTES ET NOUVELLES : DIVERS.)

—— Aventures d'une princesse & d'un prince — Roman annamite Traduction de A. Bouchet, Commis des Services civils. (*Revue indo-chinoise*, 15 août 1905, pp. 1104-1109.)

—— Fleur de jade — Conte annamite — Traduction de A. Bouchet Commis des Services civils. (*Revue indo-chinoise*, 30 oct. 1905, pp. 1486-1492.)

—— Le mariage de la Fille du Renard 狐嫁女. Đám cưới con gái con Cáo. Extrait du *Liou tch'ai tche yi* de P'ou Soung-ling 摘錄蒲松齡聊齋志異. — [Traduit du chinois par Đỗ-Thận.] — Hanoi, F.-H. Schneider, Imprimeur-Éditeur, 1905, in-8, pp. 8.

Voir *Bib. Sinica*, col. 1773.

—— Publications F.-H. Schneider. Collection des Classiques. 啟童雜引 Contes et Moralités Annamites Avec traduction française par Đỗ Thận 杜愼, Co-auteur du Vocabulaire Grammatical Franco-Tonkinois. — 2ᵉ édition revue et augmentée. — Hanoi, F.-H. Schneider, Imprimeur-Éditeur, 1906. Tous droits réservés, 2 fasc. in-8.

1ᵉʳ livret : pp. 49. — 2ᵉ livret : pp. 53.

—— 後漢叅合寶劍 Tam-Hạp Bửu-Kiếm (Hậu-Hớn) Traduit en quốc-ngữ par Trần-công-Danh, Ex-Maire au village de Tân-niên-tây (Gocong) Avec la collaboration de Nguyễn-phước-Dủ, Employé à l'Hôtel de l'Univers. — Saigon, Publié par Nguyễn-khánh-Hưng. Tous droits réservés. — Saigon, Imprimerie Saigonnaise, 1906, 5 fasc. in-8, pp. 203.

Heou-Han. — [Roman historique chinois.]

—— 五虎平南 Ngủ hổ bình nam Truyện Địch-luông Địch-hổ. — Hương-yên Hồng-ngọc Traduit par Trần-hữu-Quang. Avec la collaboration de Trần-quang-Xuân. Tous droits réservés. — Saigon, Imprimerie Saigonnaise, 5 fasc. in-8, pp. 214.

Les 5 tigres conquérant le Sud. — Roman historique chinois sur l'époque des S'ong.

—— Thái Thượng Kảm Ứng Thiên jễn âm. — Traduit suivant les nouvelles modifications du Kuôk-ngữ Par Trần-văn-Tăng. Professeur adjoint à l'École des Hậu-bổ, 73, Rue du Chanvre, 73. — Hanoi, Schneider, Imprimeur-Editeur, 1906, in-8, pp. 17.

Le ciel touché de compassion. — [Livre pieux, traduit en quốc-ngữ nouveau.]

—— Contes et légendes annamites Par Simard. (*Revue Indo-Chinoise*, 28 février 1906, pp. 237-242; *ibid.*, 15 mars, pp. 333-337, fig.; 30 mars, pp. 435-450, fig.; *ibid.*, 15 juin, pp. 861-867; *ibid.*, 30 juin, pp. 938-945, fig.; *ibid.*, 30 juillet, pp. 1131-1139, fig.; *ibid.*, 15 sept., pp. 1413-1416, fig.; *ibid.*, 30 sept., pp. 1467-1469, fig.; *ibid.*, 15 oct., pp. 1563-1565, fig.; *ibid.*, 15 nov., pp. 1703-1709, fig.; *ibid.*, 30 nov., pp. 1791-1796, fig.; *ibid.*, 30 décembre, pp. 1922-1946, fig.; *ibid.*, 15 janvier 1907, pp. 42-52, fig.; *ibid.*, 30 janvier, pp. 112-118, fig.; *ibid.*, 28 février, pp. 262-265, fig.; *ibid.*, 15-30 mars, pp. 399-412, fig.; *ibid.*, 30 avril, pp. 560-574, fig.)

—— 北宋演義 Bắc Tống diễn nghiã. Traduit par Huỳnh-Công-Giác (Tân-an). Tous droits réservés. — Saigon, Imprimerie Saigonnaise, 1906, 5 fasc. in-8, pp. 211.

Traduction de l'histoire des S'ong du Nord. — [Roman historique.]

—— 飛龍演義 Phi-Long diễn nghiã. Traduit et publié par Huỳnh-công-Giác (Tân-an). Tous droits réservés. — Saigon, Imprimerie Saigonnaise, 1906, in-8, 10 fasc., pp. 504.

Le dragon volant. — Roman historique chinois.

—— Deuxième édition. 白蛇演義 Bạch-Xà diễn nghiã. Traduite en Quốc ngữ Par Đinh-van-Đẩu 丁文斗. Tous droits réservés. — Saigon, Imprimerie Commerciale, 1906, 2 fasc. in-8, pp. 84.

Histoire du Serpent Blanc. — [Roman.]

—— 夢中緣 Mộng Trung Duyên. Năm nàng lịch-sự. Traduit en Quốc-ngủ Par Đinh-vãn-Đẩu 丁文斗. — Tous droits réservés. — Saigon, Imprimerie Commerciale, 1907, 3 fasc. in-8, pp. 188.

L'amour dans le rêve. Les cinq filles charmantes. [Roman chinois sur l'époque des Ming.]

— 陳詐婚 Trần Trá Hôn Bổn cũ soạn lại 丁泰山 Par Đinh-Thái-Sơn. In lần thứ nhứt [1re édition]. Thứ Nhứt, Thứ Nhì, và Thứ Ba. Tous droits réservés. — Saigon, Coudurier & Montégout, Imprimeurs-Éditeurs, 1906, in-8, pp. 43.

Le Mariage frauduleux de Trần. Texte ancien remanié par...

Nguyễn-an-Khương.

— Phan Đường diễn nghiã Traduit par Nguyễn an Khương Publié par Trần-quang-Nghiêm. Tous droits réservés. — Saigon, Imprimerie Saigonnaise, 1906, 7 fasc. in-8, pp. 342.

Les traîtres des T'ang. — Roman historique chinois sur les T'ang.

— 萬花樓演義 Vạn-Huê-Lâu-diễn nghiã. Traduit par Nguyễn-an-Khương. Publié par Nguyễn-hông-Điều. Tous droits réservés. — Saigon, Imprimerie Saigonnaise, 1906, 6 fasc. in-8, pp. 275.

Le palais des 10.000 fleurs. — [Roman chinois.]

— 殘唐演義 Tàn-Đường diễn nghiã. Traduite [en quốc-ngữ] par Nguyễn-an-Khương. Tous droits réservés. — Saigon, Imprimerie Saigonnaise, 1906, 2 fasc. in-8, pp. 118.

La fin des T'ang. — Roman historique chinois.

— 後三國演義 Hậu-Tam-Quốc diễn nghiã (Đông-Tây-Tấn). Traduit par Nguyễn-an-Khương. Publié par Trần-huy-Tân, Nguyễn-chiếu-Quyền. Tous droits réservés. — Saigon, Imprimerie Saigonnaise, 1906, in-8.

L'ouvrage est en cours de publication. 1 fasc. paru, pp. 52. — Suite des *San-kouo*. — (Les Tsin orientaux et occidentaux.)

— 宋慈雲演義 Tống-Từ-Vân diễn nghiã. Traduit par Nguyễn-an-Khương. Publié par Đặng-van-Đề. Tous droits réservés. — Saigon, Imprimerie Saigonnaise, 1906, 6 fasc. in-8, pp. 284.

Traduction du Tống-Từ-Vân. — [Roman chinois.]

— 義演唐殘 Tan-Duong diễn nghiã. Traduit par Nguyễn-an-Khương. — Saigon, Imprimerie Saigonnaise, 1906, fascicules in-8.

Bib. nat., 8° O²l 352.

— 水滸演義 Thủy Hử diễn nghiã. Traduit par Nguyễn-an-Khương. Tous droits réservés. — Saigon, Imprimerie Saigonnaise, 1907, in-8.

[En cours de publication. 35 fasc. parus, pp. 1532.]

Les rives du Fleuve. — Roman historique chinois sur les S'ong.

— 西平虎五 Ngũ Hổ Bình Tây. Traduit en quốc-ngữ par Nguyễn-an-Khương (Tân-an)... Saigon, Imprimerie Saigonnaise, 1907, fascicules in-8.

Bib. nat., 8° O²l 351.

— 粉粧樓演義 Phấn-Trang-Lầu diễn nghiã. Traduit par Nguyễn-an-Khương. Tous droits réservés. — Saigon, Phát-Toán, Libraire-imprimeur, 55, 57 Rue d'Ormay, 1908, 7 fascicules in-8, pp. 350.

Le Palais Phấn-trang. — Roman historique chinois sur l'époque des T'ang.

— 梅良玉演義 Mai-Lương-Ngọc diễn nghiã. Traduit par Nguêyn-an-Khương. Publié par Đinh-Thái-Sơn. — Saigon, Phát-Toán, Libraire-Imprimeur, 1909, 4 fasc. in-8, pp. 155.

Traduction de Mai-Lương-Ngọc. — [Roman.]

Nguyễn-chánh-Sắt.

— Truyện Nhạc-Phi. Par Phung-hoàng-Sang Avec la collaboration de Nguyễn-chánh-Sắt (Tous droits réservés). — Saigon, Imprimerie Commerciale Ménard et Rey, 1905-1909, 27 fasc. in-8, pp. 881.

Histoire de Nhạc-Phi. — [Roman historique.]

— 五虎平西 Ngủ hổ bình tây Traduit en quốc-ngữ Par Nguyễn-chánh-Sắt (Tân-châu). In lần thứ nhứt [1re édition]. Tous droits réservés. — Saigon, Imprimerie Saigonnaise, 1906, 9 fascicules in-8, pp. 444.

Les 5 tigres conquérant l'Ouest. — Roman historique chinois sur l'époque des Song.

— 西漢演義 Tây Hớn diễn nghiã. Traduit en quốc-ngữ Par Nguyễn-chánh-Sắt

(Tàn-châu). Publié par Huyèn-trí-Phú, Négociant Mytho. In lần thứ hai [2e édition]. Tous droits réservés. — Saigon, Imprimerie Saigonnaise, 39 et 41, Rue Catinat, 1908, 11 fascicules in-8, pp. 551.

Les Han occidentaux. — Roman historique chinois.

—— 說唐演義 Thuyết Đường diễn nghiã Traduit par Nguyèn-chánh-Sắt Publié par Ancienne maison de reliure Viét-Lộc. Lê-vân-Ngàn & Cie Successeurs. Tous droits réservés. — Saigon, Imp. F.-H. Schneider, 1908, in-8, pp. 545.

Contes du temps des T'ang.

—— Dương-Văn-Quảng bình nam. Traduit en Quốc-ngữ par Nguyèn-chánh-Sắt (Tân-Châu) Publié par Đinh-Thái-Són. — Saigon, Phát-Toán, Libraire-imprimeur, 55-57, Rue d'Ormay, 1908, 2 fasc. in-8, pp. 120.

Pacification du Sud par Dương-văn-Quảng.

—— 鍾無艷 Chung-Vô-Điêm. Tè, Sở luong tranh (thuộc, Đông-Châu). Dich ra quốc-ngữ [traduit en quốc-ngữ par] Nguyèn-Chánh-Sắt, Chủ-bổn Nguyễn-Hữu-Sanh. Cấm không cho ai in theo bổn nẫy [Tous droits réservés]. — Saigon, Imprimerie Saigonnaise Royer & Cie, 39 et 41, Rue Catinat, 1909, 13 fasc. in-8, pp. 638.

Histoire de Chung-Vô-Diêm. Lutte entre les royaumes Tsi et Chou (sous les Tcheou orientaux. — Roman historique.)

—— 小紅袍海瑞 Tiểu Hồng-Baò Hải-Thoại Traduit en quốc-ngữ Par Nguyèn-chánh-Sắt (Tân-châu). Publié par Nguyễn-hữu-Phước. Saigon, Phát-Toán, Libraire-imprimeur, 55-57-59, Rue d'Ormay, 1910, 5 fasc. in-8, pp. 188.

Histoire de Hải-Thoại [de l'époque des Ming]. — Roman historique chinois. — Voir Tràn-phong-Sắc, col. 2341.

—— 今古奇觀 Kim-Cổ Kỳ-Quan. Traduit par Nguyèn-chánh-Sắt. Publié par Đỗ-văn-Tâm. Tous droits réservés. — Saigon, Phát-Toán, Libraire-Imprimeur, 55-57-59, Rue d'Ormay, 1910-1911, in-8.

En cours. 4 fasc. parus, pp. 198.

Histoires merveilleuses des temps passés et présents. — Voir *Bibliotheca Sinica*, col. 1761.

—— 三國誌新 Tan tam quốc chí traduit en quốc-ngữ par Nguyèn-chánh-Sắt (Tân châu). — Publié par Nguyễn-văn-Lào... — Saigon, Phát-Toán, 1910, in-8, pp. 48.

Tiré à 2.000 exemplaires. — Bib. nat., 8° O²l 338.

—— 玉甘玉苦 Ngọc-Cam Ngọc-Khổ diễn ca. Bổn cũ soạn lại par Nguyễn-Hưu-Viét, Nguyễn-Tân-Phước. In lần thứ nhứt [1re édition]. Tous droits réservés. — Saigon, Imprimerie Saigonnaise, 1906, in-8, pp. 47.

Ngọc-cam et Ngọc-Khổ traduit en vers. — Texte ancien remanié par...

—— 萬花樓演義 Vạn-Huê-Lầu diễn nghiã Transcrit et Publié par Nguyèn-minh-Bach... Saigon, Imprimerie Commerciale, 1906-1911, fascicules in-8.

Il y a eu plusieurs traducteurs ou éditeurs Nguyèn-an-Khương, Nguyèn-hồng-điều.

Bib. nat., 8° O²l 359 et 359 A et B.

G. Cordier.

—— Trần-Kim-hai — Roman annamite Traduit par Georges Cordier Commis des Douanes, Hanoi. (*Revue Indo-Chinoise*, 15 avril 1906, pp. 504-518.)

—— La jeune fille bachelier — Roman annamite — Traduit par Georges Cordier Commis des Douanes Hanoi. (*Revue Indo-Chinoise*, 15 août 1906, pp. 1203-1225.)

Trần-phong-Sắc.

—— 羅通掃北 La-thông Tảo-bac. Traduit par 陳豐色 Trần-phong-Sắc, Professeur à l'École de Tân-an. Publié par Đỗ-van-Tam. Tous droits réservés. — Saigon, Imprimerie Saigonnaise, 1906, in-8, pp. 129.

Conquête du Nord par La-thông. — Roman historique chinois sur les T'ang.

—— 封神演義 Phong Thần diễn nghiã. Traduit par 陳豐色 Trần-phong-Sắc, Instituteur à l'École de Tânan. Publié par 黃克須 Huỳnh-khắc-Thuận, Secrétaire du Secrétariat du Gouvernement. Tous droits réservés. — Saigon, Imprimerie Saigonnaise, 1906, 17 fasc. in-8, pp. 847.

Traduction du Fong-chen. [Roman historique.]

—— 三下南唐 Tam Hạ Nam Dường diễn nghiã. Truyện Mạc Dường sang Tống. Nam năng nưa-tướng chinh-nam. Traduit par 陳豐色 Trần Phong-Sắc, Professeur à l'École de Tanan. Publié par Đỗ-văn-Hòa, Secrétaire principal au Secrétariat général Saigon. — Saigon, Imp. F.-H. Schneider, 1906, 5 fasc. in-8, pp. 242.

....

La fin des T'ang et l'avènement des Song.

Les cinq filles conquérant le Sud. — [Roman historique.]

—— 大紅袍海瑞 Đại-Hồng-Bào Hải-Thoại Sau truyện Du-Long-Hí-Phụng Trước truyện Thuận-trị-quá-giàng, Traduit par 陳豐色 Trần-phong-Sắc, Professeur à l'École de Tân-An. In lần thứ nhứt [1re édition]. Tous droits réservés. — Saigon, Imprimerie Saigonnaise, 1907, 7 fasc. in-8, pp. 347.

Histoire de Hải Thoại — Roman historique chinois sur l'époque des Ming. — Voir Nguyễn-chánh-Sắt, col. 2339.

—— Du Long Hí Phụng Chánh-đức du Giang-nam. [par] Trần-Phong-Sắc, Thầy giáo chữ nho tại trường Tân-an, dịch ra quốc-ngữ. Chủ bổn : Phạm-thánh-Kinh, Thơ ký tại dinh Hiệp-lý. Cam không cho ai in theo bổn nầy. Cuốn nào không có chủ bổn ký tên thì không nên mua. — Saigon, Coudurier et Montegout, Imprimeurs-Éditeurs, 1907, 4 fasc. in-8, pp. 144.

....

Excursion de l'Empereur Cheng-tö dans le Kiang-nan. Traduit Par Trần-Phong-Sắc, professeur de caractères à l'École de Tân-an. Édité par Phạm-thánh-Kinh, Secrétaire au Secrétariat du Gouvernement. Droit de reproduction réservé. — Ne pas acheter les ouvrages qui ne portent pas ma griffe.

—— 英雄鬧三門街 Anh-Hùng Náo Tam-Môn-Giai Tiếp theo truyện «Chánh-Đức du Giang-nam» (Hay hơn các truyện). Traduit en Quốc-ngữ par 陳豐色 Trần-Phong-Sắc, Instituteur à l'École de Tânan. Édité par 黃克順 Huỳnh-Khắc-Thuận. Secrétaire du Secrétariat du Gouvernement. Tous droits réservés. — Saigon, Imprimerie Commerciale Marcellin Rey, C. Ardin, directeur, 1907, 4 fasc. in-8, pp. 195.

Rencontre des héros sur la route San-men. — (Suite du «Chánh-Đức du Giang-nam») (Plus intéressant que tous les autres). — [Roman historique.]

—— 後英雄 Hậu Anh-Hùng Tiếp theo truyện «Anh-Hùng Náo Tam-Môn-Giai» (Hay hơn các truyện). Traduit en Quốc-ngữ par 陳豐色 Trần-Phong-Sắc, Instituteur à l'École de Tânan. Publié par 黃克順 Huỳnh-Khắc-Thuận, Secrétaire du Secrétariat du Gouvernement. Tous droits réservés. — Saigon, Imprimerie F.-H. Schneider, 1908, 4 fasc. in-8, pp. 207.

Suite des Anh-Hùng (héros). Suite de la «Rencontre des héros à San-men». (Plus intéressante que toutes les autres histoires.) — [Roman historique.]

—— 薛丁山征西 Tiết-Đinh-San Chinh-Tây Traduit par 陳豐色 Trần-Phong-Sắc, Professeur à l'École provinciale de Tân-an, Publié par Đỗ-văn-Tam. — Tous droits réservés. — Saigon, Imprimerie Saigonnaise, 1907, 11 fasc. in-8, pp. 452.

Pacification de l'Ouest par Tiết-đinh-Sơn.

—— Lục-Mẫu Đơn Traduit en quốc-ngữ Par Nguyễn-trọng-Quyền, Ex-surveillant à Thotnot. Remanié par Trần-phong-Sắc, Professeur de caractères chinois à Tânan. Édité par 黃克順 Huỳnh-khắc-Thuận, Secrétaire du Secrétariat du Gouvernement. Tous droits réservés. — Saigon, Imprimerie Saigonnaise, 39 et 41, Rue Catinat, 1908, 8 fasc. in-8, pp. 362.

La pivoine verte.

—— Thuận-Trị Quá Giang. Truyện mạt Minh qua Thanh. Traduit par Trần-phong-Sắc, Professeur de caractères chinois à l'école de Tânan. Publié par Nguyễn-thành-Ký, Bijoutier à Tânan, Trần-phong-Sắc, (Tânan). Tous droits réservés. — Saigon, Phát-Toán, Libraire-imprimeur, 55-57, Rue d'Ormay, 1908, 2 fasc. in-8.

L'entrée de Choen-tche en Chine. — La fin des Ming et l'avènement des Ts'ing. — [Roman historique.]

—— 北遊眞武傳 Bắc du Chơn Võ Truyện. Traduit par Trần-phong-Sắc, Professeur de caractères à l'école de Tânan. Pu-

(Romans, Contes et Nouvelles : Trần-phong-Sắc.)

blié par Nguyễn-Hưu-Phước. Tous droits réservés. — Saigon, Phát-Toán, Libraire-Imprimeur, 55-57, Rue d'Ormay, 1909, 2 fasc. in-8, pp. 94.

Excursion dans le Nord. Pagode de Chấn-võ. — [Roman.]

—— 隋唐傳 Tùy-Đường truyện Traduit par Trần-phong-Sắc, Professeur de caractères chinois à l'école de Tanan. Edité par Đinh-Thái-Sơn. — Saigon, Phát-Toán, Libraire-imprimeur, 55-57, Rue d'Ormay, 1910, in-8.

2 fasc. parus, pp. 96.

Histoire des Souei & des T'ang. — [Roman historique chinois.]

—— 永慶昇平 Vĩnh Khánh thăng bình (Đầu truyện Càng-Long) — Traduit par 陳豐色 Trần-Phong-Sắc Professeur de caractères chinois à Tânan Edité par 黃克順 Huỳnh-Khắc-Thuận Secrétaire du Secrétariat du Gouvernement. Saigon, Imprimerie F.-H. Schneider, 1910, in-8, pp. ch. 89 à 128.

Tiré à 1000 exemplaires. — Bib. nat., 8° O²l 339.

—— *Ibid.*, 1911, in-8, pp. ch. 129 à 168.

Tiré à 1000 exemplaires. — Bib. nat., 8° O²l 339.

—— 五虎平南戲文 Ngủ hổ bình nam hí văn... par Trần-phong-Sắc... Saigon, Imprimerie F.-H. Schneider, 1911, in-8, pp. 29.

—— —— Saigon, Phát-Toán, 1911, in-8, pp. ch. 31-64.

Bib. nat., 8° Yn 361.

—— 詼諧 Chuyện Khôi-Hài (Rút các chuyện tiếu-lâm hay và tức-cười). Contes pour rire Par 陳豐色 Trần-phong-Sắc, Professeur de caractères chinois à Tanan Avec la collaboration de 黃克順 Huỳnh-khắc-Thuận, Tri-huyện du Secrétariat du Gouvernement. Tous droits réservés. 1e Edition. — Saigon, Imprimerie Commerciale C. Ardin, 1913, 2 fasc. in-8, pp. 71.

*
* *

—— 群英傑演義 Quần-Anh-Kiệt diễn nghĩa. [par] Trinh-Hoài-Nghĩa, Bổn quốc học trường, nho học giáo thọ, Phiên dịch [traduit par] Phạm-Thành-Kinh, Soái phủ thơ ký. Giảo chánh (Bản quyền sở hữu. Phiên án tất cứu) [Tous droits réservés]. — Saigon, Imprimerie Saigonnaise, 1907, 3 fasc. in-8, pp. 156.

Un groupe de héros, traduit en annamite. — [Roman historique.]

—— 薛仁貴征東 Truyện Tiết-Nhơn-Quí Chinh-Đông Traduit par Trần-hữu-Quang Publié par Nguyễn-hữu-Sanh. Tous droits réservés. — Saigon, Imprimerie Saigonnaise, 1907, 5 fasc. in-8, pp. 259.

La pacification de l'Est par Tiết-nhơn-Quí. — [Roman historique chinois.]

—— Alfred Schreiner Contes de Cochinchine — (Tous droits réservés). — Saigon, Chez l'Auteur: 37, rue de Bangkok, 1907, in-8, pp. VI + 256 + 1 table.

—— 翠翹賦 Túy Kiều Phú. In lần thứ sáu [6e édition]. Transcrit en Quốc-ngữ Par Phụng-Hoàng-Sang & Vo-Thành-Kỳ. Tous droits réservés. — Saigon, Coudurier & Montégout, Imprimeurs-Editeurs, 1907, in-8, pp. 20.

Túy-Kiều en prose rimée.

—— Tiếu Lâm. Chủ bút Phụng-hoàng-Sang. publié par 丁泰山 Đinh-Thai-Sơn, Dit Phat-Toán. Vente et Réparations de Bicyclettes et Vente de Livres en Quốc-ngữ. In lần thứ nhì [2e édition]. (Tous droits réservés.) — Saigon, Imprimerie Saigonnaise, 1907, in-8, pp. 20.

Contes plaisants.

—— Ta-Ba-Dao et Duong-Jak-Ai. Par Lê-van-Chinh. (*Revue Indo-Chinoise*, 28 février 1907, pp. 258-261.)

—— 三國誌演 Tam-quốc chí diễn — Pièce en deux partes [*sic*] — 1re partie — Transcrit en quốc ngữ par Đỗ-Thanh-Phong, Võ-Mẫn-Thiệp, Đặng-Ngọc-Có... — Saigon, F.-H. Schneider, 1907, in-8, pp. 11.

Bib. nat., 8° Y Pièce 131 a.

ĐẶNG-LỄ-NGHI.

—— 陳大郎書 Trần Đại Lang Thơ. Bổn củ soạn lại Par Đặng-Lễ-Nghi, Publié par Đinh-Thái-Sơn. In lần thứ nhứt [1re édition] (Tous droits réservés). — Saigon, Imprimerie de l'Opinion, 1907, in-8, pp. 48.

[Histoire de] Trần-Đại-Lang, en vers.

Texte ancien remanié par...

—— 否生李通 Thạch-Sanh, Lý-Thông. Bổn củ diễn chánh par Đặng-Lễ-Nghi. Publié par Đinh-Thái-Sơn. In lần thứ nhứt [1re édition] (Tous droits réservés). — Saigon, Imprimerie Nam-Tai, 1907, in-8, pp. 47.

[Histoire de] Thạch-Sanh et de Lý-Thông.

Texte ancien annoté par...

—— 四代奇書. Tứ Đại Kỳ Thơ, thơ. Nói về Liên-Huờn kế của Vương-Doản Tư-Đồ hại Đổng-Trác. Bổn củ diễn chánh có soạn thêm Par Đặng-Lễ-Nghi Publié par 丁泰山 Đinh-Thái-Sơn dit Phát-Toan, Vente et Réparations de Bicyclettes et Vente de Livres en Quốc-ngữ. In lần thứ nhứt (Tous droits réservés). — Saigon, Phát-Toán, Imprimeur-éditeur, 1907, in-8, pp. 24.

Un épisode du San-kouo-tche. — L'assassinat de Tong-tche.

—— Nữ trung bảo hoán thơ Chủ bút Đặng-Lễ-Nghi Publié par 丁泰山 Đinh-Thái-Sơn dit Phát-Toan, Vente et Réparations de Bicyclettes et Vente de Livres en Quốc-ngữ. In lần thứ nhứt [1re édition]. Tous droits réservés. — Saigon, Phát-Toan, Libraire-imprimeur, 55-57, Rue d'Ormay, 1908, in-8, pp. 30.

Vengeance d'une fille fidèle.

—— 娘季㐌書. Nàng Út thơ. Soạn ra par Đặng-lễ-Nghi Publié par Đinh-thái-Sơn. In lần thứ nhứt [1re édition]. — Saigon, Phat-Toan, Libraire-imprimeur, 55-57, Rue d'Ormay, 1909, in-8, pp. 37.

Mademoiselle Út. — [Roman moderne.]

(ROMANS, CONTES ET NOUVELLES : ĐẶNG-LỄ-NGHI.)

—— 杜拾娘書 Đỗ Thập Nương thơ (Soạn trong Kim-cổ kỳ-quan hồi thứ năm). Tân soạn par Đặng-lễ-Nghi. Edité par Đinh-thái-Sơn. In lần thứ nhứt [1re édition]. Giá [prix] : 0 $ 30. — Saigon, Phát-Toán, Libraire-imprimeur, 55-57, Rue d'Ormay, Février 1910, in-8, pp. 40.

Mademoiselle Đỗ Thập, histoire versifiée.

—— 對古奇光 Đối-Cổ Kỳ-Quang. Truyện đời nay. 傳代矜 Tân soạn [par] Đặng-lễ-Nghi. Edité par Đinh-Thái-Sơn. — Saigon, Phát-Toán, Libraire-imprimeur, 55-57, Rue d'Ormay, Mars 1910, in-8.

En cours. — 2 fasc. parus, pp. 88.

Contes merveilleux du passé. Contes d'aujourd'hui.

—— Chàng-Nhái Kiển Tiên thơ. Bổn củ soạn lại par Đặng-lễ-Nghi, Édité par Đinh-Thái-Sơn. In lần thứ nhứt [1re édition]. — Saigon, Phát-Toán, Libraire-Imprimeur, 55-57-59, Rue d'Ormay, Octobre 1910, in-8, pp. 49.

Histoire d'un crapaud-buffle et de la princesse Kiển-tiên, en vers.

Texte ancien remanié par... — [Roman.]

—— Con Tấm Con Cám thơ. Bổn củ soạn lại par Đặng-lễ Nghi. Edité par Đinh-thái-Sơn. In lần thứ nhứt [1re édition]. Giá [prix] 0 $ 30. — Saigon, Phát-Toán, Libraire-Imprimeur, 55-57-59, rue d'Ormay, Février 1911, in-8, pp. 49.

Conte de Cendrillon versifié. Texte ancien remanié par...

* * *

—— Une version annamite du Conte de Cendrillon Par Đỗ thận. (*Bull. École franç. Ext.-Orient*, VII, Janv.-Juin 1907, pp. 101-107.)

—— 義演漢東 Đông-Hớn diễn nghĩa... Publié par Nguyễn-ân-Linh, Hồ-văn-Trung, Tran-văn-Me, Secrétaires du Gouvernement. Saigon, Imprimerie Saigonnaise, 1907, fascicules in-8.

Bib. nat., 8° O²l 348.

—— 三國演義 Tam Quốc diễn nghĩa. Traduit par Nguyễn-Liên-Phong et Nguyễn-an-Cư, Publié par Dinh-Thái-Sơn. —

(ROMANS, CONTES ET NOUVELLES : DIVERS.)

Saigon, Imprimerie de l'Opinion, 31 fasc. in-8, pp. 1588 + 1 carte. [1907].

Tous droits réservés. — [Illustré.]

Traduction du *San-kouo-tche.*

—— Chuyện giải buồn. (Chuyện hay và rất nên có ích cho các con trẻ các trường sở.) Par Trần-phúc-Lễ — Tous droits réservés. — Saigon, Imprimerie Commerciale Marcellin Rey, 1908, in-8, pp. 136.

Contes plaisants. (Très intéressants et très utiles aux élèves des écoles primaires.) — [Contes.]

—— 林生林瑞 Lâm Sanh Lâm Thoại Transcrit en Quốc-Ngữ Par Michel Trần Quang Tình 陳光情. In lần thứ hai [2e édition]. (Giá [prix] 0 $ 30.) — Saigon, Phát Toán, Libraire-Imprimeur, 55 et 57, Rue d'Ormay, 1908, in-8, pp. 47.

Làm-Sanh et Lâm thoại. — [Conte en vers.]

—— 笑林新說. Tiếu-Lâm thứ mới. Pour rire. Par Trần-quang-Nhiều. Tous droits réservés. Giá là : 0 $ 20. — Saigon, Imprimerie Saigonnaise, 39 et 41, Rue Catinat, 1908, in-8, pp. 18 + 1 table.

Nouveaux contes plaisants.

—— 乾隆下江南 Càng-long hạ Giang-nam. Traduit en quốc-ngữ. Par Huỳnh-trí-Phú. Cuốn thứ nhứt-mười một (11 fascicules). — Saigon, Phát-Toán, 1908-1910, in-8, pp. 504.

Conquête du Kiang-nan par K'ien-long. — [Roman historique.]

—— Sách ngoài dịch nôm. Tam-quốc-chí diễn nghĩa. Phan-kế-Bính, dịch. Nguyễn-van-Vĩnh, dọn lại. Quyển thứ nhất-chín mươi tám (98 fascicules). — Hanoi, Imprimerie-Express, 1909, in-16, pp. 837-XIII.

Collection de livres étrangers traduits en annamite.

Traduction du *San-kouo-tche.*

—— 傳解悶 Chuyện Giải buồn... par Trần-Phục-Lề. 2e Édition revue et corrigée ... Saigon, Imprimerie F.-H. Schneider, 1910, in-8, pp. 64.

Bib. nat., Pièce 8° Z. 18729.

(Romans, Contes et Nouvelles : Divers.)

—— Phan Yên Ngoại Dữ Tiết phụ giang truân [par] Trứ thơ viện Trương-duy-Toản. Vương môn gia phổ lục dịch. Canh tuất niên Chánh ngoạt. In lần thứ nhứt 2.000 cuốn [1re édition, 2.000 exemplaires]. Thiệt giá [prix] 0 $ 40. — Saigon, F. H. Schneider, 1910, in-8, pp. 49.

[Illustré.]

Cấm không cho in bổn hoặc dich ra tiếng tây. [Droits de reproduction et de traduction réservés.]

Histoire de Phan-Yên. Les malheurs d'une épouse fidèle.

—— Lâm Kim Liên Par Trứ Thơ Viện Trần-Thiên Trung. In lần đầu (2.000 cuốn). [1re édition, 2.000 ex.] Thiệt giá là [prix net] 0 $ 30. (Cấm không cho in lại y bổn, hoặc dich ra tiếng tây) [Droits de traduction et de reproduction réservés]. — Saigon, F. H. Schneider, 1910, in-8, pp. 35.

[Illustré.]

Par le bibliothécaire Trần-thiên-Trung. — [Roman.]

—— 黃素英黃冤 Hoàng-Tố-Anh hàm-oan. Trứ thơ viện Trần-thiên-Trung. Soạn [par]. In lần thứ nhứt. 2000 cuốn [1re édition, 2000 exemplaires]. Thiệt giá [prix net] 0 $ 40. — Cấm không đặng in nguyên bổn và dich ra tiếng Langsa [droits de reproduction et de traduction réservés]. — Saigon, Phát-Toán, Libraire-Imprimeur, 55-57, Rue d'Ormay, Mars 1910, in-8, pp. 54.

[Illustré.]

Les malheurs de la vie de Hoàng Tố Anh. Par le bibliothécaire Trần-thiên-Trung. — [Roman moderne.]

—— 案翠翹 An túy kiều, Chủ bút Nguyễn-liên-Phong — Édité par Đinh-Thái-Sơn ... Saigon, Phát-toán, Mai 1910, in-8, pp. 16.

Bib. nat., 8° Y Pièce a 104.

—— 李施恩秃報義 [書] Lý-Thi-Ân Đào-Báo-Nghiã thơ. Traduit par Nguyễn-văn-Trị. Édité par Đinh-Thái-Sơn. (Tous droits réservés). Giá : [prix] : 0 $ 20. — Saigon, Phát-Toán, Libraire-Imprimeur, 55-57-59, Rue d'Ormay, Juin 1910, in-8, pp. 22.

[Histoire de] Lý-Thi-Ân et de Đào-Báo-Nghiã, en vers. — [Roman.]

(Romans, Contes et Nouvelles : Divers.)

— Tân-Soạn-Cổ-Tich. Traduit par Hồ-van-Trung. Avec Collaboration de Giáo-Sỏi (Liêm-Khê). Publié par Trương-Tứ-Phú et Phan-van-Nhớ. — Saigon, Nhà in hãng F.-H. Schneider, 1910, in-8, pp. 47 + 1 table.

Nouvelle édition d'histoires anciennes.

— 芙蓉新傳 Phù Dung tân-chuyện 四岐竹林居士撰 Tứ kỳ chúc lâm cư sĩ soạn [édité par] Hiệu Quảng-thành, ở Nam-Định phố Bắc-Ninh số 20 mới in da chuyện này : Dá tiền 0 $ 25, 1910, in-8, pp. 116.

Autographié. — L'ouvrage est en chữ-nôm et en quốc-ngữ.

Nouvelle histoire de la pivoine.

— 一殿二殿 Tuồng Nhứt-Điện Nhị-Điện. Traduit par Chánh-vệ-Nhị (Bén-tre). Edité par Đinh-Thái-Sơn. — Saigon, Phát-Toán, Libraire-Imprimeur, 55-57, Rue d'Ormay, Mars 1910, 3 fasc. in-8, pp. 64.

La 1re et la 2e reines.

Nguyễn-hữu-Sanh.

— In lần thứ nhứt. Thiệt giá = 0 $ 30 [1re édition. Prix net = 0 $ 30] Hoa nguyệt triều hí. Thơ-tình cơ văn chương. Dụng nhửng = điệu Trương-thiên, điệu Ca-trù, thì Thất-ngôn và Từ-điệu. — Chủ bổn [éditeur] Nguyễn-hữu-Sanh. Saigon. — Saigon, imp. F. H. Schneider, 1910, in-8, pp. 46.

Contes d'amour.

— 鍾無鹽 Chung-vô-Diêm — Publiée par Nguyễn-hữu-Sanh Employé à la Société des Etudes Indochinoises. — Saigon, Imprimerie F.-H. Schneider, 1910, fascicules in-8.

Tiré à 1500 exemplaires. — Bib. nat., 8° O²l 341.

Xuân-Lan.

— 鈍秀才新傳 Độn-Tú-Tài tân truyện par Xuân-Lan 春蘭. 1re Edition. Prix : 0 $ 20. (Người soạn ra dữ quyền lợi). [Tous droits réservés]. — Haiphong, Imp. Van-Minh, 1910, in-8, pp. 34.

Nouvelle histoire du bachelier borné.

— Xuân-Lan. — 楊貴妃演義 Dương-Qúi-Phi diễn nghĩa. In lần thứ nhất [1re édition]. — Imprimerie Van-Minh. Nguyễn-Ngọc-Xuân, Imprimeur-Editeur, 1, Avenue Paul-Doumer, Haiphong, in-8.

L'ouvrage est en cours de publication, 2 fasc. parus, pp. 60.

Traduction de «L'odalisque Dương». [Roman.]

— 選夫誤配新傳 Tuyển phu ngộ phối tân truyện (Transcrit en quốc-ngữ et publié par Xuân-Lan 春蘭. 1re Edition. Prix : 0 $ 20. (Người dịch ra và xửa lại dữ quyền lợi) [Tous droits réservés]. Haiphong, Imp. Van-minh, 1910, in-8, pp. 34.

Histoire d'une femme qui s'est trompée dans le choix du mari.

— 鮎蛤新傳 Trê, Cóc tân truyện. Transcrit en quốc-ngữ et publié par 春蘭 Xuân-Lan. 1re Edition, Prix 0 $ 12. Haiphong, Imp. Van-minh, 1910, in-8, pp. 18.

Le silure et le crapaud. — Voir col. 2352, 2354.

— 韓樂新傳 Han-Lạc tân truyện. Traduit en Quốc-ngữ et publié par Xuân-Lan 春蘭. 1re Edition. Prix : 0 $ 06. — Haiphong, Imp. Van-Minh, 1911, in-8, pp. 10.

Han-Lạc, nouveau conte.

— 梁赤龍新傳 Lương-Sích-Long tân truyện par Xuân-Lan 春蘭. 1re édition. Prix : 0 $ 30. — Haiphong, Imp. Van-minh, 1911, in-8, pp. 71.

Lương-Sích-Long, nouveau conte.

— 王陵賦 Vương-Lăng phú. Transcrit en Quốc-ngữ et publié par Xuân-Lan 春蘭. 1re Edition. Prix : 0 $ 05. — Haiphong, Imp. Van-minh, 1911, in-8, pp. 5.

[Histoire de] Vương-Lăng, en prose rimée.

— 芙蓉新傳 Phù-Dung tân chuyện. Transcrit en quốc-ngữ et publié par 春蘭 Xuân-Lan. 1ère Edition. Prix : 0 $ 25. —

Haiphong, Imp. Van-minh, 1911, in-8, pp. 45.

Nouvelle histoire de la pivoine.

—— 李公新傳 Lý-Công tân truyện. Transcrit en quốc-ngữ et publié par Xuân-lan 春蘭. 1re Edition, Prix : 0$ 20. — Haiphong, Imp. Van-Minh, 1911, in-8, pp. 54.

Lý-công, conte nouveau. — Voir col. 2360.

—— 払鰮新傳 Chàng-Chuối tân truyện. Transcrit en quốc-ngữ et publié par 春蘭 Xuân-Lan. 1re Edition. Prix : 0$ 25. — Haiphong, Imp. Van-minh, 1911, in-8, pp. 63.

Nouvelle histoire de Chàng-Chuối.

—— 劉平賦 Lưu-Bình phú. Transcrit en quốc-ngữ et publié par Xuân-Lan 春蘭. 2e édition. Prix : 0$ 05. — Haiphong, Imp. Van-minh, 1911, in-8, pp. 7.

Lưu-Bình, en prose rimée.

—— 劉平楊禮傳(西洋列婦) Lưu-Bình. Dương-Lễ truyện (Tây dương hệt phụ). Transcrit en Quốc-ngữ corrigé et publié par Xuân-Lan 春蘭. 1ère Edition. Prix : 0$ 20. — Haiphong-Hanoi, Imp. Van-minh, 1912, in-8, pp. 30.

Histoire de Lưu-Bình et de Dương-Lễ.

(Les femmes célèbres de l'Occident.) — [Roman.]

—— 劉阮八天台 Lưu, Nguyễn Nhập Thiên Thai Par Xuân-Lan 春蘭. 2e édition. Prix : 0$ 12. — Haiphong-Hanoi, Imp. Van-minh, Nguyên-Ngọc-Xuân, 1912, in-8, pp. 12.

Entrée de Lưu [Thần] et de Nguyễn [Triều] dans la grotte céleste.

—— 女子好士辭農賦 Nữ-Tử Hiếu-tĩ Từ Nông Phú Bài-phú con gái chê kẻ làm ruộng muốn lấy học trò. Transcrite en quốc-ngữ et publié par Xuân-Lan 春蘭. 2e Edition. Prix : 0$ 05. — Haiphong-Hanoi, Imp. Van-minh, 1912, in-8, pp. 6.

Histoire d'une jeune fille qui préfère se marier à un lettré qu'à un cultivateur, en prose rimée.

—— Truyện Đức-Phật-Bà-Quan-âm Tu ở chùa Hương-Tích-Sơn. Tô-Đăng-Khoa, diễn quốc-ngữ, Bán tại Hiệu Thụy-Ký, bán sách ở Phố hàng Gai, số 51, Hanoi, In lần thứ hai [2e édition]. — Hanoi, Nguyễn-văn-Vĩnh & Cie, imprimeurs, 1911, in-8, pp. 71.

Histoire de Kouan-Yin à la pagode de Hương-tích.

—— 七金魚 Thất-Kim-Ngư (Truyện bảy con cá vàng.). Par Trần-Thiên-Trung. Cấm không được in y nguyên bổn [droits de reproduction réservés]. Giá [prix] : 0$ 20. — Saigon, Imprimerie Saigonnaise Royer & Cie, 39 et 41, Rue Catinat, 1911, in-8, pp. 16.

[Illustré.]

[Traduit et adapté en annamite du «Conte de Noel».]

Les Sept poissons d'or.

—— 鮔蛤 [新] 傳 Chê-Cốc tân chuyện. [Transcrit en quốc-ngữ et en chữ-nôm et publié par Quảng-thành à Nam-Định, 1911], in-8, pp. 47.

[Autographié.] — Le silure et le crapaud, nouveau conte [versifié]. — Voir col. 2350, 2354.

—— Giạ-Dàm di sử (Chuyện Á-rập một nghìn lẽ một đêm) Par Nam-Kỳ Thơ-Xã. Edité par Đinh-Thái-Sơn. — Phát-Toán, Libraire-Imprimeur, 55-57-59 rue d'Ormay, Juin 1911, in-8.

[L'ouvrage est en cours de publication. — 7 fasc. parus, pp. 110.]

Annales merveilles des contes de nuit. (Contes arabes des mille nuits et une nuits.)

—— 范公菊花 Phạm-công cúc-hoa... Publié par Huỳnh-kim-danh... Saigon, Imprimerie saigonnaise Royer, 1911, in-8, pp. ch. 58-132.

Bib. nat., 8° Ya 362.

—— 南平虎五 Ngủ-hổ Bình-nam traduit en quốc ngữ par Nguyễn-nhu-Hoàng Publié par Dinh-Thái-Sơn... Saigon, Phát-Toán, Juillet 1911, in-8, pp. 47.

—— Saigon, Imprimerie Saigonnaise, 1907, in-8, pp. ch. 51-102.

—— Saigon, Phát-Toán, 1907, in-8, pp. ch. 103-148.

— Ibid., 1907, in-8, pp. ch. pp. 149-188.

Le second fascicule est traduit par Tran-Huu-Quang avec la collaboration de Trần-Quang-Xuân. — Les Cinq Tigres pacificateurs du Sud.

Bib. nat., 8° O²l 340.

— 女秀才 Nữ Tú Tài Có vẽ [illustré]. Prix : 0$ 15. 1912, Imprimeurs-Editeurs, Bach-Thái-Bưởi & Cie, 14-16, Rue du Coton, Hanoi, in-8, pp. 39.

La fille bachelier.

— 李天龍傳 Tuồng Lý-Thiên-Luông. Toàn truyện (đủ ba thiề). Bổn cũ soạn lại Par Lê-quang-Chiểu, Ancien chef de canton. Publié par Nguyễn-tan-Tài, Ancien secrétaire. In lần thứ nhứt [1re édition]. Tous droits réservés. — Saigon, Phat-Toán, Libraire-Imprimeur, 55-57-59-61, rue d'Ormay, 1912, in-8.

[2 fasc. parus, pp. 44.]

Lý-Thiên-Luông, théâtre. — [Tiré d'un roman historique chinois relatif au temps des Soung.]

— Huỳnh-Mai Tiếc-Lãnh Phú. Par Lê-quang-Nhơn, Publié par Lê-văn-Bãy. Prix... 0$ 10. — Saigon, Imprimerie Commerciale Marcellin Rey, C. Ardin, Successeur, 1912, in-8, pp. 14.

M. Huỳnh-Mai & Mlle Tiếc-Lãnh en prose rythmée. — Moderne.

— 蟾蜍對訟 Thiềm-Thừ Đối Tụng Publié par Nguyễn-Ngọc, Tử-vân, Corrigé par Phan-Lăng, Đàm-xuyên. In lần thứ nhất [1re édition]. Prix 0$ 12. Nguyên làm ra giữ quyền lợi [Tous droits réservés]. — Imprimerie Mặc-đình-Tư, Hanoi, 136, Rue du Coton, 1912, in-8, pp. 12.

La plainte du crapaud céleste.

— 柳仙主鄰傳演歌 Truyện Bà Chúa Liễu diễn ca. Traduit en quốc-ngữ Par Cát-Thành, Libraire, Hanoi, 3, Rue du Chanvre. 吉成書館河內行核庯第三號. Giá bán [prix] 0$ 20. — Hanoi, Imprimerie Tonkinoise, Bạch-Thái-Bưởi & Cie, 1912, in-8, pp. 47.

Histoire de la princesse Liễu.

— 鯰蛤 Trê Cóc tân truyện. — Librairie Imprimerie Quinhon (Annam), 1913, in-8, pp. 21.

La silure et le crapaud. — Conte. — Voir col. 2350, 2352.

— 幽情錄 U tình lục Roman annamite par Hồ-văn-Trung. Nouvelle édition. Tous droits réservés. — Saigon, Imprimerie F.-H. Schneider, 1913, in-8, pp. 51.

Roman moderne en vers.

— Truyện Ông Ó. Soạn par Bùi-quang-Nho, Bêntré. Nouvelle édition, Droits réservés. — Saigon, Imprimerie Huỳnh-kim-Danh, 1913, in-8, pp. 17.

Histoire de Monsieur Ó. [Conte plaisant.]

— Giá [Prix : 0$ 10 In lần thứ nhứt 1re édition] 鄭歆雜賦 Trịnh-Hâm tạp phú Par Nguyễn-văn-Sổi tự Thanh-Phong, à la Mairie de Saigon. Publié par Võ-văn-Mau tự Mẫn-Thiệp. Tous droits réservés. — Saigon, Phát-Toan, Libraire-Imprimeur, 55-57-59-61, Rue d'Ormay, in-8, pp. 14.

[L'aventure de] Trịnh-Hâm en prose rythmée.

POÉSIE.

Kim Vân Kiều.

— Les Poèmes de l'Annam — 金雲翹新傳 *Kim Vân Kiều tân truyện* Publié et traduit pour la première fois par Abel des Michels... — Tome Premier Transcription, Traduction et Notes — Paris, Ernest Leroux, 1884, gr. in-8, pp. XVI-295.

Forme le Vol. XIV, IIe Série, des *Pub. de l'École des Langues orientales vivantes*.

— — Tome II, Première partie Transcription, Traduction et Notes. — Ibid., 1885, gr. in-8, pp. 299.

—— —— Tome II, 2e Partie Texte en caractères figuratifs. — Ibid., 1884, autog.

Forment le Vol. XV, IIe Série, des *Pub. de l'École des Langues orientales vivantes.*

Notice : *Revue d'Ethnographie*, III, N° 6, 1884, p. 530. (Par Gustave Dumoutier.)

—— 金雲翹新傳 Kim Vân Kiều tân chuyện... — Nouvelle histoire de Kim, Vân, et Kiều. Poème populaire annamite, Divisée en chants et suivie d'une table traduite en français Ornée de 23 gravures Transcrite et publiée par Edmond Nordemann Instituteur de 1re classe Professeur au Collège d'Interprètes... — Hà-nội, 1897, in-12, pp. 150.

Quốc-ngữ.

—— 金雲翹傳 Poème Kim, Vân, Kiều Truyện. Transcrit pour la première fois en quốc ngữ avec des notes explicatives, et précédé d'un résumé succinct du sujet en prose Par P. J. B. Trương-vĩnh-Ký, Revu, corrigé et augmenté 載士張永記, 2e édition. — Saigon, Claude & Cie, Imprimeurs-Editeurs, 1898, in-8, pp. 191.

—— 案翠翹 Án Túy Kiều. Chủ bút [par] Nguyễn-liên-Phong. Publié par Đinh-Thái-Sơn. In lần thứ nhứt [1re édition]. (Tous droits réservés.) — Saigon, Imprimerie de l'Opinion, 1907, in-8, pp. 16.

Jugement sur les personnages du Kim-Vân-Kiều, par...

—— 金雲翹案 Kim, Vân, Kiều án. Transcrit en quốc-ngữ par Xuân-Lan 春蘭. 1ère Edition. Prix : 0 $ 10. Haiphong, Imp. Van-minh, 1911, in-8, pp. 21.

Jugement sur les personnages du Kim-Vân-Kiều. — En vers.

—— 清心才人詩集 Thanh Tâm Tài Nhân thi tập. (Các bài bàn và các bài thơ Kim-vân-Kiều cuả Quan-Án Chú soạn.) Transcrit en Quốc-ngữ et publié par Xuân-Lan 春蘭. 1re édition. Prix : 0 $ 12. Haiphong, Imp. Van-minh, 1911, in-8, pp. 31.

Recueil de poésies. — (Les commentaires et les poésies sur Kim-Vân-Kiều du Quan-Án Chú.)

—— Nguyễn-van-Vĩnh. 金雲翹 Kim-Vân-Kiều dich ra quốc-ngữ. Có chú, dẫn các điển tích. In lần thứ hai có sửa lại [2e édition revue et corrigée].

Nước Nam ta mai sau này, hay dở cũng ở như chữ quốc-ngữ (Tam-quốc-chí diễn nghiã).

Hanoi, Hiệu Ich-ký, 58, Phố hàng Giấy, 1912. — In-8, pp. II + 194 + II.

Lục Vân Tiên.

—— Luc-van-tiên, poëme populaire annamite, traduit par G. Aubaret, Consul de France à Bangkok. Paris, Imprimerie Impériale. — MDCCCLXIV, in-8, pp. 98.

Extrait N° 1 de l'année 1864 du *Journal asiatique.*

—— 陸雲仙 Lục vân tiên Poëme populaire annamite transcrit pour la première fois en caractères latins d'après les textes en caractères démotiques avec de nombreuses notes explicatives par G. Janneau — Ouvrage publié par ordre du Contre-Amiral Dupré Gouverneur et Commandant en Chef en Cochinchine — Paris, Challamel ainé, 1873, in-8, pp. 103 + 3 pl.

On trouvera, p. 11, une notice biographique sur Janneau, signée E. L[uro].

Gustave-Jean-Auguste Janneau, inspecteur des affaires indigènes de Cochinchine, né à Parthenay, 1843; † 7 avril 1872 à Pnôm Penh.

—— Les Poèmes de l'Annam — 陸雲僊歌演 *Lục vân tiên ca diễn* Texte en caractères figuratifs Transcription en caractères latins et traduction par Abel des Michels... Paris, Ernest Leroux, 1883, gr. in-8, pp. XVI-305 + texte autog.

Forme le T. XIX des *Publications de l'École des Langues orientales vivantes.*

Notice : *Bull. Soc. Acad. Indo-Chinoise*, 2e sér., III, 1890, p. 418. Par E. G.

—— Histoire du Grand Lettré Lục Vân Tiên poème populaire annamite — Traduction libre en vers français par E. Bajot Chevalier de l'Ordre royal du Cambodge — Ouvrage subventionné par le Conseil colonial de la Cochinchine française en sa séance du 28 décembre 1885 — Saigon, Rey et Curiol, 1886, in-8, pp. 16.

—— 陸雲仙 — Histoire du Grand Lettré Louc vian té-ian poème populaire annamite — Traduction libre en vers français Par Eug. Bajot Chevalier de l'ordre royal du Cambodge — Oeuvre subventionnée par le Conseil Colonial de la Cochinchine Française dans sa séance du 28 décembre 1885. — Paris, Challamel ainé, 1887, in-8, pp. XXIII-226.

—— N° 1 蓼雲仙傳 Lục-vân-tiên truyện — Poëmes populaires annamites transcrits en quốc-ngữ, précédés d'un résumé analitique du sujet de chacun par P. J.-B. Trương-vĩnh-ký 載士張永記 — Saigon, Imprimerie Aug. Bock — 1889, in-12, pp. 79 + 1 f. n. ch.

—— 蓼雲仙傳 Lục-Vân-Tiên truyện In lần thứ 4 coi lại sửa và thêm chú giải chỗ khó và truyện tich nữa. — Poèmes populaires annamites Transcrits en quốc-ngữ, précédés d'un résumé analytique du sujet de chacun. 4e Edition Revue, corrigée et augmentée de notes explicatives et historiques Par P. J. B. Trương Vĩnh-Ký 士載張永記. — Saigon, Claude & Cie Imp.-Editeurs, 1897, in-8, pp. 100.

Histoire de Lục-Vân-Tiên.

—— 蓼雲仙. Lục-Vân-Tiên. Bổn củ soạn lại và thêm nam khách par Đặng-Lễ-Nghi, publié par Đinh-Thái-Sơn. In lần thứ nhứt [1re édition] (Tous droits réservés). — Saigon, Imp. Nam-Tai, 1907, in-8, pp. 72.

Lục-Vân-Tiên. — Texte ancien remanié par... [Poème.]

—— 蓼雲仙賦 Lục-Vân-Tiên phú. Par Võ-Kim-Thắm, Employé de Commerce, Saigon. — In lần thứ nhứt. [1ère Edition]. Giá [prix] : 0 $ 20. Cam không ai được in theo bổn nầy. [Droit de reproduction réservé]. — Saigon, Phat-Toán Libraire-imprimeur, 55-57-59, Rue d'Ormay 1910, in-8, pp. 23.

Lục-vân-Tiên, en prose rimée.

—— In lần thứ nhứt [1ère édition. Giá : 0 $ 15. Prix : 0 $ 15]. Bài ca Lục-Vân-Tiên Mới đặt. Sáu thứ. Edité par Dang-thanh-Kim. — Saigon, Imprimerie-Librairie Huynh-kim-Danh, 1913, in-8, pp. 20.

Lục-Vân-Tiên. — Chanson nouvelle.

(Poésie : Lục Vân Tiên.)

Les Pruniers refleuris.

Voir *Bib. Sinica*, col. 1775.

—— Nhị Độ mai Les Pruniers refleuris poème tonquinois transcrit par M. Phân-Đức-hóa, lettré de la municipalité de Cholon, traduit par M. Landes, administrateur des affaires indigènes. (*Excursions et Reconnaissances*, N° 17, 1884, pp. 225-299; N° 18, pp. 301-383; N° 19, pp. 43-146.)

—— Les Pruniers refleuris Poème tonquinois transcrit par M. Phân-Đức-Hóa lettré de la municipalité de Cholon traduit et accompagné de notes par A. Landes administrateur des affaires indigènes. Saigon Imprimerie du Gouvernement 1884, in-8, pp. 156.

C'est une adaptation du roman chinois traduit par T. Piry, *Les Pruniers merveilleux*.

—— Nhị độ mai. Vẫn — Les pruniers refleuris Poëme Tonquinois. — Tan-Định. Imprimerie de la Mission. 1884, in-12, pp. 102.

—— Nhị Độ Mai vẫn. Les pruniers refleuris. Poème Tonkinois. In lần thứ ba [3e édition]. — Saigon, Imprimerie de la Mission, à Tàn-định, 1905, in-8°, pp. 103.

—— 二度梅濫墨 Nhị Độ Mai lạm mặc Poème populaire annamite Transcrit en quốc-ngữ avec des essais de restauration du texte original Par Ngô-Vi-Lâm, Tri-huyện de Bình-Xuyên Première Edition. — Ich-Ký. Librairie franco-annamite, 58, Rue du Papier, Hanoi, Editeur, 1912, Tous droits réservés, in-8, pp. II + 93 + V.

A. Chéon.

—— Bonze et Bonzesse Dialogue annamite traduit par M. Chéon Professeur au Collège des Interprètes. (*Excursions et Reconnaissances*, N° 25, janv.-février 1886, pp. 45-98.)

—— Bonze et Bonzesse Dialogue annamite Traduit par M. Chéon Professeur du Col-

(Poésie : Les Pruniers refleuris. — A. Chéon.)

lège des Interprètes — Saigon, Imprimerie coloniale, 1886, in-8, pp. XIII-44.

Ext. des *Excursions et Reconnaissances.*

—— La Dengue (Traduction de A. Chéon). Par P. Ký. (*Bull. Soc. Et. Indo-Chin.*, 1888, 1er sem., pp. 10-11.)

Dengue = Bệnh cúm.

—— Vers sur la Dengue (Traduits par A. Chéon). (*Ibid.*, pp. 12-17.)

Texte quốc ngữ et trad. française.

—— Traductions annamites Par A. Chéon — La dengue — Vers sur la dengue — Conseils d'une Mère à sa fille — Comédie annamite — Tragédie annamite — Saigon, Rey & Curiol, 1888, in-8, pp. 74.

—— *順安竹枝詞 Thuận-an trúc chi từ, poésies traduites par A. Chéon. Hanoi, 1902, in-8, pp. 34 autog.

Notice par P. P.[elliot], *Bull. Éc. Fr. Ext.-Orient*, II, No. 4, 1902, p. 401.

—— 倉山詞選順安竹枝詞 S. l. n. d., in-4, pp. 34, autogr.

En chinois avec traduction française.

Poésies choisies de Thương-Sơn, Thuận-an chúc chi từ. (Les tiges de bambou du Thuận-an.) — Poésie traduite en français par A. Chéon.

Edmond Nordemann.

—— 黎相公阮廌家訓歌 Lè Tương-công Nguyèn-trại gia Huấn ca — Instructions familiales de Nguyèn-trại Homme d'Etat annamite sous la dynastie des Lê Transcrites et publiées par Edmond Nordemann Instituteur.... Hà-nội 1894, in-12, pp. 36.

Quốc-ngữ.

—— 潘陳傳 Phan Chẩn Chuyện..... Les Familles Phan & Chẩn (Poème populaire annamite) Divisée en 18 chants, suivie d'une table traduite en français Ornée de 9 gravures Transcrite et publiée par Edmond Nordemann... — Hué — 1900, in-12, 1 *peun.*

—— 曲吟怨宮 Cung oán ngâm khúc... L'Odalisque mécontente (Poème populaire annamite) Divisé en 5 chants et suivi d'une table analytique traduite en français Orné d'une gravure Transcrit et publié par Edmond Nordemann Directeur du Collége Quốc học, à Hué....Hué. — 1905, in-12, pp. 24 + 1 f. n. ch.

—— * Le miracle de Bích-Câu. Poème populaire annamite. Par M. Edmond Nordemann.

Notice : *Revue indo-chinoise*, 15 nov. 1905, pp. 1592-3. Par P. de la Brosse.

—— 阮廌家訓歌 Nguyễn-Chại da huấn ca. 分爲列同譯大法語並繪僧形 Chia đoạn, thu mục lục dải tiếng đại-pháp, mấy vẽ hình người. Instructions familiales de Nguyễn-Chại (Poésies populaires annamites) Divisées en chants et suivies d'une table analytique traduite en français. Ornées d'une gravure Transcrites et publiées par Edmond Nordemann, Chef du Service de l'Enseignement en Annam, Fondateur de la Société d'Enseignement mutuel du Tonkin et de celle de l'Annam. Deuxième édition. Prix... 0 $ 30. Frais de poste en sus. 中圻學政吳低旻摘錄 Học-chánh Chung Kì Ngô-đề-mân dải nối thêm — Hué, 1907, in-12, pp. 44.

Đặng-Lễ-Nghi.

—— Thơ Ly-Cong. Transcrit en Quốc-ngữ par Đặng-Lễ-Nghi & Đinh-Thái-Sơn. — Saigon, Imprimerie et Librairie Nouvelles — Claude & Cie, 1905, in-8, pp. 56.

Ly-Cong, en vers. — Voir col. 2351.

—— 林生春娘書 Lâm-Sanh Xuân-Nương Thơ. Bổn củ soạn lại, par Đặng-Lễ-Nghi, publié par 丁泰山 Đinh-Thái-Sơn dit Phát-Toan, Vente et Réparations de Bicyclettes et Vente de Livres en Quốc-ngữ. In lần thứ nhứt [1ère édition] (Tous droits réservés). — Saigon, Phát-Toan, Imprimeur-Editeur, 1907, in-8, pp. 42.

[Histoire de] Lâm-sanh et de Xuân-nương, en vers. Texte ancien remanié par... — Voir col. 2869.

—— 范公菊花書 Phạm Công Cúc Hoa. Bổn củ soạn lại đủ toàn. Chú bút Đặng-Lễ-Nghi, publié par Đinh-Thái-Sơn dit Phát-Toán. Vente et Réparations de Bicyclettes et Vente de Livres en Quốc-ngữ. In lần thứ nhứt [1ère édition]. (Tous droits réservés). — Saigon, Imprimerie Saigonnaise, 1907, in-8, fasc. 1er, pp. 52.

Fasc. 2, sous presse.

....

Texte ancien remanié par... [Poème.]

—— 古人演歌 Co Nhơn diển ca. Thơ chơi đè. Chủ bút Đặng-Lê-Nghi. Publié par 丁泰山 Đinh-Thái-Sơn dit Phát-Toán. Vente et Réparations de Bicyclettes et Vente de Livres en Quốc-ngữ. In lần thứ nhứt [1ère édition] (Tous droits réservés). — Saigon, Imprimerie Commerciale, 1907, in-8, pp. 28.

Chants des anciens. — Poésie improvisée. — [Chant.]

—— Trò Đông thơ 徒東書 Soạn ra par Đặng-lễ-Nghi Publié par Đinh-thái-Sơn In lần thứ nhứt [1ère édition]. — Saigon, Phat-Toan, Libraire-imprimeur, 55-57, Rue d'Ormay, 1909, in-8, pp. 53.

Poème du professeur Đông.

—— Con Tâm Con Cám Thơ — Bổn củ soạn lại par Đặng-lê-Nghi — Edité par Đinh-Thái-Sơn. Saigon, Phát-Toán, Décembre 1910, in-8, pp. 49.

Bib. nat., 8° Ya Pièce 119.

—— Thiên Hương Thơ — Bõn củ soạn lại par Đặng-lễ-Nghi — Édité par Đinh-Thái-Sơn. Saigon, Phát-Toán, Octobre 1910, in-8, pp. 47.

Bib. nat., 8° Ya Pièce 109.

—— 白猿尊閣書 Bach-viên Tôn-các thơ — Bổn cũ soạn lại par Đặng-lê-Nghi — Edité par Đinh-thái-Sơn. Saigon, Phát-Toán, Mars 1911, in-8, pp. 30-III.

Bib. nat., 8° Ya Pièce 127.

—— 皇儲書 Thơ Hoàng-Trừu. Bon củ soạn lại Par Đặng-lê-Nghi, Edité par Đinh-thái-Sơn (maison Phát-Toán). In lần thứ nhứt [1ère édition] Tous droits réservés. — Saigon, Phát-Toán, Libraire-Imprimeur, 55-57-59, Rue d'Ormay, Septembre 1911, in-8, pp. 22.

Hoàng-trừu, en vers. — Texte ancien remanié par...

—— 宋子尤書 Tông-tử-vưu thơ.... par Đặng-lê-Nghi — Édité par Đinh-Thái-Sơn... Saigon, Phát-Toán, 1911, in-8, pp. 48.

Bib. nat., 8° Ya Pièce 121.

(Poésie : Đặng-lễ-Nghi.)

Trần-Phong-Sắc.

—— 燕山賦 Yên-Sơn-Phú. Transcrit en vers par 陳豊色 Trần-Phong-Sắc. Professeur de caractères chinois à Tậnan. Edité par 黃克順 Huỳnh-khắc-Thuận, Secrétaire du Secrétariat du Gouvernement. Prix : 0$25. — Saigon, Imp. F.-H. Schneider, 1910, in-8, pp. 15.

La famille Yên-Sơn, prose rimée.

—— 女秀才 Nữ Tú Tài Revu et corrigé Par 陳豊色 Trần-Phong-Sắc, Professeur de caractères chinois à Tânan. Avec la collaboration de 黃克順 Huỳnh-Khắc-Thuận, Secrétaire au Secrétariat du Gouvernement Tous droits réservés. Prix : 0$30. — Saigon, Imprimerie commerciale Marcellin Rey, 1911, in-8, pp. 28.

La fille bachelier. — [Poème.]

—— 前後雲仙 Tiền, Hậu, Vân-tiên... transcrit en vers par Trần-phong-sắc Instituteur à l'École de Tânan avec la collaboration de Huỳnh-khắc-Thuận... Saigon, Imprimerie F.-H. Schneider, 1911, in-8, pp. 70.

Bib. nat., 8° Ya, 355.

Xuân Lan.

—— 五倫吟曲 Ngũ Luân ngâm khúc Transcrit en quốc-ngữ par Xuân-Lan 春蘭. 1ère Edition. Prix : 0$10. (Người dịch ra và sửa lại dữ quyền lợi) [Tous droits réservés]. — Haiphong, Imp. Van-minh, 1910, in-8, pp. 11.

Poème sur les cinq rapports.

—— 九夫成家室傳 Cửu Phu Thành Gia Thất truyện Transcrit en Quốc-ngữ et publié par Xuân-Lan 春蘭 1ère Edition. Prix : 0$05. — Haiphong, Imp. Van-minh, 1910, in-8, pp. 9.

Histoire d'une femme qui ne peut s'établir qu'aux neuvièmes noces [versifiée].

—— 日省吟 Nhật Tỉnh Ngâm. Transcrit en quốc-ngữ et publié par Xuân-Lan 春蘭.

(Poésie : Trần-Phong-Sắc. — Xuân Lan.)

1re Edition. — Prix : 0 $ 08. — Haiphong, Imp. Van-minh, 1911, in-8, pp. 19.

L'examen de conscience, en vers.

—— 黃秀新傳 Hoàng-Tú tân truyện. Transcrit en quốc-ngữ et publié par Xuân-Lan 春蘭 1re Edition. Prix : 0 $ 15. — Haiphong, Imp. Van-Minh, 1911, in-8, pp. 46.

Hoàng-Tú, conte nouveau. [Poème.]

—— 唐詩演歌 Đường-Thi diễn ca Transcrit en quốc-ngữ et publié par Xuân-Lan 春蘭. 1ère édition. Prix : 0 $ 15. — Haiphong, Imp. Van-minh, 1911, in-8, pp. 36.

Poésie des T'ang, traduite en annamite et mise sous forme de chanson.

—— 胡春香詩集 Hồ-Xuân-Hương thi tập (Có thêm các bài thơ cổ vịnh cảnh vào nữa). Vers amoureux de Xuân-Hương Réunis et transcrits en quốc-ngữ par Xuân-Lan 春蘭 Avec collaboration de Nguyễn-Đức-Tuấn. 2e édition. — Haiphong, Imp. Van-minh, 1911, 2 fasc. in-8.

1er fasc. pp. 20. — 2e fasc. pp. 9.

Recueil des poésies de Xuân-Hương. En supplément des poésies pittoresques anciennes.

—— 翠翹詩集 Thúy-Kiều thi tập. (có một bài án Kiều tiếp theo). Transcrit en Quốc-ngữ et publié par Xuân-Lan 春蘭. 2e Edition. Prix : 0 $ 12. — Haiphong, Imp. Văn-minh, 1911, in-8, pp. 23.

Recueil de poésies sur Thúy-Kiều.

—— 百忍吟 Bách Nhan Ngâm Transcrit en quốc-ngữ et publié par Xuân-Lan 春蘭. 1ère Edition. Prix : 0 $ 05. — Haiphong, Imp. Van-minh 1911, in-8, pp. 5.

Les cent souffrances versifiées. [Chant.]

—— 玉花新傳 Ngọc-Hoa tân truyện (Poème populaire) Transcrit en Quốc-ngữ et publié par Xuân Lan 春蘭. 2e édition. Prix : 0 $ 15. — Haiphong, Imp. Van-Minh, 1911, in-8, pp. 45.

—— 五更賦 Ngũ Canh Phú (Tích vợ khuyên chồng học và có một bài phú Kiều theo sau). Transcrit en quốc-ngữ Et publié par Xuân-Lan 春蘭. 1re Edition. Prix : 0 $ 06. — Haiphong, Imp. Van-minh, 1911, in-8, pp. 7.

Les cinq veilles, en prose rimée.

—— 蚝花新傳 Bướm Hoa tân truyện Transcrit en quốc-ngữ et publié par Xuân-Lan 春蘭. 1ère Edition. Prix : 0 $ 10. — Haiphong, Imp. Văn-minh, 1911, in-8, pp. 16.

Nouvelle histoire d'amour. [Poésie.]

—— 征婦 Chinh Phụ. Transcrit en quốc-ngữ et publié par Xuân-Lan 春蘭. 1re Edition. Prix : 0 $ 05. — Haiphong, Imp. Van-minh, 1911, in-8, pp. 5.

Épouse fidèle. [Poésie.]

—— 征婦吟 Chinh Phụ Ngâm (Có diễn tích và cắt nghĩa những câu khó hiểu) [accompagné de notes explicatives] Transcrit en quốc-ngữ et publié par Xuân-Lan 春蘭. 2e édition. Prix : 0 $ 15. — Haiphong, Imp. Van-minh, 1 Avenue Paul Doumer, 1911, in-8, pp. 20.

Chants d'une épouse fidèle.

—— 三國總論吟 Tam Quốc Tổng Luận ngâm (Có thêm một bài tuồng). Transcrit en quốc-ngữ et publié par Xuân-Lan 春蘭. 2e Edition. Prix : 0 $ 05. — Haiphong-Hanoi, Imp. Van-minh, 1912, in-8, pp. 7.

Poème sur les faits du San-kouo.

—— 漢女嫁胡吟曲 Hán Nữ Giá Hồ ngâm khúc Par Xuân-Lan 春蘭. 2e Edition. Prix : 0 $ 10. — Haiphong, Imprimerie Van-minh, 1912, in-8, pp. 14.

Chants d'une fille des Hán livrée aux Tartares.

Divers.

—— Thó nam kỳ ou Lettre cochinchinoise sur les événements de la guerre franco-annamite, traduite par M. D. Chaigneau, auteur des *Souvenirs de Hué*. Paris. Imprimerie Nationale. — MDCCCLXXVI, gr. in-8, pp. II-39.

—— L. Villard. — Étude sur la langue annamite. — Poésies et chants populaires.

(*Exc. et Recon.*, No. 12, 1882, pp. 446-491.)

Saigon, le 30 octobre 1881.

—— Cochinchine française — Étude sur la langue Annamite — Poésie et Chants populaires, Par M. E. Villard, Administrateur des Affaires indigènes. — Saigon, Imprimerie du Gouvernement, 1882, br. in-8, pp. 48.

—— 纆噤詞 Mửc bệnh cúm tứ. — La Dingue. — P. J. B. Trương-Vĩnh-ký.... Saigon, Imprimerie de la Mission, 1885, br. in-8, pp. 3.

—— N° 2 潘陳傳 Phan trần truyện — Poëmes populaires annamites transcrits en quốc-ngữ, précédés d'un résumé analytique du sujet de chacun par P. J.-B. Trương-vĩnh-ký.... — Saigon, Imprimerie Aug. Bock, 1889, in-12, pp. 45.

—— Le Poème de Bạch Tử (白鼠) (La souris blanche), moralité annamite, par M. Abel Des Michels. (*Journ. asiatique*, VIIIe Sér., XX, Juill.-Août 1892, pp. 139-156.)

—— Le Poème de Bạch Tử (白鼠) (La souris blanche), moralité annamite, par M. Abel Des Michels. — Ext. du *Journal asiatique*. — Paris, Imp. nat., MDCCCXCII, in-8, pp. 22.

—— Paris. Capitale de la France. Recueil de vers Composés par Nguyen-Trọng-Hiệp, dit Kim-giang, Văn-minh-điện Đại-học-sỹ, Commandeur de la Légion d'honneur. — Hanoi, Imprimerie typo-lithographique F.-H. Schneider, 1897, in-4, sans pagination.

[36 pièces de vers, suivies chacune d'un petit texte en prose.

Au recto : traduction française.

Au verso : texte chinois.]

Autre titre : 文明殿大學士永忠子金江阮仲合着. 大法國玻璃都城𥱬詠河內印書館印行

—— Thi pháp nhập môn. Traité de versification annamite Par Thê-Tâi, Trương-minh-Ký, Officier d'Académie, Chevalier de l'Annam et du Cambodge, Ancien professeur au collège Chasseloup-Laubat, Interprète au titre européen au Secrétariat du Gouvernement de la Cochinchine. Edition illustrée. — Saigon, Imprimerie Commerciale Rey, 1898, in-8, pp. 32.

—— Trần-bá-Lộc Tổng-Đốc de Thuận-khanh. (*Bull. Soc. Et. Indo-Chin.*, 1900, 2e sem., pp. 31-60, portrait.)

—— Poetische Wettkämpfe in Annam. Von Gaston Knosp, Chargé de Mission musicale en Indo-Chine, Hanoï. (*Globus*, LXXX, 1901, pp. 277-279.)

—— 國音詩合選 Quốc Âm thi hiệp tuyển Par Lê-Quang-Chiểu, Ancien Chef de Canton, Pièce en deux volumes. — Saigon, Claude & Cie, Imprimeurs-Editeurs, 1903, in-8, pp. 98.

Poésies choisies annamites.

—— Nam-vô — Poème populaire annamite Traduit par Georges Cordier, Commis des Douanes (Hanoi). (*Revue indo-chinoise*, 15 nov. 1905, pp. 1565-1569.)

—— Fleur de jade poème annamite Traduit par Georges Cordier Directeur de l'Ecole française de Yun-nan fou. (*Revue indo-chinoise*, Janvier 1909, pp. 52-70.)

—— Hoàng-Chừ Poème annamite Traduit par Georges Cordier, Directeur des Ecoles françaises de Yunnan-fou (Chine). (*Revue Indochinoise*, Septembre 1911, pp. 249-272.)

—— La littérature poétique annamite Par Pasquier, Administrateur des Services Civils. (*Revue Indo-Chinoise*, 15 août 1906, pp. 1191-1202.)

Conférence faite à Marseille.

—— 1re Edition. 仲宴問漢. Trọng-Tương vấn Hớn. En Quốc-ngữ. Publié par Võ-tế-Mỹ, Đặng-ngọc-Co, Nguyễn-quới-Trai. Tous droits réservés. — Saigon, Impr. F. H. Schneider, 1906, in-8, pp. 28.

Questions posées par Trọng-Tương à la voie lactée. — Roman historique chinois sur l'époque des Hán.

—— 貞傳. Đao-Trinh Truyện. Bổn củ soạn lại par Nguyễn-Tan-Phước. In lần thứ nhứt [1ère édition]. Tous droits réservés. — Saigon, Imprimerie Saigonnaise, 1906, in-8, pp. 55.

Histoire d'une actrice chaste [versifiée].

—— 文緣演歌 Văn Doãn diễn ca. Bổn cũ, thứ nhứt. Thứ nhì sửa lại xuôi câu xuôi vần. Hoàng-Tịnh Paulus-Của, Chevalier de la Légion d'honneur et Officier d'académie, Đốc-phủ-sứ. (Tous droits réservés.) In lần thứ ba [3e édition]. — Saigon, Coudurier & Montégout, Imprimeurs-Editeurs, 1906, in-8, pp. 100.

[Histoire de] Văn Doãn, en vers.

—— Deuxième édition. 昭君貢胡 Chiêu-Quân cống Hồ Bổn cũ dọn lại Par Huỳnh-Tịnh Paulus Của, Chevalier de la Légion d'Honneur et Officier d'Académie, Đốc-phủ-Sứ. (Tous droits réservés.) — Saigon, Imprimerie Commerciale, 1906, in-8, pp. 40.

Chao-Kiun livrée aux Tartares. — Texte ancien remanié par... [Poème.]

—— 楊玉傳 Dương-Ngọc Truyện. Bổn củ soạn lại. Par Võ-Thành-Ký. In lần thứ nhì [2e édition]. — Saigon, Coudurier & Montégout, Imprimeurs-Editeurs, 1905, in-8, pp. 85.

[Roman.] — Histoire de Dương-Ngọc. Texte ancien remanié par...

—— 楊玉傳 Dương-Ngọc Truyện. Bổn củ soạn lại Par Võ-thành-Ký. In lần thứ ba [3e édition]. — Saigon, Coudurier & Montégout, Imprimeurs-Editeurs, 1907, in-8, pp. 80.

Histoire de Dương-Ngọc. Texte ancien remanié par...

—— 仙請咒神 Thần Chú Thỉnh Tiên... Traduit en Quốc-Ngữ par La-thành-đăm tự Mô-tân Secrétaire des Douanes et Régies de l'Indo-Chine. Saigon, Phát-Toán, 1907, in-8, pp. 34.

Bib. nat., 8° Ya Pièce 116.

—— 黃貞娘. Huỳnh-Trinh-Nương Diễn ca. Publié par Chiêu-Nam-Lầu. Tous droits réservés 和機氏撰. — Saigon, Imprimerie Saigonnaise Royer & Cie, 39 et 41, Rue Catinat, 1909, in-8, pp. 31.

Histoire de Mlle Huỳnh-trinh, traduite en vers.

—— 閒中雜詠. Nhàn trung tạp vịnh. Transcrit en Quốc-Ngữ par P. Lê-đao-Ngan. publié par Đinh-thái-Sơn. In lần thứ nhứt [1re édition]. (Tous droits réservés.) — Saigon, Imprimerie Commerciale, 1907, in-8, pp. 47.

Poésies diverses composées pendant les moments de loisir.

—— Les lotus et le voyageur Par Etienne du Rouvray. (*Revue indo-chinoise*, 30 avril 1908, pp. 615-623.)

—— 楊玉明書. Dương Ngọc Minh thơ. Bon củ soạn lại. Transcrit en Quốc-ngữ et publié par 黃金名 Huỳnh-kim-Danh, Commerçant à Saigon. Tous droits réservés. In lần thứ nhứt [1ère édition]. Giá là : 0$35. — Saigon, Imprimerie Saigonnaise Royer & Cie, 39 et 41, Rue Catinat, 1909, in-8, pp. 62.

Dương-Ngọc-Minh, poème. Texte ancien remanié par...

—— 鳳翹李旦傳 Lý-Đáng Phụng-Kiều thơ. Par Võ-Sâm dit Giáo-Sâm 西寧武叅自選 In lần thứ nhứt [1ère édition]. (Tous droits réservés.)

Bán tiền mặt [prix] { Mua lẻ mỗi cuốn giá [1 fasc.] 0$ 50. / Mua mười cuốn [10 fasc.] 4.50 / Mua một trăm cuốn [100 fasc.] 40.00 }

Cuốn nào không có dấu ký tên như đây thì là đồ mạo nhận [tout exemplaire non revêtu de ma signature est réputé contrefait]. — Saigon, Phát-Toán, Libraire-imprimeur, 55-57-59, Rue d'Ormay, 1910, in-8, pp. 69.

Histoire de Lý-Đáng et de Phụng-Kiều, en vers. — [Roman.]

—— 香山行程歌 Hương-Sơn Hành Trình ca, Tô Đăng-Khoa, soạn ra quốc-ngữ. Bán tại hiệu Thụy-Ký, 98, Phố Hàng Gai Hanoi. — Hanoi, M. Dufour & Nguyễn v. Vĩnh, Imprimeurs, 1910, in-8, pp. 27.

Journal d'une excursion au Hương-tích, en vers. Transcrit en quốc-ngữ par Tô-Đăng-Khoa. En vente chez Thụy-ký, 98, rue du Chanvre, Hanoi.

—— Giá : o $ 3o. In lần thứ nhứt [Prix : o $ 3o. 1ère Edition] 林生春娘傳 Lâm Sanh Xuân Nương Truyện Bổn củ soạn lại. Publié par J. Trần-Công-Đồng, Photographe, 93, Boulevard Charner. — Saigon, Nhà in hãng F.-H. Schneider, 1910, in-8, pp. 34.

Lâm-Sanh et Xuân-Nương. Texte ancien remanié par ... [Poème.]

—— 林生春娘賦 Lâm-Sanh Xuân-Nương phú. Traduit par Nguyễn-văn-Trị, Edité par Đinh-Thái-Sơn. In lần thứ nhứt [1ère édition]. (Tous droits réservés.) Giá [prix] : o $ 20. — Saigon, Phát-Toán, libraire-imprimeur, 55-57-59, Rue d'Ormay, 1910, in-8, pp. 16.

[Histoire de] Lâm-Sanh et de Xuân-Nương, en prose rimée. — Voir col. 2360.

—— Thơ May-bay... — Trần-Thiên-Trung soạn. Saigon, F.-H. Schneider, 1910, in-8, pp. 9.

Bib. nat., 8° Ya Pièce 110.

—— Vọng Phu 望夫 Thơ [書] Bổn cú soạn lại Par Nguyễn-Thành-Long 12, Rue Catinat. In lần thứ nhứt [1ère édition]. Giá [prix] o $ 10. — Saigon, Imprimerie Saigonnaise Royer et Cie 39-41, Rue Catinat, 1910, in-8, pp. 16.

Une femme qui attend son époux, en vers.

—— 左軍黎悅 Tả-quân Lê-duyệt tân thơ — Traduit par Nguyễn-văn-Trị. — Publié par Nguyện-Hữu-phước ... Saigon, Imprimerie H. Blaquière, 1910, in-8, pp. 32.

Bib. nat., 8° Ya Pièce 120.

—— Bay Tài thơ En Quốc-ngữ Par Nguyễn-quang-Minh. Giá [prix] o$ 10. Tous droits réservés. — Saigon, Imp. F.-H. Schneider, 1910, in-8, pp. 10.

[Histoire de] Bay-Tài, en vers.

—— Poésie annamite Par Lucien Bauno. (*Revue indochinoise*, Décembre 1910, pp. 537-555; 1911, fév., pp. 123-137; mars, pp. 278-285; avril, pp. 356-366.)

—— In lần thứ nhứt Giá : o $ 20 [1ère édition Prix : o $ 20]. 𫄥崇新書 Năm Ty thơ. Transcrit en quốc-ngữ et Publié par V. P. M. Tous droits réservés. Cuốn nào không có ký tên chủ nhơn là đồ không thiệt. — Saigon, Imprimerie F.-H. Schneider, Mai 1911, in-8, pp. 19.

Poésie [relative au n°] Năm Ty.

—— Vè Con Cua... Chủ bổn Phạm-thành-Kinh... Saigon, H.-K. Danh, 1911, in-8, pp. 6.

Bib. nat., 8° Ya Pièce 118.

—— 皇儲新傳 Hoàng Trừu tân truyện (Poème populaire Tonkinois.) Traduit en quốc-ngữ et publié par Thụy-Ký, Libraire Hanoi, 98, rue du Chanvre. 瑞記書舘河內行核庯九十八號. — Haiphong, Imp. Van-Minh, 1911, in-8, pp. 58.

Hoàng-Trừu, conte nouveau.

—— 女則演歌 Nữ tắc diễn ca (Poème populaire Tonkinois). Traduit en quốc-ngữ Par Thụy-Ký, Libraire, Hanoi, 98, Rue du Chanvre, 瑞記書舘河內行核庯九十八號. Prix o $ 15. — Imp. Mặc-đình-Tư, Hanoi, 136, Rue du Coton, 1911, in-8, pp. 27.

Conseils aux filles, en vers.

—— 佫謌集 Câu Hát Huê Tình par Thiên-Hương. Saigon, Imprimerie saigonnaise, 1911, in-8, pp. 16.

Bib. nat., 8° Ya Pièce 112.

—— 貞鼠新傳 Chinh-Thứ tân chuyện. [Transcrit en quốc-ngữ et en chữ-nôm, et publié par Quảng-thanh à Nam-dình, 1911], in-8, pp. 87.

Autographié.

Nouvelle histoire d'une souris chaste [versifiée].

—— Nhân Nguyệt Vấn Đáp. Dialogue entre l'homme et la lune. Poème annamite traduit Par Phạm Quỳnh, Secrétaire-interprète à l'École française d'Extrême-Orient. (*Bull. Éc. fr. Ext.-Orient*, Juill.-Déc. 1911, pp. 417-423.)

—— 潘清簡傳 Phan-Thanh-Giảng truyện Diễn Ca — Trứ Thơ-viện Nguyễn-văn-Trị — Chủ bổn Phạm-Hữu-Luật .....

Saigon, Imprimerie saigonnaise Royer, 1911, in-8, pp. 46 + 1 f. n. ch.

Bib. nat., 8° Ya Pièce 125.

—— In lần thứ nhì [2° édition] Giá o $ 25. 𠸗仲書 Sáu trọng thơ Transcrit en Quốc-ngữ Pour la première fois. Par Ng. H. Răng & Công-Thành. Tous droits réservés. Cuốn nào không có con-dấu dưới đây là đồ ăn cắp. — Saigon, Phát-Toán, Libraire-Imprimeur, 55-57-59 rue d'Ormay, 1911, in-8, pp. 31 + 1 p. n. ch.

A la fin de la page titre est un cachet portant : «Huynh-kim-Danh. Succ^r. n° 12, Rue Catinat 黃金名 Saigon, Libraire Reliure.»

[Histoire de] Sáu Trọng, en vers.

—— 南歌體格 Nam-Ca Thể Cách. Transcrit en Quốc-ngữ et publié par la Librairie Cẩm-Văn-Đường, Hanoi, 113. Rue du Chanvre, 1ère édition. Prix : o $ 15. — Imp. Mặc-đình-Tư, Hanoi, 136, Rue du Coton, s. d. [1911], in-8, pp. 31.

La poétique annamite.

—— *Henri Denis. — *Lục súc tranh công*. — Qui-nhón, 1911.

Collection de textes annamites transcrits en quốc ngữ, traduits et annotés en français, No. 1. — Poésie annamite attribuée à Tự đức. — Quốc ngữ et trad. française.

—— Giáo cữu công nghề diễn ca... par Huỳnh-văn-Đại... édité par Đinh-Thái-Sơn... Saigon, Phát-Toán, Août 1911, in-8, pp. 15.

Bib. nat., 8° Y Pièce a 103.

—— 白猿尊閣傳 Bạch viên, Tôn-các Truyện bổn cũ sửa lại Hoàng-kim-danh ... Saigon, F.-H. Schneider, 1911, in-8, pp. 27.

Bib. nat., 8° Ya Pièce 117.

—— La complainte du petit pâtre. — Berceuse Par A. Barbier. (*Revue Indochinoise*, Sept. 1912, pp. 207-208.)

—— 詩喃釋義 Thơ Nôm thích nghĩa. Traduit en quốc-ngữ et publié Par Cát-Thành, Libraire Hanoi, 3, rue du Chanvre. 吉成書館河內行核庸第三號. Prix o $ 15. — Hanoi, Imp. Mặc-đình-Tư, 1912, in-8, pp. 44.

Poésies populaires avec annotations.

—— Giá : o$o6 In lần thứ nhứt [Prix : o$o6. 1ère édition]. Dĩ vật luận vật ca. Bon cũ soạn lại par J. V. C. M. V. M. — Saigon, Libraire-Imprimeur Phát-Toán, 55-57-59, Rue d'Ormay, Octobre 1912, in-8, pp. 8.

Les animaux merveilleux. Dissertation sur les animaux. En vers. — Texte ancien remanié par...

—— In lần thứ nhứt giá thiệt : o$ 10 [1ère édition. Prix net : o$ 10]. Một cuộc trăm năm Liên Hồng kỳ ngộ. Thơ đời nay Par Dặng-văn-Thiều. Cuốn nào không có tên tôi ký nơi đây là đồ dả. — Saigon, Imprimerie Huynh-kim-Danh, 1913, in-8, pp. 17.

Une période de cent ans. — Les aventures d'amour de Liên-Hồng. — Poésie moderne.

—— 柴廚嚼娼 Thầy chùa ve gái Bị bắt. Truyện một người đờn bà và một người con gái, một đàng vì nghĩa với chồng, một đàng vì hiếu với cha, bị sải ác tăng, cưỡng bức, mà phải thác một cách rất thảm thiết. — Đờn bà con gái nên coi mà bắt chước. Đọc tới thì muối lòng rơi lụy. par Trần-khắc-Kỳ tự Phục-Lễ. Tous droits réservés. — Saigon, Imprimerie F.-H. Schneider, 1913, in-8, pp. 20.

Un bonze amoureux arrêté. — Poème moderne.

—— Tam-Pháp Tư Đồ thơ. Người ba lá gan. Traduit par Lê-trí-Sĩ. Publié par Nguyễn-đại-Tòng. Có hình [illustré]. Giá là [prix] : o$ 20. Tous droits réservés. — Saigon, Imp. F. H. Schneider, juin 1913, in-8, pp. 16.

Couverture illustrée.

La justice, poésie. — L'homme à trois foies. — 2 cas de condamnation à mort, à Saigon en janvier 1913.

—— In lần thứ nhứt. Giá : o $ o8 [1ère édition] [Prix : o $ o8]. 案銅錢銅鉑 An đồng tiền đồng bạc par Đỗ-thanh-Phong. Tous droits réservés. — Saigon, Imprimerie F.-H. Schneider, Août 1913, in-8, pp. 5 + 4 pages non chiffrées.

Jugement sur [les caprices] de l'argent. — Poésie moderne.

— In lần thứ nhứt Giá : 0$20 [1ère édition Prix : 0$20]. Vân Tiên ghiền thơ Transcrit en quốc ngữ Par Đ. T. B. & C. M. Tous droits réservés. — Saigon, Imprimerie de l'Union, 157, Rue Catinat, 1913, in-8, pp. 16.

Vân Tiên, le fumeur d'opium. — [Poésie.]

— In lần thứ nhứt Giá : 0$20 [1ère édition Prix : 0$20]. Thơ Sáu Nhỏ Par Lê-minh-Điều. Tous droits réservés. Cuốn nào không có ký tên chủ nhơn là đồ không thiệt. — Saigon, Imprimerie F. H. Schneider, Mai 1913, in-8, pp. 19.

Poésie [relative au n°] Sáu Nhỏ. — Moderne.

— 書俊珠卿瑞 Thoại-khanh châu-tuấn thơ — Bổn cũ soạn lại par I. Trần-công-đồng ... Saigon, F.-H. Schneider, in-8, pp. 28.

Bib. nat., 8° Y Pièce a 106.

— 貧女嘆 Bần Nữ Thán. [Transcrit et édité en quốc-ngữ et en chữ-nôm par l'Imp. Quảng-thành à Nam-định], in-8, pp. 23.

Complainte d'une fille pauvre. — [Poésie.]

THÉÂTRE.

— Văn và tuồng. — J. M. J... — Tân Định. Imprimerie de la Mission. 1881, in-8, pp. 660 + 2.

— Trần Bồ Comédie annamite transcrite par M. Phan đức hòa, lettré au Collège des interprètes, traduite et annotée par M. Landes, Administrateur des affaires indigènes. (*Exc. et Recon.*, No. 28, 1886, pp. 161-214.)

— Trần Bồ Comédie annamite transcrite par Phan đức hòa, lettré au Collège des Interprètes traduite et annotée par A. Landes, Administrateur des affaires indigènes — Saigon, Imprimerie Coloniale — 1887, in-8, pp. 54 + 46 pages de texte.

陳蒲傳.

Notice : *Le Lotus*, Avril 1888, pp. 126-128. Par K. de Haas.

— 1ère Edition 陳蒲傳 Trần-Bồ Tuồng. Ông già đòi vợ bé. Le vieux voulant posséder une concubine Comédie Annamite Transcrite en Quốc-ngữ et précédée d'un résumé analytique du sujet Par Nguyễn-khắc-Huề, Instituteur principal, Vice-président de la Société d'Enseignement mutuel de Bentré, Bùi-Quang-Kho, Sous-Lieutenant des Tirailleurs annamites en retraite, Marchand-Libraire à Bentré (ville). — Publié par Đinh-thái-Sơn. — Tous droits réservés. — Saigon, Phát-Toán Imprimeur-Editeur, 1907, in-8.

L'ouvrage est en cours de publication, 1 fasc. paru, pp. 22.

— Trương l'imbécile Comédie annamite Traduite par A. Chéon. (*Bull. Soc. Ét. indo-chinoises de Saigon*, 1888, 2e sem., 2e fasc., pp. 5-46.)

— Phong thần Bá-áp-khảo Tragédie annamite Traduite par M. Chéon, Professeur attaché à la Bibliothèque. (*Exc. et Recon.*, No. 31, 1889, pp. 93-132; No. 32, 1890, pp. 273-331.)

— Phong thần Bá-áp-khảo Tragédie annamite Traduite par M. Chéon Professeur attaché à la Bibliothèque. — Saigon, Imprimerie Coloniale, 1889, in-8, pp. 103.

— Phong thần Bá-Ấp-Khảo Tragédie de Bá-Ấp-Khảo Transcrite en quốc-ngữ Par Thé-tài Trương-minh-Ký, Officier d'Académie, Ancien professeur de chinois au collège indigène, Interprète au titre européen au Secrétariat général du Gouvernement de la Cochinchine. 3e Edition. — Saigon, Imprimerie Commerciale Rey, Curiol & Cie, Rues Catinat & d'Ormay, 1896, in-8, pp. 24.

— Tuồng Joseph. — Joseph. Tragédie tirée de l'histoire sainte Par Trương-minh-Ký.

Représentée à Cholon pour la première fois le 13 juillet 1887. — Saigon, Bàu in nhà hàng Rey et Curiol, 1888, in-8, pp. 16.

— Théatre Annamite-Ngu-Hô. — Pièce in-8 de pp. 4 n. ch.

Paris, 1889. — Thème d'une pièce annamite par E. L.

— 金石奇緣 Tuồng Kim Thạch Kỳ Duyên Drame Transcrit et annoté Par Bùi-quang-Nhơn, Interprète au titre européen au Secrétariat général du Gouvernement de la Cochinchine. — Saigon, Imprimerie & librairie nouvelles, Claude & Cie, 1895, in-8, pp. 112.

— Tuồng Kim Vân Kiều Pièce en trois actes Transcrite en quốc-ngữ pour la première fois Par Thé-tài Trương-minh-Ký, Officier d'Académie, Ancien professeur de chinois au Collège indigène, Interprète au titre européen au Secrétariat général du Gouvernement de la Cochinchine. Thứ nhứt [1er acte]. Tous droits réservés. — Saigon, Imprimerie Commerciale Rey, Curiol & Cie, Rues Catinat & d'Ormay, 1896, in-8, pp. 24.

...d°... Acte II,... 1897... pp. 24.

...d°... Acte III,... 1897... pp. 24.

— *Tien-Buu, pièce traduite de l'annamite par le lieutenant de l'Orza de Reichenberg. Saigon, librairie Claude, rue Catinat, 1896.

— Théâtre annamite. Tiên-Buu ou La jeune Batelière (Comédie) Par Paul Viator. — Saigon, Claude & Cie, Imprimeurs-Éditeurs, 1897, in-8, pp. 34.

— Tiền Bữu thơ tuồng Có hình [illustration]. Bổn củ soạn lại Par Đặng-Lễ-Nghi, Publié par 丁泰山 Đinh-Thái-Sơn, dit Phát-Toán, Vente et Réparations de Bicyclettes et Vente de Livres en Quốc-ngữ. In lần thứ nhứt [1ère édition]. — Tous droits réservés. — Saigon, Phát-Toán, Libraire-Imprimeur, 55-57, Rue d'Ormay, 1908, in-8, pp. 24.

Tiền-Bữu [la batelière], théâtre.

— *Capitaine de l'Orza de Reichenberg. — Truong-Ngo ou «l'amour filial». Rouen, Girieud, rue des Carmes, 1902.

— 張悟演歌 Trương-Ngộ diễn ca, transcrit en Quốc-ngữ par Nguyễn-Năng-Thừa. Première Edition. — Saigon, Claude & Cie, Imprimeurs-Editeurs, 1903, in-8, pp. 63.

Pièce de théâtre en 1 acte en prose et en vers.

— Pièce historique Chinoise en trois Actes, transcrite en Annamite. «Dinh-lu-tu» Traduite par le Capitaine de l'Orza de Reichenberg de l'Infanterie coloniale (Officier d'Académie, breveté d'Annamite). — Éditée par J. Girieud, imprimeur à Rouen, s. d. [1906], in-8 carré, pp. 49.

Bibliothèque du «Marsouin». Préface datée de Bac Ninh, 1er juillet 1903.

— Deuxième édition. Đinh-Lưu-Tú en quốc ngữ. Pièce en quatre parties. Par Nguyễn-hữu-Việt. Tous droits réservés. — Saigon, Phát-Toán, Libraire-Imprimeur, 55-57, Rue d'Ormay, 1908, in-8, pp. 66.

— Première édition. 丁劉秀 Đinh-Lưu-Tú En quốc-ngữ Pièce en quatre parties 1ère partie Par P. H. S. Tous droits réservés. — Saigon, Imprimerie commerciale, 1903, in-8, pp. 20.

— Das Annamitische Theater. Von Gaston Knosp. Hanoï. Chargé de Mission musicale en Indo-Chine. (*Globus*, LXXXII, 1902, pp. 11-15.)

— Le Théâtre en Indo-Chine. Par M. Gaston Knosp, Paris. (*Anthropos*, III, Fasc. 2, 1908, pp. 280-293.)

— 五虎平西 Ngũ-Hổ bình-tây. Pièce en sept actes Par Cao-hữu-Dực, Tấn-sĩ, Ancien Tổng-đốc d'An-giang. Transcrite en quốc-ngữ Par Đỗ-văn-Diềm & Đỗ-văn-Tam. Premier acte. (Tous droits réservés.) — Saigon, Imprimerie commerciale Ménard et Rey, 1905, in-8, pp. 32.

— Pièce en trois Actes 四靈 Tứ Linh Bổn cũ dọn lại Par Hồ-hải-Đăng. (Tous droits réservés.) — Saigon, Imprimerie Commerciale, 1906, 3 fasc. in-8, pp. 90.

—— 嘉長. Tuồng Gia Trường. Le Bonze Amoureux. Comédie en un acte transcrite en quốc-ngữ pour la première fois par Lương-khắc-Ninh, Tự Dủ-thúc, Nguyễn-khắc-Huê, Quốc học giáo sư, Nguyễn-dư-Hoài Án-toà ký lục. Tous droits réservés. — Saigon, Coudurier & Montégout, Imprimeurs-Editeurs, 1906, in-8, pp. 29.

—— 1re Édition 三國誌演 Tam-Quốc chí dien. Pièce en deux parties. 1re partie (Lồ-Túc sách Kinh-châu). Transcrit en quốc-ngữ Par Đỏ-Thanh Phong, Võ-mản-Thiệp, Đặng-Ngọc-Có. Giá [prix] o $ 15. Tous droits réservés. — Saigon, Imprimerie F.-H. Schneider, 1907, in-8, pp. 11.

—— Són Hậu Tuồng Toàn truyện (đủ ba thứ). Bổn củ soạn lại Par Đặng-Lễ-Nghi. Publié par Đinh-Thái-Sơn. In lần thứ nhứt [1ère édition]. Giá [prix] : o$ 50. — Tous droits réservés. — Saigon, Phát-Toán, Libraire-Imprimeur, 55-57, Rue d'Ormay, 1908, in-8, pp. 85.

Són-Hậu, théâtre. Pièce en 3 actes. — Texte ancien remanié par...

—— 烏鵲 Tuồng Ô-Thước. Pièce en quatre actes Par Cao-hửu-Dực, Tấn-si, Ancien Tổng-Đốc d'An-Giang, Transcrit en quốc-ngữ Par Đỏ-van-Diềm et Đỗ-van-Tam. Tous droits réservés. Tout exemplaire non revêtu de ma signature ainsi faite sera réputé contrefait. — Giá [prix] : o $ 80. — Saigon, Phát-Toán, Libraire-Imprimeur, 55-57, Rue d'Ormay, 1908, in-8, pp. 76 + 1 errata.

—— 宋岳飛風波亭 Tống Nhạc-Phi Phong Ba Đình Tuồng. Traduit par Chánh-Vê-Nhi (Bén-tre) Publié par Đinh-Thái-Sơn. In lần thứ nhứt [1ère édition]. Thứ Nhứt, Thứ Nhì, và Thứ Ba. Giá [prix] o $ 30. Saigon, Phát-Toán, Libraire-imprimeur, 55-57, Rue d'Ormay, 1909, in-8, pp. 38.

Théâtre.

—— Tam-Quốc tuồng tân diễn. Hồi thứ 55. — Tam cố Thảo-lư, Khổng-Minh xuất thế. — Hồi thứ 48. — Lưu-Bị thành hôn, Quận-chúa xuất giá. — Hồi thứ 47. — Phu-nhơn qui Hớn, Không-Minh nhị khí. — Hồi thứ 51. Lồ-Túc phản kế, Triệu-Tữ đoạt âu chúa. Chủ bút Nguyễn-van-Trị, Cẩn-giọc, Édité par Đinh-thái-Sơn. In lần thứ nhứt [1ère édition]. Giá [prix] o$ 40. — Saigon, Phát-Toán Libraire-Imprimeur, 55-57, rue d'Ormay, 1910, in-8, pp. 46.

Époque des *San kouo tche*. Théâtre.

—— 宋岳飛 Tống Nhạc-Phi (Tuồng) 陸文龍 Lục-Van-Long 王佐斷臂 Vương-Tá, Đoạn Tý. Traduit et publié Par Nguyễn-thành-Long. Cuốn nào không có chủ bổn ký tên là đồ giang. Giá là : [prix] o $ 30. — Saigon, Nhà in hãng F.-H. Schneider, 1910, in-8, pp. 38.

Théâtre.

—— Tuồng Phong Thần. Chủ bút [par] Nguyễn-van-Tri. Cẩn-giọc. Édité par Đinh-Thái-Sơn. In lần thứ nhứt [1ère Edition] Giá [prix] : o$ 40. — Saigon, Phát-Toán, Libraire-Imprimeur, 55-57-59, Rue d'Ormay, Octobre 1910, in-8, pp. 50.

Phong-Thần, théâtre.

—— 神呪柴法 Thần chú thầy pháp vạn pháp qui tôn. — Trú thơ-viện Nguyễn-văn-Trị... Chũ bồn Phạm-Hữu-Luật... Saigon, Phát-Toán, Mars 1911, in-8, pp. 24.

Bib. nat., 8° Y Pièce a 108.

—— 四寶文房 Tứ bửu văn phòng-tuồng — Trú Thơ-viện Nguyễn-văn-trị — Chủ bồn Phạm-hủ u-luật ... Saigon, Imprimerie saigonnaise Royer, 1911, 2 fasc. in-8, pp. 29, et pp. ch. 30-62.

Bib. nat., 8° Ya 358.

—— «Misère et déchéance de l'Annam.» (*Asie française*, Septembre 1911, pp. 414-418.)

Pièce de théâtre tirée d'un feuilleton du «Patriote», journal chinois.

—— Le théâtre annamite Par Georges Cordier. (*Revue Indochinoise*, Juin 1912, pp. 564-587.)

—— Paul-Louis Hervier. — Le Théâtre Indo-chinois. (Feuilleton du *Temps* du 16 septembre 1912. — Chronique théâtrale.)

—— Tuồng Đinh-San chinh tây. Từ Lê-Huê hạ san, đến ba lần bắt Đinh-san trọn ba hồi truyện. Traduit par Trần-phong-Sắc, Professeur de caractères chinois à l'École de Tânan. Publié par Nguyễn-hữu-Phước, Commerçant, 61, rue d'Ormay. Saigon. Cuốn nào không có ký tên-của chủ nhơn là đồ chẳng ngay. Tous droits réservés. — Saigon, Imprimerie de l'Union, 157, Rue Catinat, 1913, in-8, pp. 23.

[On lit à la couverture : «1e édition 2e fasc. sous presse.»]

La conquête de l'Ouest par Dinh-San, théâtre — [tiré d'un roman historique chinois].

—— In lần thứ nhứt (1e édition) Giá (prix) : 0$25. Tuồng Lý-thiên-Luông Bổn củ soạn lại (Edition revue et augmentée par Bùi-quan-Nho, publiée par Maison J. Viết, 59, Rue d'Ormay, Saïgon, cuốn thứ bo (toàn bộ) [3e et dernier fascicule].

Cuốn nào không có dấu ký tên cuả chủ nhơn là đồ gian (Tout exemplaire non revêtu de la signature de l'auteur est réputé contrefait).

Saïgon, Imprimerie de l'Union, 157, Rue Catinat, 1913, in-8, pp. 45 à 68.

Histoire de Lý-thiên-Luông (pièce de théâtre).

—— In lần thứ nhứt (1e édition) Giá (prix) : 0 $ 40 三國誌演 Tam quốc tuồng première partie Lỗ-Túc sách Kinh-Châu.

Deuxième partie : Quận chuá qui Kinh-Châu Khổng-Minh nhị khí Châu-công-Cẩn.

Troisième partie : Triệu-Tử đoạt Á-Đẩu.

par Bồng-Dinh et Mẫn-Thiệp. Saigon, Imp. F.-H. Schneider, Juillet 1913, in-8, pp. 34.

Histoire des Trois-Royaumes (pièce de théâtre). Première partie : Lỗ-Túc et la question de Kinh-Châu. Deuxième partie : Retour de la princesse Quận-chúa à Kinh-Châu. Khổng-Minh provoqua pour la seconde fois Châu-công-Cẩn. Troisième partie : Triệu-Tử enleva Á-Đẩu (aux mains de sa mère.)

—— In lần thứ nhứt [1e édition]. Kim-Long Xích-Phụng tuồng. Diễn ra quốc-ngữ Par Đặng-lễ-Nghi. Édité par Đinh-thái-Sơn. Tous droits réservés. — Saigon, Imprimerie de l'Union, 157, Rue Catinat, 1913, 3 fasc. in-8, pp. 62.

Kim-Long Xích-Phụng, théâtre — [relatif à l'époque des S'ong].

—— Chu mãi thần Comédie annamite Traduit par G. Cordier. (*Revue indochinoise*, Mars 1913, pp. 275-285.)

—— La tortue. Comédie annamite Par Jean Ricquebourg. (*Revue indochinoise*, Avril 1913, pp. 379-401.)

—— In lần thứ nhứt (1e édition). Giá (prix) : 0 $ 15. 亞蘭賣豬 Tuồng thằng Lảnh bán heo và bai ca par V. M. Th.

Tous droits réservés.

Cuốn nào không có dấu ký tên cuả chủ nhơn là đồ gian. (Tout exemplaire non revêtu de la signature de l'auteur est réputé contrefait.)

Saïgon, Imprimerie F.-H. Schneider, Septembre 1913, in-8, pp. 14.

Lảnh, le vendeur de cochons (pièce de théâtre). — Suivie d'une chanson.

PROVERBES.

—— Maximes et Proverbes Par P. Của, Phủ de 1re classe à la Direction de l'intérieur. Saigon, Imprimerie du Gouvernement, 1882, in-12, pp. 35.

(Proverbes.)

—— Proverbes annamites. (*Ann. de l'Ext. Orient*, 1882-1883, V, p. 128.)

Recueillis par le P. Jourdain, des Missions étrangères.

(Proverbes.)

—— Essai de paremiologie par G. Cordier. (*Revue Indo-Chinoise*, X, Nos. 91-92, 15-30 Oct. 1908, pp. 493-503.)

—— Triêu Hoàng Hóa [R. P. V. Barbier] Tục ngữ Annam Dịch ra tiếng tây. — Hanoi-Haiphong, Imprimerie d'Extrême-Orient, 1909, in-8, pp. II + 92.

Proverbes annamites traduits en français.

—— Proverbes annamites Par V. Barbier Miss. Apost. (*Revue Indoch.*, Avril 1911, pp. 345-355; *ibid.*, Juillet 1911, pp. 14-21.)

OUVRAGES DIVERS.

—— Elementa Litteraturae. — Sách Tóm Lại Các Meo cho dược làm các thứ văn bài Cố Báu (M. Fautrat) đã dọn và Cò Khánh (M. Ravier) đã xem lại cùng thêm nhiều thí dụ. — In Tại ninh Phú Dường 1880, in-8, pp. 192.

—— Littérature annamite. Par Antony Valabrègue. (*Ann. de l'Ext. Orient*, 1883-1884, VI, pp. 308-312.)

—— Sixième Cahier de la première série. — Victor Le Lan. — Essai sur la littérature indo-chinoise. Le prix de ce cahier est de 0$60. Cahiers indo-chinois, 90, Rue des Pavillons-Noirs, 90, Hanoi (Tonkin), in-8, pp. 35.

[Au titre, page 2, on lit :

Essai sur La Littérature Indo-Chinoise. — 1907. — Imprimerie L. Gallois. — Hanoi-Haiphong. Caractères de la Fonderie L. Gallois.]

—— 六畜 Lục Súc. Les six animaux domestiques. Par P. J.-B. Trương-vĩnh-Ký. 載士張永記. — Saigon, Imprimerie de la Mission, 1887. Tous droits réservés, in-8, pp. 22.

—— Lục Súc tranh công. Dispute de mérites entre les six animaux domestiques. Transcrit et annoté Par P. J.-B. Trương-vĩnh-Ký, Biên ra chữ quốc ngữ cùng chú-giải 載士張永記. — Saigon, Imprimerie de la Mission, 1887. Tous droits réservés, in-8, pp. 43.

[En prose rimée.]

—— Première édition. — 恩情書 Ân-Tình thơ. Chủ bút Đặng-Lễ-Nghi. Publié par Đinh-Thái-Sơn. (Tous droits réservés.) — Saigon, Imprimerie Commerciale, 1906, 2 fasc. in-8, pp. 79.

Lettres d'amour.

—— Première édition. 南京北京. Nam-Kinh, Bắc-Kinh. Transcrit en Quốc-Ngữ par Đặng-lễ-Nghi, Publié par 丁泰山 Đinh-thái-Sơn (Phát-Toán). (Tous droits réservés.) — Saigon, Imprimerie commerciale, 1906, in-8, pp. 39.

La capitale du Sud et la capitale du Nord.

—— 龍圖公案 Long-Đồ-Công-Án. Bao-Công thẩm-án. Transcrit en Quốc-ngữ par 阮玉書. Nguyễn-ngọc-Thơ (Bãi-xấu), Médecin indigène rue Paul Blanchy, à Saigon, Avec collaboration de Nguyễn-ngọc-Qúi, Dessinateur à l'Arsenal. — Saigon. Tous droits réservés. — Saigon, Imprimerie Saigonnaise, 1906, fasc. in-8.

Les jugements rendus par Long-Đồ et Bao-Công. — Voir *Bib. Sinica*, col. 1770.

—— 夢中緣 Mộng Trung Duyên Năm nàng lịch-sự Traduit en Quốc-ngữ Par Dinh-văn-Đẩu 丁文斗 Tous droits réservés. — Saigon, Imprimerie Commerciale, 1907, 4 fasc. in-8, pp. 188.

L'amour dans le rêve.

—— 義演傑英群 Truyện Quần Anh Kiệt cua Trinh-Hoài-nghĩa ... chủ bổn Phạm-Thành-kính ... Saigon, Imprimerie commerciale, 1907, fascicules in-8.

Bib. nat., 8° O²l 357.

—— Cinquante fables et préceptes. Truyện đời xưa langsa Diễn ca quốc âm (Học khá dĩ hóa tánh chat) Par Đỗ-quang-Đẩu. Instituteur principal. Premier mille. Giá [prix] : 0$ 35. — Saigon, Imprimerie saigonnaise, 39 et 41, Rue Catinat, 1909, in-8, p. 44.

XUÂN LAN.

— 再生緣畧淡 Tái-Sinh-Duyên lược-đàm (Manh-Lệ-Quân) par Xuân-Lan 春蘭. 1ère Edition. Prix : 0 $ 15. (Người làm ra dữ quyền lợi) [Tous droits réservés]. — Haiphong, Imp. Van-minh, 1910, in-8, pp. 13.

L'Amour d'outre-tombe.

— 翠山秋夢記 Thúy-Sơn Thu Mộng ký Transcrit en quốc-ngữ par Xuân-Lan 春蘭. 1ère Edition. Prix : 0 $ 08. (Người dịch ra và sửa lại dữ quyền lợi) [Tous droits réservés]. — Haiphong, Imp. Van-Minh, 1910, in-8, pp. 9.

Rêverie d'automne sur la montagne Thúy-Sơn.

— 觀音送子本行 Quan-Am Tòng Tử Bản Hạnh Transcrit en quốc-ngữ et publié par Xuân-Lan 春蘭. 1ère édition. Prix : 0 $ 15. — Haiphong, Imp. Van-minh, 1911, in-8, pp. 56.

Lettre de Kouan-Yin à son enfant.

— 中軍對歌 Trung Quân Đối ca. Transcrit en Quốc-ngữ et publié par Xuân-Lan 春蘭. 1ère Edition. Prix : 0 $ 15. — Haiphong, Imp. Van-minh, 1911, in-8, pp. 42.

Refrains d'amour.

— 鼓軍新歌 Cổ-quân tân ca. Transcrit en quốc-ngữ et publié par 春蘭 Xuân-Lan 1ère Edition. Prix : 0 $ 12. — Haiphong, Imp. Van-minh, 1911, in-8, pp. 31.

Nouveaux refrains d'amour accompagnés de tambour.

— 故事尋源 Cố sự tầm nguyên Transcrit en quốc-ngữ Et publié par Xuân-Lan 春蘭. 1er fascicule. 1re édition. Prix : 0 $ 40. — Haiphong, Imprimerie Van-Minh, 1911, in-8, pp. 72 + IV.

Recherche de l'origine des choses. — (Recueil d'allusions littéraires.)

— 人影人月問答 Nhân ảnh, nhân nguyệt vấn đáp. Transcrit en quốc-ngữ et publié par Xuân-Lan 春蘭. 1ère Edition, Prix : 0 $ 08. — Haiphong, Imp. Vanminh, 1911, in-8, pp. 13.

Dialogue entre l'homme et son ombre.

— 阮達阮生新傳 Nguyễn-Đát, Nguyễn-Sinh tân truyện Transcrit en quốc-ngữ et publié par Xuân-Lan 春蘭. 1ère Edition, Prix : 0 $ 15. — Haiphong, Imp. Van-Minh, 1911, in-8, pp. 24.

Nouvelle histoire de Nguyễn-Đát et de Nguyễn-Sinh.

— 花情書集 Huê Tình Thư Tập. (Lettres amoureuses) par Xuân-Lan 春蘭. 2e édition Prix : 0 $ 30. — Haiphong, Imp. Van-minh, 1912, in-8, pp. 67 + 1 table.

Recueil de lettres d'amour.

— 秋夜旅懷吟 Thu Dạ lữ hoài ngâm. Transcrit en quốc-ngữ et publié par Xuân-Lan 春蘭. 2e Edition, Prix : 0 $ 10. — Haiphong, Imp. Van-Minh, 1912, in-8, pp. 14.

Une nuit d'automne hors de son pays.

* * *

— In lần thứ nhứt [1ère édition]. Giá [prix] : 0 $ 10. 四民四趣 — Tứ dân tứ thú [suivi de] Học trò khó phú. Bổn củ soạn lại Par H.-K. Danh. Saigon, 12 Rue Catinat. — Saigon, Imp. F.-H. Schneider, 1910, in-8, pp. 20.

Les charmes des quatre métiers.

— Tích truyện Bà Thánh Joanna (Jeanne d'Arc). — Hanoi, Imprimerie Mặc-đình-Tư, 1910, in-8, pp. 43.

Histoire de Jeanne d'Arc béatifiée.

— 悄謠集 Câu hát huê tình. Par Thiên-Hương. Cấm không đặng in y nguyên bổn [droit de reproduction réservé]. Giá [prix] : 0 $ 25. — Saigon, Imprimerie Saigonnaise, 39-41, Rue Catinat, 1911, in-8, pp. 16.

Chansons d'amour.

— 中軍對演歌 [Trung Quân Đối diễn ca. Transcrit en quốc-ngữ et publié par

Quảng-thành à Nam-định, 1911], in-8, pp. 110.

Refrains d'amour.

—— 四寶文房. Tứ bửu văn Phong. Tuồng-Trứ Thơ-viện Nguyễn-văn-Trị. Chủ bổn Phạm-hữu-Luật. Nhà bán sách, Số 51, tại đường kinh-lấp — Saigon. In lần thứ nhứt [1ère édition]. Giá : 0 $ 30. Bổn tuồng nầy có 2 cuốn mà cộng 4 thứ. Cấm người ngoài không đặng chép mà in lại bổn nầy. — Saigon, Imprimerie Saigonnaise Royer & Cie 39-41 Rue Catinat, 1911, 2 fasc. in-8, pp. 62.

Les 4 trésors de l'écritoire.

—— In lần ba [3e édition]. Vè con cua Triều Dương có sự phú Chủ bổn Phạm-thành-Kinh. Thơ ký tại dinh Hiệp-lý. Cấm không cho ai in theo bon nầy [Tous droits réservés]. 朝洋故事賦 Giá : 0 $ 05. — Saigon, Imprimerie H.-K.-Danh, 1913, in-8, pp. 6.

[Couverture et titre illustrés.]

Chanson sur la crabe [fable].

Traductions d'ouvrages français.

—— Truyện Phan-sa diễn ra quốc ngữ-Trương-Minh-Ký. — Saigon, C. Guilland & Martinon, 1884, in-8, pp. 12.

—— Truyện Phansa diễn ra quốc ngữ — Fables de La Fontaine traduites en annamite pour la première fois par Trương. Minh-Ký. — Ouvrage subventionné par le Conseil colonial de la Cochinchine française en sa séance du 16 janvier 1886. Saigon, Rey et Curiol, 1886, in-8, pp. 80.

—— 海錄格言 Truyện tây dịch ra tiếng nôm. Fables de La Fontaine Traduites en annamite avec des annotations et commentaires Par Dỗ Thận 杜愼 Auteur des «Contes & Moralités Annamites». — Hanoi, Imp. F.-H. Schneider, 1906, 4 fasc. in-8.

—— Fables de La Fontaine. — Traduites en annamite Par Georges Cordier, Directeur des Ecoles Françaises de Yunnanfou. Hanoi-Haiphong, Imprimerie d'Extrême-Orient, 1910, in-4, pp. 16.

—— Fénelon. — Les aventures de Télémaque. Livre premier suivi du Châu tử gia huấn Traduits en vers annamites pour la première fois Par Trương-minh-Ký. — Saigon, Bản in nhà hàng Rey et Curiol, 1887, in-8, pp. 24.

BIBLIOGRAPHIE.

—— J. Th. Zenker. — Bibliotheca Orientalis, 1861. — Voir col. 1433.

—— Bibliographie annamique, par A. de Bellecombe. (*Tableau de la Cochinchine*... par MM. E. Cortambert et Léon de Rosny, 1862, pp. 335-343.)

Voir col. 1534-1535.

—— Bibliographie annamite. Livres, recueils périodiques, manuscrits, plans par M. V.-A. Barbié du Bocage... Extr. de la *Revue maritime et coloniale* (février, mai et août 1866). Paris, Challamel aîné, 1867, in-8, pp. 107.

Cf. *Petermanns Mitt.*, 1866, p. 243.

—— La Cochinchine. Littérature concernant ce pays Par le chevalier J.-K.-W. Quarles d'Ufford, Docteur en droit, Vice-Président de l'Institut Royal des Indes, à la Haye. (*Ann. de l'Extr.-Orient*, I, pp. 311-319.)

—— *Bibliotheca Orientalis* or a Complete List of Books, Papers, Serials and Essays published in 1876 in England and the Colonies, Germany and France on the History, Languages, Religions, Antiquities, Literature and Geography of the East compiled by Charles Friederici. Leipzig, Otto Schulze, in-8, pp. 86.

Comprend huit années (1876-1883). — Continué par :

—— Literatur-Blatt für Orientalische Philologie unter Mitwirkung von Dr. Johannes Klatt in Berlin herausgegeben von Prof. Dr. Ernst Kuhn in München. I. Band. 1 October 1883. 1 Heft. Leipzig, Otto Schulze, in-8.

Ce recueil a fini avec le Vol. IV pour 1886. — Continué par :

—— Orientalische Bibliographie unter Mitwirkung der Herren Prof. Dr. A. Bezzenberger, Königsberg ... u. a., und mit Unterstützung der Deutschen Morgenländ. Gesellschaft herausgegeben von Professor Dr. A. Müller in Königsberg. I. Jahrgang (Band I). Berlin, H. Reuther, 1888, in-8.

Depuis plusieurs années, c'est le Dr. Lucian Scherman, de Munich, qui dirige cette intéressante publication avec le plus grand zèle.

—— Bibliographie Annamite. — Livres, Recueils périodiques, Manuscrits, Cartes et plans parus depuis 1866 publiée par le Comité agricole et industriel de la Cochinchine. (*Bull. Comité Agricole Cochinchine*, 3° Sér., T. I, No. II, 1879, pp. 247-317; 4° Sér., T. I, No. 1, 1880, pp. 122-126.)

—— Addition à la Bibliographie Annamite par M. le Docteur Harmand. (*Bull. Comité agricole Cochinchine*, 4° Sér., T. I, No. I, 1880, pp. 116-121.)

—— Liste bibliographique des travaux relatifs au Tong-king publiés de 1867 à 1883 (juillet) dressée par P. Lemosoff. (*Revue de Géog.*, sept. 1883, pp. 210-219.)

On ajoutera à ce dernier travail les bulletins publiés par L. Delavaud dans le *Bull. de la Soc. de Géog. de Rochefort.*

—— Liste des publications pouvant intéresser l'Indo-Chine Parues pendant le cours de l'année 1882. (*Bull. Soc. Études indochinoises de Saigon*, 1883, 2° fasc., Avril-Juin, pp. 105-108.)

—— Catalogue des ouvrages publiés et édités jusqu'à ce jour par P.-J.-B. Trương-vĩnh-Ký. A l'usage des écoles de la Cochinchine 士載張永記. — Saigon, Bản in nhà hàng C. Guillaud et Martinon, 1884, in-8, pp. 4.

— Obsèques Solennelles de M. Pétrus Truong-vinh-Ky, Professeur de langues Orientales. (*Le Courrier de Saigon*, Mercredi 7 septembre 1898.)

—— *Bibliographie ancienne de l'Annam. (*Bulletin du Bibliophile*, mars-avril-mai 1886.)

—— Bibliographie de l'Indo-Chine orientale depuis 1880 Par A. Landes et A. Folliot. (*Bull. Soc. Et. indo-chin. de Saigon*, 1889, 1er sem., pp. 5-87.)

—— Bibliographie de l'Indo-Chine orientale depuis 1880 par A. Landes, Résident-Maire d'Hanoi et A. Folliot, Professeur. Saigon, Imp. Rey & Curiol, 1889, br. in-8, pp. 87.

—— Exposition Universelle de 1900. Instruction Publique. Annam-Tonkin. Catalogue des Publications de G. Dumoutier, officier de l'Instruction Publique, Ancien Interprète du Gouvernement pour l'Annamite et le Chinois, Chargé de Missions scientifiques en Extrême-Orient, Membre non résidant du Comité des Travaux historiques et scientifiques au Ministère de l'Instruction Publique et des Beaux-Arts, Lauréat de la Société de Géographie (Prix Jomard), Directeur de l'Enseignement franco-annamite au Tonkin. Médaille d'or à l'Exposition universelle de 1889. Hanoi, Imprimerie typo-lithographique F.-H. Schneider, 1900, in-4, pp. 8.

—— Sommaire des Travaux relatifs à l'Indo-Chine pendant la période 1886-1891. Par M. E. Aymonier. Publication du Neuvième Congrès International des Orientalistes, Londres, 1891. Oriental University Institute, Woking, 1893, in-8, pp. 7.

—— [Papiers de Landes, par Cabaton.] (*Jour. As.*, Janv.-Fév. 1903, pp. 155-157.)

—— Les papiers de Landes. Par L. F[inot]. (*Bull. Ecole française Ext.-Orient*, III, Oct.-Déc. 1903, pp. 657-660.)

—— Matériaux pour une bibliographie générale de la presqu'île indochinoise par Henri Oger, Élève de l'École Coloniale et de l'École pratique des Hautes Études. (*Revue indochinoise*, 15 Mars 1908, pp. 376-387;

30 Mars 1908, pp. 467-470; 15 Avril 1908, pp. 540-550; 30 Avril 1908, pp. 607-614; 15 Mai 1908, pp. 699-706; 30 Mai 1908, pp. 783-789.)

Notice : *T'oung Pao*, Juillet 1908, pp. 483-484, par H. C.[ordier].

—— Livres anonymes sur l'Extrême-Orient Par le Capitaine Baulmont. (*Revue indochinoise*, Février 1910, pp. 115-126.)

—— Note sur les travaux bibliographiques concernant l'Indochine française Par Charles B. Maybon. (*Bull. École franç. Ext.-Or.*, Avril-Juin 1910, pp. 409-421.)

—— Note sur les Travaux bibliographiques concernant l'Indochine française par Charles B. Maybon. Hanoi, Imprimerie d'Extrême-Orient, 1910, gr. in-8, pp. 13.

Ext. du *Bulletin de l'École française d'Extrême-Orient*, T. X, No. 2, Avril-Juin 1910.

—— Antoine Brébion — Bibliographie des Voyages dans l'Indochine française du IXe au XIXe siècle — Saigon, Imprimerie F.-H. Schneider, 1910, in-8, pp. V-299-XLIV.

Notices : *Bul. École franç. Ext.-Orient*, Avril-Juin 1910, pp. 424-434, par Charles B. Maybon. — *Revue indochinoise*, Juillet 1910, p. 91.

—— Bibliographie des Voyages dans l'Indochine française du IXe au XIXe siècle — Appendice, in-8, ch. pp. 301 à 322.

Signé : Ant. Brébion, Fév. 1911.

—— Antoine Brébion — Livre d'Or du Cambodge, de la Cochinchine et de l'Annam 1625-1910 — Biographie et Bibliographie — Prix : 4 francs. — Saigon, Imprimerie F.-H. Schneider, 1910, in-8, pp. 79.

—— Louis Finot. — Publications relatives à l'Indochine. (*Journal Asiatique*, Septembre-Octobre 1913, pp. 425-442.)

XIII. — MŒURS ET COUTUMES.

Ouvrages divers.

—— Traité des Sectes Religieuses chez les Chinois et les Tonquinois; par le Frère Adrien de Saint-Thècle, Missionnaire au Tonquin.

Cet ouvrage inédit a été terminé en Sept. 1750. — Le *Journ. As.*, II, 1823, en contient, pp. 163-175, le plan et des extraits.

— Du Culte des Esprits chez les Tonquinois [extrait du Traité d'Adrien de Sainte-Thècle]. (*Ibid.*, VI, 1825, pp. 154-165.)

— Opusculum de sectis apud Sinenses et Tunkinenses. Gr. in-8, dem. mar. bleu. Ms. sur papier de Chine, de la main d'un missionnaire. 46 feuillets. Vend. Klaproth (158) Fr. 111.

—— Relation des mœurs, inclinations, et coûtumes des Idolatres de la Chine & de Tunquin. Pièce in-4, s. l. n. d.

—— Essai sur les affinités de la civilisation chez les Annamites et chez les Chinois par Abel des Michels... (Extrait n° 4 des *Mémoires de la Société d'Ethnographie*.) Paris, Amyot... 1869, in-8, pp. 22.

—— Abel Des Michels. — Essai sur les affinités de la civilisation chez les Annamites et chez les Chinois. (*Revue orient. et amér.*, XI, 1872, p. 169.)

—— A. Bourchet, Capitaine d'Infanterie de Marine. — Essai sur les mœurs et les institutions du peuple annamite. (*Revue maritime et colon.*, Vol. XXVII, 1869, pp. 469-501.)

—— Essai sur les Mœurs et les Institutions du peuple annamite par M. A. Bourchet Capitaine d'infanterie de marine. — Extrait de la *Revue maritime et coloniale* (Novembre 1869). — Paris, Challamel ainé, 1869, in-8, pp. 33.

—— Ce que désirent les indigènes. — Lettre adressée au gouverneur de la Cochinchine par le doc-phu-su Tran-ba-loc, traduite en français par son frère, le huyen Nicolas

Tran-ba-huu. (*Excursions et Reconnaissances*, 1880, N° 2, pp. 146-154.)

—— Rapport sur l'esclavage, Par M. Silvestre, chef de la Justice indigène. (*Excursions et Reconnaissances*, N° 4, 1880, pp. 95-144.)

—— Etude sur l'esclavage en Cochinchine d'après un rapport de M. le Capitaine Silvestre, chef de la justice indigène en Cochinchine. Par M. A. Fouquier. (*Bull. Soc. Géog. Rochefort*, III, 1881-1882, pp. 184-196.)

—— La piraterie dans le golfe du Tonquin. (*Excursions et Reconnaissances*, N° 7, 1881, pp. 149-173.)

5 février 1881.

—— Mœurs & coutumes annamites Par Tran-Nuong Hanh. (*Annales de l'Ext.-Orient*, 1881-1882, IV, pp. 369-377.)

—— Notes sur les mœurs et superstitions populaires des Annamites Par M. Landes, maire de Cholon. (*Excursions et Reconnaissances*, N° 6, 1880, pp. 447-464; N° 7, 1881, pp. 137-148; N° 8, 1881, pp. 351-370; No. 11, 1882, pp. 267-279; No. 14, 1882, pp. 250-269; No. 15, 1883, pp. 580-593.)

—— Cochinchine française — Notes sur les Mœurs et les Superstitions populaires des Annamites Par M. Landes, maire de Cholon. — Saïgon, Imprimerie du Gouvernement, 1882, in-8, pp. 22.

Funérailles.

Cf. *Exc. et Recon.*, 6°, 7°, 8°, 14° fascicules, 1880-1882.

—— Cochinchine française — Notes sur les Mœurs et les Superstitions populaires des Annamites Par M. Landes, maire de Cholon. — Saïgon, Imprimerie du Gouvernement, 1883, in-8, pp. 16.

Mariages.

Cf. *Exc. et Recon.*, 6°, 7°, 8° et 14° fascicules, 1880-1882.

Notice : *Revue d'Ethnographie*, II, N° 5, 1883, pp. 454-457. (Par A. Corre.)

—— 安南禮節 Phép lịch-sự annam. Les convenances et les civilités annamites Par P. J. B. Trương-vĩnh-Ký. 士載張永記 集撰. — Saigon, Ban-in nhà-hàng C. Guilland et Martinon, 1883, in-8, pp. 52.

Notice : *Bull. Soc. Acad. Indo-Chinoise*, 2° sér., III, 1890, pp. 418-419. Par E. G.

—— Scènes de la vie annamite. — Khi-hoa par Henri Le Verdier et Henri Maubryan Paris, Paul Ollendorf, 1884, in-12, pp. 222.

—— Mœurs et Coutumes du Tonkin. Par le Dr. Eugène Bellard. (*Soc. Géog. Lille, Bull.*, IX, 1888, 1er sem., pp. 426-460.)

—— H. Seidel. — Das Dorfleben in Tongking. (*Globus*, Bd. LXI, 1892, pp. 89-92.)

—— L'Organisation sociale des Annamites. (*Revue Indo-Chinoise illustrée*, Sept. 1893, pp. 127-155.)

—— *Ory (P.). — La Commune Annamite au Tonkin. Paris, 1894, in-8.

—— La famille Annamite. Par M. Paul d'Enjoy. (*Bull. Soc. Anth. Paris*, 1894, pp. 577-581.)

—— Quelques Notes sur la vie extérieure des Annamites, par Jean Bonet. (*Recueil de Mémoires orientaux*... publiés par les professeurs de l'Ecole spéciale des Langues orientales vivantes à l'occasion du XIVe Congrès int. des Orientalistes tenu à Alger, 1905, pp. 401-433.)

—— Courtes Notices sur l'Indo-Chine. — I. L'Opium. — II. Les Pêcheries. — La préparation du Nuoc-mam. — Les salines, Par le Dr J.-C. Baurac. (*Bull. Soc. Et. Indo-Chin. de Saïgon*, 1898, pp. 33-38.)

—— Courtes Notices sur l'Indo-Chine (suite). — I. Musique. — II. Chiens sauvages de Cochinchine. — Chiens de Phu-quoc Par le Dr J.-C. Baurac. (*Bull. Soc. Et. Indo-Chin. de Saïgon*, 1899, 1er sem., pp. 15-22.)

—— E. Courtois. — La Famille Annamite. — Mariages. — Naissances. — Décès. — Cérémonies auxquelles ils donnent lieu. — (*Rev. Indo-Chinoise*, 1er sem. 1900, pp. 509-511.)

—— *G. Dumoutier. — De la condition morale des Annamites du Tonkin et des moyens pédagogiques d'en élever le niveau. Mémoire au Congrès international de Sociologie coloniale de 1900. — Hanoi, 1900, in-12, pp. 24.

Notice : *Bull. École française d'Ext.-Orient*, I, N° 1, Janv. 1901, pp. 41-42, par L. F.[inot].

—— G. Dumoutier. — Mœurs d'Annam. — Pratiques et Croyances populaires. — La chique de bétel. (*Rev. Indo-Chin.*, 1er sem. 1900, pp. 267-269.) — Chanteurs et Comédiens. — Le Facteur. (Tram.) — Jeux de hasard. — Jeux de Cartes. (*Ibid.*, pp. 289-290.) Les Vêtements. — L'Opium. — La Récolte de l'engrais. (*Ibid.*, pp. 315-316.)

—— Etudes sur les Tonkinois Par G. Dumoutier Directeur de l'enseignement au Tonkin. (*Bull. École française d'Extrême-Orient*, Tome I, n° 2, Avril 1901, pp. 81-98.)

—— Essai sur les Tonkinois Par G. Dumoutier. (*Revue Indo-Chinoise*, 15-30 mars 1907, pp. 305-331 ; *ibid.*, 15 avril 1907, pp. 453-478 ; *ibid.*, 15 mai 1907, pp. 604-646.)

—— Raoul Petit. — Choses & Gens de Cochinchine. — En vente à Paris, Augustin Challamel, éditeur, 17, rue Jacob, — Saigon, Imprimerie L. Ménard, 1901, in-8, pp. 338 + 1 table.

—— Les mœurs des Indo-Chinois d'après leurs cultes, leurs lois, leur littérature et leur théâtre, par M. Ch. Lemire. (*Revue de Sociologie et d'Ethnographie illustrée*, No. 1, Avril 1901, pp. 3-9.)

—— Le P. L. Cadière des Miss. Etr. Paris. Coutumes populaires de la vallée Nguôn-sön. (*Extr. du Bull. École franç. Ext.-Orient*, Hanoi, 1902, pp. 35, gr. in-8.

Notice : *Anthropos*, I, Hft. 4, pp. 1003-1006. Par J. Guesdon.

— La commune annamite en Cochinchine. (*Bull. Com. Asie française*, Novembre 1904, pp. 534-535.)

—— Un suicide par auto-section linguale en Indo-Chine, par M. le Dr. Talbot. (*Ann. d'hyg. et de méd. colon.*, VII, 1904, pp. 256-265.)

—— *Paul Giran. — Psychologie du peuple annamite. (Le caractère national, l'évolution historique, intellectuelle, sociale et politique.) Préface de M. E. Aymonier. Paris, Ernest Leroux, 1904, in-8 illustré.

Notice : *Revue Indo-Chinoise*, 15 avril 1905, p. 526.

—— Georges Garros. Les usages de Cochinchine. — Saigon, Coudurier & Montégout, Imprimeurs-Éditeurs, 1905, in-8, pp. XI + 476 + 7 + 10.

Au titre on lit :

Les usages de Cochinchine Recueillis et Commentés Par Georges Garros, Avocat. — Saigon, Coudurier, etc...

Notices : *Revue Indo-Chinoise*, 30 déc. 1907, pp. 1836-1837, d'après le *Bull. Soc. Géog. Marseille.* — *Revue Indo-Chinoise*, 29 fév. 1908, pp. 306-314, par L. Finot.

—— Le Mariage annamite. Par M. Phan-Van-Luu Délégué provincial de la Cochinchine à l'Exposition coloniale de Marseille. (*Bull. Soc. Géog. Marseille*, 1906, pp. 265-274.)

—— Le Mariage Annamite en Indo-Chine, Cochinchine, Annam, Tonkin, plus spécialement dans l'empire d'Annam, par Arthur Daguin ... et Alphonse Dubreuil ... — Paris, L. Dorbon (1906), in-8, pp. 63.

Le Mariage indigène dans les Colonies et les Protectorats de la France II.

— La suppression des «lay» [en Annam et au Tonkin]. (*Bull. Com. Asie française*, Nov. 1906, pp. 448-449.)

—— La Vie intime d'un Annamite de Cochinchine et ses croyances vulgaires par Lê-Văn-Phát Secrétaire à l'Inspection de Cholon Délégué de la province à l'Exposition de Marseille. (*Bull. Soc. Etudes indo-chin. de Saïgon*, N° 52, 2e sem., 1906, pp. 3-142.)

—— Causerie sur les mœurs et les institutions sociales de l'Annam Par V. Tissot. (*Revue indo-chinoise*, 30 décembre 1907, pp. 1761-1776 ; 15 janv. 1908, pp. 15-21 ; 30 janv. 1908, pp. 109-117.)

—— Des ventes d'enfants en Indo-Chine Par H. Dartiguenave. (*Revue indo-chinoise*, 29 février 1908, pp. 239-247.)

— La reconnaissance des coutumes indigènes [au Tonkin]. (*Bull. Com. Asie franç.*, Juin 1910, pp. 281-282.)

— Le Musée de l'Indochine Par L. Maure. (*Asie française*, Février 1911, pp. 80-83.)

—— *G. Caillard. La tradition et la commune annamite en Cochinchine. (*Mois colonial et maritime*, Juin 1911.)

—— Ấu học quốc-ngữ Lần thứ. Lễ pháp — Tục lệ — Cai trị. — Politesse — Coutumes — Administration. (Trong sách này có một bảng dịch những tiếng Bắc-Kỳ nói khác trong Trung-Kỳ).
In lần thứ hai, có sửa lại par Trần-van-Thông, officier d'Académie, Ex-Directeur des Cours à l'Ecole des Hậu-bổ, An-sát à Ninh-binh. — Ouvrage approuvé par le Conseil de perfectionnement de l'Enseignement Indigène. — Hanoï, Imprimerie Tonkinoise-Bạch. Thái-Bưởi & Cie, Imprimeurs-Éditeurs, 1911. Tous droits réservés, in-8, pp. 55 + 1 feuillet non paginé.

—— Variétés — Le pélerinage de Sept-Pagodes Par Jeanne Leuba. (*Revue Indochinoise*, Juill.-Août 1912, pp. 67-79.)

Hanoi, 22 sept. 1910.

—— *Le Peuple annamite. Ses mœurs, croyances et traditions, par E. Langlet. Préface de M. A. de Pouvourville. Avec 8 photographies et une carte. — Berger-Levrault, éditeurs, Paris, in-12, pp. 322.

Notice : *Asie française*, Février 1913, p. 104.

—— Ant. Brébion — Traits de mœurs cochinchinoises. Hanoi-Haiphong, Imprimerie d'Extrême-Orient, 1913, in-8, pp. 7.

Ext. de la *Revue indochinoise*, XVIe année, No. 10, Octobre 1913.

Femme.

—— Renseignements sur la prostitution et le commerce d'enfants à Cholon, par M. Landes, maire de Cholon. (*Excursions et Reconnaissances*, No 4, 1880, pp. 145-147.)

—— Conseils d'une mère à sa fille. (Traduits par A. Chéon.) (*Bull. Soc. Ét. Indo-Chinoises*, 1888, 1er sem., pp. 18-35.)

—— *L'Amour aux Colonies. Singularités physiologiques et passionnelles observées pendant trente années de séjour dans les Colonies françaises. Cochinchine, Tonkin et Cambodge, Guyane et Martinique, Sénégal et Rivière du Sud, Nouvelle-Calédonie, Nouvelles-Hébrides et Tahiti. Par le Docteur Jacobus X... Paris, Isidore Liseux, 1893, gr. in-8.

Édition unique tirée à 300 exemplaires sur papier de Hollande.

—— Du rôle de la femme dans la société annamite, par M. P. d'Enjoy. (*Prem. Cong. Intern. Études Ext. Orient*, Hanoi (1902), pp. 78-80.)

—— Le rôle de la femme dans la Société annamite. Par M. Paul d'Enjoy. (*Bull. et Mém. Soc. Anth. Paris*, IV (Ve Sér.), 1903, pp. 305-317.)

—— La femme et l'enfant au pays d'Annam. (*Asie française*, Mai 1912, pp. 171-174.)

Conférence faite le 2 décembre 1911 par M. Charles Prêtre.

— La femme annamite Par Mme Poirier. (*Revue indochinoise*, Juin 1912, pp. 602-603.)

Costume.

—— Le costume annamite par A. J. Gouin Lieutenant de vaisseau. (*Bull. Soc. Géog.*, 7e sér., XII, 1891, pp. 242-251.)

—— L. Jammes. — Le Tatouage chez les peuples de l'Indo-Chine. (*Revue Indo-Chinoise*, IV, 1900, pp. 739-740.)

Alimentation.

— Animal suckling by a Woman in Annam. By R. T. (*Notes and Queries on Ch. & Japan*, Sept. 1868, p. 130.)

—— Le Nuoc-Mâm. Par Albert Merle. (*Bull. Soc. Géog. com. Bordeaux*, 1880, pp. 413-418.)

—— Cuisine annamite. (*Ann. de l'Ext.-Orient*, 1883-1884, VI, pp. 316-317.)

—— Trần-Nguyên-Hanh. — De la préparation en Cochinchine des fromages de pate de haricots. (*Bull. Soc. Ét. Indo-Chinoises Saïgon*, 1885, pp. 29-32.)

—— Les nids de salangane. (*Rev. Indo-Chinoise*, 1er sem. 1900, pp. 537-539.)

—— E. Courtois. — Scènes de la Vie annamite au Tonkin. — Un repas tonkinois. (*Rev. Indo-Chinoise*, 1er sem. 1900, pp. 439-440.)

—— Notice sur le «bánh-ngói» (gateau-tuile). Par Nguyen-khac-Huê, Professeur à Bentré. (*Bull. Soc. Ét. Indo-Chinoises*, 1902, pp. 61-66.)

—— 冊呧燽咹蹺法安南 Sách dạy náu ăn theo phép Annam Par R. P. N. Cấu-kho. Publié par Đinh-Thái-Sơn. In lần thứ nhứt [1ère édition]. — Saigon, Phát-Toán, Libraire-Imprimeur, 55-57, Rue d'Ormay, Décembre 1909, in-8, pp. XII + 50.

La Cuisine annamite.

—— Les algues alimentaires d'Extrême-Orient Par Em. Perrot. (*Revue Indochinoise*, Février 1912, pp. 208-210.)

De la *Quinzaine Coloniale*.

—— Boissons et mets indochinois Par Ant. Brébion. (*Revue Indochinoise*, Mars 1913, pp. 286-298.)

—— Boissons et mets indochinois par A. Brébion. Hanoi-Haiphong Imprimerie d'Extrême-Orient — 1913, in-8, pp. 13.

Extrait de la *Revue Indochinoise*, XVIe année, No 3, Mars 1913.

Funérailles.

—— Ceremonies attending the Funeral of the late King of Cochin China. (*Journ. Indian Archipelago*, III, 1849, pp. 337-342.)

Thieu tri.

—— Des signes extérieurs du Deuil. Par M. Paul d'Enjoy. (*Bull. et Mém. Soc. Anth. Paris*, IV (Ve Sér.), 1903, pp. 112-116.)

—— Trương Vĩnh-Ký (Petrus). — Oraison funèbre cochinchinoise prononcée par le général Nguyên-Phuocc dans un repas anniversaire fait en l'honneur des soldats tués dans une expédition qu'il dirigeait en personne [sous l'empereur Ghia-long]. (*Revue Orient. et Amér.*, X, 1865, p. 256.)

—— Rituel domestique pour les Funérailles en Annam. Par E.-C. Lesserteur. (*Revue française*, 1885, pp. 147-157, 260-276.)

Tirage à part; Paris, 1885, in-8, pp. 48, pl. et fig.

—— La mort chez les Annamites Par M. L. Jammes, publiciste. (*Bull. Soc. Études Indochin. Saïgon*, No 33, 1896, pp. 3-8, 4 pl.)

—— Funérailles des riches païens en Annam. Par le P. J.-Fr. G... Missionnaire apostolique en Cochinchine orientale. (*Ann. Soc. Miss. Ét.*, No. 20, Mars-Avril 1901, pp. 84-104.)

—— Le Rituel funéraire des Annamites — Etude d'Ethnographie religieuse par Gustave Dumoutier... — Hanoi, F.-H. Schneider, 1902, gr. in-8, pp. 267 + pp. CCLXXI-CCXCV + 2 ff. n. ch. er. et tab. des grav., planches hors texte.

—— Le Rituel funéraire des Annamites — Étude d'Ethnographie religieuse par Gustave Dumoutier Directeur de l'Enseignement au Tonkin, ... — Hanoi, F.-H. Schneider, 1904, gr. in-8, pp. 267 + CCXCV + 2 ff. n. ch. er. et tab. des pl. + 36 pl. hors texte.

Notices: *Revue indo-chinoise*, 15 mars 1904, pp. 331-332, par 官眼內. — *Bul. École Ext.-Orient*, IV, No. 3, Juillet-Sept. 1904, pp. 750-751, par P. P[elliot].

—— Gustave Dumoutier. — Nécrologie. (*Bull. École franc. Ext.-Orient*, IV, No. 3, Juill.-Sept. 1904, pp. 790-803. Par Cl.-E. Maitre.)

Fêtes diverses. — Cérémonial, etc.

—— La fête du Têt au Tonkin. Par M. Gouin, Résident de France à Sontay. (*Revue des Traditions populaires*, III, 1888, pp. 55-58.)

Réimp. du *Moniteur des Colonies*, Février 1887.

— Docteur E. Courtois. — La Fête du Tet Jour de l'An annamite. (*Rev. Indo-Chinoise*, 1er sem. 1900, pp. 115-116.)

— Les fêtes du Têt en Annam. Par A. Raquez (*Revue indo-chinoise*, 30 avril 1904, p. 507.)

— Gabrielle Mirabon. — Les Fêtes et les coutumes du nouvel an en Cochinchine. (*La Revue du Mois*, 10 déc. 1910, pp. 715-724.)

— Une cérémonie religieuse en An-nam. — Le Têt. Par M. Paul Denjoy. (*Bull. Soc. Anth. Paris*, 1894, pp. 158-162.)

— Quelques coutumes au Tonkin. La Fête des Enfants. (*Revue Indo-Chinoise*, IV, 1900, pp. 740-741.)

— Coutumes de l'empire d'Annam. — Fêtes données en l'honneur de la Reine Mère Par A. Bouchet. (*Revue Indo-Chinoise*, 30 avril 1904, p. 526.)

Culte des Ancêtres et Piété filiale.

— Lieutenant-Colonel Boüinais et A. Paulus. — Le Culte des Morts dans le Céleste Empire et l'Annam comparé au Culte des Ancêtres dans l'Antiquité occidentale avec une préface par C. Imbault-Huart Consul de France à Canton. Paris, Ernest Leroux, 1893, in-18, pp. XXXIII-267.

Forme le Vol. VI de la *Bibliothèque de vulgarisation* du Musée Guimet. — Pub. à 3 fr. 50.

Notice par Jean Réville, *Rev. Hist. des Religions*, XXVIII, No. 2, Sept.-Oct. 1893, pp. 198-207.

— Le Culte des Ancêtres en Chine et dans l'Annam. Par L. Crémazy. (*Revue Indo-Chinoise*, No. 107, 5 nov. 1900, pp. 1066-1068; N° 108, 12 nov. 1900, pp. 1088-1089.)

— 異端歌, 供恠歌 Dị đoan ca — Cúng quái ca. Pièces de vers sur les superstitions populaires et les sacrifices aux ancêtres. — Saigon, Imprimerie de la Mission, à Tân-định, 1901, in-8, pp. 26.

— Le Culte des Ancêtres et l'autorité paternelle chez les Annamites. Par Nguyên-van-Vinh, Délégué de Cochinchine à l'Exposition de Marseille. (*Revue Indo-Chinoise*, 30 septembre 1906, pp. 1452-1459.)

Conférence faite à la Soc. de Géogr. de Marseille.

— George Durrwell — La famille annamite et le Culte des Ancêtres. (*Bull. Soc. Ét. Indo-Chinoises de Saïgon*, No. 55, 2e sem. 1908, pp. 1-16.)

— 演錄古跡 Diễn Lục Cổ Tích. Rút trong Các sách hay và có Nhị-thập-tứ-hiếu. Transcrit par 黃有發 Huỳnh-hữu-Phát (Tous droits réservés.) In lần thứ nhứt [1ère édition]. Giá là [prix] : 1 $ 00. Cuốn nào không có con dấu ký tên tôi dưới nầy là đồ gian. — Saigon, Imprimerie F.-H. Schneider, 1909, in-8, pp. 114.

Recueil des faits anciens Tirés des livres intéressants Et suivis de 24 traits de la piété filiale.

Folk Lore, Légendes, Superstitions, etc.

G. Dumoutier.

— Légendes historiques de l'Annam et du Tonkin traduites du chinois et accompagnées de notes et de commentaires Par G. Dumoutier ex-interprète, pour l'annamite et le chinois, de la Résidence générale de la République française à Hanoi, organisateur et inspecteur des écoles franco-annamites au Tonkin. Hanoi, Imprimerie typographique F.-H. Schneider. — 1887, in-8, pp. 98.

Notice : *Revue d'Ethnographie*, VII, 1888, p. 570, par E. H.[amy].

— Légendes et traditions du Tonkin et de l'Annam. Par G. Dumoutier. (*Revue de l'Histoire des Religions*, tome XVIII, n° 2, Sept.-Oct. 1888, pp. 170-179.)

— Choix de légendes historiques de l'Annam et du Tonkin Traduites du Chinois et accompagnées de commentaires Par M. G. Dumoutier, Directeur de l'Enseignement au Tonkin. (*Revue d'Ethnographie*, VIII, 1889, N° 2, pp. 159-191.)

— Les Chants et les Traditions populaires des Annamites recueillis et traduits par G. Dumoutier Inspecteur de l'Enseignement de l'Annam et du Tonkin, Correspondant du Ministère de l'Instruction publique pour les travaux scientifiques et historiques. — Volume illustré. — Paris Ernest Leroux — 1890, in-18, pp. XXXIV-215.

Forme le Vol. XV de la *Collection de Contes et de Chansons populaires.*

— Folk-lore tonkinois. Par Gustave Dumoutier. (*Revue des traditions populaires*, VII, 1892, pp. 577-580.)

—— Folk-lore sino-annamite Par G. Dumoutier. (*Revue Indo-Chinoise*, 30 avril 1907, pp. 503-519; 30 juin, pp. 846-867; 31 juillet, pp. 1003-1035; 30 sept., pp. 1332-1348; 15 oct., pp. 1425-1432; 15 nov., 1565-1577; 30 nov., pp. 1646-1656; 15 déc., pp. 1724-1730; 29 février 1908, pp. 262-269; 15 mars, pp. 355-368.)

* * *

—— A propos du chat — Par Chéon. (*Bull. Soc. Ét. Indo-Chinoises de Saïgon*, 1889, 2e sem., pp. 48-51.)

—— Légende tonkinoise. — Pourquoi le chant du Grillon est-il si plaintif à la venue de l'automne (Tất Xuất bi-thu). Par A. Chéon. (*Bull. Soc. Ét. Indo-Chin. de Saigon*, 1890, 1er sem., 2e fasc., pp. 28-31.)

— Les funérailles d'un dauphin Par Charles Hercouët. (*Revue des traditions populaires*, VI, 1891, p. 749.)

—— Trente Contes & Légendes Tonkinois. Par E. Sombsthay, Vice-Résident de France. Prix : 1 Piastre. — Hanoi, Imprimerie Typo-Lithographique F.-H. Schneider, 1893, in-8, pp. 73 + un errata.

[Autogr.]

—— Un trait de mœurs des tribus avoisinant nos frontières. (*Bull. Soc. Études Indochin. Saigon*, n° 28, 1895, pp. 49-51.)

Extr. des Archives de la Cour criminelle de Saigon. — Communiqué par M. Pont.

—— N° 1. — 傳代初 Truyện đời xưa, mới in ra lần đầu hết. Fables et légendes annamites encore inédites. Publiées par les soins de F. Génibrel, Miss. Ap. — Saigon, Imprimerie de la Mission, 1899, in-8, pp. 110.

—— Légendes tonkinoises. — Histoire de Tu-Dao-Han. (*Rev. Indo-Chinoise*, IV, 1900, pp. 730-731.)

—— Annamitische Tiergeschichten. Von E. Greeger. Berlin. (*Globus*, LXXXI, 1902, pp. 301-304.)

—— Légendes du pays de Bassac (Cochinchine), par M. Son-Diệp. (*Prem. Cong. Intern. Études Ext.-Orient*, Hanoi (1902), pp. 80-82.)

L. Cadière.

—— Coutumes populaires de la vallée du Nguồn-sơn par le R. P. Cadière, missionnaire apostolique. (*Bull. Éc. franç. Ext.-Orient*, II, No. 4, 1902, pp. 352-386.)

—— Sur quelques faits religieux ou magiques observés pendant une épidémie de choléra en Annam. Par L. Cadière, des Missions Etrangères de Paris, Quảng-Trị, Annam. (*Anthropos*, V, 1910, Mars-Juin, Fasc. 2, 3, pp. 519-528, Sept.-Déc., Fasc. 5, 6, pp. 1125-1159.)

— Sur quelques faits religieux ou magiques observés pendant une épidémie de choléra en Annam Par L. Cadière, de la Soc. des Missions Etrangères. (*Revue Indochinoise*, Février 1912, pp. 113-123; *ibid.*, Mars, pp. 246-268; *ibid.*, Avril, pp. 340-355.)

—— Légende Djaray sur l'origine du sabre sacré par le roi du feu Par Adhémard Leclère. (*Revue indo-chinoise*, 31 mars 1904, pp. 366-369.)

Communiqué par M. Besnard, commis des Services civils, alors Commissaire du Gouvernement, au Darlac.

—— La légende du Chien. Note par A. Raquez. Décret de l'empereur Bính-Hoang (Légende du Chien Bàn-Hồ) Trouvé parmi les tribus de Luc-nam (province de Bacgiang) Communiqué par M. Quennec, Administrateur des Services civils. (*Revue indochinoise*, 15 nov. 1904, pp. 665-670.)

—— Vieilles coutumes et Superstitions pratiques meurtrières. La protection de l'enfance Par F. Drouhet Maire de Cholon,

Fondateur de l'Association Maternelle de Cholon. (*Revue indochinoise*, 15 décembre 1904, pp. 781-789.)

—— Études indochinoises Par M. Edouard Huber Professeur de chinois p. i. à l'École française d'Extrême-Orient. (*Bull. École française Ext.-Orient*, V, Nos 1-2, Janv.-Juin 1905, pp. 168-184.)

I. — La légende du Rāmāyaṇa en Annam. — II. — «Thil» ou «Thei». — III. — Le Clan de l'Aréquier. — IV. — Padāti «char» ou «fantassin»? — V. — Le jardinier régicide devient roi.

—— La légende de la montagne de marbre Par Jean Ricquebourg. (*Revue indochinoise*, 15 fév. 1905, pp. 173-183.)

Tourane, Novembre 1904.

—— Notes d'Extrême-Orient — La superstition annamite Par Petiliot, Administrateur des Services civils. (*Revue Indo-Chinoise*, 15 février 1906, pp. 161-167.)

—— Fábulas y refranes anamitas. Por el Fr. Serapio Gil, O. Pr., Nam Dinh, Tunquin. (*Anthropos*, I, 1906, Heft 4, pp. 824-837.)

—— Simard. — Contes et Légendes Annamites. 1906-1907. Voir col. 2336.

—— Légendes indo-chinoises. — La Fiancée du prince Hoang-Chiêu. Par le Commandant Bonifacy. (*Revue des Troupes colon.*, 1906, II, pp. 638-644.)

—— De certaines croyances relatives à la grossesse chez les divers groupes ethniques du Tonkin Par le Commandant Bonifacy. (*Bull. École franç. Ext.-Orient*, VII, Janv.-Juin 1907, pp. 107-110.)

—— Extrait du *Bulletin de l'École française d'Extrême-Orient* (Tome X, N° 2, Avril-Juin 1910) — Les génies thériomorphes du xa de Huong-Thuong par A. Bonifacy, chef de bataillon d'Infanterie coloniale, Correspondant de l'École française d'Extrême-Orient. — Hanoi, Imprimerie d'Extrême-Orient, 1910, in-4, pp. 9.

—— 封神演義 Phong thần diễn nghĩa Traduit par 陳豐色 Trần-Phong-sắc Instituteur à l'École de Tânan Publié par 黃克順 Huỳnh-Khắc-thuận Secrétaire du Secrétariat du Gouvernement ... Saigon, Imprimerie commerciale Marcellin Rey, 1907, fascicules in-8.

Bib. nat., 8° O²l 343.

—— 後雲仙 Hậu vân-tiên ... par Tran-phong-sắc ... avec la collaboration de 黃克順 Huỳnh-khắc-Thuận Secrétaire du Secrétariat du Gouvernement. Saigon. — Imprimerie F.-H. Schneider, 1911, in-8, pp. 72.

Bib. nat., 8° Ya 360.

—— 宋子尤傳 Tống-tử-vưu Truyện — Bổn cũ dọn lại par Dốc-phủ Paulus Của ... Quatrième édition. — Saigon, Imprimerie commerciale, 1907, in-8, pp. 32.

Bib. nat., 8° Pièce 129*.

—— Croyances diverses. — I. — Divinités ou Diables sous-marins. — II. — Divinités et Diables dans l'espace. — III. — Dieux et Diables domestiques. — Diables divers. — IV. — Diables champêtres. — V. — Les divers Etablissements religieux. — Fête pour demander la pluie (Đảo vỏ). — Invocation au Fées (Thỉnh-tiên). — Pourquoi les Annamites chiquent-ils du bétel? (*Bull. Soc. Et. Indo-Chinoises*, No. 54, 1er sem. 1908, pp. 5-52.)

—— 郎珠全傳 Lang-châu toàn truyện — Bổn cũ soạn lại par J. Trần-công-đồng ... Saigon, F.-H. Schneider, 1910, in-8, pp. 38.

Bib. nat., 8° Y Pièce 101.

—— Superstitions annamites relatives aux plantes et aux animaux. I. Par J. Pouchat Directeur p. i. de l'École professionnelle de Hanoi. — (*Bull. École franç. Ext.-Orient*, Avril-Juin 1910, pp. 401-408; Juillet-Sept., pp. 585-611.)

—— Superstitions annamites relatives aux plantes et aux animaux. Các truyện dị đoan thuộc về cây và loài vật mà An-nam ta xưa nay hay tin sằng. [Par] Ông. J. Pouchat, Phó Dốc-Học ở Trằng Bác-Học làm ra [Et] Phạm-văn-Thủy, Chợ Giáo Nông Phố ở Tràng Bác-Học giúp làm sách này rồi lại dịch ra. — Hanoi, Imprimerie d'Extrême-Orient, 1911, in-4, pp. 22.

[En annamite.]

—— Superstitions annamites Par M. Patuel, des Miss. Etr. de Paris, missionnaire au Tonkin maritime. (*Miss. Cath.*, 11 nov. 1910, pp. 539-540; fig.)

—— 四靈新傳 Tứ-Linh tân truyện (Transcrit en quốc-ngữ) et publié par Xuân-Lan 春蘭 1ère Edition. Prix : 0 $ 20. (Người dịch ra và xứa lại dữ quyền lợi) [Tous droits réservés]. — Haiphong, Imp. Van-minh, 1910, in-8, pp. 37.

Les quatre animaux fabuleux, nouvelle histoire.

—— Sur quelques traditions indochinoises, par M. L. Finot. (*Bull. Comm. archéol. de l'Indochine*, 1911, 1re liv., pp. 20-37.)

—— Sur quelques traditions indochinoises par M. L. Finot. — (Extrait du *Bulletin de la Commission archéologique de l'Indochine*, 1911.) Paris, Imprimerie Nationale, MDCCCCXI, br. in-8, pp. 20.

—— Légende de la chique de bétel. (*Asie française*, Août 1911, pp. 366-368.)

—— 神呪柴法 Thần chú thầy pháp. Vạn pháp qui tôn. Trứ tho-viện Nguyễn-văn-Tri Cầngiuộc. Chũ bồn Phạm-hữu-Luật, Ở tại đường Kinh-lấp Saigon nhà số 51 có bán sách, vở, có bán Xe-máy các thứ đủ hết. In lần thứ nhứt [1ère édition]. Giá bán một cuốn : 0 $ 30. Cấm không ai đặng phép chép mà in lại bồn nầy. — Saigon, Phát-Toán, Libraire-imprimeur, 55, 57-59, Rue d'Ormay, Mars 1911, 2 fasc. in-8.

Les Formules magiques et les sorciers.

—— 東周列國 Đông Châu Liệc Quốc — Traduit en quốc-ngữ par Nguyễn-Chánh-Sắt (Tânchâu) Publié par Huỳnh-Kim-danh chu tiệm. Saigon, F.-H. Schneider, s. d. [1911], fascicules in-8.

Tirage à 1500 exemplaires.

Bib. nat., 8° O²l 347.

—— 主韜古跡 Chúa-Thao cổ tích. Transcrit en quốc-ngữ Par Xuân-Lan 春蘭. 1ère Edition. Prix : 0 $ 10. — Haiphong, Imp. Van-minh, 1911, in-8, pp. 24.

Légende de la princesse Thao.

—— Le Génie du Phu-dong Légende annamite Par E. Langlet. (*Asie française*, Avril 1912, pp. 152-154.)

—— Légendes expliquant les inondations annuelles au Tonkin Par E. Langlet. (*L'Asie française*, Mars 1913, pp. 127-131; *Revue indochinoise*, Mai 1913, pp. 562-571.)

—— Variétés — La dette d'amour Légende annamite. Par Georges Seiler. (*Revue Indochinoise*, Avril 1912, pp. 387-393.)

—— Les philtres et les talismans d'amour à Hué. Par Louis Chochod, Professeur au Collège national de Hué. (*Bull. École franç. Ext.-Orient*, 1912, XII, n° 8, pp. 11-13.)

—— Le Merveilleux Annamite par M. E. Souvignet Missionnaire du Tonkin Occidental. (*Ann. Soc. Miss. Et.*, No. 90, Nov.-Déc. 1912, pp. 309-314.)

Chants populaires.

—— 訓蒙曲歌 Huấn mông khúc ca — Sách dạy trẻ nhỏ học chữ nhu. Âm ra chữ quốc-ngữ, giải nghĩa tiếng Annam, tiếng Phangsa. Par P. J. B. Trương-Vĩnh-ký. Saigon. Imprimerie de la Mission. 1884, in-8, pp. 47.

Chansons pour l'instruction des enfants.

—— Chéon. — Note sur l'origine des Chants populaires annamites. (*Bull. Soc. Ét. Indo-Chin. Saigon*, 1889, pp. 89-96.)

—— Recueil de Chants populaires annamites précédé d'une courte notice sur l'origine de la Chanson Annamite Par M. Chéon, Professeur attaché à la Bibliothèque. — Saigon, Rey & Curiol, 1889, in-8, pp. 18.

—— Chants populaires et proverbes annamites Par M. Boscq Chef du Bureau des Interprètes. (*Bull. Soc. Etudes indo-chin. de Saigon*, 1896, 2e fasc., pp. 3-8.)

— Troisième édition. Câu hát góp. Recueil de chansons populaires par Huỳnh-Tịnh Paulus Của, Chevalier de la Légion d'Honneur, Officier d'Académie, Đốc-phủ-sứ. Tous droits réservés. — Saigon, Imp. Ménard et Rey, 1904, in-8, pp. 32.

[Chants.]

— Câu Hát Góp Recueil de Chansons populaires par Huỳnh-Tịnh Paulus Của. Saigon, Phát-Toán, 1910, in-8, pp. 32.

Bib. nat., 8° Ya Pièce 115.

— Ca trù thể cách 歌籌體格 Van nôm. Poésie annamite. Quấc âm thi tập 國音詩集 Rút trong các xap văn chương [par] Paulus Của, Chevalier de la Légion d'Honneur, Officier de l'Instruction publique, Đốc-phủ-sứ. — Saigon, Imprimerie commerciale Marcellin Rey, C. Ardin, directeur, 1907, in-8, pp. 39.

Mémento des chanteuses.

Littérature populaire ... tirée des différentes œuvres littéraires [chant].

— Chansons populaires du Thanh-hoa Par Vuong-Duy-Trinh, Tông dôc de Thanh-hoa. (Traduction de A. Bouchet, Commis des Services civils.) (*Revue indochinoise*, 28 février 1905, pp. 263-273; *ibid.*, 15 mars 1905, pp. 336-346; *ibid.*, 30 mars 1905, pp. 431-439.)

— La Chanson au Tonkin Par A. Bouchet, Commis des Services civils. (*Revue Indo-Chinoise*, 30 janvier 1906, pp. 81-89.)

— Chansons populaires recueillies dans la province du Quang-Binh (Annam). Par XXX. (*Revue indo-chinoise*, 30 juillet 1905, pp. 1030-1034.)

— 勾喝對 Câu hát đối và Câu hò : Tuồng, Truyện, Thơ, Xạo, par Dặng-Lễ-Nghi, Publié par 丁泰山 Đinh-Thái-Sơn dit Phát-Toán. Vente et Réparations de Bicyclettes et Vente de Livres en quốc-ngữ. In lần thứ nhứt [1ère édition] (Tous droits réservés.) — Saigon, Phát-Toán, Imprimeur-Editeur, 1907, in-8, pp. 32.

Recueil des chansons populaires et des chansons des rameurs. Théâtre. Contes. Poésie. Cancans. — [Chants.]

— Vè máy bay tầu bay. Chủ bút [par] : Dặng Lễ Nghi. Edité par : Đinh-Thái-Sơn. — In lần thứ nhứt [1re Édition]. Giá [prix] 0$10. — Saigon, Phát-Toán, Libraire-imprimeur, 55-57-59, Rue d'Ormay, Mars 1911, in-8, pp. 16.

Chanson sur l'aéroplane.

— Vè ba lông và Vè hai đứa nhỏ đẻ sanh đôi. Chủ bút Dặng-Lễ-Nghi publié par 丁泰山 Đinh-Thái-Sơn dit Phát-Toán, Vente et Réparations de Bicyclettes et Vente de Livres en quốc-ngữ. In lần thứ nhứt [1ère édition] (Tous droits réservés.) — Saigon, Imprimerie Commerciale, in-8, pp. 10.

Chanson sur le ballon et sur les 2 enfants jumeaux.

— Vè xử tử Tại Cầntho. Chủ bút Dặng-lễ-Nghi. Publié par Lê-minh-Diều. Giá là [prix] : 0$08, Tội nhơn Nguyễn-v. Trực kêu là Trần.-v. Giác 41, tuổi. — Saigon, — Imp. de l'Union, in-8, pp. 7.

[Couverture illustrée.]

Chanson sur une peine capitale à Cântho.

— Vè chết chém Lê-Huờn Nhi-Long. Chủ bút [par] Dặng-lễ-Nghi. Publié par Nguyễn-hữu-Ph. — 1re Edition, Giá [prix] 0$10. — Saigon, Phát-Toán, Libraire-Imprimeur, 55-57-59, rue d'Ormay, 1912.

Chanson sur la peine de mort.

— 訓男演歌 Huấn nam diễn ca. Traduit par Nguyễn-hữu-Sanh. Publié par 阮有日 Nguyễn-hữu-Viết. — In lần thứ nhứt [1ère édition]. Giá : 0$15. — Saigon, Phát-Toán, Libraire-imprimeur, 55-57, Rue d'Ormay, 1909, in-8, pp. 16.

Conseils aux jeunes gens, mis en chansons.

— Bài ca mới... par Nguyễn văn-Sồi Secrétaire à la Mairie de Saigon — Publié par J. Viêt. — Saigon, Imprimerie H. Blaquière, 1910, in-8, pp. 24.

Bib. nat., 8° Ya Pièce 111.

— Kiêm-Thinh-Ngọc-Chấn phổ ca. Chủ bút Nguyễn-tùng-Bá. Publié par Huynh-kim-Danh. Tous droits réservés. In lần thứ nhứt

[1e édition]. Giá : o $ 3o. — Saigon, Imprimerie H. K. Danh, Octobre 1911, in-8, pp. 51.

[Couverture illustrée.]

Harmonie des sons de l'or et du jade. — Chansons.

—— 夢仙歌 Mộng-Tiên ca. Publié par Xuân-Lan 春蘭. 2e Edition. Prix : o $ o5. Haiphong, Imp. Van-minh, 1911, in-8, pp. 10.

Mộng-tiên, chanson.

—— 1re Edition. Giá : o $ 3o. Bài Ca Mới. Lục tài tử. (Tous droits réservés.) Chủ bút Nguyễn-hữu-Phước. Edité par M. Mân-Thiệp. — Saigon, Phát-Toán, Libraire-Imprimeur, 55-57-59-61, rue d'Ormay, Novembre 1912, in-8, pp. 40.

[1er fasc. paru; 2e fasc. sous presse.]

Nouvelles chansons. — Les 6 artistes.

—— Câu hát góp và câu hò. Publié par Đang-Thanh-Kim. In lần thứ nhứt [1re édition]. Giá [prix] : o $ 3o. Saigon, Imprimerie-Librairie H.-K. Danh, 1912, in-8, pp. 64.

Recueil de chansons populaires et de chansons des rameurs.

—— In lần thứ nhứt. Giá : o $ 3o. [1ère édition. Prix : o $ 3o]. 喝對答 Hát đối-đáp Kim thời hay lắm (Hát giọng chèo ghe). Traduit par Nguyễn-trọng-Quyền. Edité par Hữu-Nhịn & P. Phước, Commerçant, 59, Rue d'Ormay, Saigon. Cấm không đặng in theo bổn nầy. [Droits de reproduction réservés.] Cuốn nào khong có ký tên P. Phước là đồ gian. — Saigon, Imprimerie de l'Union, 157, Rue Catinat, 1913, in-8, pp. 3o.

[Couverture illustrée.]

Chants dialogués. — Moderne.

—— Vè máy bay Tại Mỹtho [par Lê-Bac-Ai]. In lần thứ ba [3e édition] Giá [prix] : o $ o6. — Saigon, Imprimerie F.-H Schneider, Mai 1913, in-8, pp. 8.

Chanson sur l'aviation à Mytho.

—— Giá bán là : o $ o6 In lần thứ nhứt [Prix : o $ o6. 1re Edition]. Bài ca máy bay Tứ-đại phổ-ca. Bài thứ nhứt : Phi-công Georges Verminck, sa cơ vong mạng tại Mytho. Bài thứ nhì : Em Phi-công Charles Verminck, bên Tây nhớ anh, qua gặp anh, rồi kế anh từ trần, thán anh. Par Hồ-văn-Lang (Tân-Qui-Đông-Sadec). Tous droits réservés. — Saigon, Imprimerie de l'Union, 157, rue Catinat, 15 mai 1913, in-8, pp. 10.

Chanson relative à l'aéroplane. — Chant sur les rimes du Tứ-đại. — L'accident de l'aviateur Georges Verminck.

—— Câu hát annam [par Trương-mĩnh-Ký]. S. l. n. d., in-8, pp. 32.

Chanson annamite.

Associations, etc.

—— Associations, Congrégations et Sociétés secrètes chinoises par M. Paul d'Enjoy. (*Bull. Soc. Géog. Est*, 1905, pp. 201-222.)

Ext. du *Bull. de la Soc. d'Anth. de Paris*, 1905, No. 4.

—— Les «Dong-loi» Sociétés coopératives indigènes au Tonkin. — Rapport adressé par M. Charles Prêtre, Administrateur des Services civils, à Monsieur le Gouverneur Général de l'Indo-Chine. (*Bull. écon. Indo-Chine*, 1906, pp. 1025-1057.)

—— Extrait du *Bulletin Economique de l'Indo-Chine*, n° 58 — Octobre 1906 — Les Dong-Loi. Sociétés coopératives indigènes au Tonkin. Rapport adressé par M. Prêtre, Administrateur des Services Civils à M. le Gouverneur Général de l'Indochine. Hanoï, Imprimerie typo-lithograhique F.-H. Schneider, 1906, in-8, pp. 33.

— Sociétés indigènes de prévoyance en Cochinchine. (*Bull. Com. Asie franç.*, Juillet 1907, pp. 254-256.)

Arrêté signé par M. Beau.

— Les associations indigènes en Cochinchine. Une circulaire. (*Bull. Com. Asie franç.*, Août 1909, p. 352.)

—— Des idées d'association, d'assistance et de mutualité dans la société annamite par P. Pasquier. (*Revue Indochinoise*, juin 1912, pp. 554-563.)

Jeux.

—— Duatyeff. Les Tigres en Cochinchine. Extrait du «Rendez-vous de chasse», publié par Bénédict-Henry Révoil. — Limoges, C. Barbou, s. d. (1881), in-12, pp. 86.

Bibliothèque morale — In-12, 6e Série.

— Combat d'éléphants à Hué. (*Ann. de l'Extr. Orient*, 1884-1885, VII, pp. 126-127.)

—— Cờ bạc nha-phiến. — Des Jeux de hasard et de l'Opium En prose et en vers Bằng tiếng thường và văn thơ, par P. J.-B. Trương-vĩnh-ký. Saigon, Imprimerie de la Mission, 1885, in-8, pp. 82.

—— Cớ bạc nha phiến. Bằng tiếng thường và văn thơ. Des Jeux de hasard et de l'opium. En prose et en vers. Par P. J.-B. Trương-vĩnh-Ký. Deuxième Edition. — Saigon, Imprimerie de la Mission, 1898, in-8, pp. 78.

—— H. Castonnnet des Fosses. — La Chasse en Annam. (*Bull. Soc. Géog. com. Paris*, XVI, 1894, pp. 549-553.)

Renseignement de Thân Trong Hué, élève de l'Ecole coloniale.

—— Un tueur d'éléphants H. Oddera Membre de la Société des Etudes Indo-chinoises. (*Bull. Soc. Etudes indo-chin. Saigon*, No 38, 1899, pp. 13-16.)

Extrait du *Soleil du Midi* du 13 novembre 1899.

—— Une chasse à l'éléphant Par Commaille. (*Revue Indo-Chinoise*, 15 janvier 1908, pp. 1-7; *ibid.*, 30 janvier 1908, pp. 103-108.)

—— Le Jeu des trente-six bêtes. (*Rev. Indo-Chinoise*, 1er sem. 1900, pp. 99-100.)

—— Le Jeu en Cochinchine par Georges Dürrwell Président de la Société des Etudes Indo-Chinoises. (*Bull. Soc. Et. indo-chin. de Saigon*, 1901, 1er Sem., pp. 5-26); avec Pièces Annexes-Arrêtés et décisions portant réglementation des maisons de jeu en Cochinchine. Jurisprudence. (*Ibid.*, pp. 29-48, par E. Assaud.)

(Jeux.)

—— Le Jeu en Cochinchine par George Dürrwell Président de la Société des Etudes Indo-Chinoises — Saigon, Imprimerie Ménard, 1901, br. in-8, pp. 48.

—— 賭博新編 Đỏ bác tân biên (Thớ cờ bạc). Par Paul Trịnh-khánh-Minh, Tri phủ honoraire, Dọn ra. — Saigon, Imp. Di-Hoa-Xuong, 1904, in-8, pp. 32.

Nouveau traité des jeux (en vers).

—— 經鷄. Kinh Kê. [par] Nguyễn-anh-Kiêt 阮英傑. In lần thứ nhứt [1ère édition]. Tous droits réservés. — Saigon, Imprimerie Saigonnaise, 39 et 41, rue Catinat, 1907, in-8, pp. 16 + 1 pl.

Traité des coqs. (L'art de dresser les coqs de combat.)

—— Echecs annamites. (*Revue indo-chinoise*, 30 juin 1908, pp. 911-918.)

—— Variétés — Passe temps et jeux indochinois Par Ant. Brébion. (*Revue Indochinoise*, Mai 1911, pp. 499-509.)

—— *La Chasse en Indochine, par Lucien Roussel. Paris, Plon-Nourrit, in-16, 19 grav.

Notice : *Asie française*, Janvier 1914, p. 48.

Monnaies, Poids et Mesures, Sociétés d'Argent.

Voir Numismatique, col. 1883-1886.

— De l'établissement d'une monnaie dans la Cochinchine française. Par Maurice Jametel. (*Economiste français*, 1882.)

—— La monnaie de l'Indo-Chine. Par Auguste Arnauné. (*Annales de l'Ecole libre des Sciences politiques*, VI, No 4, 15 oct. 1891, pp. 682-714.)

—— J. Pélissier — La Question monétaire et la piastre indo-chinoise — Paris, Augustin Challamel, 1898, br. in-8, pp. 30 + 1 p. n. ch. p. l. tab.

—— Le système métrique en Indochine. (*Asie française*, Novembre 1912, p. 486.)

(Monnaies, Poids et Mesures, Sociétés d'Argent.)

Opium.

—— Règlements du Commerce d'Opium et Instructions aux Agents de la Ferme d'Opium. — Saigon, Imprimerie Impériale. — MDCCCLXVI, br. in-8, pp. 32.

— La ferme d'Opium en Cochinchine et au Cambodge. Par «Divio». (*Bull. Soc. Géog. com.*, VII, 1884-5, pp. 27-28.)

— Préparation et emploi de l'opium en Cochinchine, Par Durivault. (*Bull. Soc. Géog. com.*, IX, 1886-7, pp. 716-717.)

—— Die Opiumschmuggel in Indonesien. Von Emil Metzger. (*Oest. Monats. f. d. Orient*, 1888, pp. 104-106.)

—— Das Opium in Indonesien, von Emil Metzger. Separatabdruck von der «Revue Coloniale Internationale». Typ. J.-H. de Bussy, Rokin 60, Amsterdam, br. in-8, pp. 32.

—— La Société fermière de l'opium au Tonkin, 1887-1891. — Hanoi, Imprimerie typo-lithographique F.-H. Schneider, 1891, in-4, pp. 50.

Par R. de Saint Mathurin.

—— The Indo-Chinese Opium Question as it stands in 1893. By Robert Needham Cust. (*Calcutta Review*, 1893, pp. 119-136.)

—— *Les fumeurs d'opium de J. Boissière.

Notice : *Revue indo-chinoise*, 15 sept. 1905, pp. 1279-1281, par H. Delétie.

—— Note sur l'Opium en Indo-Chine — La Manufacture d'Opium de Saigon — Saigon, Imprimerie commerciale Marcellin Rey — 1906, in-8 oblong, pp. 46.

Publiée par les soins du Comité local chargé de préparer la participation de la Cochinchine à l'Exposition internationale de Marseille.

— L'opium en Indo-Chine. (*Bull. Com. Asie franç.*, Août 1907, p. 314.)

—— Causerie sur l'opium par M. J.-B. Clair Missionnaire en Cochinchine occidentale. (*Ann. Soc. Miss. Et.*, No. 67, Janv.-Fév. 1909, pp. 10-29; No. 68, Mars-Avril 1909, pp. 75-95; No. 69, Mai-Juin 1909, pp. 138-151; No. 71, Sept.-Oct. 1909, pp. 225-256; No. 72, Nov.-Déc. 1909, pp. 298-320;...)

—— Développement historique de la régie de l'opium. Par J. Décamps. (*Bull. Com. Asie franç.*, Mars 1909, pp. 110-123.)

—— Té-Nha-Phiến-Văn 祭鴉片文 [Transcrite en quốc ngữ et publiée par Quảng Thành à Năm-định, 1910], in-8, pp. 12.

Poésie sur l'opium.

— Le prix d'achat de l'opium. (*Bull. Com. Asie franç.*, Juin 1910, p. 284.)

—— Ant. Brébion. — Fumerie d'Opium. — (*Bull. de la Soc. des Sciences natur. de Saône-et-Loire*, 36e a., n. s^ie^, t. XVI, 1910, pp. 62-68.) (Extrait par le Dr J.-B.)

—— De l'Opium par Ant. Brébion. Châlon-sur-Saône, Emile Bertrand, 1910, in-8, pp. 26.

—— La question de l'Opium. — Un nouvel accord anglo-chinois. Par R. C. (*Asie française*, Mai 1911, pp. 223-224.) — Le mouvement contre l'opium en Chine. Par A. M. (*Ibid.*, Mai 1911, pp. 224-231.) — L'opium et le budget de l'Indochine. Par Robert Dalcan. (*Ibid.*, Mai 1911, pp. 231-233.)

—— 鴉片文祭 Nha Phiến Văn Tế (Có in theo một bài Giới-Yên-Ca) par Xuân-Lan 春蘭. 1re Edition. Prix : 0 $ 05. Haiphong-Hanoi, Imp. Van-minh, 1912, in-8, pp. 7.

Poésie sur l'opium.

—— La lutte antitoxique. La fumée divine (Opium). Par G. Mirabeu. Paris, M. Giard et E. Brière, 1912, in-12, pp. XII-281 — 1 p. n. ch. bibliog. + XIV pl.

Encyclopédie internationale d'Assistance ... VI (Hygiène) — Notice : *Revue indochinoise*, Avril 1913, p. 484.

—— Où en est la question de l'Opium, par Henri Brenier, Chef du Service des Affaires Economiques du Gouvernement Général de l'Indochine. (*Bull. écon. Indochine*, Janv.-Février 1914, No. 106, pp. 1-14; graphique.)

— L'état présent de la question de l'opium. (*Asie française*, Mai 1914, pp. 195-196.)

A propos de l'article de M. Henri Brenier.

XIV. — VOYAGES.

—— Antoine Brébion. — Bibliographie des voyages dans l'Indochine française. Du IXe au XIXe siècle. — Saïgon, Imprimerie F.-H. Schneider, 1910, in-8, pp. V-299 + XLIV.

* * *

—— Ibn-Batoutah célèbre voyageur marocain du XIVe siècle qui vint en Indo-Chine. Par Adrien Fillastre, Missionnaire apostolique. (*Revue indo-chinoise*, 15 février 1908, pp. 161-170.)

Voir *Bib. Sinica*, col. 2045-2047.

Gaspar da Cruz.

—— Tractado em que se ‖ cõtam muito por estẽso as cousas ‖ da China, cõ suas particulari ‖ dades, ⁊ assi do reyno dormuz ‖ cõposto por el R. Padre frey ‖ Gaspar da Cruz da ordẽ ‖ de sam Domingos. ‖ Dirigido ao muito poderoso Rey dom ‖ Sebastiam nosso señor. ‖ Impresso com licença. 1569. Pet. in-4, de ff. 88 n. ch. — Sig. *a-l* par 8.

Lettres gothiques. Au-dessus du titre précédent un écusson; le titre encadré. — A la fin : *Foy impresso este tratado da ‖ China, na muy nobre ⁊ sempre leal cidade de Euora ‖ em casa de Andre de Burgos impressor ⁊ caua ‖ lleiro da casa do Cardeal Iffante. Acabou ‖ se aos. xx. dias de feuereiro de mil qui ‖ nhentos ⁊ setenta.*

Très rare. — Bib. nat., O^2_1 n.

— Tractado em que se contam muito por estenso as cousas da China, com suas particularidades, e assi do reyno dormuz composto por el R. Padre Frey Gaspar da Cruz da ordem de Sam Domingos. Dirigido ao muito poderoso Rey Dom Sebastiam nosso señor. Impresso com licença. 1569. Segunda ediçao. Lisboa, na Typographia Rollandiana, 1829, in-16 [occupe 195 pages dans le Vol. IV des Voyages de Pinto publiés à Lisbonne en 1829].

— A Treatise of China and the adioyning Regions, written by Gaspar Da Crvz a Dominican Friar, and dedicated to Sebastian King of Portugall : here abbreuiated. (Purchas, *His Pilgrimes*, III, lib. I, C. x, pp. 166 et seq.)

—— Fernão Mendes Pinto. — Voir col. 108-116.

—— De Feynes, 1615. — Voir col. 872-873.

—— Jean Mocquet. — Voir col. 884-885.

Alexandre de Rhodes.

—— Divers voyages et missions dv P. Alexandre de Rhodes en la Chine, & autres Royaumes de l'Orient, auec son retour en Europe par la Perse & l'Arménie. Le tovt divisé en trois Parties. A Paris, chez Sebastien Cramoisy et Gabriel Cramoisy, MDCL.III. In-4.

Epistre à la Reyne. — Table des Chapitres. — Extraict dv Privilege dv Roy. — Permission du Reuerend P. Prouincial. — Première Partie, pp. 1-60 : Le Voyage de Rome jusques à la Chine. — Seconde Partie, pp. 61-276 : Les divers voyages et Missions dans le royaume d'Annam, qvi comprend le Tunquin, & la Cochinchine. — Troisiesme Partie, p. 1-82 : Les divers voyages et Missions.

Au commencement de la 2e partie est insérée une carte du Royaume d'Annam.

Un ex. mar. rouge, fil., tr. dor., aux armes et aux chiffres du Prince Eugène de Savoie, Rouquette, Paris, fév. 1888 (1089), 400 fr.

—— Sommaire des divers voyages et missions apostoliqves, Du R. P. Alexandre de Rhodes, de la Compagnie de Iesvs, à la Chine, & autres Royaumes de l'Orient, auec son retour de la Chine à Rome. Depuis l'année 1618. jusques à l'année 1653. A Paris, chez Florentin Lambert... M.DC.LIII. Avec Privilege dv Roy. Pet. in-8, pp. 114, s. l. déd. etc.

Ternaux-Compans (880) a inventé une édition de 1603. Carayon indique une réimp. de 1665, même lieu, même format.

—— Divers Voiages dv P. Alexandre de Rhodes En la Chine, & autres Roiaumes de l'Orient, Auec son retour en Europe par la Perse & l'Armenie, Le tovt divisé en trois parties. Seconde edition. A Paris, Chez

Sebastien Mabre-Cramoisy..., M.DC.LXVI. In-4, pp. 342, s. l. t.

Carayon indique une édition de 1688.

— Divers Voyages de la Chine et autres Royaumes de l'Orient. Avec le retour de l'Autheur en Europe, par la Perse & l'Armenie. Le tout divisé en trois parties. A Paris, Chez Christophe Iournel, M.DC.LXXXI. Avec Priv. de sa Maiesté. In-4, pp. 342, s. l. t.

—— Divers Voyages... Paris, 1682, in-4.

Cat. Fred. Muller, 1882 (1374), Fl. 6.

Le P. Sommervogel cite une éd. de 1683.

— Voyages et Missions du Père Alexandre de Rhodes de la Compagnie de Jésus en la Chine et autres royaumes de l'Orient. Nouvelle édition par un Père de la même Compagnie. Paris, Julien, Lanier & Cie., 1854, in-8, pp. VII-448. Pub. à Fr. 4.

On trouvera une courte notice sur le P. de Rhodes et une liste de ses travaux en tête de cette édition.

Le P. Sommervogel cite une éd. de 1862.

—— Voyages et Missions du Père A. de Rhodes, S. J., en la Chine et autres royaumes de l'Orient, avec son retour en Europe par la Perse et l'Arménie. — Nouvelle édition, conforme à la première de 1653, annotée par le Père H. Gourdin, de la même Compagnie, et ornée d'une carte de tous les voyages de l'auteur. — Collection des voyages. — Société de Saint-Augustin, Desclée, De Brouwer et Cie., Imprimeurs des Facultés catholiques de Lille, 1884, in-8, pp. VIII-III-336.

—— *Des P. Alexander von Rhodes aus der Gesellschaft Jesu Missionsreisen in China, Tonkin, Cochinchina und andern asiatischen Reichen. Aus dem Französischen von einem Priester derselben Gesellschaft. Freiburg im Brisgau, Herder, 1858, in-8, pp. XI-345.

Trad. par le P. Michel Pachtler, S. J. (Sommervogel.)

— Voir *Biog. univ.*, Art. d'Eyriès. — *Biog. gén.*, Vol. XLII.

— Reise des Alexanders von Rhodes, nach Ostindien. (P. 70, Cap. VII, *Allgem. Hist. d. Reisen*, X, Leipzig, 1752.)

—— Giovanni Filippo de Marini. — Voir col. 1043-1047.

—— Jan Janszoon Struys. — Voir col. 886-888.

(ALEXANDRE DE RHODES.)

WILLIAM DAMPIER.

Voir col. 1456-1461.

—— An Account of Captain William Dampier's *Voyage round the World*, &c... Chap. XI. — The Author's [Captain Dampier] departure from Achin through the Streights of Malacca, The River Domao. His arrival at Cachao. A description of Tonquin, and of Cachao. The State of Christianity in these Parts. The Author's departure from Tonquin. Of the Country of Cambodia. The Author's departure from Malacca, and arrival at Achin; a description of that place; of the Coast of Sumatra and of Malacca; of the Isle of Dinding; of Fort St. George, and of Bencoyl in Sumatra. (*Collection of Voyages and Travels*, by John Harris, London, MDCCV, II, pp. 903 [898] 902.)

—— Un voyage au Tonkin en 1688 Par W. Dampier. (*Revue indochinoise*, Juin 1909, pp. 585-596; Août, pp. 788-802; Sept., pp. 906-923; Février 1910, pp. 132-144; Mars, pp. 217-227; Avril, pp. 325-334.)

JEAN-BAPTISTE TAVERNIER.

Né en 1605; mort à Smolensk dans le courant de février 1689.

—— Les Six // Voyages // de Jean Baptiste // Tavernier, // Ecuyer, Baron d'Aubonne, // qu'il a fait // en Turquie, en Perse, // et aux Indes, // .....// Seconde Partie, // Où il est parlé des Indes, & des Isles voisines. // A Paris, // Chez // Gervais Clouzier... // et // Claude Barbin..... // M.D.C.LXXVI. // avec privilege du Roy. In-4.

Bib. nat., Inv. G. 6773.

—— Les Six // Voyages // de Jean Baptiste // Tavernier, // Ecuyer, baron d'Aubonne, // .....// Seconde Partie, // Où il est parlé des Indes, & des Isles voisines. // A Paris, // chez // Gervais Clouzier... // et // Claude Barbin... // M.D.C.LXXVII. // avec privilege dv Roy. In-4.

Bib. nat., Inv. G. 6774.

(WILLIAM DAMPIER. — JEAN-BAPTISTE TAVERNIER.)

— *Les Six Voyages de J.-B. Tavernier, écuyer, baron d'Aubonne, en Turquie, en Perse et aux Indes, pendant l'espace de quarante ans et par toutes les routes que l'on peut tenir, etc., suivant la copie imprimée à Paris. Amsterdam, chez Johannes van Someren, l'an 1678. 2 vol. petit in-12.

— Les Six // Voyages // de // Jean Baptiste // Tavernier, // Ecuyer Baron d'Aubonne, // Qu'il a fait // en Turquie, en Perse, // et aux Indes, // Pendant l'espace de quarante ans, & par tou-// tes les routes que l'on peut tenir : accompagnez // d'observations particulieres sur la qualité, la // religion, le gouvernement, les coûtu-// mes & le commerce de chaque païs // avec les figures, le poids, & la // valeur des monnoyes qui // y ont cours. // Seconde partie. // Où il est parlé des Indes, & des Isles voisines. // Suivant la Copie, // Imprimée à Paris, // M. DC. LXXIX. In-12.

Bib. nat., Inv. G. 29.553.

— Les Six // Voyages // de Jean-Baptiste // Tavernier, // Chevalier baron d'Aubonne, //..... Seconde Partie, // Où il est parlé des Indes, & des Isles voisines. // Nouvelle Edition, reveuë, corrigée, & augmentée de // diverses choses curieuses. // A Paris, // Chez Gervais Clouzier.... // M. DC. LXXXI. // Avec privilege dv Roy. In-4.

Bib. nat., Inv. G. 6776.

— *Les Six Voyages de J.-B. Tavernier, baron d'Aubonne, etc. Utrecht, 1712, 2 vol. in-12.

— *Les Six Voyages de J.-B. Tavernier, etc. Rouen, Machuel, 1713, 6 vol. in-12.

— — *La Haye, 1715, 3 vol. in-12.

— — *Amsterdam [Rouen], 1718, 6 vol. in-12.

— — *Rouen, Machuel le Père, 1724, 6 vol. in-12.

— — *Rouen, Machuel le Jeune, 1724, 6 vol. in-12.

— *Les Six Voyages de J.-B. Tavernier, etc. Edition entièrement refondue et corrigée, accompagnée d'éclaircissements historiques et critiques, etc., par J. B. J. Breton, Paris, veuve Lepetit, 1810, 7 vol. in-18.

(Jean-Baptiste Tavernier.)

— Les Voyages de J.-B. Tavernier en Perse et aux Indes racontés par lui-même — Édition réduite, annotée et accompagnée d'une notice biographique, par Maxime Petit. Paris, Maurice Dreyfus, s. d. [1882], in-12, pp. 278.

Bibliothèque d'Aventures et de Voyages.

Bibl. nat., O²h. 354.

— Beschreibung // Der // Sechs Reisen / // Welche // Johan Baptista Tavernier, // Ritter und Freyherr von Aubonne, //..... Genff / // Jm Jahr M. DC. LXXXI. In-folio à 2 col.

Bib. nat., Inv. G. 1492.

— *Joh. B. Tavernier weyl. Ritters und Freyherrn von Aubonne in der Schweiz, Beobachtungen über das Serrail des Grossherrn. — Auf seiner sechsmaligen Reise nach der Türkey gesammelt. — Nebst vielen eingestreuten Bemerkungen über die Sitten und Gewohnheiten der Türken. Memmingen, 1789, bey Andreas Seiler. In-12, pp. 179.

— Parte Seconda // de' // Viaggi // nella Turchia, // nella Persia, // e nell Indie // Fatti, e descritti in Lingua Francese // da // Gio : Battista Tavernier // Barone d'Avbonne // Tradotti // da Giovanni Lvetti // Sacerdote francese, // E fatti stampare in Italiano // da Givseppe Corvo Libraro : // Nella qual Parte narra l'Autore i Viaggi all'Indie // con varie cose curiose di que' Paesi // non descritte da altri. // In Roma, Con licenza de' Superiori, e Priuilegio. M DC LXXXII. // — Stampati sotto la direzione di Givseppe Corvo Libraro. In-4.

Bib. nat., Inv. G. 6771.

— *Bologna, 1680-1690, 5 vol. in-24.

— De zes // Reizen // Van de Heer // J. Bapt. Tavernier, // Baron van Aubonne; //..... Door J. H. Glazemaker vertaalt... // t'Amsterdam, //... Johannes van Someren,... // 1682, 2 vol. in-4.

— Collections // of // Travels // through // Turky into Persia, and the East-Indies //..... Together // With a Relation of the Kingdom of Japan and Tunkin, // and of their

(Jean-Baptiste Tavernier.)

particular Manners and Trade. // ..... Being the Travels of Monsieur Tavernier Bernier, // and other great Men : Adorned with many Copper Plates. //..... London, // Printed for Moses Pitt at the Angel in St-Pauls Church-yard.'//— M.DC. LXXXIV. 3 volumes in-folio.

—— *J. B. Tavernier. — Travels in India. New English Translation, by Dr. V. Ball, with Biography, Notes, Bibliography. — Facsimile Maps and Illustrations. 1889, 2 vol. in-8.

—— Recüeil // de plusieurs // Relations //..... de J. B. Tavernier //..... Divisé en cinq parties..... // A Paris, // Chez Gervais Clouzier, au Palais, sur les degrez en montant // pour aller à la Sainte Chapelle, à l'Enseigne du Voyageur. //.— M. DC. LXXIX. // Avec privilege dv Roy. In-4.

Relation du Japon, pp. 1-72.

Relation... du Royaume de Tunquin, pp. 1-96.

Bib. nat., G. 6777.

—— *[Amsterdam.] Suivant la copie imprimée à Paris, 1681. In-12.

—— Recueil de plusieurs // Relations // Et Traitez singuliers & curieux, // de Mr. Tavernier, // Ecuyer Baron d'Aubonne, // Qui n'ont point été mis dans ses six // premiers Voyages. // Divisé en cinq parties. // I. Une Relation du Japon, & de la cause de // la persecution des Chrétiens dans ses Isles : // Avec la carte du Païs. // II. Relation de ce qui s'est passé dans la Ne-// gociation des Députez qui ont été en Per-// se & aux Indes, tant de la part du Roi, // que de la Compagnie Françoise, pour l'é-// tablissement du Commerce. // III. Observations sur le Commerce des In-// des Orientales, & sur les fraudes qui s'y // peuvent commettre. // IV. Relation nouvelle & singuliere du Ro-// yaume de Tunquin : avec plusieurs Figu-// res & la Carte du Païs. // V. Histoire de la Conduite des Hollandois // en Asie. // Tome V. // Imprimé à Roüen, & se vend // A Paris, // Chez Pierre Ribou, à l'Image S. Loüis // Avec Approbation & Privilege. // M. DCC. XIII. In-12.

Relation du Japon, pp. 1-66.

Relation... de Tunquin, pp. 209-267 (267 défectueux).

Bib. nat., Inv. G. 29.563.

—— Recueil de Plusieurs // Relations //... de Mr. Tavernier. // Divisé en cinq parties... // Tome V. // A Rouen. // Chez J. B. Machuel le Jeune, ruë Damier. // M.DCC.XXIV. // Avec Approbation & Privilege du Roy. In-12.

Relation du Japon, pp. 1-66.

Relation... de Tunquin, pp. 209-301.

Bib. nat., Inv. G. 29.575; un autre Inv. G. 29.569.

—— Bibliothèque portative des Voyages, traduite de l'Anglais par MM. Henry et Breton. Tome XLVII — Voyage de Tavernier Tome V. Paris. Chez Mme Ve Lepetit, 1817, in-24.

Relation du royaume de Tonquin, pp. 121-212.

—— —— Tome XLVIII — Voyage de Tavernier Tome VI. Ibid., in-24.

Suite de la Relation du royaume de Tonquin, pp. 1-34.

Bib. nat., Inv. G. 19.732-19.733.

—— Relation d'un voyage au Tong-King 1650-1670 Par Jean-Baptiste Tavernier. (*Bull. Soc. Géog. Est*, 1884, pp. 161-166; 354-361.)

Extrait du *Cosmos—les Mondes*, 28 oct. 1883 et seq.

—— Relation nouvelle et singulière du royaume de Tunquin. Par J. B. Tavernier. (*Revue Indo-Chinoise*, 15-30 oct. 1908, pp. 504-516; 15 nov., pp. 611-620; 30 nov., pp. 745-750; 15 déc., pp. 806-811; 31 déc., pp. 894-900; janvier 1909, pp. 43-51.)

—— * J. B. Tavernier. — Collection of [five] Several Relations and Treatises of Tonquin, Japan, East India Trade, &c., published by Edmund Everard. 1680. In-fol.

—— * Verscheide Beschryvingen van de heer J. B. T..... namentlijk I Van Japan.... II Van de verrichting der Fransche Afgevaerdigden in Persien en in d'Indien. III Van de waarneemingen op den koophandel in d'Indiën. IV Van 't Kon. Tunkin. V Van 't beleit der Hollanders in Asia. VI Van de versch. munten Van die landen... Derde deel. Door J. H. Glazemaker vertaalt....

Amsterdam. Wed. Joh. van Someren.... 1682. In-4, pp. (IV) et 307.

Tiele, 1081.

—— Henrick van Quellenburghs // Vindiciae Batavicae // Ofte // Refutatie // Van het Tractaet van J. B. Tavernier, Che- // valier, Baron d'Aubonne &c. // In de welcke niet alleen de valsheydt van veele lasteren en- // de leugenen, den Staet, de Ed. Hoogh Achtb. Compa- // gnie ende de natie aengevreven, werdt aengewesen, // maer oock light gegeven in veele saecken in d'Asia- // tische Gewesten voorgevallen, welcke ken- // nisse geven aen die geene die haer vermaeck // ende nut soecken te trecken uyt het lesen // der Indische Voyagien. // [*fleuron*] // t'Amsterdam. // By Jan Bouman, Boeckverkooper in de Kalverstraet, // over de Kapel, 1684. In-4, 3 ff. n. ch. + pp. 318 + 1 f. n. ch., front. gravé.

—— Jean-Baptiste Tavernier écuyer, baron d'Aubonne chambellan du Grand Électeur d'après des documents nouveaux et inédits par Charles Joret professeur à la Faculté des Lettres d'Aix. Paris Librairie Plon, 1886, in-8, pp. 413.

Notice : *Revue historique*, XXXV, 1887, pp. 386-397, par G. Guibal.

—— Le voyageur Tavernier (1670-1689) Un manuscrit des «Voyages» relations de Tavernier avec le Grand Electeur le lieu de sa mort et de sa sépulture par Charles Joret Professeur à la Faculté des Lettres d'Aix — Paris, F. Vieweg... — 1889, in-8, pp. 39.

Extrait de la *Revue de Géographie* (Mars, Avril, Mai 1889).

* * *

—— Le Gentil. — Voir col. 890.

—— Pierre Poivre. — Voir Relations de la France.

—— A Narrative of a Voyage to Cochin China, together with a sketch of the Geography of that country, and some particulars of the Manners, Customs, and History of its Inhabitants, by Mr. Chapman. (*Asiatic Annual Register*, 1801, pp. 66-89, *Miscel. Tracts.*)

Cette relation n'avait jamais été imprimée. — Voir sur le même sujet le voyage de Barrow en Cochinchine, et le voyage de Macartney par Staunton.

John Barrow.

—— A Voyage to Cochinchina, in the years 1792 and 1793 : containing a general view of the valuable productions and the political importance of this Flourishing Kingdom ; and also of such European Settlements as were visited on the voyage : with sketches of the Manners, character, and condition of their several inhabitants. To which is annexed an account of a journey, made in the years 1801 and 1802, to the residence of the chief of the Booshuana nation, being the remotest point in the interior of Southern Africa to which Europeans have hitherto penetrated. The Facts and Descriptions taken from a Manuscript Journal. with a Chart of the Route. By John Barrow, Esq. F. R. S. Author of «Travels in Southern Africa», and «Travels in China». — London : Printed for T. Cadell and W. Davies in the Strand, 1806, in-4, pp. xx-447.

The Island of Madeira. — The Island of Teneriffe. — The Island of St. Jago. — Rio de Janeiro. — General Observations on the Brazils. — The Islands of Tristan da Cunha and Amsterdam. — The Strait of Sunda and Island of Java. — Batavia. — Cochinchina. — General Sketch of the Manners, Character, and condition of the Natives of Turon. — Advantages of a Commercial intercourse with Cochinchina. — An account of a Journey to Leetakoo.

Dédié à Sir George Thomas Staunton.

«The substance of this sketch [ce qui est relatif à la Cochinchine] is taken from a manuscript memoir drawn up by Captain Barissy, a French naval officer who, having several years commanded a frigate in the service of the King of Cochinchina and being an able and intelligent man, had the means and the opportunity of collecting accurate information.» (Preface, p. VIII.)

—— Voyage à la Cochinchine, par les îles de Madère, de Ténériffe et du Cap Verd, le Brésil et l'île de Java, contenant des Renseignements nouveaux et authentiques sur l'Etat naturel et civil de ces divers Pays; Accompagné de la Relation officielle d'un Voyage au Pays des Boushouanas, dans l'intérieur de l'Afrique australe; par John Barrow, Membre de la Société royale de Londres; traduit de l'anglais, avec des notes et additions, par Malte-Brun. Avec un Atlas de 18 Planches gravées en taille douce par Tardieu. A Paris, chez François Buisson.... 1807, 2 vol. in-8, pp. XIV-406 + 1 f. n. ch. p. l tab., 408, et Atlas in-4, de 18 pl.

Not. : *Quart. Review*, III, Feb. 1810.

— Barrow's Voy. to Cochinchina (F. Jeffrey). (*Edinburgh Review*, IX, 1)

—— *J. Barrow. — Reise nach Cochinchina in den Jahren 1792 und 7193, herausgegeben von T. E. Ehrmann, 1808, in-8.

*
* *

—— Voyage commercial et politique aux Indes orientales, aux îles Philippines, à la Chine, avec des Notions sur la Cochinchine et le Tonquin, pendant les années 1803, 1804, 1805, 1806 et 1807... par M. Félix Renouard de Sainte-Croix, Ancien Officier de Cavalerie au service de la France, chargé par le gouverneur des îles Philippines de l'organisation des Troupes pour la défense de ces îles. Cet ouvrage est accompagné de Cartes géographiques de l'Inde et de la Chine, par MM. Mentelle, Membre de l'Institut, et Chanlaire, l'un des Auteurs de l'Atlas national. Paris, Aux Archives du Droit français, chez Clament frères,... de l'imprimerie de Crapelet, 1810, 3 vol. in-8.

—— Reise nach Ostindien, den Philippinischen Inseln und China, nebst einigen Nachrichten über Cochinchina und Tunkin, von Felix Renouard de Sainte-Croix, ehemaligem Französischen Cavallerie-Offizier. Aus dem Französischen übersetzt von Ph. Chr. Weyland, Herzogl. Sachsen-Weimarischem Legations- und Kriegesrath. Berlin, in der Vossischen Buchhandlung, 1811, in-8, pp. 458.

Forme le Vol. 32 de la collection : *Magazin von merkwürdigen neuen Reisebeschreibungen, aus fremden Sprachen übersetzt und mit erläuternden Anmerkungen begleitet.*

John White.

—— A Voyage to Cochin China. By John White, lieutenant in the United States Navy. — London : Printed for Longman, Hurst, Rees, Orme, Brown, and Green... 1824, in-8, pp. XI-372.

—— Relation d'un Voyage dans la mer de la Chine, par John White, Lieutenant de vaisseau de la marine des États-Unis. Boston, 1823. (*Ann. marit. et col.*, 1824, 3, pp. 530-540.)

Ext. de la *Quarterly Review*. — Cf. *Edinburgh Review*, XLI, 123. — *Monthly Review*' CVI, 337.

—— * J. White. — Reise nach Cochinchina. Jena, 1825, in-8.

Laplace.

—— Voyage autour du Monde de la corvette de l'État *la Favorite* commandée par M. Laplace, capitaine de frégate, années 1830 et 1831. (*Annales marit. et colon.*, 1831, 2e part., 2, pp. 134-144.)

Suivi d'une lettre : Macao, le 2 novembre 1830, pp. 144-145, sur le commerce français.

—— Voyage... (suite). (*Ibid.*, 1832, 2e part., I, pp. 541-542; 1832, 2e part., 2, pp. 677-681. *Ibid.*, 1836, 2e part., I, pp. 7-71, par F. Chassériau.)

—— Voyage autour du Monde par les Mers de l'Inde et de Chine exécuté pendant les années 1830, 1831 et 1832 sous le commandement de M. Laplace Capitaine de frégate; publié par ordre de M. le Vice-amiral comte de Rigny Ministre de la Marine et des Colonies. Paris, Imprimerie royale MDCCCXXXIII-MDCCCXXXV, 4 vol. in-8, pp. XLI-558 + 1 f. n. ch. tab., 481, 510 + 1 f. n. ch., 480.

*
* *

—— C. Lavollée. — Voir col. 1466.

—— *C. Lavollée. — Reise i China, tilligerned beskrivelse af Michel Novarros fangenskab i det indre af China. Kjøbenhavn, Steen, 1858, in-8, pp. 170 (*Bib. hist. geog.*, 1858.)

—— Notices of Cochinchina, made during a visit in the spring of 1844, by M. Isidore Hedde, a member of the French Mission to China. (*Chinese Rep.*, XV, 1846, pp. 113-124.)

—— A. Haussmann. — Voir col. 1464-1465.

—— Captain Howes' narrative of his Captivity in Cochinchina. From the *Straits Times*, May 10th. (*Chinese Rep.*, XVII, July 1848, pp. 366-371.)

Capt. Victor Howes, avec la jonque *Little Catherine*.

—— Les derniers voyages en Chine, à Siam, en Cochinchine et au Japon. (*Revue Britannique*, Juin-Juillet 1857.)

—— C.-E. Bouillevaux. — Voir Ouvrages généraux, col. 1533-1534.

—— Cochin-China, and my experience of it. A Seaman's Narrative of his Adventures and Sufferings during a Captivity among Chinese Pirates, on the Coast of Cochin-China, and afterwards during a Journey on foot across that country, in the years 1857-8, by Edward Brown, Amoy, China. London, Charles Westerton, 1861, pet. in-8, pp. xi-292.

Pub. 8/6.

—— A Seaman's Narrative of his Adventures during a Captivity among Chinese Pirates, on the coast of Cochin-China, and afterwards during a journey on foot across that Country, in the years 1857-8, by Edward Brown, Amoy, China. London, Charles Westerton, 1861, pet. in-8, pp. xi-292.

Même éd. que la précédente, avec un titre légèrement différent.

—— Een vlugtige Blik op Java, Saigoen, Zuidelijk China en Bombay, door Mr. R. W. J. C. Bake. — Te Arnhem, bij H. A. Tjeenk Willink, 1863, br. in-8, pp. 45.

—— Adolf Bastian. — Voir col. 896.

—— Doudart de Lagrée. — Voir col. 1012-1018.

—— Francis Garnier. — Voir col. 1012-1018 et Relations avec la France.

—— L. M. de Carné. — Voir col. 1016-1018.

—— Thorel. — Voir col. 1014.

—— Joubert. — Voir col. 1018.

—— J. Dupuis. — Voir Relations étrangères : France.

—— De Saïgon à Bangkok par l'intérieur de l'Indo-Chine. — Notes de voyage Janvier-Février 1871. Par Brossard de Corbigny, Lieutenant de vaisseau. (*Revue maritime et coloniale*, XXXIII, 1872, pp. 440-463, carte; 787-806; XXXIV, 1872, pp. 45-74.)

—— Mers de Chine par Paul Brandat. Paris, Pichon, 1872, in-18, pp. 224.

Lettre à M. Frédéric Passy. — Che-fou. — Pei-ho. — En Mer. — Woo-song. — Hong-kong. — En Mer. — Saïgon. — Saïgon (1861). — Saïgon (1862). — Vinh-luong (1862). — Mithô (1862). — Insurrection. — Kernévès, etc.

Pub. à Fr. 2.50.

—— William H. Seward's Travels around the World, Edited by Olive Risley Seward. With numerous illustrations. New York : D. Appleton & Co., 1873, in-8, pp. xii-788.

I. United States, Canada, and Pacific Ocean. — II. Japan, China, and Cochin-China. — III. The Eastern Archipelago, Straits of Malacca and Ceylon. — IV. British India. — V. Egypt and Palestine. — VI. Europe.

Ouvrage criblé d'erreurs.

Notices : *Shanghai Budget*, 1873, 14 June & 5 July.

—— De Marseille à Saïgon — Notes et Journal de Voyage par Raoul Postel Juge à Saïgon (Cochinchine) — Caen, Imprimerie de F. Le Blanc-Hardel, 1874, in-8, pp. 127.

On lit au verso du faux-titre : Tiré à 50 exemplaires — Cet ouvrage n'est pas mis en vente.

Jules Harmand.

—— J. Harmand. — Voir col 1067.

—— Souvenirs du Tong-King par le Docteur Harmand, Médecin de la Marine. (*Bull.*

Soc. Géog., 6e Sér., IX, 1875, pp. 278-290.)

—— Les cinq voyages du Docteur Harmand en Indo-Chine 1875-1877. Par E. Génin, prof. au Lycée de Nancy. (*Bull. Soc. Géog. de l'Est*, II, 1880, pp. 272-281.)

—— Rapport sur une Mission en Indo-Chine, de Bassac à Hué (16 avril-14 août 1877), par M. le Dr Harmand, Médecin de la Marine nationale. (*Archives des Miss. scientif. et litt.*, 3e Sér., V, 1879, pp. 247-281.)

—— La tâche des explorateurs futurs de l'Indo-Chine. Par M. le Dr. J. Harmand. (Avec carte.) (*Bull. Soc. Géog. com.*, II, 1879-80, pp. 281-288.)

—— J. Harmand. — Les moyens de transport en Indo-Chine. Les Voitures. (*La Nature*, 1881, I, pp. 6-10, ill.) — Les Barques. (*Ibid.*, pp. 183-186, ill.)

* * *

—— J. Thomson. — Voir col. 1066.

—— * F. von Hellwald. — Hinterindische Länder und Völker. Reisen in den Flussgebieten des Irawaddy u. Mekong, in Annam, Kambodscha u. Siam. Mit Illustrationen. Leipzig, 1876, in-8.

—— Voyage en Cochinchine pendant les années 1872-73-74 par M. le Dr Morice — Lyon, H. Georg, 1876, in-8, pp. 44, carte.

—— Dr. Morice's Reise in Französisch Cochinchina. (*Globus*, XXIX, 1876, pp. 193-198, 209-213, 224-229.)

—— *J. de Liautier d'Escabre. — Après dix-sept voyages dans l'Indo-Chine. Bordeaux, 1877, in-8.

—— J. L. Dutreuil de Rhins. — Voir col. 1068, 1538.

—— * Tres Dias // en // Canton. // Manila. // Imprenta de la «Revista Mercantil» // Viuda de Loyzaga y Comp. // 1879, in-12, pp. 71.

Recortadas del folletin de *El Commercio*. — A la fin du texte, cette note : «Aqui terminan los apuntes que tenemos del Sr. Iquino, esperando que á su vuelta de la mision diplomática que ha llevado á Annam el aviso *Marques del Duero*, á cuyo bordo tan honroso puesto ocupa aquel ilustrado médico, nos honrará con la descripcion que ha dejado pendiente, y que debe ser digna de leerse, máxime hallándose descrita por tan correcta y galana pluma.» [N. de la réduction du *El Comercio*.] — Retana, 1708.

A pour complément :

—— * Annam // y la // Cochinchina francesa // Apuntes de viaje. // Manila. // Imprenta de la Revista Mercantil, // Vivac número 3. // 1880, in-12, pp. 151.

Retana, 1716 : Recortadas del folletin de *El Commercio*.

—— * Viagem del Mis del Duero en Siam y Annam. (*Revista general de marina*, Janvier 1881.)

—— Les Voyages des Européens des cotes de l'Annam à la vallée du Mé-kong. Notes sur l'identification du port de Cachan, la relation de Christoval de Jaque de los Rios de Mançanedo, et les globes de Mercator et de Coronelli. Par M. de Villemereuil, cap. de vaisseau. (*Bull. Soc. Géog. Rochefort*, II, 1880-1881, pp. 117-129.)

Voir col. 1068.

—— Voyage au Tonking en 1876. — Chuyến ti Bắc-kì năm Ất-hợi (1876). P. J. B. Trương-Vĩnh-ký. Saigon, C. Guilland et Martinon, 1881, br. in-8, pp. 32.

—— Notes de voyage, Par M. C. de Kergaradec. — De Hanoi à Bac-ninh et à Thai-nguyen. (*Excursions et Reconnaissances*, N° 10, 1881, pp. 81-98.)

Juin 1881.

—— Auguste Pavie. — Voir col. 898-903, 1074.

— Du Mékong au Tonkin en 1887 et 1888 Par Gustave Regelsperger. (*La Géographie*, 15 janvier 1912, pp. 44-46.)

A propos de : Auguste Pavie, *Mission Pavie, Indo-Chine, 1879-1895*.... Paris, Ernest Leroux, 1911.

Voir col. 898-903.

—— Frank Vincent, 1882. — Voir col. 903.

—— Amédée Gautier, Lieutenant d'Infanterie de Marine. — Exploration. — Confluent du Dong-Naï et du Da-oué, 5 mars 1882. (*Journ. Off. Cochin.*, 1882, 22 mars, pp. 315-316.) — Rivière Canglé (probablement rivière de Saigon), 1er avril 1882. (*Ibid.*, 26 avril, pp. 389-391.) — Description de Brelam [Taleu]. Brelam, le 14 avril 1882 (*Ibid.*, 29 avril, pp. 399-400.) — Vallée de la Diremain-tamboun, rive droite (28 avril-2 mai-8 mai 1882). (*Ibid.*, 20 mai, pp. 459-460.) — Vallée de la Diremain, 19 mai 1882. (*Ibid.*, 31 mai 1882, pp. 482-484.)

— Lettres de M. Amédée Gautier, lieutenant d'infanterie de marine en mission dans le Nord de la Cochinchine. (*Cte. rendu Soc. Géog.*, 1882, pp. 212-218, 354-359.)

Cf. Dutreuil de Rhins, *ibid.*, p. 232.

Viénot et Schroeder.

— Voyage au Tonquin, par M. Henri Viénot, membre de la Société normande de Géographie et Albert Schrœder, entrepreneur à Saïgon (*Soc. normande de Géog. Rouen*, IV, 1882, pp. 337-351; V, 1883, pp. 1-16.)

—— Voyage au Tonquin, par Henri Viénot, Avocat à Saïgon, membre du Conseil colonial et de la Société normande de géographie et Albert Schrœder, Entrepreneur à Saïgon. Rouen, imprimerie de Espérance Cagniard, Rues Jeanne-Darc, 88, et des Basnage, 5, 1883, br. in-4, pp. 31.

Extrait du *Bulletin de la société normande de géographie.* — Novembre-Décembre 1882-Janvier-Février 1883.

—— Rapport présenté à M. Le Myre de Vilers, Gouverneur de la Cochinchine française, sur le voyage d'études fait au Tonquin par MM. Henri Viénot et Albert Schrœder. (*Excursions et Reconnaissances*, N° 16, pp. 5-94; N° 17, pp. 125-224; N° 18, pp. 439-486; — 1883 et 1884.)

—— Cochinchine française — Rapport présenté à M. Le Myre de Vilers Gouverneur de la Cochinchine française sur le Voyage d'études fait au Tonquin par MM. Henri Viénot & Albert Schrœder — Saigon, Imprimerie nationale — 1883, in-8, pp. 241.

—— Souvenirs d'un voyage en Cochinchine. Par M. Delcasso. (*Bul. Soc. Géog. Toulouse*, 1882, pp. 58-78.)

—— D'Obock au Tong-kin à travers Malacca, par A. Delaire, ancien élève de l'Ecole polytechnique. Extrait du *Correspondant.* Paris, Jules Gervais, 1882, br. in-8, pp. 31.

Notice : *Ann. de l'Ext.-Orient*, 1882-1883, V, p. 221.

—— Relation du voyage de MM. Courtin et Villeroi d'Augis, dans le Fleuve Rouge et la Rivière Noire. (Septembre, Octobre, Novembre et Décembre 1881.) (*Excursions et Reconnaissances*, N° 11, 1882, pp. 298-305.)

Hanoï, le 30 décembre 1881.

Extrait de la *Relation de l'exploration de la rivière Noire*, par M. Villeroi d'Augis et M. Courtin.

Mort de M. Marcel Courtin, à Wan-Giom, à l'âge de 26 ans.

Cf. H. Cordier, *Relations de la Chine*, II, pp. 342, 345.

— Voyage à l'Annam et au Cambodge. (*Ann. de l'Ext.-Orient*, 1882-1883, V, pp. 283-284.)

Voyage du Dr. Neis, d'après le *Bull. Soc. Géog. com.* — Voir col. 1068.

—— Archibald R. Colquhoun. — Voir col. 191-193. — Across Chrysé, 1883. — Voir col. 192.

Notice : *Bull. Soc. Acad. Indo-Chinoise*, 2e Sér., III, 1890, pp. 501-519, par A. R. Havel.

—— Dan to Beersheba, 1908. — Voir col. 913.

—— Isabella L. Bird (Mrs. Bishop), 1883. — Voir col. 1471.

—— Voyage dans l'Indo-Chine, par A. Petiton, Ex-ingénieur en chef du service des mines au Tonkin. (*Bull. Soc. Géog. Paris*, VIIe Série, V, 1884, pp. 364-386.)

—— G. Gaulard — Infanterie de marine Cochinchine, Japon, Cayenne — Paris Librairie Hurtau — 1884, in-12, pp. 245.

—— Un touriste dans l'Extrême Orient, Japon, Chine, Indo-Chine et Tonkin (4 août 1881-24 janvier 1882) par Edmond Cotteau .... Contenant 38 gravures et 3 cartes. Paris, Hachette, 1884, in-18, pp. 448.

— Péninsule indo-chinoise. (*Soc. roy. belge Géogr., Bull.*, 1885, pp. 378-380.)

—— Extrait du journal *Le Temps*. — De Paris au Tonkin. (Lettres d'un correspondant particulier.) Br. in-4, s. l. n. d., pp. 69 à 2 col.

Par Paul Bourde.

Réimp. avec des modifications sous le titre de :

—— De Paris au Tonkin, par Paul Bourde, Correspondant du *Temps*. Paris, Calmann Lévy, 1885, gr. in-18, pp. 382 + 1 f. n. ch. p. l. tab.

L'auteur annonçait un autre vol. au verso du faux-titre : *Du Tonkin à Paris*.

—— Paul Bonnetain. — Au Tonkin. Paris, Victor Havard, 1885, in-18, pp. II-336.

— Notes de voyage. En route pour le Tonkin. Par Paul Bonnetain.

Cette série d'articles a été commencée dans le *Figaro* du mercredi 9 janvier 1884.

—— Le Monde pittoresque et monumental. L'Extrême-Orient, par Paul Bonnetain... — Paris, Quantin (1887), in-4, pp. 613 fig. et cartes.

—— Au Tonkin occidental pour faire suite au journal de *Paris au Tonkin*, récits d'un missionnaire. — Avec la permission des Supérieurs. Lons-le-Saunier, Imp. et lith. de J. Mayet, 1886, br. in-8, pp. 117 + 1 f. n. ch.

E. Aymonier.

Voir col. 1074.

—— Lettre de M. Aymonier à M. le Gouverneur de la Cochinchine. (*Excursions et Reconnaissances*, N° 22, Mars-Avril 1885, pp. 247-254.)

Village de Mai van, dans la baie de Phanrang, le 21 décembre 1884.

— Une mission en Indo-Chine (Relation sommaire) par Etienne Aymonier. (*Bull. Soc. Géog.*, 7e sér., XIII, 1892, pp. 216-249, 339-374.)

—— Une Mission en Indo-Chine Relation sommaire par Étienne Aymonier. — Extrait du *Bulletin de la Société de Géographie* (2e et 3e trimestre 1892). — Paris, 1892, in-8, pp. 70.

* * *

—— Au Tonkin, en Cochinchine et au Cambodge. Par Brau de St. Pol Lias. (*Bull. Soc. Géog. com.*, VIII, 1885-6, pp. 11-27.)

—— Voyage au Tonkin, par Félix Germond, Soldat au 11me chasseurs à pied. Le Mans, Imp. Beauvais, 1886, br. in-8, pp. 11.

—— Itinéraires en Annam, par M. Pâris. (*Bull. Soc. Géog. Est*, 1886, pp. 192-220, 381-399, 598-603; 1887, pp. 44-49, 259-266, 448-466.)

—— C. Paris, chargé de la construction du télégraphe en Annam. — Voyage d'exploration de Huê en Cochinchine par la route mandarine. — Avec 6 cartes en couleur et 12 gravures. — Paris, Ernest Leroux, 1889, in-8, pp. VI-301.

—— Tonkin. Notes de voyage, mars 1885, de Haïphong à Hanoï, par G. Lieussou. Paris, Imp. Chaix, 1886, br. in-12, pp. 34.

—— Souvenirs du Tonkin. Par M. Léon Couturier, lieutenant de vaisseau. (*Soc. Bretonne Géog.*, V, 1886, pp. 59-78.)

—— Au Tonkin. — Par le docteur Challan de Belval, médecin principal d'armée. Paris, A. Delahaye et E. Lecrosnier, 1886, in-12, pp. 108.

—— Dr Challan de Belval. — Au Tonkin, 1884-1885, notes, souvenirs et impressions. — Paris, Plon et Nourrit, 1904, in-8, pp. 415.

Notice : *Études*, 20 oct. 1904, p. 282, par A. A. Fauvel.

—— De Thi-nai au Bla par E. Navelle, Administrateur des affaires indigènes. (*Exc. et Recon.*, N° 29, 1887, pp. 139-160, carte; No. 30, pp. 211-342.)

Qui-nhon. — Binh-dinh, etc.

—— Un voyage au Tonkin, par Paulin Vial. Deuxième édition. Voiron, Imp. et lithog. Baratier et Mollaret, 1887, br. in-8, pp. 56.

—— Au Tonkin et dans les mers de Chine. Souvenirs et croquis (1883-1885). [Par]

M. Rollet de l'Isle, Ingénieur de la Marine. Paris, Plon, in-8 carré, s. d. [1887], pp. 338.

Notice : *Spectator*, LXI, 1092. — Pub. à 12 fr.

—— Delteil, 1887. — Voir col. 1704.

—— Un Artiste au Tonkin et en Annam. Par Gaston Roullet. (*Bull. Soc. Géog. Rochefort*, IX, 1887-1888, pp. 162-186, 267-285.)

— L.-B. Rochedragon, 1888. — Voir col. 905.

—— Annam und das französische Cochinchina. Von der Reise S. M. Corvette «Aurora» nach Ostasien. Geschildert von Dr. Svoboda. (Mit einer Karte der Umgebung von Huë.) (*Mitt. K. u. K. geog. Ges. Wien*, 1888, pp. 609-634.)

—— Như tây nhựt trình. De Saigon à Paris. Par Trương-mĩnh-Ký. Ouvrage subventionné par le Conseil colonial de la Cochinchine française en sa séance du 15 décembre 1888. — Saigon, Imprimerie Rey & Curiol, 1889, in-8, pp. 64.

—— De Saïgon à Haï-Phong et Haïnan par M. Thomas Deman, avocat, secrétaire de la Soc. de Géog. de Dunkerque. (*Union géog. du Nord de la France*, Douai, X, Mai-Juin 1889, pp. 198-209.)

—— Voyage en Annam et au Tonkin 12 Août 1888. Par S. Raffegeaud. (*Bull. Soc. Et. Indo-Chin. de Saigon*, 1889, 1er Sem., pp. 105-121.)

Mission composée de M. Vildieu, architecte, du Dr Mougeot et de M. Raffegeaud.

—— Trente mois au Tonkin, par M. le Docteur Hocquard, Médecin-major de 1re classe. 1884. (*Tour du Monde*, 1889, I, pp. 1-64; pp. 65-112; 1890, I, pp. 81-160; II, pp. 257-304; 1891, I, pp. 321-368.)

—— Skizzer från Japan och Kochinkina af E. Suenson. — Stockholm, Ulrik Frederiksons Förlag, pet. in-8, pp. 211, s. d. [1890].

—— Au Yun-nan par le Tong-king, par M. Henri Leduc. (*T'oung Pao*, No. 1, Avril 1890, pp. 41-47.)

—— Notes sur un voyage au Yun-nan, par E. Rocher. (*Journal officiel*, 28 janv. 1890; réimp. *T'oung Pao*, No. 1, avril 1890, pp. 47-55.)

—— Voyage de That-Khé à Cao-Bang à travers la Chine (Long-Tchéou) par voie fluviale (Mars 1890) avec carte Par Georges Saillard Représentant à That-Khé Du Service des transports de Langson à Cao-Bang. (*Bull. Soc. Et. Indo-Chin. de Saigon*, 1891, pp. 35-54.)

—— From Hai-phong in Tong-King to Canton, overland. By A. R. Agassiz. (*Proc. R. Geog. Soc.*, XIII, 1891, May, pp. 249-264; carte, p. 312.)

—— Gabriel Bonvalot. — De Paris au Tonkin à travers le Tibet inconnu. Ouvrage contenant Une Carte en Couleurs et cent huit illustrations gravées d'après les photographies prises par le Prince Henri d'Orléans. Paris, Librairie Hachette et Cie, — 1892, gr. in-8, pp. 510 + 1 f. n. ch.

—— Across Thibet. Being a translation of «De Paris au Tonkin à travers le Tibet inconnu», by Gabriel Bonvalot. With Illustrations from Photographs taken by Prince Henry of Orleans, and Map of Route. Translated by C. B. Pitman. — Cassell & Co. : London, 1891, 2 vol. gr. in-8, pp. XII-218, VIII-230.

—— Lieutenant-Colonel Bouinais de l'Infanterie de Marine. — De Hanoï à Pékin. — Notes sur la Chine avec une préface de M. A. Rambaud, professeur à la Faculté des Lettres de Paris. Berger-Levrault et Cie, éditeurs Paris & Nancy, 1892, pet. in-8, pp. xlv-376.

— Souvenirs d'un voyage de Hanoi à Pékin en 1887. Par A. Bouinais. (*Bull. Soc. normande Géog.*, X, 1888, pp. 410-438; XI, 1889, pp. 29-47, 86-128.)

—— Newfoundland to Cochin China by the Golden Wave, New Nippon, and the Forbidden City by Mrs. Howard Vincent... With Reports on British Trade and Interests in Canada, Japan, and China By Col. Howard Vincent, C. B., M. P. With numerous Illustrations. London, Sampson Low, 1892, in-8, pp. xii-374.

—— A travers le Tonkin pendant la guerre, par Théophile Boisset,. . . — Paris, Grassart, 1892, in-12, pp. 303.

—— Un voyage au Yunnan par Le Dr Louis Pichon (de Shanghaï) — Avec une carte — Paris, Librairie Plon — 1893, in-12, pp. vii-286.

—— Journeys in French Indo-China (Tongking, Annam, Cochin China, Cambodia). By the Hon. George N. Curzon, M. P. (*Geog. Journal*, II, 1893, Aug., pp. 97-111; *ibid.*, II, 1893, Sept., pp. 193-213; carte, p. 288.)

—— Les Indes et l'Extrême-Orient — Impressions de voyage d'une Parisienne par Mme Louise Bourbonnaud Officier d'Académie Membre de la Société de Géographie, Médaillée et Diplomée — Paris En vente chez l'auteur 35, boulevard Barbès, 35, s. d., in-16, pp. vii-304.

—— De Qui-nhon en Cochinchine Explorations dans le Binh-Thuan (Sud-Annam) par J. Brien Sous-inspecteur des Postes et des Télégraphes. — Hanoi, Imp. typolithog. F.-H. Schneider, 1893, gr. in-8, pp. 87 + 1 f. n. ch. + 1 carte.

—— Excursion dans nos possessions asiatiques — Conférence de M. Le Myre de Vilers. (*Bull. Soc. Géog. Marseille*, XVIII, 1894, pp. 128-140.)

—— Otto E. Ehlers. — Voir col. 426, 906. 1896. — Nouv. éd., 1903.

Henri d'Orléans.

Voir col. 905-906, 2436.

—— Autour du Tonkin par Henri Ph. d'Orléans. Paris, Calmann Lévy, 1894, in-8, pp. iv-654.

Notice : *Edinburgh Review*, 183, Jan. 1896, pp. 237-266.

—— Around Tonkin and Siam by Prince Henri d'Orléans Translated by C. B. Pitman With twenty-eight illustrations and maps. London : Chapman & Hall, 1894, in-8, pp. xii-426.

—— Prince Henri d'Orléans — Du Tonkin aux Indes Janvier 1895-Janvier 1896. Illustrations de G. Vuillier d'après les photographies de l'auteur. Gravure de J. Huyot. Cartes et Appendice géographique par Émile Roux, Enseigne de vaisseau. Paris, Calmann Lévy, 1898, gr. in-8, pp. 442.

—— Du Tonkin au Yunnan par le Prince Henri d'Orléans (*Bull. Soc. Géog. Paris*, 1895, pp. 389-404.)

— Du Tonkin aux Indes par le Yunnan — Exploration du prince Henri d'Orléans. (*Rev. française*, XXI, 1896, pp. 129-135, 193-201.)

— Journey of Prince Henry of Orleans. (*Dublin Review*, CXIX, July 1896, pp. 168-169.)

—— A Journey from Tonkin by Tali-fu to Assam. By Prince Henri d'Orléans. (*Geogr. Journ.*, VIII, Dec. 1896, pp. 566-585.)

—— Aux sources de l'Irraouaddi, d'Hanoï à Calcutta par terre, par M. E. Roux, enseigne de vaisseau. (*Tour du Monde*, 1897, pp. 193-276.)

—— Émile Roux, Enseigne de Vaisseau. — Aux Sources de l'Irraouaddi Voyage de Hanoï à Calcutta par terre, illustré de cent dessins ou gravures directes d'après les photographies rapportées par l'auteur. Hachette & Cie, 1897, gr. in-8, pp. 84 + 1 f. n. ch. p. l. tab.

Tiré du *Tour du Monde*.

—— Renseignements géographiques inédits recueillis, en dehors de l'itinéraire suivi, au cours de l'expédition du Prince Henri d'Orléans, de MM. E. Roux et Briffaut du Tonkin aux Indes (Janvier 1895-Janvier 1896) par Émile Roux, Enseigne de vaisseau. (*Bull. Soc. Géog. Paris*, 1897, pp. 81-95.)

—— Exploration du Tonkin aux Indes. Conférence faite le 12 mai 1896, par le Prince Henri d'Orléans. (*Soc. Géog. Lille, Bull.*, XXV, 1896, 1er sem., pp. 285-309.)

—— Société de géographie de Lille. — Conférence par le Prince Henri d'Orléans 12 mai 1896. Lille, Imprimerie L. Danel, in-16, pp. 63; portrait.

Il y a des ex. sur papier du Japon.

—— * From Tonkin to India, by the Sources of the Irawadi, 1895-96. By Prince Henri d'Orléans. Translated by Hamley Bent, M. A. Illustrated by G. Vuillier. London, Methuen, 1898, gr. in-8, pp. XII-467.

Notices : *Nature*, LVII, 1897-8, pp. 557-558. — *Scottish Geog. Mag.*, Feb. 1898, pp. 103-105.

— Le Prince Henri d'Orléans. (*Bull. Com. Asie française*, Août 1901, pp. 182-184.)

— Le prince Henri d'Orléans. Nécrologie par Alfred Grandidier. (*La Géographie*, 15 sept. 1901, pp. 213-215.)

— Le Prince Henri d'Orléans. Nécrologie par Henri Cordier. (*T'oung-Pao*, 2e Sér., II, N° 4, Oct. 1901, pp. 277-278.)

† à Saïgon, 9 août 1901; le prince était né à Ham (Angleterre), le 15 oct. 1867.

—— Henri-Ph. d'Orléans. — L'âme du Voyageur. Avant-propos par Eugène Dufeuille. Paris, Calmann Lévy, s. d. [1902], in-12, pp. XXIV-458.

300 ex. sur papier de Hollande numérotés.

Réimp. d'articles, en particulier sur le Yun-nan.

Notice : *La Géographie*, 15 sept. 1902, p. 191, par Charles Rabot.

*
* *

—— Indo-Chine française — Notes de voyage. Par E. Saladin. (*Rev. française*, XIX, 1894, pp. 201-222.)

—— Lord Lamington, 1894. — Voir col. 905.

—— Viaje de Saïgon à Bangkok atravesando el Cambodge y el Siam. — (Discurso leido ante la Sociedad Mexicana de Geografia y Estadistica, por Mr. John T. Revilliod...) Traduccion del socio Carlos Roumagnac. (*Boletin de la Soc. de Geog. y Estadistica de la Rep. Mexicana*, Cuarta Epoca, III, 1894, pp. 407-413.)

Voir col. 907.

—— Henry Norman, 1895. — Voir col. 907.

—— Au Tonkin et sur la Frontière du Kwang-si par le Commandant P. Famin Vice-Président de la commission d'abornement des frontières sino-annamites en 1894 — Ouvrage orné de 17 cartes et de 42 gravures hors texte. Paris, Augustin Challamel, 1895, gr. in-8.

—— Von Algier nach Tonking. (An Bord eines französischen Kriegschiffes.) Von Theodor Habicher. (*Deutsche Rund. f. Geog. u. Stat.*, XVIII, 1895-1896, pp. 310-316.)

—— De Saigon à Kratié — Rapport présenté à M. le Lieutenant-Gouverneur par MM. Lachapelle et Fontaine, professeurs. (*Bull. Soc. Études Indochin. Saïgon*, N° 33, 1896, pp. 13-20.)

—— Lady travellers. (*Blackwood's Mag.*, CLX, 1896, July, pp. 49-66.)

—— * Tonkinoiseries. — Souvenirs d'un officier, par Jean Léra. — Préface par Armand Silvestre. — Illustrations par Albert Thomas. Paris, 1896, in-8.

—— Une tournée en Indo-Chine Novembre 1895-Mai 1896. Par M. A. Salles. (*Annuaire Club Alpin français*, 1896, pp. 446-495.)

—— Au Tonkin et en Annam. Par M. A. Salles. (*Annuaire Club Alpin français*, 1898, pp. 453-512.)

—— Quarto Centenario do Descobrimento da India. Contribuições da Sociedade de Geographia de Lisboa. — No Oriente. — De Napoles á China (Diario de viagem). Por Adolpho Loureiro. Lisboa, Imprensa Nacional, 1896-97, 2 vol. in-8, pp. 369 + 1 f. n. ch., 419 + 1 f. n. ch.

Juillet 1883-Août 1884.

—— De Saigon à Bangkok par M. Carrère, professeur. (*Bull. Soc. Ét. indo-chin. de Saigon*, 1896, 2e fasc., pp. 25-36.)

—— Rapport à M. le Ministre de l'Instruction publique sur une Mission scientifique dans l'Indo-Chine (1886-1896), par M. G. Dumoutier. (*Bull. Géogr. hist. et descriptive*, 1896, n° 3, pp. 368-384.)

—— L'Empereur Nicolas II en Cochinchine Par le Prince Oukhtomsky. (Traduction de Louis Leger.) (*Revue d'Europe*, Décembre 1898, pp. 14-22; 5 Janv. 1899, pp. 91-102.)

Inédit. Extrait de «Voyage en Orient» par le Prince Oukhtomsky, traduction de Louis Leger. En préparation chez Ch. Delagrave, éditeur.

MISSION LYONNAISE.

—— Chambre de Commerce de Lyon — Rapport général sur l'origine, les travaux et les conclusions de la Mission lyonnaise d'exploration commerciale en Chine présenté par M. Henri Brenier, Directeur de la Mission. Lyon, Alexandre Rey, 1897, in-4, pp. 67; carte.

—— Chambre de Commerce de Lyon — La Mission lyonnaise d'exploration commerciale en Chine — 1895-1897 — avec cartes, plans et gravures d'après les documents rapportés par la Mission. Lyon, A. Rey, 1898, gr. in-8, pp. XXXVI-473.

Introduction. — Note sur l'orthographe adoptée pour la transcription des noms chinois. — Notes sur les poids, mesures et monnaies en usage en Chine. — Éphémérides de la Mission. — Itinéraires parcourus.

Première partie. — *Récits de Voyages.* — Livre I. — Du Tonkin au Se-tchouan. — Livre II. — L'exploration du Se-tchouan. — Livre III. — Les voyages de retour. — Contribution à l'ethnologie des races autochtones de la Chine méridionale et occidentale, par le Dr P.-R. DEBLENNE.

Deuxième partie. — *Rapports commerciaux et Notes diverses.* — Première série. — *Rapports et Notes sur les Pays et Provinces visités par la Mission.* Rapport sur le Tonkin et Notes sur quelques points d'intérêt commercial en Indo-Chine, par M. Henri BRENIER. — Notes sur le Tonkin considéré comme voie de pénétration en Chine. Les voies concurrentes, par MM. A. PERRE, P. DUCLOS et H. BRENIER. — Rapport sur le Yun-nan, par M. H. BRENIER. — Rapport sur Hong-Kong, par M. L.-M. RABAUD. — Notes sur le commerce de Canton et sur Pak-hoi et la province du Kouang-si, par M. Henri BRENIER. — Rapport sur le Koui-tcheou, par M. H. BRENIER. — Rapport sur le Se-tchouan, par le même. — Notes sur le commerce de Han-k'eou, par MM. A. VIAL, L. RABAUD, A. GROSJEAN et H. BRENIER. — Deuxième Série. *Rapports spéciaux.* Rapport sur les Mines et la Métallurgie, par M. P. DUCLOS. — Rapport sur la soie, par MM. R. ANTOINE et C. MÉTRAL. — Rapport sur le coton et les cotonnades, par MM. RIAULT, A. WAELES et A. VIAL. — Rapport sur les corps gras et leurs dérivés, par M. A. GROSJEAN. — Rapport sur la circulation monétaire en Chine et les conséquences de la baisse de l'argent, par M. L. SCULFORT.

Appendice. — *Notes diverses.* I. Note sur les opérations des banques chinoises de Tchoung-king, par M. L. SCULFORT. — II. L'organisation commerciale de Chang-hai, par M. L. RABAUD. — III. Importations des vins à Chang-hai, par M. L. RABAUD. — IV. Notes sur les droits de douane et les «likin» intérieurs, par M. H. BRENIER.

Conclusions. Le mouvement commercial du port de Chang-hai et le commerce général de la Chine. Rôle actuel et possible de la France, par M. H. BRENIER.

Table des cartes et des gravures. — Index alphabétique.

Notices : *Revue Critique*, 13 fév. 1899, pp. 121-124, par Ed. Chavannes. — *Miss. Cath.*, XXX, 16 déc. 1898, p. 599.

— La situation commerciale des Principales Puissances en Chine. Par M. Henri Brenier. (*Bull. Soc. Géog. Lyon*, XIV, 1896, pp. 693-709.)

Ext. du vol. de la *Mission lyonnaise.*

— La mission lyonnaise d'exploration en Chine et le développement de notre commerce extérieur. Par Ulysse Pila. (*Questions diplomatiques et coloniales*, 1er sept. 1897, pp. 129-143.)

— Mission lyonnaise d'Exploration commerciale en Chine — Rapport d'ensemble de M. Riault Délégué de la Chambre de Commerce de Roanne sur son voyage en Extrême-Orient — Roanne, Imp. M. Souchier, 1897, br. in-8, pp. 15.

— Ministère de l'Instruction publique et des Beaux-Arts — Comité des Travaux historiques et scientifiques Section des Sciences économiques et sociales. — Compte-rendu de la Mission lyonnaise en Chine — Rapport présenté au Comité par M. Charles Tranchant... Paris, Imprimerie Nationale, MDCCCCI, br. in-8, pp. 8.

Ext. du *Bull. des Sciences écon. et sociales du Comité des travaux hist. et scientif.*, année 1900, pp. 107-110.

—— La Chine économique d'après les travaux de la Mission lyonnaise 1895-1897. Par Louis Raveneau. (*Ann. de Géog.*, VIII, 1899, pp. 62-73.)

— Die französische Handelsexpedition nach China. (*Oest. Monats. f. d. Orient*, Wien, 1898, pp. 22-23.

* * *

—— Souvenirs d'Extrême-Orient par Le Lieutenant Cassou du 49e régiment d'infanterie. Paris, Joseph André, 1898, in-12, pp. 171 + 1 f. n. ch. tab.

—— Relation succincte d'un voyage dans l'Indo-Chine, par M. le comte de Barthélemy. (*Bull. Mus. Hist. Nat.*, IV, 1898, pp. 3-9.)

—— En Indo-Chine. — Voir col. 1074.

—— Note sur un voyage en Annam, par M. le comte P. de Barthélemy. (*Bull. Mus. Hist. Nat.*, V, 1899, pp. 267-269.)

Voir col. 1029-1075.

Marcel Monnier.

—— Le Tour d'Asie * Cochinchine, Annam, Tonkin par Marcel Monnier — Ouvrage accompagné de 38 gravures d'après les clichés de l'auteur et d'une carte-itinéraire. Paris, Plon, 1899, in-8, pp. v-333.

Notices : *La Geographie*, 15 fév. 1900, p. 169, par J. Deniker. — *Dublin Review*, April 1900, pp. 489-490, by A. G. O.

—— Le Tour d'Asie ** L'Empire du Milieu par Marcel Monnier — Ouvrage accompagné de 60 gravures d'après les clichés de l'auteur, d'un plan et d'une carte-itinéraire. Paris, Plon, 1899, in-8, pp. 373.

Un troisième vol. est en préparation.

Les lettres de Marcel Monnier ont paru dans le journal *Le Temps*.

—— Marcel Monnier — Itinéraires à travers l'Asie levés au cours du voyage accompli durant les années 1895, 1896, 1897, 1898 sur l'initiative et pour le compte du journal *Le Temps* publiés sous le patronage de la Société de Géographie avec le concours du Ministère de l'Instruction publique et des Beaux-Arts. Paris, Plon, 1900, pet. in-8, pp. 248.

—— Marcel Monnier — Itinéraires... Paris, Plon, s. d. [1901]. Atlas de 28 ff. pet. in-fol.

— Itinéraires de M. Marcel Monnier à travers l'Asie. Par J. Deniker. (*La Géographie*, 15 mars 1902, pp. 203-205.)

* * *

—— A travers le Tonkin — Dans le Yen-thé par Gaston Lhomme Capitaine d'artillerie de Marine. Rochefort, Ch. Thèze, 1899, in-8, pp. 28, plans et cartes.

Tiré à très petit nombre. — Non mis dans le commerce.

—— A travers le Tonkin — De Lang-son à Cao-bang par Gaston Lhomme Capitaine d'artillerie de Marine. Rochefort, Ch. Thèze, 1899, in-8, pp. 43.

Tiré à petit nombre. — Non mis dans le commerce.

—— A travers le Tonkin — La Rivière Claire. Par Gaston Lhomme, Capitaine d'Artillerie de Marine. (*Rev. mar. et col.*, vol. 144, 1900, pp. 5-66.)

—— * Eugène Gallois. — La France d'Asie. Un Français en Indo-Chine. Siam, Cochinchine, Cambodge, Laos, Tonkin, Annam. Paris, Librairie africaine et coloniale J. André, 1900, in-16, pp. 268.

Notice : *La Géographie*, 15 janvier 1901, p. 78. Par G. Regelsperger.

— Voies de communications maritimes et fluviales en Indo-Chine par M. Eugène Gallois. (*Bull. Soc. Géog. Lille*, I, 1901, pp. 35-44.)

—— Eugène Gallois. — Voies de communications maritimes et fluviales en Indo-Chine. Extrait du Bulletin de la Société de géographie de Lille (janvier 1901). Lille, Danel, in-18, pp. 10.

—— G. Verschuur — Aux Colonies d'Asie et dans l'Océan Indien. Paris, Hachette, 1900, in-18, pp. 409.

—— Eug. Lagrillière-Beauclerc. — Voir col. 1547.

—— André Bellessort, 1900. — Voir col. 1475.

—— Impressions d'un Lillois au Tonkin. (*Bull. Soc. Géog. Lille*, XXXVI, 1901, pp. 100 seq.)

—— A travers le Yun-nan et du Yun-nan au Tonkin, par le Kouei-Tchéou et le Kouang-Si par M. le Vicomte de Vaulserre. (*Tour du Monde*, 1901, pp. 1-72.

—— Le Commandant de Pimodan. — Promenades en Extrême-Orient (1895-1898). — De Marseille à Yokohama, Japon, Formose, Îles Pescadores, Tonkin, Yézo, Sibérie, Corée, Chine. — Paris, Honoré Champion, in-8 carré, pp. VIII-377.

Notices : *Bull. École française d'Extr.-Orient*, I, No. 4, Oct. 1901, pp. 371-372, par P. Odend'hal. — *Etudes...*, Tome 87, 5 mai 1901, p. 429, par Joseph Burnichon, S. J. — *Miss. Cath.*, XXXIII, 29 mars 1901, p. 156.

—— Comment j'ai parcouru l'Indo-Chine par Isabelle Massieu — Birmanie, États Shans, Siam, Tonkin, Laos — Préface de M. F. Brunetière, de l'Académie française — Ouvrage accompagné de 65 gravures et d'une carte. Paris Plon — 1901, in-18, pp. XII-404.

—— De Marseille à Canton — Guide du Voyageur par Cl. Madrolle Publié par le Comité de l'Asie Française — Indo-Chine, Canal de Suez, Djibouti et Harar, Indes, Ceylan, Siam, Chine méridionale. Paris, 1902. — Voir col. 910.

Notice : *Bull. Comité Asie franç.*, Sept. 1902, p. 423.

—— Du Tonkin en Birmanie. Par M. Jacques Faure. (*Bull. Soc. Géog. com.*, XXIV, 1902, pp. 32-43.)

— Un voyage du Tonkin en Birmanie. (*Bull. Com. Asie franç.*, Déc. 1901, pp. 378-379.)

— Un voyage du Tonkin en Birmanie. (*Le Mouv. géog.*, 1902, col. 51-52.)

D'après le *Bull. du Com. de l'Asie française*; Voyage de M. Jacques Faure.

—— Joseph Halkin. — Voir col. 910.

—— * Capt. J. Masson. — Souvenirs de l'Annam et du Tonkin, avec 8 croquis. Paris, H. Charles Lavauzelle, 1903, in-8, pp. 300, 5 fr.

—— Impressions de Voyage au Tonquin — De Hanoi à la Porte de Chine par Nguyễn-Khác-Huê, Membre de la Société des Études Indo-Chinoises. (*Bull. Soc. Et. indo-chin. de Saigon*, Nos. 45-46, 1903, 1er et 2e sem., pp. 83-90.)

—— Reis van Bangkok over Korat naar Saigon door Mr. J. A. N. Patijn. (*Tijdschft. v. het K. Nederl. Aardrijksk. Genoot. Amsterdam*, 2e Sér., XX, 1903, pp. 633-653, carte.)

—— Voyage en Indo-Chine et à Java, par M. D. Bois. (*Bull. Mus. Hist. Nat.*, 1903, pp. 251-255.)

—— Comte de Marsay — Une croisière en Extrême-Orient. 1904. — Voir col. 430.

—— Gervais Courtellemont — Voyage au Yunnan — Ouvrage accompagné de 23 gravures et de deux cartes. Paris Librairie Plon... — 1904, in-16, pp. XIII-298 + 1 f. n. ch.

— Dans la haute région du Tonkin, par M. le Capitaine Labarrière, par Frédéric Lemoine. (*La Géographie*, 15 juin 1904, pp. 487-489.)

—— En Annam et au Tonkin Souvenirs et impressions Par le Baron Pierre de Goy. (*Revue indochinoise*, 15 sept. 1904, pp. 325-334.)

—— Hugh Clifford, 1904. — Voir col. 911.

—— En traversant l'Inde Par Léon Hautefeuille (*Revue indochinoise*, 30 nov. 1904, pp. 704-725; *ibid.*, 30 déc. 1904, pp. 894-905; *ibid.*, 15 janv. 1905, pp. 48-57.)

—— L'Indo-Chine française par Félicien Challaye. (*Autour du Monde par les Boursiers de Voyage de l'Université de Paris*, 1904, pp. 109-145.)

—— Les Boursiers de voyage de l'Université de Paris Par A. Raquez. (*Revue indochinoise*, 15 nov. 1904, pp. 611-642.)

A propos de l'*Indochine française*, de M. Félicien Challaye.

—— Les Boursiers de voyage de l'Université de Paris par A. Raquez. Hanoi, F.-H. Schneider, 1905, in-8, pp. 32.

—— Félicien Challaye. — Au Japon et en Extrême-Orient... — Paris, A. Colin, 1905, in-16, pp. IV-270.

—— Across Yunnan & Tonking By Archibald Little. — Part I. Between two Capitals. Part II. Yunnanfu to the Coast. — Chungking, 1904, in-8, 3 ff. n. ch. + pp. 33 à 2 col., carte.

Sur la couverture extérieure : Shanghai : Printed at the «North China» Herald Office — 1905.

—— Across Yunnan : A Journey of Surprises Including an Account of the Remarkable French Railway Line now completed to Yunnan-fu. By Archibald Little... Edited by Mrs. Archibald Little With many illustrations and Map. London, Sampson Low, 1910, pet. in-8, pp. 163.

—— From Yunnanfu to Mengtse, with a Peep into the Dreaded Namti. By Mrs. Archibald Little. (*The Far East*, Vol. I, 1906, pp. 327-344.)

—— From Monday to Saturday or from Mengtse to Hanoi. By Mrs. Archibald Little. (*Ibid.*, pp. 345-350.)

— Charles Carpeaux. [Paroles prononcées par M. Emile Senart à l'Académie des Inscriptions et Belles-Lettres.] (*Bull. Com. Asie française*, Juillet 1904, p. 330.)

— Ch. Carpeaux. Nécrologie par A. F.[oucher]. (*Toung Pao*, IIe Série., V, No. 3, Juillet 1904, p. 332.)

Né à Paris, le 23 avril 1870; + à Saïgon, le 28 juin 1904.

— Charles Carpeaux. Par A. F.[oucher]. (*Journ. asiat.*, Nov.-Déc. 1904, pp. 515-516.)

—— Les Ruines d'Angkor de Duong-Duong et de My-Son (Cambodge et Annam) — Lettres, journal de route et clichés photographiques par Charles Carpeaux chef des travaux pratiques à l'École française d'Extrême-Orient publiés par Mme J.-B. Carpeaux. — Paris, Augustin Challamel, 1908, in-8, pp. 258 + 1 f. n. ch.

En appendice sont donnés les discours de E. Senart et de A. Foucher et les articles d'Edouard Sarradin dans le *Journal des Débats* et de Maurice Honoré dans l'*Indépendance Belge*.

Notice par Maurice Emmanuel. (*La Géographie*, 15 mai 1908, pp. 407-408.)

—— A Report on a Visit to Tonkin. By Dr. E. Baelz. (*Trans. Asiat. Soc. Japan*, XXXI, March 1904, pp. 2-25.)

— Trois ans au Laos. — Le plateau des Boloven, par M. le Docteur Bernard. (*La Géographie*, IX, 1er sem. 1904, pp. 63-65.)

Voir col. 1024.

— Explorations in French Indo-China. (*Geogr. Journal*, XXIII, n° 5, May 1904, p. 685.)

D'après *La Géographie*. — Dr. Bernard.

—— De la côte d'Annam au Mékong. La mission Billès. Par A. Raquez. (*Revue indochinoise*, 30 sept. 1904, pp. 430-442.)

—— De Baria à Qui-nhon par terre. Par Jean Ricquebourg. (*Revue indo-chinoise*, 15 déc. 1904, pp. 794-817; *ibid.*, 30 déc. 1904, pp. 873-886; *ibid.*, 15 janv. 1905, pp. 29-47.)

—— Ch.-B. Maybon. — Voir col. 1659.

—— G. Le Roy Liberge — Impressions d'Extrême-Orient Transsibérien. — Japon. — Indo-Chine. — Java. — Indes Anglaises. — Paris, Oudin, 1905, in-16, pp. 420.

Notices: *Bull. Comité Asie franç.*, Oct. 1905, pp. 415-416. — *Revue Indo-Chinoise*, 15 mars 1906, pp. 404-405.

—— Im Lande der Schwarzflaggen. — Reiseerlebnisse und Beobachtungen während eines achtmonatlichen Aufenthaltes in Tonkin von Franz Borrmann. — Bremen, Max Nössler, 1905, in-8, 1 f. n. ch. + pp. 83.

—— De Đông-hói à Vinh par la route Mandarine en 1892 Par H. L. M. (*Revue Indo-Chinoise*, 30 mars 1906, pp. 427-434.)

— Impressions d'Indo-Chine. Par ***. [Hanoï, 7 avril.] (*Bull. Com. Asie française*, Mai 1906, pp. 203-206).

—— Pauline Gräfin Montgelas Bilder aus Südasien, 1906. — Voir col. 431.

—— Jean de la Jaline — Les Chemins du Rêve — Sous la griffe du Dragon. Paris, Alphonse Lemerre, MDCCCCVI, in-12, pp. II-293.

A Madame Ludka-Busse. — I. Croquis d'Annam et du Tonkin. — II. Le Fleuve Bleu. — III. Matin calme et Soleil levant, — IV. D'Haï-phong à Vladivostok. — V. Au Fougi-Yama. VI. Dans le Sud.

—— Paysages tonkinois Par Raymond Vialate. (*Revue Indo-Chinoise*, 30 mai 1906, pp. 742-754.)

—— Du Tonkin en France par le Japon et le Canada. Par le Capitaine Aubert. (*Revue des Troupes colon.*, 1906, II, pp. 630-637.)

—— Sur la frontière sino-tonkinoise Par Z. (*Revue indo-chinoise*, 30 juin 1907, pp. 842-845.)

—— Henri Laumonier. — En colonne. — Hanoi, Imp. F.-H. Schneider 1906, in-8, pp. 431.

—— Notes de Voyage — De Haiphong à Angkor par Henri Laumônier. — 1909, Imprimerie de l'Avenir du Tonkin, Hanoi, in-4, pp. 121.

—— M. et Mme Emile Jottrand. — Indo-Chine et Japon. — Journal de voyage accompagné de trois cartes. — Paris, Plon, 1909, in-18, pp. 348.

Notices : *Revue indochinoise*, Avril 1910, pp. 356-357. — Extr. du *Bull. de la Soc. Belge d'Et. col.*, Sept. 1909, p. 939. — *Bull. Soc. Géog. Lyon*, 1910, pp. 86-87, par M. [Zimmermann].

—— Mme. Gabrielle Eberhardt. — Au Tonkin : Une Excursion à la Porte de Chine. (*A Travers le Monde*, 1907, pp. 33-36.)

—— En Cochinchine Excursions et promenades Par Georges Bois. (*Revue Indo-Chinoise*, 15 nov. 1907, pp. 1538-1548; 30 nov. 1907, pp. 1630-1645; 15 déc. 1907, pp. 1708-1723; 30 déc. 1907, pp. 1777-1789.)

—— H. Deseille. — Voir col. 1659.

—— Général De Beylié de l'Etat-Major général des troupes coloniales — Journal de Voyage En Orient Et en Extrême-Orient Avec 54 gravures dans le texte — Extrait de la «Revue des Troupes coloniales». Paris, Henri-Charles Lavauzelle, s. d. [1908], in-8, pp. 94.

—— Docteur Albert E. Le Play — Notes et Croquis d'Orient et d'Extrême-Orient — Ouvrage orné de 224 Phototypies hors texte. Paris, Moreau frères, 1908, in-8, pp. 428.

5 ex. sur Japon. — 10 sur papier de Hollande.

—— Un mois de voyage Dans le Nord-Annam [par R. Vitalis, commis de trésorerie]. Hanoi-Haiphong, Imprimerie d'Extrême-Orient, 1909, in-8, pp. 52 + 1 carte.

—— Exploration scientifique et monographie des régions françaises du Golfe de Siam par A. Combanaire. Juillet 1909. (*Bull. Soc. Etudes Indochinoises Saigon*, n° 56, 1er Sem. 1909, pp. 3-30; carte.)

Voir col. 913-914.

—— Dans la Brousse Tonkinoise Par le Dr Alcée Durrieux. (*Bull. Soc. Géog. Alger*, 1909, 3e trim., pp. 369-389.)

Conférence faite à la Mairie d'Alger, le 30 avril 1909.

—— L'Indo-Chine française Par F. Barbedette. I. Cambodge et Cochinchine. (*Bull. Soc. Géogr. d'Alger*, 1909, 2e trim., pp. 273-291.)

Conférence faite à l'Hôtel de Ville, le 26 mars 1909.

—— L'Indo-Chine française Par F. Barbedette. II. Annam et Tonkin. (*Bull. Soc. Géog. Alger*, 1909, 3e trim., pp. 350-368.)

Notes de voyage faisant suite à la Conférence du 26 mars 1909.

—— Travel Notes on French Indo-China. By Henry G. Bryant, President of the Geographical Society of Philadelphia. [From *Travel and Exploration*, Vol. II., August, 1909, in-4, ch. 65 à 77, ill.]

— G. M. Vassal. — Voir col. 1550.

Notice : *Revue indochinoise*, Sept. 1910, p. 310, par Maurice Hamelin.

—— Des côtes d'Annam aux Philippines. Par Gabrielle M. Vassal. (*Revue indo-chinoise*, Mars 1909, pp. 274-286.)

— Trois ans en Annam. Conférence de Mme Vassal. Par F. Lemoine. (*La Géographie*, 15 avril 1911, pp. 315-316.)

—— Un Tour du Monde (Octobre 1908-Juillet 1909) par O.-M. Lannelongue Professeur à la Faculté de Médecine de Paris, Membre de l'Institut, 112 reproductions photographiques. Librairie Larousse — Paris, s. d. [1910], in-8, pp. 350.

—— E. de Lajonquière. — Voyage autour de l'Indo-Chine. — T. I-II. — S. l. n. d., in-4, pp. 119 + 96. [Manuscrit. — Ecole Extr.-Orient.]

—— En baie d'Along. Par Jeanne Leuba. (*Revue indochinoise*, Sept. 1910, pp. 272-289.)

—— Notice sur le tourisme en Indochine — Considérations générales — Attractions touristiques, cynégétiques, etc. par Fernand Ganesco. (*Bull. Soc. Etudes indo-chinoises de Saigon*, No. 59, 2e sem. 1910, pp. 5-16.)

—— Nam-Du Huê-Quang truyện Traduit par Trần phong Sắc Professeur de chinois à l'école de Tanan. Publié par Nguyễn-Hữu-Phước. Truyện nầy trọn bộ cũng hai cuồn như Bắc-du. — Saigon. Phát-Toán Libraire-Imprimeur, 55-57, Rue d'Ormay, 1910, 2 fasc. in-8, pp. 96.

Excursion dans le Sud.

— Lettre de M. E. Outrey, Délégué général du Tourisme colonial en Indochine. (*Revue Indochinoise*, juin 1911, pp. 609-610.)

—— Henri Jacoubet. — De Lang-son à Canton par la Rivière de l'Ouest (Journal de Voyage. — 2 au 15 juin 1907). (*Revue bleue*, 1912, 6 janvier, pp. 19-22; 13 janvier, pp. 54-58; 20 janvier, pp. 86-91.)

—— De Saigon au Tonkin Par la Rivière de Canton Par Gabriel Noll. (*Bull. Soc. Et. Indochin. Saigon*, n° 63, 1912, pp. 23-58.)

— Mission de M. Gaston Vallée en Indo-Chine. (*La Géographie*, 15 juin 1912, p. 459; 15 déc. 1912, p. 433.)

— Un syndicat d'initiative sud-indochinois. (*Asie française*, Février 1912, pp. 74-75.)

— Lettre d'Indochine. Le tourisme en Indochine. (*Revue Indochinoise*, Avril 1912, pp. 426-427.)

Du *Temps*.

— Pour le tourisme indochinois. (*Asie française*, Oct. 1912, p. 439.)

—— Paris illustré, publié sous la direction de F.-G. Dumas. Au Tonkin. A. Lahure, imprimeur-éditeur; Baschet, éditeur; Gillot, graveur; n° 7, gr. in-fol.

—— Duc de Montpensier — En Indo-Chine Mes chasses — Mes voyages — Préface de Jean Richepin de l'Académie française — Ouvrage orné de 136 photographies tirées hors texte — Pierre Lafitte et Cie Editeurs, s. d., in-4, pp. IX-179 + 1 f. n. ch.

Au recto du dernier f. : Achevé d'imprimer le premier décembre de l'an 1912 par Pierre Lafitte & Cie Éditeurs à Paris. — Les photographies illustrant cet ouvrage ont été prises pour la plupart par M. André Wentzel, photographe privé et cinématographiste du Prince.

—— Duc de Montpensier. — Notre France d'Extrême-Orient. — Préface de M. Le Myre de Vilers. — Ouvrage orné de 18 gravures d'après les photographies de l'auteur. Paris, Perrin, 1913, in-8, pp. III-348.

—— Henry-D. Davray. — Les «Documents» du Duc de Montpensier. (*Mercure de France*, 1er mars 1913, pp. 97-107.)

Notre France d'Extrême-Orient et l'*Indochine française* de Russier et Brenier.

(Divers.)

—— Mirages d'exil Par Jean Renaud. (*Revue Indochinoise*, Février 1913, pp. 125-138.)

Hanoï, 25 février 1913.

—— Abbé Nain — En Extrême-Orient Impressions et Souvenirs. Société Saint-Augustin, . . . Lille. — s. d. [1913], gr. in-8, pp. 235 + 1 f. n. ch. tab., ill.

L'abbé Charles Nain, des Miss. ét. de Paris, curé de l'église cathédrale du Bon Pasteur, Singapore (Malaisie).

—— A Wayfarer in China Impressions of a Trip across West China and Mongolia By Elizabeth Kendall With Illustrations. London, Constable & Co., 1913, in-8, pp. XIV + 1 f. n. ch. + pp. 338.

The Riverside Press, Cambridge, Massachussetts, U. S. A.

—— Brieux de l'Académie française — Voyage aux Indes et en Indo-Chine — Simples Notes d'un Touriste. Paris, Ch. Delagrave, s. d., in-18, pp. 350.

—— M^ise^ de Clermont-Tonnerre. — Voir col. 1478.

—— De la rizière à la montagne (Suite) Par J. Marquet. (*Revue indochinoise*, Janvier 1913, pp. 44-62.)

—— L'Indo-Chine française — D'après la Conférence de M. Robert de Caix, 6 mars 1913. (*Bull. Soc. Géog. Lyon*, 2° Série, 1913, Premier semestre, pp. 47-55.)

— Voyage de M. Louis Leroy en Indochine. (*La Géographie*, 15 mars 1913, p. 237.)

— La situation économique de l'Indochine en 1912 Par Pierre Clerget. (*La Géographie*, 15 mai 1913, pp. 361-364.)

—— Touring-Club de France — Comité de Tourisme colonial — L'Indo-Chine Française — Guide-Album à l'usage des Touristes. — Siège social : 65 Avenue de la Grande-Armée, Paris, in-8 oblong, pp. 51 à 2 col., ill.

—— Extrait du journal *Le Temps* — De Paris au Tonkin (Lettres d'un correspondant particulier), in-4, pp. 69 à 2 col.

—— En Extrême-Orient — Supplément illustré du *Temps* du 20 novembre 1913, in-fol., pp. 16.

(Divers.)

— Notes d'un touriste en Indo-Chine en 1913. (*Revue du Touring-Club*, Décembre 1913, pp. 548-551; ill.)

—— A. Maufroid. — De Java au Japon par l'Indo-Chine, la Chine et la Corée. — Paris, Plon-Nourrit, 1913, in-16, pp. III-407.

—— Henri Mylès. — Instantanés d'Extrême-Asie. — Paris, E. Sansot, 1913, in-18, pp. 279.

Notice : *Revue Indochinoise*, Avril 1913, p. 485.

—— *Trois ans en Indo-Chine. Notes de voyage, par M. le pasteur J. Panier, aumônier militaire, et Mme J. Panier. Toulouse, Société des Publications morales et religieuses.

—— Sur la frontière Tonkinoise. Par Louis de Saint-André. (*Tour du Monde*, XIX, 1913, pp. 433-456.)

—— *Dix ans du Tonkin (1888-1898), par Félix Borde, préface de Fernand Hauser. Paris, 1913, Félix Carbonel.

— Le tourisme en Indochine. (*Asie française*, Avril 1914, pp. 159-160.)

XV. — COMMERCE.

—— Mémoires divers sur la Cochinchine (1686-1748). VII. — Extrait de la lettre de M. Friel, écrite à M. de Godeheu, le 26 janvier 1747, de Pondichéry. (*Revue de l'Extrême Orient*, II, No. 3, Juillet-Août-Sept. 1884, pp. 355-359.)

Archives de la Marine et des Colonies : *Colonies. Extrême-Orient.* — Cochinchine, 1687-1748, I.

—— Mémoires divers sur la Cochinchine (1686-1748).

VIII. — Mémoire sur le Commerce de Cochinchine 12 juillet 1748. (*Revue de l'Extrême-Orient*, II, Juillet-Août-Septembre 1884, pp. 359-372.)

IX. — Quelques réflexions sur le Mémoire qui traite du Commerce de Cochinchine. (*Ibid.*, pp. 372-381.)

— Récapitulation de tout ce que dessus. (*Ibid.*, pp. 381-382.)

— Voyage de M. Poivre. (*Ibid.*, pp. 383-385.)

A Paris, le 18 juillet 1748.

X. — [Projet pour Poivre.] (*Ibid.*, pp. 385-391.)

XI. — Addition au Mémoire sur le Commerce de la Cochinchine en conséquence des réflexions de M. Duvelaer. (*Ibid.*, pp. 392-398.)

Archives de la Marine et des Colonies : *Colonies. Extrême-Orient.* — Cochinchine, 1686-1748, I.

—— Avenir de la France et de la Cochinchine — Compagnie l'Union des Mers — Commerce et marine de France et d'Angleterre Tribut de 80 millions !!! par Edmond Fournier... — Paris Typographie Bonnet. — Lesueur, Baillehache et Cie rue Vavin, 42. — 1865, in-8, pp. x-78 + 1 f. n. ch.

—— Le voyage dans la presqu'île indo-chinoise et les Productions et le Commerce de cette contrée. Par le Dr. Harmand. (*Bull. Soc. Géog. comm.*, I, 1878-1879, pp. 83-92, carte.)

*
* *

—— Commerce de la Cochinchine. Extrait de la *Gazette de Calcutta*, 20 février 1823. (*Ann. marit. et colon.*, 1823, 2e part., 3, pp. 195-197.)

—— Statistiques commerciales de la Cochinchine française — Année 1879 — Saigon, A. Nicolier, 1880, in-4, pp. 38.

— Le commerce du Tongkin en 1881. (*Ann. de l'Ext.-Orient*, 1882-1883, V, pp. 23-24.)

—— Cochinchine française — Chambre de Commerce de Saigon — Statistiques — Importations et Exportations — Mouvement général maritime et commercial dans les différents ports de la Cochinchine, pendant l'année 1881 — Saigon, Imprimerie du Gouvernement — 1882, in-4, pp. 41.

—— Le commerce dans l'Extrême-Orient et la question du Tonkin. Par C. Lavollée. (*Rev. des Deux Mondes*, 1er septembre 1883, pp. 188-205.)

C. Lavollée = Charles Hubert Lavollée.

— Le commerce de la Basse-Cochinchine. (*Ann. de l'Ext.-Orient*, 1883-188, VI, pp. 211-214.)

—— Cochinchine française — Chambre de Commerce de Saigon — Situation commerciale — Statistiques Importations et Exportations Mouvement général Maritime et Commercial dans les différents ports de la Cochinchine pendant l'année 1882 — Saigon, Imprimerie du Gouvernement — 1884, in-4, pp. 35, tab.

— Le commerce de la Cochinchine en 1883. (*Ann. de l'Ext.-Orient*, 1884-1885, VII, pp. 170-172.)

—— Cochinchine française — Chambre de Commerce de Saigon — Situation commerciale — Statistiques Importations et Exportations Mouvement général maritime et commercial dans les différents ports de la Cochinchine pendant l'année 1884 — Saigon, Imprimerie coloniale — 1886, in-4, pp. 37, tab.

— Le commerce au Tonkin. Par Alcide Bleton. (*Ann. de l'Ext.-Orient*, 1885-1886, VIII, pp. 142-150, 179-183, 210-214.)

—— Le Tonkin et son commerce, par M. Joseph Chailley, ancien Chef du cabinet de M. Paul Bert. (*Bull. Soc. Géog. com.*, IX, 1886-7, pp. 371-385.)

— Le commerce européen dans l'Annam. (*Bull. Soc. Géog. comm. Bordeaux*, 1887, pp. 540-542.)

—— Le mouvement commercial de l'Annam-Tonkin en 1893. (*Revue Indo-Chinoise ill.*, Août 1894, pp. 51-72.)

— Commerce de l'Indo-Chine française avec le Japon en 1894. (*Revue coloniale*, II, 1896, pp. 8-11.)

Rapport de M. Klobukowski. — Annexe au *Moniteur officiel du Commerce* du 5 déc. 1894.

— Mouvement du Commerce Général de la Cochinchine et du Cambodge pendant le 1er semestre 1898 (d'après le Rapport du Directeur des Douanes et Régies de l'Indo-Chine. (*Bull. écon. Indo-Chine*, 1er oct. 1898, pp. 105-108.)

—— E. Boué, Rédacteur à la Direction de l'Agriculture et du Commerce. — Le Commerce extérieur de l'Indo-Chine. (*Bull. écon. Indo-Chine*, 1er nov. 1898, pp. 143-160.)

—— Le mouvement commercial de l'Indo-Chine pendant l'année 1899. Par M. A. Frézouls, Directeur des Douanes et Régies de l'Indo-Chine. (*Bull. écon. de l'Indo-Chine*, 1900, pp. 389-407.)

—— Mouvement commercial de l'Indo-Chine pendant le 1er semestre de 1900 — (Rapport du Directeur des Douanes et Régies de l'Indo-Chine). — (*Bull. écon. Indo-Chine*, 1900, pp. 601-612.)

—— Tableaux des Importation, Exportation, Réexportation Cabotage et Transit de l'Indo-Chine — 1er semestre. — 1899-1900. (*Bull. écon. Indo-Chine*, 1900, pp. 613-623.)

— Le commerce de l'Indo-Chine. (*Belgique coloniale*, 15 avril 1900, pp. 170-171.)

Extrait de la *Dépêche coloniale*.

— Le mouvement de la navigation dans les ports du Tonkin pendant l'année 1900. (*Bull. Com. Asie française*, Juin 1901, pp. 109-110.)

— Le commerce de l'Indo-Chine de 1890 à 1900. (*Bull. Com. Asie française*, Mai 1901, p. 67.)

— Le Commerce de l'Indo-Chine de 1890 à 1900. (*Belgique coloniale*, 16 juin 1901, p. 282.)

Extrait du *Bull. de l'Asie française*.

— Der Aussenhandel Französisch-Indochinas im 1 Semester 1900. Von P. M. (*Deutsche Kolonialzeitung*, 10 janvier 1901, pp. 19-20.)

—— Les possibilités économiques de l'Indo-Chine. Par Pierre Paradan. (*Bull. Com. Asie française*, Août 1901, pp. 185-191; Sept. 1901, pp. 243-249; Oct. 1901, pp. 282-290; Déc. 1901, pp. 379-383; *ibid.*, Février 1902, pp. 78-84.)

— Le commerce de l'Indo-Chine en 1900. (*Bull. Com. Asie française*, Août 1901, pp. 208-209.)

—— Le Commerce de la France de l'Indo-Chine et des Indes Françaises avec les Détroits. (*Bull. écon. Indo-Chine*, 1901, pp. 847-863.)

— Le commerce de l'Indo-Chine pendant le 1er trimestre de 1901. (*Bull. Com. Asie française*, Oct. 1901, p. 291.)

— Le commerce de l'Indo-Chine. (*Revue scient.*, 38e année, 1901, 1er sem., pp. 764-766.)

Extrait de la communication de M. Doumer à la séance de la *Société de Statistique de Paris*.

— Le mouvement commercial général de l'Indo-Chine en 1901. (*Bull. Com. Asie française*, Juillet 1902, p. 312.)

— Le Commerce de l'Indo-Chine en 1901. (*Belgique coloniale*, 13 juillet 1902, p. 327.)

— Le mouvement commercial de l'Indo-Chine en 1901. (*Bull. Com. Asie française*, Oct. 1902, p. 450.)

— Mouvement de la navigation et du commerce dans l'Indo-Chine française en 1901. Par Charles Rabot. (*La Géographie*, 15 novembre 1902, pp. 334-337.)

— Le Commerce de l'Indo-Chine en 1901. (*Belgique coloniale*, 23 novembre 1902, p. 559.)

D'après le *Bull. écon. de l'Indo-Chine*.

—— Note sur le développement commercial de l'Indo-Chine De 1897 à 1901 Comparé avec la période quinquennale 1892-1896 Par H. Brenier, Sous-directeur de l'agriculture, des forêts et du commerce de l'Indo-Chine. — Hanoi, Imprimerie typo-lithographique F.-H. Schneider, 1902, in-4, pp. 62.

— L'Indo-Chine économique — Conférence de M. Henri Brenier. (*Bull. Soc. Géog. Marseille*, 1906, pp. 195-197.)

—— L'Indo-Chine et la France en Extrême-Orient au point de vue commercial. Conférence faite au Comité de l'Asie française le 19 avril 1907 par M. Henri Brenier, directeur général adjoint de l'agriculture et du commerce de l'Indo-Chine. (*Bull. Com. Asie franç.*, Avril 1907, pp. 119-122.)

—— La situation économique de l'Indochine pendant l'année 1910, par M. H. Brenier, Inspecteur-Conseil *p. i.* des Services Agricoles et Commerciaux de l'Indo chine. (*Bull. écon. Indochine*, Juillet-Août 1911, pp. 507-556.)

— Mouvement de la navigation en 1902 [en Indo-Chine]. (*Bull. Com. Asie française*, Juillet 1903, p. 306.)

— Le mouvement commercial général de l'Indo-Chine en 1902. (*Bull. Com. Asie française*, Juillet 1903, p. 307.)

— Commerce de l'Indo-Chine en 1902. (*Bull. Com. Asie française*, Sept. 1903, pp. 383-386.)

Extraits d'un rapport de M. Crayssac, directeur général des douanes et régies de l'Indo-Chine, d'après le *Bulletin économique de l'Indo-Chine*.

— Mouvement de la navigation et mouvement commercial de l'Indo-Chine française en 1902. Par Ch. R. (*La Géographie*, 15 oct. 1903, pp. 226-227.)

D'après le *Bull. économique*.

—— Le mouvement de la navigation et le mouvement commercial de l'Indo-Chine en 1903. (*Bull. écon. Indo-Chine*, 1904, pp. 695-741.)

D'après le rapport de M. Crayssac, Directeur général des Douanes.

— Le commerce indo-chinois en 1903. (*Bull. Com. Asie française*, Oct. 1904, pp. 485-486.)

Extr. du *Bull. économique de l'Indo-Chine*, travail de M. A. Fetterer.

— Le mouvement général de la navigation en Indo-Chine en 1904. (*Bull. Com. Asie franç.*, Août 1905, p. 327.)

D'après le *Bull. économique de l'Indo-Chine*.

— Les exportations de l'Indo-Chine en denrées coloniales. (*Bull. Com. Asie française*, Juin 1905, p. 257.)

—— A. Fetterer. — Le Commerce de l'Indo-Chine avec les Pays d'Extrême-Orient en 1904. (*Bull. écon. Indo-Chine*, 1905, pp. 271-280.)

— Le commerce de l'Indo-Chine en 1904. (*Bull. Com. Asie française*, Déc. 1905, pp. 479-480.)

D'après le *Bulletin économique de l'Indo-Chine*, Sept. 1905.

— Le commerce de l'Indo-Chine. (*Bull. Com. Asie française*, Juin 1906, pp. 250-251.)

—— G. Dauphinot. — Le Commerce entre la Chine et la Birmanie. (*Bull. écon. Indo-Chine*, 1906, pp. 317-321.)

D'après un rapport de Napier, Douanes Chinoises sur le commerce de Tong-yueh.

—— La Commune annamite par George D... (*Bull. Soc. Et. indo-chin. de Saigon*, Nos. 49-50, 1er et 2e sem. 1905, pp. 65-88.)

— La navigation indigène [au Tonkin]. (*Bull. Com. Asie française*, Juin 1906, pp. 255-256.)

—— Gouvernement Général de l'Indo-Chine. Notices publiées par la Direction de l'Agriculture, des Forêts et du Commerce de l'Indo-Chine En vue de l'Exposition de Marseille. Rapport sur le Mouvement commercial de l'Indo-Chine en 1905 Par G. Dauphinot, Chef p. i. du Service commercial à la Direction de l'Agriculture, des Forêts et du Commerce de l'Indo-Chine. — Extrait du Bulletin Economique de l'Indo-Chine, n° 53 (Nouvelle série), Juin 1906. — Hanoi, Imprimerie typo-lithographique F.-H. Schneider, 1906, in-4, pp. 66.

— Le commerce de l'Indo-Chine en 1906. Par P. Chemin-Dupontès. (*Bull. Com. Asie franç.*, Août 1907, pp. 301-306.)

— Commerce des colonies françaises en 1906. — Indo-Chine. (*Bull. Soc. Géog. Comm.*, Nov. 1907, p. 703.)

—— Extrait du *Bulletin Economique de l'Indo-Chine*. N° 73. Juillet-Août 1908. — Rapport Sur la Navigation et le mouvement commercial de l'Indo-Chine Pendant l'année 1907 Par Mr Boundal, Directeur général p. i. des Douanes et Régies de l'Indo-Chine. — Hanoi, Imprimerie d'Extrême-Orient, 1908, in-4, pp. 58 + 1 tableau.

— Le commerce de l'Indo-Chine, de 1897 à 1906. (*Bull. Com. Asie franç.*, Juin 1908, pp. 248-249.)

Etude de M. Dauphinot dans le *Bull. écon. de l'Indo-Chine*, Janv.-Fév. 1908.

— La situation économique du Tonkin. (*Ibid.*, Mars 1908, pp. 117-118.)

— Les affaires en Indo-Chine en 1907. (*Bull. Com. Asie franç.*, Juillet 1908, pp. 292-293.)

Rapport de la *Banque de l'Indo-Chine*.

— La navigation en Indo-Chine. (*Bull. Com. Asie franç.*, Août 1908, pp. 333-334.)

— Le commerce de l'Indo-Chine en 1907. Par P. Chemin-Dupontès. (*Bull. Com. Asie franç.*, Nov. 1908, pp. 467-471.)

—— Extrait du *Bulletin économique de l'Indochine*. N° 89. Mars-Avril 1911. République Française. Direction Générale des Douanes et Régies de l'Indochine. Rapport sur la Navigation et le Mouvement Commercial de l'Indochine Pendant l'année 1910 Par M. Picanon, Directeur Général des Douanes et Régies de l'Indochine. — Hanoi, Imprimerie d'Extrême-Orient, 1911, in-4, pp. 97 + 1 tableau.

—— Rapport sur la Navigation et le Mouvement Commercial de l'Indochine, par M. E. Picanon, Directeur Général des Douanes et Régies de l'Indochine. (*Bull. écon. Indochine*, Mars-Avril 1911, pp. 105-201.)

—— Chiffres complémentaires sur le mouvement commercial de l'Indochine et de ses divers pays en 1910. (*Bull. écon. Indochine*, Juillet-Août 1911, pp. 579-594.)

— La navigation et le mouvement commercial de l'Indochine en 1910. (*Asie française*, Août 1911, pp. 373-374.) — La situation économique de l'Annam pendant le deuxième trimestre 1910. (*Ibid.*, Nov. 1910, p. 484.)

—— Rapport sur la Navigation et le Mouvement Commercial de l'Indochine Pendant l'année 1911 Par M. Cornillon Directeur général p. i. des Douanes et Régies de l'Indochine. (*Bull. écon. Indochine*, No. 96, Mai-Juin 1912, pp. 275-354; tableaux.)

— La navigation et le mouvement commercial de l'Indochine en 1911. (*Asie française*, Octobre 1912, pp. 435-437.)

— Mouvement du transit du Tonkin en 1911 et 1912. (D'après les statistiques publiées par M. J. Goubier.) (*Bull. écon. Indochine*, No. 102, Mai-Juin 1913, pp. 434-440.)

—— Rapport sur la Navigation et le Mouvement Commercial de l'Indochine Pendant l'année 1912 Par M. A. Kircher, Directeur des Douanes et Régies de l'Indochine. (*Bull. écon. Indochine*, N° 103, Juill.-Août 1913, pp. 465-570.)

Hanoi, le 30 juin 1913.

— Mouvement détaillé du commerce de l'Indochine par pays. (*Bull. économique Indochine*, No. 104, Sept.-Oct. 1913, pp. 917-928.)

— Mouvement du commerce de l'Indochine au cours du premier semestre des années 1912 et 1913. (*Bull. économique Indochine*, No. 104, Sept.-Oct. 1913, p. 935.)

— Commentaires sur le mouvement commercial de l'Indochine pendant le 1er semestre 1913. (*Bull. écon. Indochine*, N° 105, Nov.-Déc. 1913, pp. 1079-1098.)

— Le mouvement commercial en 1913. (*Asie française*, Avril 1914, p. 158.)

* * *

—— République française. — Cochinchine. — Exposition de 1880. — Rapport du jury. (*Excursions et Reconnaissances*, n° 4, 1880, pp. 5-48.)

— Les nouveaux débouchés pour nos tissus de laine. Par F. Romanet du Caillaud. (*Bull. Soc. Géog. com.*, V, 1883-4, pp. 590-594.)

—— Renseignements commerciaux sur le Tonkin. (*Bull. Soc. Géog. com. Bordeaux*, 1884, pp. 559-569.)

Circulaire de M. Félix Faure, Paris, 3 sept. 1884.

—— L'exploitation du Tonkin par Georges Fillion Correspondant de l'Agence Havas au Corps expéditionnaire du Tonkin — Prix : 1 franc 25 cent. — Paris Challamel aîné, éditeur... — Novembre 1884, in-8, pp. 31.

—— Exploration commerciale du Tonkin — Rapport présenté par M. Paul Brunat à la Chambre de Commerce de Lyon Séance du 18 février 1885 — Avec une carte du Tonkin — Lyon, Pitrat, 1885, gr. in-8, pp. VII-62.

—— Ministère de la Marine et des Colonies ... — 2e Sous-Direction. — Bureau du Régime économique des Colonies — Rapport adressé à M. le Ministre de la Marine et des Colonies par M. Alcide Bleton chargé d'une Mission commerciale gratuite au Tonkin. S. d. [1885], pièce in-4, pp. 4 à 3 col.

Paris. — Imp. du *Journal officiel*, quai Voltaire 31.

— Exploration commerciale du Tong-King. (*Bull. Soc. Géog. Est*, 1885, pp. 605-608.)

—— Moyens d'accroître l'exportation française en Extrême-Orient. Par F. Romanet du Caillaud. (*Bull. Soc. Géog. com.*, VIII, 1885-6, pp. 438-443.)

—— Principes élémentaires de comptabilité Accompagnés de notions sommaires sur la liquidation judiciaire, la faillite, la banqueroute simple, la banqueroute frauduleuse, sur les sociétés commerciales, avec la reproduction in-extenso de la loi du 24 Juillet 1867 sur les sociétés commerciales et celle de la loi du 5 novembre 1894 relative à la création de sociétés agricoles par E. Chataigneau, ancien élève diplômé de l'école supérieure de commerce de Paris, Expert comptable près le contentieux administratif de l'Annam et du Tonkin, et les tribunaux de Hanoi et de Haiphong. Avec une traduction complète en annamite du texte français, faite sous la direction de Alfred Bouchet, commis de 1re classe des services civils de l'Indo-Chine, Chef de Section au bureau des affaires indigènes de la Résidence Supérieure au Tonkin, Breveté pour la connaissance de la langue annamite (Brevet Supérieur) et des caractères chinois, Chargé de cours de langue annamite à Hanoi.

Sách sơ học giậy các điều toát yếu về việc tính toán sổ sách buôn bán.

Toát lược những thể lệ khi bắt phải phát mãi hàng hóa, khi vỡ nợ, khi vỡ nợ tội nhẹ, khi vỡ nợ tội nặng, và thể lệ các hội buôn bán.

Lại có phép [chép] nguyên cả luật ngày 24 tháng bảy năm 1867 nói về các hội và luật ngày mồng năm tháng năm nói về việc lập hội canh nông.

Quyển này là sách của *E. Chataigneau*, đã đỗ được bằng cấp lớp đại học trường thương mãi tại Paris, hiện làm việc xem xét về sự tính toán sổ sách ở tòa Thẩm-Toán Nam-Bắc lưỡng-kỳ; và các toà án Hanoï Haïphong,

Ong Alfred Bouchet, là Đông-Dương nhất hạng Tham-Biện làm quan phó toà quan lại ở phủ Thống-sứ đỗ bằng cấp tiếng Annam và chữ nho, giậy học trường tiếng Annam Hanoi kiểm xét bản dịch quốc-ngữ quyển sách naỷ. — S. l. n. d., in-4, pp. 7+3+9+7+3+10+7 [autogr.].

—— La situation commerciale actuelle de l'Indo-Chine et le rôle de «l'Union coloniale française». Conférence par M. Chailley-Bert. (*Bull. Soc. Géog. Est*, 1895, pp. 163-174.)

—— Création d'un Bureau Commercial au Tonkin — Siège à Haïphong — Haïphong Imprimerie Typo-Lithographique F.-H. Schneider, 1895, in-8, pp. 11.

—— Principaux articles d'exportation de la Cochinchine et du Cambodge par M. Kloss, négociant. (*Bull. Soc. Et. Indo-Chinoises Saigon*, 1896, 2e fasc., pp. 39-48.)

—— Principaux articles d'exportation de la Cochinchine et du Cambodge par M. Kloss, négociant. — Communication faite à la

Société des Etudes Indo-Chinoises de Saigon. — Saigon, Rey, Curiol & Cie, 1896, in-8, pp. 10.

—— Société des Entrepot réel et Magasins généraux de Cochinchine anonyme au capital de 500.000 francs — Règlements et Tarifs Homologués par le Gouvernement de la Cochinchine le 28 Février 1897 — Siège social : Lyon, 9 rue de l'Hôtel de Ville — Siège de l'Exploitation : Saïgon, in-4, pp. 22.

Tours, Imprimerie G. Debenay-Lafond. — Voir col. 1740-1741.

— La Banque de l'Indo-Chine. Résultats de l'exercice 1900. (*Bull. Com. Asie française*, Juillet 1901, pp. 166-167.)

— Les Banques européennes et le commerce d'exportation en Extrême-Orient. Par J. F. (*Bull. Com. Asie française*, Juillet 1902, pp. 294-295.)

— Le décret sur les primes à la navigation. (*Bull. Com. Asie française*, Janvier 1902, pp. 24-26.)

—— Primes à la navigation française en Extrême-Orient. (*Bull. écon. Indo-Chine*, 1902, pp. 16-32.)

— Le domaine communal à Hanoï et Haïphong. (*Bull. Com. Asie française*, Juillet 1903, pp. 307-308.)

— Possibilités économiques de l'Indo-Chine. Rapport de M. Capus. Par Pierre Dassier. (*Bull. Com. Asie franç.*, Juillet 1908, pp. 277-279.)

—— G. Dauphinot, Attaché Commercial. — Les importations de la France et de l'Etranger en Indo-Chine. (*Bull. écon. Indo-chine*, Sept.-Oct. 1908, pp. 486-506.)

—— H. Meiffre — Ch. Chenet, Attachés Commerciaux. — Les Filés et Tissus de Coton sur les Marchés de Chine et d'Indo-chine. (*Bull. écon. Indochine*, Janv.-Fév. 1909, pp. 12-23.)

—— A. Fetterer. — Le Commerce du Sucre en Indochine. (*Bull. écon. Indochine*, Mars-Avril 1909, pp. 91-97.)

— Le service Haiphong-Hong-Kong. (*Bull. Com. Asie franç.*, Oct. 1909, p. 452.)

— Le service Haiphong-Hong-Kong. (*Bull. Com. Asie franç.*, Avril 1910, p. 198.)

—— Le commerce des iles Philippines avec l'Indochine Par H. Georges, Conseiller du Commerce extérieur à Manille. (*Revue indochinoise*, Nov. 1909, pp. 1101-1106.)

— Le commerce indochinois aux Philippines Par ***. (*Revue indochinoise*, Février 1910, pp. 127-131.)

— Le commerce de l'Indochine avec les Philippines. (*Asie française*, Mars 1914, pp. 117-118.)

—— Les sociétés commerciales et industrielles indigènes au Tonkin par ***. (*Revue Indochinoise*, Mars 1910, pp. 213-216.)

— Le commerce des armes et des munitions [en Indo-Chine]. Décret du 2 avril. (*Bull. Com. Asie franç.*, Juin 1910, pp. 282-283.)

— La réglementation du commerce asiatique. (*Bull. Com. Asie franç.*, Juillet 1910, pp. 322-323.)

Journal officiel d'Indochine, 28 avril 1910.

— Le commerce de la soie. (*Asie française*, Octobre 1911, p. 462.)

— Les nouveaux services maritimes d'Extrême-Orient. (*Asie française*, Février 1912, p. 76.)

— La modification du taux de l'intérêt légal. (*Asie française*, Mars 1912, pp. 122-123.)

— Les services maritimes et postaux. (*Revue Indochinoise*, Mai 1912, p. 503.)

Du *Temps*.

— Les services maritimes. (*Asie française*, Juin 1912, pp. 240-241.)

— La crise commerciale en Cochinchine. (*Asie française*, Juillet 1912, p. 282.)

— Une première société anonyme annamite. (*Asie française*, Août 1912, pp. 344-345.)

—— Le commerce d'exportation du riz en Cochinchine. Par A. Coquerel, Secrétaire-Archiviste de la Chambre de Commerce de Saigon. (*Bull. écon. Indochine*, N° 97, Juill.-Août 1912, pp. 543-556.)

— Fonctionnaires et employés de commerce. (*Asie française*, Août 1912, p. 345.)

— L'emprunt indochinois. Lettre de M. J. Chailley au nom de la *Section indochinoise de l'Union coloniale française*. (*Revue Indochinoise*, Sept. 1912, pp. 222-224.)

Séance du 11 juin sous la présidence de M. Roume.

— Congrès national pour le Développement du Commerce extérieur — Indochine — (Vœux présentés par M. Mettetal, rapporteur). (*Revue Indochinoise*, Sept. 1912, pp. 225-226.)

* * *

—— Le Tonkin financier Son Avenir — Commerce, débouché, industrie, mines, charbons, crédit, finances, Indo-Chine française, Conclusion. Etude économique

Publiée dans le journal financier l'*Economie Revue* propriété exclusive de M. Edgard Circaud, banquier, 9, rue du Louvre, Paris. — Paris, Imprimerie Boullay, 1891, in-8, pp. 53, carte.

—— Observations, Études et Souvenirs — Le Commerce du Tonquin avec La Province Chinoise du Quang-Si par Frédéric Malaret Commis des Douanes de France, détaché en mission en Indo-Chine... — Accompagné d'une carte — Marseille, Barlatier et Barthelet ... 1892, in-8, pp. 100.

—— L. Tabouillot et F. Faure. — Guide Commercial. Livre d'or des Négociants de Cochinchine Publié sous les auspices et aux frais de la Chambre de Commerce de Saigon (Cochinchine Française). — Saigon, P. Legros, Imprimeur-Editeur, 1904, in-8, pp. 119 + 1 tableau + xxi + 1 répertoire + 1 table.

—— Vade Mecum Commercial de la Cochinchine. 1905. [par] A. Coquerel, Secrétaire-Archiviste de la Chambre de Commerce de Saigon. — Saigon, Imprimerie Claude & Cie, in-8, pp. 576 + civ + 9 + 6 + 10 tableaux.

—— Comité de l'Asie française 19 rue Bonaparte. — Paris — L'Indo-Chine anglaise et l'autonomie birmane — Le Commerce Anglo-Chinois et Le Commerce Franco-Chinois — Extrait du Bulletin de janvier 1905 — Paris, au Siège du Comité de l'Asie française, 1905, in-8, pp. 43.

—— Bibliothèque Franco-Annamite Publiée sous la direction de M. Henri Gourdon, Directeur général de l'Instruction publique de l'Indochine. Notions élémentaires de Commerce et de Comptabilité. Par M. H. Donnadieu, Licencié ès-sciences, Directeur de l'Ecole normale de Gia-dinh. — Hanoi-Haiphong, Imprimerie d'Extrême-Orient, 1908, in-8, pp. 107.

[En français et en annamite.]

—— Université de Paris. — Faculté de Droit. — Du Commerce extérieur de l'Indochine. — Thèse pour le Doctorat présentée et soutenue le mardi 26 avril 1910, à 1 heure 1/2 par Louis Gay-Lugny. — Paris, Emile Larose, 1910, in-8, pp. 114.

—— Publications économiques du Bulletin Financier de l'Indochine. — La question de l'emprunt. Son affectation. — Les droits de l'industrie privée. Les dangers accrus de l'étatisme aux colonies. — Saigon, Imprimerie F.-H. Schneider, 1911, in-8, pp. 8 + 1 carte.

—— *Vocabulaire des principaux produits exportés et importés en Indochine par MM. J. Rozier, Inspecteur des Douanes et Régies, G. Jason, Professeur principal et Thanh Instituteur principal en Cochinchine. Hongkong, 1912, 2 br. in-12.

Notice : *Revue indochinoise*, Janvier 1913, pp. 102-103.

—— De l'Inaptitude économique des Annamites de Cochinchine Par le Lieutenant J. Coulon. (*Asie française*, Mars 1914, pp. 109-114.)

DOUANES.

—— Extrait d'un rapport du chef du service des douanes au Tonkin. (Période comprise entre le mois de sept. 1875 et la fin de l'année 1876.) Par le Vérificateur, chef du service, Roussel. (*Rev. mar. et col.*, Vol. 55, 1877, pp. 43-56.)

— Impots et douanes en Cochinchine. Par le Dr. J. Harmand. (*Ann. de l'Ext.-Orient*, 1880-1881, III, pp. 325-327.)

—— Cochinchine Française. Rapport et Statistiques de la Régie des Alcools. 2e Semestre 1882. — Saigon, Imprimerie C. Guilland & Martinon, 1883, in-8, pp. 19.

Rapport de L. Houdinet, Contrôleur principal, chef du bureau de la comptabilité en date du 8 août 1883.

—— Protectorat de l'Annam et du Tonkin. Etude sur la réorganisation des douanes au

Tonkin. — Hanoi, Imprimerie du Gouvernement, 1883, in-8, pp. 19.

Rapport de M. B. Rossigneux, Administrateur adjoint au secrétaire général, en date du 29 octobre 1883.

—— Procès-verbaux des Séances de la Commission nommée pour l'étude de la Question des Douanes — Rapport de M. Rivière sur la Question — Saigon, C. Guilland & Martinon — 1883, in-8, pp. 24.

—— Décision établissant un droit de sortie sur les riz et paddys exportés. — S. l. n. d., in-8, pp. 7.

Décision du Ministre plénipotentiaire, Résident général en Annam et au Tonkin, en date du 19 novembre 1884.

—— Notes sur l'organisation des douanes au Tonkin Par S. Viguier, Inspecteur divisionnaire du service des ports de Chine en retraite. (*Revue de l'Ext.-Orient*, III, Avril-Juin 1885, pp. 205-214.)

—— Note sur le projet d'établissement de la Douane en Cochinchine [par J. Blancsubé]. — Saigon, imp. C. Guilland & Martinon, 1885. — In-8, pp. 16.

Ann. de l'Ext.-Orient, 1884-1885, VII, p. 352.

—— Douanes de l'Annam et du Tonkin. — Règlements 1887. — Hanoi, imp. F.-H. Schneider, s. d., in-8, pp. 16.

—— Rapport annuel sur les opérations des douanes de l'Annam et du Tonkin, 1887, in-8, pp. 35.

A la fin on lit :

Hanoi. — Imprimerie F.-H. Schneider. — 4-1888. — 500.

—— Chambre de commerce. Question des douanes cochinchinoises. Août 1888. — Saigon, Imprimerie Rey & Curiol, 1888, in-4, pp. 42.

—— République Française. Liberté – Égalité – Fraternité. Indo-Chine Française. Administration des Douanes et Régies. Rapport sur les statistiques des Douanes Pour 1888. — Saigon, Imprimerie Rey & Curiol, 1889, in-8, pp. 52 + 8 tableaux.

[En cours jusqu'en 1895.]

—— République Française. Liberté – Égalité – Fraternité. Indo-Chine Française. Administration des Douanes et Régies. Service de Cochinchine. Rapport au Conseil de surveillance (Séance du 4 novembre 1889). — Saigon, Imprimerie Rey et Curiol, 1889, in-8, pp. 48 + 5 tableaux.

—— République Française. Liberté – Égalité – Fraternité. Indo-Chine Française. Administration des Douanes et Régies. Service de Cochinchine. Rapport annuel pour 1889. — Saigon, Imprimerie Rey & Curiol, 1890, in-8, pp. 50 + 4 tableaux.

—— Indo-Chine Française. Administration des Douanes et Régies. Instruction sur l'emploi des médicaments délivrés aux Entreposeurs principaux et Chefs de poste par le Service des Douanes et Régies en Indo-Chine. — S. l. n. d., in-8, pp. 16.

A la fin : Imp. du Mékong. — Saigon.

—— Communications de M. Ulysse Pila au Congrès colonial national de Paris Sur les effets de l'application du régime douanier en Indo-Chine — Séance du 17 décembre 1889. — VIe Section — Lyon, Imprimerie et lithographie du Salut Public, 1890, br. in-4, pp. 14.

—— Tarif général des Douanes Pour l'Indo-Chine. — Hanoi, Imprimerie Typo-lithographique F.-H. Schneider, 1892, in-4, pp. 139.

—— Colonie de Cochinchine. Administration des Douanes et Régies de l'Indo-Chine. Rapport sur les statistiques commerciales de la Cochinchine Pendant l'année 1893. — S. l. n. d., in-4, pp. 29.

—— Des infractions en matière de régies (Cochinchine et Cambodge) et en matière de Douane (Indo-Chine Française) Suivies de diverses contraventions que les Préposés des Douanes sont appelés à constater par J. Ricquebourg Contrôleur de 2e classe des Douanes et Régies — Saigon, Imprimerie Commerciale Rey, Curiol & Cie, 1898, in-8, pp. 203.

—— République française. Liberté – Égalité – Fraternité. Douanes. Tarif spécial à l'Indo-Chine. Tableaux A et B. Taxes locales et taxes accessoires. — Saigon, Imprimerie commerciale Rey, 1899, in-8, pp. 40-1-29-1.

—— République Française. Liberté – Égalité – Fraternité. Gouvernement Général de l'Indo-Chine. Administration des Douanes & Régies. Arrêté et instruction sur le Régime du dross en Cochinchine et au Cambodge. 1899. — Saigon, Imprimerie commerciale Rey, s. d., in-8, pp. 9.

—— République française. Liberté – Égalité – Fraternité. Gouvernement Général de l'Indo-Chine. Administration des Douanes et Régies. Arrêtés et instructions Sur le Régime des alcools En Cochinchine et au Cambodge. 1899. — Imprimerie du Mékong, Saigon, s. d., in-4, pp. 56 + 2 f. n. ch.

—— Le régime douanier et le régime des riz en Indo-Chine. Par Demorgny. (*Rev. coloniale*, 1900, pp. 1061-1070.)

—— Contentieux des Régies indo-chinoises. Perquisitions — Procès-Verbaux — Répression Par Albert Long, Procureur de la République à Saigon. — Saigon, Imprimerie Ménard & Legros, 1900, in-8, pp. XV + 278.

—— République Française. Liberté – Égalité – Fraternité. Indo-Chine. Administration des Douanes et Régies. Nomenclature des marchandises transportées en cabotage. — Saigon, Imprimerie commerciale Rey, 1900, in-4, pp. 21.

—— République Française. Liberté – Égalité – Fraternité. Gouvernement Général de l'Indo-Chine. Administration des Douanes et Régies. Règlements concernant la procédure et les pénalités en matière de régie en Indo-Chine. — Saigon, Imprimerie commerciale Rey, 1900, in-8, pp. 128.

—— République Française. Liberté – Égalité – Fraternité. Gouvernement Général de l'Indo-Chine. Administration des Douanes et Régies. — *Bulletin administratif des Douanes et Régies de l'Indochine.* — Hanoi, Imp. F.-H. Schneider, 47-49 et 51 Rue du Coton, 1900, 3 vol. in-8.

T. I, pp. 212 + X. — [Organisation générale.]

T. II, pp. 189 + XI. — Régime douanier.

T. III, pp. 253 + VII. — Organisation de l'Indo-Chine.

—— *Tarif général des Douanes publié sous la direction du Service des Douanes & Régies de l'Indo-Chine. Hanoi, F.-H. Schneider, 1900, in-4, pp. 250.

Contenant :

Le *Tarif d'entrée* établi d'après le Tarif général.

Le *Tarif minimum* et le *Tarif spécial des Notes et Tableaux explicatifs*.

Le *Tarif de sortie* appliqué dans la Métropole.

Le *Tarif spécial* à l'Indo-Chine.

Prix : 12 francs.

—— Guide pratique de jaugeage, dressé d'après la règle n° 2 de la méthode Moorson Par J. Decusse Contrôleur des Douanes et Régies Publié sous le haut patronage de M. le Directeur des Douanes et Régies de l'Indo-Chine. — Hanoi, Imp. F.-H. Schneider, 1901, in-8, pp. XXIII + 64.

—— Gouvernement Général de l'Indo-Chine. Administration des Douanes et Régies. Réglementation de la prime à la navigation dans la zône d'Extrême-Orient. — Hanoi, Imp. F.-H. Schneider, 1901, in-8, pp. 288 + IV.

—— République Française. Liberté–Égalité–Fraternité. Gouvernement Général de l'Indo-Chine. Administration des Douanes et Régies. Nouveau régime des alcools. Arrêtés des 20 et 22 décembre 1902. — Hanoi, imp. F.-H. Schneider, 47, 49 et 51, Rue du Coton, 1903. — In-8, pp. 55.

—— L. Houël — Manuel des Douanes et Régies de l'Indochine. — Imprimerie J.-E. Crébessac Rue Paul Bert — Rue de l'Intendance — Rue Boissière Hanoï — 1904, in-8, pp. 241.

—— Traité des Régies de l'Indochine par L. Houël. — Hanoï — Imprimerie F.-H. Schneider, 1905, in-8, pp. II-631-XIII.

— La direction des douanes et régies en Indo-Chine [Circulaire de M. Broni]. (*Bull. Com. Asie française*, Déc. 1905, pp. 478-479.)

— *Carrières coloniales. — Douanes et Régies de l'Indo-Chine. Décret du 10 juin 1905. Paris, 1905, in-12, pp. 30.

— *Annales des Douanes et Régies de l'Indo-Chine*, recueil administratif périodique paraissant tous les mois.
1re année (1905), in-8, pp. 222-84-8-3-8.
2e année (1906), in-8, pp. 301-11.
3e année (1907), in-8, pp. 276 + la table.
Hanoi, F.-H. Schneider, 1905, 1906, 1907.
4e année (1908), in-8, pp. 232 + la table.
Hanoi-Haiphong, Imprimerie d'Extrême-Orient, 1908.

(La publication continue.)

— Contentieux des Douanes et Régies indochinoises. Par M. de Lavigne Sainte-Suzanne, Licencié en droit, Contrôleur des Douanes et Régies de l'Indo-Chine. — Haiphong, Imprimerie A. Way, 1906, in-8, pp. 192.

— Les droits sur le maïs [en Indo-Chine]. (*Bull. Com. As. fr.*, Mars 1907, p. 100.)

— Douanes et régies. (*Bull. Com. Asie franç.*, Février 1908, p. 74.)

— Les recettes des Douanes et Régies en 1907. (*Bull. Com. Asie franç.*, Avril 1908, p. 149.)

— La question douanière en Indo-Chine. (*Bull. Com. Asie franç.*, Déc. 1908, pp. 526-528.)

— Gouvernement Général de l'Indo-Chine. Administration des Douanes et Régies. Rapport sur la Navigation et le Mouvement Commercial de l'Indo-Chine pendant l'année 1907. — Publié par la chambre de Commerce de Haiphong. Haiphong-Hanoi, Imprimerie d'Extrême-Orient, 1908, in-4, pp. 50.

[Par le Directeur Général p. i. des Douanes et Régies de l'Indo-Chine. Boundal.]

— L'Indo-Chine et les réformes douanières chinoises. (*Bull. Com. Asie franç.*, Juillet 1909, p. 301.)

— Institution d'une commission des valeurs en douane au Tonkin. (*Bull. Com. Asie franç.*, Oct. 1909, p. 452.)

— Le régime douanier de l'Indochine. Par Pierre Dassier. (*Asie française*, Sept. 1910, pp. 384-391.)

— Les nouvelles propositions douanières. (*Asie française*, Janvier 1911, pp. 29-30.)

— La crise monétaire [au Tonkin]. (*Asie française*, Janvier 1911, pp. 30-31.)

— Les recettes des Douanes et Régies pendant le premier trimestre. (*Asie française*, *Bull.*, Juin 1911, pp. 293-294.)

— Les nouvelles taxes de magasinage sur le sel. (*Asie française*, *Bull.*, Juin 1911, p. 294.)

— Les droits d'entrée sur les tabacs d'origine chinoise. (*Asie française*, Décembre 1911, p. 557.)

— La dernière phase du Problème de l'Alcool en Indochine Par Robert Dalcan. (*Asie française*, Mars 1912, pp. 97-102.)

— Les tabacs indochinois et la Régie française. (*Asie française*, Mars 1912, p. 123.)

— La question de l'alcool indigène au Tonkin et dans le Nord-Annam Par Ch. Fournier-Vailly. (*Asie française*, Avril 1912, pp. 137-146.)

— La vente de l'alcool indigène en Cochinchine. (*Asie française*, Avril 1912, pp. 157-158.)

— Le nouveau Directeur des Douanes et Régies. (*Asie française*, Mai 1912, p. 194.)

M. Kircher.

— La Question de l'Alcool en Indochine. — Le remplacement de l'impôt sur l'alcool au Tonkin et dans le Nord-Annam. Par Robert Dalcan. — Réponse de M. Ch. Fournier-Vailly. (*Asie française*, Juin 1912, pp. 232-235.)

— La contrebande de l'opium par navires de commerce. (*Asie française*, Juin 1912, p. 242.)

— Les travaux en régie en Cochinchine. (*Asie française*, Juin 1912, pp. 243-244.)

— Un conflit entre magistrats et douaniers. (*Asie française*, Juillet 1912, pp. 281-282.)

— Un contrôle des matières d'or et d'argent. (*Asie française*, Août 1912, p. 344.)

— Un douanier assassiné au Tonkin. (*Asie française*, Août 1912, p. 344.)

— Le personnel des douanes et régies. (*Asie française*, Août 1912, p. 345.)

— Les travaux en régie en Cochinchine. (*Asie française*, Sept. 1912, p. 389.)

— La contrebande d'opium par navires de commerce. (*Asie française*, Novembre 1912, pp. 485-486.)

— La question des distilleries du Tonkin et du Nord-Annam. (*Asie française*, Décembre 1912, p. 528.)

— Le Régime douanier de l'Indochine par René Ferry, Docteur en Droit... — Préface de M. Noulens, député... — Ouvrage honoré d'une subvention du Ministère des Colonies — Paris, Emile Larose, 1912, in-8, pp. v-303.

Notice : *Asie française*, Juin 1912, p. 256, par Pierre Dassier. — *Revue Indochinoise*, Déc. 1912, pp. 562-563.

— La question des distilleries du Tonkin et du Nord-Annam. (*Asie française*, Janvier 1913, p. 8.)

— Le régime douanier de l'Indochine et le projet du gouvernement. (*Asie française*, Janvier 1913, pp. 33-35.)

—— La question des distilleries du Tonkin et du Nord-Annam. (*Asie française*, Février 1913, pp. 54-60.)

— La question des distilleries du Tonkin et du Nord-Annam. (*L'Asie française*, Mars 1913, pp. 114-115.)

—— Le monopole des alcools indigènes au Tonkin et dans le Nord-Annam par Jacques Mordaing. (*Revue Indochinoise*, Juin 1913, pp. 599-636.)

— *C. M. — La question du monopole de l'alcool au Tonkin et dans le Nord-Annam. (*Quinzaine Coloniale*, 25 février 1914.)

— Les tabacs indochinois et la régie française. (*Asie française*, Mars 1913, pp. 134-135.)

—— *Le Contentieux en matière de Douane Par M. Geoffray, contrôleur des Douanes et Régies de l'Indochine.

Notice : *Revue indochinoise*, Avril 1913, p. 484.

—— Almanach Vade Mecum des Douanes et Régies en Indochine Périodique annuel.

S'adresser pour la Rédaction, à M. Gigaux de Grandpré, Contrôleur des Douanes et Régies de l'Indochine. — Haïphong.

Haïphong-Hanoï Imprimerie d'Extrême-Orient 1913, in-4, 29-50-33-212-xvi-64-57-7-9-22-8-12-32-27-70 pages.

Prix $ 3-. — Notice: *Revue indochinoise*, Mai 1913, pp. 591-592.

MONNAIES, ETC.

Voir col. 1883-1886.

—— Annam and its minor Currency. By Ed. Toda, pp. 41-220. Read before the Society on the 15th December, 1881. (*Journ. N. C. B. R. As. Soc.*, N. S., Vol. XVII, 1882.)

—— Les Monnaies de l'Annam. (*Bull. écon. Indo-Chine*, 1er août 1898, pp. 59-65.)

D'après un rapport de M. le Résident supérieur en Annam.

—— Histoire monétaire des Colonies françaises d'après les documents officiels avec 278 figures par E. Zay membre de la Société française de Numismatique, in-8.

—— *Howland Wood. — The use of silver in the Kingdom of Annam. (*The Elder Monthly*, Vol. I, No. 6, pp. 8-11.)

—— *Gold Coins, Largest Annamese. (*Numismatist*, Vol. IX (1896), pp. 171-172.)

—— Quatrième cahier de la deuxième [1e] série Commandant Paul Ducret. L'argent et les monnaies en Indo-Chine et en Extrême-Orient. — Cahiers indo-chinois, 90, rue des Pavillons Noirs, Hanoi (Tonkin), in-8, pp. 49.

[Au titre, page 2, on lit :

Commandant Paul Ducret — L'argent et les monnaies en Indo-Chine et en Extrême-Orient. — 1906, Imprimerie L. Gallois. — Hanoi-Haiphong.

Caractères de la Fonderie L. Gallois.]

*
* *

— De l'Etablissement d'une monnaie dans la Cochinchine française. (*Économiste français*, 11 janvier 1882.)

— Le problème monétaire en Indo-Chine. Par Edouard Payen. (*Bull. Com. Asie française*, Janvier 1903, pp. 26-27.)

—— La situation monétaire en Extrême-Orient. Par J. F. (*Bull. Com. Asie française*, Avril 1903, pp. 145-147.)

— La réforme des droits de sortie et la circulation monétaire. (*Bull. Com. Asie française*, Août 1903, p. 343.)

—— La question monétaire en Indo-Chine française. Par Paul Macey. (*Bull. Soc. Géog. Com. Paris*, XXV, 1903, pp. 254-259.)

—— Documents sur la question monétaire en Extrême-Orient. (*Bull. écon. Indo-Chine*, 1905, pp. 937-953.)

Traduit par E.-L., du *Straits-Budget*, etc. — Complément de l'article de Ducret.

—— Questions monétaires d'Extrême-Orient. Par J. Franconie. (*Bull. Com. Asie française*, Mars 1906, pp. 114-119.)

— La situation monétaire en Indo Chine. (*Bull. Com. Asie franç.*, Juin 1907, p. 216.)

— L'insuffisance du numéraire argent en Cochinchine. (*Bull. Com. Asie franç.*, Juillet 1907, p. 254.)

— La situation financière de l'Indo-Chine. (*Bull. Com. Asie franç.*, Juillet 1907, p. 254.)

— Les difficultés monétaires [en Indo-Chine]. (*Bull. Com. Asie franç.*, Sept. 1907, pp. 348-350.)

—— Marcel Détieux. — Faculté de droit de l'Université de Paris. — La Question monétaire en Indo-Chine. — Paris, E. Larose, 1907, in-8, pp. VII-417.

Notice : *Bull. Ecole franç. Ext.-Orient*, VII, Juill.-Déc. 1907, pp. 380-384. Par Cl. E. M.[aitre.]

—— La question monétaire en Indo-Chine Par M. Détieux. (*Revue indo-chinoise*, 30 juin 1908, pp. 902-910.)

Cf. *La Quinzaine coloniale.*

— La crise du billon. (*Asie française*, Décembre 1910, pp. 540-541.)

Extrait de l'*Avenir du Tonkin.*

—— Adrien Gobin. — Sur le choix d'une *unité* monétaire internationale qu'il a appelée Mono, et sur l'application qui vient d'en être faite au système monétaire de l'Indo-Chine. (*Ass. franç. Av. Sciences*, Nîmes 1912, pp. 237-238.)

—— Chambre de Commerce. Délibérations sur la question de la piastre en Cochinchine. — Saigon, Imprimerie Rey et Curiol, 1886, in-4, pp. 37.

—— Chambre de Commerce — Question de la piastre en Cochinchine, in-4, s. l. n. d., [Saigon, 1886], pp. 35.

—— La piastre en Cochinchine, in-8, pp. 16. [Août 1886. — Saigon, Rey et Curiol.]

(MONNAIES, ETC.)

—— Note sur la baisse de la piastre en Indo-Chine. Etude d'une réforme monétaire. — Saigon, Imprimerie de l'« Opinion », 1902, in-8, pp. 35.

—— J. Pélissier — La Question monétaire et la piastre indo-chinoise. — Paris, Augustin Challamel, 1898, in-8, pp. 30 + 1 f. n. ch. tab.

— Le taux de la piastre. (*Bull. Com. Asie française*, Juillet 1902, pp. 315-316.)

— La hausse de la piastre en Indo-Chine. (*Bull. Com. Asie française*, Janvier 1906, pp. 32-33.)

— La stabilisation de la piastre. (*Bull. Com. Asie française*, Juin 1906, pp. 252-253.)

— Les variations du taux de la piastre. Tableau du taux officiel, au Trésor, depuis le 10 avril 1862, d'après l'*Avenir du Tonkin*. (*Bull. Com. Asie franç.*, Sept. 1906, pp. 355-356.)

—— La stabilisation de la piastre en Indo-Chine Par Ch. La Mache. (*Bull. Soc. Géog. comm.*, Déc. 1906, pp. 718-724.)

— Le taux de la piastre. (*Bull. Comité Asie française*, Janv. 1907, pp. 26-27.)

— La pièce de un centième de piastre. (*Bull. Com. Asie franç.*, Juin 1907, p. 216.)

— La question de la piastre [en Indo-Chine]. (*Bull. Com. Asie franç.*, Nov. 1907, pp. 429-432.)

— La stabilisation de la piastre en Indo-Chine. (*Bull. Com. Asie franç.*, Déc. 1907, p. 506.)

— Les variations de la piastre. (*Bull. Com. Asie franç.*, Février 1908, p. 74.)

— La disette des sapèques au Tonkin. (*Asie française*, Août 1910, p. 356.)

—— Lucien Cazaux, Commis des Postes et Télégraphes. — La Piastre. (*Bull. Soc. Et. Indochinoises*, No. 60, 1er sem. 1911, pp. 23-34.)

— La fixation du taux de la piastre en matière judiciaire. (*Asie française*, Octobre 1911, p. 462.)

— La stabilisation de la piastre. (*Asie française*, Janvier 1912, pp. 33-34.)

— La stabilisation de la piastre. (*Asie française*, Mars 1912, p. 122; Janvier 1914, pp. 30-31; *Quinzaine coloniale*, 25 janv. 1914, par ***.)

—— Derivation of Sapeque. By R. C. Temple. (*Ind. Antiq.*, XXVI, 1897, pp. 222-223.)

— La fabrication des sapèques. (*Rev. Indo-Chinoise*, 1er sem. 1900, pp. 522-523.)

(MONNAIES, ETC.)

— La crise de la sapèque. (*Bull. Com. Asie française*, Mai 1903, p. 218.)

— La baisse de la ligature [au Tonkin]. (*Bull. Com. Asie française*, Février 1904, pp. 99-100.)

— La nouvelle sapèque [en Indo-Chine]. (*Bull. Com. Asie française*, Février 1904, pp. 100-101.)

Extrait du *Courrier de Haiphong*.

— La crise de la sapèque [au Tonkin]. (*Bull. Com. Asie française*, Mars 1904, pp. 152-153.)

— La question des sapèques. [Réponse aux observations faites par M. Chaffanjon, planteur, par M. Beau, Gouverneur-Général de l'Indo-Chine.] (*Bull. Com. Asie française*, Juillet 1904, pp. 345-346.)

— La nouvelle sapèque tonkinoise. (*Bull. Com. Asie française*, Mai 1905, pp. 197-200.)

Extrait du *Bulletin économique de l'Indo-Chine*, Janvier 1905.

—— La nouvelle sapèque tonkinoise (Décret et rapport de la Commission). (*Bull. écon. Indo-Chine*, 1905, pp. 34-41.)

— Les nouvelles sapèques. (*Bull. Com. Asie franç.*, Sept. 1906, p. 354.)

— Mise en circulation des sapèques [au Tonkin]. (*Bull. Com. Asie franç.*, Oct. 1907, p. 404.)

— La nouvelle sapèque [en Indo-Chine]. (*Bull. Com. Asie franç.*, Nov. 1907, pp. 467-468.)

—— J. M. Morel, Administrateur des Services civils. — La question des sapèques au Tonkin. (*Bull. écon. Indo-Chine*, 1907, pp. 849-862.)

—— La question de la sapèque tonkinoise Lettre de M. H. Brenier, Inspecteur-Conseil p. i. des Services Agricoles et Commerciaux de l'Indochine, Ancien Rapporteur de la Commission de la Sapèque de 1903, à Monsieur le Secrétaire de la Rédaction de la Revue Indochinoise, Hanoi. (*Revue Indochinoise*, Septembre 1911, pp. 306-311.)

Hanoi, le 11 septembre 1911.

— La question de la sapèque. (*Asie française*, Février 1912, p. 75.)

— La question de la sapèque. (*Asie française*, Oct. 1912, p. 438.)

—— La circulation monétaire en Indochine. (*Bull. écon. Indo-chine*, No. 106, Janv.-Fév. 1914, pp. 90-93.)

* * *

—— Trésorerie de l'Annam et du Tonkin. Barême quinaire pour la conversion des piastres en francs Calculé du taux de 3 fr. 50 à 5 fr. 00 inclusivement Suivi d'un tableau synoptique et d'un diagramme indiquant les fluctuations de la piastre depuis le 1er janvier 1886 jusqu'au 31 décembre 1891, par M. Joyeux, Payeur-adjoint de 3e classe. — Hanoi, Imprimerie Typo-lithographique F.-H. Schneider, 1892, in-4, sans pagination, 33+1 tableau.

—— *Barêmes Nessler pour la conversion des Piastres en Francs et des Francs en Piastres depuis 2 fr. jusqu'à 4 fr. Hanoi, F.-H. Schneider, 1900.

* * *

— Poids, mesures & monnaies annamites. (*Revue Indo-Chinoise*, 1er sem. 1900, pp. 49-50.)

—— Le système des poids et mesures annamites Par Paul d'Enjoy. (*Revue scientifique*, 38e année, 1901, 1er sem., pp. 589-594.)

— Le système métrique en Indo-Chine. (*Bull. Com. Asie franç.*, Nov. 1907, p. 468.)

— Poids et mesures en Cochinchine. (*Asie française*, Juillet 1911, p. 330.)

XVI. — RELATIONS ÉTRANGÈRES.

DIVERS.

—— Textes d'Auteurs grecs et latins relatifs à l'Extrême-Orient depuis le IVe siècle av. J.-C. jusqu'au XIVe siècle recueillis et traduits par George Coedès. — Paris, Ernest Leroux, 1910, in-8, pp. XXXI-183 + 1 f. n. ch. add.

Cartes et index des auteurs et index géographique.

Forme le Tome I des *Documents historiques et géographiques relatifs à l'Indochine publiés sous la direction de* MM. Henri Cordier et Louis Finot.

Notice : *Journ. Asiat.*, Janv.-Fév. 1911, pp. 167-168, par Gabriel Ferrand; réimp. *Revue Indochinoise*, Juillet 1911, p. 107.

—— Relations de voyages et textes géographiques arabes, persans et turks relatifs à l'Extrême-Orient du VIIIe au XVIIIe siècles traduits, revus et annotés par Gabriel Ferrand. — Tome Premier. — Paris, Ernest Leroux, 1913, in-8, pp. XII-296.

Comprendra trois volumes. — Fait partie des *Documents historiques et géographiques relatifs à l'Indochine publiés sous la direction de* MM. Henri Cordier et Louis Finot.

Notices : *Revue Critique*, 7 fév. 1914, pp. 113-115, par Jules Bloch. — *Journ. Roy. As. Soc.*, April 1914, pp. 491-496, par C. O. Blagden.

—— Embassy to the Eastern Courts of Cochin-China, Siam, and Muscat; in the U. S. Sloop-of-war *Peacock*, David Geisinger, Commander, during the years 1832-3-4. By Edmund Roberts. New York : Harper & Brothers. 1837, in-8, pp. 432.

—— Les Grandes Puissances en Extrême-Orient et l'Indo-Chine. (*La Quinzaine Coloniale*, 10 décembre 1906, pp. 703-711.)

Conférence de M. Harmand, ancien ministre de France au Japon, au Dîner du 28 Novembre de l'Union Coloniale Française.

— Indo-Chine. Chronique Coloniale (1906). Par Charles Mourey. (*Ann. Sc. Pol.*, 15 juillet 1907, pp. 552-554.)

—— Les Européens en Cochinchine et au Tonkin (1600-1775). Par Charles B. Maybon. (*Revue indochinoise*, Juillet 1913, pp. 53-73.)

CHINE.

—— Investiture of the King of Cochin-China by an Envoy of the Emperor of China in 1840. (*Journ. Indian Archip.*, IV, 1850, pp. 232-237.)

Northern Cochin-China, 14th Dec. 1849. — P.-Tu Duc.

—— Giornale d'un Ambasciatore chinese spedito in Cocincina dall' Imperatore Tackwang (1840-41). (*Bol. Soc. geog. ital.*, I, 1868, pp. 277-294.)

c-kwang, pour Tao-kwang.

Dalla Traduzione manoscritta (versione francese fatta sul testo chinese) del Fontanier, volta in italiano dal prof. Filippo De Filippi, con note del prof. C. Puini.

—— Une mission chinoise en Annam (1840-1841) traduit du chinois par feu Henri Fontanier — Relation inédite publiée par Henri Cordier. (*T'oung Pao*, Mai 1903, pp. 127-145.)

Tirage à part : Leide, E. J. Brill, 1903, in-8, pp. 21 ; 100 ex. papier Van Gelder; 25 ex. papier ordinaire.

Notice : *Bull. Éc. franç. Ext.-Orient*, III, No. 3, 1903, pp. 472-473, par P. P.[elliot.]

—— Les Peuples de l'Archipel Indien connus des anciens géographes chinois et japonais Fragments orientaux traduits en français Par Léon de Rosny, M. D. (*Mémoires de l'Athénée Oriental*, 1871, pp. 55-78; planche coloriée, et carte.)

—— Les Peuples Orientaux connus des anciens Chinois D'après les ouvrages originaux Par Léon de Rosny Professeur à l'Ecole spéciale des Langues Orientales Secrétaire de la Société d'Ethnographie — Mémoire accompagné de IX Cartes. Paris Ernest Leroux éditeur. — 1881, in-8, pp. VIII-111.

Publié par la Société d'Ethnographie.

—— San-tsai-tou-hoei — Les Peuples de l'Indo-Chine et des pays voisins Notices ethnographiques traduites du chinois Par Léon de Rosny Professeur à l'Ecole spéciale des Langues Orientales. — Poissy Typographie de S. Lejay, 1874, in-8, pp. 13.

Siam. — Lao. — Kiao-tchi — Camboge.

Ext. des *Actes de la Société d'Ethnographie*, Tome VI.

—— Voyage d'un lettré chinois dans l'empire d'Annam. Traduit du russe par L. Leger. (*Recueil d'itinéraires et de voyages dans l'Asie centrale et l'Extrême-Orient*. Paris, E. Leroux, 1878, pp. 63-161.) [Ce Rec. forme le Vol. VII des *Publ. de l'Ecole des Langues Orientales vivantes.*]

Cette traduction française est faite sur la traduction russe du Père Eulampius qui avait paru en 1872, à St. Pétersbourg dans la *Revue Orientale* (*Восточный Сборникъ*), I, pp. 65-145, sous le titre de :

—— Записки Китайца объ Аннамѣ переводъ съ китайскаго іеромонаха Евлампія.

—— Histoire des relations de la Chine avec l'Annam-Viêtnam du XVIe au XIXe Siècle d'après des documents chinois traduits pour la première fois et annotés par G. Devéria, premier interprète de la légation de France en Chine, correspondant de l'Ecole spéciale des langues orientales vivantes. Ouvrage accompagné d'une carte. Paris, Ernest Leroux, 1880, in-8, pp. X-102.

Ce Vol. forme le Vol. XIII des *Publications de l'École des Langues Orientales vivantes*.

—— Tribut annamite (1877). [Traduit par G. Devéria.] (*T'oung Pao*, Vol. XIV, n° 4, Octobre 1913, pp. 483-485.)

Gazette de Péking, 27 mai 1877. — Publié par Henri Cordier, d'après les Archives des Affaires étrangères.

—— Le Conflit entre la France et la Chine. Etude d'histoire coloniale et de droit international, par Henri Cordier, Directeur de la Revue de l'Extrême-Orient. Paris, Léopold Cerf, 1883, br. in-8, pp. 48.

La plus grande partie de cette brochure avait paru dans journal *Le Temps*.

—— Henri Cordier, *Hist. des Relat. de la Chine* II, 1902, Chap. XIII-XXVI.

—— Le Tonkin, la Chine et l'Angleterre. Par G. d'Orcet. (*Rev. Brit.*, 1883, IV, pp. 137-164.)

*
* *

—— Annamites et Chinois au Tong-king. Par Charles Labarthe. (*Rev. de Géog.*, XII, 1883, pp. 37-49.)

—— Les droits de suzeraineté de la Chine sur le Tong-king. Par le Dr. Ch. Ern Martin. (*Rev. de Géog.*, XIII, 1883, pp. 290-293.)

—— La Chine et l'Annam. (*Ann. de l'Ext.-Orient*, 1883-1884, VI, pp. 176-179.)

—— Chine et Tonquin. Par J.-Léon Soubeiran. Br. in-8, pp. 57, carte. [Montpellier, 1885.]

Extrait du *Bulletin de la Société Languedocienne de Géographie* (1885).

—— Le Tonkin et les Invasions chinoises. Par Gervaise, lieutenant de vaisseau. (*Soc. Bretonne Géog.*, VII, 1888, pp. 40-61, 104-114, 147-152.)

—— 安南紀遊 *Ngan-nan ki yeou*. Relation d'un voyage au Tonkin, par le lettré chinois *P'an Ting-kouei* (潘鼎珪), traduite et annotée par A. Vissière, premier interprète de la Légation de France en Chine. (Extrait du *Bulletin de Géographie historique et descriptive*, tome IV, n° 2.) Paris, Ernest Leroux, 1890, br. in-8, pp. 17.

Notice : *T'oung Pao*, IV, p. 99, par G. Schlegel.

—— Les rapports de la Chine & de l'Annam. Par M. H. Castonnet Desfosses, Avocat au barreau de Paris, membre de la Société de Géographie de Paris. — Extrait de la *Revue de Droit international* — Bruxelles et Leipzig, C. Muquardt, br. in-8, pp. 70.

—— Les relations de la Chine et de l'Annam, Par H. Castonnet des Fosses Avocat à la Cour d'Appel, Membre du Conseil de la Société. (*Bull. Soc. Acad. Indo-Chinoise*, 2° sér., III, 1890, pp. 205-264.)

—— Les Chinois en Annam. (*Rev. Brit.*, 1883, IV, pp. 273-308.)

—— La suzeraineté de la Chine sur l'empire d'Annam. Par H. Castonnet Desfosses. (*Moniteur Universel*, 30 août et 5 sept. 1883.)

—— De la conciliation de la Suzeraineté chinoise avec le protectorat français sur l'Annam. (*L'Union*, 8 juin 1883.)

Lettre de F. Romanet du Caillaud, Limoges, 6 juin 1883.

—— La Chine et l'Annam. (*Ann. de l'Ext.-Orient*, 1883-1884, VI, pp. 176-179.)

—— Manchu Relations with Annam. By E. H. Parker. (*China Review*, XVIII, No. 1, 1889, pp. 36-39.)

—— China and her Neighbours. — France in Indo-China. — Russia and China. — India and Thibet. By R. S. Gundry.... With Maps. London: Chapman and Hall, 1893, in-8, pp. xxi-408, 9/-

Notice : *The Athenaeum*, No. 3443, Oct. 21, 1893.

—— Tribut du Roi d'Annam. (*Choix de Documents*..., par S. Couvreur, 1894, pp. 207-215.)

Textes chinois et traduction.

—— *Ngann-nann-tche-luo* 安南志畧 Mémoires sur l'Annam Traduction accompagnée d'un lexique géographique et historique par Camille Sainson élève-interprète. — Péking. — Imprimerie des Lazaristes au Pé-t'ang. — 1896, in-8, pp. vii-581.

—— Le recrutement de la main d'œuvre chinoise pour l'Indo-Chine. (*Bull. écon. Indo-Chine*, 1902, pp. 269-272.)

—— 東周列國 Đông Châu Liệc Quấc Traduit en quốc-ngư Par Nguyễn-Chánh-Sắt (Tân-châu) Tous droits réservés. — Saigon, Imprimerie Saigonnaise, 1906, in-8.

L'ouvrage est en cours de publication : 7 fasc. parus, pp. 326.

Les royaumes tributaires sous les Tcheou orientaux.

—— 大明洪武 Đại Minh Hồng Võ. Truyện mạt Nguơn sang Minh. Traduit par Trần-Phong-Sắc, Professeur à l'Ecole de Tânan, Publié par Nguyễn-Tấn-Phước, Nguyễn-Tấn-Có. Tous droits réservés. — Saigon, Coudurier & Montégout, Imprimeurs-Editeurs, 1907, 7 fasc. in-8, pp. 334.

L'Empereur Houng-wou des Ming. La fin des Youen et l'avènement des Ming.

—— 中國古今畧記 Trung-quốc cổ kim lược ký. Traduit en Quốc-ngữ par Nguyễn-chánh-Sắt (Tân-châu) Publié par Đinh-Thái-Sơn. — Première Edition. — Saigon, Phát-Toán, Libraire-Imprimeur, 55-57, Rue d'Ormay, 1909, in-8, pp. 48.

Aperçu sur l'histoire de Chine.

—— 永慶昇平 Vĩnh Khánh Thăng Bình (Đầu truyện Càng-Long). Traduit par 陳豐色 Trần-Phong-Sắc, Professeur de caractères chinois à Tânan. Edité par 黃克順 Huỳnh-khắc-Thuận, Secrétaire du Secrétariat du Gouvernement. — Saigon, Imprimerie Saigonnaise Royer & Cie, 39-41, Rue Catinat, 1909-11, in-8.

En cours. — 5 fasc. parus, pp. 208.

Une période de grande paix. (Le début du règne de K'ien-loung.)

—— 東周列國晋重耳 Tan Trung Nhi Tôi Ngô quang Uản dịch lại quyen sach này ra chữ Quốc-ngữ đe các ông sem cho tiện mà bán tại Hiệu Thụy-Ký. Librairie. Rue du Chanvre, n° 98, Hanoi, Prix

0 # 20. 瑞記號賣書館河內行棧鋪第九十八號, 1910, in-8, pp. 52.

[Autographié.]

Les fiefs sous les Tcheou orientaux. Le roi Tchong-eul de Ts'in.

—— Le protectorat général d'Annam sous les Tang (I). Essai de géographie historique Par M. H. Maspero, Pensionnaire de l'École française d'Extrême-Orient. (*Bull. Ecole franç. Ext.-Or.*, X, Juill.-Sept. 1910, pp. 539-584.) — (II). (*Ibid.*, Oct.-Déc. 1910, pp. 665-682, carte.)

—— La révolution et les Chinois de Cochinchine Par Albert Maybon. (*Asie française*, Décembre 1912, pp. 525-528.)

—— L'immigration chinoise en Indo-Chine. Sa réglementation Ses Conquêtes économiques et politiques par Jean-André Lafargue, in-8.

—— L'avenir économique de la France et du Tonkin dans la Chine Sud-occidentale Par le Dr. A. Legendre. (*Bull. Soc. Géogr. comm.*, Avril 1913, pp. 217-224.)

Conférence faite à la Société de Géographie commerciale de Paris.

JAPON.

—— L'Indo-Chine et ses anciennes relations commerciales avec le Japon. Conférence faite le 5 Décembre 1891, à Tokyo, au siège de la Société Japonaise de Langue française (Futsu-gakkai), sous le haut patronage de M. Tsuji Shinji, Vice-Ministre de l'Instruction Publique, Président de la Société, par M. G. Dumoutier Directeur de l'Enseignement en Annam & au Tonkin. (*Revue française du Japon*, Première année, 1ère livraison, Janvier 1892, pp. 7-27.)

Cette conférence, traduite en japonais par M. Oshima, secrétaire particulier du Ministre de l'Instruction publique, a été publiée dans le No. 7 du Bulletin de la Société Toho-Kyôkai.

—— Étude de colonisation de l'Indo-Chine française par les Japonais et la race malaise par M. Albert Foulaz. (*Bull. Soc. Etudes indochin. Saigon*, n° 34, 1896, pp. 21-31.)

—— Henri Moreau — L'alliance anglo-yankee-japonaise maitresse de l'Indo-Chine. — Prix : 1 fr. 50. — Paris Librairie A. Charles... — 1904, in-8, pp. 153 + 1 f. n. ch. tab.

—— R. Castex, Enseigne de vaisseau. — Le Péril japonais en Indo-Chine — Réflexions politiques et militaires. Paris, Henri Charles-Lavauzelle, s. d. [1904], in-8, pp. 36, 1 carte.

—— La prostituée japonaise au Tonkin. Par M. le Docteur Roux. (*Bull. et Mém. Soc. d'Anth. Paris*, VI (Ve Sér.), 1905, pp. 203-210.)

— Le commerce de l'Indo-Chine avec le Japon. D'après l'*Echo de Chine*. Par V. F. (*Revue Indo-Chinoise*, 15 février 1906, p. 227.)

—— Lt-Colonel Péroz — France et Japon en Indo-Chine. R. Chapelot et Cie, 30 rue Dauphine, 1906, in-16, pp. VII-277 + 1 f. n. ch. tab.

Notices : *La Géographie*, 15 janvier 1907, p. 66. — *Bull. Soc. Géog. comm. Paris*, Août 1906, p. 528, par Georges Blondel.

—— L'Indochine et les négociations commerciales franco-japonaises. Par Kataphronète. (*Asie française*, Mars 1911, pp. 119-129.)

SIAM.

Voir col. 919-922.

DIVERS PAYS ASIATIQUES.

— La main d'œuvre javanaise au Tonkin. (*Bull. Com. Asie franç.*, Juillet 1907, p. 254.)

—— Les Malais de l'Indochine française. (Mœurs et coutumes.) Par A. Cabaton. (*Revue Indochinoise*, Sept. 1912, pp. 161-171.)

Conférence de M. Cabaton à l'Ecole Coloniale.

PORTUGAL.

Voir *Bibliotheca Sinica*, col. 2301-2310, 3195.

— France et Portugal. — Souvenirs des Portugais dans l'Indo-Chine. (*Cte. rendu Soc. Géog.*, 1883, pp. 245-247.)

Lettre de M. Romanet du Caillaud, Limoges, 3 mai 1883.

ESPAGNE.

—— *Historia de las guerras de Cochinchina y Cambodja año de 1784 : por el P. Fr. Santiago Ginestar de la Provincia de S. Juan Bautista.

Cosi l'Huerta (*Estado, ec.*). Nativo di Gata diocesi di Valenza, il Padre Ginestar partì per le Filippine il 1779, e il 1782 venne inviato alle Missioni della Concincina, dove fu Commissario Provinciale per 14 anni. Quivi scrisse la sua opera : e il 1796 fece ritorno alle Filippine. Vi evangelizzò parecchi anni e vi tenne vari ufficii, tra gli altri di Guardiano del Convento di Manila. Morì nel popolo di S. Croce a' 22 di novembre del 1809. (Marcellino da Civezza, No. 258.)

—— Una Misión diplomática en la Indo-China. — Descripción del viaje de la Legacion especial de España al Imperio de Annam y Reino de Siam dando en dos años la vuelta al mundo por el coronel de infantería de marina, teniente de navió de 1ª clase de la armada Don Melchor Ordoñez y Ortega, Jefe de la expresada legación... con un prologo de Don Pedro de Novo y Colson... publ. ilustrada. Madrid, 1882, pet. in-fol. à 2 col., pp. XXIII-601 + 1 f. n. ch. p. l. t.

—— L'Espagne en Indochine à la fin du XVIe siècle Par A. Cabaton. (*Revue de l'Histoire des Colonies françaises*, 1re année, 1913, 1er trim., pp. 73-116.)

— Les Espagnols en Indo-Chine à la fin du XVIe siècle. Par Et. Clouzot. (*La Géographie*, 15 novembre 1913, p. 331.)

D'après Cabaton.

HOLLANDE.

—— François Valentijn. — Voir col. 927-930.

—— Voyage du yacht hollandais «Grol» du Japon au Tonquin (31 janvier 1637, 8 août 1637). Par A.-J.-C. Geerts, conseiller au Ministère de l'Intérieur au Japon. (*Exc. et Recon.*, No. 13, 1882, pp. 5-47, carte.)

—— Cochinchine française — Voyage du yacht hollandais «Grol» du Japon au Tonquin (31 janvier 1637, 8 août 1637). Par A.-J.-C. Geerts,... suivi de quelques renseignements sur le Tonquin Par des auteurs japonais du XVIIe siècle. — Saigon, Imprimerie du Gouvernement. — 1882, in-8, pp. 52.

Notice : *Ann. Ext.-Orient*, 1882-1883, V, p. 254.

—— Voyage du Yacht hollandais «Grol» du Japon au Tonquin (31 janvier 1637, 8 août 1637). (*Revue Indo-Chinoise*, 15 avril 1907, pp. 425-439; *ibid.*, 30 avril 1907, pp. 530-539.)

—— Voyage of the Dutch Ship «Grol» from Hirado to Tongking. Translated from the French by J. M. Dixon, M. A. (*Trans. As. Soc. Japan*, Vol. XI, Pt. II, 1883, pp. 180-215.)

D'après Geerts. — Voir *Bib. Japonica*, col. 338.

—— Neêrland's vroegste betrekkingen met Borneo, den Solo-Archipel, Cambodja, Siam en Cochin-China. Een nagelaten werk van M^r. L. C. D. Van Dijk. — Met eene Levensschets en inleiding van M^r. G. W. Vreede. — Amsterdam, J. H. Scheltema, 1862, in-8, pp. 14 + 363.

—— Les relations de la Hollande avec le Cambodge et la Cochinchine au XVIIe siècle. (*Exc. et Recon.*, No. 12, 1882, pp. 492-514.)

Ext. par le Dr. Winkel du livre posthume de M. L.-C.-D. Van Dyk, publié à Amsterdam en 1862.

—— Les relations de la Hollande avec le Cambodge et la Cochinchine au XVIIe siècle. Par le Docteur Winkel. (*Revue Indo-Chinoise*, 30 nov. 1906, pp. 1761-1777.)

Tiré de l'ouvrage de M. L.-C.-D. Van Dyk.

—— Les comptoirs hollandais de Phô-hien ou Phô-Khach, près Hu'ng-yen (Tonkin) au XVIIe siècle, par M. G. Dumoutier. (*Bull. Géogr. hist. et descr.*, 1895, n° 2, pp. 220-233.)

—— Corpus diplomaticum Neerlando-Indicum. Verzameling van Politieke contracten en verdere Verdragen door de Nederlanders in het Oosten gesloten, van Privilegebrieven, aan hen verleend, enz., uitgegeven en toegelicht door Mr. J. E. Heeres, Hoogleeraar aan de Rijkuniversiteit te Leiden. Eerste Deel (1596-1650), in-8, pp. XXXII-586.

Forme le Deel LVII des *Bijdragen tot de Taal-, Land- en Volk. van Nederl.-Indië*, 's Gravenhage, M. Nijhoff, 1907, in-8.

FRANCE.

OUVRAGES GÉNÉRAUX.

—— Archives coloniales — Inventaire sommaire de la Correspondance générale de la Cochinchine (1686-1863) par Victor Tantet Chef de bureau au Ministère des Colonies. Paris, Augustin Challamel, 1905, in-8, pp. 30.

—— De Franschen in Indo-China. — Geografisch, Administratief en Economisch Overzicht van Fransch Cochin-China, Annam en Kambodja. Met Kaarten en Platen door J. A. B. Wiselius, Controleur 1e Klasse bij het Binnenlandsch Bestuur of Java. — Zalt-Bommel, Joh. Noman en Zoon, 1878, in-8, pp. VIII-291.

India Office.

—— Les Relations de la France avec le Tongkin et la Cochinchine d'après les documents inédits des Archives du Ministère de la Marine et des Colonies et des Archives du Dépôt des Cartes et Plans de la Marine par H. Castonnet-Desfosses... — Paris, Au Siège de la Société, 1883, in-8, pp. 38.

Ext., n° 9, du *Bulletin de la Société Académique Indo-Chinoise*, 2e série, t. II, avril 1882.

—— Rapports du Tonkin et de la Cochinchine avec la France aux dix-septième & dix-huitième siècles — Conférence Faite le 18 Juillet 1882 à la Société de Géographie commerciale de Paris par M. Castonnet Desfosses, Avocat à la Cour d'Appel, Membre de la Société de Géographie. — Chez Challamel Ainé, rue Jacob — 1883, in-8, pp. 15.

—— Hippolyte Gautier — Les Français au Tonkin 1787-1883 — Dayot — Dupuis — Senez — Francis Garnier Amiral Dupré — Rheinart, de Kergaradec, Henri Rivière — J. Harmand, Général Bouet — Amiral Courbet — Paris Challamel ainé, Éditeur — 1884, in-12, pp. VII-416.

Quatre cartes et Portrait de Francis Garnier.

—— Les Français en Indo-Chine Par M. le Capitaine Bouinais. — Rochefort, Ch. Thèze, 1884, in-8, pp. 20.

Ext. du *Bulletin de la Société de Géographie de Rochefort* (Année 1883-1884).

—— Les commencements de l'Indo-Chine française d'après les Archives du Ministère de la Marine et des Colonies, les mémoires ou relations du temps par Albert Septans, Capitaine d'Infanterie de Marine, breveté d'état-major. Paris, Challamel ainé, 1887, in-8, pp. III-213.

—— R. du Vaure. — Établissement de l'influence française en Extrême-Orient. (*Revue Indo-Chinoise ill.*, Août 1894, pp. 73-91, ill.)

—— Introduction A l'histoire abrégée de l'établissement du Protectorat français en Annam de M. Hoang-van-Thuy. Par Lettré X*** Traduction de Nguyên-van-Tó. (*Revue Indo-Chinoise*, 15 octobre 1906, pp. 1526-1541, cartes.)

—— Histoire abrégée de l'établissement du Protectorat français en Annam. Par Hoàng-văn-Thúy (traduit par Nguyên-van-Tó). (*Ibid.*, 30 oct. 1906, pp. 1606-1620; *ibid.*, 15 nov. 1906, pp. 1684-1696.)

—— L. de Reinach, Ancien Administrateur des Services civils de l'Indo-Chine — Recueil des Traités conclus par la France en Extrême-Orient (1684-1902) — Paris, Ernest Leroux, 1902, in-8, pp. 442.

Notice : *Toung Pao*, Oct. 1903, pp. 352-353, par Henri Cordier.

—— —— Tome second (1901-1907) — Paris, Ernest Leroux, 1907, in-8, 4 ff. n. ch. + pp. 146.

—— Colonel E. Diguet de l'Infanterie coloniale — Annam et Indo-Chine française — I. — Esquisse de l'histoire annamite — II. — Rôle de la France en Indo-Chine — Ouvrage dédié à M. Gaston Doumergue, Ministre du Commerce, ancien Ministre des Colonies. — Paris, Augustin Challamel, 1908, in-8, pp. VII-184.

—— Quelques anecdotes sur les gloires de la France. Đại-Pháp Công-thần. Livre de lecture en quốc-ngữ avec sommaire en français à l'usage des Ecoles provinciales et cantonales de Cochinchine. Par Lê-van-Thóm. Ouvrage illustré de 100 gravures et orné de 2 cartes. Deuxième édition revue et considérablement augmentée. Librairie Armand Colin, Paris, 5, rue de Mézières, 1909, Droits de reproduction et de traduction réservés pour tous les pays, in-8, pp. XII + 171.

—— L'occupation de la Cochinchine Conférence faite à l'École Coloniale, à l'occasion du cinquantenaire de la prise de possession de la Cochinchine, le 17 février 1909, par M. Cultru, Professeur à la Faculté des Lettres. (*Bull. Soc. Études indochinoises de Saigon*, n° 56, 1er Sem. 1909, pp. 45-61.)

—— P. Cultru, Chargé de cours à la Sorbonne — Histoire de la Cochinchine française des origines à 1883. Paris, Augustin Challamel, 1910, in-8, pp. VII-444.

Notices : *Bul. École franç. Ext.-Orient*, Avril-Juin 1910, pp. 434-441, par Charles B. Maybon. — *Journ. Asiat.*, Mai-Juin 1910, pp. 557-558, par L. Finot. — *Revue des Sciences Politiques*, Janv.-Fév. 1911, pp. 137-139, par Bertrand Nogaro. — *Revue indochinoise*, Mars 1910, par G. Regelsperger. — *Revue indochinoise*, Juin 1910, pp. 579-581, d'après l'*Asie française*.

ANCIENNES RELATIONS.

— Articles de la Compagnie povr le voyage de la Chine, dv Tonqvin, & de la Cochinchine, &c. A Paris. M.DC.LX. Pièce in-4, pp. 12.

Bibl. nat., O² n 241.

— Rapports du Tonkin et de la Cochinchine avec la France aux XVIIe et XVIIIe siècles. Par M. Castonnet Desfosses. (*Bull. Soc. Géog. com.*, IV, 1881-82, pp. 321-333.)

— Rapports du Tonkin et de la Cochinchine avec la France aux dix-septième & dix-huitième siècles. — Conférence Faite le 18 Juillet 1882 à la Société de Géographie commerciale de Paris par M. Castonnet Desfosses, Avocat à la Cour d'Appel, Membre de la Société de Géographie. — Challamel aîné. — 1883, br. in-8, pp. 15.

— Les relations de la France avec le Tongkin et la Cochinchine d'après les documents inédits des Archives du Ministère de la Marine et des Colonies et des Archives du Dépôt des Cartes et Plans de la Marine, par H. Castonnet Desfosses, Avocat à la Cour d'Appel, Membre de la Société Académique Indo-Chinoise. — Paris, Challamel aîné, 1883, br. in-8, pp. 38.

Extrait, n° 9, du *Bull. de la Soc. Acad. Indo-chinoise*, 8° série, t. II, avril 1882.

— Mémoires divers sur la Cochinchine (1686-1748) — Isle de Poulo Condor — I-II. Extrait de la lettre du Sieur Véret, à Siam, le 5 novembre 1686. — III. 1744. Mémoire sur la Cochinchine. — Observations sur ce Mémoire, par un Capitaine portugais. — IV. Réflexions sur le Mémoire touchant la Cochinchine. — V. Extrait d'un in-quarto portant pour titre : Lettres édifiantes et curieuses sur la visite apostolique de M. de la Baume, évêque d'Halicarnasse à la Cochinchine en l'année 1740, par M. Faure, prêtre suisse, etc. A Venise. 1746. — VI. Extrait de divers endroits de la visite apostolique de M. d'Halicarnasse à la Cochinchine en 1740. Répartition des missions de la Cochinchine faite par M. d'Halicarnasse en janvier 1740. — VII. Extrait de la lettre de M. Friel, écrite à M. de Godeheu, le 26 janvier 1747, de Pondichéry. — VIII. Mémoire sur le Commerce de Cochinchine 12 juillet 1748. — IX. Quelques réflexions sur le Mémoire qui traite du Commerce de Cochinchine. Récapitulation de tout ce que dessus. Voyage de M. Poivre. — X. [Mission de M. Poivre.] Idée générale des Moussons dans les mers de la Sonde, des Moluques, des Philippines et de la Chine. — XI. Addition au Mémoire sur le commerce de la Cochinchine en conséquence des réflexions de M. Duvelaer. (*Revue de l'Extrême-Orient*, II, Juillet-Septembre 1884, pp. 305-398.)

Publié par Henri Cordier.

— Les Français en Indo-Chine jusqu'à la Révolution. Par A. Septans. (*Soc. Bretonne Géog.*, III, 1884, pp. 205-228.)

— Les origines de l'Empire français dans l'Indo-Chine Par Alexis Faure. (*Revue de Géog.*, Juin 1888, pp. 401-416.) — (*Rev. de Géog.*, XLII, 1898, pp. 401-416, XLIII, 1898, pp. 334-349, 412-426.)

Voir *Rev. de Géog.*, 1888, 1889, 1890, 1891 et 1892.

— Notes sur quelques Français d'Extrême-Orient au XVIIe siècle (Commerçants, soldats, etc. au service de la Compagnie Hollandaise des Indes). Par Jacques Pannier, Pasteur de l'Église protestante du Tonkin. (*Revue indo-chinoise*, 15 mai 1904, pp. 601-608.)

Hanoï, Avril 1904.

— * J. Riché. — La Cochinchine au XVIIIe siècle. (*Revue d'Europe et des Colonies*, Avril 1906.)

Pierre Poivre.

— Voyages d'un philosophe ou Observations sur les mœurs & les arts des peuples de

—— Rapports du Tonkin et de la Cochinchine avec la France aux dix-septième & dix-huitième siècles — Conférence Faite le 18 Juillet 1882 à la Société de Géographie commerciale de Paris par M. Castonnet Desfosses, Avocat à la Cour d'Appel, Membre de la Société de Géographie. — Chez Challamel Ainé, rue Jacob — 1883, in-8, pp. 15.

—— Hippolyte Gautier — Les Français au Tonkin 1787-1883 — Dayot — Dupuis — Senez — Francis Garnier Amiral Dupré — Rheinart, de Kergaradec, Henri Rivière — J. Harmand, Général Bouet — Amiral Courbet — Paris Challamel ainé, Éditeur — 1884, in-12, pp. VII-416.

Quatre cartes et Portrait de Francis Garnier.

—— Les Français en Indo-Chine Par M. le Capitaine Bouinais. — Rochefort, Ch. Thèze, 1884, in-8, pp. 20.

Ext. du *Bulletin de la Société de Géographie de Rochefort* (Année 1883-1884).

—— Les commencements de l'Indo-Chine française d'après les Archives du Ministère de la Marine et des Colonies, les mémoires ou relations du temps par Albert Septans, Capitaine d'Infanterie de Marine, breveté d'état-major. Paris, Challamel ainé, 1887, in-8, pp. III-213.

—— R. du Vaure. — Établissement de l'influence française en Extrême-Orient. (*Revue Indo-Chinoise ill.*, Août 1894, pp. 73-91, ill.)

—— Introduction A l'histoire abrégée de l'établissement du Protectorat français en Annam de M. Hoang-van-Thuy. Par Lettré X*** Traduction de Nguyên-van-Tó. (*Revue Indo-Chinoise*, 15 octobre 1906, pp. 1526-1541, cartes.)

—— Histoire abrégée de l'établissement du Protectorat français en Annam. Par Hoáng-văn-Thúy (traduit par Nguyên-van-Tó). (*Ibid.*, 30 oct. 1906, pp. 1606-1620; *ibid.*, 15 nov. 1906, pp. 1684-1696.)

—— L. de Reinach, Ancien Administrateur des Services civils de l'Indo-Chine — Recueil des Traités conclus par la France en Extrême-Orient (1684-1902) — Paris, Ernest Leroux, 1902, in-8, pp. 442.

Notice : *T'oung Pao*, Oct. 1903, pp. 352-353, par Henri Cordier.

—— —— Tome second (1901-1907) — Paris, Ernest Leroux, 1907, in-8, 4 ff. n. ch. + pp. 146.

—— Colonel E. Diguet de l'Infanterie coloniale — Annam et Indo-Chine française — I. — Esquisse de l'histoire annamite — II. — Rôle de la France en Indo-Chine — Ouvrage dédié à M. Gaston Doumergue, Ministre du Commerce, ancien Ministre des Colonies. — Paris, Augustin Challamel, 1908, in-8, pp. VII-184.

—— Quelques anecdotes sur les gloires de la France. Đại-Pháp Công-thần. Livre de lecture en quốc-ngữ avec sommaire en français à l'usage des Ecoles provinciales et cantonales de Cochinchine. Par Lê-van-Thóm. Ouvrage illustré de 100 gravures et orné de 2 cartes. Deuxième édition revue et considérablement augmentée. Librairie Armand Colin, Paris, 5, rue de Mézières, 1909, Droits de reproduction et de traduction réservés pour tous les pays, in-8, pp. XII + 171.

—— L'occupation de la Cochinchine Conférence faite à l'École Coloniale, à l'occasion du cinquantenaire de la prise de possession de la Cochinchine, le 17 février 1909, par M. Cultru, Professeur à la Faculté des Lettres. (*Bull. Soc. Études indochinoises de Saigon*, n° 56, 1er Sem. 1909, pp. 45-61.)

—— P. Cultru, Chargé de cours à la Sorbonne — Histoire de la Cochinchine française des origines à 1883. Paris, Augustin Challamel, 1910, in-8, pp. VII-444.

Notices : *Bul. École franç. Ext.-Orient*, Avril-Juin 1910, pp. 434-441, par Charles B. Maybon. — *Journ. Asiat.*, Mai-Juin 1910, pp. 557-558, par L. Finot. — *Revue des Sciences Politiques*, Janv.-Fév. 1911, pp. 137-139, par Bertrand Nogaro. — *Revue indochinoise*, Mars 1910, par G. Regelsperger. — *Revue indochinoise*, Juin 1910, pp. 579-581, d'après l'*Asie française*.

ANCIENNES RELATIONS.

— Articles de la Compagnie povr le voyage de la Chine, dv Tonqvin, & de la Cochinchine, &c. A Paris. M.DC.LX. Pièce in-4, pp. 12.

Bibl. nat., O² n 241.

— Rapports du Tonkin et de la Cochinchine avec la France aux XVIIe et XVIIIe siècles. Par M. Castonnet Desfosses. (*Bull. Soc. Géog. com.*, IV, 1881-82, pp. 321-333.)

— Rapports du Tonkin et de la Cochinchine avec la France aux dix-septième & dix-huitième siècles. — Conférence Faite le 18 Juillet 1882 à la Société de Géographie commerciale de Paris par M. Castonnet Desfosses, Avocat à la Cour d'Appel, Membre de la Société de Géographie. — Challamel aîné. — 1883, br. in-8, pp. 15.

— Les relations de la France avec le Tongkin et la Cochinchine d'après les documents inédits des Archives du Ministère de la Marine et des Colonies et des Archives du Dépôt des Cartes et Plans de la Marine, par H. Castonnet Desfosses, Avocat à la Cour d'Appel, Membre de la Société Académique Indo-Chinoise. — Paris, Challamel aîné, 1883, br. in-8, pp. 38.

Extrait, n° 9, du *Bull. de la Soc. Acad. Indo-chinoise*, 8e série, t. II, avril 1882.

— Mémoires divers sur la Cochinchine (1686-1748) — Isle de Poulo Condor — I-II. Extrait de la lettre du Sieur Véret, à Siam, le 5 novembre 1686. — III. 1744. Mémoire sur la Cochinchine. — Observations sur ce Mémoire, par un Capitaine portugais. — IV. Réflexions sur le Mémoire touchant la Cochinchine. — V. Extrait d'un in-quarto portant pour titre : Lettres édifiantes et curieuses sur la visite apostolique de M. de la Baume, évêque d'Halicarnasse à la Cochinchine en l'année 1740, par M. Faure, prêtre suisse, etc. A Venise. 1746. — VI. Extrait de divers endroits de la visite apostolique de M. d'Halicarnasse à la Cochinchine en 1740. Répartition des missions de la Cochinchine faite par M. d'Halicarnasse en janvier 1740. — VII. Extrait de la lettre de M. Friel, écrite à M. de Godeheu, le 26 janvier 1747, de Pondichéry. — VIII. Mémoire sur le Commerce de Cochinchine 12 juillet 1748. — IX. Quelques réflexions sur le Mémoire qui traite du Commerce de Cochinchine. Récapitulation de tout ce que dessus. Voyage de M. Poivre. — X. [Mission de M. Poivre.] Idée générale des Moussons dans les mers de la Sonde, des Moluques, des Philippines et de la Chine. — XI. Addition au Mémoire sur le commerce de la Cochinchine en conséquence des réflexions de M. Duvelaer. (*Revue de l'Extrême-Orient*, II, Juillet-Septembre 1884, pp. 305-398.)

Publié par Henri Cordier.

— Les Français en Indo-Chine jusqu'à la Révolution. Par A. Septans. (*Soc. Bretonne Géog.*, III, 1884, pp. 205-228.)

— Les origines de l'Empire français dans l'Indo-Chine Par Alexis Faure. (*Revue de Géog.*, Juin 1888, pp. 401-416.) — (*Rev. de Géog.*, XLII, 1898, pp. 401-416, XLIII, 1898, pp. 334-349, 412-426.)

Voir *Rev. de Géog.*, 1888, 1889, 1890, 1891 et 1892.

— Notes sur quelques Français d'Extrême-Orient au XVIIe siècle (Commerçants, soldats, etc. au service de la Compagnie Hollandaise des Indes). Par Jacques Pannier, Pasteur de l'Église protestante du Tonkin. (*Revue indo-chinoise*, 15 mai 1904, pp. 601-608.)

Hanoï, Avril 1904.

— * J. Riché. — La Cochinchine au XVIIIe siècle. (*Revue d'Europe et des Colonies*, Avril 1906.)

Pierre Poivre.

— Voyages d'un philosophe ou Observations sur les mœurs & les arts des peuples de l'Afrique, de l'Asie et de l'Amérique. A Yverdon, M.DCC.LXVIII, in-12, pp. 140 et 1 f. de table.

—— Voyages d'un philosophe, ou Observations sur les Mœurs & les Arts des Peuples de l'Afrique, de l'Asie & de l'Amérique. Par M. Poivre, ancien Intendant de l'Isle de France. A Maestricht, Chez Jean-Edme Dufour & Philippe Roux, MDCCLXXIX, in-12, pp. 154.

—— Voyages d'un Philosophe, par Pierre Poivre. Troisième Édition à laquelle on a joint une notice sur la Vie de l'Auteur, et deux de ses discours aux Habitans et au Conseil-Supérieur de l'Isle de France. A Paris, Chez du Pont..., L'an II, in-12, pp. XCIV-200.

«Les *Voyages d'un Philosophe* publiés sous son nom [celui de Pierre Poivre], sont un choix de fragments tirés de ses manuscrits, mais imprimés à son insu. Ils ont eu de nombreuses éditions; la dernière, publiée à Paris en 1797 chez Dupont, est augmentée de plusieurs fragments et précédée d'une notice sur la vie de Poivre par Dupont de Nemours.» (*Biog. univ.*, Art. *Poivre*, par de Gérando.)

— Trad. en Suédois, Götheborg, 1788, in-8.

—— The Travels of a Philosopher. Being Observations on the Customs, Manners, Arts, Agriculture, and Trade of several Nations in Asia and Africa. Translated from the French of M. Le Poivre... London : Printed for J. Davidson in the Strand. MDCCLXIX, in-12, pp. 175.

—— Travels of a Philosopher : or, Observations on the Manners and Arts of various Nations in Africa and Asia. Translated from the French of M. Le Poivre, late Envoy to the King of Cochinchina, and now Intendant of the Isles of Bourbon and Mauritius. London : Printed for T. Becket and Co. in the Strand. M.DCC.LXIX, pet. in-8, pp. VIII-191.

Traduction différente de la précédente. — Brit. Museum, 10026, aaa.

—— Travels of a Philosopher; or Observations on the Manners & Arts of various nations in Africa and Asia. By M. Le Poivre, late Envoy to the King of Cochin-china, and President of the Royal Society of Agriculture at Lyons. Baltimore : Published by N. G. Maxwell. P. & R. W. Edes, Printers, 1818, in-12, pp. 105.

Reproduit la trad. publiée en 1769 par Becket. — Frontispice.

—— Œuvres complettes de P. Poivre, Intendant des Isles de France et de Bourbon, correspondant de l'Académie des Sciences, etc.; Précédées de sa vie, et accompagnées de notes. A Paris, Chez Fuchs, libraire, rue des Mathurins, N°.334, 1797, in-8, pp. IV-310.

—— Voyage de Pierre Poivre en Cochinchine — Description de la Cochinchine (1749-1750) Voyage du vaisseau de la Compagnie le «Machault» à la Cochinchine en 1749 et 1750 (*Revue de l'Extrême-Orient*, III, N° 1, Janv.-Fév.-Mars 1885, pp. 81-121; N° 3, Juillet-Août-Sept. 1885, pp. 364-510.)

Archives des Colonies : *Colonies-Extrême-Orient.* — COCHINCHINE, 1748-1750, No. 2. — Publié par Henri Cordier.

—— Documents historiques relatifs à la Cochinchine et au Cambodge. Par A. D'Epinay (*Revue indochinoise*, 30 juillet 1904, pp. 83-96.)

Extraits des Archives de la Marine. — Lettre du duc de Praslin, Versailles, 29 février 1768. — Réponse de Poivre au Ministre, datée du 1er août 1768. — Mémoire sur les royaumes de Cochinchine et du Cambodge.

—— Pierre Poivre. — Sa vie & ses voyages par H. Castonnet des Fosses Membre Correspondant, Membre de la Société de Géographie, Président de section de la Société de Géographie commerciale de Paris. — Extrait du Bulletin de la Société de Géographie de Lyon. — Lyon, Imprimerie Vitte et Perrussel. — 1889, br. in-8, pp. 54.

—— Lyon voyageur et géographe. Par E. Chambeyron. (*Bull. Soc. Géog. Lyon*, XVI, 1899, pp. 5-17.)

Pierre Poivre, Sonnerat, etc.

L'ÉVÊQUE D'ADRAN.

Voir col. 2096-2098.

—— Petit Apperçu d'un Étourdi, sur la demande du Prince de la Cochinchine, Par un Jeune Militaire. S. l. n. d., in-8, pp. 27.

Un jeune Militaire = B.-S. Frossard (Quérard).

Bib. nat., Lb39 6313.

—— Traité entre le Roy et le Roy de la Cochinchine. (*Revue de l'Extrême-Orient*, II, Nos 1 & 2, Janvier-Juin 1883, pp. 268-271.)

Traité de Versailles, 28 Novembre 1787.

—— Notice sur Monseigneur Pierre-Joseph-Georges Pigneau de Béhaine évêque d'Adran et prince de Cochinchine Ministre plénipotentiaire du Roi Louis XVI, Général en chef des Armées annamites; Négociateur et signataire du Traité de 1787 entre la France et la Cochinchine, Né à Origny-en-Thiérache (Aisne), le 2 novembre 1741, Mort le 9 octobre 1799, à Saïgon, où est son tombeau, déclaré propriété nationale par l'Empereur, le 3 août 1861; publiée pour la première fois dans le Moniteur Universel du 16 février 1863, et documents intéressants à l'appui Par M. l'Abbé J. Jardinier, Curé d'Origny-en-Thiérache. — Vervins Imprimerie de Papillon, lithographe Place Sohier, 2, et rue des Prêtres, 24. — 1866, in-8, 2 ff. n. ch. + pp. 42.

Les deux ff. n. ch. de ce tirage renferment une lettre de l'abbé Jardinier à M. Drouyn de Lhuys, Ministre des Affaires étrangères, Président du Conseil général de l'Aisne.

—— Extrait du *Moniteur Universel* du 16 février 1863. — Monseigneur Pierre-Joseph-Georges Pigneau de Béhaine évêque d'Adran et prince de Cochinchine Ministre plénipotentiaire du Roi Louis XVI, Général en Chef des Armées annamites, Négociateur et signataire du Traité de 1787 entre la France et la Cochinchine, Né à Origny-en-Thiérache (Aisne), le 2 Novembre 1741, Mort le 9 octobre 1799, à Saïgon, où est son tombeau, déclaré propriété nationale par l'Empereur, le 3 Août 1861; par M. l'abbé J. Jardinier, curé d'Origny-en-Thiérache. — Vervins Imprimerie de Papillon, lithographe Place Sohier, 2, et rue des Prêtres, 24. — 1866, in-8, 2 ff. n. ch. + pp. 42.

Les deux ff. n. ch. de ce tirage renferment une lettre de l'abbé Jardinier à Nosseigneurs les Cardinaux, Archevêques et Evêques, précédée de la Recommandation épiscopale de l'évêque de Soissons et de Laon.

—— La Correspondance générale de la Cochinchine (1785-1791) publiée par Henri Cordier. (*T'oung Pao*, Déc. 1906, pp. 557-670; Oct. 1907, 439-558.)

—— La Correspondance générale de la Cochinchine (1785-1791) publiée par Henri Cordier. — Extrait du « *T'oung Pao* », Série II, Vol. VII, N° 5, Vol. VIII, N° 4. — Librairie et imprimerie ci-devant E. J. Brill. Leide — 1906-1907, in-8, pp. 236.

—— Documents sur Pigneau de Béhaine, évêque d'Adran. Par Cl. E. Maitre. (*Revue indochinoise*, 1913, Janvier, pp. 1-16; II, Le collège de Hòn đất, Février, pp. 163-194; III. Le Collège à Pondichéry, Mai, pp. 521-536; IV. Séjour au Cambodge et à Ha-tien, Sept., pp. 323-349.)

—— L'évêque d'Adran initiateur de la politique française en Indochine Par Albert Maybon. (*Asie française*, Mai 1914, pp. 198-208.)

— Le Musée Pigneau de Béhaine. (*Bul. Soc. Géog. comm. Paris*, Juin 1914, pp. 409-410.)

Inauguré à Origny-en-Thiérache, le 1er juin 1914. — Cf. *La Géographie*, Discours et Conférence de Henri Gourdon et Cl.-E. Maitre.

— Dayot (Jean-Marie). Par Alf. Brissaud, Rédacteur aux Archives de la Marine. (*Revue maritime et coloniale*, XCVIII, 1888, pp. 519-520.)

Premier Empire.

Voir Renouard de Sainte-Croix, col. 2425.

—— L'Ile de France sous Decaen 1803-1810 Essai sur la politique coloniale du Premier Empire et la rivalité de la France et de l'Angleterre dans les Indes orientales par Henri Prentout Docteur ès Lettres. — Paris, Hachette, 1901, in-8, pp. xlvi-688.

—— La France et l'Angleterre en Indo-Chine et en Chine sous le Premier Empire par Henri Cordier, Professeur à l'Ecole des Langues Orientales Vivantes, Paris. (*T'oung Pao*, 2e Sér., vol. IV, N° 3, Juillet 1903, pp. 201-227.)

Tirage à part, br. in-8, pp. 29; il y a des ex. sur papier de Hollande.

Restauration.

—— Rey. — Relation du second Voyage à la Cochinchine du navire *le Henri* armé à

Bordeaux, par M. Philipon et commandé par M. le Capitaine Rey, pendant l'année 1819 et les trois premiers mois de 1820. (*Ann. marit. et colon.*, 1823, 2e part., 3, pp. 493-545.)

—— Relation du second voyage, à la Cochinchine, du navire *Henri*, armé à Bordeaux par M. Philipon et commandé par M. le capitaine Rey, pendant l'année 1819 et les trois premiers mois de 1820. (*Bull. Soc. Géogr. Rochefort*, XXXI, 1909, pp. 125-156.)

—— Voyage from France to Cochin-China, in the Ship *Henry*, Captain Rey, of Bordeaux, in the years 1819 and 1820. — London : Printed for Sir Richard Phillips and Co., 1821, in-8, pp. ch. 105 à 128.

Forme le N° VI dans le Vol. IV de *New Voyages and Travels consisting of Originals and Translations....* London : Printed for Sir Richard Phillips and Co.

—— Remarques faites en 1821, 1822 et 1823, sur les îles Moluques, les îles Philippines, la Chine, la Cochinchine, les Etablissemens de Malac, Pulo-Pinang, Sincapour, l'Inde et Madagascar; par M. de Nourquer du Camper, second sur la frégate du Roi *la Cléopâtre*, commandée par M. Courson de la Ville-Hélio, capitaine de vaisseau. (*Ann. marit. et colon.*, 1824, 2, pp. 105-137.)

—— Le Consulat de France à Hué sous la Restauration Par H. C. (*Revue de l'Extrême-Orient*, II, Nos 1 & 2, Janvier-Juin 1883, pp. 139-267.)

—— Le Consulat de France à Hué sous la Restauration Documents inédits tirés des Archives des Départements des Affaires Etrangères de la Marine et des Colonies publiés par M. Henri Cordier — Paris Ernest Leroux... — 1884, in-8, pp. 129.

—— La Reprise des Relations de la France avec l'Annam sous la Restauration par Henri Cordier, Professeur à l'École des Langues Orientales vivantes, Paris. (*T'oung Pao*, Série II, Vol. IV, N° 4, Octobre 1903, pp. 285-315.)

—— Bordeaux et la Cochinchine sous la Restauration par Henri Cordier. (*T'oung Pao*, Sér. II, Vol. V, No. 5, Déc. 1904, pp. 505-560.)

—— Le Réveil économique de Bordeaux sous la Restauration — L'Armateur Balguerie-Stuttenberg et son œuvre par Pierre de Joinville Docteur ès Lettres Docteur en Droit. Paris, Honoré Champion, 1914, in-8, pp. xxiii-485.

—— Société de l'Histoire des Colonies françaises. — La Mission de *la Cybèle* en Extrême-Orient. 1817-1818 — Journal de voyage du Capitaine A. de Kergariou, publié et annoté par Pierre de Joinville... Paris, E. Champion [et] E. Larose, in-8, pp. xxi-248, carte.

Louis-Philippe.

— Voir Lefebvre, Dominique, col. 2082.

—— Extrait d'un rapport de M. Favin Levêque, capitaine de corvette, commandant la corvette *l'Héroïne*, en date du 17 juin 1843. 1er. Tourane. — 2. Collao-Cham. — 3. Pulo-Condor. (*Annales marit. et colon.*, 1843, III, Rev. colon., pp. 869-889.)

—— Rapport médical adressé à M. le docteur Keraudren, inspecteur général du service de santé de la marine, sur la campagne de la corvette *l'Héroïne*, commandée par M. Favin-Lévêque, capitaine de corvette, dans les mers de l'Inde et de l'Indo-Chine, depuis le 28 janvier 1841 jusqu'au 11 juillet 1843 ; par M. Rolland, docteur-médecin chirurgien-major de la corvette. — Traversée de Brest à Bourbon. — Nouvelle Zélande. — Nouvelle Hollande. — Indo-Chine. — Akaroa. — Baie des Iles. — Colonie anglaise d'Adélaïde dans le golfe Saint-Vincent. (*Annales marit. et colon.*, Vol. 85, 1844, pp. 87-121.)

—— Cochinchine et Tonkin. — (Extrait d'un Rapport de M. Cécille, Capitaine de Vaisseau commandant la frégate *l'Érigone* et la division navale française en station dans les mers de Chine, en date du 18 août 1843.) (*Annales marit. et colon.*, Vol. 87, 1844, pp. 750-780.)

—— Suite des opérations dans les mers de Chine et du Japon de la division navale sous les ordres de M. le capitaine de vaisseau Lapierre. (Extrait d'une lettre particulière.) (*Annales marit. et colon.*, 1847, Vol. 100, pp. 862-867.)

—— Rapport de M. le capitaine de vaisseau Lapierre, commandant la station navale de l'Indo-Chine, à M. le Ministre de la Marine, relativement à l'affaire de Tourane. (*Ibid.*, 1847, Vol. 101, pp. 56-65.)

—— Naufrage de la frégate *la Gloire* et de la corvette *la Victorieuse*, le 10 août 1847, sur la côte occidentale de la Corée. (Extrait d'une lettre particulière.) (*Ibid.*, pp. 728-733.)

—— An Account of the Visit of the French Vessels, the *Gloire* and the *Victorieuse* to Cochin-China. From the *Singaporean*. (*Chinese Rep.*, XVI, 1847, pp. 310-314.)

—— * Посѣщеніе Кохинхины французскимъ фрегатомъ *Алкменою*, въ 1845 году. (*Сѣвер. Пчела*, 1846, № 39 и 40.)

Mejov, 3499.

—— Campagne de l'*Alcmène* en Extrême-Orient (1843, 44, 45 et 46) D'après le Journal du Commandant Fornier-Duplan. (*Bull. Soc. Géog. Rochefort*, XXIX, 1907, pp. 289-313; XXX, 1908, pp. 17-37, 91-115.)

Second Empire.

—— Expédition de Tourane Relation empruntée au journal de M. Ch... Ge... écrit lors du bombardement de Tourane par le *Catinat*. 24 août 1858.

Avait paru dans l'*Illustration*. — Reproduit à la suite du *Tableau de la Cochinchine* de Cortambert et Rosny.

—— Bibliothèque générale de Géographie — Charles Meyniard — Le Second Empire en Indo-Chine (Siam. — Cambodge. — Annam) — L'ouverture du Siam au commerce et la Convention du Cambodge Précédé d'une préface Par M. Flourens Ancien Ministre des Affaires Étrangères Ouvrage orné de 22 gravures hors texte, plans, cartes, etc. — Paris, Société d'Editions scientifiques, 1891, gr. in-8, pp. XVIII-508.

—— La France et la Cochinchine, 1852-1858 : La Mission du *Catinat* à Tourane (1856). Documents publiés par Henri Cordier. (*T'oung Pao*, Oct. 1906, pp. 481-514.)

Il y a un tirage à part, in-8, avec des ex. sur papier de Hollande.

—— La Politique coloniale de la France au début du second Empire (Indo-Chine, 1852-1858) par Henri Cordier. 高 — Extrait du *T'oung Pao*, Vol. X-XII. — E. J. Brill, Leide, 1911, in-8, pp. 264.

Tiré à 25 ex. sur papier ordinaire et 100 sur papier Van Gelder.

Avait paru dans le *T'oung Pao*, 1909, Mars, Mai, Juillet et Décembre. — 1910, Juillet, Octobre et Décembre. — 1911, Mars et Mai.

CONQUÊTE FRANÇAISE (1858-1867).

—— Les Droits, les Intérêts et les Devoirs de la France en Cochinchine — Extrait du *Correspondant* — Paris, Charles Douniol, 1857, gr. in-8, pp. 24.

Par MM. Léon Pagès et Benoit d'Azy.

—— L'expédition française en Cochinchine (en 1857). Situation actuelle, but que doit se proposer la France. (*Le Correspondant*, 25 *février* 1861.)

A. Benoit d'Azy.

— Die spanisch-französische Expédition gegen Annam. (*Das Ausland*, XXXII, 1859, pp. 92-95.)

—— French in Cochinchina in 1859. (*Colburn's Monthly Mag.*, CXVI, 1.)

(Conquête Française [1858-1867].)

—— Les Français en Cochinchine. (*Revue Britannique*, Sept. 1859, pp. 5-24.)

D'après le *New Monthly Magazine*.

—— La Cochinchine et l'occupation française du port de Tourane. Par Léon de Rosny. (*Rev. Or. et Am.*, T. I, 1859, pp. 57-77.)

—— Expéditions militaires dans la Cochinchine.

XII pages à la suite du *Tableau de la Cochinchine* de Cortambert et Rosny, 1862, extraites de l'*Illustration*.

—— Rapport, adressé au Ministre de la Marine par le vice-amiral Rigault de Genouilly, commandant en chef des troupes françaises et espagnoles en Cochinchine. Camp de la rivière de Tourane, le 21 septembre 1859. (*Ann. Prop. Foi*, T. XXXII, 1860, pp. 78-80.)

Publié dans le *Moniteur* du 13 nov. 1859.

—— Les Expéditions de Chine et de Cochinchine D'après les Documents officiels par le Baron de Bazancourt — Première Partie 1857-1858 — Paris, Amyot, MDCCCLXI, in-8, pp. III-426. — Deuxième Partie. Paris, Amyot, MDCCCLXII, in-8, pp. VIII-413.

—— La Chine et la Cochinchine. Aperçu sur la Chine, sa géographie physique et politique, son climat, ses productions et sa population, suivi de l'histoire de la guerre des Français et des Anglais contre les Chinois depuis 1844 jusqu'au traité signé à Pékin en octobre 1860 et de l'histoire des expéditions françaises en Cochinchine depuis leur origine jusqu'à la prise de Mitho (12 avril 1861), avec notice géographique et historique de l'empire annamite par J. J. E. Roy. Lille, L. Lefort, M.DCCCLXII, in-8, pp. 256.

—— Histoire de l'Expédition de Cochinchine en 1861 par Léopold Pallu — Paris Librairie L. Hachette et Cie. — 1864, in-8, pp. 579, carte.

—— Histoire de l'Expédition de Cochinchine en 1861 par Léopold Pallu de la Barrière — Nouvelle édition avec une carte et deux croquis. — Berger-Levrault et Cie Paris [et] Nancy — 1888, in-8, pp. 365.

(CONQUÊTE FRANÇAISE [1858-1867].)

—— Lettres de l'Expédition de Chine par le Docteur Adolphe Armand, Médecin-major de 1re classe aux ambulances, — Extrait de la *Gazette Médicale* de Paris. Paris, Imprimé par E. Thunot et Cie. — 1859-1860, in-8, pp. 368.

Un second titre porte :

—— Lettres de l'Expédition de Chine et de Cochinchine par Adolphe Armand Ex-médecin du quartier général en Chine, et médecin-chef de l'hôpital militaire de Saigon en Cochinchine... Paris, Victor Rozier, 1864.

Voir pp. 158 et seq. : Du livre *Si-yuen* ou lavage de la fosse.

Notice : *Arch. Médecine navale*, III, 1865, pp. 279-283, par Berchon.

—— La question de Cochinchine au point de vue des intérêts français par M. H. Abel. Paris, Challamel aîné, 1864, in-8, pp. 48.

—— La Cochinchine française en 1864, par G. Francis. Paris, E. Dentu. — 1864, in-8, pp. 48.

G. Francis = Francis Garnier.

—— L'Amiral Charner — Campagnes de Chine et de Cochinchine. — (Extrait des *Mémoires de la Société d'Emulation des Côtes-du-Nord.*) Saint-Brieuc, L. Prud'homme, 1865, in-8, pp. 24, croquis.

Par Albert Geslin de Bourgogne.

Léonard-Victor-Joseph Charner, né à Saint-Brieuc, 13 fév. 1797.

—— Ed. du Hailly. — Souvenirs d'une campagne dans l'Extrême-Orient. I. — De France à Singapore. (*Revue des Deux Mondes*, 15 août 1866, pp. 957-983.) — II. — Une Visite à Siam. (*Ibid.*, 15 sept., pp. 383-410.) — III. — Les débuts d'une Colonie [Indochine]. (*Ibid.*, 15 oct., pp. 893-924.) — IV. — Les Chinois hors de chez eux. (*Ibid.*, 15 nov., pp. 396-420.) — V. — De Saïgon en France. (*Ibid.*, 15 janvier 1867, pp. 441-469.)

—— La France en Cochinchine. — Débuts d'une colonie. In-8, pp. 35.

Par Éd. du Hailly. — Paris, Impr. Paul Dupont.

Ce travail est extrait d'une série d'articles publiés par la *Revue des Deux-Mondes* sous le titre de «*Souvenirs d'une*

(CONQUÊTE FRANÇAISE [1858-1867].)

Campagne dans l'Extrême-Orient. Il a été inséré dans le numéro de décembre de la *Revue maritime et coloniale*.

—— P. Duchesne de Bellecourt. — La Colonie de Saïgon — Les agrandissemens de la France dans le bassin du Mékong. (*Revue des Deux Mondes*, 15 mars 1867, pp. 427-456.)

—— Ed. Wyts, Capitaine de frégate. — Prise de possession des provinces de Vinh-Long, Chaudoc et Ha-tien en 1867. (*Revue maritime et coloniale*, XXXII, 1872, pp. 912-922.)

—— Thơ Nam kỳ [詩南圻] ou Lettre Cochinchinoise sur les événements de la guerre Franco-Annamite, traduite par M. D. Chaigneau, auteur des *Souvenirs de Hué*. Paris, Imprimerie nationale, MDCCCLXXVI, br. in-8, pp. II-39.

—— Thơ Thiệp Theo Thơ Nam kỳ, suite de la Lettre annamite Poëme sur la conduite des jeunes Annamites après la Guerre Traduit par M. D. Chaigneau. Paris, Imprimerie Nationale, MDCCCLXXVI, in-8, pp. 23.

—— Les premières années de la Cochinchine française par P. Vial Capitaine de frégate Avec une préface de M. Rieunier, Capitaine de vaisseau, et une carte de la Cochinchine. Au profit des Alsaciens-Lorrains. Paris. Challamel aîné, 2 vol. in-12, pp. XXX 380, 284.

Nécrologie de Paulin Vial. (*La Géographie*, 15 juillet 1907, p. 76.)

—— Notice historique sur la conquête de la Basse-Cochinchine. Par G. D. (*Bull. Soc. Ét. Indo-Chinoises*, 1902, 2e sem., pp. 43-60; 1903, 1er et 2e sem., pp. 67-82.)

Ext. d'une étude destinée à servir d'introduction aux monographies des provinces de la Cochinchine.

—— La prise de Tourane Septembre 1858 — 7 et 8 Mai 1859 — 15 Septembre 1859. Par le Lieutenant Baulmont, de l'Infanterie Coloniale. — (*Revue indo-chinoise*, 30 nov. 1904, pp. 691-703; *ibid.*, 15 janv. 1905, pp. 13-28.)

—— Honneur militaire — [Lettres écrites pendant la] Guerre d'Italie (1859). — Campagne de Cochinchine (1859-1861). (*Revue des Deux Mondes*, 15 janvier 1907, pp. 273-325.)

GOUVERNEURS, ETC.

COMMANDANTS EN CHEF, COMMANDANTS ET GOUVERNEURS.

RIGAULT DE GENOUILLY, vice-amiral, commandant en chef de la division navale des mers de Chine et du corps expéditionnaire, s'empare de Tourane le 1er septembre 1858 et de Saïgon le 17 février 1859.

JAURÉGUIBERRY, capitaine de frégate, commandant à Saïgon depuis le mois de mars 1859 jusqu'au 1er avril 1860, d'abord sous les ordres du vice-amiral Rigault de Genouilly, puis sous ceux du contre-amiral Page.

PAGE, contre-amiral nommé commandant en chef de la division navale et du corps expéditionnaire dans les mers de Chine le 12 août 1859; prend la direction des affaires en Cochinchine le 1er novembre 1859 et la conserve jusqu'au mois de mars 1860.

DARIÈS, capitaine de vaisseau, commandant supérieur à Saïgon depuis le 1er avril 1860 jusqu'à l'arrivée du vice-amiral Charner, le 7 février 1861.

CHARNER, vice-amiral, nommé commandant en chef des forces navales dans les mers de Chine le 4 février 1860, arrive à Saïgon le 7 février 1861 et conserve le commandement jusqu'au 20 novembre de la même année, après s'être emparé des provinces de Saïgon et de Mytho.

BONARD, contre-amiral, nommé commandant en chef en Cochinchine le 8 août 1861, s'empare de la province de Bienhoa et de Vinhlong; part pour France le 1er mai 1863.

DE LA GRANDIÈRE, contre-amiral, nommé gouverneur et commandant en chef *p. i.* le 28 janvier 1863; entre en fonctions le 1er mai suivant, est nommé titulaire le 16 octobre de la même année; part pour France le 31 mars 1865, en mission.

ROZE, contre-amiral, commandant en chef la division navale des mers de Chine et du Japon, nommé gouverneur *p. i.* le 11 décembre 1864, entré en fonctions le 1er avril 1865.

DE LA GRANDIÈRE, vice-amiral, gouverneur et commandant en chef, de retour en Cochinchine le 28 novembre 1865, s'empare, les 20, 22, et 24 juin 1867, des trois provinces de Vinhlong, Chaudoc et Hatien; part pour France le 4 avril 1868, en congé.

Ohier, contre-amiral, commandant en chef la division navale des mers de Chine et du Japon, nommé gouverneur *p. i.* et commandant en chef le 10 décembre 1867, entré en fonctions le 5 avril 1868; part pour France le 11 décembre 1869.

Faron, général de brigade d'infanterie de marine, gouverneur *p. i.* du 11 décembre 1869 au 8 janvier 1870.

Cornulier-Lucinière (comte de), contre-amiral, commandant en chef la division navale des mers de Chine et du Japon, nommé gouverneur *p. i.* et commandant en chef en octobre 1869, entré en fonctions le 8 janvier 1870.

Dupré, contre-amiral, nommé gouverneur et commandant en chef le 15 janvier 1871, entré en fonctions le 1er avril 1871; parti pour France, en congé, le 4 mars 1872.

D'Arbaud, général de brigade d'infanterie de marine, gouverneur *p. i.* du 4 mars au 16 décembre 1872.

Dupré, contre-amiral, gouverneur et commandant en chef du 16 décembre 1872 au 16 mars 1874.

Krantz, contre-amiral, commandant en chef la division navale des mers de Chine et du Japon, nommé gouverneur *p. i.* et commandant en chef le 14 mars 1874, entré en fonctions le 16 du même mois.

Duperré (Victor-Auguste) (baron), contre-amiral, nommé gouverneur et commandant en chef le 30 septembre 1874, entré en fonctions le 1er décembre suivant; part pour France le 31 janvier 1876, en mission.

Bossant, général de brigade d'infanterie de marine, gouverneur *p. i.* du 1er février au 6 juillet 1876.

Duperré (baron), contre-amiral, gouverneur et commandant en chef, rentré de mission le 7 juillet 1876.

Lafont, contre-amiral, nommé gouverneur et commandant en chef le 5 juillet 1877, entré en fonctions le 16 octobre suivant.

Le Myre de Vilers, nommé gouverneur le 13 mai 1879; entré en fonctions le 7 juillet 1879; part pour France le 4 mars 1881, en mission.

De Trentinian, général de brigade d'infanterie de marine, gouverneur *p. i.* du 4 mars 1881 au 31 octobre 1881.

Le Myre de Vilers, gouverneur, rentré de mission le 1er novembre 1881.

Thomson (Charles), gouverneur, entré en fonctions le 12 janvier 1883.

Bégin, général, gouverneur *p. i.*

Filippini.

Constans, gouverneur *p. i.*

Résidents généraux.

Lemaire, Ministre plénipotentiaire, Résident général, du 1er oct. 1884 au 21 déc. 1884;

Général Roussel de Courcy, Commandant en chef le corps expéditionnaire du Tong-king, Résident général, du 31 mai 1885 au 26 janvier 1886;

Général Warnet, Commandant en chef le corps expéditionnaire du Tong-King, Résident général *p. i.*, du 27 janvier 1886 au 7 avril 1886;

Bert, Paul, Résident général, du 8 avril 1886 au 11 novembre 1886;

Vial, Paulin, Résident général *p. i.*, du 12 novembre 1886 au 28 janvier 1887;

Bihourd, Ministre plénipotentiaire, Résident général, du 29 janvier 1887 au 11 sept. 1887;

Berger, Secrétaire général, Résident général *p. i.*, du 11 sept. 1887 au 27 oct. 1887;

Bihourd, Ministre plénipotentiaire, Résident général, du 27 octobre 1887 au 17 novembre 1887;

Berger, Secrétaire général, Résident général *p. i.*, du 17 novembre 1887 au 25 juin 1888;

Richaud, 17 novembre 1887;

Parreau, Résident général *p. i.*, du 25 juin 1888 au 8 sept. 1888;

Rheinart, Résident général, du 23 juin 1888 à mai 1889;

Parreau, Résident général *p. i.*, mai 1889.

Gouverneurs généraux.

Constans, Gouverneur général à titre provisoire, du 16 novembre 1887 au 21 avril 1888.

Richaud, Résident général en Annam et au Tong-King, Gouverneur général *p. i.*, du 22 avril 1888.

Richaud, nommé Gouverneur général titulaire par décret du 8 septembre 1888.

Piquet, nommé par décret du 10 mai 1889, entré en fonctions le 31 mai 1889.

Bideau, Gouverneur général *p. i.*, du 13 avril 1891 au 25 juin 1891.

De Lanessan, nommé par décret du 21 avril 1891, entré en fonctions le 26 juin 1891.

Chavassieux, Résident supérieur au Tong-king, Gouverneur général *p.i.*, du 10 mars au 26 octobre 1894.

Rodier, Résident supérieur au Tong-king, Gouverneur général *p. i.*, du 30 décembre 1894 au 15 mars 1895.

Rousseau, Armand, du 29 décembre 1894; entré en fonctions le 15 mars 1895.

Fourès, Secrétaire général de l'Indochine, Gouverneur général *p. i.*, du 21 octobre 1895 au 14 mars 1896.

Fourès, Résident supérieur au Tong-king, Gouverneur général *p. i.*, du 10 décembre 1896 au 12 février 1897.

Doumer, Gouverneur général, du 13 février 1897.

Fourès, Résident supérieur au Tong-king, Gouverneur général *p. i.*, du 29 sept. 1898 au 24 janvier 1899.

Broni, Directeur des Affaires civiles de l'Indochine, Gouverneur général *p. i.*, du 16 février 1901 au 20 août 1901.

Broni, Directeur des Affaires civiles de l'Indochine, Gouverneur général *p. i.*, du 14 mars 1902 au 14 octobre 1902.

Beau, Gouverneur général, du 15 octobre 1902.

Broni, Secrétaire général de l'Indochine, Gouverneur général *p. i.*, du 1er juillet 1905 au 6 décembre 1905.

Broni, Secrétaire général de l'Indochine, Gouverneur général *p. i.*, du 28 juillet 1906 au 2 janvier 1907.

Bonhoure, Lieutenant-gouverneur de la Cochinchine, Gouverneur général *p. i.*, du 28 février au 23 sept. 1908.

A. Klobukowski, nommé Gouverneur général par décret du 26 juin 1908 et entré en fonctions le 24 sept. 1908.

Picquié, Albert, Inspecteur général de 1re classe des Colonies, Conseiller d'Etat, délégué.

Luce, Résident supérieur au Cambodge, Gouverneur général *p. i.*, du 17 février au 14 nov. 1911.

Sarraut, Albert, Député, nommé Gouverneur général par décret du 1er juin 1911 et entré en fonctions le 15 nov. 1911.

Le Myre de Vilers.

—— Une colonie française de la fin du XIXe siècle. Par Le Myre de Vilers. (*Questions diplom. et colon.*, II, 1898, pp. 129-136.)

—— Le Myre de Vilers — Les Institutions civiles de la Cochinchine (1879-1881) — Recueil des principaux documents officiels — Paris, Emile Paul, 1908, in-8, pp. XI-198.

* * *

—— Les résidents supérieurs à Hué et à Hanoï. (*Ann. de l'Ext.-Orient*, 1885-1886, VIII, pp. 251-252.)

Dillon et Vial.

Paul Bert.

—— Arrêté de M. Paul Bert, constituant une Académie tonkinoise. (*Ann. de l'Ext.-Orient*, 1886-1887, IX, pp. 93-94.)

— Le dernier article de Paul Bert. (*Ann. de l'Ext.-Orient*, 1886-1887, IX, pp. 189-190.)

Thuan-An (Annam), 27 septembre 1886. Extrait de *La Nature*.

—— Joseph Chailley — Paul Bert au Tonkin — Paris, G. Charpentier, 1887, gr. in-18, 2 ff. n. ch. + pp. 404.

Photog. de Paul Bert, † à Hanoi, 11 nov. 1886.

Richaud.

—— République Française. Liberté-Egalité-Fraternité. Voyage au Tonkin de M. Richaud, Gouverneur général de l'Indo-Chine. Arrêtés Pris par M. Richaud pour l'organisation et la pacification du Tonkin. — Saigon, Imprimerie coloniale, 1888, in-8, pp. 97.

[Par V. Candau, L. Paulhan, Alcide Bleton, P. Devaux, E. Bancal.]

—— Voyage à Hué de M. Richaud, Gouverneur Général de l'Indo-Chine. — S. l. n. d., in-8, pp. 19.

J.-L. de Lanessan.

Voir col. 1542.

— Le nouveau gouverneur général du Tong-King et les missionnaires. (*Ann. Prop. Foi*, T. LXIV, 1892, pp. 70-71.)

Extr. du *Journal des Débats* et de la *Correspondance Tonkinoise*.

M. de Lanessan, Mgr. Terrès et Mgr. Puginier.

— Voir sur sa famille, l'*Intermédiaire des Chercheurs et des Curieux*, 20 mai 1898, col. 713-714.

Armand Rousseau.

—— La Vie et les travaux de Armand Rousseau, Gouverneur général de l'Indo-Chine, Inspecteur général des Ponts-et-Chaussées, Sénateur du Finistère, par Fernand de Dartein. — Paris, A. Colin, 1902, in-8, pp. XX-458, port.

Paul Doumer.

—— L'Indo-Chine. — Conférence de M. Doumer. (*Bull. Soc. normande Géog.*, XX, 1898, pp. 368-375.)

—— L'Etat de la Colonisation en Indo-Chine. (*Rev. Indo-Chinoise*, IV, 2e sér., 2e sem. 1900, pp. 979-982, 1026-1027, 1050-1051, 1092-1094.)

Par Paul Doumer.

—— Extraits d'un Rapport de M. le Gouverneur général de l'Indo-Chine [Doumer] sur l'état de la colonisation en Indo-Chine. (*Rev. coloniale*, 1900, pp. 1133-1145.)

—— République Française — Situation de l'Indo-Chine (1897-1901) — Rapport par M. Paul Doumer, Gouverneur général. Hanoi F.-H. Schneider, imprimeur-éditeur — 1902, gr. in-8, pp. 550 + 2 ff. n. ch. + pp. II.

Cf. *Le Temps*, 7 avril 1902; réimp. dans le *T'oung Pao*, Mai 1902, pp. 122-131.

— L'œuvre de M. Doumer en Indo-Chine (1897-1902). (*Bull. Com. Asie française*, Avril 1902, pp. 170-178.)

— Cinq années de développement indo-chinois. (*Bull. Com. Asie française*, Mars 1902, p. 126.)

— Le retour de M. Doumer. Une mission annamite en France. (*Bull. Com. Asie française*, Avril 1902, pp. 148-149.)

—— Eugène Iung — La Vérité sur l'Indo-Chine (La Situation en Mars 1902). Paris, Imprimerie Mercadier, 1902, in-16, pp. 32.

—— L'Indo-Chine française à l'heure présente — (L'œuvre de Paul Doumer). Par Etienne Richet. (*Bull. Soc. roy. Géog. Anvers*, XXVI, 1902, pp. 36-46.)

—— *La crise d'Extrême-Orient, par Paul Doumer, Gouverneur général de l'Indo-Chine. (*Revue Economique internationale*, Mai 1904, pp. 573-599.)

—— *L'Indo-Chine française, par Paul Doumer, député, ancien Gouverneur général de l'Indo-Chine. Paris, Vuibert et Nony, gr. in-4, orné de 170 illustrations (dont 12 hors texte), par G. Fraipont, d'après ses croquis pris sur place, avec carte en couleurs de l'Indo-Chine, et enrichi d'un portrait de l'auteur, en héliogravure Dujardin. . .

Notices : *Etudes*, t. CII, 5 janvier 1905, pp. 133-134. Par Joseph Burnichon. — *La Géographie*, 15 mars 1905, pp. 238-239, par Charles Rabot. — *The Times Weekly Edition Lit. Sup.*, April 7, 1905.

Beau.

—— République Française. Liberté-Egalité-Fraternité. Discours prononcé par M. Beau, Gouverneur général de l'Indo-Chine. A l'ouverture de la session ordinaire du Conseil supérieur Le 28 Août 1903. — Saigon, Imprimerie coloniale, 1903, in-8, pp. 52.

— La situation de l'Indo-Chine. — Par R. C. Discours de M. Beau. (*Bull. Comité de l'Asie française*, Octobre 1903, pp. 406-423.)

— Le gouverneur général et le concours des lettrés. (*Bull. Com. Asie française*, Mai 1904, p. 252.)

—— République Française. Liberté-Egalité-Fraternité. Discours prononcé par M. Beau, Gouverneur Général de l'Indo-Chine. A l'ouverture de la session ordinaire du Conseil supérieur Le 25 août 1904. — Hanoi, Imprimerie F.-H. Schneider, 1904, in-4, pp. 55.

— La situation de l'Indo-Chine. [Discours de M. Beau au Conseil supérieur, le 25 août 1904.] Par E. P. (*Bull. Com. Asie française*, Octobre 1904, pp. 462-481.)

—— République Française. Liberté-Egalité-Fraternité — Discours prononcé par M. Beau, Gouverneur Général de l'Indo-Chine à l'ouverture de la session ordinaire du Conseil supérieur Le 11 décembre 1905. Saigon, Ménard et Rey, 1905, in-8, pp. 15.

— La situation de l'Indo-Chine. Discours de M. Beau Au Conseil supérieur, le 11 décembre 1905. (*Bull. Com. de l'Asie française*, Janvier 1906, pp. 9-13.)

— Le retour de M. Beau au Tonkin. (*Bull. Com. Asie française*, Avril 1906, pp. 155-156.)

—— République Française. Liberté-Egalité-Fraternité. Discours prononcé par M. Beau, Gouverneur Général de l'Indo-Chine A l'ouverture de la session extraordinaire du Conseil supérieur, le 22 Février 1907. — 1907, Imprimerie L. Gallois. — Hanoi-Haiphong, Caractères de la Fonderie L. Gallois, in-8, pp. 7.

— Au conseil supérieur de l'Indo-Chine. Discours de M. Beau, gouverneur général. Examen du Budget rectifié. (*Bull. Com. Asie franç.*, Avril 1907, pp. 134-138.)

Séance du 22 février 1907.

— Au Conseil de Perfectionnement de l'Enseignement indigène. Discours de MM. Beau, gouverneur général de l'Indo-Chine, Gourdon, Directeur général de l'Instruction publique, etc. (*Bull. Com. Asie française*, Janvier 1908, pp. 23-26.)

—— Situation de l'Indo-Chine de 1902 à 1907. — Saigon, Imprimerie commerciale

Marcellin Rey, C. Ardin, directeur, 1908, in-4, pp. 484 + 483.

A la page 5, on lit :

«Rapport par M. Paul Beau, Gouverneur général.»

—— Rapport sur la Situation de l'Indo-Chine de 1902 à 1907 par M. Paul Beau, Gouverneur général. — Saigon, Imprimerie commerciale Marcellin Rey, 1908, in-4, pp. 94.

— Réunion du Conseil supérieur de l'Indo-Chine à Pnom-penh et discours de M. Beau. (*Bull. Com. Asie franç.*, Février 1908, pp. 72-74.)

— Le retour de M. Beau Coup d'œil en arrière Par Edouard Payen. (*Bull. Com. Asie franç.*, Avril 1908, pp. 143-145.)

— Un rapport de M. Beau. (*Bull. Com. As. franç.*, Mai 1908, pp. 195-199.)

Klobukowski.

— Le départ de M. Klobukowski. (*Bull. Com. Asie franç.*, Sept. 1908, pp. 382-383.)

— L'arrivée de M. Klobukowski. (*Bull. Com. As. franç.*, Octobre 1908, pp. 423-424.)

— Voyage du Gouverneur général en Annam. (*Revue indo-chinoise*, N° 93, 15 nov. 1908, pp. 654-671.)

Extrait du *Journal Officiel de l'Indo-Chine française*, N° 85.

— Les premiers actes de M. Klobukowski. (*Bull. Com. Asie franç.*, Nov. 1908, pp. 472-475.)

Saïgon, 25 septembre 1908.

—— République Française. Liberté-Egalité-Fraternité. Discours prononcé par M. A. Klobukowski, Gouverneur général de l'Indo-Chine A l'ouverture de la session ordinaire du Conseil supérieur Le 17 décembre 1908. — Hanoi-Haiphong, Imprimerie d'Extrême-Orient, in-4, pp. 14.

— L'arrivée de M. Klobukowski au Tonkin. (*Bull. Com. Asie fr.*, Déc. 1908, pp. 520-521.)

— Au Conseil supérieur de l'Indo-Chine. (*Bull. Com. Asie franç.*, Janvier 1909, pp. 30-36.)

Discours de M. Klobukowski.

— Le voyage du Gouverneur général à Laokay. (*Bull. Com. Asie franç.*, Janvier 1909, p. 39.)

— Le voyage du Gouverneur général [de l'Indo-Chine] en France. (*Bull. Com. Asie franç.*, Nov. 1909, p. 497.)

M. Klobukowski.

—— République française... — Concours triennal du Tonkin 1909 — Discours prononcés par M. Klobukowski, Gouverneur général de l'Indochine et M. Simoni, Résident supérieur p. i. au Tonkin. — Hanoi-Haiphong, Imprimerie d'Extrême-Orient, 1909, in-4, pp. 13.

Le Concours triennal du Tonkin pour 1909 a eu lieu à Nam-dinh du 6 novembre au 16 décembre, dans les conditions déterminées par l'arrêté du 30 mars 1908.

—— Allocution prononcée par M. le Gouverneur général de l'Indochine à la proclamation des lauréats du Concours triennal de lettres à Nam-Dinh, le 16 décembre 1909, in-4, pp. 7 + 2 ff. n. ch.

Texte français; trad. en quốc ngữ et en chinois.

— Le Concours triennal des lettrés à Namdinh. — Discours du gouverneur général [M. Klobukowski]. (*Bull. Com. Asie franç.*, Janvier 1910, pp. 60-61.)

—— République française... — Discours prononcé par M. A. Klobukowski Gouverneur général de l'Indochine à l'ouverture de la session ordinaire du Conseil supérieur le 27 novembre 1909. Saigon, Imprimerie Marcellin Rey, 1909, in-8, pp. 129 + 1 f. n. ch. tab.

—— Conseil supérieur de l'Indochine. Session ordinaire de 1909. Cartes annexes au discours prononcé par M. Klobukowski, Gouverneur général de l'Indochine. — S. l. n. d., in-4, pp. 3 cartes.

[Dressées par le Service Géographique de l'Indochine en Novembre 1909.]

— A propos d'un discours [de M. Klobukowski]. (*Bull. Com. Asie franç.*, Déc. 1909, pp. 522-524.)

— Une adresse indigène [à M. Klobukowski]. (*Bull. Com. Asie franç.*, Février 1910, pp. 93-94.)

— M. Picquié et la commission consultative indigène. [Discours.] (*Bull. Com. Asie franç.*, Avril 1910, pp. 195-197.)

— La rentrée de M. Klobukowski en Indo-Chine. (*Bull. Com. Asie franç.*, Juin 1910, p. 280.)

— Le retour de M. Klobukowski [en Indochine]. (*Bull. Com. Asie franç.*, Juillet 1910, pp. 319-320.)

Discours de M. Schneegans, président du Conseil colonial, le 18 juin 1910 à Saïgon, et de M. Klobukowski.

— M. Klobukowski au Tonkin. (*Asie française*, Sept. 1910, p. 399.)

—— République française — Gouvernement général de l'Indochine — Session ordinaire du Conseil supérieur 1910 — Discours prononcé par M. A. Klobukowski Gouverneur général de l'Indochine le 29 Octobre 1910 — Hanoi-Haiphong, Imprimerie d'Extrême-Orient — 1910, gr. in-8, pp. 88-II, carte au 1 : 3.000.000.

SARRAUT.

— Perspectives indochinoises. — Le Programme de M. Sarraut Par Robert de Caix. (*Asie française*, Octobre 1911, pp. 437-442.)

— La mort de M. Henri Malon. (*Asie française*, Juin 1912, p. 240.)

† 13 juin 1912. — Saïgon.

— Les obsèques de M. Malan, Secrétaire général de l'Indochine. (*Asie française*, Juillet 1912, pp. 279-281.)

Discours de M. Sarraut aux obsèques, et lettre.

— Un important discours de M. Sarraut à la Chambre de Commerce de Saigon. (*Revue Indochinoise*, Juillet-Août 1912, pp. 90-95.)

De l'*Opinion*.

—— Conseil de Gouvernement de l'Indochine — Session ordinaire de 1913 — Discours prononcé par M. Albert Sarraut Député Gouverneur Général de l'Indochine — Hanoi-Haiphong Imprimerie d'Extrême-Orient, 1913, gr. in-8, pp. lxxxiv.

—— La situation économique de l'Indochine en 1912. (Extrait du Discours prononcé au Conseil du Gouvernement, à Hué, le 5 février 1913, par M. Albert Sarraut, Gouverneur Général de l'Indochine.) (*Bull. écon. de l'Indochine*, N° 100, Janv.-Février 1913, pp. 1-10.)

— Le bilan de l'Indochine. Le Discours du Gouverneur Général au Conseil du Gouvernement. (*Asie française*, Janvier 1914, pp. 21-25.)

* * *

—— République Française. Liberté-Egalité-Fraternité. Discours prononcé par M. Rodier, Lieutenant-Gouverneur de la Cochinchine. A l'ouverture de la session ordinaire du Conseil colonial Le 18 juillet 1903. — Saigon, Imprimerie Coloniale, 1903, in-8, pp. 7.

—— La Situation de la Cochinchine le 30 juin 1905 — Discours prononcé par M. Rodier, lieutenant-gouverneur, à l'ouverture du Conseil colonial, à Saigon. (*Bull. Soc. Géog. Rochefort*, XXVII, 1905, pp. 186-195.)

—— République Française. Liberté-Egalité-Fraternité. Discours prononcé par M. Rodier, Lieutenant-Gouverneur de la Cochinchine A l'ouverture de la session du Conseil colonial Le 30 juin 1905. — Saigon, Imprimerie Commerciale Ménard et Rey, 1905, in-8, pp. 14.

—— —— d°... le 15 septembre 1905, d°... in-8, pp. 12.

— La politique indigène [en Indo-Chine]. (*Bull. Com. Asie franç.*, Août 1905, pp. 324-326.)

Discours de M. Rodier, lieut.-gouverneur en Cochinchine.

— Cochinchine. Extrait du discours d'ouverture de la session du Conseil colonial de la Cochinchine à Saïgon, le 20 octobre 1906, par M. de Lalande-Calan, lieut.-gouverneur de Cochinchine. (*Bull. Com. Asie française*, Déc. 1906, pp. 501-502.)

— Un discours de M. Broni au Conseil supérieur de l'Indo-Chine. (*Bull. Com. Asie française*, Janvier 1907, pp. 27-29.)

14 déc. 1906.

— Le départ de M. Rodier. (*Bull. Com. Asie franç.*, Juillet 1907, pp. 253-254.)

— Le concours des lettrés de Nam-dinh. (*Bull. Com. Asie franç.*, Déc. 1909, pp. 533-534.)

Allocution prononcée par M. Simoni, résident supérieur par intérim.

— Fautes légères [Circulaire de M. Simoni, Résident supérieur au Tonkin]. (*Bull. Com. Asie franç.*, Juin 1910, p. 282.)

—— République Française. Liberté-Egalité-Fraternité. Discours prononcé par M. Gourbeil, Gouverneur de 1re classe des Colonies, Lieutenant-Gouverneur de la Cochinchine A l'ouverture de la session ordinaire du Conseil Colonial, le 13 septembre 1910. — Saigon, Imprimerie Commerciale, 1910, in-8, pp. 18.

— La dernière session de la Chambre consultative indigène. Allocution de M. Simoni, résident supérieur, à l'occasion de la mort du président, Nghuyên ham Côn. (*Asie française*, Mai 1911, pp. 247-250.)

— Le Discours de M. Destenay, Lieutenant gouverneur de Cochinchine, à la séance d'ouverture du Conseil colonial. (*Revue Indochinoise*, Juill.-Août 1912, pp. 96-105.)

De l'*Opinion*.

JEAN DUPUIS.

Né le 7 déc. 1828, à Saint-Just-la-Pendue (Loire); + 28 novembre 1912, à Monaco.

—— Léo Quesnel. — Les routes du commerce vers la Chine occidentale. (*Revue politique et littéraire*, 12 juillet 1873.)

— Arrival of the French Expedition from the Hoongkiang. (*Siam Repository*, Vol. 5, Oct. 1873, art. 76, pp. 520-521.)

Dupuis et Millot.

— Le *North-China Herald* du 16 oct. 1873 donne d'après le *Daily Press*, de Hongkong, la traduction anglaise de l'adresse de M. Dierx, Président de la Chambre de Commerce de Saigon sur l'ouverture du Tong-king.

— Die Songka-Expedition von Herrn Dupuis, nach Zeitungsnachrichten aus Hongkong. (*Verhand. Ges. Erdk. Berlin*, I, 1873, pp. 64-67.)

— Voir J. Ducos de la Haille, col. 1566.

—— Une expédition française au Tong-king. (*Missions Catholiques*, V, pp. 434-438.)

—— Ch. Meyniard. L'expédition française du Fleuve rouge au Tongkin. (*Revue Scient.*, 1876, pp. 348-356.)

—— J. Dupuis. La route commerciale française du golfe de Tongking à la Chine par le Fleuve rouge. (*L'Explorateur*, IV, 1876, p. 59.)

—— Pétition adressée à MM. les Députés. Mémoire et Documents à l'appui de la pétition présentée à l'Assemblée Nationale. Par M. J. Dupuis. Paris, Juin, 1876. Br. in-4, pp. 40, avec 1 carte.

— Voyage au Yun-nan. Par J. Dupuis. (*Bull. Soc. Géog.*, Paris, 1877, 6e Sér., XIV, pp. 5-57, 161-185.)

—— Voyage au Yun-nan par J. Dupuis. — Extrait du *Bulletin de la Société de Géographie*. — Paris, Société de Géographie, 1877, br. in-8, pp. 88, carte.

— M. Dupuis' Exploration in Tong-kin and Yunnan. (*The Geogr. Mag.*, 1 Oct. 1877, pp. 250-255.)

Résumé en anglais de l'art. précédent.

—— Les Français et les Anglais dans l'Extrême-Orient [par Henri Plessis, *pseud.*]. (*Journal du Commerce maritime et des colonies*, 1877, Août 5, 12, 19 & 26; etc., etc.)

— J. Dupuis' Forschungen im südlichen China. Von E. Tessier. (Petermann's *Mitth.*, 23 Bd., 1877, pp. 17-19.)

— Die Expedition Jean Dupuis' und die Erschliessung Tonkins. Von Fried. v. Hellwald. (*Monatschrift f. d. Orient*, 1877, pp. 5-7.)

— Deux observations au sujet du Tong-king. Par Mr. E.-C. Lesserteur. (*Missions Catholiques*, IX, 1877, pp. 207-208.)

Observations sur les communications de M. Dupuis à la Soc. de Géog., etc.

— Réponse à quelques assertions de M. Dupuis. Par le même. (*Ibid.*, pp. 632-634.)

— La Cochinchine française et les Français dans l'Indo-Chine. Par O. S. [*Edinb. Review*]. (*Rev. Brit.*, 1878, N. S., II, pp. 280-318.)

O. S. = Octave Sachot.

—— No. 1519. — Chambre des Députés, deuxième législature, session de 1879. — Annexe au procès-verbal de la séance du 14 juin 1879. Rapport fait au nom de la 2e commission des pétitions sur la pétition du sieur Jean Dupuis, citoyen français, demeurant à Hankow (Chine). Par M. Emile Bouchet, député. Versailles, Cerf, 1879, gr. in-4, pp. 149.

— Rapport fait au nom de la 2e commission des Pétitions, sur la pétition du sieur Jean Dupuis, citoyen français, demeurant à Han-kou (Chine). Par M. Emile Bouchet, député... (Communication faite à la Société académique Indo-Chinoise, dans sa séance du 31 Juillet 1880, par M. Evariste Pimpeterre.) (*Ann. de l'Ext.-Orient*, 1880-1881, III, pp. 129-149.)

—— Institut de France. — Académie des Sciences. — Extrait des *Comptes rendus des séances de l'Académie des Sciences*, t. XCII, séance du 14 mars 1881. — Prix Delalande-Guérineau, in-4, pp. 6.

Décerné à Jean Dupuis.

—— Mémoires de la Société académique Indochinoise de Paris. Tome deuxième. —

L'ouverture du Fleuve Rouge au commerce et les Événements du Tong-kin 1872-1873. Journal de Voyage et d'Expédition de J. Dupuis, Membre de la Société académique indo-chinoise de Paris. Ouvrage orné d'une carte du Tong-kin d'après des documents inédits et précédé d'une préface par M. le Mis de Croizier, Président de la Société académique indo-chinoise de Paris. Paris, Challamel aîné, 1879, in-4, pp. XIII-324.

—— Voyage au Yun-nan et ouverture du Fleuve rouge au commerce par M. J. Dupuis. (*Annales du Musée Guimet*, I, Paris, Ernest Leroux, 1880, pp. 139-201, carte.)

— La question du Tong-kin. Par J. Dupuis. (*Rev. de Géog.*, V, 1879, pp. 423-432.)

— Tong-kinn et Yunn-nan. Par Dupuis. (*Rev. géog. int.*, Fév. 1880, pp. 43-45, Juin et Juillet 1880, pp. 157-159.)

— L'intervention du Contre-Amiral Dupré au Tong-kin. Par Jean Dupuis. (*Rev. de Géog.*, XVII, 1885, pp. 215-227, 299-314.)

—— L'intervention du Contre-Amiral Dupré au Tong-kin par Jean Dupuis Explorateur du Fleuve Rouge — Extrait de la *Revue de Géographie* Dirigée par M. L. Drapeyron. — Paris, Ch. Delagrave, 1885, in-8, pp. 32.

—— Jean Dupuis. — La conquête du Tong-kin par vingt-sept Français commandés par Jean Dupuis, récit accompagné de son portrait; d'un autographe de lui et d'une carte dressée par lui. Extrait du Journal de Jean Dupuis. Par Jules Gros, Sécrétaire de la Société de Géog. com. de Paris. Paris, Dreyfous, 1880, in-12, pp. 316.

— L'expédition Dupuis du Fleuve Rouge. (Souvenirs de mon commandement) Par Ernest Millot, Second de l'expédition. .... Conférence faite à la Société académique Indo-Chinoise le 31 mai 1880. (*Ann. de l'Ext.-Orient*, 1880-1881, III, pp. 193-223.) Gravures.

—— Le Tong-kin et la voie commerciale du Fleuve rouge par Ernest Millot, Second de l'expédition Jean Dupuis, Chevalier de la Légion d'honneur, ancien Président du Conseil d'administration municipale de la concession française de Shang-Haï, membre de la Société académique Indo-Chinoise, etc.

Pages 17-58 (2 cartes) du N° 4 (Déc. 1882) du *Bull. de la Chambre syndicale des Négociants-commissionnaires.*

—— La question du Tong-kin ... Par M. Millot. (*Soc. Géog. Lille, Bull.*, II, 1883, pp. 83-91.) — Le Tong-kin et la voie commerciale du Fleuve rouge ... par M. Ernest Millot. (*Ibid.*, pp. 196-224.)

— Ernest Millot. — Question du Tong-kin. (*Bulletin de la Société de protection mutuelle des voyageurs de commerce*, N° 6, Juin 1887, pp. 3-10.)

Réimp. dans l'*Union nationale du Commerce et de l'Industrie*, 9 juillet 1887.

—— Bibliothèque coloniale. — Le Tonkin, son commerce et sa mise en exploitation, par Ernest Millot ..... Paris, Challamel, 1888, in-12, pp. x-280 + 1 f. n. ch., 23 grav. et 1 carte géol. et minéral., par E. Sarran.

—— J. Dupuis et Francis Garnier au Tong-kin par L. Génin, prof. au Lycée de Nancy. (*Bull. Soc. Géog. de l'Est*, IV, 1882, pp. 444-461.)

—— No. 1889. — Chambre des Députés, troisième législature. Session de 1883. — Annexe au procès-verbal de la séance du 10 mai 1883. Rapport fait au nom de la commission chargée d'examiner le projet de loi portant ouverture au Ministère de la Marine et des Colonies, sur l'Exercice 1883, d'un crédit supplémentaire pour le service du Tonkin. Par M. Blancsubé, Député, in-4, pp. 29.

—— Résumé des conférences sur Jean Dupuis et le Fleuve rouge par M. le Baron Textor de Ravisi... — Extrait des *Annales de la Société d'agriculture, industrie, sciences, arts et belles-lettres* du département de la Loire. — Séance de la Section des Arts et Belles-Lettres du 22 août 1883 et séance en assemblée générale de la Société, du 4 octobre 1883. — Saint-Etienne, Imprimerie Théolier, 1883, in-8, pp. 28.

—— Mon retour au Tong-kin 1883-1884. Par J. Dupuis. (*Rev. de Géog.*, XIV, 1884, pp. 370-374, 431-439; XV, 1884, pp. 19-29, 112-123.)

—— Du côté de Lao-kai. Conversation de M. Jean Dupuis, explorateur du Fleuve Rouge au sujet de l'établissement définitif de notre protectorat au Tonkin. (*Rev. de Géog.*, XVI, 1885, pp. 215-218.)

—— L'autonomie du Tong-kin. Par Jean Dupuis. (*Rev. de Géog.*, XVIII, 1886, pp. 284-292, 371-381.)

—— La Pacification du Tong-kin. Par Jean Dupuis. (*Rev. de Géog.*, XIX, 1886, pp. 344-360.)

* * *

—— Eugène Duchemin. — Le Tonkin en 1894. (*Revue française*, XIX, 1894, pp. 340-355.)

—— Les Origines de la Question du Tong-kin Documents inédits. Par J. Dupuis. (*Rev. de Géog.*, XXXIX, 1896, pp. 175-191.)

—— Les Origines de la Question du Tong-kin par Jean Dupuis, Explorateur du Fleuve Rouge. Paris, Augustin Challamel, 1896, in-12, pp. XXXVI-240.

—— Le Tong-kin et l'intervention française (Francis Garnier et Philastre) par Jean Dupuis, Explorateur du Fleuve Rouge. Paris, Augustin Challamel, 1898, in-12, pp. VII-350.

— P. Guernot. — Les Origines de la question du Tong-kin. Par Jean Dupuis. (*Soc. normande de Géog.*, *Bulletin*, XVIII, 1896, pp. 357-361.)

—— Jean Dupuis explorateur du Fleuve Rouge — Le Tonkin de 1872 à 1886 Histoire et Politique. Paris Augustin Challamel . . . Librairie maritime et coloniale — 1910, in-8, pp. 579.

Notices : *L'Eclair*, 29 août et 5 sept. 1910, par René Marc Ferry. — *La Politique Indo-Chinoise*, 24 déc. 1910, par Gustave Regelsperger. — *Bull. Soc. Géog. com. Paris*, Nov. 1910, pp. 754-755, par G. Regelsperger.— *Bull. Ecole franç. Ext.-Orient*, X, Juillet-Sept. 1910, pp. 619-623, par Charles B. Maybon. — *Revue Indochinoise*, Fév. 1911, pp. 195-200, par P. Cultru, d'après la *Quinzaine Coloniale*. — *Bull. Soc. Géog. Lyon*, 2e Sér., 1911, T. IV, fasc. 1, pp. 76-78, par M. Z.

— La mort de Jean Dupuis. (*Asie française*, Novembre 1912, pp. 502-503.)

— Les obsèques de M. Jean Dupuis. (*Asie française*, Décembre 1912, pp. 511-512.)

— L'œuvre de Jean Dupuis. Par Ch. Fournier-Vailly. (*Asie française*, Décembre 1912, pp. 512-515.)

— La mort de M. Jean Dupuis. (*Bull. Soc. Géog. comm.*, Nov. 1912, pp. 735-736.)

— Les obsèques de M. Jean Dupuis — Discours de M. Paul Labbé — Discours de M. Forest président de la section stéphanoise. (*Bull. Soc. Géogr. comm.*, Déc. 1912, pp. 816-819.)

— Nécrologie. Jean Dupuis. Par Henri Cordier. (*La Géographie*, 15 janvier 1913, pp. 77-78.)

— Nécrologie — Jean Dupuis. Par Henri Cordier. (*T'oung Pao*, Mars 1913, pp. 133-134.)

D'après *La Géographie*.

— Obituary. — Jean Dupuis. (*Geogr. Journal*, February 1913, p. 174.)

FRANCIS GARNIER.

—— Candidature à l'Assemblée nationale, Francis Garnier, lieutenant de vaisseau. 1 feuillet (contenant la biographie de Garnier), Paris, imp. Bonaventure, 55, quai des Augustins.

—— Lieutenant Francis Garnier (French Navy). [By Henri Cordier.]

Imprimé dans *The Shanghai Evening Courier*, No. 310, vol. VII, Feb. 14, 1874. — *N. C. D. News*, No. 2983, vol. XIII, Feb. 16, 1874. — *N. C. Herald*, pp. 158-159, vol. XII, No. 355, Feb. 19, 1874. — *S. Budget & Weekly News Letter*, No. 163, vol. IV, 19 Feb. 1874. — *Journal N. C. B. Roy. As. Soc.*, New Series, No. VIII, 1874, pp. 185-187. Cette dernière version est la plus correcte.

Ce Mémoire nécrologique avait été lu devant la Soc. As. de Changhai, le vendredi 13 fév. 1874.

— Lettre de A. Rastoul, Saïgon, 28 mars, adressée à l'*Univers*, relative au déplorable état des affaires au Tong-king après la mort de F. Garnier; réimp. dans l'*Indépendant de Saïgon*, No. 91, 1er juillet 1874.

— Article sur l'ouverture du Tong-king au commerce européen (par Henri Cordier), dans *The Celestial Empire*, vol. V, No. 14, 2d October 1875.

— La France au Tongking. (*L'Explorateur*, Nos. 8 et 9, vol. I, 1875.)

— Projet français d'exploration de la Chine Centrale par F. Romanet du Caillaud. (*L'Explorateur*, II, 1875, pp. 489 sq.)

— Lettre de M. Romanet du Caillaud. (*Ibid.*, II, 1875, p. 568.)

— Lettre de M. B. de Villemereuil. (*Ib.*, p. 617.)

— Lettre de M. Romanet du Caillaud. (*Ib.*, III, 1876, p. 17.)

—— A Narrative of the Recent Events in Tong-king by Henri Cordier, Honorary Librarian of the North-China Branch of the Royal Asiatic Society. *Sic in Asia versatus est...* For sale at Messrs. Kelly & Co. Shanghai : American Presbyterian Mission Press. January 1875, gr. in-8, pp. 74.

Tiré à 200 exemplaires sur pap. ord., et 1 sur gr. papier. — Réimp. dans *The Journal of the N. C. B. Roy. As. Soc.*, New Series, No. IX, 1874, art. V, pp. 115-172. — Ce récit avait été lu devant la Soc. le 14 déc. 1874.

— Notices : *Shanghai Evening Courier*, Feb. 9, 1875; réimp. dans *The Shanghai Budget and Weekly News Letter*, No. 215, vol. V, Thursday, Feb. 11, 1875. — *The Evening Gazette*, Wednesday, Feb. 17, 1875; réimp. dans *The Celestial Empire*, vol. III, No. 7, Thursday, 18 Feb. 1875. — *Hongkong Daily Press*, Thursday, Feb. 11, 1875. — *Shanghai Courier & China Gazette* du 6 juillet 1875.

Ce mémoire, dont un résumé très fautif a été publié contre le gré de l'auteur dans le *Shanghai Evening Courier* (Vol. VIII, Déc. 1874), copié par le *Shanghai Budget and Weekly News Letter* (24 Déc. 1874, pp. 843-845), a été l'occasion des articles suivants, dont quelques-uns sont erronés :

«The French and Tonquin», *N. C. Daily News* (23 Déc. 1874) et *N. C. Herald* (24 Déc. 1874, pp. 613-614). — *Hongkong Daily Press*, Wednesday, 30 Déc. 74, combattu par *The China Mail*, vol. XXXI, No. 3599, 3600, Janv. 5 et 6, 1875. — *N. C. D. News*, 19 Jan. 1875. — «The French in Tonquin», *China Mail*, 3rd March 1875. — «Coup d'œil rétrospectif sur le Tonquin et sur les derniers événements qui s'y sont passés», *Indépendant de Saigon*, No. 108, 15 Mars 1875. — Les Voies commerciales du Tong-king. *L'Explorateur*, IV, 1876, p. 59, d'après le *Cosmos* de Guido Cora, XIX, pp. 281-291.

—— Francis Garnier. (In Memoriam.) By H. Yule. (*Ocean Highways*, No. 12, vol. I, pp. 487-491.)

—— Récit de la mort de Francis Garnier. (*Ann. Prop. Foi*, T. XLVI, No. 275, Juillet 1874, pp. 269-273.)

—— Notice sur Francis Garnier par Aug. Trêve Capitaine de vaisseau. — (Extrait de la *Revue maritime et coloniale*.) — Paris, Challamel aîné, 1874, in-8, pp. 11.

—— *Изслѣдованія франц. экспедиціи въ Камбоджѣ и Индо-Китаѣ. (*Живон. Обозрѣніе*, 1875, № 6-12.)

Mejov, 3507.

—— F. Romanet du Caillaud. La France au Tong-king. Réponse à l'article *Les Affaires du Tong-king et le Traité français*, publié dans *le Correspondant*, No. du 10 Juillet 1874. Paris, 1874, in-8, pp. 31.

Extrait du journal *le Monde*, Nos. des 20, 30 juillet, 1, 2, 4, 5, 6, 8 août 1874. — Vide infra, art. de P. de Villeneuve, col. 2528.

— La conquête du Delta du Tong-king. Texte inédit par M. Romanet du Caillaud. 1873. — Dessins inédits. (*Tour du Monde*, 1877, II, pp. 289-304, 305-320.)

—— Histoire de l'intervention française au Tong-king de 1872 à 1874. Par F. Romanet du Caillaud. (Avec une carte et quatre plans.) Paris, Challamel aîné, in-8, 1880, pp. 470.

Notice : *Ann. de l'Ext.-Orient*, 1880-1881, III, pp. 122-124. (Par le Vicomte H. de Bizemont.)

— Die französische Eroberung von Tong-kin. Nach M. Romanet de Caillaud. (*Globus*, 1878, pp. 113-119, 129-136.)

—— Annam. — La révolte et la persécution au Tong-King. (*Ann. Prop. Foi*, T. XLVII, No. 278, Juillet 1875, pp. 7-15.)

—— Edmond Plauchut. Les quatre campagnes militaires de 1874. Les Japonais à Formose, — les Français au Tonkin, — les Anglais à la Côte-d'Or, — les Hollandais à Sumatra, — la traite des coulies chinois à Macao. Paris, Michel Lévy, in-18, pp. 348.

(Réimp. de la *Revue des Deux Mondes*.)

—— Le Tonking. — Les événements de 1873 & 1874. — Causes qui ont amené notre première intervention. Nécessité d'une occupation immédiate et définitive. Par M. Paul Melon, Ancien élève de l'Ecole des Hautes-Etudes et de l'Ecole des Langues Orientales vivantes. En vente chez Rouvier et Logeat, 1881, br. in-8, pp. 40.

—— Francis Garnier. De Paris au Tibet, notes de voyage. Ouvrage contenant 40 gravures et une carte. — La Méditerranée, Suez — la Mer rouge, Aden, la Cochinchine française, Saigon, la côte orientale de la Chine, Shanghai — la Chine du Nord, Pekin — la Chine centrale, le Yang-tse — le lac Tong-ting — le Yuen kiang, le Wou-kiang — Tchong-kin-fou. — Retour à Saigon — départ pour le Tong-king. Paris, librairie Hachette et Cie, 1882, pet. in-8, pp. XLIII-422.

L'article de Garnier *Le Rôle de la France en Chine* est réimp. à la fin de ce vol., pp. 365 et seq. — La notice en tête du vol. est de Léon Garnier, frère de Francis.

—— Francis Garnier. By M. A. W. (*Macmillan's Magazine*, August, 1883, pp. 309-320.)

—— Les Français au Tonkin 1787-1883, par Hippolyte Gautier, avec quatre cartes. Et un Portrait de Francis Garnier. Challamel, Paris. 1884, in-12, pp. VII-416.

La couverture *ut supra*. Le titre est : Hippolyte Gautier. Les Français au Tonkin 1787-1883. — Dayot — Dupuis — Senez — Francis Garnier — Amiral Dupré — Rheinart — de Kergaradec — Henri Rivière — J. Harmand — General Bouet — Amiral Courbet. — Paris, Challamel, 1884.

Cet ouvrage a eu depuis lors cinq éditions.

Not. : *Polybiblion*, Mars 1884 (par H. de Bizemont), p. 207; *Rev. pol. et litt.*, 29 mars (par L. Quesnel); *Jour. des Sc. milit.*, Avril, 9e Sér., XIV, pp. 157-160. — *Ann. Ext.-Orient*, 1883-1884, VI, pp. 223-224.

—— A. Gervais. — La France au Tonkin. — Un rapport inédit de Francis Garnier. (*Nouv. Revue*, 15 juillet 1885, pp. 262-276.)

—— République française... — Cochinchine française — Francis Garnier — Notice par R. Maisonneufve-Lacoste, Avocat général — Saigon, Imprimerie coloniale, 1887, in-8, pp. 23.

Au faux-titre :

Erection de la Statue
de
Francis Garnier
A Saigon, le 1887.

—— Francis Garnier 1839-1873 Par Barthélemy Perrette. (*Revue d'Europe*, février 1902, pp. 103-117.)

—— Philastre — Sa vie et son œuvre par M. le Lieutenant de Vaisseau Nel Membre de la Société des Etudes Indo-Chinoises — (*Bull. Soc. Et. indo-chin. de Saigon*, N° 44, 1902, 2e sem., pp. 3-27; 1 carte.)

— Albert Saint-Yves. Nécrologie. (*Asie française*, Sept. 1910, p. 401.)

Mort à Vernou, Touraine.

—— *Mémorial des fêtes de l'inauguration du monument Francis Garnier, à St-Etienne (12 janvier 1902). — Forte brochure illustrée, vendue par la *Revue Forezienne*, rue Gérentet, à St-Etienne, au profit d'une œuvre utile à l'expansion coloniale française. Prix : 1 franc.

Notice : *Revue d'Europe*, Janvier 1903, pp. I-III. Par Okhotnik.

—— A la mémoire de Francis Garnier et de son frère Léon. Par R.[obert] G.[arnier]. (*Revue d'Europe*, Juillet 1902, pp. 54-58.)

A propos de la fête organisée à Montpellier par l'Association amicale des anciens élèves.

TRAITÉ DU 15 MARS 1874.

1874. — 15 Mars. — Traité entre l'Annam et la France.

— — 31 Août. — Traité de Saigon entre l'Annam et la France. (Commerce.)

1883. — 19 Mai. — Mort de Henri Rivière. Harmand commissaire.

— — 20 Août. — Prise des forts de Thuan-An par l'amiral Courbet.

1883. — 25 Août. — Traité de Hué (Harmand).

— — 16 Déc. — Prise de So'n-tây par Courbet.

1884. — Mars. — Prise de Bac Ninh.

— — 11 Mai. — Traité entre la France et la Chine à T'ien-tsin (Fournier).

— — 6 Juin. — Traité de Hué (Patenôtre).

(TRAITÉ DU 15 MARS 1874.)

1884. — 23 Juin. — Affaire de Bac-Lé.

— — 23 Août. — Bombardement de l'arsenal de Fou tcheou par l'amiral Courbet.

— — 1er Oct. — Prise de Kiloung.

1885. — 13 Février. — Prise de Langson.

— — 3 Mars. — Levée du siège de Tuyen-Quan.

— — 28 Mars. — Affaire de Langson.

— — 29 Mars. — Prise des Pescadores par Courbet.

— — 4 Avril. — Protocole Billot-Campbell.

— — 9 Juin. — Traité de T'ien-tsin (Patenôtre) avec la Chine.

— — 11 Juin. — Mort de l'amiral Courbet.

— — 5-6 Juillet. — Guet-apens de Hué (Général de Courcy).

1886. — 25 Avril. — Convention commerciale de T'ientsin (F. G. Cogordan).

— — 11 Nov. — Mort de Paul Bert à Hanoi.

1887. — 26 Juin. — Convention additionnelle (Ernest Constans).

—— Traité conclu à Saigon entre la France et le Royaume d'Annam, le 15 mars 1874. — Traité de commerce conclu à Saigon entre la France et le Royaume d'Annam, le 31 août 1874. In-8, s. l. n. d., pp. 16.

—— Annam. — Traité entre la France et l'Annam. (*Ann. Prop. Foi*, T. XLVII, No. 278, Juillet 1875, pp. 5-7.)

Traité 15 mars 1874.

—— P. de Villeneuve. — Les Affaires du Tonkin et le Traité français. (*Le Correspondant*, 10 juillet 1874, pp. 132-156.)

Vide supra, art. de Romanet du Caillaud, col. 2524.

—— Cochinchine Française Traités de paix Et de commerce Conclus entre la France et le royaume d'Annam (15 mars et 31 août 1874). — Saigon, Imprimerie du Gouvernement, 1883, in-8, pp. 16.

*
* *

—— Huit jours d'ambassade à Hué (Royaume d'Annam). Par M. Brossard de Corbigny, lieut. de vaisseau, attaché à la mission. 1875. — Texte et dessins inédits. (*Tour du Monde*, 1878, I, pp. 33-48, 49-64.)

—— Eine Gesandtschaft in Hüé. (Nach dem Französischen des Schiffslieutenant Brossard de Corbigny, Attaché's der Gesandschaft.) (*Globus*, XXXIII, 1878, pp. 337-343, 353-360, 369-375.)

HENRI RIVIÈRE.

—— Le commandant Rivière et l'expédition du Tonkin, par Charles Baude de Maurceley, avec une préface de Alexandre Dumas fils, Paris, Paul Ollendorff, 1884, gr. in-18, pp. XII-222 + 1 f. n. ch. p. l. tab.; port.

Henri-Laurent Rivière, né à Paris, 12 juillet 1827; † 19 mai 1883.

—— Le commandant Rivière au Tonkin, par L. Peyrin. Tours, Alfred Cattier, 1886, in-8, pp. 118 + 1 f. n. ch. p. l. table.

—— L'anniversaire du 25 avril 1882. La prise de la citadelle de Ha-noi, par le commandant Rivière; ses conséquences. Par Charles Labarthe. (*Rev. de Géog.*, XVI, 1885, pp. 379-384, 459-463; XVII, 1885, pp. 58-64.)

— Lettre de Henri Rivière, Hanoï, le 2 mai 1882. (*Intermédiaire des Chercheurs*, 20 juin 1894, col. 666-667.)

Probablement adressée à Alexandre Dumas.

— Les Héros de la Colonisation française par Henri Cyral — Le Commandant Rivière. (*Asie Coloniale illustrée*, 10 mai 1901, pp. 1-2.)

—— Capitaine Coquet, de l'Infanterie coloniale. — L'Affaire du Pont de Papier (19 mai 1883). (*Revue des Troupes coloniales*, 1911, II, pp. 50-70.)

—— Etude d'une opération d'un détachement dans le delta du Tonkin — Combat de Cau-giay ou du Pont de Papier (19 mai 1883). Par L. Coquet Capitaine d'Infanterie Coloniale. (*Revue Indochinoise*, Juin 1911, pp. 533-553, croquis.)

FRANCE, ANNAM ET CHINE.

—— *French in Cochin Chine. (H. A. Browne.) (*Fraser's Mag.*, XCIV, 181.)

—— The French in Indo-China. (*Edinburgh Review*, No. 301, Jany 1878.)

— Les Français au Tong-king. (*Ann. de l'Extr.-Orient*, II, pp. 103-107.)

Extraits d'un article du *Moniteur Universel*, 26 août 1879.

—— Campagne de l'« Antilope » en Indo-Chine-Cochinchine française-Annam-Tonkin-Siam. Par le Cap. de frégate Foret [1879-1881]. (Soc. Acad. de Brest. *Bull. de la Section de Géog.*, Ext. du T. X. [3e Sér.] du *Bull. de la Soc. Acad. Brest*, 1885), br. in-8, pp. 100.

—— Notice sur l'importance du Song-koï et des richesses du Tong-king, par M. le Vicomte de Bizemont... (*Bull. Soc. Géog. de l'Est*, II, 1880, pp. 504-518.)

—— L'action française au Tong-king. Par M. le Vicomte de Bizemont. (*Bull. Soc. Géog. de l'Est*, IV, 1882, pp. 743-749.)

—— La question du Tong-kin et de l'Annam. (*Ann. de l'Ext.-Orient*, 1880-1881, III, pp. 118-121, 249-251.)

—— Edgar Amé. — La France en Indo-Chine. (*Revue de France*, XLV, Paris, 1881, 1er janvier, pp. 22-49; 15 janvier, pp. 272-300; 15 février, pp, 700-708.)

Ce dernier article renferme une lettre de J. Dupuis et une réponse de M. Amé.

—— La question du Tongkin devant l'opinion publique. (Extrait de l'*Echo du Japon.*) (*Annales de l'Ext.-Orient*, Avril 1882, IV, pp. 289-311.)

A propos des art. de M. Edgar Amé dans la *Revue de France*, 1881.

— La France au Tong-kinn. Par Georges Renaud, avec 17 grav. (*Rev. géog. int.*, Avril et Mai 1881, pp. 86-92 et note annexe signée *Un Tong-kinois*, pp. 92-98.)

—— The Bombardment of Pakhoi. An unrecorded Episode of 1882. By G. M. Playfair. (*China Review*, XV, pp. 100-104, 139-143.)

— L'Opinion en France sur la question du Tong-Kin (*Revue de l'Extrême-Orient*, I, N° 4, Octobre-Novembre-Décembre 1882, pp. 630-633.)

Extr. du *Journal des Chambres de Commerce*, Janvier 1883, pp. 63-65.

—— La guerre avec la Chine — la politique coloniale et la question du Tonkin, par Armand Rivière. Paris, Auguste Ghio, — 1883, br. in-8, pp. 24.

—— L'expédition du Tonkin — Les responsabilités. — Par Armand Rivière, député d'Indre-et-Loire. — Prix : 1 Franc. — Paris, en vente chez Elie Bloch, in-12, pp. 133 + 1 f. n. ch.

Henri Cordier.

—— La question du Tong-King Par Henri Cordier. (*Revue de l'Extrême-Orient*, I, N° 4, Octobre-Novembre-Décembre 1882, pp. 634-644.)

Conférence faite au Cercle Saint-Simon (Société historique), le 9 décembre 1882.

—— La question du Tong-king, par H. Cordier. (*Bull. Soc. Hist. et Cercle St.-Simon*, 1883, N° 2, pp. 80-97.)

Conférence faite au Cercle Saint-Simon, 9 déc. 1882.

Traduit sous le titre *France and Cochinchina* dans le *N. C. Herald*, 15 June, 1883, pp. 694-696.

—— Le Conflit entre la France et la Chine. Etude d'histoire coloniale et de droit international, par Henri Cordier, Directeur de la *Revue de l'Extrême-Orient*. Paris, Léopold Cerf, 1883, br. in-8, pp. 48.

La plus grande partie de cette brochure avait paru dans le journal *Le Temps*.

— Henri Cordier, *Hist. des Relat. de la Chine*, II, 1902, Chap. XIII-XXVI.

* * *

—— Une Mission au Tonquin sur la Canonnière *la Massue*. Par L. Gros-Desvaud,

Lieutenant de vaisseau. (*Soc. Bretonne Géog.*, II, 1883, pp. 109-143.)

—— France and China. By D. C. Boulger. (*The Nineteenth Century*, May 1883, pp. 886-895.)

—— La Question du Tonkin, par Paul Deschanel, Rédacteur au *Journal des Débats*. — L'Annam et les Annamites; Histoire, Institutions, Mœurs. — Origines et développement de la question du Tonkin. — Politique de la France, de l'Angleterre, de la Chine. — Le protectorat français. — Paris, Berger-Levrault, 1883, in-12, pp. VII-505, avec une carte.

Notices : *Ann. Ext.-Orient*, 1883-84, VI, pp. 127-128. — *Rev. Ext.-Orient* [par H. Cordier], 1883, II, pp. 420-421.

—— Le protectorat du Tong-king, par D. Du Pavillon. — Rochefort, Soc. anon. de l'imp. Ch. Thèze. — 1883, in-12, pp. 14.

—— Trade Routes to China and French Occupation of Tonquin. (*Quarterly Review*, No. 312, 1883.)

—— The French in Tonquin and Anam. (*Blackwood's Magazine*, Nov. 1883, No. DCCCXVII.)

—— Carte pour suivre l'Expédition du Tonkin. — Paris, 1883. — E. Andriveau-Goujon, Editeur, rue du Bac, 4, 1 f. in-fol.

Echelle 1/8.000.000. — Erhard frères, Imp. Lith.

— Le commissaire civil de la France au Tongkin. (*Ann. de l'Ext.-Orient*, 1883-1884, VI, pp. 29-30.)

J. Harmand, né à Saumur, 23 oct. 1845.

— Proclamation du Dr. Harmand aux Tongkinois. (*Ann. de l'Ext.-Orient*, 1883-1884, VI, pp. 124-125.)

—— Affaires du Tonkin. — Exposé de la situation. — Octobre 1883. Paris. Imprimerie nationale. MDCCCLXXXIII, in-fol., pp. 31.

— Affaires du Tongkin. (*Ann. de l'Ext.-Orient*, 1883-1884, VI, pp. 136-148.)

D'après les rapports officiels aux Chambres.

—— Le traité de Hué. (*Ann. de l'Ext.-Orient*, 1883-1884, VI, pp. 148-151.)

Texte. — 25 août 1883.

(France, Annam et Chine : Divers.)

—— P. Loti. — Three Days of War in Annam. (*Littell's Living Age*, CCXVII, 645-703.)

—— P. Loti. — A Missionary of Annam; a Chinese War Story. (*Outlook*, LXV, 681.)

— La prise de Ninh-Binh (Tong-King) 1873-1883. (*Cte. rendu Soc. Géog.*, 1883, pp. 572-573.)

Communication de F. Romanet du Caillaud.

— Aperçu historique de la question du Tonkin. Par Maurice Jametel. (*Economiste français*, 1883.)

— Le différend franco-chinois. Par Maurice Jametel. (*Economiste français*, 1883.)

— Le nouveau traité franco-annamite. Par Maurice Jametel. (*Economiste français*, 1883.)

—— La Politique française au Tonkin. (*Nouvelle Revue*, 1er oct. 1883, pp. 445-458.)

Art. signé : XX.

—— La France, l'Annam et la Chine, par Le Myre de Vilers. (*Nouvelle Revue*, 15 déc. 1883, pp. 863-876.)

—— Alfred Barbou. — Les Héros de la France et les Pavillons-Noirs au Tonkin. — Paris, A. Duquesne, 1884, in-32, pp. 380, fig.

— Le Ton-kin Conférence faite à la Société d'économie politique de Lyon Le 21 Décembre 1883 par Edmond Morel ... — Lyon Imprimerie A. Bonnaviat. — 1884, in-8, pp. 53, carte.

—— Société d'économie politique de Lyon (Séance du 11 janvier 1884). — Le Tonkin et la colonisation française. — Rapport de M. Ulysse Pila. Lyon, Imprimerie A. Bonnaviat, 1884, br. in-8, pp. 45.

Réponse à la conférence de Mr. E. Morel.

—— La Basse-Cochinchine et les intérêts français en Indo-Chine en 1884. Par A. Bouinais. (*Bull. Soc. normande Géog.*, VI, 1884, pp. 61-93.)

—— Prise de Bac-ninh. — Rapport officiel. (*Journal Officiel*, jeudi 1er mai 1884.)

— La paix avec la Chine. (*Ann. de l'Ext.-Orient*, 1884-1885, VII, pp. 378-379.)

Convention du 11 mai 1884.

(France, Annam et Chine : Divers.)

—— L'armée française au Tonkin — Guet-apens de Bac-Lé par Le Capitaine Lecomte Breveté d'Etat-major Illustrations par M. Dauphin Pharmacien-major de la garde républicaine. Berger-Levrault, Paris [et] Nancy, 1890, petit in-8, pp. VI-212, 2 cartes.

—— Notre but au Tonkin. — Lettre à M. le Président du Conseil, ministre des affaires étrangères (Mars 1884), par Jules Blancsubé, député de la Cochinchine. (Cette lettre, écrite après la prise de Bac-Ninh, revêt un caractère d'actualité, à la suite de l'affaire de Lang-soon et à la veille d'hostilités possibles avec la Chine.) — Paris, Imp. nouvelle (Ass. ouvrière), 1884, in-12, pp. 15.

—— Les affaires de l'Indo-Chine — Conquête & administration du Tonkin. Paris, Auguste Ghio. — MDCCCLXXXIV, br. in-8, pp. 45.

—— La solution de la Question du Tonkin au point de vue des intérêts français par P. Dabry de Thiersant ancien Ministre plénipotentiaire 2e Edition. Paris, Léopold Cerf, in-8, pp. 84.

—— Nos intérêts dans l'Indo-Chine par P. Dabry de Thiersant — Avec une carte du Tonkin — Paris Ernest Leroux — 1884, in-8, pp. 31.

—— The Truth about Tonquin, being *The Times* Special Correspondence by Archibald R. Colquhoun, F. R. G. S., &c. Author of « Across Chrysê », &c. One Shilling. London: Field & Tuer, Y^{e} Leadenhalle Presse, E. C., pet. in-8 carré, pp. 157 [1884].

Forme le No. X de *The Vellum-Parchment Shilling Series of Miscellaneous Literature.*

—— Solution de la question du Tong-king par une insurrection musulmane en Yûnnân.

Lettre de F. Romanet du Caillaud, Limoges, 21 Janvier 1884, insérée dans la *Gazette du Centre.*

—— Tong-king — De Hanoi à la frontière du Kouang-si (Provinces de Bac-Ninh et Langson), par M. A. Aumoitte, Chancelier du Consulat de France à Hanoi. — Accompagné d'une carte gravée. (Extrait de l'*Exploration.*) Revue géographique. — Paris, Andriveau-Goujon. — 1884, br. in-8, pp. 44, grav. et carte.

—— The French in Indo-China. — With a Narrative of Garnier's Explorations in Cochinchina, Annam, and Tonquin. With Thirty-three Illustrations. London: T. Nelson and sons. Edinburgh and New-York. 1884, pet. in-8, pp. 263.

—— La question du Tonkin solution immédiate, honorable, la moins couteuse la plus conforme aux véritables intérêts de la France par M. L. de Grammont ancien sous-préfet en Basse-Cochinchine — Prix : 1 fr. 50 — Au profit des blessés du Tonkin — Editeurs Dentu, Palais-Royal Libraire de la Société des Gens de Lettres Chérié, 40, Rue Hallé, à Paris — 1884, in-8, pp. 54.

Pithiviers, Imprimerie-Librairie Forteau, 1884.

—— Les Français en Indo-Chine Par M. le Capitaine Bouinais — Rochefort, Imprimerie Ch. Thèze, 1884, in-8, pp. 20.

Extrait du *Bulletin de la Société de Géographie de Rochefort* (Année 1883-1884).

—— G. Gaulard — Infanterie de Marine Cochinchine, Japon, Cayenne — Paris, Hurtau, 1884, in-12, pp. 245.

— La France dans l'Extrême Orient et le traité de T'ien-Tsin. Par Maurice Jametel. (*Economiste français*, 1884.)

— L'alliance française en Afrique et en Extrême-Orient, Par Charles Grémiaux. (*Ann. de l'Ext.-Orient*, 1884-1885, VII, pp. 257-262.)

— *L'Univers illustré*, 1884, p. 565.

— *Figaro*, Supp. du Dimanche, 28 juin 1884.

— *L'Illustration*, 12 avril 1884.

— Facsimile de la Convention Fournier. Supp. du *Matin*. Paris, Imp. Spéciale du *Matin*, 26 rue d'Argenteuil, 4 p. lithog.

—— La campagne du Tonkin, par Christian Solar... Membre de la Société des Etudes coloniales et maritimes. — Paris, Imp. Dubuisson, 1884, br. in-8, pp. 31.

—— Diplomatie chinoise. Li-Hung-Chang et le Commandant Fournier. Par A. Gervais. (*Revue Pol. et Litt.*, 11 oct. 1884, pp. 449-457.)

—— Burma, the Foremost country. A Timely Discourse. To which is added John Bull's Neighbour squaring up; or, how the Frenchman sought to win an Empire in the East. With Notes on the Probable Effects of French Success in Tonquin on British interests in Burma. By the author of «Our Burmese wars and relations with Burma», «Ashé Pyee», &c. London : W. H. Allen & Co. Publishers to the India Office, 1884, in-8, pp. xxviii-146.

—— The War in Tong-king. — Why the French are in Tong-king, and what they are doing there. — By Lieut. Sidney A. Staunton, U. S. N. Boston : Cupples, Upham and Co..., 1884, br. in-4, pp. 45 à 2 col.

—— Tonkin or France in the Far East. By C. B. Norman, late Capt. Bengal Staff Corps and 90th Light Infantry, ... With Maps. London : Chapman & Hall, 1884, in-8, pp. xv-343.

—— Le Tonkin ou la France dans l'Extrême-Orient, par C. B. Norman, Ancien capitaine de l'état-major du Bengale et du 90e régiment d'infanterie... Paris, Hinrichsen... 1884, in-12, pp. vi-318.

—— La France dans l'Extrême-Orient, par Th. Desdevises du Dezert, Professeur de Géographie à la Faculté des Lettres de Caen... Rouen, Imprimerie de Espérance Cagniard, 1884, br. in-8, pp. 31.

Avait paru dans le *Bull. de la Soc. Normande de Géog.*, Rouen, V, 1883, pp. 401-417.

—— Tungking, by William Mesny, Major-General in the Imperial Chinese Army. Hong-kong : Printed by Noronha & Co., 1884, br. in-8, pp. 115.

Notice par Henri Cordier, *Rev. Extr.-Or.*, II, 4, 1884, p. 586.

— Analyse et traduction d'un ouvrage intitulé le Tonkin. Par Gervaise, lieut. de vaisseau. (*Rev. mar. et col.*, Vol. 96, 1888, pp. 35-62, *à suivre*.)

Trad. de la brochure de Mesny.

(France, Annam et Chine : Divers.)

—— Notes d'un Reporter. — L'Exploitation du Tonkin, par Georges Fillion, Correspondant de l'*Agence Havas* au Corps expéditionnaire du Tonkin. Prix : 1 franc 25 cent. Paris, Challamel aîné, Novembre 1884, br. in-8, pp. 31.

—— Guerre contre la France. (*Choix de Documents*... par S. Couvreur, 1894, pp. 243-289.)

Textes chinois et trad. de pièces relatives aux événements de 1884-85.

—— La Vérité sur la retraite de Lang-son — Mémoires d'un combattant par Jacques Harmant. Paris, Albert Savine, 1892, in-12, pp. xi-339, cartes.

J. Harmant, *pseud.* du Capit. Verdier, du 111e de ligne.

—— ***. A la recherche de la vérité sur l'évacuation de Lang-Son. (*Le Correspondant*, 10 déc. 1885, pp. 773-794.)

—— Commandant Lecomte Attaché à l'Etat-Major du Corps expéditionnaire du Tonkin — Lang-son Combats Retraite et négociations. Paris [et] Limoges, Henri Charles-Lavauzelle, 1895, gr. in-8, pp. vii-555 + 2 ff. n. ch. p. les tab.; grav. et cartes.

—— La prise de la Citadelle de Binh-dinh racontée par un mendiant aveugle. (*Rev. Indo-Chinoise*, IV, 1900, pp. 889-892.)

3 sept. 1885.

—— France and Tongking. A Narrative of the Campaign of 1884 and the occupation of Further India by James George Scott (*Shway Yoe*). With Maps and Plans. London, T. Fisher Unwin, 1885, in-8, pp. xiii-381.

—— The Chinese Brave. By J. George Scott (Shway Yoe). (*Asiatic Quarterly Review*, Vol. I, Jan.-Apr. 1886, pp. 222-245.)

—— Land und Leute auf Hainan. Eine Schilderung der Insel und ihrer Erzeugnisse von James George Scott. Deutsch von W. Rudow. Ilfeld am Harz, Ch. Fulda, 1886, in-8, pp. 24.

Tiré de *France and Tongking*.

(France, Annam et Chine : Divers.)

— La question Tonkinoise avant et après le traité avec la Chine, par J. Pène-Siefert. Paris, Alphonse Lemerre, MDCCCLXXXV, br. in-8, pp. IV-54.

— Lettres du Tonkin. De Novembre 1884 à Mars 1885. — Correspondance de René-Alexandre-Louis-Victor Normand, Sous-Lieutenant au 16e bataillon de Chasseurs (promotion de Saint-Cyr du 1er Octobre 1882). Détaché, sur sa demande, au corps expéditionnaire du Tonkin (bataillon du 111e de ligne). Tué à Bang-Bô (Chine), le 24 Mars 1885. — Nouvelle édition. — Paris, Paul Ollendorff, éditeur, 1887, in-18, pp. 216.

La première édition de ce livre n'a pas été mise dans le commerce.

— Lettres du Tonkin de Novembre 1884 à Mars 1885 — Correspondance de René-Alexandre-Louis-Victor Normand Sous-Lieutenant au 16e bataillon de Chasseurs (promotion de Saint-Cyr du 1er octobre 1882) Détaché, sur sa demande, au Corps expéditionnaire du Tonkin (bataillon du 111e de ligne). Tué à Bang-Bô (Chine), le 24 mars 1885 — Troisième édition — Paris, Paul Ollendorff, 1887, in-12, 2 ff. n. ch. + pp. 216.

— L'avenir de la France au Tonkin, par un ancien compagnon de Francis Garnier. — Paris, Challamel aîné, 1885, br. in-8, pp. 132, carte de A. Gouin.

Par M. de Trentinian.

— Le conflit franco-chinois (la guerre et les traités) d'après les documents officiels, par E. Guillon, Agrégé de l'Université, Rédacteur en chef du *Réveil du Dauphiné*. Grenoble, Librairie Maisonville, Alexandre Gratier successeur, éditeur, 1885, br. in-8, pp. 71.

— La Ferryade ou la guerre du Tonkin par C. Demellier. Prix : 0.50 cent. Poitiers, Imp. Marcireau, 1885, br. in-12, pp. 22.

— La Conquête du Tonkin d'après des documents inédits par A. Gervais. Paris, Bureau des Deux Revues, 1885, pet. in-8, pp. 144 + 1 f. n. ch. tab.

Extrait de la *Revue Scientifique*.

— L'aventure du Tonkin et la Majorité. — Les complices. Prix : 10 centimes. Paris, Société anonyme de Publications périodiques, 1885, in-16, pp. 39.

— Les Chinois, leur armée, leurs voies d'invasion dans le Tonkin, par Le Capitaine R... [Maurice Recoing] Paris, librairie militaire de L. Baudoin et Cie, 1885, br. in-8, pp. 31.

Extrait du *Journal des Sciences militaires* (Juin 1885).

— La puissance chinoise, par C. de Saint-Paul. Orléans, Imprim. Paul Girardot, 1885, br. in-12, pp. 21.

Art. de journal inspiré par les affaires du Tongking.

— Décrets impériaux chinois ordonnant la révocation du Prince Kung et ceux relatifs à la prise de Bac-Ninh. (*Ann. de l'Ext.-Orient*, 1884-1885, VII, pp. 29-30.)

— Le Docteur Bernard, de Cannes — De Toulon au Tonkin (Itinéraire d'un transport). — Ouvrage illustré de quatre gravures. — Paris, Laplace, Sanchez et Cie..., 1885, in-12, 2 ff. n. ch. + pp. 364.

— Etude stratégique sur le Tonkin — faisant ressortir les dangers d'une paix mal assise et l'urgence de réformer notre organisation et notre éducation militaires «REMEMBER». — Paris, Kéva et Cie., 1885, in-16, pp. 31.

— Lettre du Tonkin. Haï-Phong, octobre 1885. — Paris, Imp. de G. Balitout..., 1885, br. gr. in-8, pp. 23.

— La cavalerie au Tonkin. — Extrait du *Journal des Sciences militaires* (Février 1885). Paris, L. Baudoin, 1885, br. in-8, pp. 16.

— La guerre au Tonkin. Par P.-A. C***. Extrait du *Journal des Sciences militaires* (Mars 1885). — Paris, L. Baudoin, 1885, br. in-8, pp. 20.

— Les renforts pour le Tonkin. Par A. G. Ancien élève de l'Ecole polytechnique. Paris, L. Baudoin, 1885, br. in-8, pp. 27.

Extrait du *Journal des Sciences militaires* (Avril 1885).

—— Les gages nécessaires (Yun-nan, estuaire du Yang-tse, Hainan, Formose), par E. Raoul, Secrétaire Général-Adjoint de la Société Française de Colonisation. Première partie, FORMOSE. Brest, imprimerie Gadreau; Paris, Challamel aîné, 1885, in-8, pp. 101.

Sur le titre on lit : Les gages nécessaires. Formosa «la belle», par E. Raoul, Pharmacien de 1e classe de la Marine au Corps expéditionnaire de Formose.

—— *Dr Paul Henri Chasseriaud. — Au Tonkin. Souvenirs médicaux d'une campagne de guerre (1883-1884). Relation précédée d'une Etude géographique et d'une carte orographique du pays. Bordeaux, Impr. Bellier, 1885, in-8.

—— Le Protectorat du Tonkin par M. A. Boüinais Capitaine d'Infanterie de Marine... et M. A. Paulus, Agrégé de l'Université... Paris, L. Baudoin, 1885, in-8, pp. 139.

Ext. de la *Revue maritime et coloniale* (Janvier et Février 1885.)

—— Chambre des Députés. Extrait du *Journal officiel* du 23 déc. 1885. — Discours prononcé par M. Ballue, Séance du 22 Décembre 1885. — Discussion du projet portant ouverture et annulation de crédits extraordinaires pour le service du Tonkin et de Madagascar. — Paris, Imp. du *Journal officiel*, 1885, br. in-8, pp. 31.

Les discours du Duc de Broglie, 11 déc. 1884, au Sénat : Paris, imp. de la Société anonyme de publications périodiques, 1884, in-18; de M. Clémenceau, à la Chambre des Députés, 27 nov. 1884 : Paris, aux bureaux du journal «La Justice», 1884, in-12; de M. de Freycinet, au Sénat, 20 déc. 1883 : Paris, imp. du «Journal officiel», 1884, in-8, ont été également imprimés à part sous forme de pièces séparées.

TUYEN QUANG.

—— Lieutenant-Colonel Dominé — Journal du Siége de Tuyen-Quan, 23 novembre 1884-3 mars 1885. Paris [et] Limoges, Lavauzelle, pet. in-16, pp. 102 et plan.

Avait paru dans le *Journal Officiel* des 10, 14, 16 et 17 mai 1885; et dans la *Revue de l'Extr.-Orient*, III, 2, 1885, pp. 281-319.

—— Tuyen-Quan pendant le siège [Par Th. Boisset, aumônier protestant au corps expéditionnaire du Tonkin] (*Revue chrétienne,* 10 mai 1885, pp. 339-352.)

—— Tuyen-Quan pendant le siège, par Th. Boisset, aumônier au corps expéditionnaire du Tonkin. (Extrait de la *Revue chrétienne.*) Paris, Fischbacher — 1885, br. in-8, pp. 30.

—— Le choléra et la légion étrangère au Tonkin. Par Th. Boisset. (*Revue chrétienne,* N° 3, 10 mars 1886, pp. 182-192.)

Daté : Phu-Lang-Thuong, 8 nov. 1885.

—— Le Siège de Tuyen-Quan du 24 Novembre 1884 au 3 Mars 1885, par Dick de Lonlay. — Illustré de 48 dessins par l'auteur. Deuxième édition. Paris, Garnier Frères, 1887, in-12, pp. 153 + 1 f. n. ch.

—— Corps expéditionnaire du Tonkin-Marche de Lang-son à Tuyen-quan (1re brigade — Giovanninelli) — Combat de Hoa-Moc — Déblocus de Tuyen-Quan (13 février-3 mars 1885) Par le Capitaine Lecomte breveté d'Etat-Major Attaché à l'Etat-Major du corps expéditionnaire du Tonkin. Berger-Levrault, Paris [et] Nancy, 1888, in-8, pp. VIII-70, 4 cartes hors texte.

—— Capitaine Villain, de l'artillerie coloniale. — La marche sur Tuyen-Quang, en 1885. (*Revue des Troupes coloniales,* II, 1912, pp. 206-223.)

—— Aux Membres du Parlement Français — Appel des Survivants de Tuyen-Quan (Campagne du Tonkin — 1885). S. d. [1911], pièce in-4, pp. 9 + 1 f. n. ch.

Verso du dernier f. : Paris, Maulde Doumenc et Cie. — Sous forme de lettre signée : HÉBART.

AMIRAL COURBET.

Amédée-Anatole-Prosper Courbet, né à Abbeville, 26 juin 1827; † 11 juin 1885, à bord du *Bayard* à Makong (Pescadores).

—— Capitaine Magnabal, de l'Infanterie coloniale. — La prise de Sontay, en 1883.

(*Revue des Troupes coloniales*, II, 1912, pp. 429-457.)

—— The French at Foochow, by James F. Roche, L. L. Cowen, U. S. Navy. Shanghai : Printed at the «Celestial Empire» Office, 1884, in-8, pp. 49, fig.

— Combat de Fou-tchéou (23 août); d'après une image vendue en Chine le lendemain de la bataille. (*Miss. Cath.*, XVI, 1884, p. 547.)

—— Foochow et la rivière Min. (*Bull. Soc. Géog. Rochefort*, VI, 1884-85, pp. 249-270.)

—— 福州地理形圖 Plan et Description de la Bataille de Fou-tcheou.

Image chinoise.

—— Les combats de la rivière Min, 1884. Par Ch. Chabaud-Arnault, Capitaine de frégate. (*Rev. mar. et col.*, Vol. 84, 1885, pp. 517-547.)

— Chinese Account of the French attack upon Pagoda Anchorage. Transl. by E. H. Parker. (*China Review*, XVIII, 1, 1889, pp. 39-40.)

—— Section of the Min River Showing the positions of the Chinese, French and Neutral Vessels at Pagoda Anchorage, Foochow, immediately before the Naval Engagement of the 23rd August 1884, also showing the positions of sunken Chinese vessels after the action. (Chinese Imp. Maritime Customs, *Decenn. Reports*, 1882-1891, p. 418.)

—— [Account of the Battle in the Min River, 23rd Aug. 1884, Admiral Courbet.] by Deputy Commissioner Carrall. (*Decen. Reports*, 1882-1891, p. 418, carte.)

—— Affaire de Sheipoo. Rapport adressé à M. le vice-amiral, commandant en chef l'escadre de l'Extrême-Orient, par M. le cap. de vaisseau Gourdon, sur l'attaque des frégate et corvette chinoises le *Yu-Yuen* et le *Tcheng-king*, dans la nuit du 14 au 15 fév. 1885. (*Rev. mar. et col.*, Vol. 86, 1885, pp. 56-68.)

—— 基隆因形圖 Plan de la Bataille de Ki loung.

Image chinoise.

—— Prise des îles Pescadores. Rapport de l'amiral Courbet, Makung, 8 avril 1885. (*Rev. mar. et col.*, Vol. 86, 1885, pp. 218-223.)

—— La maladie et la mort de l'Amiral Courbet. Observation recueillie par le Dr. A. Doué, Médecin en chef de la Marine, Médecin de l'Escadre de l'Extrême-Orient. (*Arch. Médecine navale*, XLIV, 1885, pp. 161-165.)

— A.-A.-P. Courbet, Vice-Amiral (1827-1885). (*Rev. mar. et col.*, Vol. 86, 1885, pp. 182-192.)

Notice nécrologique, état de services, etc.

— Discours de l'amiral Galiber à Abbeville. (*Ibid.*, Vol. 87, 1885, pp. 174-175.)

—— L'Amiral Courbet d'après les papiers de la marine et de la famille, par Emile Ganneron, secrétaire-rédacteur au Sénat. Paris, librairie Léopold Cerf, 1885, in-18, pp. vi-372, portrait.

—— L'amiral Courbet, par un ami de la famille. Abbeville, A. Retaux, imprimeur-éditeur, 84, chaussée Marcadé, 1885, in-18, pp. 110.

—— L'escadre de l'amiral Courbet. Notes et souvenirs, par Maurice Loir, Lieutenant de vaisseau à bord de la *Triomphante*... Paris, Berger-Levrault, 1886, pet. in-8, pp. 370 + les ff. prél. et 1 f. n. ch. à la fin.

—— Les héros du Tonkin — L'amiral A. Courbet, par A. Gervais, ancien officier. Charavay frères, libraires-éditeurs, Paris, s. d., in-18, pp. 160.

—— Dick de Lonlay. — La marine française en Chine. — L'amiral Courbet et le *Bayard*. — Récits anecdotiques illustrés de 40 dessins, par l'auteur. Paris, Garnier frères, 1886, in-12, pp. viii-163 + 1 f. n. ch.

— Dick de Lonlay. — L'Amiral Courbet et le «Bayard». Récits souvenirs historiques — Illustrés de 40 dessins par l'auteur. — Paris, Garnier frères, 1886, in-12, pp. viii-163 + 1 f. n. ch.

Même éd. avec un titre différent.

—— Oraison funèbre de l'amiral Courbet, prononcée le 1er Août 1885, à Poitiers dans l'église de Montierneuf devant les Représentants et les Délégués du département de la Vienne, par L'Abbé Frémont, Ancien aumônier de l'Ecole normale de la Seine, Vicaire à S.-Philippe-du-Roule (Paris). Paris, Berche et Tralin, 1886, in-8, pp. 62.

—— Félix Julien. — L'Amiral Courbet d'après ses Lettres. Paris, V. Palmé, 1889, in-12, pp. II-314.

—— L'Amiral Courbet, d'après ses lettres. Par Henry de Gaillard. (*Le Correspondant*, 25 janv. 1889, pp. 333-339.)

A propos du livre de F. Julien.

—— Mgr. Freppel. — L'Amiral Courbet. Le général Lamoricière. La révolution et le militarisme. Henri Gautier, Paris, s. d., br. in-12, pp. 36.

Forme le No. 239 de la *Nouvelle Bibliothèque Populaire à 10 Cent.*

—— L'Amiral Courbet au Tonkin Souvenirs historiques par P.-L. Michelle Ouvrage illustré d'un dessin de l'auteur. Tours, Alfred Cattier, 1886, in-8, pp. 159.

—— L'expédition française de Formose 1884-1885 par Le Capitaine Garnot du 31e d'infanterie. — L'Ile de Formose. — Premières opérations contre Formose. Occupation de Kelung. — L'échec de Tamsui. — L'installation à Kelung. La fièvre algide. — Reprise des opérations actives devant Kelung. Arrivée du colonel Duchesne. — L'arrivée des renforts. — L'affaire du 10 janvier. Les combats du 25 au 30 janvier. — Les Postes avancés. Les combats de mars. — La prise des Pescadores. — L'armistice. La mort de l'amiral Courbet. — Le traité de paix. — L'évacuation. — Avec 30 gravures et un atlas de 10 cartes en couleurs. Paris, Ch. Delagrave. — 1894, in-8, pp. 10 + 234 + 3 f. n. ch.

On lit sur la couverture extérieure : L'expédition française de Formose 1884-1885 par Le Capitaine Garnot du 31e d'infanterie. — Avec 30 gravures hors texte et un atlas de 10 cartes en couleurs. Paris, Ch. Delagrave.

—— Capitaine Garnot. — L'expédition française de Formose 1884-1885. — Atlas (10 cartes, dont 9 en couleurs et une Vue panoramique en noir) : 1. Ile et Détroit de Formose. (D'après les Cartes du dépôt de la Marine.) — 2. Le Nord de Formose, échelle du $\frac{1}{400,000}$. — 3. Environs de Kelung, échelle du $\frac{1}{40,000}$. (Région qui fut occupée par le corps expéditionnaire, en 1884-1885.) — 4. Kelung, échelle du $\frac{1}{10,000}$. — 5. Panorama de Kelung. — 6. Entrée du port de Tamsui (Combat du 8 octobre 1884), échelle du $\frac{1}{20,000}$. — 7. Les lignes de l'Ouest, échelle du $\frac{1}{10,000}$. — 8. Le secteur Sud, le fort Tamsui, échelle du $\frac{1}{15,000}$. — 9. Les Positions Sud et Sud-Est de Kelung, échelle du $\frac{1}{15,000}$. — 10. Les Pescadores (Mouillages intérieurs et île Ponghou), échelle du $\frac{1}{60,000}$. — Paris, Ch. Delagrave, in-4.

—— Le *Volta* en Chine et au Tonkin (1883-1885). Par Paul Brière Sous-Commissaire de la Marine. (*Rev. mar. et col.*, Vol. 124, 1895, pp. 66-109, 477-528.)

—— L'Amiral Courbet en Extrême-Orient — Notes et Correspondance — Préface et mise en ordre par Théodore Cahu. Paris, Léon Chailley, 1896, in-8, pp. XI-346.

—— Emile Duboc.... 35 mois de campagne en Chine, au Tonkin. Courbet, Rivière (1882-1885).... préface par Pierre Loti... — Paris, Charavay, Mantoux, Martin (1899), in-fol., pp. 324, pl., fig. et cartes.

—— Commandant Thirion en retraite — L'expédition de Formose — (Souvenirs d'un soldat) — Paris, Henri Charles-Lavauzelle, s. d. (1898), in-8, pp. 102.

—— L'Amiral Courbet par le Comte de Lionval. Illustrations de Ch. Jouvenot. — 1827-1885 — C. Paillart, Abbeville, s. d. (1894), in-32, pp. 32.

Tiré à 10,000 exemplaires.

—— Bibliothèque de Propagande Catholique — L'Amiral Courbet Par le Comte de Lionval. — F. Paillart, Abbeville, in-8, pp. 240.

Livres jaunes.

— Ministère des Affaires étrangères. — Documents diplomatiques. — *Affaires du Tonkin.* — Première partie. 1874-Décembre 1882. Paris, Imprimerie nationale, — MDCCCLXXXIII, in-fol., pp. 327.

— — — *Affaires du Tonkin.* — Deuxième partie. Décembre 1882-1883. Ibid., in-fol., pp. 268-VI-VII-VII-VII.

— *Affaires du Tonkin.* — Exposé de la Situation. — Octobre 1883. Paris, Imprimerie nationale. — MDCCCLXXXIII, in-fol., pp. 31.

— Ministère des Affaires étrangères. — Documents diplomatiques. — *Affaires du Tonkin.* — Convention de Tien-tsin du 11 mai 1884. Incident de Langson. Ibid. — MDCCCLXXXIV, in-fol., pp. 76.

— — — *Affaires de Chine et du Tonkin.* — 1884-1885. Ibid. — MDCCCLXXXV, in-fol., pp. XV-330.

— — — *Affaires de Chine.* — Ibid. — MDCCCLXXXV, in-fol., pp. VI-51.

— Un livre bleu sur les affaires de Chine. (*Ann. de l'Ext.-Orient*, 1885-1886, VIII, pp. 306-309.)

— Conventions complémentaires de Commerce et de Frontière entre la France et la Chine du 20 juin 1895 — Règlement de Police mixte sur la Frontière Sino-annamite (1896). S. l. n. d. [Pe-king, 1896], br. in-8, pp. XIII-11.

Période 1885-1913.

— Capitaine Bastide, de l'Infanterie coloniale. — Soulèvement et prise de Hué en 1885. (*Revue des Troupes coloniales*, I, 1912, pp. 150-175, 1 pl.)

— History of the war in Tungking. By E. H. Parker. (*China Review*, XIV, pp. 109-110.)

D'après les Chinois.

— En profiterons-nous? Par le Comte Meyners d'Estrey. (*Ann. de l'Ext.-Orient*, 1885-1886, VIII, pp. 361-366.)

— Tonkin. (*Ann. de l'Ext.-Orient*, 1885-1886, VIII, p. 378.)

— Extraits — 25 Avril 1886. — Convention commerciale entre la France et la Chine, signée à Tien-tsin. (*Bull. Soc. Et. Indo-Chin. de Saigon*, 1891, pp. 55-65).

— La Question du Tonkin, par Olivier Martellière, Licencié en droit, Capitaine d'Infanterie de Marine, Ancien Administrateur des Affaires indigènes en Cochinchine, Ancien Résident de France au Tonkin. Novembre 1885. Paris, E. Dentu, 1886, br. gr. in-8, pp. 60.

— A propos du Tonkin et de l'Indo-Chine, par Jules Blancsubé, Député de la Cochinchine, Ancien maire de Saïgon, Conseiller colonial. — Octobre 1886. Paris, Imp. typ. Mayer, MDCCCLXXXVI, in-12, pp. 68.

— L'Annam pendant la Conquête. (*Rev. Indo-Chinoise*, IV, 2e sér., 2e sem. 1900, pp. 1121-1124, 1169-1172.)

— — Capture du Roi Ham-Nghi. (*Ibid.*, pp. 1193-1199.) Par E. Giret.

— Exploits et aventures des Français au Tonkin, en Chine, en Annam. — Histoire illustrée de l'Expédition du Tonkin. — Le Pays. — Les causes de la Guerre. — Les Opérations au Tonkin. — Les Représailles contre la Chine. — La Paix. — La Pacification de l'Annam. — Le Retour des Troupes en France. — Fécamp, lib. Vve P.-L. Ebran, rue du Hâvre, gr. in-8, pp. 376, s. d. [1886.]

— Lucien Huard. — La guerre illustrée. — Chine-Tonkin-Annam, L. Boulanger, éditeur, Paris, s. d. [1886], gr. in-8, pp. 1216.

— Les dépenses de l'expédition du Tonkin. Les comptes du ministère de la marine. Paris, E. Dentu, 1886, br. gr. in-8, pp. 37.

— La Société des Missions étrangères pendant la guerre au Tonkin. Paris, Lib. de l'Œuvre de Saint-Paul, 1886, br. in-8, pp. 89 + 1 f. n. ch. p. l. t.

—— Le Tonkin et Madagascar. — Discours prononcé à la Chambre des Députés le 21 Décembre 1885 sur la question du Tonkin et de Madagascar, par Mgr. Freppel, évêque d'Angers, député du Finistère. Paris, Société générale de librairie catholique, Victor Palmé, directeur général, Bruxelles, Société belge de librairie, Genève, Henri Trembley, 1886, br. in-8, pp. 38.

—— Historique succinct de l'artillerie au Tonkin pendant les années 1883 et 1884, par G. Humbert, chef d'escadron d'artillerie de la marine, Breveté d'état-major. Paris [et] Limoges... Henri Charles-Lavauzelle, 1886, 2 vol. in-16, pp. 144 et 111.

Petite bibliothèque de l'armée française.

—— Dick de Lonlay. Au Tonkin 1883-1885, récits anecdotiques illustrés de 300 dessins par l'auteur. Paris, Garnier frères, libraires-éditeurs, 1886, gr. in-8, pp. VIII-597 + 1 f. n. ch.

— A la Commission de délimitation franco-chinoise. (*Bull. Soc. Géog. com.*, IX, 1886-1887, pp. 431-432; 607-608.)

Mon-kay (frontière de Chine), 3 janvier [1887]; Mon-kay, 24 mars 1887.

—— Deux années au Tonkin 1884-1886. Par G. Baudens, lieutenant de vaisseau. Paris, Baudoin, 1887, br. in-8, pp. 23.

Ext. de la *Revue maritime et coloniale*, Octobre 1887.

—— Extraits. — 26 Juin 1887. — Convention additionnelle entre la France et la Chine, signée à Pékin. (*Bull. Soc. Et. Indo-Chin. de Saigon*, 1891, pp. 65-68.)

—— Journal d'un Mandarin. Lettre de Chine et documents diplomatiques inédits par un fonctionnaire du Céleste Empire. Paris, E. Plon, Nourrit & Cie, 1887, in-12, pp. VII-310.

Réunion de lettres parues dans le *Journal des Débats*.

Foucault de Mondion, + 14 juin 1894.

—— La vérité sur Foucault de Mondion. — Sa vie, ses missions politiques, sa mort. Par René de Pont-Jest. (*Le Figaro*, mercredi 11 juillet 1894.)

—— Les Préliminaires de la paix avec la Chine. — I. Du 11 janvier au 19 mars 1885. (*Revue Bleue*, No. 24, 10 déc. 1887.) — II. Mars 1885; retraite de Lang-Son. (*Ibid.*, No. 25, 17 déc. 1887.) — III. Les préliminaires de la paix avec la Chine en 1885. (*Ibid.*, No. 26, 24 déc. 1887.)

—— No. 1717. — Chambre des députés, quatrième législature. Session de 1887. — Annexe au procès-verbal de la séance du 2 avril 1887. Proposition de loi tendant à la création d'un ministère spécial des colonies et des protectorats. Présenté par M. Blancsubé, Député, in-4, pp. 85.

—— Notice sur le Tonkin à propos de Cinquante jours sur le haut fleuve Rouge de Tu-mi à Bao-ha par M. le Général Jamais. — Toulouse, Durand, Fillous et Lagarde, 1887, in-8, pp. 24, 1 photog.

Ext. du *Bulletin de la Société de Géographie de Toulouse*, No. 3, 1887.

—— Société de Géographie de Toulouse. — Le Tonkin par M. le Général Jamais. — Toulouse, Durand, Fillous et Lagarde, 1887, in-8, pp. 35.

—— Souvenirs de la campagne du Tonkin — Bac-ninh — Par R. Carteron, Cap. au 1er rég. de zouaves. — Paris, Baudoin, 1888, br. in-8, pp. 39, carte.

—— Souvenirs de la Campagne du Tonkin par R. Carteron Capitaine au 1er régiment de zouaves. Paris, L. Baudoin, 1891, in-8, pp. 360 + 1 f. n. ch., carte.

Avait paru en fragments dans le *Journal des Sciences militaires*.

—— Le Tonkin en 1883. Par Régis, Cap. d'artillerie de marine. (*Rev. mar. et col.*, Vol. 96, janv. 1888, pp. 113-154.)

—— Le Tonkin en 1883 par Régis, capitaine d'artillerie de marine — Extrait de la *Revue maritime et coloniale* (Janvier 1888). Paris, librairie militaire de L. Baudoin et Cie, 1888, in-8, pp. 44.

—— La Vérité sur le Tonkin, l'Annam, le Cambodge et la Cochinchine par J. Laffitte. Paris, Challamel, 1888, br. in-8, pp. 47.

—— No. 63 — Sénat, Session extraordinaire 1888. Annexe au procès-verbal de la séance du 16 novembre 1888. Rapport fait Au nom de la commission chargée d'examiner la loi, adoptée par la Chambre des Députés, portant approbation : 1° de la Convention commerciale conclue entre la France et la Chine signée à Tien-tsin, le 25 avril 1886; 2° la Convention additionnelle signée à Pékin, le 26 juin 1887, entre la France et la Chine. Par M. l'Amiral Jaurés sénateur. — Paris, P. Mouillot, 1888, br. in-4, pp. 40, carte.

—— Pierre Lehautcourt — Les Expéditions françaises au Tonkin — Paris, au journal «Le Spectateur militaire», 1888, 2 vol. in-8, pp. 544-649, grav., cartes.

Index bibliographique jusqu'au 1er juin 1888, pp. 623-638. — A paru en 38 fascicules à 60 centimes.

—— Notes sur la campagne du 3e bataillon de la Légion étrangère au Tonkin. Paris-Limoges, Imprim. Henri Charles Lavauzelle, 1888, br. in-8, pp. 64.

—— Histoire chirurgicale de la guerre au Tonkin et à Formose (1883-1884-1885) par le Dr H. Nimier, Médecin-major, professeur agrégé au Val-de-Grace. Paris, G. Masson, 1888, in-8, pp. 178.

—— L'Affaire du Tonkin — Histoire diplomatique de l'établissement de notre Protectorat sur l'Annam et de Notre Conflit avec la Chine. 1882-1885. Par un Diplomate. Paris, J. Hetzel, s. d. [1888], in-8, pp. vi-430.

Par Albert Billot, directeur des Affaires politiques au Ministère des Affaires étrangères.

Un ex. spécial est ainsi décrit dans le cat. (139) du libraire Lucien Gougy, Paris, Juin 1901, d. rel. maroq. rouge, coins (*Raparlier*), 50 fr. :

Bel exemplaire dans lequel on a intercalé une carte de lettré et une carte d'invitation en chinois, une photographie des tranchées de Bac Ninh, un croquis des terrains parcourus pendant l'opération de Nam Dinh, un rapport autographe du général Bouet sur la nécessité d'augmenter les effectifs d'occupation, un brevet de chevalier de l'ordre de l'Annam signé de Paul Bert, un rapport autographe du colonel Bichot, 4 ordres généraux du général Brière de l'Isle relatifs aux combats de Kep et de Loch-Nam, un rapport autographe du résident à Haïphong sur l'affaire de Langson, et 17 lettres autographes de MM. Billot, J. Ferry, Harmand, G. Casse, général Bouet, Schœlcher, Thomson, J. Dupuis, Blancsubé, Lemaire, de Champeaux, Aymonier, Haitce, Bouinais et colonel Dugenne.

Le Livre IV, *Préliminaire de Paix*, de cet ouvrage, avait déjà été publié dans la *Revue bleue*, Nos. des 10, 17 et 24 déc. 1887.

Notice : *Le Temps*, 17 avril 1888.

—— Extrait du Mémorial de l'Artillerie de Marine — L'artillerie de la Marine à Formose, par H. de Poyen-Bellisle, Colonel d'artillerie de la Marine. Paris, L. Baudoin, 1888, in-8, pp. 112, 4 cartes.

—— Vaillant chrétien — Héroïque soldat — Lionel Hart Engagé-Volontaire glorieusement tombé au Tonkin, à 20 ans, par le Père Pierre Pralon, de la Compagnie de Jésus... Paris, Retaux-Bray, 1888, pet. in-8, pp. 306, portrait.

Notice par Roger Lambelin. (*Polybiblion*, partie littéraire, Octobre 1888, p. 369.)

—— Lionel Hart Engagé-Volontaire glorieusement tombé au Tonkin, à vingt ans, par Pierre Pralon, S. J. Deuxième édition Société de Saint-Augustin, Desclée, de Brouwer et Cie, Imprimeurs des Facultés Catholiques de Lille. Lille — 1889, in-8, pp. 216.

Lionel-Edouard-James Hart, né 14 Novembre 1864; † 18 Oct. 1885.

—— Jules Ferry. — Le Tonkin et la Mère-Patrie. — Témoignages et documents. Paris, Victor Havard, 1890, in-18 jésus, pp. 406.

Documents publiés par Léon Sentupéry.

Notice par Henri Cordier, *T'oung Pao*, No. 5, Fév. 1891, pp. 431-437.

—— Discours et Opinions de Jules Ferry publiés avec Commentaires et Notes par Paul Robiquet Avocat au Conseil d'Etat et à la Cour de Cassation Docteur ès Lettres — Tome Cinquième Discours sur la politique extérieure et coloniale (2e Partie) Affaires tunisiennes (suite et fin). Congo. — Madagascar. — Égypte. — Tonkin. — Trois préfaces. — Paris, Armand Colin, 1897, in-8, pp. 566.

Affaires du Tonkin, pp. 270-520. — Préface du «Tonkin et la Mère-Patrie», pp. 538-564.

Dix exemplaires numérotés sur papier à la forme.

—— Au Tonkin. — Milices et piraterie, par E. Bévin. — Paris, H. Charles-Lavauzelle, 1891, in-8, pp. 56.

—— Documents historiques — La Piraterie au Tonkin — Paris [et] Limoges, Henri

Charles-Lavauzelle, 1891, in-12, pp. 52, carte.

—— The French in Tonquin. By Lamington. (*Nineteenth Century*, XXX, 1891, pp. 285-291.)

—— Petite Bibliothèque de l'Armée française — La Conquête du Tonkin par H. Morel. Paris [et] Limoges, Henri Charles-Lavauzelle, 1891, in-16, pp. 77.

—— Le Colonel Frey de l'Infanterie de marine — Pirates et rebelles au Tonkin Nos soldats au Yen-thé — Ouvrage contenant 11 cartes et croquis — Paris Librairie Hachette et Cie, 1892, in-16, pp. x-350, + 1 f. n. ch. tab., carte.

—— Mat Gioi — Deux années de lutte 1890-1891. Paris, Albert Savine, s. d., in-12, [1892], pp. 236 + 1 f. n. ch.

—— Mat Gioi (Albert de Pouvourville) — Un point d'histoire coloniale — Le général Reste — L'instigation au vol. — Le vol. — Le Procès. — Le verdict de la justice civile. — La plainte en justice militaire. Paris, Albert Savine, 1892, in-18 jésus, pp. 35.

—— Docteur Hocquard Médecin-Major de 1re classe — Une Campagne au Tonkin. Ouvrage contenant deux cent quarante-sept gravures et deux cartes. Paris, Hachette, 1892, gr. in-8, pp. 539.

—— Etude militaire sur le Tonkin par le Commandant Le Prince. Paris, L. Baudoin, 1893, in-8, 1 f. n. ch. + pp. 42.

—— La Vie militaire au Tonkin Par le Capitaine Lecomte, breveté d'Etat-Major, attaché à l'Etat-Major du Corps expéditionnaire — Illustrations par M. Dauphin Pharmacien-major à la Légion de la Garde républicaine. Berger-Levrault, Paris [et] Nancy, 1893, gr. in-8, pp. VI + 1 f. n. ch. + pp. 350 + 1 f. n. ch.

—— A. Badier et H. Badier. — Au Tonkin, journal d'un sous-officier d'infanterie de marine... — Paris, Jouvet, (1894), in-8, pp. 138, fig.

—— —— (1898). — Paris, Société d'édition et de librairie, in-8, pp. 156, fig.

— Une lettre du Tonkin. (*Revue française du Japon*, 4e année, nouv. sér., Septembre 1895, pp. 415-416.)

Hanoi, 7 Septembre 1895. — Colonne du Colonel Chaumont contre les pirates.

—— Les Services de l'arrière à la colonne de Lang-son — Notes extraites d'un travail établi en 1889 par M. le capitaine adjudant-major Privé, actuellement colonel commandant le 2e régiment à Brest. (*Revue des Troupes coloniales*, 1903, I, pp. 254-284.)

—— *Sinicae res.* — Les délimitations de frontières et les traités avec la Chine. Paris, librairie militaire de L. Baudoin et Cie, 1889, br. in-8, pp. 51.

—— Le 2e Bataillon de Chasseurs à pied par Le Lieutenant Paul Delagrange — Berger-Levrault et Cie, Paris-Nancy, 1889, pet. in-8, pp. 232.

—— Récits de guerre — Les Français au Tonkin par le Commandant J. Sarzeau Officier du Corps expéditionnaire du Tonkin — Paris, Bloud et Barral, s. d. (1895), in-8, pp. 473.

—— Au Tonkin, 1884, 1885, 1886 (par Armand de Biencourt, publié par son père le Mis. C. de Biencourt). — Paris, Imp. de Lahure, 1898, in-8, pp. 81.

—— Général Gallieni Ancien Commandant du 2e Territoire militaire au Tonkin — Trois colonnes au Tonkin (1894-1895). Paris, R. Chapelot, 1899, in-8, pp. 164, 10 cartes.

—— G. Valtat — La Bas — Épisode de la guerre du Tonkin — Villeneuve-sur-Yonne, A. Bénéton, 1899, in-32, pp. 22.

—— Le Général Borgnis Desbordes Sa Mort. — Ses funérailles. Par E. Giret. (*Revue Indochinoise*, IV, 1900, pp. 705-713.)

—— La guerre du Tonkin d'après les Chroniques générales du Yunnan, par Papyrus. (*T'oung Pao*, 2e Sér., I, No 5, Déc. 1900, pp. 481-490.)

—— Pacification du Haut-Tonkin — Histoire des dernières opérations militaires — Colonnes du Nord (1895-1896) par le Capitaine Mordacq breveté d'Etat-Major. — Paris, R. Chapelot, 1901, in-8, pp. 40, plans et 8 pl.

—— L'Annam du 5 juillet 1885 au 4 avril 1886 par le Général X***. Paris, R. Chapelot, 1901, in-8.

Juillet 1885 : Fuite de Ham-nghi. — Avril 1886 : Gouverneur civil remplace résident général militaire.

—— Souvenirs Franco-Tonkinois (1879-1886) Par un Missionnaire Ancien Aumonier des Hopitaux de Nam-dinh et d'Hanoi pendant la guerre du Tonkin. Illustré de quatre-vingts gravures — Société Saint-Augustin, Paris [et] Lille, s. d. [1903], gr. in-4, pp. 278.

Par le P. L. Girod. [Portrait, p. 268.]

—— Mémoires de Deo-van-tri Souvenirs dictés de mémoire et recueillis par A. Raquez et Cam. (*Revue indochinoise*, 31 août 1904, pp. 257-275 ; portr.)

Ancien chef rebelle des tribus de la Haute Rivière Noire.

—— Rapport sur les Opérations dirigées dans le Yen-Thé. Par le Général Voyron Commandant la 1re brigade du Tonkin. — Mars 1892. — (*Revue des Troupes coloniales*, 1904, II, pp. 267-279, 368-385, 456-482, 562-585.)

—— L'insurrection de l'Annam (1885-87) Par Chalvan. (*Bull. Com. Asie française*, Janvier 1904, pp. 44-60.)

Suivi du Rapport de Dinh-Cong-Trang au Roi Ham-Nghi, pp. 60-62.

Province de Thanh-hoa.

—— Souvenirs de la conquête du Tonkin. Nos auxiliaires indigènes : les tirailleurs tonkinois et les chasseurs annamites. Par Chalvan. (*Bull. Com. Asie française*, Avril 1905, pp. 154-159.)

—— Capitaine Sénèque, de l'Infanterie coloniale — Luttes et Combats sur la Frontière de Chine (Cercle de Moncay) 1893-1894-1895 — Illustré par l'Auteur. Paris, Henri Charles-Lavauzelle, s. d. (1906), in-8, pp. 153 + 1 f. n. ch.

—— Jane Pannier — Robert de Chasles — Histoire Tonkinoise. Dole, Girardi et Audebert, 1906, in-8, pp. 40.

Extrait de la *Revue Chrétienne*.

—— A Soldier of the Legion An Englishman's Adventures under the French Flag in Algeria and Tonquin by George Manington Edited by William B. Slater and Arthur J. Sarl With Map and Illustrations. London, John Murray, 1907, in-8, pp. xvii + 1 f. n. ch. + pp. 380.

Notice : *Lond. & China Express*, Jan. 24, 1908.

—— Capitaine Bernard. — Petite guerre coloniale — Une campagne dans le Haut-Tonkin (Janvier-Mai 1896). (*Revue des Troupes Coloniales*, 1908, II, pp. 224-248, 333-349, 433-449.)

—— Petite guerre coloniale — Une campagne dans le Haut-Tonkin (Janvier-Mai 1896). Par le Capitaine breveté Bernard de l'Infanterie coloniale — Avec 9 croquis, dont 8 hors texte. Paris, Henri Charles-Lavauzelle, s. d. [1908], in-8, pp. 177.

Notice : *Revue indo-chinoise*, Avril 1909, pp. 408-410.

De-tham.

—— Commandant Verreaux. — Monographie d'un Chef de Pirates au Tonkin. (*A travers le Monde*, 1898, 16 juillet, pp. 225-228 ; 23 juillet, pp. 233-236 ; ill.)

Le De-tham.

— Une expédition au Tonkin contre le Dé Tham. (*Bull. Com. Asie franç.*, Février 1909, p. 79.)

—— Le De Tham — L'affaire de la citadelle de Hanoi L'agitation indigène en Indo-Chine Par Robert de Caix. (*Bull. Com. Asie franç.*, Mars 1909, pp. 102-110.)

Hanoi, 4 février 1909.

— Les opérations contre le Dé Tham. (*Bull. Com. Asie franç.*, Mars 1909, p. 125.)

— La lutte contre le Dé Tham. (*Bull. Com. Asie franç.*, Mai 1909, p. 213.)

(France, Annam et Chine : Période 1885-1913.)

— Un Français [Voisin] capturé par le Dé Tham. (*Bull. Com. Asie franç.*, Juillet 1909, pp. 301-302.)

—— Capitaine Libersart, de l'Infanterie coloniale. — Opérations contre le Dé-Tham en 1909. (*Revue des Troupes coloniales*, I, 1911, pp. 72-99, 176-192, 284-300, 382-407.)

— Les opérations contre le Dé-Tham. (*Bull. Com. Asie franç.*, Août 1909, p. 352.)

— Soumission d'un fils adoptif du Dé Tham. (*Bull. Com. Asie franç.*, Oct. 1909, p. 450.)

L'annamite Ca Binh.

—— L'homme du jour. — Le Đé-Tham.

Pour nos soldats marsouins, artilleurs, tirailleurs, miliciens et partisans.

Leurs anciens.

[Cachet du Dê-Tham.]

Colonne du Yen-Thé. — Janvier-mars 1909. — Imprimerie de l'Avenir du Tonkin, Hanoi, in-8, pp. 330 + 1 carte.

Accompagné de nombreuses photographies et croquis.

—— Lieutenant L. Texier. — La Question du Dé-tham. (*Revue des Troupes coloniales*, II, 1910, pp. 410-438, 543-566.)

— La réapparition du Détham. (*Asie française*, Janvier 1912, pp. 34-35.)

— La mort du De-Tham. (*Asie française*, Février 1913, pp. 92-93.)

— Indo-chine. Mort du Dè-Tham, tué le 11 février aux environs de Kep, près la région du Yen-Thé. (*Bull. Soc. Géogr. comm. Paris*, Février 1913, pp. 117-118.)

* * *

—— Etude sur la guerre contre les pirates au Tonkin (1909). Par G. Rumilly, Capitaine breveté d'artillerie coloniale. (*Bull. Com. Asie franç.*, Février 1910, pp. 84-92.)

Hanoï, janvier 1910.

—— Tirailleurs tonkinois et partisans. Par A. Bonifacy, Lieutenant-Colonel d'Infanterie coloniale. (*Revue indochinoise*, Novembre 1910, pp. 467-492; Déc., pp. 593-606.)

Extr. de conférences faites aux officiers de la garnison de Hanoï, publié par la *Revue des Troupes Coloniales*.

—— Extrait de la *Revue Indochinoise*. Nos. 11-12. — Novembre-Décembre 1910. — Tirailleurs Tonkinois et partisans. Par A. Bonifacy, Lieutenant-Colonel d'Infanterie coloniale. — Hanoi, Imprimerie d'Extrême-Orient, 1910, in-4, pp. 39.

—— Fred Abaly — Notes et Souvenirs d'un Ancien Marsouin (Cochinchine-Cambodge) — Avec Cartes et Gravures. Paris, A. Leclerc, 1910, in-8, pp. 336.

Tiré 525 ex., sur papier japon «Normandy Vellum» à la forme, dont 25 ex. non mis dans le commerce marqués A à Z et 500 ex. numérotés de 26 à 525 pour les Souscripteurs.

—— Problèmes du Haut-Tonkin. Par Robert de Caix. (*Asie française*, Déc. 1910, pp. 513-516.)

Yenbaï, 1909.

—— *H. Laumônier. Au temps des embuscades.

Notice: *Revue Indochinoise*, Juin 1912, p. 620. Par D. G.

— L'assassinat d'un Européen dans le Bac-giang. (*Asie française*, Août 1912, p. 345.)

— L'attaque du poste de Quang-thun. (*Asie française*, Sept. 1912, p. 388.)

— Une série d'agressions contre les Européens. (*Asie française*, Janvier 1913, pp. 36-37.)

—— Historique complet de la question du Tonkin. [Traduit par le 2e Interprète du Consulat général de France à Chang-hai, S. Haïtce.] (*T'oung Pao*, Vol. XIV, No. 4, Octobre 1913, pp. 477-483.)

Publié par Henri Cordier, d'après les archives des Affaires étrangères.

—— *La chasse aux pirates, par Louis Carpeaux. Paris, Bernard Grasset.

Notice: *Asie française*, Mai 1914, pp. 223-224. Par Albert Maybon.

ADMINISTRATION FRANÇAISE.

ADMINISTRATION.

Divers.

— La Cochinchine française son Organisation par M. J. d'Aries Capitaine de vaisseau — (Extrait de la *Revue maritime et coloniale.*) Paris, Challamel aîné, 1871, in-8, pp. 38.

— L'Administration de la Cochinchine française Par Léon Beugnot Secrétaire des affaires indigènes en Cochinchine. Paris, Imprimerie V. Goupy et Jourdan, 1879, in-8, pp. 86.

— Notes sur les réformes les plus urgentes a apporter dans l'organisation des pouvoirs publics en Cochinchine. 31 Décembre 1878. Aix, Imprimerie Vᵉ Remondet-Aubin, 1879, br. in-8, pp. 94 + 2 ff. n. ch.

Par Jules Blancsubé.

Notice : *Ann. Ext.-Orient*, I, pp. 349-351.

— Pétition à Messieurs les Membres de la Chambre des Députés et du Sénat Présentée par divers habitants de la Cochinchine française. In-8, pp. 12. [S. l. n. d., Paris.]

Pétition pour la suppression pour la Cochinchine du régime des décrets, remplacé par celui de la loi et la représentation de la colonie dans les deux Chambres.

— Cochinchine française. — Presse — Décret du 16 février 1880 — Saigon, Imprimerie nationale, 1880, br. in-8, pp. 15.

— L'Indo-Chine française — Étude précédée par une introduction de M. J.-S. Forville. (*Bull. Soc. Géog. Rochefort*, t. VI, 1884-1885, pp. 3-21.)

— Organisation administrative de la Cochinchine et du Tonkin — Communication de M. Louis Dunoyer de Segonzac, Ancien officier de marine Sous-directeur de la Mission chinoise à la Société de Géographie commerciale (Séance du 19 avril 1886). (*Revue de l'Ext.-Orient*, III, Oct.-Décembre 1885, pp. 555-570.)

— Étude sur l'organisation administrative du Tonkin et des Pays de Protectorat — Communication faite à la Société de Géographie dans la séance du 19 février 1886 par Louis Dunoyer de Segonzac ancien officier de Marine Sous-directeur de la Mission chinoise — Paris, Ernest Leroux, 1886, in-8, pp. 15.

— L'organisation du Protectorat en Annam et au Tonkin. (*Ann. de l'Ext.-Orient*, 1885-1886, VIII, pp. 309-313.)

Texte du rapport du 27 janvier 1886.

— Cochinchine. (*Ann. de l'Ext.-Orient*, 1886-1887, IX, pp. 58-59.)

Arrêté du gouverneur Filippini, de Saïgon, 1ᵉʳ juillet 1886, au sujet du Binh Thuan.

— Cochinchine. (*Ann. de l'Ext.-Orient*, 1886-1887, IX, pp. 283-284.)

— [Recueil analytique.] Par E. Outrey. Vinh-Long, 21 novembre 1887, in-8, 81 f. imp. d'un seul côté + pp. cvi de texte chinois.

Français : Imp. Aug. Bock, Saigon. — Chinois : Rey & Curiol, Saigon, 1890.

— L'Indo-Chine française — Politique et Administration — Conférence Faite à l'Association républicaine du Centenaire de 1789 par M. J. Harmand Consul général de France, ancien Commissaire général civil au Tonkin et en Annam. — Paris, Imp. C. Pariset, 1887, in-8, pp. 53.

— A propos de l'organisation de l'Indo-Chine française Par M. J. Silvestre. (*Bull. Soc. Géogr. Rochefort*, t. IX, 1887-1888, pp. 249-266.)

—— Pétition à Messieurs les Membres de la Chambre des Députés et du Sénat Présentée par divers habitants de la Cochinchine française. In-8, pp. 12.

—— Notes sur l'Organisation générale civile et militaire de l'Indo-Chine par Léonce Détroyat Ancien Officier de la Marine. Paris, Challamel, Octobre 1888, in-8, pp. 44.

—— Aperçu sur l'organisation administrative du Protectorat de la France en Annam et au Tonkin. Par M. le Dr. Martin-Dupont, ancien résident. (*Bull. Soc. Géog. Toulouse*, 1891, pp. 367-381.)

—— Law and Administration in the French Colonies and Protectorates of the Far East. By C. H. E. Carmichael, M. A., F. S. S. (*Imp. & As. Quart. Rev.*, N. S., VIII, 1894, pp. 312-324.)

—— La Commune Annamite d'après de récents travaux par E. Jobbé-Duval Professeur à la Faculté de Droit de l'Université de Paris — Extrait de la *Nouvelle Revue historique de droit français et étranger*, Septembre-Octobre, Novembre-Décembre 1896 — Paris, L. Larose, 1896, in-8, pp. 69 + 1 f. n. ch. tab.

Voir col. 1844-1845.

—— Essai sur l'organisation de l'Indo-Chine, par M. Louis Salaun. Communication faite au Congrès des Sciences Politiques, tenu à Paris au mois de Juin 1900. Hanoï, Imp. de F.-H. Schneider, 1901, in-4, pp. 20.

—— Épisodes de la vie d'un administrateur en Cochinchine. Par Jules G. (*Bull. Soc. Géog. Toulouse*, 1903, No. 2, pp. 162-172.)

—— Faculté de Droit de l'Université de Paris — La Commune annamite Sa formation. — Sa Constitution. — Ses rapports avec l'État — Thèse pour le Doctorat présentée et soutenue Le Vendredi 23 janvier 1913, à 11 heures par Fernand Malot... Paris, Henri Jouve, 1903, in-8, pp. 110 + 1 f. n. ch.

Voir col. 1844-1845.

— La commune annamite et la politique du protectorat. (*Bull. Com. Asie française*, Oct. 1903, p. 449.)

— L'avancement dans les services civils [de l'Indo-Chine]. [Rapport de M. Broni, secrétaire général au Gouv. Général.] (*Bull. Com. Asie française*, Novembre 1904, p. 534.)

—— The Far Eastern Topics Studies in the Administration of Tropical Dependencies Hong Kong, British North Borneo, Sarawak, Burma, the Federated Malay States, the Straits Settlements, French Indo-China, Java, the Philippine Islands by Alleyne Ireland, F. R. G. S... Westminster, Archibald Constable, 1905, in-8, pp. VII + 1 f. n. ch. + 339.

— La suppression du Secrétariat général de l'Indo-Chine. (*Bull. Com. Asie française*, Déc. 1906, pp. 500-501.)

—— Faculté de Droit de l'Université de Paris — Du Protectorat français en Annam, au Tonkin et au Cambodge — Thèse pour le Doctorat L'Acte public sur les matières ci-dessus Sera présenté et soutenu le Jeudi 18 Février 1904, à 1 h. 1/2 par H. Cheneau Diplomé de l'Ecole libre des Sciences politiques — Paris, V. Giard & E. Brière, 1904, in-8, pp. II-429.

Notice : *Revue Indo-Chinoise*, 15 mai 1906, pp. 727-728. Par N. T.

— L'organisation administrative et l'état social en Cochinchine. (*Bull. Com. Asie franç.*, Mai 1907, pp. 174-175.)

—— Le régime représentatif au Tonkin Par Edouard Payen. (*Bull. Com. Asie franç.*, Juillet 1907, pp. 247-252.)

Contenant : *Lettre du Gouverneur général de l'Indo-Chine au Résident supérieur au Tonkin relative à la réorganisation des commissions provinciales des notables et à la création d'une Chambre consultative indigène au Tonkin.* Hanoï, 12 Mai 1907. — *Arrêté portant création au Tonkin d'une commission consultative de notables indigènes.* Hanoï, 1er Mai 1907. — *Arrêté portant institution au Tonkin d'une chambre consultative indigène.* Hanoï, 4 Mai 1907. Signé : Beau.

— L'histoire du Protectorat. (*Bull. Com. Asie franç.*, Sept. 1907, p. 351.)

— L'administration du Tonkin. (*Bull. Com. Asie franç.*, Mai 1908, pp. 200-201.)

— Les élections municipales en Indo-Chine. (*Bull. Com. Asie franç.*, Sept. 1908, p. 383.)

— La collaboration des indigènes et de l'administration. Extrait d'une Circulaire de M. J. Morel, résident supérieur au Tonkin. (*Bull. Com. Asie franç.*, Octobre 1908, p. 424.)

— Les actes de piraterie et l'attitude des villages. Circulaire de M. J. Morel, résident supérieur, 27 Août 1908. (*Bull. Com. Asie franç.*, Octobre 1908, pp. 424-425.)

— La Cochinchine et le régime du protectorat. (*Bull. Com. Asie franç.*, Octobre 1908, p. 425.)

— Réformes au gouvernement général. (*Bull. Com. Asie franç.*, Déc. 1908, p. 521.)

— Le Protectorat de la France en Annam et au Tonkin. Par Ch. Fournier-Wailly. (*Bull. Com. Asie franç.*, Février 1909, pp. 56-66.)

—— P. Cultru. — Développement de la Cochinchine sous le Gouvernement des Amiraux. (*Revue Coloniale*, Oct. 1909, pp. 577-600.)

— La réforme des conseils du contentieux administratif de la Cochinchine et du Tonkin. (*Bull. Com. Asie franç.*, Juillet 1910, pp. 323-324.)

Journal Officiel du 25 juin 1910.

— La composition des conseils du contentieux administratif. (*Asie française*, Déc. 1910, p. 541.)

Décret du 16 juin 1910.

—— Notice sur la situation juridique et administrative des étrangers européens et assimilés en Indo-Chine Par A. E. Hückel, Elève-administrateur. (*Revue indo-chinoise*, 15 mai 1908, pp. 637-646; 30 mai 1908, pp. 735-741.)

—— Étude d'administration coloniale comparée — Les fonctionnaires coloniaux romains et le mariage. — La Solde des fonctionnaires coloniaux romains. — Les missions des gouverneurs des colonies et des provinces romaines, leur responsabilité. Par Alfred Emile Hückel, Administrateur des Services civils. (*Revue Indochinoise*, Mai 1911, pp. 423-447.)

—— Alfred-Emile Hückel Administrateur des Services civils de l'Indochine Étude d'Administration coloniale comparée Les fonctionnaires coloniaux allemands. Hanoï Imprimerie d'Extrême-Orient 1912, in-8, pp. 60.

—— * Paul Cordier. — Notions d'Administration indochinoise. Hanoi, Imprimerie d'Extrême-Orient, 1911, in-8, pp. IV-222.

— Le gouvernement de l'Indochine. (*Asie française*, Mai 1911, pp. 211-212.)

(Administration française : Divers.)

— La Réorganisation du Ministère des Colonies [Service de l'Indochine]. Par Robert Dalcan. (*Asie française*, Mai 1911, pp. 212-214.)

— Quelques mots sur les décrets du 20 octobre. (*Asie française*, Octobre 1911, pp. 442-449.)

— Les variations du Gouvernement général de l'Indochine. Par Robert Dalcan. (*Asie française*, Novembre 1911, pp. 497-499.)

— Les caisses locales des retraites. (*Asie française*, Juin 1912, pp. 244-246.)

—— La réorganisation des Services civils de l'Indochine Par Ch. Fournier-Vailly (*Asie française*, Juillet 1912, pp. 262-271.)

Décret du 24 juin 1912. — *Journal Officiel*, 1er juillet.

— Les Français aux conseils de province en Cochinchine. (*Asie française*, Août 1912, p. 343.)

— Dans les services civils. (*Asie française*, Janvier 1913, p. 33.)

— L'inspection des affaires politiques et administratives. (*Asie française*, Février 1913, p. 92.)

— Un projet de réforme du corps des services civils. (*Asie française*, Janvier 1914, p. 30.)

— L'agence générale des Colonies et l'Indochine. (*Asie française*, Mars 1914, pp. 115-116.)

— La réforme des retraites locales. (*Asie française*, Mars 1914, pp. 116-117.)

Fonctionnaires.

—— Cochinchine Française. Promulgation des 3 octobre et 24 novembre 1882 portant Suppression des ordonnateurs dans les colonies et Répartition des services actuellement conférés à ces chefs d'administration. — Saigon, Imprimerie Nationale, 1883, in-8, pp. 44.

—— Décret du 3 juillet 1897 Portant règlement Sur les indemnités de route et de séjour, les concessions de passage et les frais de voyages à l'étranger des officiers, fonctionnaires, employés et agents civils et militaires, des Services coloniaux et locaux. — Saigon, Imprimerie coloniale, 1898, in-4, pp. 54.

— Les fonctionnaires et les concessions. (*Bull. Com. Asie française*, Août 1904, p. 395.)

[En Indo-Chine. Circulaire de M. Constans, gouv. gén., 25 févr. 1888.]

— Les fonctionnaires indo-chinois. (*Bull. Com. Asie française*, Janvier 1906, pp. 31-32.)

(Administration française : Fonctionnaires.)

— Fonctionnaires indigènes [en Indo-Chine]. (*Bull. Com. Asie franç.*, Sept. 1906, p. 350.)

— Fonctionnaires français et fonctionnaires indigènes. (*Bull. Com. Asie française*, Janvier 1908, pp. 28-29.)

— Les rapports des administrateurs chefs de province avec les agents des services généraux. (*Bull. Com. Asie franç.*, Déc. 1908, pp. 521-522.)

Circulaires de MM. Bonhoure et Michel. (*Extr. du Journ. Off. de l'Indo-Chine franç.*, 22 oct. 1908.)

— Le stage des élèves administrateurs [Arrêté signé par M. Klobukowski le 7 oct. 1908]. (*Bull. Com. Asie franç.*, Déc. 1908, p. 522.)

— Les élèves-administrateurs brevetés de l'Ecole coloniale. [Circulaire de M. Klobukowski.] (*Bull. Com. Asie franç.*, Février 1910, pp. 94-95.)

—— République Française. Liberté — Égalité — Fraternité. Ministère des Colonies. Circulaire du 7 mars 1910. Rapport et décret du 2 mars 1910. Portant règlement sur la solde et les allocations accessoires du personnel colonial. — Hanoi-Haiphong, Imprimerie d'Extrême-Orient, 1910, in-4, pp. 211.

— Le congé de deux ans en Indo-Chine. Par Pierre Dassier. (*Bull. Com. Asie franç.*, Avril 1910, pp. 192-193.)

Journal Officiel, 18 mars 1910.

— La suppression du congé après un séjour de deux ans. (*Asie française, Bull.*, Juin 1911, p. 294.)

— La question des congés. (*Asie française*, Octobre 1911, p. 460.)

— Le recrutement des chefs et sous-chefs de canton en Cochinchine. (*Asie française*, Août 1910, p. 357.)

Règlement du lieutenant-gouverneur.

— Le recrutement des administrateurs de l'Indochine et la langue annamite. (*Asie française*, Sept. 1910, pp. 398-399.)

Décret du *Journal Officiel*, 8 septembre 1910.

—— Décret et arrêtés Portant réorganisation du personnel des Services civils de l'Indochine.

Sommaire

24 juin 1912. — Décret portant réorganisation du corps des administrateurs des Services Civils.
2 août. — Arrêté approuvé par le Ministre des Colonies portant organisation du personnel des commis et commis principaux des Services Civils.
1er octobre. — Arrêté fixant les conditions et le programme de l'examen d'aptitude pour le grade d'administrateur de 5e classe des Services Civils.
5 novembre. — Arrêté réglementant le mode d'établissement du tableau d'avancement du personnel des administrateurs et des commis des Services Civils.
2 août. — Arrêtés approuvés par le Ministre des Colonies fixant les cadres et la répartition entre les différents pays de l'Indochine du personnel des administrateurs, des commis principaux et commis des Services Civils.

S. l. n. d., in-8, pp. 28.

— Dans les services civils. (*Asie française*, Décembre 1912, p. 528.)

— Un Annamite administrateur des Services civils. (*Asie française*, Février 1913, p. 92.)

— Les économies de personnel. (*Asie française*, Mars 1914, pp. 114-115.)

— Nomination de résidents supérieurs. (*Asie française*, Mai 1914, p. 208.)

— Les desiderata des commis des Services civils. (*Asie française*, Juin 1914, p. 252.)

—— *Bulletin des Amicales de Fonctionnaires de Cochinchine* — Saigon, Imprimerie de l'Union, 1913, in-8.

Première année de la publication. — Vu les Nos. 4, Septembre 1913, pp. ch. 367-453, No 5; Octobre 1913, pp. ch. 459-532. — Tirage 600 exemplaires.

Conseil du Protectorat.

— Le Conseil du Protectorat au Tonkin et la législation ouvrière métropolitaine. (*Bull. Com. Asie franç.*, Février 1910, p. 93.)

— La composition du Conseil du Protectorat du Tonkin. (*Asie française, Bull.*, Nov. 1910, p. 482.)

Décret du 17 août 1910.

Commission consultative indigène.

—— République Française. Liberté — Égalité — Fraternité. Session de la Commission consultative indigène au Tonkin. Décembre 1908. Documents relatifs à la Session de la Commission consultative indigène au Tonkin. — Hanoi-Haiphong, Imprimerie d'Extrême-Orient, 1908, in-4, pp. 13.

— La Chambre consultative indigène du Tonkin. (*Bull. Com. Asie franç.*, Janvier 1908, pp. 26-28.)

Comprend un extrait du *Courrier d'Haïphong*, signé Nguyen Huu Huu.

— La Commission consultative indigène. (*Bull. Com. Asie franç.*, Déc. 1908, pp. 523-525).

Arrêté du 2 oct. 1908, Saigon. Signé : A. Klobukowski.

— La session de la Commission consultative. (*Bull. Com. Asie franç.*, Janvier 1909, pp. 36-38.)

Discours du gouverneur général.

— La Session de la Commission consultative indigène au Tonkin. (*Bull. Com. Asie franç.*, Février 1909, pp. 78-79.)

Discours de MM. Morel, résident supérieur, et Klobukowski, gouverneur.

— La clôture de la session de la commission consultative indigène [en Indo-Chine]. — (*Bull. Com. Asie franç.*, Mai 1910, p. 248.)

Conseil de Gouvernement.

—— Le Conseil de Gouvernement de l'Indochine Par Robert Dalcan. (*Asie française*, Octobre 1912, pp. 410-415.)

— La session extraordinaire du Conseil de Gouvernement. (*Asie française*, Janvier 1913, pp. 30-31.)

— La session extraordinaire du Conseil de Gouvernement. (*Asie française*, Mars 1913, pp. 132-133.)

Conseil Supérieur.

—— République Française. Conseil supérieur de l'Indo-Chine. (Première commission.) Session ordinaire de 1904. S. l. n. d., in-4.

— Rapport sur la situation et le Fonctionnement des Services militaires et maritimes en 1904, pp. 14 + 2 annexes (pp. 25 + 7 + 3 tableaux).

— Rapport sur le Fonctionnement du Service des Travaux Publics en 1904 et situation des travaux, pp. 91.

— Rapport sur le Fonctionnement de la Direction de l'Agriculture, des Forêts et du Commerce de l'Indo-Chine, pp. 9 + 2 annexes (pp. 10 + 4).

— Rapport sur le Fonctionnement de l'Observatoire Central Magnétique & Météorologique de l'Indo-Chine, pp. 2.

— Projet de construction d'un réseau d'égouts à Pnompenh, pp. 3.

Deuxième Commission.

— Rapport d'ensemble sur la Situation de la Cochinchine, pp. 8.

— Rapport d'ensemble sur la Situation du Tonkin, pp. 10.

— Rapport sur la situation politique, économique et financière de l'Annam, pp. 11.

— Rapport sur la Situation politique, économique et financière du Cambodge, pp. 7.

— Situation politique et économique du Laos, pp. 6.

— Rapport d'ensemble sur la Situation du Territoire du Kouang-Tchéou, pp. 6.

— Rapport sur la Situation et la marche du Service judiciaire en Indo-Chine, pp. 6.

— Situation & fonctionnement du Service des Douanes et Régies, pp. 10.

— Situation et fonctionnement du Service des Postes et des Télégraphes, pp. 15.

— Rapport d'ensemble sur la Situation et le Fonctionnement du Service de l'Enregistrement, des Domaines et du Timbre, pp. 5.

— Fonctionnement de la Direction générale de la Santé de l'Indo-Chine, pp. 4.

— Rapport sur le Fonctionnement de l'École de Médecine de Hanoï, pp. 2.

— Rapport sur la Situation de l'École Française d'Extrême-Orient, pp. 5.

— Rapport sur l'Organisation et le Fonctionnement de la Mission permanente d'exploration scientifique de l'Indo-Chine, p. 1.

— Mutations territoriales Projetées en Annam, au Laos, au Cambodge et en Cochinchine, pp. 5.

— Modifications proposées au régime de la Commune annamite, pp. 11.

— Modification au régime minier de certains pays de l'Indo-Chine, pp. 8.

— Procédure et pénalités applicables en matière forestière en Indo-Chine, pp. 12.

— Participation de l'Indo-Chine à l'Exposition coloniale internationale de Marseille en 1906, pp. 4.

— Projet de création d'un Service Autonome de l'Assistance publique au Tonkin, pp. 4.

— Rattachement à l'Institut Pasteur de Paris des établissements bactériologiques de Saigon et de Nhatrang, pp. 7.

Troisième Commission.

— Modification à l'arrêté du 13 novembre 1900 portant réglementation de la contribution du timbre, pp. 7.

— Régularisation de la situation des budgets régionaux de Cochinchine et Projet de réglementation générale des budgets provinciaux de l'Indochine, pp. 3.

— Situation financière de l'Indo-Chine et Règlement des budgets de l'exercice 1903, pp. 9.

— Comptes de gestion des caisses locales de retraites, pp. 7.

[En cours de publication.]

—— République Française. Conseil Supérieur de l'Indo-Chine. Session ordinaire de 1906. 1ère commission. No. 19. Fonctionnement de l'Enseignement public, in-4, pp. 38 + 1 p. n. ch.

On lit à la page 38 : Le 10 novembre 1906, et à la p. n. ch. : Imp. L. Gallois. — Hanoi-Haiphong.

—— République Française. Conseil Supérieur de l'Indo-Chine (1ère commission). Session ordinaire de 1907. No. 19. Fonctionnement de l'Enseignement public, in-4, pp. 23.

On lit à la page 23 : Saigon, Imp. Commerciale.

—— République Française. Liberté — Égalité — Fraternité. Gouvernement Général de l'Indochine. — Rapports au Conseil Supérieur. Session ordinaire de 1910. — Hanoi-Haiphong, Imprimerie d'Extrême-Orient, 1910, in-4, pp. 595 + II + 3 tableaux.

— La dernière session du Conseil Supérieur de l'Indo-Chine Les rapports de l'Administration. Par E. Payen. (*Bull. Com. Asie française*, Février 1906, pp. 50-53.)

— La dernière session du Conseil supérieur de l'Indo-Chine Les rapports de l'administration. Par E. P. (*Bull. Com. Asie française*, Mars 1906, pp. 95-97.)

—— Henri de Monpezat. — Deux années de Délégation Au Conseil Supérieur des Colonies. Annam. Tonkin.

Un grand symptôme de servitude et de corruption, c'est lorsqu'un peuple n'a plus le courage ou même l'idée d'applaudir à ceux qui osent discuter ses droits et les défendre; c'est lorsque l'esprit de l'esclavage est assez enraciné pour que l'on regarde de bonne foi comme des fols ceux qui lui résistent et affichent d'autres principes. (Mirabeau.)

A. Piglowski, Editeur, Imprimerie de l'Indépendance Tonkinoise, 16, Boulevard Carrau. Hanoi, 1905, in-8, pp. 356 + 1 table.

— Au Conseil supérieur de l'Indo-Chine. (*Bull. Com. Asie franç.*, Janvier 1910, pp. 58-60.)

— La session du conseil supérieur de l'Indochine. (*Asie franç.*, *Bull.*, Nov. 1910, p. 481.)

— La session extraordinaire du Conseil Supérieur [28 Juin 1911 à Saigon]. (*Asie française*, Août 1911, pp. 368-370.)

— La session du Conseil supérieur de l'Indochine. Un discours du gouverneur général. (*Asie française*, Décembre 1910, pp. 538-540.)

29 octobre 1910.

Conseil Colonial.

—— Cochinchine Française Rapports au Conseil colonial. — Saigon, Imprimerie Nationale, 1880.

En cours.

—— Cochinchine Française. Procès-verbaux du Conseil colonial. [Année 1880.] — Saigon, Imprimerie du Gouvernement, 1880, in-folio, pp. 136+1 erratum.

En cours.

(Administration française : Conseil Colonial.)

—— Cochinchine française — Conseil colonial — Session extraordinaire du 18 juin 1883 — Rapport présenté au Conseil Colonial Par M. Viénot, rapporteur de la Commission chargée d'étudier la question de l'établissement d'un cable télégraphique entre Saigon et Haiphong — Saigon Imprimerie du Gouvernement — 1883, in-8, pp. 18.

—— Conseil Colonial — Commission des affaires diverses — Droit de mutation par décès sur les successions des Asiatiques, in-8, pp. 6.

—— *Procès-verbaux du Conseil colonial (3ème session extraordinaire de 1883-84). Saigon, Imprimerie du Gouvernement, 1884, in-fol.

—— République Française — Liberté – Égalité – Fraternité. Cochinchine Française. Procès-verbaux du Conseil colonial relatifs à l'emprunt de 100 millions à contracter par la Colonie. — Saigon, Imprimerie coloniale, 1888, in-8, pp. 138.

—— Cochinchine Française. Réunion officieuse Du Conseil colonial et du Conseil municipal Du 24 juin 1905. Compte rendu De la Mission en France De M. E. Cuniac Président du Conseil colonial. — Saigon, Imprimerie Saigonnaise, 1905, in-8, pp. 47.

— Au Conseil Colonial de Cochinchine Par E. P. (*Bull. Com. Asie française*, Mars 1907, pp. 86-88.)

— Au Conseil colonial de Cochinchine. Passage de leur lettre de démission. (*Bull. Com. Asie franç.*, Octobre 1908, p. 425.)

— Conseil colonial de Cochinchine. (*Bull. Com. Asie franç.*, Oct. 1909, pp. 450-452.)

Discours de M. Gourbeil, gouverneur.

— La composition du Conseil colonial de Cochinchine. (*Bull. Com. Asie franç.*, Mai 1910, pp. 248-249.)

— Ouverture de la session du conseil colonial de Cochinchine. (*Asie française*, *Bull.*, Nov. 1910, pp. 481-482.)

Discours de M. le Gouverneur Gourbeil.

— Une Commission permanente coloniale en Cochinchine. (*Asie française*, *Bull.*, Nov. 1910, pp. 482-483.)

Décret du 3 novembre 1910.

— Au Conseil Colonial (Saigon, 26 juin 1911). (*Asie française*, Août 1911, pp. 370-371.)

(Administration française : Conseil Colonial.)

— La session ordinaire du Conseil colonial de Cochinchine. (*Asie française*, Novembre 1911, p. 510.)

— Les travaux du Conseil colonial. (*Asie française*, Déc. 1911, pp. 556-557.)

— La session extraordinaire du Conseil colonial de Cochinchine. (*Asie française*, Janvier 1912, p. 34.)

— Le Conseil colonial de Cochinchine. — Le discours du lieutenant-gouverneur. [M. Destenay.] (*Asie française*, Sept. 1912, pp. 386-387.)

* * *

—— *Bulletin de la Direction de l'Intérieur.* — Circulaires, Instructions, et Documents divers concernant l'administration de la Colonie. — Année 1865, 1866, 1867. — Saigon, Imprimerie impériale, MDCCCLXIX, in-8, pp. 122.

[En cours jusqu'en 1877.]

—— Protectorat de l'Annam et du Tonkin. — Décision [du Résident général en Annam et au Tonkin, en date du 27 octobre 1884, rappelant les dispositions de réglementation générale adoptée pour les ports de l'Annam et du Tonkin]. S. l. n. d., in-8, pp. 10.

—— Protectorat de l'Annam et du Tonkin. Circulaire du chef du Service administratif ordonnateur portant instructions générales aux Chargés du service administratif dans les postes de l'Annam et du Tonkin [en date du 12 décembre 1884]. S. l. n. d., in-8, pp. 19.

On lit à la fin de la page 19 : «Hanoi, Imprimerie du Gouvernement».

—— Recueil Des Actes réglementant les Marchés de Fournitures et de Travaux En Indo-Chine. — Hanoi, Imp. F.-H. Schneider, 1900, in-8, pp. 75.

—— République Française. Liberté – Égalité – Fraternité. Gouvernement Général de l'Indo-Chine. Arrêté du 31 Décembre 1899. Fixant les Conditions générales applicables : 1° Aux fournitures de toute espèce ; 2° A toutes les entreprises autres que celles des Travaux des Directions d'Artillerie et de la Direction des Travaux publics, à exécuter en vertu de marchés passés en Indo-Chine pour le compte du Département des Colonies et du Gouvernement général de l'Indo-Chine. — Hanoi, Imprimerie J.-E. Crébessac Rue Paul-Bert. — Rue de l'Intendance. — Rue Boissière, 1902, in-4, pp. 24.

—— République Française. Liberté – Égalité – Fraternité — Recherche des moyens les plus propres A Rendre aux Notables Indigènes l'autorité et le prestige nécessaires à l'accomplissement de leurs fonctions. — Saigon, Imprimerie Coloniale, 1904, in-8, pp. 134.

—— Recueil général permanent Des actes relatifs à L'organisation et à la Réglementation de l'Indo-Chine. — Hanoi, Imprimerie typo-lithographique F.-H. Schneider, 1904, in-4, pp. 772 + XLVIII + 39.

—— ... d° ... Premier supplément, 1903-1904. — Hanoi....., 1905, pp. 265.

—— ... d° ... Deuxième supplément, 1905-1906. — Hanoi..., 1907, pp. 280 + CXXI.

—— Décret du 11 Juillet 1908 sur les Municipalités de Saigon, Hanoi et Haiphong. — Hanoi – Haiphong, Imprimerie d'Extrême-Orient, 1908, in-8, pp. 32.

—— Arrêté portant réglementation de la procédure domaniale applicable aux aliénations, acquisitions, échanges, baux, affectations, désaffectations des immeubles du Domaine colonial et aux occupations temporaires du Domaine public. — S. l. n. d., in-4, pp. 11.

—— République Française. Liberté – Égalité – Fraternité. Arrêté du 22 Décembre 1899, portant définition et réglementation du Domaine en Indo-Chine. — S. l. n. d., in-4, pp. 7.

—— Université de Poitiers Faculté de Droit — Les Concessions de Terres domaniales en Cochinchine — Thèse pour le Doctorat Sciences politiques et économiques présentée et soutenue Le Vendredi 22 avril 1904, à 3 heures, dans la salle des Actes publics de la Faculté par M. René Erny, Diplomé de l'École coloniale, Administrateur des Services civils de l'Indo-Chine —

Poitiers, Imprimerie Blais et Roy, 1904, in-8, pp. VIII-161.

—— La législation domaniale aux Colonies Par Lasne-Desvareilles Sous-Intendant militaire. (*Revue indochinoise*, Juillet 1913, pp. 13-36; *ibid.*, Août 1913, pp. 193-215; *ibid.*, Octobre 1913, pp. 471-493.)

—— *Annuaire général de l'Indo-Chine.*

Voir col. 1746. — Notice : *Revue Indo-chinoise*, 30 août 1906, pp. 1358-1359.

Colonisation.

—— Essai sur la colonisation en Cochinchine et au Cambodge, par I.-H. Chessé. — Paris, P. Dupont, 1873, in-8, pp. 16.

Extrait de la *Revue maritime et coloniale*.

—— La colonisation française. Par le comte Meyners d'Estrey. (*Ann. de l'Ext.-Orient*, 1883-1884, VI, pp. 257-264.)

—— La colonisation de l'Indo-Chine. Par Edgar Boulangier, Ingénieur des ponts et chaussées. (*Rev. mar. et col.*, Vol. 85, 1885, pp. 87-115.)

—— La colonisation de l'Indo-Chine par Edgar Boulangier Ingénieur des ponts et chaussées — Etude publiée par la *Revue maritime et coloniale* avec l'autorisation de M. le Ministre de la marine et des colonies. Paris, L. Baudoin, 1885, in-8, pp. 31.

—— Étude sommaire sur les réformes à accomplir en Cochinchine pour y développer la colonisation et le commerce français par M. H. Vienot, Conseiller colonial. [Saigon, C. Guilland et Martinon], in-4, s. d., pp. 34 à 2 col.

—— La colonisation de l'Indo-Chine L'expérience anglaise par J. Chailley-Bert Armand Colin et Cie, éditeurs.. Paris, s. d. [1892], in-12, pp. XVI-398.

Notice : *Bull. Soc. Géog. Rochefort*, XIII, 1891-1892, pp. 263-265, par L. Courcelle-Seneuil.

— Zur Kolonisation Tonkins. Von Dr. Ernst Luckfiel. (*Deutsche Kolonialzeitung*, 28 September 1899, pp. 363-364.)

D'après Chailley-Bert, *Quinzaine coloniale*, N° 61.

—— The Colonisation of Indo-China Translated from the French of J. Chailley-Bert by Arthur Baring Brabant London Archibald Constable and Co. Publishers to the India-Office..., 1894, pet. in-8, pp. XXIV-389-12, carte.

—— La colonisation en Cochinchine. Par Alfred Schreiner. (*Rev. française*, XIX, 1894, pp. 577-591, 650-666; XX, 1895, pp. 144-163.)

—— C. Paris. — Le Colon et l'Administration en Basse-Cochinchine. Paris, Challamel, 1896, in-16.

—— La Colonisation française au Tonkin. (*Bull. écon. Indo-Chine*, 1er juillet 1898, pp. 17-19.)

D'après les statistiques fournies par M. le Résident supérieur du Tong-King.

—— Essais sur la colonisation de la Cochinchine. Par Paul d'Enjoy. (*Rev. de Géog.*, XL, 1897, pp. 87-99, 427-432; XLI, 1897, pp. 31-35, 97-100.)

—— *La Colonisation de la Cochin-Chine (Manuel du Colon). Par Paul d'Enjoy. Paris : Société d'Éditions Scientifiques, 1898 [1897].

—— La Colonisation française en Annam et au Tonkin par Joleaud-Barral Membre de la Société de Géographie commerciale — Avec des gravures d'après des photographies et trois cartes. — Paris, Plon, 1899, in-16, pp. 248.

—— Société lyonnaise de colonisation en Indo-Chine, Société anonyme... Notice. (Signé : Paul Chaffanjon.) Lyon, Impr. du Salut public, 1899, in-4, pp. 23.

— Rapport sur la colonisation au Tonkin présenté au comité consultatif de l'agriculture, du commerce et de l'industrie des colonies. Par M. Depincé. (*Rev. coloniale*, 1900, pp. 23-24.)

—— Emile Boué. — La colonisation européenne en Indo-Chine au 31 déc. 1899. (*Bull. écon. Indo-Chine*, 1900, pp. 325-332.)

— Französische Kolonisationsarbeit in Indochina. Von Dr. Emil Jung-Eisenach. (*Deutsche Kolonialzeitung*, 14 Februar 1901, p. 65; *ibid.*, 21 Februar 1901, pp. 78-79.)

— Progrès de la colonisation en Indo-Chine. Par Eugène Gallois. (*Bull. Soc. Géog. Lille*, XXXV, 1901, pp. 148-150.)

— La Colonisation européenne en Indo-Chine. (*Bull. Com. Asie française*, Mai 1901, pp. 66-67.)

— La Colonisation en Annam. (*Bull. Com. Asie française*, Juillet 1902, pp. 314-315.)

—— La Colonisation en Annam. Par le Capitaine Debay. (*Revue des Troupes coloniales*, 1903, II, pp. 89-112, 191-214, 348-371.)

—— La Colonisation en Annam, par le Capitaine Debay. — Paris H. Charles-Lavauzelle, 1904, in-8, pp. 75, fig.

Extrait de la *Revue des Troupes coloniales*.

—— Université de Paris. — Faculté de Droit — Le Métayage et la Colonisation agricole au Tonkin par Jean Borie Attaché à la Chambre de Commerce de Paris — Thèse pour le Doctorat Présentée et soutenue le mercredi 31 octobre 1906, à 8 heures ½ — . . . — Paris, V. Giard et E. Brière, 1906, in-8, pp. 114 + 1 f. n. ch.

— Revendications des colons tonkinois. (*Bull. Com. Asie franç.*, Nov. 1906, pp. 447-448.)

— Essai d'un service de colonisation [à Cantho]. (*Bull. Com. Asie franç.*, Juin 1907, p. 217.)

— Un bureau de colonisation. (*Bull. Com. Asie franç.*, Sept. 1907, p. 351.)

Extrait du *Courrier d'Haiphong*.

— La Colonisation européenne en Cochinchine. (*Bull. Com. Asie franç.*, Nov. 1909, p. 497.)

Indigènes.

—— Ce que désirent les indigènes. — Lettre adressée au Gouverneur de la Cochinchine par le doc-phu-su Tran-ba-loc, traduite en français par son frère, le hûyen Nicolas Tran-ba-huu. (*Excursions et reconnaissances*, N° 2, 1880, pp. 146-154.)

—— Municipalité Annamite. Par M. Paul d'Enjoy. (*Bull. Soc. Anth., Paris*, 1896, pp. 321-325.)

—— Prestation des coolies indigènes — Communication faite à la Société des Etudes indo-chinoises par M. Kloss. (*Bull. Soc. Et. indo-chin. de Saigon*, 1896, 1er fasc., pp. 37-39.)

Saigon, 27 mars 1896.

—— La condition morale des indigènes dans les colonies. Par L. de Saussure. (*Revue scientifique*, 37e année, 1900, 2e sem., pp. 197-205.)

Rapport présenté par M. L. de Saussure à la IIIe section du Congrès international de Sociologie coloniale, le 8 août 1900.

—— République Française. Liberté - Egalité - Fraternité. Procès-verbaux de la Commission de l'indigénat. — Saigon, Imprimerie Coloniale, 1902, in-8, pp. 99.

— Le régime de l'indigénat en Cochinchine. (*Bull. Com. Asie française*, Avril 1903, p. 168.)

— Le nouveau régime de l'indigénat. (*Bull. Com. Asie française*, Février 1905, p. 78.)

— La politique indigène et l'opinion des colons [au Tonkin]. (*Bull. Com. Asie française*, Janvier 1906, pp. 30-31.)

Discours de M. Duchemin, président de la Chambre d'Agriculture du Tonkin.

— Etablissement de l'état civil indigène au Tonkin. (*Bull. Com. Asie française*, Mai 1906, pp. 206-208.)

— L'établissement de l'état civil indigène au Tonkin. (*Bull. Com. Asie française*, Juin 1906, pp. 251-252.)

Les indigènes et les emplois publics. (*Bull. Com. Asie française*, Juillet 1906, pp. 280-281.)

L'évolution de l'esprit annamite Par ***. (*Bull. Com. Asie française*, Août 1906, pp. 297-308).

—— Aspirations annamites (Gardons l'Asie) Par *** (*Bull. Com. Asie franç.*, Octobre 1906, pp. 378-388.)

— L'évolution de l'esprit annamite. Lettres de M. Ernest Babut, Directeur-rédacteur en chef du *Dai viêt tân bâo*, Hanoï, 8 nov. 1906 et du Dr. Vidor Le Lac, Hanoi, 4 nov. 1906. (*Bull. Com. Asie française*, Janvier 1907, pp. 25-26.)

— Une coopérative indigène au Tonkin. (*Bull. Com. Asie française*, Mars 1907, pp. 89-91.)

— La main d'œuvre indigène [en Indo-Chine]. (*Bull. Com. Asie française*, Mars 1907, pp. 99-100.)

— La situation des commis indigènes [en Indo-Chine]. (*Bull. Com. Asie franç.*, Juin 1907, pp. 216-217.)

—— La mutualité indigène [au Tonkin]. (*Bull. Com. Asie franç.*, Juin 1907, pp. 218 222.)

Projet de statuts par M. Hauser, administrateur-maire de Hanoï.

— Les indigènes et la culture française. (*Bull. Com. Asie franç.*, Sept. 1907, pp. 344-345.)

— Les sociétés indigènes de prévoyance. Texte in-extenso de l'arrêté du gouverneur général en date du 24 juillet 1907. (*Bull. Com. Asie franç.*, Sept. 1907, pp. 347-348.)

— Les indigènes et les fonctions publiques. (*Bull. Com. Asie franç.*, Février 1908, p. 74.)

— La Chambre consultative centrale indigène. (*Bull. Com. Asie franç.*, Nov. 1908, p. 475.)

— L'indigénat en Cochinchine. (*Bull. Com. Asie franç.*, Mars 1909, pp. 123-124.)

— Les concessions de terres aux indigènes du Tonkin. (*Bull. Com. Asie franç.*, Nov. 1909, pp. 497-498.)

— Les élèves indigènes indochinois de l'Ecole Coloniale [Arrêt du 30 Avril 1910]. (*Bull. Com. Asie franç.*, Mai 1910, p. 249.)

— Les reconnaissances frauduleuses d'indigènes. (*Bull. Com. Asie franç.*, Juin 1910, p. 283.)

Circulaire du lieutenant-gouverneur de Cochinchine aux maires de Saïgon et de Cholon.

— La circulation des indigènes. (*Asie française, Bull.*, Nov. 1910, p. 483).

—— Etude de législation indochinoise L'exode des métis sino-annamites du Tonkin. Par Alfred Emile Hückel, Administrateur des Services Civils de l'Indochine. (*Revue Indochinoise*, Juillet 1911, pp. 1-13.)

— Les emplois réservés aux jeunes Annamites. (*Asie française*, Septembre 1911, p. 421.)

— La naturalisation des indigènes. (*Asie française*, Mars 1912, p. 122.)

— Le tutoiement des indigènes. (*Asie française*, Décembre 1912, pp. 528-529.)

—— La représentation des indigènes en Indochine Par Jean Thibaut. (*Revue Indochinoise*, Février 1913, pp. 107-124.)

—— *L'état civil indigène au Tonkin par *** (*Quinzaine coloniale*, 25 février [1914].)

— L'établissement de l'état civil des indigènes. (*Asie française*, Mars 1914, p. 114.)

—— L'enseignement professionnel en Indochine et notre politique indigène. Par Ch. Fournier-Vailly. (*Asie française*, Juin 1914, pp. 239-245.)

Immigration

—— *Paul Vimaux. — De l'immigration en Cochinchine. — Paris, 1874, in-8.

—— République française ..... — Cochinchine française — Arrêté réglementant l'Immigration Asiatique en Cochinchine. — Saigon, Imprimerie coloniale, 1890, br. in-8, pp. 12.

19 février 1890.

—— Le régime des étrangers asiatiques et la colonisation française en Cochinchine, par L. P.-P. Paris. (*Annales Coloniales*, 15 janv. 1903, pp. 24-27; *ibid.*, 1er fév. 1903, pp. 38-40.)

— La réglementation de l'immigration [au Tonkin]. (*Bull. Com. Asie française*, Mars 1904, p. 152.)

— L'immigration des Asiatiques étrangers en Indo-Chine et l'immigration en Cochinchine. (*Bull. Com. Asie franç.*, Oct. 1907, pp. 403-404.)

—— Notice sur la situation administrative des Asiatiques étrangers en Indo-Chine Par A. E. Hückel. (*Revue indo-chinoise*, 15-30 septembre 1908, pp. 289-302; *ibid.*, 15-30 oct. 1908, pp. 567-582.)

— L'immigration asiatique en Cochinchine, en 1908. (*Bull. Com. Asie franç.*, Mars 1909, pp. 127-128.)

— L'immigration étrangère en Indochine. (*Asie française*, Décembre 1911, p. 557.)

FINANCES.

—— Cochinchine Française. Service local. Compte des recettes et des dépenses. Exercice 1870. — Saigon, Imprimerie nationale, 1872, in-4, pp. 101 + 1 page non chiffrée.

[En cours. En 1906, il porte le titre : République Française. Liberté-Égalité-Fraternité. Gouvernement Général de l'Indo-Chine. Cochinchine. Compte administratif.

Exercice 1906. — Saigon, Imprimerie Commerciale Marcellin Rey, C. Ardin, directeur, 1907, in-4, pp. 106.]

—— Cochinchine. Direction de l'Intérieur. Budget Local pour l'exercice 1872. —

Saigon, Imprimerie nationale, 1872, in-4, pp. 77.

En cours;
A partir de 1881 (ou 1882?) le mot «Direction de l'Intérieur» est supprimé.
Successivement imprimé à :
Imprimerie du Gouvernement.
Imprimerie coloniale.
Imprimerie Ménard et Rey.
Imprimerie Commerciale Marcellin Rey, C. Ardin, successeur.
A partir de 1898, on lit :
République Française, Liberté-Egalité-Fraternité.
Gouvernement Général de l'Indochine Française. Cochinchine. Budget de l'Exercice...

— Budget des Dépenses du Tonquin. Exercice 1881. — Saigon, Imprimerie du Gouvernement, 1881, in-4, pp. 19.

— ... d° ..., Saigon, Imprimerie C. Guilland et Martinon, 1882, in-4, pp. 15.

— ... d° ..., Tonquin. Chapitre IX. — Services civils, Exercice 1883. Saigon, C. Guilland et Martinon, 1883, in-4, pp. 7.

— Un Casse-cou ou le budget de la Cochinchine en 1882 par X. Gaultier de Claubry — Paris Jules Le Clere, imprimeur, 7 rue Cassette, 7 — 1882, in-8, pp. 67.

— Conseil Colonial — Commission du Budget — Rapport présenté au nom de la Commission du budget sur un projet de tarif des taxes pour l'année 1883, présenté par M. le directeur des contributions indirectes (dossiers Nos. 55 et 78). Par H. Viénot, in-8, pp. 7.

— Conseil Colonial — Commission du Budget — Rapport présenté au nom de la Commission du budget sur les prévisions du budget des recettes pour l'exercice 1883. Par H. Viénot, in-8, pp. 34.

— Conseil Colonial — Commission du Budget — Proposition présentée par M. Viénot, in-8, pp. 6.

— Protectorat de l'Annam et du Tonkin. Projet de Budget pour l'exercice 1887. — Hanoi, Imprimerie typographique F.-H. Schneider, 1887, in-4, pp. 51.

— Budget de l'Annam et du Tonkin. Exercice 1888. — Hanoi, Imprimerie typographique F.-H. Schneider, 1888, in-4, pp. 47.

En cours jusqu'en 1898.

— Aperçu sur la situation réelle des budgets d'Indo-Chine par Noël Pardon, secrétaire général de première classe en disponibilité ancien Directeur de l'Intérieur en Cochinchine — Paris, Georges Chamerot, 1888, in-8, pp. 45.

— Protectorat de l'Annam et du Tonkin. Secrétariat général du Gouvernement général de l'Indo-Chine. Exercice 1894. Compte-rendu des recettes et des dépenses. — Hanoi, Imprimerie typo-lithographique F.-H. Schneider, 1896, in-4, pp. 147 + 2 tableaux de récapitulation.

— Protectorat de l'Annam et du Tonkin. Exercice 1898..... d° ..., 1899, in-4, pp. 211.

— République Française. Liberté — Égalité — Fraternité. Colonie de Cochinchine. Projet de Budget pour l'exercice 1895. — Saigon, Imprimerie coloniale, 1894, in-4, pp. XXXII + 120.

— Exercice 1897, pp. XL + 134.

— Protectorat de l'Annam et du Tonkin. Budget extraordinaire pour l'exercice 1896. Dépenses à effectuer sur les fonds de l'emprunt de 80 millions de francs. — Hanoi, Imprimerie typo-lithographique F.-H. Schneider, 1896, in-8, pp. 39 + 1 tableau de récapitulation + 1 balance.

— ... d° ... Pour l'exercice 1897 ... d° ... in-4, pp. 25 + 2 tableaux.

— Instructions Pour l'application aux Budgets provinciaux et communaux du Tonkin Des principaux Règlements sur la Comptabilité publique. — Hanoi, Imprimerie typo-lithographique F.-H. Schneider, 47, 49, 51, rue du Coton, 1899, in-4, pp. IV + 118.

— République Française. Liberté — Égalité — Fraternité. Gouvernement Général de l'Indo-Chine Française. Protectorat de l'Annam et du Tonkin. Budget extraordinaire Pour l'exercice 1898. — Dépenses à effectuer sur les fonds de l'Emprunt de 80 millions de francs. — Hanoi, Imprimerie typo-lithographique F.-H. Schneider, 1897, in-4, pp. 21 + 1 tableau de récapitulation + 1 balance.

— ... d°... pour l'exercice 1899 ... d° ... 1898, in-4, pp. 19 + 2 tableaux.

— Gouvernement Général de l'Indo-Chine. Direction du Contrôle financier. Budget extraordinaire pour l'exercice 1899. Dépenses à effectuer sur les fonds de l'emprunt de 80 millions de francs. — Compte général de 1899, in-4, pp. 23.

A la fin du volume on lit :
Hanoi, Autographie F.-H. Schneider, 49 à 51, rue du Coton, 1900.

— République Française. Liberté — Égalité — Fraternité. Gouvernement Général de l'Indo-Chine Française. Budget local du Tonkin Pour l'exercice 1899. — Hanoi, Imprimerie typo-lithographique F.-H. Schneider, 1898, in-4, pp. xv + 99 + 2 pages non chiffrées.

En cours; imprimé ensuite à l'Imprimerie d'Extrême-Orient.

— République Française. Liberté — Egalité — Fraternité. Gouvernement Général de l'Indo-Chine Française. Budget local de l'Annam Pour l'exercice 1899. — Hanoi, Imprimerie typo-lithographique F.-H. Schneider, 1898, in-4, pp. 47 + 2 pages non chiffrées.

En cours; imprimé ensuite à l'Imprimerie d'Extrême-Orient.

— Protectorat du Tonkin. Exercice 1899. — Compte rendu des recettes et des dépenses du budget local du Tonkin. — S. l. n. d., in-4, pp. 136.

Autographié.]
A la fin on lit :
Hanoi, Autographie F.-H. Schneider, 49, 51, rue du Coton.

— République Française. Liberté — Égalité — Fraternité. Gouvernement Général de l'Indo-Chine. Compte administratif. Exercice 1899. — Saigon, Imprimerie coloniale, 1900, in-4, pp. vi + 125.

En cours.

— République Française. Liberté — Égalité — Fraternité. Gouvernement Général de l'Indo-Chine Française. Compte administratif du Budget local du Tonkin. Exercice 1900. — Hanoi, Imprimerie typo-lithographique F.-H. Schneider, 1901, in-4, pp. v + 95 + 1 récapitulation + 1 «situation définitive de l'exercice» de 5 pages.

En cours.

— Le Budget de l'Indo-Chine pour 1901. (*Bull. Com. Asie française*, Avril 1901, pp. 36-38.)

— République Française. Liberté — Égalité — Fraternité. Gouvernement Général de l'Indo-Chine. Cochinchine. Province de Sadec. Budget Régional primitif pour l'Exercice 1904. Saïgon, Imprimerie Commerciale L. Ménard, 1901, in-4, pp. 55.

— Le budget de l'Indo-Chine. (*Bull. Com. Asie française*, Août 1906, pp. 313-314.)

— Le budget et le commerce de l'Indo-Chine. (*Bull. Com. Asie française*, Déc. 1906, p. 500.)

— Les recettes du budget de l'Indo-Chine. (*Bull. Com. Asie française*, Février 1907, p. 69.)

— Les économies dans le budget indo-chinois et les fonctionnaires. (*Bull. Com. Asie française*, Mars 1907, p. 99.)

— Les recettes du budget général [de l'Indo-Chine] pour le 1er trimestre de 1907. (*Bull. Com. Asie franç.*, Juin 1907, p. 216.)

— Les recettes de l'Indo-Chine. (*Bull. Com. Asie franç.*, Janvier 1908, p. 29.)

Extrait du *Journal Officiel* de l'Indo-Chine française du 25 nov. 1907.

— Le budget général et les budgets locaux de l'Indo-Chine. (*Bull. Com. Asie franç.*, Mars 1908, pp. 116-117.)

— Les recettes du budget général en 1908. (*Bull. Com. Asie franç.*, Mars 1909, p. 126.)

— Le budget général et les budgets locaux de l'Indo-Chine. (*Bull. Com. Asie franç.*, Mai 1909, p. 212.)

— La situation budgétaire [de l'Indochine] au 30 Juin 1909. (*Bull. Com. Asie franç.*, Nov. 1909, p. 407.)

— Le Rapport de M. Messimy sur le budget des colonies et l'Indo-Chine. (*Bull. Com. Asie franç.*, Janvier 1910, pp. 37-52.)

— Les budgets indo-chinois pour 1910. (*Bull. Com. Asie franç.*, Février 1910, p. 93.)

— Le budget général pour 1911. (*Asie française*, Février 1911, pp. 83-85.)

— Les principales caractéristiques du budget général de l'Indochine en 1912. (*Asie française*, Avril 1912, pp. 154-156.)

— Les recettes budgétaires. (*Asie française*, Mai 1912, p. 194.)

— La répartition des dépenses des budgets indochinois. (*Asie française*, Novembre 1912, pp. 482-483.)

—— République Française. Liberté — Égalité — Fraternité. Gouvernement Général de l'Indo-Chine. 1er Territoire Militaire. Budget Provincial pour l'Exercice 1913, in-4, pp. 39.

— Les budgets indochinois pour 1914. (*Asie française*, Février 1914, pp. 70-71.)

—— Étude sur l'assiette de l'impôt foncier et sur la constitution de la propriété en Cochinchine par N. Boilloux. Saigon, Nicolier, 1879, br. in-4, pp. 26.

—— Etude sur les contributions et recettes locales de la Cochinchine. Par L. Moisy. (*Excursions et Reconnaissances*, N° 4, 1880, pp. 49-93.)

—— Système des impôts au Tonkin. Par B. Rossigneux, admin. adj. au Secrétariat général. (*Rev. mar. et col.*, Vol. 81, 1884, pp. 261-268.)

—— Note sur l'impôt foncier. Par Gilly, géomètre du Cadastre. (*Bull. Soc. Et. Indo-Chin. de Saigon*, 1890, 1er Sem., 3e fasc., pp. 27-32.)

—— République Française. Liberté — Égalité — Fraternité : An-nam et Tonkin. Régime de l'impôt. — Haiphong, Imp. F.-H. Schneider, 1890, in-4, pp. 84.

—— Protectorat de l'Annam et du Tonkin. Secrétariat général du Gouvernement général de l'Indo-Chine (4e Bureau). Régime des impôts directs. — Hanoi, Imprimerie typo-lithographique F.-H. Schneider, 1896, in-4, pp. 335 + VIII.

— Les taxes et contributions en Indo-Chine. (*Bull. Com. Asie franç.*, Mai 1907, pp. 175-177.)

— Document annexe — Décret sur la perception de l'impôt personnel ou de rachat des corvées de l'année 120 (1902). (*Revue Indo-Chinoise*, 30 mai 1907, pp. 679-681.)

—— Régime des Contributions et taxes en Indo-Chine. — Hanoi, Imprimerie F.-H. Schneider, 1907, in-8, pp. 618 + XIV.

— Les impôts indigènes [au Tonkin[. (*Bull. Com. Asie franç.*, Août 1908, pp. 332-333.)

Circulaire de M. Morel, résident supérieur au Tonkin.

— Les Annamites et l'impôt direct. Par Pierre Dassier. (*Bull. Com. Asie fr.*, Déc. 1908, pp. 502-506.)

— Les recettes de l'impôt sur les Asiatiques étrangers. (*Bull. Com. Asie franç.*, Déc. 1909, p. 533.)

— L'impôt foncier en Annam. (*Asie française*, Août 1910, p. 355.)

— L'impôt foncier rural européen en Annam. (*Asie française*, Sept. 1910, pp. 399-400.)

Arrêté du 19 mai 1910 du gouverneur général.

—— Les impôts en Annam, par Antoine Baffeleuf, docteur en droit, administrateur des Services civils de l'Indo-Chine. A Paris, chez V. Giard et E. Brière, in-8, pp. 192.

Notices : *Bull. Com. Asie franç.*, Avril 1910, p. 212. — *Revue indochinoise*, Déc. 1910, p. 642.

— L'impôt foncier en Annam. (*Asie française*, Mai 1911, p. 260.)

—— * L'impôt foncier des concessions au Tonkin par ***. (*Quinzaine Coloniale*, 25 février [1914].)

—— L'emprunt de 100 millions — Discours contre l'Emprunt prononcé par M. Garcerie Conseiller colonial — Saigon, Rey & Curiol, 1888, in-8, pp. 22 + 1 f. n. ch.

—— République Française. Liberté — Égalité — Fraternité. Gouvernement Général de l'Indo-Chine française. Compte de l'emprunt de 200 millions de francs au 1er janvier 1900. — Hanoi, Autographie F.-H. Schneider, 49 et 51, rue du Coton, 1900, in-4, pp. 14.

—— République Française. Liberté — Égalité — Fraternité. Gouvernement Général de l'Indo-Chine. Compte de l'emprunt de 200 millions de francs Au 1er janvier 1901. — Saigon. — Imprimerie Coloniale 1902, in-4, pp. 17 + 1 balance.

—— .. d° ... au 1er janvier 1902 ... d° ... 1902, in-4, pp. 17 + 1 balance.

—— ... d° ... au 30 juin 1903. — Saigon, Imprimerie Claude & Cie, 1904, in-4, pp. 17+1 balance + 2 procès-verbaux.

—— ... d° ... au 1er janvier 1904, ... d° ... 1904, in-4, pp. 17+1 balance.

— Un emprunt cochinchinois de 15,500,000 francs. (*Bull. Com. Asie française*, Février 1904, p. 103.)

— L'emprunt indo-chinois. Par J. Franconie. (*Bull. Com. Asie française*, Oct. 1905, pp. 378-381.)

—— Le Projet d'Emprunt indo-chinois Par *** (*Asie française*, Septembre 1911, pp. 389-398.)

—— Le futur emprunt de 90 millions de l'Indochine. (*Asie française*, Mars 1912, pp. 109-111.)

— Le projet d'emprunt et la Cochinchine. (*Asie française*, Mai 1912, p. 194.)

—— L'emprunt indochinois devant la Chambre Par Robert Dalcan. (*Asie française*, Juillet 1912, pp. 272-275.)

—— L'emprunt de 90 millions de l'Indochine. (*Asie française*, Janvier 1913, pp. 21-22.)

Loi du 27 décembre 1912.

— La réalisation d'une première tranche de l'emprunt. (*Asie française*, Mars 1913, p. 133.)

— Le régime des sels en Indo-Chine. (*Bull. Com. Asie française*, Août 1903, p. 343.)

— L'impôt de consommation sur le sel. Rapport de M. Crayssac, directeur des douanes au Gouverneur général [de l'Indo-Chine]. (*Bull. Com. Asie française*, Avril 1904, pp. 200-201.)

— Le régime du sel en Indo-Chine. (*Bull. Com. Asie française*, Février 1905, p. 80.)

— La régie du sel. (*Bull. Com. Asie franç.*, Janvier 1909, pp. 39-40.)

—— L'impôt sur le sel en Indo-Chine Par J. Décamps. (*Bull. Com. Asie franç.*, Avril 1909, pp. 155-165.)

—— Protectorat de l'Annam et du Tonkin. Tarif des droits à percevoir, Dans les résidences et sous-résidences en Annam et au Tonkin. Hanoi, Imprimerie du Gouvernement, 1885, in-8, pp. 47.

—— Instruction sur la gestion des caisses de Fonds d'avances, Au Tonkin et en Annam. — Hanoi, Imprimerie du Gouvernement, 1885, in-8, pp. 70.

—— Protectorat de l'Annam et du Tonkin. Décision du 12 décembre [1885] relative à la contribution des patentes; annexe et tableaux. — Décision du 12 décembre [1885] relative à la délimitation des terrains urbains. — Décision du 11 décembre [1885] fixant les taxes des navires, jonques et barques appartenant à des Français ou à des étrangers. — Décision du 12 décembre [1885] fixant l'impôt de capitation des Asiatiques étrangers. — Décision du 12 décembre [1885] fixant les taxes annuelles qui sont perçues sur toutes les propriétés appartenant à des Français ou à des étrangers. — Hanoi, Imprimerie du Protectorat, 1886, in-8, pp. 7.

—— Cochinchine Francaise. Recueil annoté des arrêtés concernant l'administration des contributions indirectes. — In-8, pp. 110.

On lit à la page 110 : Saigon, Impr. Rey et Curiol.

—— République Française. Liberté — Égalité — Fraternité. Gouvernement Général de l'Indo-Chine. Arrêté du 31 décembre 1899 Fixant les Conditions générales applicables: 1° Aux fournitures de toute espèce; 2° A toutes les entreprises autres que celles des Travaux des Directions d'Artillerie et de la Direction des Travaux publics, à exécuter en vertu des marchés passés en Indo-Chine pour le compte du Département des Colonies et du Gouvernement général de l'Indo-Chine. — Hanoi, Imprimerie J.-E. Crébessac, rue Paul-Bert — Rue de l'Intendance — Rue Boissière, 1902, in-4, pp. 24.

—— République Française. Gouvernement Général de l'Indo-Chine. Direction des Affaires Civiles. Réglementation De L'enregistrement, du timbre et des hypothèques, En Indo-Chine. I Arrêté du 13 novembre 1900 Portant réglementation de l'enregistrement des actes régis par la loi française. II Arrêté du 13 novembre 1900 Portant réglementation de l'enregistrement des actes indigènes. III Arrêté du 13 novembre 1900 Portant réglementation de la contribution du Timbre. IV Arrêté du 13 novembre 1900 Portant fixation des droits d'hypothèque. In-4, pp. 49.

On lit à la page 49 : (Hanoi. — Imp. F.-H. Schneider.)

—— Réglementation De L'enregistrement, des hypothèques Et du timbre En Indo-Chine. Publication de la *Revue indo-chinoise*. — Hanoï, F.-H. Schneider, imprimeur-éditeur, 47, 49 et 51, Rue du Coton, 1901, in-4, pp. 59.

—— Recueil des Actes relatifs aux adjudications et marchés à passer pour le compte de l'Etat Par H. M. Lieu, Commis du service de l'Enregistrement, des Domaines et du Timbre détaché à la Direction Générale des Finances et de la Comptabilité de l'Indochine. — Hanoi, Imprimerie Tonkinoise, 1911, in-8, pp. 266 + XXIII + 1 erratum.

—— République Française. Liberté — Égalité — Fraternité. Gouvernement Général de l'Indochine. Conseil de Gouvernement de l'Indochine. Session ordinaire de 1911. Rapport sur la modification des droits d'enregistrement. — S. l. n. d., in-8, pp. IV.

—— ... d° ... Rapport sur la stabilisation du taux de la piastre en Indochine. — S. l. n. d., in-8, pp. IX.

—— ... d° ... Rapport sur la création en Indochine de délégations financières. — S. l. n. d., in-8, pp. VII.

—— ... d° ... Rapport sur l'abaissement de la taxe des mandats postaux et télégraphiques et documents annexes. — S. l. n. d., in-8, pp. VIII + 2 tableaux

On lit à la page VIII : «Saigon. — Imp. Commerciale».

— Projet de création de caisses d'épargne au Tonkin. (*Bull. Com. Asie française*, Oct. 1902, pp. 450-452.)

Extr. d'une Note communiquée par M. Fourès, résident supérieur au Tonkin.

—— Pensions de retraite du Personnel des Services locaux de l'Indo-Chine. [Décret du 5 mai 1898 modifié par le décret du 6 décembre 1905.] — Hanoi, Imprimerie typo-lithographique F.-H. Schneider, 1906, in-8, pp. 26.

—— Gouvernement Général de l'Indochine Française. Recueil des Actes relatifs à la création, à l'organisation et au fonctionnement des Caisses locales de retraite et du Compte d'assistance. — Hanoi-Haiphong, Imprimerie d'Extrême-Orient, 1909, in-4, pp. 223.

* * *

—— Cochinchine française. — Rapport sur la situation de la Colonie, ses Institutions et ses Finances, par M. Vial, Directeur de l'Intérieur. Saigon, Imprimerie Impériale, Mai 1867, in-8, pp. 36.

—— Situation financière En Cochinchine [par Andrew Spooner]. S. l. n. d., in-4, pp. 4 + 1 feuillet non numéroté.

Au recto du feuillet, on lit : «Vœu adopté à l'unanimité, à la séance du 28 Février 1874»; et au verso : «Appendice. Tableau comparé de l'Exportation des Riz et Budgets des Recettes de 1862 à 1874.»

A la page, on lit : «A Messieurs les Membres de la Chambre de Commerce de Saigon.»

Et à la fin : «Saigon, le 10 Mars 1874.»

—— Cochinchine française — Service régional — Règlement sur la Comptabilité des Arrondissements — Saigon, Imprimerie Coloniale, 1885, in-8, pp. 96.

Saigon, 24 octobre 1885.

—— Le Tonkin en 1894, travaux publics urgents, ressources budgétaires, possibilité de gager 100 millions d'emprunt, par Eugène Duchemin. — Paris, Imp. de Chaix, 1894, in-8, pp. 16.

Extrait de la *Revue française*.

—— Université de Paris. — Faculté de Droit. — Les Principales réformes financières en Indo-Chine, de 1897 à 1899, les impôts annamites, les contributions indirectes, les régies financières et le régime douanier en Indo-Chine, le budget général de 1899 et les emprunts du Tonkin et de l'Indo-Chine. Thèse pour le doctorat... par Gustave Demorgny... — Paris, A. Rousseau, 1899, in-8, pp. XV-495.

—— —— 1900. — Paris, A. Rousseau, in-8, pp. xv-495.

—— Le Budget des Affaires Etrangères à la Chambre des Députés. (*Bull. Com. Asie française*, Février 1903, pp. 55-59.)

— La réorganisation du service de la Trésorerie. (*Bull. Com. Asie française*, Août 1904, pp. 395-396.)

Extr. de l'*Officiel* du 20 juillet.

—— L'indigène et l'impôt en Indo-Chine Par Jean Varela. (*Bull. Com. Asie française*, Sept. 1904, pp. 425-433.)

—— Faculté de Droit de l'Université de Paris — Étude sur le Régime Financier de l'Empire d'Annam — L'Organisation Fiscale et les Charges Publiques dans l'Ancien Empire et depuis la Domination Française — Thèse pour le Doctorat Présentée et soutenue le Lundi 19 Juin 1905, à 8h 1/2 par P. Vitry — Paris, Henri Jouve, 1905, in-8, pp. 190.

—— République Française. Liberté — Égalité — Fraternité. Gouvernement Général de l'Indo-Chine. Annam. Compte administratif. Exercice 1906. — 1907, Imprimerie L. Gallois. — Hanoi-Haïphong, Caractères de la Fonderie L. Gallois, in-4, pp. III + 3 tableaux + 61 + 2 tableaux.

En cours.

— Le personnel des régies financières de l'Indo-Chine. (*Bull. Com. Asie française*, Avril 1906, pp. 157-159.)

— Politique fiscale à réformer. Par Hilario. (*Bull. Com. Asie française*, Juillet 1906, pp. 272-274.)

— La situation financière de l'Indo-Chine Par Edouard Payen. (*Bull. Com. Asie française*, Août 1906, pp. 306-308.)

— Les régies financières en Indo-Chine Par ***. (*Bull. Com. Asie française*, Nov. 1906, pp. 434-444.)

— La situation financière de l'Indo-Chine au 30 juin 1907. Rapport du Directeur général des Finances et de la Comptabilité de l'Indo-Chine, Guis. (*Bull. Com. Asie franç.*, Nov. 1907, pp. 465-467.)

— Les Finances de l'Indo-Chine Par Jules Decamps. (*Bull. Com. Asie franç.*, Sept. 1908, pp. 351-360.)

— Les Finances de l'Indo-Chine 1897-1908. Par J. Decamps. (*Bull. Com. Asie franç.*, Octobre 1908, pp. 411-423.)

— Le budget des colonies à la Chambre. (*Bull. Com. Asie franç.*, Nov. 1908, p. 472.)

(Finances.)

—— Contribution à l'histoire financière du Tonkin (1884-1909). Par J. M. Morel, administrateur des Services civils. (*Revue indochinoise*, Mai 1909, pp. 415-462; Juillet 1909, pp. 641-655; Oct. 1909, pp. 990-1007.)

— Les Monopoles en Indo-Chine. (*Bull. Com. Asie franç.*, Juillet 1905, pp. 283-284.)

Extr. du *Courrier de Haiphong*, de l'*Avenir du Tonkin*, etc.

—— Les Monopoles en Indo-Chine. Par Pierre Dassier. (*Bull. Com. Asie franç.*, Août 1908, pp. 316-331.)

— Les Monopoles en Indo-Chine. (*Ibid.*, Oct. 1909, p. 450.)

— La suppression des monopoles et les indigènes. (*Bull. Com. Asie franç.*, Déc. 1909, p. 532.)

— Finances indo-chinoises. (*Bull. Com. Asie franç.*, Déc. 1909, pp. 532-533.)

— Modification du taux de l'intérêt légal en Indochine. (*Bull. Com. Asie franç.*, Oct. 1910, p. 436.)

— Les résultats financiers de l'exercice 1910. (*Asie française*, Avril 1911, p. 192.)

— La situation financière. La suppression des budgets provinciaux au Tonkin. (*Asie française*, Février 1912, pp. 77-79.)

—— Notes sur l'introduction de l'enregistrement des actes dans les Colonies et Possessions asiatiques où les tenures européennes, basées sur le Système féodal, n'existent pas. Par W. E. Maxwell, Commissaire des titres de propriété de la Colonie des Détroits. [20 Janvier 1887.] (*Revue Indochinoise*, Mai 1912, pp. 492-502.)

Traduit par G. Giraud, Commis des Services civils. Hanoi, le 3 avril 1912.

—— *P. G. — La Comptabilité publique en Indochine. (Cours préparatoire à l'examen d'aptitude au grade de Commis indigène du Protectorat.) Hanoi, Imprimerie Tonkinoise, 1912.

Notice : *Revue Indochinoise*, Sept. 1912, p. 283. Par P. H.

— La discussion du budget des Colonies à la Chambre des Députés. Par E. P. (*Asie française*, Janvier 1913, pp. 17-19.)

— La réorganisation financière. (*Asie française*, Février 1913, pp. 91-92.)

—— *La situation financière de l'Indo-Chine. Par ***. (*Quinzaine Coloniale*, 25 janvier [1914].)

(Finances.)

— Le futur emprunt. (*Asie française*, Juin 1914, pp. 250-251.)

— Les caisses d'épargne. (*Ibid.*, p. 252.)

Alcools.

—— Le monopole des Alcools en Cochinchine. Mémoire présenté à la Commission chargée d'étudier la réforme de la législation locale sur les alcools par M. Henri Viénot, Avocat, Conseiller colonial — Saigon, Imprimerie C. Guilland et Martinon — 1883, in-8, pp. 36.

— Le régime de l'alcool indigène en Cochinchine. (*Bull. Com. Asie franç.*, Mai 1908, p. 201.)

— La question des bouteilles pour l'alcool indigène. (*Bull. Com. As. franç.*, Mai 1908, p. 201.)

—— Développement historique de l'impôt sur l'alcool. Par J. Décamps. (*Bull. Com. Asie franç.*, Juin 1909, pp. 244-257.)

— Le nouveau régime de l'alcool au Tonkin. Par Pierre Dassier. (*Bull. Com. Asie franç.*, Juillet 1910, pp. 304-307.)

— L'adjudication des débits généraux d'alcool [au Tonkin]. (*Asie française*, Sept. 1910, p. 399.)

Voir *Asie française*, Juillet 1910.

— Le prix de l'alcool [au Tonkin]. (*Bull. Com. Asie franç.*, Oct. 1910, p. 436.)

—— Les contrats de monopoles de régie en Indochine. (*Asie française*, Mai 1911, pp. 234-246.)

Contient : I. Vente du sel : Convention pour l'installation et l'exploitation de dépôts et magasins de vente de sel dans l'intérieur du Tonkin et dans les provinces du Nord de l'Annam. — II. Vente de l'alcool : Contrat pour la vente des alcools indigènes et vins de Chine au Tonkin et dans les provinces du Nord de l'Annam. — III. Fabrication de l'alcool : Convention pour la fabrication de l'alcool nécessaire à la consommation du Tonkin et du Nord-Annam. — Convention pour la fabrication de l'alcool de riz nécessaire à la consommation de la Cochinchine.

Propriété foncière. — Cadastre.

—— Étude sur quelques impôts et sur le cadastre en Cochinchine par E. Prot. — Saigon, Imprimerie nationale, 1871, br. in-8, pp. 20.

——Étude sur la propriété foncière rurale en Cochinchine, et particulièrement dans l'inspection de Soctrang, Par M. Labussière, inspecteur des affaires indigènes. (*Excursions et Reconnaissances*, 1880, N° 3, pp. 331-348.)

—— Le Cadastre en Cochinchine par M. Ch. Camouilly. (*Bull. Soc. Et. Indochin. Saigon*, 1886, pp. 49-61.)

—— L. Babouneau, Conducteur principal des Travaux publics. — Le Cadastre au Tonkin. (*Revue Indo-Chin. ill.*, Juillet 1894, pp. 172-183; Oct. 1894, pp. 165-175.)

— La nécessité d'un cadastre au Tonkin. (*Bull. Com. Asie française*, Février 1907, pp. 70-71.)

—— *D. Penant. — La question foncière en Annam-Tonkin. Ed. par « La Tribune des Colonies et des Protectorats ». Paris, 1908.

Notice : *Revue indochinoise*, Sept. 1909, pp. 938-939.

—— La question foncière en Annam-Tonkin par M. D. Penant Directeur du *Recueil général de Jurisprudence et Législation coloniales*. (*Congrès Colonial Français de* 1908, pp. 143-171.)

—— La propriété annamite et le Crédit foncier indigène Par Ch. Fournier-Vailly. (*Bull. Com. Asie franç.*, Mai 1909, pp. 204-211.)

—— La Propriété foncière et ses modalités en droit annamite par Edgar Mathieu Juge suppléant en Indo-Chine Essai sur l'organisation et le régime de la propriété rurale en Cochinchine suivi d'un projet de décret portant règlement sur la propriété foncière des indigènes et asiatiques assimilés dans la colonie. Paris, L. Larose et L. Tenin, 1909, in-8, pp. VIII-197 + 1 f. n. ch.

—— Les étrangers et le droit de propriété en Annam et au Tonkin Par Jean Thibaut. (*Revue indochinoise*, Août 1910, pp. 110-114.)

—— Le régime foncier et le cadastre en pays annamite Par Ch. Fournier-Vailly. (*Asie française*, Mars 1914, pp. 103-107.)

— Le cadastre en Cochinchine. (*Asie française*, Janvier 1914, p. 29.)

—— *Le cadastre du delta du Tonkin, par ***. (*Quinzaine Coloniale*, 10 janvier [1914].)

JUSTICE.

—— Cochinchine française. — Service judiciaire. — Formalités à remplir par les Notaires lorsqu'une des parties ou un des témoins ne comprend pas le français. — (Décret du 16 juillet 1878). (Promulgué en Cochinchine le 16 septembre 1879.) — Saigon, Imprimerie Nationale. — 1879, in-8, pp. 6.

—— Cochinchine Française. Service judiciaire. Code pénal modifié. Décret du 16 mars 1880. (Promulgué en Cochinchine le 22 avril 1880.) — Saigon, Imprimerie Nationale, 1880, in-8, pp. 18.

—— Cochinchine Française. Code Pénal. (Décret du 16 mars 1880.) Traduit en annamite par F. Huc, Interprète principal de 1re classe du Gouvernement. — Saigon, Imprimerie du Gouvernement, 1880, in-8, pp. LIX + 367.

Voir col. 1884-1885.

—— Cochinchine française. — Service judiciaire. — Instructions pour l'établissement et l'envoi de bulletins individuels de condamnation.— Casier judiciaire.— Dépêche ministérielle du 24 juillet 1865, Circulaires ministérielles des 6 novembre 1850, 1er juillet 1856, 30 décembre 1873 et 23 décembre 1876. — Saigon, Imprimerie nationale. — 1880, in-8, pp. 33.

—— Cochinchine française. — Service judiciaire. — Instructions pour l'établissement et l'envoi de bulletins individuels de condamnation. — Casier administratif électoral. — Circulaire ministérielle du 2 mars 1876. — Annexes. — Saigon, Imprimerie nationale. — 1880, in-8, pp. 18.

—— Cochinchine française. — Service judiciaire. — Réorganisation du Tribunal de Commerce de Saigon. — Décret du 13 mars 1880 (promulgué en Cochinchine le 5 mai 1880). — Saigon, Imprimerie nationale. — 1880, in-8, pp. 12.

—— Cochinchine française. — Service judiciaire. — Biens des Mineurs et Interdits, Aliénation et Conversion en titres au porteur. — Décret du 8 avril 1880 — Loi du 27 février 1880. (Promulgués en Cochinchine le 21 mai 1880.) — Saigon, Imprimerie nationale. — 1880, br. in-8, pp. 16.

LASSERRE.

—— Projet de Code civil à l'usage des Annamites. — Exposé des motifs du Livre Ier : Des personnes. — Par M. Lasserre, conseiller à la Cour de Saigon. (*Excursions et Reconnaissances*, N° 6, 1880, pp. 465-565; *ibid.*, N° 11, 1882, pp. 358-424; *ibid.*, N° 17, 1884, pp. 7-124.)

Saïgon, 1er mai 1883. — Voir col. 1855.

Notice par Gaston Cazes, *Bull. Soc. Acad. Indo-Chinoise*, 2e Sér., III, 1890, pp. 459-467.

—— Cochinchine française — Projet de Code civil à l'usage des Annamites — Exposé des motifs du Livre Ier : Des personnes. — Par M. Lasserre, Conseiller à la Cour de Saigon. — Saigon. Imprimerie nationale — 1880, in-8, pp. 103.

—— Cochinchine française — Projet de Code civil à l'usage des Annamites — Exposé des motifs du Livre II : Des Biens et des différentes Modifications de la Propriété. — Par M. Lasserre, Conseiller à la Cour de Saigon. — Saigon, Imprimerie nationale — 1882, in-8, pp. 69.

—— Cochinchine française — Projet de Code civil à l'usage des Annamites — Livre III et fin — Publié par ordre de M. le Gouverneur de la Cochinchine française — Par M. Lasserre, Vice-Président de la Cour d'Appel de Saigon, chevalier de la Légion d'honneur. — Saigon, Imprimerie nationale — 1883, in-8, pp. 124.

—— Cochinchine française — Recueil de Jurisprudence — Tribunaux indigènes —

Saigon, Imprimerie du Gouvernement, in-8, pp. 140.

*
* *

—— Recueil de la législation et réglementation de la Cochinchine au 1er janvier 1880 [par Bataille, Secrétaire général de la Direction de l'Intérieur]. Tomes I-II. — Saigon, Imprimerie nationale, 1880 & 1881, in-4, pp. XII-610, 806.

—— Cochinchine française. — Service judiciaire. — Réorganisation de l'administration de la Justice en Cochinchine. — Répression par voie disciplinaire des infractions spéciales aux indigènes de la Cochinchine. — Naturalisation des Annamites. — Réglementation de la Justice française au Cambodge et en Annam. — Décrets des 25 mai, 24 février et 17 août 1881. — Saigon, Imprimerie du Gouvernement — 1882, in-8, pp. 68.

—— La réorganisation de la justice en Cochinchine. Par C. G[rémiaux]. (*Annales de l'Ext.-Orient*, 1881-1882, IV, pp. 4-10.)

—— Cochinchine française — Service judiciaire — Instructions adressées à MM. les Présidents et Procureurs de la République des Tribunaux de première instance de la Cochinchine. Au sujet des instances civiles et commerciales indigènes. — Saigon, Imprimerie nationale — 1882, in-8, pp. 8.

—— Mémoire introductif d'instance présenté à MM. les Membres du Conseil du Contentieux administratif de Cochinchine dans la cause entre MM. Vandelet et Dussutour (demandeurs), et M. le Gouverneur de Cochinchine (défendeur). — Saigon, C. Guilland & Martinon — 1883, in-8, pp. 84.

—— Colonie de Cochinchine. — Lois sur les Récidivistes des 27 mai et 14 août 1885. Saigon, Imprimerie coloniale — 1885, in-8, pp. 15.

—— Mémoire justificatif présenté à M. le Procureur général Chef du service judiciaire de la Cochinchine française par M. G. Vinson, Avocat-Défenseur à Saigon en réponse aux accusations formulées contre lui par M. le Vice-Président Lasserre dans un rapport à la 2e Chambre de la Cour d'appel — Saigon, C. Guilland et Martinon — 1885, in-8, pp. 18.

—— Cochinchine française — Administration de la justice — Procès-verbal d'installation de M. Guy de Ferrières, Président de la Cour d'appel de la Cochinchine — Allocution de M. le vice-président Lasserre; Allocution de M. Maisonneuve-Lacoste, avocat général, Procureur général *p. i.*; Discours de M. Guy de Ferrières, Président de la Cour d'appel. — Saigon, Imprimerie du Gouvernement — 1885, in-8, pp. 10.

D. Ganter.

—— Recueil des Lois, décrets, arrêtés, décisions et circulaires En vigueur en Annam et au Tonkin depuis le 7 juin 1883, jusqu'au 1er juillet 1890. Collationnés sur les documents officiels et classés dans l'ordre alphabétique et chronologique par D. Ganter. — Hanoi, Imprimerie typo-lithographique F.-H. Schneider, 1891, in-4, pp. 375.

—— Recueil des Lois, décrets, arrêtés, décisions, circulaires En vigueur en Annam et au Tonkin. Par D. Ganter, Commis de résidence. Partie complémentaire, 1er fascicule. Du 1er juillet au 31 décembre 1890. — Hanoi, F.-H. Schneider, Imprimeur-Éditeur, 1891-1893 — 9 fasc. in-8, pp. 307.

1er fasc. du 1er juillet au 31 déc. 1890.
2e f. du 1er janv. au 31 mars 1891.
3e f. du 1er avril au 30 juin 1891.
4e f. du 1er juillet au 30 sept. 1891.
5e f. du 30 sept. 1891 au 1er janv. 1892.
6e f. du 1er janv. au 31 mars 1892.
7e, 8e, 9e f. du 1er avril au 31 déc. 1892.
4 francs le fascicule.

—— Recueil de la Législation En vigueur en Annam et au Tonkin Depuis l'origine du Protectorat jusqu'au 1er mai 1895. 2e édition Publiée d'après les textes officiels et classée dans l'ordre alphabétique et chronologique Par D. Ganter, Commis de Résidence de 1re classe. — Hanoi, F.-H. Schneider, Imprimeur-Éditeur, 1895, in-4, pp. XXXIX + 695 + 8 + 1 «table du supplément».

Gabriel Michel.

—— Répertoire des Lois, décrets et ordonnances rendus applicables à la colonie et publiés au Bulletin officiel Depuis l'occupation de la Cochinchine jusqu'au 1er janvier 1892 Par G. Michel, magistrat. 1re Partie. — Dates de promulgation. 2e Partie. — Table chronologique. 3e Partie. — Table alphabétique. — Saigon, Imprimerie Rey, Curiol et Cie, 1892, in-4, pp. 103... d°... 1er supplément. Années 1892 et 1893... Saigon, Imprimerie Coloniale, 1894, in-4, pp. 17 + 1 table.

—— Recueil des Circulaires, instructions et avis Concernant le Service judiciaire de l'Indo-Chine Émanant du Ministère de la Justice, du Ministère des Colonies, du Gouverneur et du Parquet Général de l'Indo-Chine, avec une table alphabétique et analytique Par Gabriel Michel, Substitut du Procureur général près la Cour d'Appel de Saigon. De l'année 1819 au 1er janvier 1895. Saigon, Imprimerie Commerciale Rey, Curiol & Cie, 1895, 2 vol. in-8.

Tome premier (1819-1884), pp. 607.

Tome deuxième (1885-1894), pp. 1560+2 tableaux.

—— Recueil des Circulaires, instructions et avis Concernant le Service judiciaire de l'Indo-Chine Émanant du Ministère de la Justice, du Ministère des Colonies, du Procureur général près la Cour de cassation, du Gouvernement et du Procureur général de l'Indo-Chine, du Lieutenant-Gouverneur de la Cochinchine et des Résidents Supérieurs de l'Annam, du Tonkin, du Cambodge et du Laos Par Gabriel Michel, Avocat général près la Cour d'appel de l'Indo-Chine.

«Etre utile.»

1er supplément. Année 1895. — Saïgon, Imprimerie Commerciale Rey, Curiol & Cie, 1896, in-8, pp. 104.

—— Recueil des Circulaires, instructions et avis Concernant le Service judiciaire de l'Indo-Chine Émanant du Ministère de la Justice, de la Direction et du Sous-secrétariat d'État des Colonies, du Procureur Général de la Cour de Cassation, du Gouvernement et du Parquet Général de Cochinchine, avec une table alphabétique et analytique Par Gabriel Michel, Substitut du Procureur général près la Cour d'Appel de Saigon. 1er Supplément, année 1895. — Saigon, Imprimerie Commerciale Rey, Curiol & Cie, 1896, in-8, pp. 104.

[2e supplément. Année 1896, imprimé en 1897, pp. 144. 3e supplément. Année 1897, imprimé en 1898, pp. 242.]

—— Recueil des Circulaires, instructions et avis Concernant le Service judiciaire de l'Indo-Chine Émanant du Ministère de la Justice, du Ministère des Colonies, du Procureur général de la Cour de Cassation, du Gouvernement et du Procureur Général de l'Indo-Chine, du Lieutenant gouverneur de la Cochinchine, et des Résidents supérieurs de l'Annam et du Tonkin Par Gabriel Michel, Avocat général près la Cour d'appel de l'Indo-Chine.

«Etre utile.»

4e supplément. Années 1898, 1899 et 1900. — Hanoi, Imprimerie-Librairie J.-E. Crebessac, 50, rue Paul-Bert, 1901, in-8, pp. 389.

5e supplément. Année 1901. — Imprimé en 1902, pp. 86.

6e supplément. Année 1902. — Imprimé en 1903, pp. 73.

—— Recueil des Circulaires, instructions et avis Concernant le Service judiciaire de l'Indo-Chine Émanant du Ministère de la Justice, du Ministère des Colonies, du Procureur général de la Cour de Cassation, du Gouvernement et du Procureur général de l'Indo-Chine, du Lieutenant-gouverneur de la Cochinchine et des Résidents supérieurs de l'Annam, du Tonkin, du Cambodge et du Laos Par Gabriel Michel, Avocat général près la Cour d'Appel de l'Indo-Chine.

«Etre utile.»

7e supplément. — Année 1903. Prix : 12 francs. — Hanoi, Imp. F.-H. Schneider, 1904, in-8, pp. 276+XL.

[9e supplément. — Année 1907. — Hanoi, Imprimerie Librairie G. Taupin et Cie, 1908, pp. 245.]

—— Code judiciaire de la Cochinchine. — Lois, décrets et arrêtés Concernant le Service judiciaire et applicables par les Cours et les Tribunaux de la Cochinchine Par Gabriel Michel, Substitut du Procureur général près la Cour d'appel de Saigon. — Saigon, Imprimerie coloniale, 1896, in-8, pp. 800 + XCVIII.

—— Code judiciaire de la Cochinchine. — Lois, décrets et arrêtés Concernant le Service judiciaire et applicables par les Cours et les Tribunaux de la Cochinchine et du Cambodge Par Gabriel Michel, Avocat général près la Cour d'appel de l'Indo-Chine.

«Etre utile.»

Deuxième supplément. — Années 1898, 1899 et 1900. — Hanoi, Imp. F. H. Schneider, 1901, in-8, pp. 307.

—— Code judiciaire de la Cochinchine et du Cambodge. Lois, décrets et arrêtés Concernant le Service judiciaire et applicables par les Cours et Tribunaux de la Cochinchine et du Cambodge Par Gabriel Michel, Avocat général près la Cour d'appel de l'Indo-Chine.

«Etre utile.»

3e supplément, année 1901. — Hanoi, Imp. F.-H. Schneider, 1902, in-8, pp. 66+XII.

—— Code judiciaire de la Cochinchine et du Cambodge. Lois, décrets et arrêtés Concernant le Service judiciaire et applicables par les Cours et les Tribunaux de la Cochinchine et du Cambodge Par Gabriel Michel, Avocat général près la Cour d'Appel de l'Indo-Chine.

«Etre utile.»

Quatrième supplément. — Année 1902. — Hanoi, Imp. J.-E. Crébessac, Rue Paul-Bert, Rue de l'Intendance, Rue Boissière, 1903, in-8, pp. 131.

—— Code judiciaire de l'Annam, du Tonkin et du Laos. Lois, décrets et arrêtés Concernant le Service judiciaire et applicables par les Cours et Tribunaux du Tonkin de l'Annam et du Laos Par Gabriel Michel, Avocat général près la Cour d'appel de l'Indo-Chine.

«Etre utile.»

1er supplément. — Année 1901. — Hanoi, Imp. F.-H. Schneider, 1902, in-8, pp. 66+XII.

—— Code judiciaire de l'Annam, du Tonkin et du Laos. Lois, décrets et arrêtés Concernant le Service judiciaire et applicables par les Cours et Tribunaux du Tonkin, de l'Annam et du Laos Par Gabriel Michel, Avocat général près la Cour d'appel de l'Indo-Chine.

«Etre utile.»

2e supplément. — Année 1902. — Hanoi, Imp. F.-H. Schneider, 1902, in-8, pp. 157+XV.

—— Jurisprudence générale de la Cour de Cassation, du Conseil d'Etat et des Cours, Tribunaux et Conseil du Contentieux de l'Indo-Chine En matière civile, commerciale, criminelle, administrative et indigène, Concernant les possessions françaises d'Extrême-Orient Par Gabriel Michel, Avocat général près la Cour d'appel de l'Indo-Chine.

«Etre utile.»

Hanoi, Imprimerie F.-H. Schneider, 1901, in-8, pp. 555 + VIII.

—— Organisation de la Justice en Indo-Chine Par Gabriel Michel. (*Revue Indo-Chinoise*, 15 janvier 1907, pp. 3-17; *ibid.*, 30 janvier 1907, pp. 99-111; *ibid.*, 15 février 1907, pp. 199-211.)

—— Recueil analytique des circulaires, instructions et avis Concernant l'Administration de la justice en Indo-Chine Émanant du Ministère de la Justice, du Ministère des Colonies, du Gouvernement général et du Parquet général de l'Indo-Chine par G. Michel, Avocat général près la Cour d'appel de l'Indo-Chine. Hanoi, Imprimerie d'Extrême-Orient, 1908, in-8, pp. 1800.

—— Annuaire de la Garde civile indigène du Tonkin et de l'Annam depuis la création de cette force de police Du 6 août 1886 au 31 août 1892. Par Léon Ressaire, Inspecteur de 1re classe de la Garde civile indigène du Tonkin. — Hanoi, Imp. F.-H. Schneider, 1893, in-8, pp. VI + 92.

—— République française... — Décrets du 17 mai 1895 portant réorganisation de la justice en Cochinchine et au Cambodge. — Saigon, Imprimerie coloniale, 1895, in-8, pp. 51.

F. Marty.

—— Répertoire analytique de Législation et de réglementation de la Cochinchine et du Cambodge. Par F. Marty, Commis de comptabilité au secrétariat du Gouvernement. Partie complémentaire. Premier Fascicule (Du 1er janvier 1889 au 31 décembre 1895). — Saigon, Imprimerie Coloniale, 1896, in-4, pp. 612.

—— Répertoire analytique de Législation et de réglementation de la Cochinchine, du Cambodge et du Bas-Laos. Par F. Marty, Commis de comptabilité au secrétariat du Gouvernement. Partie complémentaire. Deuxième fascicule (Du 1er janvier au 31 décembre 1886). — Saigon, Imprimerie Coloniale, 1897, in-4, pp. 108.

—— Répertoire analytique de Législation et de réglementation de la Cochinchine, du Cambodge et du Laos. Par F. Marty, Commis de comptabilité au secrétariat du Gouvernement. Partie complémentaire. Deuxième fascicule (Du 1er janvier 1896 au 31 décembre 1901). — Saigon, Imprimerie Coloniale, 1902, in-4, pp. 804.

* * *

—— Législation civile et criminelle de l'Indo-Chine. Notions de procédure en matière européenne. Publication de la *Revue Indo-Chinoise*. — Hanoi, F.-H. Schneider, Imprimeur-Éditeur, 47 à 51, rue du Coton, 1899, in-4, pp. 107.

— Le fonctionnement de la justice au Tonkin. (*Bull. Com. Asie française*, Nov. 1901, pp. 343-344.)

— La réorganisation de la justice en Indo-Chine. (*Bull. Com. Asie française*, Déc. 1902, pp. 536-537.)

—— Circulaire du Procureur Général, Chef du Service judiciaire en Indo-Chine du 15 février 1903. Exécution du décret du 1er décembre 1902. — Hanoi, Imprimerie typo-lithographique F.-H. Schneider, 1903, in-8, pp. 56.

—— *Répertoire de droit colonial et maritime, *Premières tables décennales* (1er juin 1891, 1er janvier 1902), du *Recueil général de Jurisprudence, de Doctrine et de Législation Coloniales*, augmenté de Jurisprudence Maritime *La Tribune des Colonies et des Protectorats*). — 1904, à Paris, 114, rue de Provence.

Préface de M. Dubreuil, nouveau Procureur Général de l'Indo-chine.

Notice : *Revue indochinoise*, 30 sept. 1904, p. 450.

—— Une matinée au parquet. Par Georges Chevallier. (*Revue indochinoise*, 15 février 1905, pp. 161-172.)

— L'organisation judiciaire de l'Indo-Chine. Par Edouard Payen. (*Bull. Com. Asie française*, Oct. 1905, pp. 381-383.)

—— Dictionnaire administratif et judiciaire de l'Indo-Chine publié sous la surveillance du Procureur Général, Chef du Service Judiciaire avec la collaboration des Magistrats et Fonctionnaires de la Colonie. I. — Les officiers ministériels En Indo-Chine Par M. Monlezun, Conseiller à la Cour d'appel de l'Indo-Chine. — Hanoi, Imprimerie-Express, 1907, in-8, pp. 58 + 1 table.

—— Les origines de notre système pénitentiaire Par Henri Russier. (*Revue Indo-Chinoise*, 15 janvier 1907, pp. 24-35.)

—— Note sur le régime légal de la Cochinchine Par F. Pech, Avocat. (*Journal Siam Society*, Vol. IV, Pt. II, Bangkok, 1907, pp. 1-18.)

—— La justice en Indo-Chine. (*Bull. Com. Asie franç.*, Avril 1907, pp. 125-131.)

—— Un transport judiciaire en Cochinchine en 1905 Par Henri Dartiguenave. (*Revue indo-chinoise*, 30 oct. 1907, pp. 1470-1480.)

—— Notes sur les conflits du droit et de l'équité en Indochine Par Henri Dartiguenave. (*Revue indo-chinoise*, Avril 1909, pp. 303-329.)

Pnom-penh, 29 janvier 1909.

— Un arrêt de la Cour de Cassation. (*Bull. Com. Asie franç.*, Mars 1908, p. 119.)

—— Notes et considérations sur l'organisation judiciaire en Indo-Chine. Par Bourayne,

Juge Président du Tribunal de 1re instance de Bentré (Cochinchine). (*Revue indo-chinoise*, 15 nov. 1908, pp. 601-610.)

—— Tarifs des Frais de justice en Indo-Chine. — Hanoi-Haiphong, Imprimerie d'Extrême-Orient, 1908, in-8, pp. 88.

— Le nouveau procureur général et ses projets. (*Bull. Com. Asie franç.*, Mai 1909, p. 213.)

Michel, proc. gén. de l'Indo-Chine.

—— Manuel de Police à l'usage des Agents de Police du Tonkin. — Hanoï-Haïphong, Imprimerie d'Extrême-Orient, 1909, in-8, pp. 352.

—— Université de Paris. — Faculté de Droit. — Le Vagabondage en Pays annamite — Thèse pour le Doctorat — L'acte public sur les matières ci-après sera soutenu le mercredi 8 avril 1908, à 1 heure par Maurice Chautemps. — ... — Paris, Arthur Rousseau, 1908, in-8, pp. 120.

— La connaissance des langues étrangères et la magistrature. (*Asie française*, Mai 1911, pp. 246-247.)

Décret de M. Messimy, ministre des Colonies, 13 mai 1911.

— Les avocats défenseurs en Indochine. — Décret paru au *Journal Officiel* du 29 juin 1911. (*Asie française*, Juillet 1911, pp. 330-332.)

— La magistrature indo-chinoise. (*Asie française*, Octobre 1911, pp. 460-461.)

— Une importante réforme judiciaire. (*Asie française*, Mars 1912, p. 122.)

— L'application des lois ouvrières. (*Asie française*, Mars 1912, p. 123.)

— Une modification dans le ressort des sections de la Cour d'appel. (*Asie française*, Mai 1912, pp. 194-195.)

— La réorganisation judiciaire de l'Annam. (*Asie française*, Novembre 1912, p. 486.)

— La répression des délits commis par les fonctionnaires indigènes. (*Asie française*, Décembre 1912, p. 529.)

— La magistrature indochinoise. (*Asie française*, Mars 1913, p. 134.)

—— Les sources du droit applicable aux Annamites Par Ch. Fournier Vailly. (*Asie française*, Février 1914, pp. 59-62.)

Voir col. 1858.

— La réorganisation de la police. (*Asie française*, Avril 1914, pp. 158-159.)

— Les vices du régime pénitentiaire. (*Asie française*, Avril 1914, p. 159.)

TRAVAUX PUBLICS.

—— Cochinchine française. Service des Travaux Publics. Section des Bâtiments civils. Série officielle des prix applicables aux travaux de toute nature à exécuter pour le compte du service local. Terrasse, maçonnerie, carrelage, etc. — Couverture. — Charpente. — Menuiserie. —Serrurerie et Quincaillerie. — Plomberie. — Zingage et ferblanterie. — Peinture et vitrerie. —Paillottes et palissades en palétuviers. Saigon, Imprimerie du Gouvernement, 1879, in-4, pp. 56.

—— République Française. Liberté-Égalité-Fraternité. Cochinchine Française. Direction des Travaux Publics. Service des Bâtiments civils. Série officielle des prix applicables aux travaux de toute nature à exécuter pour le compte du service local. Terrasse, Maçonnerie, Carrelage, etc. — Couverture. — Charpente. — Menuiserie. — Serrurerie et Quincaillerie. — Plomberie, Zingage et Ferblanterie. — Peinture et Vitrerie. — Paillottes et Palissades en palétuviers. En vente à l'Imprimerie commerciale Prix: 10 francs. Saigon, Imprimerie Rey et Curiol, 1887, in-4, pp. 66.

—— ...d°... En vente à la librairie Rey, Curiol & Cie. — Saigon, Imprimerie Rey, Curiol & Cie, 1893, in-4, pp. IV + 68 + 1 feuillet non chiffré.

—— ...d°......d°..., 1894, in-4, pp. IV + 68 + 1 feuillet non chiffré.

—— ...d°..., Imprimerie commerciale L. Ménard, 1901, in-4, pp. 6 + 109.

—— Rapports sur les grands travaux projetés en Cochinchine présentés par M. l'Ingénieur en Chef Combier, à S. E. le Ministre de la Marine et des Colonies, à la suite de la mission temporaire dont il avait été chargé. In-4, s. l. n. d. [Saigon, C. Guilland, 1880], pp. 28 à 2 col.

Publié par l'*Indépendant de Saigon.*

—— Division d'occupation de l'Annam et du Tonkin Règlement sur le Service des Transports. Hanoi, Imprimerie typographique F.-H. Schneider, 1887, in-8, pp. 331.

—— République Française. Liberté - Égalité - Fraternité. Ministère des Colonies. Clauses et conditions générales imposées aux entrepreneurs des Travaux Publics des Colonies. Arrêté du 20 janvier 1889. — 5/1902. Imp. J.-E. Crébessac, Rue Paul-Bert, 50, Hanoi, in-4, pp. 14 + 1 p. n. ch.

—— Indo-Chine Française. Tonkin. Direction d'Artillerie de Hanoi. — Cahier des clauses et conditions générales des marchés du Service de constructions. Deuxième partie. Dispositions générales relatives à l'exécution des des marchés arrêtées par le Gouverneur de l'Indo-Chine, le 7 novembre 1889. — Hanoï, Imprimerie typo-lithographique F.-H. Schneider, Rue du Coton, 1889, in-4, pp. 61.

—— Cahier des charges et pièces diverses relatives aux travaux de construction de Résidences à Hung-Yen et à Quang-Yen. — 1896. Imprimerie J.-E. Crébessac, Rue Paul-Bert, Hanoi, in-4, pp. 10 + 5 B. + 3 D. + 4 feuillets non paginés.

—— Rapport de la Commission supérieure des digues. — Hanoi, Imp. F.-H. Schneider, 1896, in-8, pp. 36.

—— Clauses et Conditions générales imposées aux Entrepreneurs des Travaux publics des Colonies (Arrêté du 20 janvier 1899, promulgué en Indo-Chine le 26 mai 1899) Et aux Entrepreneurs des travaux des ponts et chaussées (Arrêté du 16 février 1892, promulgué au Tonkin le 21 février 1896) Suivies de Notes explicatives par Ch. Barry, Docteur en droit, Avocat au Conseil d'État et à la Cour de Cassation. — Hanoi, F.-H. Schneider, imprimeur-éditeur, 47 à 51, Rue du Coton, 1899, in-8, pp. 46.

—— Direction générale des Travaux Publics. Conditions générales pour les Fournitures de toute espèce à exécuter en vertu de marchés passés en France. Arrêté ministériel du 7 juillet 1899. S. l. n. d., in-4, pp. 38 + 2 pages non chiffrées.

—— Gouvernement Général de l'Indo-Chine. Direction générale des Travaux Publics. Textes relatifs à l'organisation du Personnel des Travaux Publics de l'Indo-Chine. S. l. n. d., in-8, pp. 60 + 14 p. n. ch.

—— Gouvernement Général de l'Indo-Chine. Direction générale des Travaux Publics. Textes relatifs à l'organisation du Personnel des Travaux Publics de l'Indo-Chine. — S. l. n. d., in-4, pp. 50.

—— Arrêtés & circulaire Portant Organisation du personnel européen et indigène Des Travaux publics de l'Indo-Chine. S. l. n. d., in-8, pp. 27 + 4.

—— Gouvernement Général de l'Indo-Chine. Direction générale des Travaux Publics. Recueil des Lois, décrets, arrêtés, circulaires et textes divers Concernant le Service des Travaux Publics. — [Tome I. — 1868 à 1900.] — Saigon, Imprimerie de la Direction Générale des Travaux Publics, in-8, pp. 420.

T. II, 1901-1904. Hanoi, Imprimerie de la....., pp. 698 + LXXIV.

— La main-d'œuvre ouvrière en Cochinchine. (*Bull. Com. Asie française*, Juin 1901, pp. 111-112.)

—— Arrêté Du 13 Mars 1902 Portant Organisation du personnel des Travaux publics de l'Indo-Chine. — 5/1902, Imp. J.-E. Crébessac, Rue Paul-Bert, 50, Hanoi, in-8, pp. 8.

—— Études sur les communications en Annam, par le Capitaine Debay,... Paris, H. Charles-Lavauzelle (1903), in-8, pp. 22, fig.

Extrait de la *Revue des Troupes Coloniales.*

— La réglementation de la main-d'œuvre indigène en Indo-Chine. (*Bull. Com. Asie française*, Oct. 1903, p. 449.)

— Les tramways en exploitation en Indo-Chine. (*Bull. Com. Asie française*, Décembre 1903, p. 552.)

—— Projets de canaux de navigation et d'irrigation en Indo-Chine. Par Pierre Mille. (*Annales de Géog.*, XII, 1903, pp. 428-439.)

—— République Française. Conseil supérieur de l'Indo-Chine (Première commission). Session ordinaire de 1902. [1904] N° 2. Rapport sur le Fonctionnement du Service des Travaux publics en 1904, et situation des travaux. S. l. n. d., in-4, pp. 91.

—— ...id.... en 1903..., pp. 83.

—— ...id.... en 1905..., pp. 103 + 3.

—— ...id.... en 1907..., pp. 83 + 3 + 5 + 6. [On lit à la fin du vol. : Saigon, Imp. Coudurier et Montegout.]

—— ...id.... pendant l'année 1907. — Hanoi-Haiphong, Imprimerie d'Extrême-Orient, 1908, in-4, pp. 225 + II.

—— Table analytique des circulaires du Directeur général des Travaux Publics. Année 1899 à 1904. S. l. n. d., in-4, pp. 41.

—— Décret Du 18 janvier 1905 Portant organisation Du service & du personnel Des Travaux publics de l'Indo-Chine. S. l. n. d., in-8, pp. 23 + 1 p. n. ch.

—— Circulaires du Directeur général des Travaux Publics [année] 1905. — S. l. n. d., in-4, pp. 25 circulaires.

Année 1906. 27 circulaires.

Année 1907. 20 circulaires.

Année 1908. 34 circulaires.

— Travaux de dragage en Cochinchine. (*Bull. Com. Asie française*, Février 1905, pp. 81-82.)

— Les irrigations au Tonkin. (*Bull. Com. Asie française*, Août 1906, pp. 317-319.)

— L'entretien des digues [au Tonkin]. (*Bull. Com. Asie française*, Oct. 1906, p. 395.)

—— Décret portant organisation du Service des Travaux Publics en Indo-Chine. — S. l. n. d., in-4, pp. 13.

Accompagné d'un Annexe n° 1 à l'Instruction du 1er Février 1907. Modèle d'un arrêté préfectoral autorisant la traversée d'un chemin de fer par une canalisation électrique non destinée au service de chemins de fer, tramways ou voies navigables, in-8, pp. 12.

— Travaux d'irrigation et d'assèchement au Tonkin. (*Bull. Com. Asie franç.*, Août 1907, p. 314.)

— Les entrepreneurs du Tonkin. (*Bull. Com. Asie franç.*, Décembre 1907, pp. 507-508.)

—— Travaux Publics Aux colonies. Manuel du Surveillant Suivi d'un petit Vocabulaire illustré des principaux termes employés dans la Construction Par F. M. Barthere, Officier d'Administration d'Artillerie Coloniale, Section des Conducteurs de Travaux. Publication autorisée par Décision du Général de Division Commandant Supérieur des troupes du Groupe de l'Indo-Chine en date du 7 février 1908. — Hanoi, Imprimerie de l'Avenir du Tonkin, 1908, in-8, pp. II + 75 + 2.

— Réglementation de la main d'œuvre étrangère. (*Bull. Com. Asie franç.*, Nov. 1909, p. 497.)

Journal Officiel de l'Indo-Chine du 26 août 1909.

— Les corvées au Tonkin. (*Asie française*, Août 1911, p. 371.)

—— L'utilisation des forces hydrauliques du Tonkin Par A. Normandin Ingénieur des Ponts et Chaussées. (*Revue indochinoise*, Juin 1913, pp. 647-654.)

—— Propos d'un colon sur la main-d'œuvre au Tonkin Par Léon Hautefeuille. (*Revue indochinoise*, Sept. 1913, pp. 291-306.)

— Les transports frigorifiques. (*Asie française*, Février 1914, p. 71.)

— Les communications par terre entre le Nord et le Sud de l'Indochine. (*Asie française*, Avril 1914, p. 159.)

INSTRUCTION PUBLIQUE.

Voir col. 2137-2143.

—— Gouvernement général de l'Indo-Chine. Conseil de perfectionnement de l'Enseignement indigène — Première session — Hanoi. — Avril 1906. — 1906. Hanoi, Imprimerie L. Gallois, pet. in-fol., pp. 64.

—— Gouvernement général de l'Indochine. — Session ordinaire de 1910. — Conseil supérieur de l'Indochine (1re Commission). — Communication sur la réforme de l'Enseignement indigène présentée au nom du Gouvernement général, par l'Inspecteur-conseil de l'Enseignement, gr. in-8, pp. xv.

— La session du conseil de perfectionnement de l'Enseignement Indigène en Indochine (*Asie française, Bull.*, Nov. 1910, pp. 464-468.)

—— Gouvernement général de l'Indochine — Conseil de perfectionnement de l'Enseignement indigène — Session de 1913. — Hanoi-Haiphong, Imprimerie d'Extrême-Orient, 1913, in-fol., pp. 86 + 1 p. n. ch. tab.

— Les Annamites et l'instruction occidentale. Par A. Salles. (*Bull. Com. As. franç.*, Juin 1907, pp. 210-213.)

— Lettre reçue par les promoteurs de la Société d'encouragement à l'instruction française [au Tonkin]. (*Bull. Com. As. franç.*, Juin 1907, pp. 213-215.)

—— Allocution prononcée par M. le Gouverneur général de l'Indochine à la proclamation des Lauréats du concours triennal des Lettres à Nam-dinh, le 16 décembre 1909. S. l. n. d., in-8, pp. 7 + 2 feuillets non numérotés.

[En français, en quôc-ngü et en caractères.]

—— Renseignements relatifs aux bourses scolaires régies par l'arrêté du 26 juin 1900 et suivants, in-4, pp. 8. [Hanoi, Février 1909, Mayer.]

ARMÉE ET MARINE.

Voir col. 2275-2278.

—— * Hamon. — Des Garnisons du Tong-King. (*L'Exploration*, 14 oct. 1880.)

—— La marine et les troupes coloniales en Cochinchine. Par A. Bouinais et A. Paulus. (*Rev. mar. et col.*, 1884, Vol. 83, pp. 352-375.)

—— Résumé des dispositions spéciales au Tonkin concernant le service de la Solde et des Revues. Hanoï, Imprimerie du Gouvernement, 1885, in-8, pp. 64 + 2.

—— Protectorat de l'Annam et du Tonkin. Règlement relatif au recrutement, à l'organisation et à l'administration des Régiments de Tirailleurs tonkinois rattachés au Département de la Marine. — Hanoi, Imp. F.-H. Schneider, 1886, in-8, pp. 42.

—— L'Union Indo-Chinoise — Création d'une armée et d'une marine autonomes en Indo-Chine avec Deux Cartes et un Croquis Par R. B. — Paris, Direction du *Spectateur militaire*, 1887, in-8, pp. 208.

R. B. = Raoul Bonnal, administrateur de 1re classe de Cochinchine, Résident de 1re classe au Tonkin.

—— République Française. — Liberté — Egalité — Fraternité. Cochinchine Française. Arrêté provisoire portant organisation des marins indigènes de la Cochinchine. — Saigon, Imprimerie coloniale, 1887, in-8, pp. 15.

—— République Française. — Liberté — Égalité — Fraternité — Protectorat de l'Annam et du Tonkin. — Règlement relatif aux Milices. Hanoi, Imprimerie typo-lithographique F.-H. Schneider, rue du Coton, 1890, in-8, pp. 15.

—— Protectorat de l'Annam et du Tonkin. Garde civile indigène. Règlement. — Hanoi, Imp. F.-H. Schneider, rue du Coton, 1890, in-8, pp. 36.

— Ce que sont les milices tonkinoises. (*Revue française de l'etranger et des colonies*, 1er janvier 1891, XIII, pp. 35-36.)

Du Tonkin, 14 octobre 1890.

—— République Française — Liberté — Egalité — Fraternité Protectorat de l'Annam et du Tonkin Arrêtés réglementant la Police des Chinois et les Etablissements de commerce chinois au Tonkin et en Annam Hanoï, Imprimerie typo-lithographique F.-H. Schneider, 1892, in-8, pp. 8.

—— Décret Portant règlement sur la solde et les accessoires de solde du Personnel colonial. 23 Décembre 1897. — Hanoi, F.-H. Schneider, Imprimeur-Éditeur, 47 à 51, Rue du Coton, 1898, in-folio, pp. 108.

— Le recrutement des tirailleurs annamites. (*Bull. Com. Asie française*, Nov. 1903, pp. 499-501.)

Arrêté de M. Beau, gouverneur, Saigon, 24 sept. 1903.

—— L'armée coloniale et le rapport de M. Dubief, député, sur le budget des Colonies pour 1904. (*Bull. Com. Asie française*, Décembre 1903, pp. 533-538.)

— La défense de l'Indo-Chine. Par Xieng-la. (*Bull. Com. Asie française*, Février 1904, pp. 85-89.)

—— La défense de l'Indo-Chine. Par Jean Barnère. (*Bull. Com. Asie franç.*, Mars 1904, pp. 141-146.)

— La défense de l'Indo-Chine. (*Bull. Com. Asie française*, Juin 1904, pp. 298-299.)

— Les réserves indigènes de l'Indo-Chine. (*Bull. Com. Asie française*, Nov. 1904, p. 534.)

—— Les sous-marins et la prochaine guerre navale Par Ch. Poidloüe, Chef de la division de réserve de l'escadre d'Extrême-Orient, Commandant l'arsenal de Saigon. (*Revue indo-chinoise*, 30 déc. 1904, pp. 839-852; *ibid.*, 15 janvier 1905, pp. 1-7.)

—— Instruction Pour l'application de l'arrêté du 20 juillet 1905 sur l'organisation des Réserves militaires en Indo-Chine. 1re partie. — Administration des réserves. 2e partie. — Mesures spéciales à la mobilisation. Annexe A. — Modèles des registres et contrôles. Ce document abroge l'Instruction du 15 janvier 1901 pour l'application de l'arrêté du 21 octobre 1899 sur l'organisation des réserves militaires en Indo-Chine. — Hanoi, Imp. F.-H. Schneider, 1905, in-8, pp. 30.

—— Décrets portant règlement sur la solde et les accessoires de solde des Troupes coloniales et métropolitaines à la charge du Département des Colonies. 29 décembre 1903. — Hanoi, F.-H. Schneider, Imprimeur-Éditeur, 1905, in-folio, pp. 90.

— Le nouveau commandant supérieur des troupes de l'Indo-Chine. (*Bull. Com. Asie française*, Février 1905, p. 80.) [Général Chevallier.]

—— Nos premières troupes indigènes en Indo-Chine Par le Lieutenant Baudmont [*sic*], de l'Infanterie Coloniale. (*Revue indo-chinoise*, 15 février 1905, pp. 189-195; *ibid.*, 28 février, pp. 274-280; *ibid.*, 15 mars, pp. 347-360; *ibid.*, 30 mars, pp. 420-429; *ibid.*, 15 avril, pp. 500-509.)

Baulmont.

— Épitaphe — Par Alfred Droin. Pour le Général Clamorgan décédé à Hanoi — 1904. (*Revue indo-chinoise*, 30 mars 1905, p. 430.)

—— Note sur le matériel d'artillerie coloniale indo-chinois. Par G. Rumilly, Capitaine breveté au 4e Régiment d'Artillerie coloniale. (*Revue indo-chinoise*, 30 juillet 1905, pp. 1012-1021.)

— In Memoriam..... — A la mémoire du Général Clamorgan Par Henry Reboul. (*Rev. indo-chinoise*, 30 sept. 1905, pp. 1285-1287.)

Hanoi, 13 septembre 1905.

—— [Le rôle de la marine en Indo-Chine], par M. l'Amiral Fournier. (*Congrès colonial français*, 1905, pp. 29-36.)

—— Tirailleurs chinois et Chasseurs de frontière. Par le commandant Lagarrue. (*Revue des Troupes colon.*, 1905, II, pp. 133-163.)

—— Les défenses de l'Indo-Chine et la politique d'association par Albert de Pouvourville (Matgioi). — Préface de M. François Deloncle, Député de la Cochinchine. Lettre de M. Doumergue, ancien Ministre des Colonies. Paris, A. Pedone, 1905, in-12, pp. XIV-250.

—— R. Castex. — Jaunes contre Blancs. Le problème militaire indo-chinois. Préface de M. François Deloncle. Paris, Charles-Lavauzelle, 1905, in-8.

Notice: *Revue indo-chinoise*, 30 oct. 1905, pp. 1506-1508, par P. de la Brosse.

—— Université de Paris. — Faculté de Droit — Étude sur la Situation militaire de l'Indo-Chine — Thèse pour le Doctorat — L'acte public sur les matières ci-après Sera soutenu le mercredi 14 février 1906, à 1 heure par Le Capitaine Paul Cassou Rapporteur près le Conseil de Guerre de

Besançon ..... Paris, Arthur Rousseau, 1906, in-8, pp. 437.

—— La défense de l'Indo-Chine par l'armée annamite. Par G. Rumilly, Capitaine breveté de l'artillerie coloniale, Officier d'ordonnance du général Dodds. (*Bull. Com. Asie française*, Mars 1906, pp. 97-102.)

—— Les Réserves Indigènes en Indo-Chine Par G. Rumilly, Capitaine breveté d'artillerie coloniale, Officier d'ordonnance de M. le général Dodds. (*Bull. Com. Asie française*, Juin 1906, pp. 223-228.)

—— *** La Défense de l'Indo-Chine. (*Revue des Deux Mondes*, 15 avril 1906, pp. 789-814.)

—— Nos troupes indigènes Par Z. (*Revue Indo-Chinoise*, 15 mars 1906, pp. 329-332.)

— La défense de l'Indo-Chine. (*Bull. Com. Asie française*, Avril 1906, pp. 156-157.)

Signé : Général Voyron, Saigon, le 10 février 1906.

—— Le soldat indigène en Indo-Chine. Par H. Garbit, Chef d'escadron. (*Revue des Troupes colon.*, 1906, I, pp. 108-140.)

—— La défense territoriale de l'Annam. Par le Capitaine Ibos. (*Revue des Troupes colon.*, 1906, II, pp. 191-232.)

—— Capitaine Ibos de l'Infanterie coloniale — La Défense Territoriale de l'Annam — (Extrait de la *Revue des Troupes coloniales.*) Paris, Henri Charles-Lavauzelle, s. d., [1907], in-8, pp. 46.

La défense du Tonkin (*Bull. Com. Asie franç.*, Mai 1907, pp. 171-174.)

—— Le rôle politique des Colonies et la Défense de l'Indo-Chine. Par Jules Harmand. (*Revue bleue*, 2 nov. 1907, pp. 545-551.)

— La défense de l'Indo-Chine. (*Bull. Com. Asie franç.*, Décembre 1907, pp. 491-493.)

—— Les flotilles de torpilleurs de Cochinchine en 1906, par le Dr. Olivier, médecin de 1re classe de la Marine. (*Arch. de Médecine navale*, LXXXVIII, 1907, pp. 93-106.)

— La garde indigène de l'Indo-Chine Par M. l'Inspecteur Bessaire. (*Congrès Colonial français de 1908*, pp. 547-569.)

— Les dépenses militaires et la participation des colonies. (*Bull. Com. Asie franç.*, Mars 1908, p. 108.)

— Le recrutement des militaires indigènes en Cochinchine. (*Bull. Com. Asie franç.*, Sept. 1908, p. 384.)

Journal Officiel, 4 sept. 1908.

— La vente et la détention des armes à feu. (*Bull. Com. Asie franç.*, Oct. 1909, p. 452.)

Arrêté du 12 août 1909 du gouverneur général de l'Indo-Chine.

—— Colonel Diguet, du 11e Colonial. — De la Réorganisation militaire et administrative de la zone frontière du Tonkin. (*Revue des Troupes coloniales*, 1909, I, pp. 1-20.)

— La réorganisation des milices [en Indo-Chine]. Circulaire d'Albert Picquié. (*Bull. Com. Asie franç.*, Avril 1910, pp. 197-198.)

—— Commandant Bonifacy, de l'Infanterie coloniale. — Tirailleurs Tonkinois — Esquisse de l'État social des Annamites, de leur histoire militaire et de l'organisation de leur armée. (*Revue des Troupes coloniales*, 1910, I, pp. 248-260, 333-361, 411-429.)

—— Lieut.-Col. Bonifacy, de l'Infanterie coloniale. — Conseils aux Sous-Officiers des Troupes indigènes d'Indo-Chine. (*Revue des Troupes coloniales*, 1911, I, pp. 444-469.)

Conférence faite à Hanoï, au 1er régiment de tirailleurs Tonkinois.

—— Conférences faites aux Officiers de la garnison de Hanoi, par le Chef de bataillon Bonifacy. — 2e conférence. — Principes qui doivent régler l'organisation des troupes indigènes et leur emploi dans l'attaque et la défense, si on tient compte de leurs qualités et de leurs défauts ataviques. S. l. n. d. [Hanoï], in-4, pp. 20.

—— «L'armée jaune». Par P. Ibos. (*Asie française*, Août 1911, pp. 335-363.)

—— Lieutenant Ch. Martin Saint-Léon, de l'Infanterie coloniale. — Procédés de combat dans le Haut-Tonkin. (*Revue des Troupes coloniales*, 1911, II, pp. 166-177.)

—— Commandant Vautravers, de l'Infanterie coloniale. — La Guerre au Tonkin. (*Revue des Troupes coloniales*, 1911, II, pp. 225-245, 398-424, 662-686.)

—— E. Couzineau, Administrateur des Services de l'Indo-Chine. — Le Recrutement indigène en Cochinchine. (*Revue des Troupes coloniales*, 1911, II, pp. 349-364.)

—— Général Pennequin. — Pour garder l'Indo-Chine. (*Revue de Paris*, 1er déc. 1913, pp. 449-473.)

— Le projet du général Pennequin. (*Asie française*, Sept. 1912, pp. 371-372.)

Projet d'armée annamite.

— «Pour garder l'Indochine». — *Les Idées du général Pennequin*. (*Asie française*, Janvier 1914, pp. 32-33.)

— L'aviation militaire en Indochine. (*Asie française*, Avril 1914, p. 160.)

—— Histoire de la Garde Indigène de l'Annam-Tonkin. Par A. Piglowski, Ancien Garde Principal de la Garde Civile du Tonkin, Directeur de l'*Indépendance Tonkinoise*. Tome premier. La Garde indigène du Tonkin. — Imprimerie de l'*Indépendance Tonkinoise*, 16, Boulevard Carrau, Hanoi, in-8, pp. 503 + 1 table.

CHEMINS DE FER.

—— Le Chemin de fer de Saigon à Phnom-Penh. Section de Tay-ninh à Phnom-Penh. — Résultats de la reconnaissance faite sur le terrain en novembre et décembre 1879 par MM. Peyrusset, capitaine d'état-major; Rozée d'Infreville, capitaine d'infanterie de marine; Ricard, médecin auxiliaire de la marine. (*Excursions et Reconnaissances*, N° 2, 1880, pp. 155-308.)

(Carte autog. au 1/280.000e en 2 feuilles.)

—— Le Chemin de fer de Saigon à Phnompenh — Résultats de la reconnaissance faite sur le terrain en novembre et décembre 1879, par MM. Peyrusset, capitaine d'état-major, aide de camp du Gouverneur; Rozée d'Infreville, capitaine d'infanterie de Marine, aide de camp du Gouverneur; Ricard, médecin auxiliaire de la marine. Saigon, Imprimerie du Gouvernement, 1880, in-8, pp. ch. 155-308, 2 cartes.

—— Un projet de chemin de fer en Indo-Chine. Par M. Lapeyrère. (*Bull. Soc. Géog. Rochefort*, II, 1880-1881, pp. 16-28.)

De Saigon à Pnom-penh.

—— Conseil colonial de Cochinchine — Question d'un chemin de fer — Extrait de la séance du 22 novembre 1880. Paris, A. Chaix, 1881, br. in-8, pp. 20.

— Création d'un chemin de fer entre Hanoï et la mer. — Avant-projet d'un voyage d'exploration au Tonquin pour étudier le tracé possible, entre Hanoi et la mer, d'un chemin de fer susceptible d'être prolongé ultérieurement vers la frontière chinoise. Par Henri Viénot. (*Soc. normande de Géogr.*, IV, 1882, pp. 296-303.)

—— Création d'un chemin de fer entre Hanoï et la Mer. Par Henri Viénot, Avocat à Saïgon, membre du Conseil colonial et de la Société normande de géographie. — Rouen, imprimerie de Espérance Cagniard, Rues Jeanne-Darc, 88, et des Basnage, 5, 1883, br. in-4, pp. 8.

—— Les chemins de fer du Tonkin. (*Revue maritime et coloniale*, Vol. 95, Déc. 1887, pp. 369-402.)

Rapport de la *Commission technique des chemins de fer du Tonkin;* avait d'abord paru dans le *Journal officiel* du 29 août 1887.

—— La commission technique des chemins de fer du Tonkin. — Extrait de la *Revue maritime et coloniale*. (Décembre 1887.) Paris, L. Baudoin, 1887, br. in-8, pp. 36.

—— Avant-projet de chemin de fer de Hué à Tourane [1895]. Rapport de l'Ingénieur chargé de mission d'études. S. l. n. d., in-4, 11 feuillets non paginés.

[Manuscrit — École fr. Extr.-Orient.]

—— Protectorat de l'Annam et du Tonkin. Chemin de fer de Phu-lang-thuong à Lang-son. Tarifs généraux pour les transports à grande et à petite vitesses. Conditions d'application et Prix. — Hanoi, Imprimerie typo-lithographique F.-H. Schneider, 1895, in-8, pp. 17 + 1 tableau.

—— Chemin de fer de Phu-lang-thuong à Lang-son Tarifs généraux pour les Transports à grande & à petite vitesses. S. l. n. d., in-8, pp. 45 + 1 tableau.

—— Chemin de fer de Phu-lang-thuong à Lang-son. Transformation. Cahier des charges. Ponts métalliques. 1896. Imprimerie J.-E. Crébessac, rue Paul-Bert, Hanoi, in-4, pp. 31 + 8 B. + 3 D. + pp. 4 n. ch.

—— Chemin de fer de Phu-lang-thuong à Lang-son (Transformation). Travaux de terrassements de construction et de modification des Ouvrages d'Art courants. Bordereau des prix Applicable aux 3 Lots de la ligne. 1897. — Imprimerie J.-E. Crébessac, Rue Paul-Bert, 50, Hanoi, in-4, pp. 6 B.

—— Chemin de fer de Phu-lang-thuong à Lang-son (Transformation). Travaux de terrassements de construction et de modification des Ouvrages d'Art. Détail estimatif des travaux. — 1897. — Imprimerie J.-E. Crébessac, Rue Paul-Bert, 50, Hanoi, in-4, pp. 10 D. + 5 pages non paginées.

—— Travaux sur fonds d'emprunt. Cahier des charges et bordereau des prix afférents aux 3 Lots des Travaux de transformation de la ligne du Chemin de fer de Phu-lang-thuong à Lang-son. — 1897. Imprimerie J.-E. Crébessac, Rue Paul-Bert, 50, Hanoi, in-4, pp. 24.

—— De Phu-lang-thuong à Lang-son — Le chemin de fer et le Song-thuong par le capitaine d'artillerie de marine Lhomme. (*Bull. Soc. Géog. Rochefort*, XX, 1898, pp. 266-277.)

Chemin de fer de Phu-lang-thuong à Lang-son inauguré le 24 décembre 1894.

(Chemins de fer.)

—— La voie ferrée de Bassac à Saïgon par Paul d'Enjoy. (*Bull. Soc. Géog. Paris*, 1896, pp. 392-398.)

—— République française..... — Rapport sur le Prolongement du Chemin de fer de Mytho Par M. G. Gubiand Directeur des Travaux Publics de Cochinchine — (Session ordinaire du Conseil colonial de 1896-1897.) — Saigon, Imprimerie coloniale, 1897, br. in-8, pp. 19.

—— Indo-Chine. Les chemins de fer projetés. Par J. Servigny. (*Rev. française*, XXIV, 1899, pp. 46-51.)

—— E. Giret. — Le Chemin de fer de Hanoi à Yunnan-sen. (*Revue Indo-Chinoise*, 1er sem. 1900, pp. 321-323.)

—— Le Chemin de fer de Saigon à Kan-hoa. (*Rev. Indo-Chinoise*, IV, 1900, pp. 767-768.)

Rapport au Président de la République. Paris, 17 juin 1900.

—— Les chemins de fer de l'Indo-Chine — Projets et situation présente par M. Eugène Gallois. (*Soc. Géog. Lille, Bull.*, XXXIV, 1900, 2e sem., pp. 52-57.)

—— Les Chemins de fer de l'Indo-Chine — Projets et situation présente par M. Eugène Gallois Chargé de Missions d'études. — Extrait du *Bulletin de la Société de Géographie de Lille* (Juillet 1900). Lille, L. Danel, 1900, in-8, pp. 6.

—— Les Chemins de fer de l'Indo-Chine Par Charles Mourey. (*Bull. Com. Asie française*, Mai 1901, pp. 52-56.)

—— * Gouvernement général de l'Indo-Chine. Projet de chemin de fer de Haïphong à Yunnan-sen; Ressources minières du Yunnan, par Mr A. Leclère. Paris, Imp. Nat., 1901, in-8, pp. 19.

— Les chemins de fer et tramways de l'Indo-Chine. (*Bull. Com. Asie française*, Juin 1902, p. 277.)

— Les chemins de fer de l'Indo-Chine. (*La Géographie*, 15 juillet 1902, pp. 45-46.)

— Ouverture de la ligne Hanoï-Haïphong. Par Ch. R. (*La Géographie*, 15 sept. 1902, p. 173.)

(Chemins de fer.)

—— Note sur l'exploitation de la ligne de chemin de fer de Hanoi à la frontière du Quang-si. Par l'Ingénieur en chef des chemins de fer Fontaneilles. (*Bull. écon. Indo-Chine*, Oct. 1902, pp. 716-723.)

— L'exploitation du chemin de fer de Hanoï à la frontière du Quang-Si. (*Bull. Com. Asie française*, Janvier 1903, pp. 37-39.)

D'après M. Fontaneilles dans le *Bull. économique de l'Indo-Chine.*

—— Compagnie Française des Chemins de Fer de l'Indo-Chine et du Yunnan. Tarifs Généraux et Spéciaux Pour les Transports à grande et à petite vitesse. — Hanoi, F.-H. Schneider, Imprimeur-Editeur, 1903, in-8, pp. 84 + 1 tableau.

—— Questions de chemins de fer indo-chinois. Par Robert de Caix. (*Bull. Com. Asie française*, Avril 1903, pp. 135-139.)

Hanoï, 20 mars 1903.

—— Les Communications en Indo-Chine Voies fluviales et voies ferrées. Par Jean de la Peyre. (*Rev. Géog.*, Juin 1903, pp. 503-515.)

— Le réseau ferré indo-chinois. (*Bull. Com. Asie française*, Février 1904, p. 101.)

—— Extrait du *Journal Officiel de l'Indo-Chine* du 3 mars 1904. Arrêté (du 18 février 1904). Portant règlement sur la police, la sureté et l'exploitation des Chemins de Fer de l'Indo-Chine, 1904. — S. l. n. d., in-8, pp. 14.

— Les recettes des chemins de fer du Tonkin. (*Bull. Com. Asie française*, Mars 1904, p. 155.)

—— *Le Trans-Indo Chinois, avec carte. (*Bull. Soc. Géog. Lille*, XLIV, 1905, pp. 188-191.)

— L'inauguration de la ligne de Than-hoa à Vinh. (*Bull. Com. Asie française*, Mai 1905, pp. 195-197.)

Extrait de l'*Avenir du Tonkin.*

—— Les Chemins de fer et les Transports maritimes en Indo-Chine. Dix années d'explorations. — La baie de Cam-ranh. — Conférence du Marquis de Barthélemy. (*Bull. Soc. Géog. Marseille*, 1905, pp. 143-159.)

—— Les chemins de fer du sud de l'Annam Par le Marquis de Barthélemy. (*Revue indo-chinoise*, 30 août 1905, pp. 1188-1193.)

— Chemins de fer des Etats Shans. (*Bull. Com. Asie française*, Mars 1906, p. 133.)

— La ligne de Tourane à Hué. (*Bull. Com. Asie française*, Nov. 1906, p. 444.)

—— Rapport médical sur l'application du programme d'organisation ouvrière aux chantiers de la ligne de Yen-bay à Lao-kay, Tonkin (1er octobre 1904-1er octobre 1905) par M. le Dr Noël Bernard. (*Ann. d'hyg. et de méd. colon.*, X, 1907, pp. 426-449.)

— Le chemin de fer de Tourane à Faï-foo. Arrêté de M. Beau du 14 avril 1907; ouverture de la ligne 20 avril 1907. (*Bull. Com. Asie franç.*, Mai 1907, p. 177.)

— Les chemins de fer de l'Indo-Chine. (*Bull. Com. Asie franç.*, Août 1907, p. 315.)

—— Chemins de fer de l'Indo-Chine. Tarifs généraux & spéciaux Pour les transports à grande et petite vitesse Applicables sur les lignes de Hanoi à Dong-Dang et de Hanoi à Ben-Thuy. — Hanoi. — Septembre 1907, in-4, pp. 1 table + 30 + 10 + 33 + 2 tableaux.

—— Le chemin de fer de Nacham Par H. Deseille, Inspecteur des Chemins de fer de l'Indo-Chine. (*Revue indo-chinoise*, 30 mai 1908, pp. 725-734.)

—— Le chemin de fer de Nacham Par Henri Deseille, Inspecteur des Chemins de fer de l'Indo-Chine. (*Annales de la Société de Géographie commerciale* (section indo-chinoise), fasc. 2, Septembre 1908, pp. 39-48.)

1 carte.

— Les chemins de fer indo-chinois. (*Bull. Com. Asie franç.*, Sept. 1908, pp. 383-384.)

Rapport du *Journal Officiel* du 22 août 1908.

—— *O. P. A. de Viana. — Le Chemin de fer de Haïphong à Yun-nan-sen. — État actuel des travaux. (*A travers le Monde*, 1908, N. S., XIV, pp. 185-188.)

—— Chemins de fer de l'Indo-Chine avec leurs relations administratives, commerciales, industrielles, etc. Dressé et dessiné par P. Tachet, Conducteur des Travaux Publics de l'Indo-Chine, d'après des documents du Service Géographique et de diverses Administrations locales — Janvier 1907 Hanoï Janvier 1910, 1 f. gr. in-folio.

Échelle : 1/1.000.000. — Gravé par H. Delgoffe, Paris. — Imp. Erhard.

— Inauguration de la ligne Saïgon-Phanthiet. (*Bull. Com. Asie franç.*, Février 1910, p. 94.)

26 déc. 1909.

— Les chemins de fer indochinois. (*Bull. Com. Asie franç.*, Juillet 1910, pp. 320-322; tableaux.)

—— Gouvernement Général de l'Indochine. Direction générale des Travaux publics. Circonscription territoriale de Cochinchine. Voies ferrées de l'Ouest de la Cochinchine et Tramway de Saigon à Cholon par la route haute. — Saigon, Imprimerie Commerciale, 1910, in-8, pp. 110 + 2 cartes + 1 tableau.

[Par Pouyanne, Ingénieur en chef.]

—— Chemin de fer de Laokay à Yunnan-sen. Comparaison des profils en long des tracés Ouest et Est. Schéma. S. l. n. d., une feuille.

Échelles : longueurs 1/2.000,000;
hauteurs 1/20.000.

—— Chemin de fer de Laokay à Yunnan-sen. Carte schématique montrant la position des tracés Ouest et Est. — S. l. n. d., une feuille.

Échelle : 1/700.000e.

—— Cie française des chemins de fer de l'Indochine et du Yunnan — Société de construction de Chemins de fer indo-chinois — Le Chemin de Fer du Yunnan — Avril 1910 — Paris Imprimerie G. Goury 150, Rue Lafayette, in-fol., pp. 48 et pl.

—— Un Voyage à Yunnan-fou Guide Par G. Cordier Directeur des Écoles françaises de Yunnan-fou. (*Revue Indochinoise*, Avril 1911, pp. 315-337, fig.; *ibid.*, Mai 1911, pp. 463-481.)

— Les Chemins de Fer Indochinois Par Gustave Salé. (*Asie française, Bull.*, Juin 1911, pp. 275-277.)

(Chemins de fer.)

— Le Transindochinois. Conférence par le capitaine Baudesson. Par Frédéric Lemoine. (*La Géographie*, 15 juin 1911, pp. 480-483; fig.)

— Railway Development in French Indo-China. (*Geog. Journal*, Oct. 1911, pp. 431-432.)

— Le chemin de fer du Yunnan Par M. L. (*Revue Indochinoise*, Juillet 1911, pp. 83-85.)

De l'*Echo de Chine*.

— Les chemins de fer de l'Indochine. (*Asie française*, Septembre 1911, pp. 418-420.)

Rapport publié dans le *Journal Officiel* du 15 sept. 1911, signé du ministre des Colonies, A. Lebrun.

— Le rendement des chemins de fer indochinois. (*Asie française*, Octobre 1911, pp. 449-450.)

—— Chemins de fer de la presqu'île indochinoise Par le Commandant E. Lunet de Lajonquière. (*Asie française*, Novembre 1911, pp. 499-503.)

—— Chemin de fer de Hongay à Yenbây. Ses avantages Militaires et Commerciaux, par M. Ducret, Lieutenant-Colonel, Sous-Chef d'État-Major au Commandement Supérieur des Troupes du Groupe de l'Indochine. (*Bull. écon. Indochine*, Nov.-Déc. 1911, pp. 901-909.)

—— Le Chemin de fer de Hongay à Yenbay. Ses avantages commerciaux et militaires. Extrait du *Bulletin Economique de l'Indochine*. Par le Lieutenant-Colonel Paul Ducret de l'Artillerie coloniale. — Hanoi, 1912, in-4, pp. 9.

— Les Chemins de fer en Indochine. (*Asie française*, Mars 1912, pp. 111-113.)

—— Le Trans-Annam de Vinh à Bo-trach Par le Capitaine Félix Charras. (*Revue Indochinoise*, Mai 1912, pp. 445-456; carte.)

— Le prolongement de la ligne de Lang-son Par Albert Métin, Député du Doubs. (*Revue Indochinoise*, Mai 1912, pp. 504-505.)

Des *Annales Coloniales*.

— Le projet du chemin de fer de Lang tchéou. (*Asie française*, Juin 1912, p. 252.)

—— Rapport commercial de la ligne Haiphong-Yunnan-fou en 1911. (*Bull. écon. Indochine*, n° 97, Juill.-Août 1912, pp. 557-600.)

(Chemins de fer.)

— La question du chemin de fer de Long-tchéou. (*Asie française*, Sept. 1912, pp. 387-388.)

Rapport de M. Elliès à la Chambre de commerce de Hanoï.

—— Les tarifs de chemin de fer en Indochine Par Denain, Ingénieur en chef de la Circonscription des Chemins de fer du Nord. (*Bull. écon. Indochine*, n° 98, Sept.-Oct. 1912, pp. 686-699; tableaux.)

— Les recettes du chemin de fer du Yunnan en 1911. (*Asie française*, Novembre 1912, pp. 484-485.)

— L'achèvement du chemin de fer de Phanrang à Xomgon. (*Asie française*, Novembre 1912, p. 485.)

— Les résultats de l'exploitation des chemins de fer indochinois. (*Asie française*, Janvier 1913, pp. 31-33.)

— L'exploitation des chemins de fer en 1912. (*Asie française*, Mars 1913, p. 133.)

Ext. du *Journal Officiel*, 24 février 1913.

—— Rapport commercial de la ligne Haiphong-Yunnan-fou en 1912. (*Bull. écon. Indochine*, n° 103, Juillet-Août 1913, pp. 571-617.)

—— Gouvernement Général de l'Indochine. Chemins de fer. Statistique de l'année 1912. Dressée à l'Inspection Générale des Travaux Publics. Hanoï, Imprimerie Tonkinoise, 1913, in-4.

—— République Française. — Liberté-Égalité-Fraternité. — Gouvernement Général de l'Indochine. Budget de L'exploitation des Chemins de fer, annexe du Budget Général, Exercice 1913. Saïgon, Imprimerie typo-lithographique F.-H. Schneider, 1912, in-4°, pp. 57.

— Le compte d'approvisionnement des régies et des chemins de fer. (*Asie française*, Mars 1914, p. 116.)

—— [Chemin de fer de Phu-lang-thuong à Lang-son. Arrêté et règlements généraux.] S. l. n. d.

—— Gouvernement Général de l'Indo-Chine. Arrêté de M. le Gouverneur général A. Rousseau en date du 21 mai 1896, pp. XI.

—— Chemin de fer de Phu-Lang-Thương à Lang-son. — Réglement général n° 1. — Signaux, pp. 15.

—— Chemin... Règlement général n° 2. — Circulation des trains et machines, pp. 61

—— Chemin... Règlement général n° 3. — Fonctions des chefs de gare, des chefs de station et des facteurs, pp. 26.

—— Chemin de fer... Règlement général n° 4. — Fonctions des chefs de train et des conducteurs, pp. 10.

—— Chemin... Règlement général n° 5. — Fonctions des chefs de dépôt, mécaniciens et chauffeurs, pp. 22.

—— Chemin de... Règlement général n° 6. — Surveillance de la voie, pp. 17.

—— Construction du Chemin de fer de Haiphong à Viétri. Instances Chièze & Manard, Entrepreneurs. Mémoires en réponse du Gouvernement Général de l'Indo-Chine. S. l. n. d., in-4, pp. 44-8-11-6-35-14.

POSTES ET TÉLÉGRAPHES.

—— Cochinchine française. — Cahier des charges pour l'exploitation du Service postal et des correspondances fluviales et maritimes dans l'intérieur de la Cochinchine. — Saigon. Imprimerie du Gouvernement. — 1880, in-8, pp. 7.

—— Protectorat de l'Annam. Corps expéditionnaire du Tonkin. Réglementation du Service des Postes et des Télégraphes.

Rapport [adressé le 29 septembre 1884 par le Directeur des postes et télégraphes de l'Annam et du Tonkin, à M. le Directeur des affaires civiles et politiques, à Hanoi]. — S. l. n. d., in-8, pp. 11.

On lit à la fin de la page 11 : «Hanoi. Imprimerie du Gouvernement.»

—— République Française. Liberté-Égalité-Fraternité. Protectorat de l'Annam et du

Tonkin. Arrêté relatif à la Franchise Postale et Télégraphique pour les Fonctionnaires civils et Militaires au service du Protectorat. Hanoi. Imprimerie typo-lithographique F.-H. Schneider. 1892. In-4, pp. 14.

—— Tarif télégraphique Applicable En Annam et au Tonkin (Voie des câbles). — Hanoi, Imprimerie typo-lithographique F.-H. Schneider, 1892, in-8, 7 feuillets non paginés.

—— 1897-1906. Indo-chine Française. Protectorat de l'Annam et du Tonkin. Contrat pour le Service des Correspondances Fluviales du Tonkin. Marty et d'Abbadie. Haiphong. Service postal fluvial et côtier. — Haiphong, Imprimerie typographique F.-H. Schneider, 1893, in-8, pp. 16.

—— Contrat pour l'exploitation du Service postal et des correspondances fluviales dans l'intérieur de la Cochinchine et du Cambodge. S. l. n. d. [Paris], in-8, pp. 31.

Contrat du 9 novembre 1894.

—— République française Liberté-Égalité-Fraternité — Arrêté sur les Franchises postale et télégraphique — Saigon, Imprimerie coloniale, 1896, br. in-8, pp. 44.

—— Étude raisonnée sur la traduction en signaux télégraphiques Système Morse des caractères latins dits Chữ Quốc Ngữ [par J. Brien]. Publication de la Revue Indo-Chinoise. — Hanoi, F.-H. Schneider, Imprimeur-éditeur, 47 à 51, rue du Coton, 1899, in-8, pp. 16.

Notice : *Revue Indochinoise*, Février 1912, p. 213. Par Herbinet.

— Le développement du service des postes, télégraphes et téléphones de l'Indo-Chine. (*Bull. Com. Asie française*, Mai 1902, pp. 220-221.)

—— Recueil des contrats en vigueur intervenus entre la Compagnie des Messageries Fluviales de Cochinchine, le Gouvernement général de l'Indo-Chine et les administrations locales de la Cochinchine, du Cambodge et du Laos.

(Postes et Télégraphes.)

1° Contrats pour le service des correspondances fluviales de la Cochinchine et du Cambodge (page 5).

2° Contrats relatifs à la ligne de Saigon à Bangkok et vice-versa (page 73).

3° Contrats relatifs au service postal des correspondances fluviales sur le Haut-Mékong (page 97).

Publié par les soins de l'administration locale de Cochinchine en juillet 1904. — Saigon, Imprimerie commerciale, 1904, in-8, pp. 118.

[A la couverture, après... et du Laos, on lit : «Certains contrats arrivés à expiration, mais nécessaires néanmoins pour l'interprétation des contrats en vigueur, ont été intercalés dans ce recueil.»]

—— 1re édition. Guide postal Indochinois à l'usage Du commerce et de l'industrie, des Administrations, Sociétés, etc., du Public, et des Agents et Sous-Agents des Postes et Télégraphes de l'Indochine par Louis Desachy Rédacteur des Postes et Télégraphes en Indochine (Direction du Tonkin). — Louis Desachy, Auteur-Éditeur, 45, Boulevard Henri-Rivière, 45, Hanoï (Tonkin), in-8, pp. 258 + 56.

Notice : *Revue Indochinoise*, 30 sept. 1904, pp. 449-450.

—— Bulletins Rectificatifs au Guide Postal Indochinois (nos 1, 2, 3, 4, 5, 6 et 7) par Louis Desachy Rédacteur des Postes et des Télégraphes (Direction du Tonkin) — Hanoï, Imprimerie typo-lithographique F.-H. Schneider, 1904-1905, in-8.

—— La télégraphie sans fil Son application en Indo-Chine Par le Capitaine Péri, Chef du service de la Télégraphie militaire en Indo-Chine. (*Revue indochinoise*, 31 août 1904, pp. 235-251, fig.; 15 sept., pp. 313-324, fig.; 15 oct., pp. 476-487, fig.; 15 nov., pp. 654-664, fig.)

—— Les communications aériennes et la colombophilie en Indo-Chine Par Pierre Landry Commis des Postes et Télégraphes, Receveur à Bac-ninh. (*Revue indochinoise*, 15 août 1904, pp. 157-160.)

— Les communications télégraphiques entre la France et l'Indo-Chine. Par E. P. (*Bull. Com. Asie française*, Mai 1905, pp. 185-186.)

(Postes et Télégraphes.)

— Le nouveau câble sous-marin de Saïgon à Pontianak. (*Bull. Com. Asie française*, Juin 1905, pp. 257-258.)

Extrait du *Journal Officiel de l'Indo-Chine*.

— Ligne téléphonique entre Hanoï et Haïphong. (*Bull. Com. Asie française*, Juillet 1906, p. 284.)

— L'extension du service des postes en Indo-Chine. (*Bull. Com. Asie franç.*, Sept. 1906, pp. 352-353.)

—— Marché de gré à gré Pour l'exploitation du service subventionné des correspondances fluviales au Tonkin passé à la suite de l'appel d'offres du 12 juillet 1906. (Exception prévue par les paragraphes 9 & 10 de l'article 1 du décret du 18 novembre 1882). — 1906, Hanoi, Imprimerie L. Gallois. — Hanoi-Haiphong, Caractères de la Fonderie L. Gallois, in-8, pp. 21 + 1 table.

—— 1ère Année — N° 9. Novembre 1906. *Bulletin mensuel de l'Association Amicale du Personnel des Postes, Télégraphes et Téléphones de l'Indo-Chine*. Siège Social : Hanoi (Tonkin). Organe professionnel Envoyé gratuitement aux Membres de l'Association. — Hanoi, Imprimerie de l'Avenir du Tonkin, s. d., in-4, pp. 16.

2e Année. N° 11. Janvier 1907, pp. 25.

2e Année. N° 12. Février 1907, pp. 10.

—— Transports Maritimes & Postaux vers l'Extrême-Orient. Par M. Piglowski, directeur du Journal l'*Indépendance tonkinoise*, de Hanoi. (*Congrès Colonial français de 1908*, pp. 89-94.)

—— La Question de la télégraphie sous-marine — Cables sous-marins Leur confection — La Gutta-percha. — Conférence de M. Combanaire, Explorateur — (*Bull. Soc. Études indo-chinoises de Saigon*, No. 55, 2e sem. 1908, pp. 23-41.)

— Les relations postales entre la France et l'Indo-Chine. (*Bull. Com. Asie franç.*, Juin 1909, p. 258.)

— Les télégrammes en quoc-ngu. (*Asie française*, Mai 1912, p. 194.)

QUESTIONS CONTEMPORAINES.

—— Les Droits, les Intérêts et les Devoirs de la France en Cochinchine — Extrait du *Correspondant* — Paris, Charles Douniol, 1857, in-8, pp. 24.

Par P. Douhaire. — Ext. du *Correspondant*, du 25 décembre 1857.

—— Solution pratique de la question de Cochinchine ou fondation de la politique française dans l'Extrême-Orient, par M. H. Abel. Paris, Challamel aîné [et] Dentu, 1864, br. in-8, pp. 24.

—— Étude sur les voies et moyens de la Politique française en Cochinchine. Saigon. Direction de la Poste. — Paris, chez Challamel aîné... — Juillet 1864, in-8, pp. 19.

Saigon. — Imprimerie impériale.

—— La question de Cochinchine, par Léon Renard. — (*Le Correspondant*, 25 janvier 1865, pp. 83-116.)

—— La France en Cochinchine et au Cambodge. (*Revue Britannique*, Janvier 1865, pp. 41-68.)

D'après *The Quarterly Review*.

—— Sept cents millions de revenus en Cochinchine Mémoire-Rapport à Monsieur le Président de la République et à l'Assemblée nationale suivi d'une Note sur l'Algérie par H^{te} Frédéric-Thomas-Caraman... — Prix : 1 fr. 25 c. — Paris, Armand Le Chevalier, 1871, in-8, pp. 52.

—— ***. — La Cochinchine en 1871. (*Revue des Deux Mondes*, 1er janvier 1872, pp. 204-218.)

Par un Officier de Marine. — Saigon, septembre 1871.

—— Articles publiés dans l'*Indépendant de Saigon* (1870 à 1877) par Jules Blancsubé. — Imprimerie A. Nicolier, in-4, pp. 207.

— La Cochinchine jugée à l'étranger. (*Revue maritime et coloniale*, XXXV, 1872, pp. 35-63.)

Rapport de M. Henri Olislaeger, Consul de Belgique à Saigon, dans le *Recueil consulaire belge*, rapport daté : Saigon, le 22 février 1872.

— Exposé de la situation générale de la Cochinchine française pendant l'année 1878. (*Rev. mar. et col.*, vol. 64, 1880, pp. 437-467.)

— Zur Statistik der französischen Besitzungen in Cochinchina. (*Zeit. D. G. f. Erdk.*, XVI, 1881, p. 383-384.)

Ext. de *État de la Cochinchine française en 1879*.

— État de la Cochinchine française en 1882 — Saigon Imprimerie du Gouvernement — 1884, in-4, pp. 179 + 1 f. n. ch. tab.

— État de la Cochinchine française en 1884. Saigon, Imprimerie coloniale, 1885, in-4, pp. 157 + 1 f. n. ch.

— Les intérêts économiques de la France en Cochinchine. Par Maurice Jametel. (*Economiste français*, 1883.)

— Société bretonne de géographie de Lorient. — L'Avenir colonial de la France. — L'Afrique et le Tonkin. (Extrait du *Bulletin trimestriel* de la Société, No. 3.) Lorient, Imprimerie Louis Chamaillard, 1882, in-8.

— Le Tonkin — Importance de l'Établissement d'une Colonie française dans ce royaume par Un Diplomate... Paris, E. Denne, 1883, in-8, pp. 31.

— Extension nécessaire de la Cochinchine française et développement des intérêts français en Indo-Chine par M. Bartet, Inspecteur de la Marine... — Extrait du Compte-rendu du Congrès national des Sociétés françaises de Géographie tenu à Bordeaux en 1882. Bordeaux, G. Gounouilhou, 1883, in-8, pp. 14, carte.

— Nos intérêts dans l'Indo-Chine par P. Dabry de Thiersant — Avec une carte du Tonkin — Paris, Ernest Leroux, 1884, in-8, pp. 31.

— L'œuvre de l'*Alliance française* au Tongking. Par Charles Labarthe. (*Rev. de Géog.*, XV, 1884, pp. 140-144.)

— Le Tonkin, aperçu de politique coloniale. Par Conte, cap. au 1er rég. étranger. (*Bull. Soc. Géog. com. Bordeaux*, 1885, pp. 533-534.)

— L'unité de l'Indochine, par M. Carabelli, Conseiller Colonial, Maire de Saigon. Saigon, Imprimerie Rey et Curiol. — 1886, br. in-12, pp. 18.

— Aperçus coloniaux. Par Emile Delbard. (*Ann. de l'Ext.-Orient*, 1886-1887, IX, pp. 298-304.)

— Le Tong-king, par C. Paris. (*Quarterly Review*, 1887, pp. 14-27.)

— Le parti à tirer du Tonkin. Par R. R. (*Bull. Soc. Géog. commerciale de Paris*, X, 1887-1888, pp. 58-60.)

— Trois lettres sur le Tonkin — I. La Situation au Tonkin. II. Les Fléaux du Tonkin. III. Projet de réorganisation des troupes indigènes et de la milice. — Paris, Aux Bureaux de l'*Avenir militiare* (*sic* militaire) — 1888, pet. in-8, pp. 56.

— Opening up Indo-China. (*Blackwood's Mag.*, CXLVII, Jan. 1890, pp. 80-89.)

— En Indo-Chine Les inscrits et les non-inscrits. — L'Algérie et le Tonkin. Par A. Gouin. (*Bull. Soc. Géog. comm. Paris*, XIII, 1890-1891, pp. 244-247.)

— Communication au Congrès des Sociétés Savantes faite à la Sorbonne, le 26 Mai 1891, Par M. J. Schroeder Délégué de la Société Académique Indo-Chinoise de France. (*Bull. Soc. Et. Indo-Chin. de Saigon*, 1891, pp. 69-74.)

— Sous-secrétariat d'État des Colonies — Renseignements sur la situation des Colonies (Extrait du *Journal officiel* du 5 Janvier 1891.) — Paris Imprimerie des Journaux officiels... — 1891, in-8, pp. 76 + 1 f. n. ch.

— Mat Gioi (Albert de Pouvourville) — Un Point d'histoire coloniale — Le général Reste L'instigation au vol. — Le vol. —

Le procès. — Le verdict de la justice civile. — La plainte en justice militaire. Paris, Albert Savine, 1892, in-12, pp. 35.

— La Pacification du Tonkin et ses résultats économiques. Par M. de Pouvourville. (*Bull. Soc. Géog. com. Paris*, XVI, 1894, pp. 463-476.)

— *Ph. Lehault. — La France et l'Angleterre en Asie. Paris, Berger-Levrault, 1892, gr. in-8, pp. 772, cartes.

— The Crisis in Indo-China. By Demetrius C. Boulger. (*Nineteenth Century*, XXXIV, 1893, pp. 187-197.)

— Les Français en Indo-Chine. Par H. Prélot. (*Études religieuses*, Sept. 1893, pp. 5-37.)

— Rapport sur la Concession dite «de la Croix-Cuvelier». (*Rev. Indo-Chinoise ill.*, Mars 1894, pp. 108-115.)

— Situation de l'Indo-Chine française au commencement de 1894. Par H. Hauser. (*Annales de Géographie*, N° 15, 15 janvier 1895, pp. 233-236.)

— France in Indo-China. (*Dublin Review*, CXVII, July 1895, pp. 161-162.)

— Étude économique et politique sur la Question d'Extrême-Orient par Ulysse Leriche Directeur politique et Rédacteur en Chef du «Mékong» — Après la Guerre. — Le Péril jaune. — La Frontière septentrionale du Tonkin et la Piraterie. — Conclusion. — Saigon, Rey, Curiol et Cie, 1895, in-4, pp. 16.

— Paul Macey. — Ce qu'est devenue la Birmanie. — Ce que peut devenir l'Indo-Chine française. (*Bull. Soc. Géog. Est*, XVIII, 1896, pp. 349-355.)

— The French in Indo-China. By E. H. Parker. (*Imp. & As. Quart. Rev.*, 3rd Ser., III, 1897, pp. 77-95.)

— Ce qu'il faut faire en Indo-Chine. Par Fleury Ravarin, Député du Rhône. (*Revue diplomatique et coloniale*, I, n° 2, 15 mars 1897, pp. 86-91; n° 3, 1er avril, pp. 133-137.)

— L'Expansion française au Tonkin — En Territoire militaire par Louis de Grandmaison Capitaine au 131e d'Infanterie — Avec une lettre du général Galliéni. Paris, Plon, 1898, in-12, pp. VIII-270.

— Congrès colonial international de 1900 — Les Concessions françaises au Tonkin et en Annam. Br. in-8, pp. 15, s. l. n. d.

Par D. Penant.

— D. Penant. — Les concessions françaises au Tonkin et en Annam. (*Rev. Indo-Chinoise*, IV, 2e sér., 2e sem. 1900, pp. 1125-1129.)

— Henri d'Orléans — Politique extérieure et coloniale. Paris, Ernest Flammarion, s. d. [1900], in-18, pp. XVIII-292.

Voir les chap. : La France en Chine. — La Question du Mékong. — Les droits de la France sur le Haut-Mékong. — Lettres à M. Gauthiot. — Au Tonkin, lettre à M. Gauthiot. — Piraterie au Tonkin.

— Aux Militaires coloniaux et aux Municipalités — Le peuplement de nos colonies — Concessions de terres — Madagascar — Indo-Chine française — Nelle-Calédonie — Congo — Tunisie — Djibouti — Par Ch. Lemire Résident honoraire, Vice-Président du Groupe colonial des Conseillers du Commerce extérieur et du Syndicat de la Presse coloniale — 4e édition augmentée et accompagnée de documents officiels annexes — Prix : 1 fr. 50 — Paris, Challamel. — 1900, in-12, pp. II-229.

— L'Exploitation de notre Empire colonial, par Louis Vignon. Paris, Hachette, 1900, in-16, pp. 355.

Notices : *Rev. scient.*, 1901, 2e sem., p. 628. — *La Géographie*, 15 juillet 1900, p. 65, par E. Cheysson.

— Le développement de l'Indo-Chine. Par G. Vasco. (*Rev. française*, 1901, pp. 385-390.)

— L'Indo-Chine nouvelle — Conférence de M. Etienne Richet. (*Bull. Soc. Géog. Marseille*, XXV, 1901, pp. 381-384.)

Signé J. L.

— Les progrès de la Cochinchine. (*Bull. Com. Asie franç.*, Sept. 1901, pp. 249-250.)

—— *La vie européenne au Tonkin, par Eug. Jung. — Paris, E. Flammarion, 1901, in-18.

Notice : *Bull. Com. Asie française*, Nov. 1901, p. 364.

—— Eugène Iung — La vérité sur l'Indo-Chine (La Situation en Mars 1902) Paris Imprimerie Mercadier Et chez l'auteur (Neuilly-sur-Seine) — 1902, in-12, pp. 32.

Paru dans *Le Siècle* des 16, 17, 18, 20 et 21 avril 1902.

—— The French in Tonkin and South China. By Alfred Cunningham. — Hongkong : Printed at the Office of the « Hongkong Daily Press », s. d. [1902], in-8, 4 ff. prél. n. ch. + pp. 198.

—— L'Indo-Chine française en 1902 par M. le lieutenant-colonel Lubanski. (*Bull. Soc. Géog. Com. Paris*, XXV, 1903, pp. 329-357.) — Discours de M. Paul Doumer. (*Ibid.*, pp. 357-363.)

— La vente des terrains communaux au Tonkin. (*Bull. Com. Asie française*, Décembre 1903, pp. 551-552.)

Tiré du *Journal Officiel* du 17 septembre 1903.

—— René Pinon. — La Question siamoise et l'Avenir de l'Indo-Chine française. (*Revue des Deux Mondes*, 1er déc. 1903, pp. 569-603.)

—— Lâchons l'Asie — Prenons l'Afrique Par A. Raquez. (*Revue indochinoise*, 30 oct. 1904, pp. 563-577.)

A propos du livre d'Onésime Reclus.

— Lâchons l'Asie, prenons l'Afrique. (*Revue Indochinoise*, Janvier 1913, pp. 78-80.)

A propos du commentaire de M. Pierre Mille dans la *France d'Outre-Mer*.

—— Albéric Neton. — L'Indo-Chine et son avenir économique. Avec une préface par M. E. Etienne. Paris, Perrin, 1904, in-8, pp. XXIV-290.

— L'évolution de l'Asie et la question indigène en Indo-Chine. Par Jean Barnère. (*Bull. Com. Asie française*, Février 1904, pp. 89-92.)

— L'outillage de l'Indo-Chine. (*Bull. Com. Asie française*, Juin 1904, p. 299.)

(Questions contemporaines.)

— L'action sociale de la France en Indo-Chine. Par Emile Traiper. (*Bull. Com. Asie française*, Oct. 1904, pp. 458-462.)

—— Une défense sincère de l'Indo-Chine, lettre ouverte à M. Paul Deschanel,... [Signé : J. Ferrière.] — Saïgon, impr. de Coudurier et Montégout, 1905, in-8, pp. 30.

—— Comment et avec qui nous défendrons l'Indo-Chine par M. de Pouvourville. (*Cong. colon. français*, 1905, pp. 19-28.)

— Le voyage du ministre des Colonies en Indo-Chine. (*Bull. Com. Asie française*, Mars 1905, p. 104.)

— La situation de la Cochinchine. (*Bull. Com. Asie franç.*, Août 1905, pp. 328-329.)

—— Alfred Schreiner. — Deux questions sur la guerre. — Saigon, Imprimerie Nouvelle Claude & Cie, 1905, in-8, pp. 103 + 1 table.

— L'année 1905 en Indo-Chine. Par Edouard Payen. (*Bull. Com. Asie française*, Janvier 1906, pp. 7-9.)

— Lettre d'Indo-Chine. Par ***. Hanoï, avril 1906. (*Bull. Com. Asie française*, Juin 1906, pp. 219-223.)

—— L'état des esprits en Cochinchine. Par *** Saigon, le 15 juillet 1906. (*Bull. Com. Asie franç.*, Sept. 1906, pp. 333-339.)

— Le rachat des concessions [au Tonkin]. (*Bull. Com. Asie franç.*, Sept. 1906, p. 353.)

— La disette au Tonkin. Circulaire du Gouverneur Général. (*Bull. Com. Asie franç.*, Sept. 1906, pp. 354-355.)

— L'*Act Torrens* au Tonkin. (*Bull. Com. Asie française*, Oct. 1906, p. 395.)

— L'Indo-Chine à l'exposition de Marseille. Par R. C. (*Bull. Com. Asie française*, Nov. 1906, pp. 420-426.)

—— L'Œuvre de la France au Tonkin La Conquête. — La mise en valeur par Albert Gaisman Préface de M. J.-L. de Lanessan Ancien gouverneur général de l'Indo-Chine, Ancien Ministre de la Marine. — Avec 4 cartes hors texte — Paris, Félix Alcan, 1906, in-16, pp. XIV-240.

Notices : *Bull. Soc. Géog. Lyon*, 1906, pp. 259-26?, par Maurice Zimmermann. — *Revue Indo-chinoise*, 30 sept. 1906, pp. 1511-1512.

—— Jean Ajalbert — L'Indo-Chine en péril. Paris, P.-V. Stock, 1906, in-12, pp. 114.

(Questions contemporaines.)

— *La France puissance coloniale. Etude d'histoire et de géographie politiques, par Henri Lorin. Paris, Challamel, 1906, in-8, pp. 500, cartes.

Notice : *Bull. Com. Asie française*, Février 1906, pp. 85-86.

— La sécurité des Européens [en Indo-Chine]. (*Bull. Com. Asie franç.*, Mars 1907, p. 100.)

— Un document séditieux cochinchinois. (*Bull. Com. Asie franç.*, Mai 1907, pp. 180-183.)

— Rôle de la France en Indo-Chine, par le Colonel E. Diguet. (*Revue Coloniale*, 1907, Juillet, pp. 465-494; Août, pp. 525-576.)

— L'Étatisme dans notre colonie de l'Indo-Chine. Par le Marquis de Barthélemy. (*Revue indo-chinoise*, 31 juillet 1907, pp. 996-1002; 15 août 1907, pp. 1112-1126.)

— L'évolution des Idées en Indochine et en Extrême-Orient et M. de Lanessan Par Z. (*Revue indo-chinoise*, 15 octobre 1907, pp. 1365-1381.)

— Abandonnons-nous l'Indo-Chine? (*Bull. Com. Asie franç.*, Oct. 1907, p. 395.)

— Situation économique de l'Indo-Chine en mai et juin 1907. (*Revue Coloniale*, Nov. 1907, pp. 733-746.)

— Une œuvre coloniale. (*Bull. Com. Asie franç.*, Nov. 1907, pp. 432-443.)

Étienne, biographie.

— Jules Harmand. — Le Rôle Politique des Colonies et la Défense de l'Indo-Chine (*Revue bleue*, 2 nov. 1907, pp. 545-551.)

— Paul Lechesne — Notations lointaines — Indo-Chine Réflexions (1905) Actualités (1906) Possibilités économiques (1906-1907). Paris, la Librairie mondiale, s. d. [1907], in 8, pp. 328.

Mayenne, Imprimerie Ch. Colin.

— Cahiers des colons de l'Indo-Chine Française 1907. — Hanoi-Haiphong, Impr. L. Gallois, 1907, in-8, pp. 26.

(Questions contemporaines.)

— Ce qui se passe aux colonies. Les immortels principes! Tous les Français sont égaux devant la loi... (Déclaration des droits de l'Homme et du Citoyen 1789.) Il ne peut y avoir d'égalité entre un Européen et un Indien... (Duranton, président de la Commission municipale à Saigon.) La question des Indiens Citoyens français en Cochinchine. — Saigon, Imprimerie 157 bis, Rue Catinat, 1907, in-8, pp. 40.

— Notes et Appréciations sur la situation du Tonkin au 4 décembre 1899 par Monseigneur Puginier, vicaire apostolique. (*Bull. Soc. Géog. Rochefort*, XXIX, 1907, pp. 17-33.)

Voir col. 1626.

— La situation politique en Annam. (*Bull. Com. Asie franç.*, Mars 1908, pp. 118-119.)

— L'activité indigène en Cochinchine. (*Bull. Com. Asie franç.*, Avril 1908, pp. 149-150.)

— Troubles indigènes [en Annam]. (*Bull. Com. Asie franç.*, Mai 1908, pp. 199-200.)

— Discours de M. Emile Senart, président du Comité, au déjeuner du Mercredi 24 Juin 1908. (*Bull. Com. Asie franç.*, Juin 1908, pp. 214-216.)

— Les troubles en Annam. (*Bull. Com. Asie franç.*, Juin 1908, pp. 247-248.)

— Les relations entre chefs de province et colons. (*Bull. Com. Asie franç.*, Juillet 1908, p. 293.)

— Les manifestations au Tonkin. (*Bull. Com. Asie franç.*, Août 1908, pp. 331-332.)

D'après le *Courrier d'Haïphong* du 30 juin 1908.

— Un épisode au Tonkin en 1893. Par Maurice Dumat. (*Bull. Com. Asie franç.*, Sept. 1908, pp. 375-382.)

— Lieutenant-Colonel F. Bernard. — La Réforme de l'Indo-Chine. (*Revue de Paris*, 1er Oct. 1908, pp. 636-672.)

— Une importante arrestation à Saïgon [M. Gilbert Chieu]. (*Bull. Com. Asie franç.*, Déc. 1908, pp. 522-523.)

— Situation de l'Indo-Chine de 1902 à 1907. Saïgon, Imp. M. Rey, 1908, in-8, pp. 484, 484.

— La Vie européenne au Tonkin. Par M. Alfred Meynard. (*Bul. Soc. Géog. Marseille*, 1908, pp. 60-74.)

(Questions contemporaines.)

— Institution de Commissions régionales tonkinoises. (*Bull. Com. Asie franç.*, Janvier 1909, p. 38.)

— Le Cinquantenaire de la Cochinchine. (*Bull. Com. Asie franç.*, Février 1909, pp. 76-77.)

— La décentralisation en Indo-Chine. (*Bull. Com. Asie franç.*, Mars 1909, pp. 125-126.)

Extrait du *Journal officiel*, 21 mars 1909.

—— Conférence de M. Ch. Prêtre. Un essai d'éducation sociale au Tonkin [Faite au Siège du Comité de l'Asie française, le 19 Mars 1909]. (*Bull. Com. Asie franç.*, Avril 1909, pp. 147-151.)

— Une Interpellation sur l'Indo-Chine. (*Bull. Com. Asie franç.*, Avril 1909, pp. 151-152.)

Francis de Pressensé, 2 avril.

— La situation en Indo-Chine. (*Bull. Com. Asie franç.*, Avril 1909, pp. 170-171.)

—— Doan-Vinh-Thuan, Avocat à la Cour d'Appel de Nancy. — La France d'Asie et son Avenir. (*Revue Coloniale*, Avril 1909, pp. 193-210; Mai, pp. 290-307; Juin, pp. 335-354; Juillet, pp. 405-417.)

—— *L'Indochine autonome et parlementaire. Par Doan-Vinh-Thuan, Docteur en droit, avocat à la Cour d'Appel de Nancy. Imprimerie Edg. Thomas, Malzéville-Nancy, 1913.

—— Le mouvement révolutionnaire chinois au Tonkin en 1907 Par Jean Thibaut. (*Revue indochinoise*, Août 1909, pp. 803-809.)

— Préparation du cahier des charges. (*Bull. Com. Asie franç.*, Sept. 1909, p. 394.)

— Indo-Chine. (*Annales Sciences politiques*, 15 nov. 1909, pp. 808-811. Par Charles Mourey.)

—— Francis Mury... — Les Troubles dans l'Inde et en Indo-Chine. — Les Fautes des Anglais & des Français. Rouen, Société normande de Géographie, 1909, in-4, pp. 27.

—— La Vérité sur la Cochinchine et sur la mission du Lieutenant-Colonel Bernard Par l'explorateur Combanaire. — Saigon, F.-H. Schneider, Imprimeur-Editeur, 1909, in-8, pp. 152.

— Choses d'Indo-Chine — A propos de la dernière discussion au Sénat. (*Bull. Com. Asie franç.*, Avril 1910, pp. 183-190.)

— L'affaire de Gia-dinh. (*Bull. Com. Asie franç.*, Juin 1910, pp. 280-281.)

Extr. de l'*Opinion*, de Saïgon.

—— Stations sanitaires. Par Léon Hautefeuille, chargé de mission agricole. (*Revue indochinoise*, Novembre 1910, pp. 447-466.)

—— L'Asie en 1910. (*Asie française*, Décembre 1910, pp. 516-538.)

Indochine, par P. D., pp. 516-522; *Chine*, pp. 522-531, par A. M.

—— *La France en Indochine, par Henri Lorin. (*Revue Économique internationale*, Déc. 1910, pp. 445-478.)

— Problèmes du Haut Tonkin Par Robert de Caix. (*Revue Indochinoise*, Mars 1911, pp. 295-299.)

—— Les enseignements du débat sur l'Indochine Par Robert Dalcan. (*Asie française*, Avril 1911, pp. 162-170.)

Rapport Viollette.

— Inventaire de la propriété publique en Cochinchine. (*Asie française*, *Bull.*, Juin 1911, p. 295.)

— Un témoignage autorisé sur la situation de l'Indochine. (*Revue Indochinoise*, Août 1911, pp. 198-200.)

Tiré de la *Quinzaine coloniale*.

— Le payement d'avances sur le compte d'assistance indochinois. [Décret du *Journal Officiel* du 23 août 1911, précédé d'un rapport.] (*Asie française*, Août 1911, p. 372.)

— Avances au titre du compte d'assistance. [Décret du *Journal Officiel* du 19 sept. 1911.] (*Asie française*, Sept. 1911, p. 422.)

—— L'Indochine au Parlement Par Robert Dalcan. (*Asie française*, Décembre 1911, pp. 530-535.)

—— Ministère des Colonies. — Indochine. — Situation générale de la Colonie pendant l'Année 1911. — Saigon, Imprimerie commerciale Marcellin Rey, C. Ardin, successeur, 1911, in-4, pp. 130 + 1 table.

—— Année 1912. — Hanoi-Haiphong, Imprimerie d'Extrême-Orient, 1913, in-4, pp. 124+1 table.

—— L'évolution nécessaire en Indo-Chine Par Pierre Khorat. (*Le Correspondant*, 10 février 1912, pp. 417-446.)

Pierre Khorat = Commandant Ibos.

—— L'unité de pensée et l'unité d'action nécessaires en Indochine Par Ch. Fournier-Vailly. (*Asie française*, Juin 1912, pp. 223-232.)

— La réorganisation de la région frontière au Tonkin. (*Asie française*, Oct. 1912, pp. 437-438.)

— La situation économique dans l'Extrême-Orient français. (*Bull. Soc. Ét. col. et mar.*, 1912, pp. 275-276.)

— *L'Indochine contemporaine : M. Charles. Par C. Ardin. (*Revue France d'Indochine*, Novembre 1913.)

—— *L'affaire du complot de Saigon-Cholon par *** (*Quinzaine coloniale*, 10 janvier [1914].)

—— Le loyalisme annamite Par Ch. Fournier Vailly. (*Asie française*, 1914, pp. 27-29.)

— L'arrestation et l'évasion de Pham boi Chau. (*Asie française*, Janvier 1914, pp. 29-30.)

— Les troubles à la frontière sino-tonkinoise. (*Asie française*, Avril 1914, p. 158.)

— La protection de la propriété. (*Asie française*, Mai 1914, p. 208.)

—— Bibliothèque de la Société des Études Coloniales et maritimes 10, rue Herran, Paris (XVIe) Paul Lechesne — Le Devoir de la France en Indochine — Extrait de la *Revue des Questions Coloniales et Maritimes* (Novembre et Décembre 1913, Janvier et Février 1914) Carte de l'Indochine Six Illustrations — Thouars Imprimerie nouvelle — 1914, gr. in-8, pp. 56.

— *La situation de l'Indo-Chine par ***. (*Quinzaine coloniale*, 25 janvier [1914].)

— La situation économique. (*Asie française*, Juin 1914, pp. 251-252.)

ANGLETERRE.

—— Introduction to Mr. Bowyear's Voyage to Cochinchina, by A. Dalrymple. (Dalrymple, *Oriental Repertory*, I, pp. 63-68.)

—— Letter to the King of Cochin-China, Mr. Bowyear's Instructions, and Mr. Bowyear's Journal, 1695-1697, and King of Cochin-China's Letter. (*Ibid.*, pp. 69-94.)

—— A Narrative of a Voyage to Cochin China, together with a sketch of the Geography of that country, and Some particulars of the Manners, Customs, and History of its Inhabitants, by Mr. Chapman. (*Asiatic Annual Register*, 1801, pp. 66-89, *Miscel. Tracts.*)

Cette relation n'avait jamais été imprimée. — Voir sur le même sujet le voyage de Barrow en Cochinchine, et le voyage de Macartney par Staunton.

—— Narrative of a Voyage to Cochin China. By Charles Chapman Esq. (*Journ. Indian Archip.*, VI, 1852, pp. 290-302, 349-368.)

Voir H. Cordier, *Conflit entre la France et la Chine*, pp. 22-31.

— Cochin China. Extract of a letter, dated 18th April, 1818. (*Indo-Chinese Gleaner*, VII, Jan. 1819, pp. 14-15.)

— Tonquin. Extracts of a letter dated 18th March, 1818. (*Indo-Chinese Gleaner*, VII, January, 1819, pp. 15-16.)

—— John Barrow. — Voir col. 2424-2425.

—— John Crawfurd. — Voir col. 975-978.

— Résumé des Ambassades des Anglois a Siam et a la Cochinchine. (Extrait et traduit des journaux anglais de Calcutta. (*Nouv. Ann. Voyages*, XXVI, 1825, pp. 182-215.)

—— England and France in Indo-China. By General Sir H. N. D. Prendergast, K. C. B. V. C., R. E. (*Imp. & As. Quart. Rev.*, N. S., VII, 1894, pp. 1-14.)

—— La France et l'Angleterre en Indo-Chine. Par Ch. Lemire. (*Revue bleue*, 15 sept. 1894, pp. 325-333.)

—— Une factorerie anglaise au Tonkin au XVIIe siècle (1672-1697. [I. — Inventaire et description des documents manuscrits de l'*India-Office.*]) Par Charles B. Maybon. (*Bull. École franç. Ext.-Orient*, X, Janv.-Mars 1910, pp. 159-204.)

—— Extrait du *Bulletin de l'École française d'Extrême-Orient* (Tome X, N° 1, Janvier-Mars 1910). — Une factorerie anglaise au Tonkin (1672-1697) par Charles B. Maybon... Hanoi, Imprimerie d'Extrême-Orient, 1910, in-8, pp. 46.

— Les marchands étrangers sur le Fleuve Rouge au XVIIe siècle. (*Asie française*, Sept. 1910, pp. 393-398).

D'après *Une factorerie anglaise au Tonkin au XVIIe s.* par Ch. B. Maybon, et un art. de M. Villars, *Revue de Paris*, t. VI.

— Variétés. Les marchands étrangers sur le Fleuve Rouge au XVIIe siècle Par Albert Maybon. (*Revue Indochinoise*, Mars 1911, pp. 286-294.)

XVII. — LES ANNAMITES DANS LES PAYS ÉTRANGERS.

—— Voyage de deux Annamites de Braké, province de Phuyen (Annam), à Somboc sur le Mékong (Cambodge). (*Bull. Soc. Géog. Com.*, IX, 1886-1887, pp. 588-590.)

—— Như Tây Nhựt Trình De Saigon a Paris par Trương-minh-Ký Ouvrage subventionné par le Conseil colonial de la Cochinchine française en sa séance du 15 décembre 1888. — Saigon, Rey & Curiol, 1889, in-8, pp. 64.

Sans caractères.

—— Paris Capitale de la France — Recueil de vers composés par Nguyen-trọng-hiệp dit Kim-giang, Văn-minh-diện Đại-học-sy Commandeur de la Légion d'honneur. Hanoi, Imp. Typo-lith. F.-H. Schneider, 1897, gr. in-8, sans pagination, 3 ff. prél. + pp. 72 pour le texte annamite et la trad. française.

Le dernier chap. chiffré 其三十六 et XXXVI.

—— Une description de Paris par un Annamite Par M. Jules Claretie. (*T'oung Pao*, X, N° 4, Oct. 1899, pp. 405-409.)

Extrait du *Temps*, 13 janvier 1898.

—— A la mémoire de Khatanarak Roun Rœum, pupille du Comité Paul-Bert de l'Alliance française de Paris, 1894-1913 (par Cavaillès). — Tours, Impr. de E. Arrault (1914), in-8, pp. 10, port.

Alliance française. — Comité Paul-Bert. — Patronage des Etudiants indochinois en France.

—— A la mémoire de Nguyên-văn-Dáng, né le 1er juillet 1894, à Nam-Dinh, Tonkin, pupille de l'Instruction occidentale, de Hanoï, et du Comité Paul-Bert, de Paris, décédé à Dijon (Côte-d'Or), le 14 janvier 1912. [Signé : Puget]. — Tours, impr. de E. Arrault (1913), in-8, pp. 20, port., fig.

XVIII. — DIVERS.

— Le Tonkin et nos anciens élèves. (*Bull. de l'Ass. des anciens élèves de l'école sup. de commerce et de tissage de Lyon*, N° 24, 19 fév. 1887, p. 107.)

Let. de Ulysse Pila, Haï-Phong, 4 déc. 1886.

— Le Droit à la vie Par Charles Jourdan, Avocat-défenseur, Chevalier de la Légion d'honneur, Membre du Conseil privé, Vice-président du Conseil colonial. — Saigon, Claude & Cie, Imprimeurs-Éditeurs, 1897, in-8, pp. 107.

— La propagande anti-alcoolique. — Anecdote tonkinoise par un X***. (*Revue indo-chinoise*, 15 janvier 1905, pp. 61-63.)

— Premier cahier [au 3e cahier] de la première série. Ernest Babut. Les trois Paul, Bert, Doumer, Beau (Vingt ans de politique indigène au Tonkin). — Cahiers indo-chinois Paraissant douze fois par an, Hanoi (Tonkin), 90, Rue des Pavillons Noirs, s.d. [1906], in-8, 3 cahiers, pp. 104.

— Cinquième cahier de la première série. Ernest Babut. Un livre de diffamation indo-chinoise. Les Civilisés Par Claude Farrère. Le prix de ce cahier est de 0 $ 50. — Cahiers indo-chinois, 90, Rue des Pavillons Noirs, 90, Hanoi (Tonkin), in-8, pp. 32.

Au titre, page 2, on lit :

Un livre de diffamation indo-chinoise. Les Civilisés par Claude Farrère. Dédié aux membres de l'Académie Goncourt.

1907. — Imprimerie L. Gallois. — Hanoi-Haiphong. Caractères de la fonderie L. Gallois.

— La mutualité indigène au Tonkin. Par Z. (*Revue Indo-Chinoise*, 30 décembre 1906, pp. 1927-1931.)

Cf. Prêtre, *Bul. écon.*, Nov. 1906.

— M. Macey Administrateur des Services Civils de l'Indo-Chine. Extrait des Profils indo-chinois. Matériaux pour un dictionnaire de biographie et de bibliographie Indo-chinoise Réunis par Henri Oger, élève de l'École Coloniale et de l'École Pratique des Hautes Études (à la Sorbonne). — Imprimerie de l'Avenir du Tonkin, Éditeur, Maliverney, Administrateur-Gérant, 114, Rue Jules Ferry, Hanoi, Juin 1909, in-4, pp. 40.

— *Hong-Cao-Khai, ancien Kinh-luọc du Tonkin. — En Annam, Imprimerie Express, Hanoi, 1910.

Notice : *Revue indo-chinoise*, Juillet 1910, pp. 80-91. Par R. C.

Extr. de l'*Asie française*.

— Antoine Brébion. — Livre d'Or du Cambodge, de la Cochinchine et de l'Annam. 1625-1910. — Biographie et bibliographie. — Prix : 4 francs — Saigon, F.-H. Schneider, 1910, in-8, pp. 79.

Notice : *Bull. École franç. Ext.-Orient*, X, Juill.-Sept. 1910, pp. 618-619. Par Charles B. Maybon.

— Conférence sur l'aviation faite à la Société des Études Indochinoises Par M. G. Freyssenge Avocat près la Cour d'Appel de l'Indochine le 26 février 1912 — (*Bull. Soc. Études indochinoises Saigon*, N° 61, 2e semestre 1911, pp. 5-28.)

— Cochinchine Française. Phi Công Phú Mémorandum George Verminck [l'aviateur]. Par Lê-hoàng-Mưu et Hò-van-Lang, Secrétaire du Syndicat d'Initiative du Sud-Indochinois. Già bàn : 0 $ 15. Tous droits réservés. — Saigon, Imprimerie Commerciale C. Ardin, 1913, in-8, pp. 23.

— Nguyen-Khac-Hue, Instituteur principal à l'École de Bentré. — Mémoire laissé à la postérité comme expression d'adieux et rédigé pendant sa dernière maladie par Mai-thanh-Cong Chef de 2e classe du canton de Bao-thanh, province de Bentré. (*Bull. Soc. Et. Indochinoises*, No. 60, 1er sem. 1911, pp. 19-21.)

— Les travaux du marquis de Barthélemy à Camranh. (*La Géographie*, 15 avril 1912, pp. 301-302.)

— L'Évolution économique et sociale au pays d'Annam. Conférence faite par M. Charles Prêtre à l'École Coloniale. (*Asie française*, Avril 1912, pp. 149-152.)

— 復禮新書 Phục lễ tân thó Par Trần-khắc-Kỷ, Instituteur principal de 1re classe Secrétaire à la Direction de l'Enseignement en Cochinchine. Ouvrage dont la publication est autorisée par M. le Gouverneur de la Cochinchine. Tous droits réservés. — Saigon, Imprimerie F.-H. Schneider, Mai 1913, in-8, pp. 16.

Hommage de reconnaissance [à la France].

OUVRAGES D'IMAGINATION.

— Le Pays de la Fortune (Critique) Con-lang-dồng-bạc par MM. L. Riotor et G. Leofanti. (*Bull. Soc. Ét. indo-chinoises de Saigon*, 1895, 1er fasc., pp. 39-45.)

— Jules Boissière. — Fumeurs d'Opium. Paris, E. Flammarion, 1896, in-12, pp. 383.

— Jules Boissière — Fumeurs d'Opium Comédiens Ambulants... Louis Michaud, Paris, s. d. (1910), pet. in-8, pp. 315 + 1 p. n. ch.

Publié sous les auspices des Français d'Asie. — 90 ex. numérotés sur vergé de Hollande, signés par Mme Térèse Boissière.

— Jules Boissière. Par Albert Maybon. (*Revue indochinoise*, Août 1910, pp. 95-109.)

10-15 novembre 1909.

— Essai sur la vie et l'œuvre de Jules Boissière Par René Crayssac. (*Revue Indochinoise*, Juill.-Août 1912, pp. 24-59; portr.)

— Comité Boissière. (*Revue Indochinoise*, Oct. 1912, p. 355.)

— Silhouettes Tonkinoises par Louis Peytral — Illustrations de Gayac Berger-Levrault et Cie, éditeurs Paris... Nancy... 1897, in-18, pp. VI-262, ill.

Avait paru dans *L'Indépendance tonkinoise*, 1890-1891.

— Collection Roy — Petite Bibliothèque Omnibus illustrée — Khi-hoa par Henri Monet — Ancienne Maison F. Roy éditeur H. Geffroy, successeur, Paris, 2 vol. in-16, pp. 189 + 1 f. n. ch. tab., 176.

— La Résidence de Nha-trang du protectorat de l'Annam du Sud Par Th. Véron Officier de l'Instruction publique et Lauréat de l'Académie française — Poitiers, Chez l'Auteur, [1897], pet. in-8, pp. 52.

Vers.

— *Les croisières ensoleillées par Henry Reboul, F. H. Schneider, Hanoi.

Notice : *Revue Indo-Chinoise*, 30 déc. 1905, p. 1833, par P. de la Brosse.

— Les aventures de Tu-thuk. Par Lê-van-Chinh. (*Revue Indo-Chinoise*, 15 janvier 1907, pp. 36-41.)

— Jean Ricquebourg — La Terre du Dragon — Paris, E. Sansot, 1907, in-18, pp. 298 + 1 f. n. ch. tab.

Avant-Propos. — I. — La Légende de la Montagne de Marbre. — II. — Les Tombeaux des Empereurs d'Annam. — III. — Une Réception à la Cour de Sa Majesté Thành-Thái. — IV. — Le Bonze. — V. — Tri, le Menuisier. — VI. — Le Réveil de la Cái-Nhà. — VII. La Rizière de Trân-Câu. Voir col. 1549.

— *Jean Ricquebourg — L'encens et le riz.

Notice : *Revue Indochinoise*, Mai 1912, pp. 528-532.

— L'homme heureux Par Jean Ricquebourg. (*Revue indochinoise*, Mars 1914, pp. 299-300.)

— Contes et Croquis Tonkinois. Par Henri Laumônier. — Hanoi-Haiphong, Imprimerie d'Extrême-Orient, 1909, in-4, pp. 139 + 1 table.

— Au Tonkin. — Au temps des embuscades, 1890-1895, par Henri Laumônier. — Hanoi, Imprimerie de l'Avenir du Tonkin, 1912, in-8, pp. 208 + 1 table.

— Henri Laumônier. Trois années de poste. Roman Tonkinois. — Hanoi, Imprimerie de l'Avenir du Tonkin, in-8, pp. 403.

—— Essais et distractions. Poésies Par René Guillon. — Hanoi, Imprimerie G. Taupin et Cie, 1911, in-8, pp. 54 + 1 table.

—— *Émile Nolly. — Hièn le Maboul (Roman). Préface d'André Rivoire. Paris, C. Lévy, 1909, in-12.

—— *Émile Nolly. — La Barque Annamite (Bibliothèque Charpentier).

Notice : *Revue Indochinoise*, Mars 1911, pp. 304-307. Par Albert de Pouvourville.

— *Asie française*, Mars 1911, p. 204.

Émile Nolly, *pseud.* du cap. Détanger du 43e d'inf. coloniale, blessé le 31 août; † le 5 sept. 1914 à l'hôpital de Blainville-sur-l'Eau (Meurthe-et-Moselle); né à Izieux (Loire), en 1880.

—— Marcel Prévost. — Émile Nolly, tué à la guerre. (*Revue de Paris*, 1er déc. 1914, pp. 129-146.)

—— Louis Ganderax. — Un soldat écrivain — Émile Détanger tué à l'ennemi. — A Maurice Barrès. (Feuilleton du *Figaro*, 12 et 13 nov. 1914.)

—— * Jean d'Estray. — Thi-Sen, la petite amie exotique. Prix national 1911, Paris, Maurice Bauche, éditeur.

Notice : *Revue Indochinoise*, Mai 1912, pp. 527-528.

—— L'Indochine au Théâtre — A propos des «Sauterelles» de M. Emile Fabre et du rôle de Nam Trieu par le Capitaine Jules Roux... Extrait de la «Revue Indigène»... Paris, Ernest Leroux, 1912, in-8, pp. 12.

—— Heures d'Annam Par G. Cordhéri. (*Revue indochinoise*, Mars 1913, pp. 245-259.)

—— Heures d'Annam. — II. Nelumbos sacrés et lotus roses — En forêt — Po-nagar — Fabricant de cercueils — Survivances — Agonies. Par G. Cordhéri. (*Revue indochinoise*, Mai 1913, pp. 537-547.)

—— Jean Jacnal — Rêves d'Annam — Paris, Augustin Challamel, 1913, in-12, pp. 317.

Poésies.

— Crachin Par René Crayssac. (*Revue indochinoise*, Juin 1913, pp. 645-646.)

—— La danse des lucioles Par de Barthelemy. (*Revue indochinoise*, Juin 1913, pp. 654-660.)

—— En écoutant bruire les feuilles Par Jean Marquet. (*Revue indochinoise*, Juillet 1913, pp. 37-52.)

—— Pon le niais Par Jeanne Leuba. (*Revue indochinoise*, Mai 1913, pp. 515-520.)

—— Au tombeau de Nghi-Thien — Thi-Ba par Jeanne Leuba. (*Revue indochinoise*, Octobre 1913, pp. 439-442.)

—— Loin du monde Par Jeanne Leuba. (*Revue indochinoise*, Juin 1914, pp. 563-573.)

— Croisière Par Yves Sauvion. (*Revue indochinoise*, Janvier 1914, pp. 71-74.)

—— *Jean Ajalbert. — Les Nuages sur l'Indo-Chine.

Notice par Marius-Ary Leblond. (*La Revue du Mois*, 10 janvier 1914, pp. 120-123.)

—— Sous le masque Par Jean Renaud. (*Revue indochinoise*, Janvier 1914, pp. 37-60, fig.)

CAMBODGE.

I. — OUVRAGES GÉNÉRAUX.

Gaspar da Cruz.

—— Tractado em que se // cõtam muito por estẽso as cousas // da China, cõ suas particulari // dades, ꝛ assi do reyno dormuz // cõposto por el. R. padre frey // Gaspar da Cruz da ordẽ // de sam Domingos. // Dirigido ao muito poderoso Rey dom // Sebastiam nosso señor. // Impresso com licença. 1569, pet. in-4, de ff. 88 n. ch. — Sig. *a-l* par 8.

Lettres gothiques. Au-dessus du titre précédent un écusson; le titre encadré. — A la fin : *Foy impresso este tratado da // China, na muy nobre ꝛ sempre leal cidade de Euora // em casa de Andre de Burgos impressor ꝛ caua // lleiro da casa do Cardeal Iffante. Acabou // se aos. .xx. dias de feuereiro de mil qui // nhentos ꝛ setenta.*

Très rare. — Bib. nat., O $\frac{2}{1}$ n.

—— Tractado em que se contam muito por estenso as cousas da China, com suas particularidades, e assi do reyno dormuz composto por el R. Padre Frey Gaspar da Cruz da ordem de Sam Domingos. Dirigido ao muite poderoso Rey Dom Sebastiam nosso señor. Impresso com licença, 1569. Segunda ediçao. Lisboa, na Typographia Rollandiana, 1829, in-16 [occupe 195 pages dans le Vol. IV des Voyages de Pinto publiés à Lisbonne en 1829].

—— A Treatise of China and the adioyning Regions, written by Gaspar Da Crvz a Dominican Friar, and dedicated to Sebastian King of Portugall; here abbreuiated. (Purchas, *His Pilgrimes*, III, lib. I, C. X, pp. 166 et seq.)

***

—— Antonio de Morga, 1609. — Voir col. 713.

—— * Biography of Dr. Jose Rizal, the distinguished and talented Philippine Scholar and Patriot, infamously shot in Manila on December 30th, 1896. Published in a special supplement for the International Archives of Ethnology, Volume X, 1897, by Dr. Ferdinand Blumentritt, Regius Professor in the University of Leitenerilz, Austria. Translated from the original German, with notes and an Epilogue, by Howard W. Bray. *Deus et Libertas.* Singapore, Kelly & Walsh, 1898, in-8, pp. 51.

Tiré à 300 ex.

—— Peter Heylin, 1625. — Voir col. 714-715.

—— Chaulmer, 1654. — Voir col. 720.

—— La Bissachère, 1811, 1812. — Voir col. 997-998.

Tchen la.

—— Description du Royaume de Camboge, Par un voyageur chinois qui a visité cette contrée à la fin du XIIIe. siècle; précédée d'une Notice chronologique sur le même pays, extraite des Annales de la Chine; Traduites du chinois par M. Abel-Rémusat. (*Nouvelles Annales des Voyages*, III, 1819, pp. 5-98.)

—— * Description du royaume de Camboge, par un voyageur chinois qui a visité cette contrée à la fin du XIIIe siècle; précédée d'une Notice chronologique sur le même pays, trad. du chinois, par M. Abel-Rémusat (avec une carte). Paris, Smith, 1819, in-8.

Tiré à petit nombre. (Cat. Rémusat, 1240.)

Avait d'abord paru dans les *Nouv. An. des Voyages*, Vol. III. — Réimp. dans les *Nouv. Mél. As.*, I, pp. 75-152 sans la carte. Cette trad. est faite d'après le 眞臘風土記 *Tchen la foung tou ki*, du *Pien yi tien* 邊裔典, section du *Tou chou tsi tch'eng* 圖書集成; le texte chinois du *Pien yi tien* a été reproduit par Klaproth dans sa *Chrestomathie chinoise* (1833).

—— 眞臘風土記 Mémoires sur les coutumes du Cambodge, par Tcheou Ta-Kouan [周達觀] traduits et annotés par M. Paul Pelliot, professeur à l'École française d'Extrême-Orient. (*Bull. École française Ext.-Orient*, II, N° 2, Avril 1902, pp. 123-177.)

—— 眞臘風土記 Mémoires sur les coutumes du Cambodge Par Tcheou Ta-Kouan traduits et annotés par Paul Pelliot professeur de chinois à l'École française d'Extrême-Orient — (Extrait du *Bulletin de l'École française d'Extrême-Orient*, Vol. II, 1902) — Hanoi F.-H. Schneider, imprimeur-éditeur — 1902, in-8, pp. 55.

—— Tchin-la 眞臘. (*Ethnographie des Peuples étrangers à la Chine*... par Ma Touan-lin trad... par le Mis. d'Hervey de Saint-Denys — *Méridionaux* — 1883, pp. 476-488.)

—— Le Tcheng-la (Cambodge) d'après les historiens chinois (Extrait du manuscrit n° 289, Bibliothèque nationale, fonds chinois) — Traduction publiée avec une introduction et des notes par le Mis de Croizier. (*Mém. Soc. Acad. Indo-Chinoise*, I, 1879, pp. 163-173.)

—— Le Tchin la. (E. Aymonier, *Le Cambodge*, III, pp. 399 seq.)

* * *

(Tchen la.)

—— C.-E. Bouillevaux, 1858-1874. — Voir col. 1533-1534.

—— Notes on the Antiquities, Natural History, &c., &c., of Cambodia, compiled from Manuscripts of the late E. F. J. Forrest, Esq., and from information derived from the Rev. Dr. House, &c., &c. By James Campbell, Esq., Surgeon R. N... Read, June 27, 1859. (*Jour. Roy. Geog. Soc.*, XXX, 1860, pp. 182-198.)

—— Petrus Truong-vinh-ky. — Notice sur le Royaume de Khmer ou de Kambodje. (*Bull. Soc. Géog.*, 1863, Juillet-Déc., pp. 326-332.)

—— Du royaume fort riche de Tchin-la ou du Cambodge près Saïgon et de l'importance de son occupation Par le Chevalier de Paravey Ancien inspecteur de l'Ecole polytechnique, et Fondateur de la Société asiatique. (Extrait des *Annales de la Légion d'Honneur*, 1er avril 1864.) Pièce in-8, pp. 7.

Paris, le 12 mars 1864.

Paris — Imprimerie de E. Donnaud, 9 rue Cassette.

—— Lettres sur le Cambodge, traduites du Cambodgien. (*Revue maritime et coloniale*, Juin 1865, pp. 403-412.)

D'après le *Courrier de Saigon*.

—— Question de Cochinchine — Aperçu sur le Cambodge et sur le Laos par M. Gelley. Paris, Typ. Vert Frères, rue du Pourtour-St-Gervais, 8. — 1865, in-8, pp. 31.

—— Lettre sur le Cambodge, par P. Le Faucheur, Chevalier de l'Ordre Royal, Décoré de la Médaille d'or du Cambodge, etc., etc.... Paris, Challamel aîné, 1872, gr. in-8, pp. 60 + 4 photogr.

Pages 49-60 : Lettre sur le Cambodge, par un Cambodgien. [Traduit du cambodgien par le Capitaine Savin de Larclauze, † 1867.]

(Divers.)

— Ch. Lemire. — Cochinchine française et Royaume de Cambodge. — Voir col. 1536.

Notice : *Revue d'Ethnographie*, III, 1884, pp. 431-435, par J. Montano.

— Ch. Lemire, Les Cinq Pays de l'Indo-Chine, 1899. — Voir col. 743.

— Les idées morales et religieuses dans la Cochinchine française et au Cambodge. Par Jules Soury. (*République française*, 8 sept. 1877, feuilleton.)

A propos de la *Cochinchine française et le Cambodge*, 2e éd., de Lemire.

— On Cambodia By the late King of Siam. [Communicated by Mr. Reed of Singapore to Mr. Samuel Mossman.] (*Phœnix*, No. 18, Dec. 1871, pp. 85-88.)

— Le Cambodge et les Régions inexplorées de l'Indo-Chine centrale, par L. Delaporte, Lieutenant de vaisseau, chef de la mission d'exploration aux ruines Khmers. (*Bull. Soc. Géog.*, 6e Série, IX, 1875, pp. 193-202.)

— Mes notes sur l'Indo-Chine (1864-1877) — Aperçu historique et géographique sur les Khmers. S. l. n. d., in-8, pp. 88.

Par Frédéric Thomas Caraman. — Bib. nat., $\frac{O^2 l}{15^2}$

— Aperçu sur le Royaume de Cambodge, par L. Bazangeon, Conseiller à la Cour de Saïgon. (*Bull. Soc. Géogr. de Lyon*, n° 22, 1881, pp. 157-166.)

— Le Maha Nocor Khmer. L'illustre Royaume du Cambodge. Par M. Bartet, cap. d'infanterie de marine. (*Bull. Soc. Géog. Rochefort*, III, 1881-1882, pp. 283-316.)

— Le Maha Nokor Khmer L'illustre Royaume du Cambodge par M. Bartet, Capitaine d'Infanterie de Marine. Rochefort, Imprimerie A. Triaud, 1882, in-8, pp. 35.

— Rapport Présenté par M. Vienot sur la brochure de M. Bartet, intitulée : Le Maha Nokor Khmer — (Séance du 6 avril 1883.) (*Bull. Soc. Et. indo-chinoises de Saïgon*, 1883, 2e fasc., Avril-Juin, p. 63.)

(Divers.)

— Du culte en honneur à Angcor-Vat (Cambodge). Etudes complémentaires sur le Maha Nokor Khmer par M. Bartet. Br. in-8, pp. 7.

Extrait du *Bulletin de la Société de Geographie de Rochefort* (Tome IV, Année 1882).

Jean Moura.

† à Moissac, 17 mai 1885.

— Origine, mœurs et monuments des Cambodgiens; les aborigènes du sud de l'Indo-chine. Par M. Moura. (*Bull. Soc. Géog. Toulouse*, 1882, pp. 181-195.)

— Le Royaume du Cambodge. Par Moura, Ancien représentant de la France au Cambodge, membre honoraire. (*Bull. Soc. Géogr. comm. Bordeaux*, 1882, pp. 300-304, carte; pp. 335-343, 393-397, 437-444, 459-465.)

— Le Royaume du Cambodge par J. Moura Ancien Officier de Marine, ancien Représentant du Gouvernement français au Cambodge... Paris Ernest Leroux, éditeur... — 1883, 2 vol. gr. in-8, pp. VIII-518, 479 + 2 ff. n. ch., ill.

Préface du Général Bovet.

— Critique du «Royaume du Cambodge», de M. Moura, par M. Étienne Aymonier. (*Exc. et Recon.*, N° 16, 1883, pp. 207-220.)

— Notice sur *Le royaume du Cambodge* de J. Moura, Paris 1882, par E.-T. Hamy. (*Revue d'Ethnographie*, II, N° 4, Juill.-Août 1883, pp. 355-362.)

— J. Moura, Nécrologie, par E. H.[amy]. (*Revue d'Ethnographie*, IV, N° 4, Juill.-Août 1885, p. 377.)

* * *

— Bibliothèque de vulgarisation. Ad. F. de Fontpertuis — Chine, Japon, Siam & Cambodge. Paris, A. Degorce-Cadot, éditeur, 1882, in-18, pp. IV-312.

Notices : *Ann. de l'Ext.-Orient*, 1882-1883, V, pp. 3-5. (Par Léon Feer.) — *Revue de l'Ext.-Orient*, I, Oct.-Déc. 1882, pp. 646-647.

(Jean Moura.)

—— Le royaume du Cambodge. Par A. Bouinais et A. Paulus. (*Rev. mar. et col.*, Vol. 82, 1884, pp. 517-590.)

—— Le Royaume du Cambodge par MM. A. Bouinais [et] A. Paulus... Paris, Berger-Levrault, 1884, in-8, pp. 76.

Extrait de la *Revue maritime et coloniale.*

—— Le Cambodge. (*Ann. de l'Ext.-Orient*, 1884-1885, VII, pp. 40-43.)

— Camboja. (*France and Tongking*... by J. G. Scott... Lond., 1885, pp. 323 et seq.)

— Cambodja. By E. H. Parker. (*China Review*, XV, p. 251.)

— Le Cambodge. Par M. le Dr. Maurel. (*Bull. Soc. Géog. Rochefort*, VII, 1885-1886, pp. 316-318.)

D'après le *Phare des Charentes.*

—— M. Maurel. — Scientific Mission to Cambodia. (*Popular Science Monthly*, XXX, 310.)

—— Le Cambodge Communication faite à la Société de Géographie commerciale de Bordeaux dans son Assemblée générale du 7 février 1887 par Lafitte. (*Bull. Soc. Géogr. comm. Bordeaux*, 1887, pp. 97-108.)

—— Notes sur le Cambodge Par Lafitte. (*Bull. Soc. Géogr. comm. Bordeaux*, 1887, pp. 545-553, 583-596.)

— Notice sur *Notes sur le Cambodge* du Capitaine Lafitte, *Bull. Soc. Géog. comm. Bordeaux*, 1887, par E. T. Hamy. (*Bull. Géogr. hist. et descr.*, III, 1888, p. 40.)

— Le Cambodge à vol d'oiseau Par M. Cherpin, de la Société des Missions Etrangères de Paris, missionnaire au Cambodge. (*Miss. Cath.*, XXV, 18 août 1893, pp. 394-396.)

—— Le Cambodge en 1893. (*Revue Indo-Chinoise Illustrée*, Sept. 1893, pp. 156-190.)

—— Exposition de Lyon 1894 Section Cambodgienne Notes et Souvenirs sur le Cambodge avec de nombreuses gravures dans le texte par B. Marrot Officier de l'Ordre Royal du Cambodge Délégué par le Protectorat Français pour l'Organisation de l'Exposition Cambodgienne — Prix : 1.50 Grande Imprimerie Forézienne P. Roustan — Roanne, in-8, pp. 78 + 1 f. n. ch. tab.

(Divers.)

Étienne Aymonier.

—— Cochinchine française — Recherches et Mélanges sur les Chams et les Khmers. Par M. E. Aymonier — Saïgon Imprimerie du Gouvernement 1881, in-8, 2 br., pp. 22, 34.

—— Étienne Aymonier. — Le Cambodge et ses Monuments. Paris, Ernest Leroux, 1897, in-8, pp. 36.

Ext. de la *Revue de l'Histoire des Religions.*

—— Le Cambodge actuel. Par M. Henry Faure, de l'Administration du Protectorat. (*Bull. Soc. Géog. Toulouse*, 1898, pp. 72-76.)

—— Le Cambodge I Le Royaume actuel par Étienne Aymonier Directeur de l'École Coloniale — Paris Ernest Leroux, éditeur... — 1900, gr. in-8, pp. xxiii-478, ill.

— *Le Cambodge* I... par Étienne Aymonier. — Par A. Barth. (*Jour. des Savants*, Juillet 1901, pp. 435-451.)

Notice : *Bull. École française d'Ext.-Orient*, II, n° 1, Janv. 1902, pp. 75-85, par A. Barth. [Extrait du *Journal des Savants*, juillet 1901.]

— Le Cambodge Le royaume actuel. Par E. Aymonier. Par L. Delaporte. (*Rev. de Géog.*, XLVII, 1900, pp. 452-457.)

— Le Cambodge d'après M. E. Aymonier. Par Albert Tissandier. (*La Géographie*, 15 août 1901, pp. 104-107.)

—— Le Cambodge II Les provinces siamoises par Étienne Aymonier Directeur de l'École Coloniale — Paris Ernest Leroux, éditeur..... — 1901, gr. in-8, pp. 481 + 1 f. n. ch. er., ill.

—— Le Cambodge III Le groupe d'Angkor et l'Histoire par Étienne Aymonier Directeur de l'École coloniale — Paris Ernest Leroux, 1904, gr. in-8, pp. 818, ill.

Notice : *Revue Hist. Religions*, Janv.-Fév. 1906, pp. 74-82, par Antoine Cabaton.

(Étienne Aymonier.)

—— Index alphabétique pour «le Cambodge» de M. Aymonier, par M. G. Coedès. (*Bull. Com. archéol. de l'Indochine*, 1911, 1re livraison, pp. 85-115; *ibid.*, 2e livr., pp. 117-169.)

—— Index alphabétique pour «le Cambodge» de M. Aymonier par M. G. Coedès. (Extrait du *Bulletin de la Commission archéologique de l'Indochine*, 1911.) Paris, Imprimerie nationale, MDCCCCXI, in-8, pp. 87.

* * *

—— Henri Cordier. — Cambodge. (*Grande Encyclopédie*, VIII, pp. 1042-1046.)

—— L'Indo-Chine française. (Petit, *Les Colonies françaises.*) — Voir col. 1545-1546.

—— Pierre Nicolas, Notices sur l'Indo-Chine, 1900. — Voir col. 1546.

—— Eug. Lagrillière-Beauclerc. — Études coloniales, s. d. [1900]. — Voir col. 1547.

—— * L'Indo-Chine, Cochinchine, Cambodge, Laos, Annam, Tonkin. Texte par Marcel Dubois, Vandelet, Gervais Courtellemont et X. Illustrations d'après nature, par Courtellemont, in-4.

Notice : *Revue d'Europe*, Décembre 1901, p. 520. Par Okhotnik.

—— Notice sur le Cambodge. (*Bull. écon. Indo-Chine*, 1902, pp. 115-122.)

Ext. d'un rapport de M. le Résident supérieur au Cambodge.

—— L'Empire Khmèr. Histoire et Documents par Georges Maspero, Administrateur des Services civils de l'Indo-Chine. — Phnom-penh, Imprimerie du Protectorat, 1904, in-4, 2 ff. n. ch. + pp. 115 + tableau chronol. des rois du Cambodge, 3 ff. n. ch. + tab. des chap., pp. II + index, 1 f. n. ch. + tab. des noms propres des auteurs, pp. X + tab. des inscriptions, pp. II + tab. des noms propres de voyageurs, etc., pp. VII.

Il y a des ex. en grand papier.

—— A propos de l'empire Khmer Histoire et Documents Par A. Raquez. (*Revue Indo-Chinoise*, 30 avril 1906, pp. 587-592.)

A propos de l'*Empire Khmer*, de Georges Maspero.

—— Conférence sur le Cambodge Par Collard, Résident-maire de Phnom-Penh. (*Revue Indo-Chinoise*, 30 janvier 1907, pp. 76-86; 15 février 1907, pp. 170-179.)

Conférence faite à la Société de Géographie de Boulogne-sur-Mer.

—— Antoine Cabaton. — Cambodia. (*Encyclop. of Religion and Ethics* ed. by J. Hastings, Edinb., III, 1910, pp. 155-167.)

—— Le Cambodge et ses ressources. Par P. Guesde, Administrateur des Services civils. (*Revue indochinoise*, Septembre 1910, pp. 218-239.)

Conférence faite à l'*Office Colonial.*

—— George Dürwell. — Ma chère Cochinchine. — Voir col. 1694.

—— * La France d'Asie : Cochinchine, Cambodge, Laos, Annam et Tonkin; excursion au Siam. — Brochure de propagande. 1 franc (librairie Joseph André, rue Bonaparte, 27).

[Eugène Gallois.]

—— Cochin China and Cambodia. (*Quart. Rev.*, CXVI, 283.)

II. — GÉOGRAPHIE.

OUVRAGES DIVERS.

—— Notices of the Coast of Cambodia from Kampot to Chentabon. By Captain G. D. Bonnyman. (*Journ. Ind. Archipelago*, VI, 1852, pp. 117-122.)

—— Geography of Cambodia. (*Journ. Ind. Archip.*, VI, 1852, pp. 173-178.)

Avec une lettre de Mgr. Miche, 3 fév. 1832.

—— Remarks on the South-West Coast of Cambodia. By G. D. Bonnyman. (*Journ. Ind. Archipelago*, VI, 1852, pp. 239-241.)

—— Note sur le Cambodge. — Extrait d'un rapport de M. le Vice-Amiral Bonnard. (*Bull. Soc. Géog.*, 1862, Juillet-Décembre, pp. 395-404.)

—— Géographie du Cambodge par E. Aymonier Lieutenant d'infanterie de marine, Administrateur de 1re classe des Affaires indigènes en Cochinchine. — Paris Ernest Leroux, ... — 1876, in-8, pp. 69 + table et carte.

—— Rapport à M. le Gouverneur sur la mission du Grand-Lac Confiée à M. Buchard, enseigne de vaisseau.

Tiré des *Excursions et Reconnaissances*, n° 5, pp. 243-282.

—— Jammes. — Le grand lac de Tonlé Sap. (*Bull. Soc. Ét. Indo-Chinoises Saigon*, 1897, 1er fasc., pp. 47-48.)

—— Le Bassin du Cambodge par M. Fénal, prof. au lycée de Nancy. (*Bull. Soc. Géog. de l'Est*, II, 1880, pp. 242-266.)

—— Note à MM. les Commerçants de Saigon au sujet de la concession de l'île de Logneu demandée par MM. Pelletier et Mougeot — Programme et fonctionnement de la Société — Saigon, Rey et Curiol, 1888, in-8, pp. 16.

—— Gaston Routier. — Les frontières cambodgiennes et siamoises. (*Revue française*, XIX, 1891, pp. 289-293.)

—— La nouvelle frontière du Cambodge. (*T'oung Pao*, Mai 1907, pp. 295-299.)

Le *Temps*, 10 mai 1907.

—— Note sur les anciennes digues du Cambodge (avec plan) Communiqué à la Société par M. Pierre Passerat de la Chapelle. (*Bull. Soc. Ét. Indo-Chinoises*, 1902, 2e sem., 1902, pp. 39-42.)

Plan par M. Jully, architecte principal des colonies à Madagascar.

—— Note sur les irrigations et la mise en valeur des terrains alluvionnaires de la vallée du Mékong au Cambodge Par Truffot. (*Bull. Soc. Géog. Comm.*, Août 1909, pp. 542-554.)

CARTES.

—— Cartes de l'Amirauté anglaise. Voir col. 749-752.

—— Service hydrographique de la Marine. — Voir col. 751-756, 1579-1586.

—— Notes to accompany a Map of Cambodia. (*Journ. Ind. Archipelago*, V, 1851, pp. 306-311.)

«This map was compiled for the purpose of registering some items of geographical information obtained from Constantine Monteiro, a Native Christian in the service of the King of Cambodia, who was sent to this Settlement in July last, to solicit the aid of the authorities in ridding the Cambodian coasts of the pirates who infested them.»

—— Carte du Roy^me du Cambodge Dressée Par ordre de S. M. Norodon Ier Roi du Cambodge Pour être offerte à la Société de Géographie d'après : les travaux de MM. les Ingénieurs Hydrographes français en 1861 & 1862, pour le petit fleuve, & le G^d fleuve jusqu'à Sombor; les Travaux de la C^on française en 1866 pour le G^d fleuve au dessus de Sombor; et enfin des renseignements particuliers pris auprès des indigènes, par A. Péneaud, secrétaire particulier de S. M. Le Roi du Cambodge. S.d., 1 double f. gr. in-fol.

Carte manuscrite à la Société de Géographie.

—— Carte du Royaume du Cambodge par E. Aymonier, 1 f. in-fol.

Échelle 1/1.390.000. — Gravé par Erhard. — Imp. Monrocq. *Géographie du Cambodge*. — Ernest Leroux, éditeur.

—— Carte du Cambodge exécutée d'après les ordres de M^r. Luce Résident Supérieur M^r. A. Klobukowski Gouverneur Général par M^r. Bornet Chef du Service du Cadastre d'après les levers réguliers des agents européens et indigènes de ce Service, la géodésie et la topographie du Service Géographique de l'Indo-Chine, les itinéraires et renseignements de MM^rs. les Résidents et les reconnaissances des voyageurs. 4 ff. gr. in-fol.

Échelle 1/500.000. — Héliogravé et imprimé par le Service Géographique de l'Indochine, le L^t. Colonel Aubé, Chef de Service.

Notices : *Bull. Soc. Géog. com.*, Mars 1912, pp. 222-224, par Adhémard Leclère; réimp. dans la *Revue Indochinoise*, Juin 1912, pp. 619-620.

— Une carte du Cambodge en cambodgien Par Antoine Cabaton. (*La Géographie*, 15 juin 1913, pp. 477-478.)

A propos de *Nokor Khmèr lok Kédong maha sangrâč bin tomnip čhnàm Kristâng 1900* «[Carte du] royaume du Cambodge, par le P. Guesdon, missionnaire, faite en l'année chrétienne 1900» (Paris, chez l'auteur).

DESCRIPTION PARTICULIÈRE DES PROVINCES.

PHNOM PENH.

— Cambodge. (*Ann. de l'Ext.-Orient*, 1886-1887, IX, p. 96.)

Collège français de Pnom-Penh.

—— Au Cambodge. — La Capitale et la Cour. (*Revue française*, XVIII, 1893, pp. 363-368.)

D'après une correspondance du *Times*.

—— Pnom-Penh. (Voyage au Cambodge.) Par M. J. Agostini. (*Le Tour du Monde*, IV, 1898, pp. 289-300, ill.)

Voyage exécuté en 1893-1894.

—— Voyage à Pnum-penh, Capitale du Cambodge par J. Faivre, Capitaine d'Infanterie de Marine. (*Soc. Bret. Géog. Lorient*, 1900, pp. 67-82, 158-171.)

—— Gaston Donnet. — Au Cambodge. — Phnom-Penh et la cour du roi Norodom. (*Revue bleue*, 18 janvier 1902, pp. 84-88.)

—— Cambodge. — Pnom-Penh. — Guide. Guide-annuaire de la Ville de Pnom-Penh et des Environs. Excursion à Angkor Par Emile Faraut, secrétaire-archiviste de la Chambre de Commerce et d'Agriculture du Cambodge. — Pnom-penh, Imprimerie Coudurier & Montégout, in-8, pp. 76 + 1 plan.

Au titre, page 1, on lit : «... Angkor. Ce guide contient : un plan de la Ville de Pnom-Penh, de nombreuses indications utiles au Voyageur et au Touriste, un plan des ruines d'Angkor et une table des matières par ordre alphabétique... »

Publications périodiques.

—— *L'Impartial*, 7, Rue Félix Faraut, paraissant le Samedi.

—— *Bulletin administratif du Cambodge*, paraît tous les mois.

—— *Bulletin quotidien de la Chambre de commerce et d'agriculture du Cambodge.*

—— *Le Petit Cambodgien*, in-fol., autographié sur 3 col. [1899-1900].

Première année N° 1. — Le numéro 10 cents. — Dimanche 15 octobre 1899. — Journal paraissant à Pnom-penh le jeudi et le dimanche. — G. Potel : Directeur, Rédacteur.

Bib. Nat., Journaux 8053.

—— **Annuaire du Cambodge*, etc. — Phnom-Penh, 1893, etc., in-8.

PROVINCES DIVERSES.

—— Cambodia in 1851. (*Journ. Ind. Archipelago*, V, 1851, pp. 430-438.)

I. Notices of the Port of Kampot, with Directions for the Eastern Channel. By Capt. G. D. Bonnyman.

II. Narrative of an Overland Journey from Kampot to the Royal Residence. By L. V. Helms.

—— Extrait d'une monographie de la province de Kompong-som Résidence de Kampot (Cambodge). Par Adhémar Leclère. (*Bull. écon. Indo-Chine*, 1901, pp. 107-112, 195-199.

—— Histoire de Kampot et de la rébellion de cette province en 1885-1887 Par Adhémard Leclère. (*Revue indo-chinoise*, 30 juin 1907, pp. 828-841; 15 juillet 1907, pp. 933-952.)

—— Adhémard Leclère, Résident de France au Cambodge. — Histoire de Kampot et de la rébellion de cette province en 1885-1886. [Extrait de la *Revue Indo-Chinoise* des 30 juin et 15 juillet 1907.] Hanoi, F.-H. Schneider, 1907, gr. in-8, pp. 34.

—— Publications de la Société des Etudes Indo-Chinoises. — Géographie Physique, Economique et Historique du Cambodge. — Ier Fascicule. — Monographie de la Province de Pursat. — Saigon, Imprimerie F.-H. Schneider, 1906, in-8, pp. 66.

—— La province de Pursat (Cambodge) Par Marguet, Commis des Services civils. (*Revue Indo-Chinoise*, 15 août 1906, pp. 1246-1254; 30 août, pp. 1338-1352; 15 sept., pp. 1425-1430; 30 sept., pp. 1502-1506; 15 oct., pp. 1582-1586; 30 oct., 1660-1667.)

—— Publications de la Société des Etudes Indo-Chinoises. — Géographie Physique, Economique et Historique du Cambodge. — IIe Fascicule. — Monographie de la Province de Kompong-Cham. — Saigon, Imprimerie F.-H. Schneider, in-8.

—— Monographie de la circonscription résidentielle de Kompong-cham Par Baudoin, Administrateur des Services civils. (*Revue Indo-chinoise*, 30 novembre 1905, pp. 1649-1657; 15 déc., pp. 1737-1744, carte; 1906, 15 janvier, pp. 60-66; 30 janvier, pp. 140-146; 15 fév., pp. 209-224; 28 fév., pp. 292-313; 15 mars, pp. 373-396; 30 mars, pp. 462-475.)

—— Publications de la Société des Etudes Indo-Chinoises. — Géographie Physique, Economique et Historique du Cambodge. — IIIe Fascicule. — Monographie de la Province de Kratié. — Saigon, Imprimerie F.-H. Schneider, 1908, in-8, pp. 89.

Par Adhémard Leclère.

—— Aperçu sur la province de Battambang. Par M. Brien. (*Excursions et Reconnaissances*, N° 24, Juillet-Août 1885, pp. 341-356; N° 25, Janv.-Février 1886, pp. 5-44.)

Saigon, 5 avril 1885.

—— Aperçu sur la Province de Battambang Par M. Brien. — Saigon, Imprimerie coloniale, 1886, in-8, pp. 60.

Ext. des *Excursions et Reconnaissances*.

—— Aperçu sur la Province de Battambang (Siam). Par Brien. (*Rev. mar. et col.*, Vol. 92, 1887, pp. 5-40, 302-318.)

D'après les *Excursions et Reconnaissances*, No. 24 et 25.

Notice : *Bull. Soc. Géog. Rochefort*, VIII, 1886-1887, p. 157, par J. S.

—— Notice sur la province de Battambang Par M. Brien. (*Revue indo-chinoise*, 15 avril 1906, pp. 544-553; 30 avril, pp. 623-632; 15 mai, p. 712; 30 mai, pp. 797-811; 15 juillet, pp. 1071-1075.)

—— Prince Henri Ph. d'Orléans et E. Roux. — La Province de Battambang. (*Bull. Soc. Géog. com. Paris*, 1895, XVII, 223-235, carte 1/20.000.)

—— De Coulgeans, Vice Consul de France. — Rapport sur la province de Battambang. (*Bul. écon. Indo-chine*, 1902, pp. 342-350, 420-424.)

—— Le territoire de Battambang Aperçus politiques Par P. de la Brosse. (*Revue indo-chinoise*, 15 sept. 1907, pp. 1232-1242; 30 sept., pp. 1321-1331.)

—— La rétrocession des provinces cambodgiennes Battambang, mai. Par L. L. (*Bull. Com. Asie franç.*, Juin 1908, pp. 227-233.)

—— La province de Battambang par P. Durand. (*Revue France d'Indochine*, Saigon, Juillet 1913.)

—— Les provinces recouvrées du Cambodge. Conférence du Commandant Lunet de la Jonquière faite au Comité de l'Asie française, le 15 Mai 1907. (*Bull. Com. Asie franç.*, Mai 1907, pp. 155-162.)

—— La prise de possession des provinces siamoises. (*Bull. Com. Asie franç.*, Juillet 1907, p. 253.)

—— La rétrocession des anciennes provinces cambodgiennes Par P. de la Brosse. (*Revue indo-chinoise*, 15 août 1907, pp. 1084-1092; 31 août 1907, pp. 1149-1157.)

—— Dans les provinces cambodgiennes retrocédées. Par P. de la Brosse. (*Revue indo-chinoise*, 30 oct. 1907, pp. 1489-1496.)

—— Annexes Documents relatifs à la retrocession des anciennes provinces cambodgiennes. (*Revue indo-chinoise*, 30 oct. 1907, pp. 1497-1504.)

—— Novembre 1907 — Fasc. 1 — Annales de la Société de Géographie commerciale (Section indochinoise) — Les Provinces cambodgiennes rétrocédées (Notes et Aperçus) par P. de la Brosse — Avec une carte inédite des nouvelles acquisitions. Hanoi, F.-H. Schneider, 1907, gr. in-8, pp. 56.

—— Notice sur la province de Siemréap-Angkor Par P. Benoist. (*Bull. Soc. Géog. comm.*, Mars 1914, pp. 212-227.)

— La forêt des nouvelles provinces cambodgiennes. Par le Chef de Bataillon hors cadres Dussault. (*Bull. écon. Indochine*, No. 107, Mars-Avril 1914, pp. 211-212.)

—— Le Cambodge et ses monuments. — La province de Ba Phnom, par M. Etienne Aymonier. (*J. As.*, I, pp. 185-222.)

—— La circonscription de Takéo (Cambodge) Par H. Libersart. (*Revue indochinoise*, Mai 1914, pp. 493-501; carte.)

—— Monographie de la circonscription résidentielle de Soai-rieng par M. Céloron de Blainville Membre de la Société. (*Bull. Soc. Et. indo-chin. de Saigon*, Nos. 49-50, 1er et 2e sem. 1905, pp. 45-63.)

—— Monographie de la province de Soai-Rieng. (*Revue Indo-Chinoise*, 15 avril 1907, pp. 484-488; 30 avril, pp. 553-559.)

—— Monographie du Khet de Moulapoumok Par Henry Klein, Administrateur des Services civils de l'Indochine. (*Revue Indochinoise*, Février 1912, pp. 124-142, carte.)

Ban-Veune-Sai, le 10 août 1911.

—— Monographie du Srok de Chong-Kal (Province de Siemréap. — Cambodge) Par E. Ricou, Lieutenant d'Infanterie Coloniale. (*Bull. économique de l'Indochine*, No. 101, Mars-Avril 1913, pp. 179-197, carte.)

III. — ETHNOGRAPHIE ET ANTHROPOLOGIE.

—— Notes on Cambodia and its Races. By G. Thomson. (*Trans. Ethn. Soc.*, N. S., VI, 1868, pp. 246-252.)

E.-T. Hamy.

—— Rapport Sur l'Anthropologie du Cambodge, par M. E.-T. Hamy. (*Bull. Soc. Anthrop.*, VI, 2e sér., 1871, pp. 141-166.)

—— Coup d'œil sur l'Anthropologie du Cambodge Rapport présenté à la Société d'Anthropologie dans la séance du 7 sept. 1871, au nom de la Commission des Instructions pour la Cochinchine française par le Dr. E.-T. Hamy, Secrétaire annuel. (*Arch. Médecine navale*, XVII, 1872, pp. 250-270.)

—— Note complémentaire sur l'Anthropologie du Cambodge par M. E.-T. Hamy. (*Ibid.*, XX, 1873, pp. 61-68.)

—— Coup d'œil sur l'Anthropologie du Cambodge Rapport présenté à la Société d'Anthropologie dans la séance du 7 septembre 1871 Au nom de la Commission des instructions pour la Cochinchine française par le Dr. E.-T. Hamy Secrétaire annuel, in-8, pp. 26.

—— Note sur les travaux de M. Janneau relatifs à l'anthropologie du Cambodge, par M. E. T. Hamy. (*Bull. Soc. Anthrop.*, VII, 2e sér., 1872, pp. 668-677.)

—— E.-T. Hamy. — La province de Sombôc-Sombor et l'immigration des Piaks. (*La Nature*, 1877, II, pp. 230-234, fig.)

—— Sur les Penongs Piâks, par M. E.-T. Hamy. (*Bull. Soc. Anthrop.*, 1877, pp. 524-537.)

(E.-T. Hamy.)

—— Notice sur les Penongs Piaks par M. E.-T. Hamy. — Extrait des Bulletins de la Société d'Anthropologie de Paris Séance du 18 octobre 1877. — Paris, Typographie A. Hennuyer, 1878, in-8, pp. 16.

Somboc-Sombor, Cambodge.

*
* *

— Burmans, Cambodians, and Peguans in Siam. (*The Phoenix*, III, No 25, July, 1872, pp. 2-3.)

Du *Siam Weekly Advertiser*.

—— J.-B. Noulet. — L'âge de la pierre polie et du bronze au Cambodge d'après les découvertes de M. Moura. Toulouse, 1879.

Voir col. 1776.

—— Notes de voyage en Indo-Chine. Les Kouys — Ponthey — Kakèh — Considérations sur les monuments dits Khmers Par le Docteur J. Harmand. (Communication faite à la Société Académique Indo-Chinoise, le 29 avril 1879.) (*Ann. de l'Extr.-Orient*, I, pp. 329-337, 361-379.)

—— Rapport sur les objets de l'âge de la pierre polie et du bronze recueillis à Somron-sen (Cambodge). Par le Dr. A. Corre, médecin de 1re classe de la Marine. (*Excursions et Reconnaissances*, 1879, No 1, Déc., pp. 95-124.)

—— Note annexe sur des instruments en pierre polie et en bronze, trouvés aux environs de Saigon et recueillis par M. Jugant, photographe à l'arsenal. Par le Dr. A. Corre. (*Excursions et Reconnaissances*, 1879, No. 1, Déc., pp. 125-126.)

Saigon, 20 déc. 1879.

(Divers.)

— Sur les instruments de l'âge de pierre au Cambodge, par M. Corre. (*Bull. Soc. Anthrop.*, 1880, pp. 532-534.)

— L'âge de la pierre polie et du bronze dans l'Indo-Chine. Par le Dr. A. Corre. (*La Nature*, 1881, I, p. 102.)

— The Aryan Origin of the Cambodians. By A. H. Keane in «Nature». (*China Review*, IX, pp. 256-257.)

— Le Cambodge préhistorique. Par M. J. Moura, Officier de marine, ancien représentant du Gouvernement français au Cambodge. (*Revue d'ethnographie*, Tome I, nº 6, 1882, pp. 505-525.)

— Les Canchos ou Candios. Par J. Moura. (*Revue d'ethnographie*, Tome II, nº 5, 1883, pp. 452-453.)

— Edmond Fuchs. — Station préhistorique de Som-Ron-Sen, au Cambodge, son âge. (*Matériaux pour l'Hist. prim. et nat. de l'Homme*, XIII, 1882-83, pp. 356-365.)

— Dictionnaire Stieng. Recueil de 2.500 mots, fait à Brolâm en 1865 par H. Azémar Missionnaire Apostolique. (*Exc. et Recon.*, No. 27, 1886, pp. 93-146; No. 28, 1886, pp. 251-344.)

— Les Stiengs de Brolam par le Père Azémar. (*Exc. et Recon.*, No. 27, 1886, pp. 147-160; No. 28, 1886, pp. 215-250.)

— Etude anthropologique du peuple khmer par le docteur E. Maurel. (*Bull. Soc. Anthrop.*, 1886, pp. 416-425.)

— Etude anthropologique et ethnographique du Royaume de Cambodge. Par le Dr. E. Maurel. (*Mém. Soc. Anthr.*, 2ᵉ Série, III, 1883-1888, pp. 442-468.)

— Mémoire sur l'Anthropologie des divers peuples vivant actuellement au Cambodge. Par le Dr. E. Maurel, médecin principal de la Marine. (*Ibid.*, IV, 1889-1893, pp. 459-535.)

— Ethnographie des peuples de l'Indo-Chine. Par le Dr. E. Maurel. (*Bull. Soc. Géog. Toulouse*, 1894, pp. 38-55, 270-298.)

— Les Cambodgiens. (*Ann. de l'Ext.-Orient*, 1884-1885, VII, pp. 125-126.)

— L. Jammes. — [Les anciennes civilisations de l'Indo-Chine. — L'âge de la pierre polie au Cambodge.] (*Bull. Géog. hist. et desc.*, 1891, pp. 5-6.)

C. Maunoir, d'après le *Bull. de la Soc. de Géog. de Toulouse*, 1890, nºˢ 3 et 4.

— Les anciennes civilisations de l'Indo-Chine. — L'âge de la pierre polie au Cambodge d'après de récentes découvertes par M. Ludovic Jammes Ancien Directeur de l'Ecole Cambodgienne de Phnom-penh (Cambodge). (*Bull. Géog. hist. et desc.*, 1891, pp. 35-52.)

— Les anciennes civilisations de l'Indo-Chine. Par L. Jammes. (*Rev. Indo-Chinoise ill.*, Mars 1894, pp. 91-98.)

— Les bronzes préhistoriques du Cambodge et les recherches de M. Ludovic Jammes, par Émile Cartailhac. (*L'Anthropologie*, 1890, pp. 641-650, fig.)

Cte rendu Cong. Int. Anthrop. tenu à Paris 1889, p. 489.

— Dr. J. Höfer. — Anthropologie der Kambodschaner. (*Globus*, Bd. LXIV, 1893, pp. 179-180.)

— J. Dautremer. — Siamois, Lao et Cambodgien. (*Revue orient. et amér.*, N. S., t. IV, 1880[-1895], p. 85.)

— The Khmer of Kamboja. By S. E. Peal. (*Nature*, LIV, 1896, pp. 461-462.)

Sibsagar, Asam, August 11.

— Origine des Cambodgiens. Tsiams, Moïs, Dravidiens, Cambodgiens. Par Zaborowski. (*Bull. Soc. Anthr.*, 1897, pp. 38-59.)

— *H. Mansuy. — Stations préhistoriques de Somron-seng et de Long-prao (Cambodge). — Hanoi, F. H. Schneider, 1902, 29 pages, XV planches.

Notice : *Bull. École franç. Ext.-Orient*, III, No. 1, Janv.-Mars 1903, pp. 90-91. Par H. Hubert.

— Les Choôngs. Par J. Schmitt. (*Revue indochinoise*, 15 août 1904, pp. 161-162.)

Au Siam, immigrés du Cambodge.

—— Note sur les Populations de la Région des Montagnes des Cardamones. — Par le Docteur Jean Brengues, Médecin des Colonies. (*Journal Siam Society*, Vol. II, Pt. I, Bangkok, 1905, pp. 19-48; tableaux, vocabulaire Porr.)

—— Quelques remarques d'Anthropologie sur les Cambodgiens actuellement à Paris (avec présentation de portraits). Par M. Adolphe Bloch. (*Bull. et Mém. Soc. Anth. Paris*, 1906, pp. 354-365.)

—— Les Sàauch par Adhémard Leclère Résident Maire de Pnom-Penh. (*Bull. Soc. Études indochinoises Saigon*, No. 57, 2ᵉ Sem. 1909, pp. 91-114.)

Cf. Lettre du P. Gagelin, 27 juillet 1830, *Ann. Prop. Foi*, Janvier 1832, pp. 373-383.

—— Etude sur les peuples préhistoriques du Cambodge et de la Région d'Angkor par A. Combanaire Explorateur Membre correspondant de la Société des Etudes indochinoises — Saigon Imprimerie F.-H. Schneider — 1909. (*Bull. Soc. Etudes indochinoises Saigon*, No. 57, 2ᵉ Sem. 1909, pp. 1-28.)

—— Les Peuples Préhistoriques du Cambodge et de la Région d'Angkor par A. Combanaire Explorateur... Publié et Offert par la Société des Etudes Indochinoises Saigon. — Septembre 1909, in-8, 3 ff. n. ch. + pp. 28.

Saigon. — Imprimerie F.-H. Schneider, 1909. «Cet ouvrage tiré à cent exemplaires est offert par la Société des Etudes Indochinoises à l'occasion des Fêtes d'Angkor, Septembre 1909.»

—— Enquête sur la question des Métis I. — Les métis et l'œuvre de la protection de l'enfance au Cambodge Par Ch. Gravelle, Président de la Société de Protection de l'Enfance au Cambodge. (*Revue indochinoise*, Janvier 1913, pp. 31-43.)

IV. — CLIMAT ET MÉTÉOROLOGIE.

—— Climatologie de Pnom-penh (Cambodge) Année 1899 d'après les observations faites par M. Cassier, Chef du Service de l'Agriculture, résumées par M. G. Le Lay, chargé du Service archéologique de l'Indo-Chine. (*Bull. économ. Indo-Chine*, 1900, pp. 573-577.)

—— Climatologie de Pnom-Penh (Cambodge) Année 1900 comparée à l'année 1899. (*Bull. écon. Indo-Chine*, 1901, pp. 235-242.)

D'après les observations de M. Cassier, chef du Service de l'Agriculture, résumées par M. G. Le Lay.

—— Climatologie de Pnom-Penh Année 1901, comparée aux années 1899 et 1900 d'après les observations de MM. A. Cassier et Roumat, résumées par M. Le Lay. (*Bull. écon. Indo-Chine*, 1902, pp. 596-602.)

—— Climatologie de Pnom-Penh Année 1902, comparée à la période triennale précédente d'après les observations de M. Roumat, chef p. i. du Service de l'Agriculture au Cambodge, résumées par M. Le Lay... (*Bull. écon. Indo-Chine*, 1903, pp. 428-433.)

V. — HISTOIRE NATURELLE.

DIVERS.

— Note sur les collections d'histoire naturelle recueillies par M. le docteur Harmant (*sic*) pendant son voyage au Cambodge, par M. E.-T. Hamy. (*Bull. Soc. Géog.*, 6e Sér., XI, 1876, pp. 663-665.)

ZOOLOGIE.

— On two new Species of Shells from Cambojia. By Lovell Reeve. (*Annals Nat. Hist.*, 3d Ser., VI, 1860, pp. 203-204.)

— On some new Species of Mammalia and Tortoises from Cambojia. By Dr. John Edward Gray. (*Annals Nat. History*, 3d Ser., VI, 1860, pp. 217-218.)

— Descriptions of two Coleopterous Insects from Cambogia. By the Barão do Castello de Paiva, Prof. of Botany in the Academia Polytechnica of Oporto, &c. (*Annals Nat. History*, 3d Ser., VI, 1860, pp. 360-362.)

— Description of a Soft Tortoise from Camboja. By Dr. J. E. Gray. (*Proc. Zool. Soc.*, 1861, pp. 41-42.) [*Trionyx ornatus.*]

— List of Mammalia, Tortoises and Crocodiles collected by M. Mouhot in Camboja. By John Edward Gray. (*Proc. Zool. Soc.*, 1861, pp. 135-140.)

— Observations sur la faune malacologique de la Cochinchine et du Cambodje, comprenant la description des espèces nouvelles, par Jules Mabille et Georges Le Mesle. (*Jour. de Conchyliologie*, XIV, 1866, pp. 117-138.)

— Note sur la provenance exacte de l'*Helix Cambojiensis*, Reeve, par F. Daniel. (*Jour. de Conchyl.*, XVII, 1869, pp. 126-128.)

— Lettre de M. Moura sur la pêche au Cambodge. (*Bull. Com. Agricole Cochin.*, 2e Sér., I, No. II, 1873, pp. 83-89.)
Pnom-Penh, le 1er avril 1869.

— G. P. Deshayes et Jules Jullien. — Mémoire sur les Mollusques nouveaux du Cambodge envoyés au Muséum par M. le Docteur Jullien. (*Nouv. Arch. Mus. Hist. Nat.*, X, 1874 (*Bull.*), pp. 115-162.)

— Crosse et Fischer. — Catalogue des Mollusques d'eau douce recueillis au Cambodge par la Mission scientifique française en 1873. (*Journ. de Conchyl.*, XXIV, 1876, pp. 313-342.)

— Sur quelques poissons des eaux douces du Laos Cambodgien, par M. H.-E. Sauvage. (*Bull. Soc. Philom. Paris*, 1876, pp. 97-100.)

— Note sur la chenille appelée Kra en cambodgien par M. Aymonier. (*Bull. Comité agricole Cochinchine*, T. I, No. 1, 1878) p. 38.)

— Description de quelques espèces nouvelles du Cambodge, appartenant aux genres *Lacunopsis, Jullienia* et *Pachydrobia* par J. Poirier. (*Journ. de Conchyl.*, 1881, pp. 5-19.)

—— Crosse et Fischer. — Description d'une espèce nouvelle de *Melania*, provenant du Cambodge : *M. Forestieri*, Crosse et Fischer. (*Journ. de Conchyl.*, XXX, 1882, pp. 112-113.)

—— Note sur quelques espèces de poissons des montagnes de Samrong-tong (Cambodge). Par le Dr Gilbert Tirant. — Séance du 9 Novembre 1883. (*Bull. Soc. Études indochinoises de Saigon*, 1883, 3e et 4e fasc., Juill.-Déc., pp. 167-173.)

—— Description d'espèces nouvelles de Coquilles recueillies, par M. Pavie, au Cambodge, par le Commandant L. Morlet. (*Journ. de Conchyl.*, 1883, pp. 105-110; 1884, pp. 386-403.)

—— Description d'espèces nouvelles de coquilles recueillies par M. Pavie au Cambodge par le Commandant L. Morlet (2e article), in-8, pp. 18, 3 pl.

Ext. du no d'oct. 1884 du *Journ. de Conchyliologie*, publié par H. Crosse.

—— Notes sur les reptiles de la Cochinchine et du Cambodge, Par le docteur Tirant, maire de Cholon. (*Excursions et Reconnaissances*, No. 19, Sept.-Oct. 1884, pp. 147-168; No. 20, 1884, pp. 387-428.)

Cholon, 1er oct. 1884.

—— Notes sur les reptiles et les batraciens de la Cochinchine et du Cambodge. (*Ibid.*, No. 21, 1885, pp. 209-246.)

—— Notes sur les poissons de la Basse-Cochinchine et du Cambodge Par le docteur Gilbert Tirant, Administrateur des Affaires indigènes, maire de Cholon. (*Excursions et Reconnaissances*, No. 22, Mars-Avril 1885, pp. 413-438; No. 23, Mai-Juin 1885, pp. 91-198.)

—— Note sur quelques espèces de poissons des montagnes de Samrong-Tong (Cambodge). Par le Dr. Gilbert Tirant. (*Bull. Soc. Ét. Indochinoises*, 1883, 3e & 4e fasc., pp. 167-173, fig.)

—— Catalogue des Coquilles recueillies par M. Pavie dans le Cambodge et le Royaume de Siam et description d'espèces nouvelles. Par le Commandant L. Morlet. (*Journ. de Conchyl.*, 1889, pp. 121-199.)

—— Contribution à la Faune malacologique du Cambodge et du Siam. Par le Commandant L. Morlet. (*Journ. de Conchyl.*, 1890, pp. 119-122.)

—— Collection d'insectes formée dans l'Indo-Chine par M. Pavie Consul de France au Cambodge. (*Nouv. Arch. Muséum*, 3e Sér.):

Avant-propos. Par Emile Blanchard, II, 1890, pp. 177-178.

Coléoptères (*Cebrionidae, Rhipidoceridae, Dascillidae, Malacodermidae*) par M. J. Bourgeois, pp. 179-188.

Coléoptères (*Clytridae, Eumolpidae*) par M. Edouard Lefèvre, pp. 189-202.

Diptères par M. J.-M.-F. Bigot, pp. 203-208.

Coléoptères (*Curculionides*) — *Curculionines* par M. Chr. Aurivillius, III, 1891, pp. 205-224.

Coléoptères (*Curculionides*) — *Anthribines* par M. P. Lesne, pp. 225-228.

Coléoptères — *Phytophages* par M. Ernest Allard, pp. 229-234.

Coléoptères — *Hétéromères* par M. Ernest Allard, pp. 235-236.

Coléoptères — *Longicornes* par M. Charles Brongniart, pp. 237-254.

Lépidoptères par M. G.-A. Poujade, pp. 255-276.

—— Cicindélides et Carabides indo-chinois recueillis par M. Pavie. Diagnoses des espèces nouvelles et d'un genre nouveau, par P. Lesne. (*Bull. Mus. Hist. Nat.*, II, 1896, pp. 238-245.)

—— Liste des Coléoptères appartenant aux familles des *Dytiscidae*, *Gyrinidae* et *Hydro-*

philidae recueillis en Indo-Chine et offerts au Muséum par M. Pavie. (*Bull. Mus. Hist. Nat.*, II, 1896, p. 245.)

—— Liste des Coléoptères appartenant aux familles des *Dermestidae*, *Erotylidae*, *Endomychidae* et *Coccinellidae*, recueillis en Indo-Chine et offerts au Muséum par M. Pavie, par Ernest Allard. (*Bull. Mus. Hist. Nat.*, II, 1896, pp. 246-247.)

—— Liste des Coléoptères appartenant aux familles des *Paussidae*, *Silphidae*, *Temnochilidae*, *Lucanidae*, *Scarabaeidae*, *Buprestidae*, *Cleridae* et *Cantharidae*, recueillis en Indo-Chine et offerts au Muséum par M. Pavie, par Paul Tertrin. (*Bull. Mus. Hist. Nat.*, II, 1896, pp. 247-248.)

—— Anthicide nouveau recueilli au Cambodge et offert au Muséum par M. Pavie, par M. Maurice Pic. (*Bull. Mus. Hist. Nat.*, II, 1896, p. 250.)

—— Liste des Coléoptères appartenant à la famille des *Cerambycidae* recueillis en Indo-Chine et offerts au Muséum par M. Pavie, par M. Ch. Brongniart. (*Bull. Mus. Hist. Nat.*, II, 1896, pp. 250-251.)

Cf. *Nouv. Arch. du Muséum*, 3e Sér., III, pp. 237-253, 1 pl. col.

—— Les Oiseaux du Cambodge, du Laos, de l'Annam et du Tonkin par M. E. Oustalet. (*Nouv. Arch. Muséum*, 4e Sér., I, 1899, pp. 221-296; V, 1903, pp. 1-94.)

—— Note sur les Mollusques marins du Golfe de Siam (Côte O. du Cambodge), par H. Crosse et P. Fischer. (*Journ. de Conchyl.*, 1892, pp. 71-77.)

—— A. Magnin, Vétérinaire-Inspecteur des Epizooties. — Notice sur les éléphants du Cambodge. (*Bull. écon. Indo-Chine*, 1906, pp. 327-330.)

Nom cambodgien : *Domrey*. — Nom annamite : *Con voi*.

—— Étude d'un Monstre artificiellement fabriqué provenant de l'Extrême-Orient, par M. Léon Vaillant. (*Bull. Muséum nat. d'Hist. Nat.*, 1909, 4, pp. 141-147.)

—— Une richesse du Cambodge — La Pêche et les Poissons par Loÿs Pétillot Administrateur en Indo-Chine — Avec 14 planches hors texte et une carte. Paris, Augustin Challamel, 1911, in-8, pp. x + 1 f. n. ch. + pp. 167 + 2 ff. n. ch.

Voir pp. 159-167 : Liste des poissons de l'Indo-Chine envoyés, par le Docteur Gilbert Tirant, au Muséum des Sciences naturelles de Lyon.

Notices : *Bull. Soc. Géog. com.*, Avril 1912, pp. 285-286, par Fernand Rivière. — *Asie française*, Nov. 1911, p. 524.

BOTANIQUE.

—— The Gamboge Tree. (*Journ. Ind. Archipelago*, N. S., I, 1856, p. 316.)

Memorandum by the late Revd. J. Taylor Jones (1850.)

GÉOLOGIE.

—— Lettre de M. Moura sur les pierres à chaux du Cambodge. (*Bull. Com. Agricole Cochin.*, No. II, 1873, pp. 100-102.)

—— Rapport sur les pierres à chaux du Cambodge, par MM. Jeanfrançois et Schrœder. (*Ibid.*, pp. 103-105.)

—— Moura. — Notes sur le Minerai de Fer de Compong-soai. (Cambodge.) (*Bull. Com. Agricole Cochin.*, No. III, 1874, pp. 147-151.)

—— Les mines de fer de Compong-Swai, au Cambodge, Par M. Boulangier, ingénieur des Ponts et Chaussées. (*Excursions et Reconnaissances*, No 10, 1881, pp. 191-196.)

Royan, 13 juillet 1881.

—— Esquisse géologique de la Cochinchine française, du Cambodge (province de Poursat) et de Siam (province de Battambang), par M. Petiton. (*Bull. Soc. Géol. France*, 3ᵉ Sér., XI, 1883, pp. 384-399).

—— H. Mansuy, Préparateur au Service géologique. — Esquisse géologique des environs de Kampot et de Hatien. (*Bull. écon. Indo-Chine*, 1902, pp. 33-39.)

—— Mémoires de la Société géologique de France Quatrième Série — Tome premier — Mémoire n° 5 — Note sur la Géologie du Cambodge et du Bas-Laos par René de Lamothe — Paris, Au Siège de la Société géologique de France, 28 rue Serpente, VIᵉ, 1907, in-4, pp. ch. 59-60, 1 carte au 1/5.000.000.

VI. — POPULATION.

—— Adhémard Leclère. — Rapport sur la démographie dans la résidence de Kampot (Cambodge). (*Bull. écon. Indo-Chine*, 1ᵉʳ nov. 1899, pp. 624-631.)

—— Adhémar Leclère. — Étude démographique sur la Circonscription résidentielle de Phnômpenh (juin-juillet 1901). (*Bull. écon. Indo-Chine*, 1901, pp. 1037-1050.)

VII. — GOUVERNEMENT.

—— Cortège royal chez les Khmers. Par L. Delaporte. (*Rev. de Géog.*, III, 1878, pp. 270-276.)

—— Une réception royale au Cambodge Par Raoul Postel. Article lu à la Société Académique Indo-Chinoise dans sa séance du 30 Janvier 1880. (*Ann. de l'Ext.-Orient*, II, pp. 358-362.)

D'après le *Figaro*.

—— Le roi Norodom. (*Ann. de l'Ext.-Orient*, 1884-1885, VII, pp. 85-87.)

—— Fourès. — Royaume du Cambodge. Organisation politique. (*Exc. et Recon.*, No. 13, 1882, pp. 168-211.)

—— Mémoire sur les Fêtes funéraires et les incinérations qui ont eu lieu à Phnôm-Pénh (Cambodge) du 27 avril au 15 mai 1899, par M. Adhémard Leclère, Résident de France au Cambodge. (*Jour. As.*, Mars-Avril 1900, pp. 368-376.)

Incinération (*Thoœuh bon lœuk khmoch*, cérémonie de la levée des morts) du roi Ang-Duong, père du roi actuel, † 1859, de la reine mère, morte au cours de l'année 1897, et du second dignitaire de l'Église cambodgienne, le *Louk Prah Saukon*, † 1894.

—— Cérémonial cambodgien concernant la prise de fonctions des mandarins nouvellement promus. Par Thiounn, Ministre du Palais Royal, des Finances et des Beaux-Arts du Royaume du Cambodge. (*Revue Indo-Chinoise*, 30 janvier 1907, pp. 71-75.)

—— Fête de la coupe des cheveux d'un ou de plusieurs jeunes princes ou princesses, Membres de la Famille royale du Cambodge Par Thiounn, Ministre du Palais Royal, des Finances et des Beaux-Arts du Royaume du Cambodge. (*Revue Indo-Chinoise*, 28 février 1907, pp. 250-257.)

—— De Phnom-Penh à Pursat en compagnie du Roi de Cambodge et de sa Cour Par Moura, Lieutenant de vaisseau. (*Revue de l'Ext.-Orient*, I, Janv.-Mars 1882, pp. 84-112; Avril-Juin 1882, pp. 247-310.)

—— Cérémonies commémoratives de la Mort de la Mère de Norodom, à Phnom-Phen, Par M. Faure Attaché à la résidence de Phnom-Phen. (*Bull. Soc. Géog. Toulouse*, 1899, pp. 418-427.)

—— Cambodge. Le Roi, la Famille Royale et les Femmes du Palais, par Adhémard Leclère, résident de France. — Saigon, Imprimerie-librairie Claude & Cie, 1905, in-8, pp. 27.

—— Noroddom. (*Bull. Com. Asie française*, Mai 1904, pp. 245-248.)

—— La mort du roi Norodom ses derniers moments Par le docteur Hahn : Inspecteur des Services civils Résident-maire de Phnom-penh. (*Revue indo-chinoise*, 31 mai 1904, pp. 671-674.)

—— Cérémonie du transfert de la salle Moha Mouti au Pavillon Ho Préa Tham Sangvek du corps de Sa Majesté défunte Préa bat samdach Préa Norodom, Roi du Cambodge, décédée à Phnôm-Penh le dimanche 24 avril 1904. Par Thiounn, Oknha Vêang, Ministre du Palais. (*Revue indochinoise*, 30 juillet 1904, pp. 79-80.)

—— Les fêtes de la Crémation de Norodom Feu roi du Cambodge Par A. Raquez. (*Revue Indo-Chinoise*, 15 juillet 1906, pp. 1013-1024; 30 juillet 1906, pp. 1117-1130.)

—— Crémation de S. M. Norodom Ier. — S. l. n. d.

[Programme des fêtes, en français et en cambodgien.]

—— Programmes des fêtes officielles données à Phnom-Penh à l'occasion de la crémation de S. M. Norodom Ier. — Phnom-Penh, 1904.

—— La Crémation et les Rites funéraires au Cambodge — Crémation de Sa Majesté Noroudam Roi du Cambodge — Par Adhémard Leclère. Hanoi, F.-H. Schneider, 1907, gr. in-8, pp. IV-154 + 1 f. n. ch. tab.

Le titre intérieur porte la date de 1906. Bib. nat., gr. in-8, 4° O^2l^ 370.

—— Programmes des fêtes d'ensevelissement des restes de S. M. Norodom Ier. — Phnom-Penh, 1908.

—— Norodom le Cambodge avant son avènement Par A. Raquez. (*Revue indochinoise*, 15 août 1904, pp. 143-156.

—— Programme des fêtes du couronnement de S. M. Sisowath, roi du Cambodge. — Phnom-Penh, 1904.

—— Couronnement de S. M. Sisowath, roi du Cambodge. Préceptes. — Cérémonial. — Invocations. — Allocutions. — Discours. — Phnom-Penh, 1906.

— Le couronnement du roi de Cambodge Pnom-penh, le 18 Mai. Par ***. (*Bull. Com. Asie française*, Juin 1906, pp. 246-250.)

—— Cérémonie de la remise des Titres Royaux (dite Thvai Préa Néam) à Sa Majesté Préa bat samdach Sisowath Chakrapong Hariréach bârminthor phuwanay Kraykéofa sololay, Préa Chaucrung Campuchéa thippedey, Roi du Cambodge, Maître des Existences. Par Thiounn, Oknha Vêang, Ministre du Palais. (*Revue indochinoise*, 30 juillet 1904, pp. 81-82.)

—— Cambodge — Le phok tuk prah vipheak sachar ou phok tuk sambat. Par Adhémard Leclère. (*Rev. indochinoise*, 30 nov. 1904, pp. 735-741.)

—— Programme des fêtes données à l'occasion de l'anniversaire de S. M. Sisowath et des fêtes données pour la rétrocession de Battambang. — Phnom-Penh, s. d.

—— Programme des fêtes données à Phnom-Penh à l'occasion de la coupe des cheveux de LL. AA. RR. Sodarak, Vongkat et Sophapheak. — Phnom-Penh, 1905.

— Programme des fêtes données à l'occasion de l'ouverture des sillons exécutés dans le champ royal en 1908.

— Programme des cérémonies pour chasser les mauvais esprits. — Phnom-Penh, 1908.

— Programme des fêtes royales données à l'occasion du 67e anniversaire de la naissance de S. M. Sisowath. — Phnom-Penh, 1906.

— Fête des eaux et de la lune en 1904, 1905 et 1907.

— Programme des fêtes données à l'occasion de l'inauguration de la pagode Prah Keo en 1903.

— [illegible] Couronnement de S. M. Sisowath, Roi du Cambodge. Précepte — Cérémonial — Invocations — Allocutions — Discours. — Phnom Penh, Imprimerie du Protectorat, 1906, in-8, pp. 12.

— Les Fêtes anniversaires de la naissance de Sa Majesté le Roi du Cambodge. Par l'Oknha Vêang, Ministre du Palais Royal, Thiounn. (*Revue Coloniale*, Juillet 1906, pp. 409-417.)

— L'inauguration d'un monument commémoratif royal au Cambodge. (*Bull. Com. Asie franç.*, Avril 1909, pp. 171-173.)

Fêtes à Pnom-Penh, les 21, 22, 23 février 1909; discours de MM. Klobukowski, Luce, du roi Sisowath, etc.

— Programme des fêtes anniversaires de la naissance du roi du Cambodge à Phnom Peñ. (*Bull. École franç. Ext.-Orient*, T. XII, No. 9, Hanoi, 1912, pp. 184-186.)

— Une Révolution — pacifique — au Cambodge. Par Sousou-Hannah. (*Bull. Soc. Géogr. Rochefort*, XXXIV, 1912, pp. 98-100.)

Mariage, à Phnom-Penh, d'un fils de Norôdom et d'une princesse, fille de Sisowath.

VIII. — JURISPRUDENCE.

— Les Codes cambodgiens. (*Excursions et Reconnaissances*, N° 7, 1881, pp. 5-130; N° 8, 1881, pp. 175-260; N° 9, 1881, pp. 371-438.)

Par le P. Silvestre.

— Cochinchine française — Les Codes Cambodgiens — Saigon, Imprimerie nationale — 1881, in-8, pp. 283.

— La législation cambodgienne Par Dubard, Conseiller à la Cour d'appel de Paris. (*Ann. de l'Ext. Orient*, 1883-1884, VI, pp. 264-270.)

Adhémard Leclère.

— Recherches sur la législation cambodgienne (Droit privé) par Adhémard Leclère Résident de France au Cambodge. Paris, Augustin Challamel, 1890, in-8, pp. xiv-291.

Notice : *Bull. Soc. Géog. com. Paris*, XIII, 1890-1891, p. 137, par Gustave Regelsperger.

— Adhémard Leclère, Résident de France au Cambodge. — Droit Cambodgien. (*Nlle. Rev. hist. Droit franç. et ét.*, XVIII, 1894, pp. 68-95.)

— Recherches sur le Droit public des Cambodgiens par Adhémard Leclère Résident de France au Cambodge. Paris, Augustin Challamel, 1894, in-8, pp. lv-328.

— Recherches sur la législation criminelle et la procédure des Cambodgiens par Adhémard Leclère Résident de France au Cambodge. Paris, Augustin Challamel, 1894, in-8, pp. xx-555.

— *Adhémard Leclère. — Droit cambodgien (Le Régime de la Communauté dans le Mariage, les Successions, les Donations). Ext. de la *Nouvelle Revue historique de Droit français et étranger*, 1894, br. in-8.

— Adhémard Leclère Résident de France au Cambodge — Les Codes Cambodgiens publiés sous les auspices de M. Doumer Gouverneur général de l'Indo-Chine française et de M. Ducos Résident supérieur de France au Cambodge. Paris, Ernest Leroux, 1898, 2 vol. gr. in-8, pp. XIX-491, 682.

Notice : *J. As.*, Mai-Juin 1901, pp. 567-570, par L. Feer.

— Recherches sur les Origines brahmaniques des Lois cambodgiennes par Adhémard Leclère, Résident de France au Cambodge. (Extrait de la *Nouvelle Revue historique de Droit français et étranger* de Septembre-Octobre 1898, Mai-Juin 1899.) Paris, L. Larose [et] Ernest Leroux, 1899, in-8, pp. 67.

— De l'organisation de la justice indigène au Cambodge Par Boudineau Ancien Sous-Chef de Cabinet du Résident Supérieur au Cambodge, Ancien Membre de la Commission de révision des Codes Cambodgiens. (*Revue Indo-Chinoise*, 31 juillet 1907, pp. 977-984.)

IX. — HISTOIRE.

Fou Nan.

— Fou-nan 扶南. (*Ethnographie des Peuples étrangers à la Chine*... par Ma Touan-lin trad..... par le Mis d'Hervey de Saint-Denys — *Méridionaux* — 1883, pp. 436-443.)

— Le Fou-nan, par M. Étienne Aymonier. (*Journ. As.*, Janv.-Fév. 1903, pp. 109-150.)

— Le Founan par M. E. Aymonier Directeur de l'École coloniale — Extrait du *Journal Asiatique*, Janv.-Fév. 1903. Paris, Imprimerie Nationale — MDCCCCIII, in-8, pp. 47.

— Le Fou Nan Par M. Paul Pelliot Professeur à l'École française d'Extrême-Orient. (*Bull. École franç. Ext.-Orient*, III, No. 2, Avril-Juin 1903, pp. 248-303.)

— Extrait du *Bulletin de l'École Française d'Extrême-Orient* (Avril-Juin 1903) — Documents chinois sur l'Indo-Chine II *Le Fou-Nan* par Paul Pelliot professeur à l'École française d'Extrême-Orient. Hanoi F.-H. Schneider, imprimeur-éditeur — 1903, in-8, pp. ch. 57-112.

Notice par Ed. Chavannes, *Journ. As.*, Nov.-Déc. 1903, pp. 528-532.

— Nouvelles Observations sur le Founan. Par Étienne Aymonier. (*Journ. As.*, Sept.-Oct. 1903, pp. 333-341.)

Réponse à M. Pelliot.

— La dernière ambassade du Fou-nan en Chine sous les Leang (539). Par P. Pelliot. (*Bull. École franç. Ext.-Orient*, III, Oct.-Déc. 1903, pp. 671-672.)

— Le Fou-nan et les théories de M. Aymonier. Par Paul Pelliot. (*Ibid.*, 1904, pp. 385-412.)

— Le Fou nan. (E. Aymonier, *Le Cambodge*, III, pp. 325 seq.)

*
* *

— Tchen la. — Voir col. 2650-2652.

— Le Kamboje. (L. de Rosny, *Etudes asiatiques*, 1864, pp. 138-157.)

—— Le Kambodje. — Notice historique. (L. de Rosny, *Variétés orientales*, 1868, pp. 57-64.)

—— The History of Cambodia for the last three hundred years or more. (Translation.) (*Siam Repository*, January, 1869, Vol. I, Art. XVII, pp. 28-37.)

—— Le Cambodge d'autrefois Par Gustave Janneau. (*Revue indochinoise*, Mars 1914, pp. 265-272; Avril, pp. 405-418; Mai, pp. 511-521; Juin, pp. 617-632.)

Tiré d'un *Manuel pratique de langue cambodgienne*, du même auteur, écrit à Saïgon en 1870 et autographié à l'Imprimerie Impériale.

—— Chronique royale du Cambodge, par M. Francis Garnier. (*J. Asiat.*, Oct.-Déc. 1871, pp. 336-385; Août-Sept. 1872, pp. 112-144.)

—— Chronique des anciens rois du Cambodge, Traduite et commentée par E. Aymonier, représentant du Protectorat au Cambodge. (*Excursions et Reconnaissances*, N° 4, 1880, pp. 149-190.)

Voir col. 2715.

— Aymonier. — [Date de la fondation de la dynastie cambodgienne.] (*Ctes rendus Ac. Insc. et B.-L.*, 1891, pp. 429-430.)

—— Le roi Yaśovarman, par M. Étienne Aymonier. (*Actes Onz. Cong. Int. Orient.*, Paris, 1897, IIe sect., pp. 191-215.)

—— A brief Chronicle of Cambodia. (*The London and China Telegraph*, Oct. 25, 1882.)

Cette chronique commence à l'année 1782.

—— Chronologie de l'ancien royaume Khmêr, d'après les inscriptions, par M. Abel Bergaigne. (*Journ. Asiat.*, VIIIe sér., III, Janv. 1884, pp. 51-76.)

Voir col. 2720.

—— Les anciennes civilisations de l'Indo-Chine. (*Rev. Indo-Chin. ill.*, Mars 1894, pp. 91-100.)

Adhémard Leclère.

—— Adhémard Leclère, Résident de France au Cambodge. — Le livre de Vésandâr, le roi charitable (Sâtra Mâha Chéadak ou Livre du Grand Jâtaka), d'après la Leçon Cambodgienne. — Paris, Ernest Leroux, 1902, gr. in-8, pp. 96.

Notice : *Bull. École française Extrême-Orient*, III, n° 2, Avril-Juin 1903, pp. 328-334. Par L. F[inot].

—— Le Sdach Kan Par Adhémard Leclère (*Bull. Soc. Études indo-chin. de Saïgon*, No. 59, 2e sem. 1910, pp. 17-55.)

Histoire du Cambodge (XVIe siècle).

—— Histoire du Cambodge depuis le 1er siècle de notre ère d'après les inscriptions lapidaires, les annales chinoises et annamites et les documents européens des six derniers siècles par Adhémard Leclère Ancien Résident de France au Cambodge. — Paris, Paul Geuthner, 1914, in-8, pp. XII-547.

Livre premier : Le Cambodge, ses légendes et ses inscriptions (L'Indo-Chine et ses peuples au commencement de l'ère européenne et de la grande ère hindoue). — Chap. I : Le Fou-Nan — les légendes — Kaundinya-Jayavarman Ier — Rudravarman. — II : Vyadhâpura et Çam Bhupura. — III : Le Cambodge ou Srok Khmer. — IV : Notice sur les peuples qui ont eu quelques relations avec le Cambodge avant le VIIIe siècle : le Champa, l'Annam-Tonkin, la presqu'île de Malaca, le Tché-t'ou ou Siam, l'Inde et la Chine. — V : Le Cambodge du VIIe au IXe siècle. — Vyadhâpura et Çambhûpara. — VI : Le Kampuchéa ou Srok Khmêr. — VII : Notices sur les peuples qui ont eu des relations avec le Cambodge du VIIIe au Xe siècle : le Champa, l'Annam-Tonkin, la Chine et l'Inde. — VIII : Le Cambodge du Xe au XIVe siècle. — IX : La révolution du XIVe siècle. — X : Notices sur les peuples qui ont eu quelques relations avec le Cambodge du Xe au XIVe siècle (Tonkin, Chine, Siam, Inde, etc...). — *Livre deuxième : Le Cambodge des chroniques et autres documents historiques.* Chap. I : De 1340 à la prise de Lovêk. — II : Notices sur les peuples qui ont des relations avec le Cambodge aux XIVe, XVe et XVIe siècles. — III : De la prise de Lovêk en 1585 à nos jours. — IV : Notice sur les peuples en relation avec le Cambodge du XVIe siècle à nos jours (Annam, Chine, Japon, Laos, Pégou, etc...).

Notices : *L'Ethnographie*, 15 janvier 1914, p. 93, par L. B. [ouvat]; — 15 juillet 1914, pp. 82-84, par Antoine Cabaton.

Georges Maspero.

—— Le connétable Saṅgrāma et l'armée des Kamvujas au XIe siècle Par Georges Maspero Administrateur des Services civils de l'Indo-Chine. (*Revue indo-chinoise*, 15 janvier 1904, pp. 8-14.)

Cantho, 16 décembre 1903.

(Adhémard Leclère.)

(Georges Maspero.)

— L'Empire Khmèr Histoire et Documents par Georges Maspero Administrateur des Services civils de l'Indo-Chine. Phnom Penh, Imprimerie du Protectorat, 1904, gr. in-4, 5 ff. n. ch. p. l. tit., préf., etc. + pp. 115 + 3 ff. n. ch. + pp. II + pp. VII.

Voir col. 2657-2658.

* * *

— L'insurrection au Cambodge. Par Durivault. (*Bull. Soc. Géog. com.*, VII, 1884-1885, pp. 477-478.)

Ancenis, 21 mai 1885.

— Zeitrechnung in Siam und Kambodja. (F. K. Ginzel, *Handbuch der... Chronologie*... Leipzig, J. C. Hinrich, 1906, p. 409.)

— Notes sur les sources européennes de l'histoire de l'Indochine, par M. Antoine Cabaton. (*Bull. Comm. archéol. de l'Indochine*, 1911, 1ère livr., pp. 58-84.)

— *H. Russier. — Histoire sommaire du royaume de Cambodge. (*Revue France d'Indochine*, 1913, 1914.)

— La fondation de Phnom Pén au xve siècle d'après la Chronique cambodgienne Par George Cœdès. (*Revue indochinoise*, Mai 1914, pp. 523-529; plan.)

Reproduit du *Bull. École franç. Ext.-Orient*, XIII, 6.

ARCHÉOLOGIE.

DIVERS.

— Bibliographie raisonnée des travaux relatifs à l'archéologie du Cambodge et du Champa par M. G. Cœdès. (*Bull. Comm. archéol. de l'Indochine*, Année 1909, pp. 9-51.)

I. Archéologie Khmère. — II. Archéologie du Champa.

* * *

— Arrêté créant à Phnom-penh la section des Antiquités khmères du Musée de l'Indo-Chine. (*Journ. Officiel*, 31 août 1905, p. 1165. — *Bull. École franç. Ext.-Orient*, V, 1905, pp. 508-509, 483.)

Hanoi, 17 août 1905.

— Arrêté créant une Commission des Antiquités du Cambodge. (*Journ. Officiel*, 9 oct. 1905. — *Bull. École franç. Ext.-Orient*, V, 1905, pp. 513-514.)

3 octobre 1905.

— Arrêté appliquant provisoirement les dispositions de l'arrêté du 9 mars 1900, relatif à la conservation des monuments historiques de l'Indochine, à la totalité des édifices, inscriptions et objets anciens d'origine cambodgienne, situés sur les territoires des provinces de Siemréap, Sisophon et Battambang. (*Journ. Officiel*, 1er juin 1908, p. 977; cf. *Bull. École franç. Ext.-Orient*, VIII, 1908, p. 328.)

— Arrêté classant parmi les monuments historiques les immeubles et objets divers compris dans les tableaux ci-joints. [Cambodge et Laos.] (*Journ. Officiel*, 1er juin 1908; cf. *Bull. École franç. Ext.-Orient*, VIII, 1908, pp. 328-331.)

Daté 18 mai 1908.

* * *

— L'art Khmer — Étude historique sur les Monuments de l'ancien Cambodge avec un Aperçu général sur l'Architecture Khmer et une liste complète des monuments explorés suivi d'un Catalogue raisonné du Musée Khmer de Compiègne Orné de gravures et d'une carte par le Cte de Croizier — Paris, Ernest Leroux — 1875, in-8, pp. 142; port. de Delaporte et carte.

— Cte de Croizier. L'art Khmer. (*L'Artiste*, 1875, II, p. 17.)

— L'art Khmer et la Société académique Indo-Chinoise par le docteur Legrand Vice-président de l'Athénée oriental. (*Ann. de l'Extr.-Orient*, I, pp. 24-32.)

— L'art Khmer et la nouvelle Société Indo-Chinoise. Par le Dr. Legrand. (*Rev. géog. int.*, Mars 1879, pp. 62-65.)

— La nouvelle Société Indo-Chinoise fondée par M. le Marquis de Croizier et son ouvrage *l'Art Khmer* par le Dr Legrand — Paris Ernest Leroux, éditeur..... — 1878, in-8, pp. 16, ill.

Ext. de la *Revue Orientale et Américaine*, No. de Juillet-Sept. — T. I — 1877.

— Les Monuments de l'Ancien Cambodge classés par provinces par M. le Mis de Croizier. (*Mém. Soc. Acad. Indo-Chinoise*, I, 1879, pp. 273-288; *Annales de l'Ext.-Orient*, I, 1878-1879, pp. 96-100.)

— Exposition universelle de 1867. Catalogue des produits des Colonies françaises. Paris, 1867, in-8.

Groupe II, Classe VIII, No. 89. Moulages et fragments d'originaux expédiés par Doudart de Lagrée, p. 5.

— A. B. de Villemereuil. — Étude sur les manuscrits du Commandant de Lagrée. (*Mém. Soc. Acad. Indo-Chinoise*, I, 1878, p. 42.)

Appendice I (p. 62) : Liste des objets recueillis par le Commandant de Lagrée, et qui ont formé en Europe la première collection d'antiquités cambodgiennes.

Appendice II (p. 65) : Nomenclature des vestiges de l'antiquité khmer indiqués dans les manuscrits du Commandant de Lagrée.

— Explorations et Missions de Doudart de Lagrée... par M. A. B. de Villemereuil... — 1883. — Voir col. 1015-1016.

— Exploration aux ruines des Monuments religieux de la province de Bati (Cambodge) par M. Spooner. (*Rev. Hist. Religions*, I, 1880, pp. 83-101.)

— Dr. J. Harmand. — Les Ponts de l'Ancien Cambodge. (*La Nature*, 11 sept. 1880, pp. 225-226.)

Fig. du pont de Tuc Tio, prov. de Battambang.

— Découverte d'une antique statue de Ganésa, en Cochinchine. Lettre de M. le capitaine Silvestre. Saïgon, le 4 juin 1882. (*Bull. Soc. Géogr. Rochefort*, t. IV, 1882-1883, pp 75-76.)

— Lettre de M. Silvestre. Envoi de la statue de Ganésa. — Saigon, le 7 novembre 1882. (*Ibid.*, pp. 242-243.)

— Note sur le dieu Ganêsa A propos d'une statue qui se trouve dans les collections de la Société de Géographie de Rochefort Par M. Bartet. (*Bull. Soc. Géogr. Rochefort*, t. V, 1883-1884, pp. 36-41.)

Notice : *Bull. Soc. Acad. Indo-Chinoise*, 2e sér., III, 1890, pp. 448-451. Par C.

— L'Art Kmer — Conférence faite le 18 mai 1891 à l'Union syndicale des Architectes français par Henri Deverin, Architecte du Gouvernement, Attaché à la Commission des Monuments historiques — 8 figures reproduisant les croquis de l'auteur — Paris, 1891, in-8, pp. 30.

Imp. E. de Soye et fils, Paris.

— Étienne Aymonier. — Le Cambodge et ses Monuments. (*Rev. Hist. Religions*, Juillet-Août 1897, pp. 20-54.)

I. — Koh Kér. — II. — Phnom Sandak. — III. — Prasat Preah Vihéar.

— Le Cambodge antique par Paul Pottier — Paris, V. Giard & E. Brière, 1897, in-16, pp. 42.

Beauvais. — Imprimerie professionnelle.

Petite bibliothèque de la «Revue des Colonies» Directeurs : Paul Vivien et Alfred Nançon.

— L'Art Indo-Chinois à l'Exposition Par Ch. Lemire. (*La Grande Revue de l'Exposition*, 25 août 1900, pp. 209-217, 6 gravures.)

— H. Mansuy. — La nature des roches employées dans la construction des monuments anciens de l'Indo-Chine. (*Bull. écon.*

Indo-Chine, 1er déc. 1901, pp. 1084-1086.)

Lunet de Lajonquière.

—— Recherche des monuments archéologiques du Cambodge. Mission du Capitaine Lunet de Lajonquière, de l'Infanterie coloniale, Attaché à l'Ecole française d'Extrême-Orient. (*Acad. Insc. et Belles-Lettres, Ctes rendus*, 1901, I, pp. 384-396.)

—— Publications de l'École française d'Extrême-Orient — Atlas archéologique de l'Indo-Chine — Monuments du Champa et du Cambodge par le capitaine E. Lunet de Lajonquière de l'Infanterie coloniale Attaché à l'Ecole française d'Extrême-Orient. Paris Imprimerie Nationale — Ernest Leroux, éditeur — MDCCCCI, in-fol., pp. 24, 5 cartes.

Notice : *Journ. R. As. Soc.*, July 1902, pp. 667-670, par C. O. Blagden.

—— Inventaire descriptif des Monuments du Cambodge par E. Lunet de Lajonquière Chef de bataillon d'Infanterie coloniale. Paris, Imprimerie nationale — Ernest Leroux. MDCCCCII, in-8, pp. cv + 1 f. n. ch. + pp. 430.

Forme le Vol. IV des *Publications de l'École française d'Extrême-Orient.*

Notices : *Toung-Pao*, Mai 1903, pp. 164-166, par H. C. [ordier]. — *Revue Hist. Religions*, Mars-Avril 1904, pp. 189-195, par P. Odend'hal. — *Journ. As.*, Janv.-Fév. 1903, pp. 174-180, par A. Foucher. — *Journ. Roy. As. Soc.*, April 1903, pp. 393-395, par J. B.

—— Inventaire descriptif..... Tome deuxième. *Ibid.*, MDCCCCVII, in-8, pp. XLV-355.

Forme le Vol. VIII des *Publications de l'École française d'Extrême-Orient.*

Notices : *Journ. des Savants*, 1903, p. 379, par A. Barth. — *Le Muséon*, N. S., V, 1904, p. 319. — *Bull. École franç. Ext.-Or.*, IV, 1904, p. 772.

—— Inventaire descriptif..... Tome Troisième. *Ibid.*, MDCCCCXI, in-8, pp. XXXIX-515.

Forme le Vol. IX des *Publications de l'École française d'Extrême-Orient.*

Notice : *Journ. Roy. As. Soc.*, April 1913, pp. 465-468, par C. O. Blagden.

—— Inventaire descriptif..... Cartes. *Ibid.*, MDCCCCXI, in-8.

Contient : 1. Carte archéologique de l'ancien Cambodge, par E. Lunet de Lajonquière. Echelle : 1/750.000°. — 2. Carte du groupe d'Angkor, par les lieutenants Buat et Ducret, Echelle : 1/50.000°.

—— Les Monuments du Cambodge. Par le Commandant Lunet de Lajonquière de l'Infanterie Coloniale. (*Revue indo-chinoise*, 15 juin 1904, pp. 733-749.)

Conférence faite à la Société de Géographie commerciale, section de Hanoi, le 9 mai 1904.

—— Les monuments du Cambodge par le Commandant Lunet de Lajonquière. Extrait de la *Revue Indo-Chinoise.* — Hanoi, Imp. F.-H. Schneider, 1904, in-4, pp. 17.

— Comt. de Lajonquière. [Mission au Cambodge.] (*Bull. École franç. Ext.-Orient*, VII, 1907, pp. 419-422.)

—— Lunet de Lajonquière. — Rapport sommaire, 1909. — Voir col. 817-818.

—— Une nouvelle carte archéologique du Cambodge, par M. le Commandant L. de Lajonquière. (*Bull. Comm. archéol. Indochine*, 1910, 1re liv., pp. 120-128; carte.)

Bordeaux, 17 avril 1910.

* * *

— O'Connell. [Découvertes à Bassak, prov. de Rom-duol.] (*Bull. École franç. Ext.-Orient*, I, 1901, p. 408.)

—— Les ruines de Bassac (Cambodge). Par M. J. Commaille. (*Bull. École française Ext.-Orient*, II, N° 3, Juillet 1902, pp. 260-267.)

— Commaille. [Fouilles à Soai-Rieng.] (*Bull. École franç. Ext.-Orient*, II, 1902, p. 108.)

L. Finot.

—— Un hôpital cambodgien au XIIe siècle, par M. L. Finot. (*Prem. Cong. Intern. Études Ext.-Orient*, Hanoi, (1902), p. 73.)

—— Phnom Baset Par M. L. Finot Directeur de l'École française d'Extrême-Orient. (*Bull. École franç. Ext.-Orient*, III, No. 1, Janv.-Mars 1903, pp. 63-70.)

—— Phnom Bàsët par L. Finot Directeur de l'École française d'Extrême-Orient. Hanoi, F.-H. Schneider, 1903, gr. in-8, pp. 8.

Ext. du *Bull. de l'École franç. d'Ext.-Orient*, Janvier-Mars 1903.

—— L. Finot. — L'Archéologie en Indochine, in-8, pp. 9.

Extrait de la *Revue Coloniale*. Bib. nat., 8° O²1 361.

— I. de Belakowitz. — [Ruines d'Attopeu (Mu'ong Kao), rive droite de la Sé Kaman.] (*Bull. École franç. Ext.-Orient*, III, 1903, pp. 141-143, fig.)

*
* *

—— Une campagne archéologique au Cambodge Par Adhémard Leclère. (*Bull. École franç. Ext.-Orient*, IV, No. 3, Juill.-Sept. 1904, pp. 737-749.)

—— Une Campagne archéologique au Cambodge par Adhémard Leclère. Hanoi, F.-H. Schneider, 1904, gr. in-8, pp. 13, carte, ill.

Ext. du *Bull. de l'École franç. d'Ext.-Orient*, Juillet-Sept. 1904.

— Note sur l'existence de ruines Khmères dans la province siamoise de Mu'àng Phanom Sarakam Par R. P. Juglar, De la Société des Missions étrangères de Paris. (*Bull. École franç. Ext.-Orient*, V, Nos. 3-4, Juill.-Déc. 1905, pp. 416-416.)

— Capne. Allouchery. [Note sur un Rapport des brigades topographiques 1906-1907; relevé des vestiges archéologiques.] (*Journ. Asiat.*, XII, 1908, pp. 329-330.)

—— Service géographique de l'Indochine — Campagne topographique 1906-1907 au Cambodge. — Vestiges archéologiques, par M. le Capitaine Allouchery. (*Bull. Comm. Archéol. de l'Indochine*, Année 1909, pp. 154-161.)

— Comt. Montguers. — [Rapport sur les points archéologiques et préhistoriques relevés au cours des opérations de la Commission de délimitation de la frontière entre la France et le Siam (1907-1908).] (*Bull. École franç. Ext.-Orient*, VIII, 1908, p. 591; *J. Asiat.*, XII, 1908, p. 330.)

—— Étude sur la vérification des dates des inscriptions des monuments khmers Par F. G. Faraut. (*Bull. Soc. Études indochinoises Saigon*, N° 57, 2e sem. 1909, pp. 29-90; N° 58, 1er sem. 1910, pp. 45-138.)

—— F. G. Faraut. — Etude sur la vérification des dates des Inscriptions des monuments khmers. Seconde partie. — Saigon, Imprimerie F.-H. Schneider, Juin 1910, in-8, pp. 90.

—— Etudes de sculpture bouddhique Par M. J. Ph. Vogel, Du Service archéologique de l'Inde anglaise, Correspondant de l'École française d'Extrême-Orient. (*Bull. École franç. Ext.-Orient*, IX, N° 3, Juill.-Sept. 1909, pp. 523-532.)

IV. — Le Vajrapāṇi gréco-bouddique. — V. — Deux Jatakas de Mathurā. — VI. — La Belle et l'arbre Açoka.

—— Loin et Près, Orient et Occident — Allocution prononcée à la Séance publique de l'Académie de Reims du 30 juin 1910 par M. Émile Senart Membre de l'Institut Membre honoraire de l'Académie. Reims, Lucien Monce, 1910, in-8, pp. 19.

Ext. du T. CXXVII des *Travaux de l'Académie de Reims*. (Tirage à 25 ex.)

H. Parmentier.

—— Les bas-reliefs de Banteai-Chmar Par H. Parmentier. (*Bull. École franç. Ext.-Orient*, X, Janv.-Mars 1910, pp. 205-222; fig.)

—— Catalogue du Musée Khmèr de Phnom Péñ par Henri Parmentier. — Hanoi, Imprimerie d'Extrême-Orient, 1912, gr. in-8, pp. 60.

Bull. de l'École française d'Ext.-Orient, T. XII, No. 3.

Notices : *Rev. Hist. Religions*, Nov.-Déc. 1913, p. 391, par P. O.

—— Complément à l'Inventaire descriptif des Monuments du Cambodge. Par Henri Parmentier, Architecte diplômé par le Gouvernement, Chef du Service archéologique de l'École française d'Extrême-Orient. (*Bull. École franç. Ext.-Orient*, Tome XIII, N° 1, Hanoi, 1913, pp. 1-64; fig.)

—— Complément à l'Inventaire descriptif des Monuments du Cambodge. Par Henri Parmentier, Architecte diplômé par le Gouvernement, Chef du Service archéologique de l'École française d'Extrême-Orient.

Hanoi Imprimerie d'Extrême-Orient — 1913, gr. in-8, pp. 64.

Bulletin de l'École française d'Extrême-Orient, Tome XIII, N° 1.

* * *

—— Catalogue des sculptures čames et khmères du Musée Royal d'Ethnographie à Berlin, par M. le Dr H. Stönner. (*Bull. Comm. archéol. de l'Indochine*, 1912, 2e livr., pp. 195-198; 4 pl.)

—— Matériaux pour servir à l'étude de l'art Khmèr. Par A. F. (*Bull. Comm. archéol. de l'Indochine*, 1912, 2e livr., pp. 215-218; 6 pl.)

—— Matériaux pour servir à l'étude de l'art Khmèr. Par A. Foucher. (*Bull. Comm. archéol. Indochine*, 1913, 2e livr., pp. 93-103.)

8 planches. — III. La Collection Moura. — IV. Une statue du Buddha.

—— Rapport de M. G. Coedès sur sa mission au Cambodge. (*Bull. École française Ext.-Orient*, T. XII, No. 9, Hanoi 1912, pp. 176-183.)

—— Les bâtiments annexes de Bĕṅ Mālā. Par Jean de Mecquenem, Architecte diplômé par le Gouvernement, ancien pensionnaire de l'Ecole française d'Extrême-Orient. (*Bull. École franç. Ext.-Orient*, Tome XIII, N° 2, Hanoi, 1913, pp. 1-22; fig.)

—— Note sur l'iconographie de Bĕṅ Mālā. Par George Coedès, Pensionnaire de l'École française d'Extrême-Orient. (*Bull. Ecole franç. Ext.-Orient*, Tome XIII, N° 2, Hanoi, 1913, pp. 23-28; 14 planches.)

—— Guide illustré du Musée Guimet de Lyon. Chalon-sur-Saone — 1913, in-16, pp. 191.

Cambodge — Les Ruines d'Angkor, pp. 70-71.

ANGKOR ET SON GROUPE.

—— Notes on the Antiquities, Natural History, &c. &c., of Cambodia, compiled from Manuscripts of the late E. F. J. Forrest, Esq., and from information derived from the Rev. Dr. House, &c. &c. By James Campbell, Esq., Surgeon R. N. — Read June 27, 1859. (*Journ. Roy. Geog. Soc.*, 1860, pp. 182-198.)

—— Ma visite aux Ruines cambodgiennes en 1850 par M. l'abbé C.-E. Bouillevaux, Ancien missionnaire apostolique en Indo-Chine.... — Introduction par M. le Marquis de Croizier.... (*Mém. Soc. Acad. Indo-Chinoise*, I, 1879, pp. 1-17.)

—— Ma visite aux Ruines cambodgiennes en 1850 par M. l'abbé C.-E. Bouillevaux Ancien missionnaire en Indo-Chine, curé de Longeville,..... — Introduction par M. le Marquis de Croizier Président de la Société académique indo-chinoise. — Saint-Quentin, Jules Moureau, 1883, in-4, pp. 16.

Ext. des *Mémoires de la Société académique indo-chinoise*, T. I.

—— Lettre de M. l'abbé Bouillevaux à M. Bartet. — Des grands édifices Khmers. Longeville, par Moutier-en-Der (Haute-Marne), 31 janvier 1882. (*Bull. Soc. Géogr. Rochefort*, t. IV, 1882-1883, pp. 162-164.)

—— Les ruines du temple d'Ancor dans le Cambodge. (*Nouv. Ann. des Voyages*, 1863, I, pp. 356-360.)

Rapport de l'amiral Bonard.

— [Ruines d'Ang Kor]. (*Revue archéologique*, N. S., XII, 1865, pp. 473-475.)

D'après le *Courrier de Saigon*, du 5 août.

Adolf Bastian.

Voir col. 896.

—— A Visit to the Ruined Cities and Buildings of Cambodia. By Dr. A. Bastian. Read, February 13, 1865. (*Journ. Roy. Geog. Soc.*, XXXV, 1865, pp. 74-87.)

—— A Visit to the Ruined Cities and Buildings of Cambodia. By Dr. A. Bastian.

With a Map. [Read before the Royal Geographical Society of London, on the 13th February, 1865.] London : Printed by William Clowes and Sons.... br. in-8, pp. 14.

— Visit to the Ruined Palaces and Buildings of Cambodia. By Dr. Bastian. (*Proc. Roy. Geog. Soc.*, IX, 1865, pp. 85-86.)

—— Dr. Adolf Bastian. — Wanderungen in den neu entdeckten Ruinenstädten Kambodia's. (*Das Ausland*, 1865, No. 47, pp. 1105-1111; No. 48, pp. 1130-1138; No. 49, pp. 1155-1163; No. 50, pp. 1183-1189.)

—— The Remains of Ancient Kambodia. By Dr. Bastion (*lire :* Bastian), pp. 125-133. (*Journ. North China B. R. As. Soc.*, N. S., No. II, Dec. 1865, art. VIII.)

* * *

—— Explorations et Missions de Doudart de Lagrée... — Extraits de ses manuscrits mis en ordre par M. A.-B. de Villemereuil...... — Paris, 1883. — Voir col. 1015-1016.

Notice : *Bull. Soc. Géogr. Rochefort*, t. VI, 1884-1885. pp. 82-83. Par Dr. H. Bourru.

—— Lettres d'un précurseur. — Doudart de Lagrée au Cambodge, par Félix Julien. — Paris, 1885. — Voir col. 1016.

Notices : *Bull. Soc. Géogr. Rochefort*, t. VI, 1884-1885, pp. 241-242. Par Dr. H. B. — *Ibid.*, t. VII, 1885-1886, pp. 248-251. Par Silvestre.

—— Siam et Cambodge L'œuvre de Doudart de Lagrée Par Jacques Bessière, Administrateur des Services civils de l'Indo-Chine, Résident de France au Cambodge. (*Revue indochinoise*, 15 oct. 1904, pp. 461-475.)

—— L.-M. de Carné (*Revue des Deux-Mondes*) : *Exploration du Mekong :* I. Les Ruines d'Angcor et les Rapides de Khon, 1er mars 1869. — II. Les forêts d'Attopée, les sauvages et les éléphans, 1er mai 1869. — III. Vien-Chan et la conquête siamoise, 15 juillet 1869. — IV. Le Royaume de Luang-Praban, 15 novembre 1869. — V. La saison des pluies dans le Laos birman, 15 décembre 1869. — VI. La Chine occidentale, 15 janvier 1870. — VII. La Famine et la guerre civile dans le Yunan, 15 février 1870. — VIII. L'Insurrection musulmane en Chine et le Royaume de Tali, 1er avril 1870. — IX. Le Fleuve-Bleu et les Européens à Shanghaï, 1er juin 1870.

— A Visit to the ruined Temples of Cambodia. By J. Thomson. (*British Ass. Adv. Science*, Nottingham, 1866, pp. 116-117.)

Voir col. 1468-1469.

—— Art. IX. The Antiquities of Cambodia. By J. Thompson, F. R. G. S., pp. 197-204. Read January 11th, 1872. (*Journ. N. C. B. R. As. Soc.*, N. S., No. VII, for 1871 & 1872.)

Louis Delaporte.

—— L. Delaporte. Rapport fait au Ministre de la Marine et des Colonies et au Ministre de l'Instruction publique, des Cultes et des Beaux-Arts, sur la mission scientifique aux ruines des monuments khmers de l'ancien Cambodge. (*Journal Officiel*, 1er et 2 avril 1874, p. 2516 et 2546.)

—— Louis Delaporte. — Une Mission archéologique aux ruines khmers. (*Revue des Deux Mondes*, 15 sept. 1877, pp. 421-455.)

—— Exposition universelle de 1878. Catalogue du Ministère de l'Instruction publique, des Cultes et des Beaux-Arts, t. II, 2e fascicule : Missions et voyages scientifiques (no XI [p. 17] : Mission Delaporte). Paris, 1878, in-8.

—— L'antique temple de Baion chez les Khmers. Par L. Delaporte. (*Rev. de Géog.*, III, 1878, pp. 45-54.)

—— Voyage au Cambodge — L'Architecture Khmer — Par L. Delaporte Lieutenant de vaisseau Officier de la Légion d'honneur, Officier de l'Instruction publique, etc., Chef de la Mission d'exploration des monuments Khmers 1873 Organisateur du

Musée Khmer 1874-78 Membre de la Mission d'exploration du Mé-Kong et de l'Indo-Chine 1866-67-68 — Ouvrage orné de 175 gravures et d'une carte dont 125 dessins originaux de l'auteur Et 50 reproductions de photographies ou dessins de l'auteur. Paris Librairie Ch. Delagrave — 1880, gr. in-8, pp. 462.

— Mission Delaporte. (*Bull. Soc. Géog. de l'Est*, IV, 1882, pp. 140-142.)

— La mission Delaporte. (*Bull. Soc. Géogr. comm. Bordeaux*, 1882, pp. 196-198.)

Communiqué par la Société Indo-Chinoise.

— Lettre de M. Delaporte, lieutenant de vaisseau — Des édifices Khmers. Paris, 10 avril 1882. (*Bull. Soc. Géogr. Rochefort*, t. IV, 1882-1883, pp. 161-162.)

*
* *

—— Remarks on the Antiquities of Siam and Camboja, with some notice of the condition of those countries at the present day. (*Journal of the Society of Arts* [Indian section], 1874, p. 579.)

—— Angcor. Nakhor Watt. By S. G. M'farland. (*Siam Repository*, vol. 6, April 1874, art. 53, pp. 214-216, 239-242.)

— The Antiquities of Siam and Camboja. (*Siam Repository*, Vol. 6, Oct. 1874, pp. 465-467.)

Extrait du «*London & China Express*».

—— Report to the American Geographical Society of New York on the Kingdom of Cambodia, the Ruins of Angkor and the Kingdom of Siam. By J. G. G. d'Abain, Ex-Commander-in-Chief of the Army of the Kingdom of Siam.... (*J. Am. Geog. Soc.*, New-York, VII, 1875, pp. 333-356.)

—— Cambodge et Siam — Voyage et séjour aux ruines des monuments kmers par A.-A.-H. Filoz, Capitaine de l'infanterie de Marine,..... Thonon — Imprimerie A. Dubouloz, 1876, in-8, pp. 190+1 p. n. ch. tab.

—— N. Filoz. Cambodge et Siam, voyage et séjour aux ruines des monuments kmers, notes du capitaine A. Filoz,..... — Paris, Gedalge jeune, 1889, in-8, pp. VI-169, fig.

Édition augmentée d'une nouvelle partie : *De Toulon à Vinh-Long*, formée par Noé Filoz, avec les notes et extraits de lettres de A. Filoz.

—— The wonderful Ruins of Cambodia. By Frank Vincent, Jr. (*J. Am. Geog. Soc.*, New York, X, 1878, pp. 229-252.)

—— T. Yelverton. — Ruins of Angkor Wat. (*Overland Monthly*, X, 30.)

—— Cambodia. (*Quarterly Review*, XXX, 251; CXVI, 283.)

—— Ancor-Viat, the Giant City. (*Month*, VI, 171; réimp. *Catholic World*, V, 135.)

—— Le Maha Nocor Khmer L'illustre royaume du Cambodge par M. Bartet, capitaine d'infanterie de marine. (*Bull. Soc. Géogr. Rochefort*, t. III, 1881-1882, pp. 283-316.)

—— Du culte en honneur à Angcor-Vat (Cambodge) Études complémentaires sur le Maha Nokor Khmer Par M. Bartet. (*Bull. Soc. Géog. Rochefort*, IV (1882-3), pp. 203-208. — *Bull. Soc. Acad. Indo-Chinoise*, II, 1882-1883, p. 114 et 527.)

Voir col. 2653-2654.

—— Lettre de M. Silvestre. Saïgon, le 3 avril 1881. (*Bull. Soc. Géogr. Rochefort*, T. III, 1881-1882, pp. 90-93.)

— Capitaine Silvestre. — Art Khmer. (*Bull. Soc. Ac. Indo-Chinoise*, 2e Sér., III, 1890, pp. 541-542.)

Monument provenant d'Angkor-thôm.

- - Excursions aux ruines d'Angcor-trôm (*sic*) [Cochinchine]. (*Annales de l'Ext.-Orient*, IV, 1881-1882, p. 224.)

—— Çà et là — Cochinchine et Cambodge — L'Âme Khmère — Ang Kor par Paul Branda. Deuxième Édition — Paris, Fischbacher, 1887, in-16, pp. 451.

Nouvelle édition, 1892.

Paul Branda = Contre-Amiral Paul-Emile-Marie Réveillère.

—— Une promenade de Saigon à Battambang et aux ruines d'Angkor. Par F. Meré. (*Bull. Soc. Études indo-chinoises de Saigon*, 1888, 2e sem., 3e fascicule, pp. 5-42.)

— P. Collard. Le Cambodge. La race Khmer. Les ruines d'Ang-Kor. (*Bull. Soc. des Sciences et Arts de l'île de la Réunion*, 1888, p. 95.)

LUCIEN FOURNEREAU.

— De Saigon à Angkor-What et Angkor-Thom. — (17 Décembre 1887, 5 Avril 1888.) Par S. Raffegeaud, Sculpteur. (*Bull. Soc. Ét. indo-chinoises de Saigon*, 1888, 1er Sem., pp. 43-51.)

— Souvenirs de la mission Fournereau aux ruines d'Angkor — Histoire de moulages. Par S. Raffegeaud, sculpteur. (*Bull. Soc. Ét. indo-chinoises de Saigon*, 1888, 2e Sem., 2e fasc., pp. 139-147.)

— L. Fournereau. Rapport d'ensemble sur la mission archéologique accomplie dans le Siam et au Cambodge, adressé au Ministre de l'Instruction publique et des Beaux-Arts. (*Journal Officiel*, 4 octobre 1888, p. 4064.)

— Exploration aux ruines Khmers du Cambodge siamois dans la province de Siemreap, par L. Fournereau, architecte. (*Cte. rendu Soc. Géog.*, 1888, No. 15, Séance du 16 novembre, pp. 457-459.)

— Les ruines khmers du Cambodge siamois par L. Fournereau, Architecte. (*Bull. Soc. Géog.*, 1889, pp. 242-278.)

— Les ruines khmères Cambodge et Siam Documents complémentaires d'architecture, de sculpture et de céramique par Lucien Fournereau Architecte chargé d'une mission archéologique par le Ministère de l'Instruction publique et des Beaux-Arts. Album de cent dix planches en phototypie. Paris, Berthaud frères, 1890, in-fol., 6 ff. prél. n. ch. p. l. f. tit., tit., préf. et tab. + 110 pl.

— Les ruines d'Angkor Étude artistique et historique sur les monuments khmers du Cambodge siamois par Lucien Fournereau Architecte chargé d'une mission archéologique par le Ministère de l'Instruction publique et des Beaux-Arts et Jacques Porcher professeur à l'école municipale J.-B. Say. Ouvrage illustré et accompagné de cent planches en phototypie et d'une carte. Paris, Ernest Leroux, 1890, in-fol., pp. VIII-206, 1 carte par Monrocq, 100 pl. par Berthaud.

— J. Porcher. La province de Siem-Reap et les ruines d'Angkor. (*Revue française de l'Étranger et des Colonies*, t. IX [1er sem. 1889], p. 641.)

* * *

— L.-B. Rochedragon. — Voyage aux ruines d'Angkor-la-Grande. (*Bull. Soc. Géog. Marseille*, XIV, 1890, pp. 139-154, 262-275, 357-376.)

— Die Alterthümer der Khmer in Kambodscha. Von Friedrich von Hellwald. (*Oesterreich. Monatschft. f. d. Orient*, t. XVI, 1890, pp. 116-119.)

— *H. Lanave. — Les terrasses du palais des Rois à Angkor-Tôm. (*L'Art*, t. LI, 17e année, t. II, 1891, pp. 28 seq.)

— H. La Nave. — Monuments khmers au Trocadéro. Restitutions. (*Revue Universelle Larousse*, 1903, p. 161.)

— Henri La Nave. — L'Art khmer et les restitutions du Trocadéro. (*Gazette des Beaux-Arts*, XXXII, 1904, pp. 326-340, fig.)

— Le Génie des Kmers — Étude sur quelques monuments du Cambodge Angkor-Vat, Bak-Heng, Angkor-Tom et Baïon Recherches sur leur origine et les causes de leur destruction. — Conférence faite à la Société de Géographie de Nantes, le jeudi 19 mai 1892, par l'abbé Chevillard ancien Missionnaire apostolique Aumonier des Petites Sœurs des Pauvres de Chantenay. Nantes, Mellinet, 1892, in-8, pp. 47.

— Adhémar Leclère. — [Note des fouilles dans le village de Sambaur.] (*Ctes. rendus Ac. Insc. et B.-L.*, 1892, pp. 312-313.)

— *A. Leclère. — Les ruines du vieux Sambaur. (*Revue normande et percheronne illustrée*, Alençon, 1894, p. 137.)

— Fouilles de Kompong-soay (Cambodge), communication faite par M. Adhémar Leclère, Résident de France au Cambodge. (Séance du 19 octobre 1894.) (*Ctes. rendus Acad. Insc. et B.-L.*, 1894, pp. 367-378.)

— De Saigon à Bangkok par les ruines d'Angkor. (Résumé.) Par John Revilliod. (*Le Globe*, Genève, XXXII, Fév.-Mai 1893, pp. 215-216.)

— **Voyage de Bangkok à Pnompenh par Angkor-Vat. (*La Nouvelle Revue*, 1893, LXXXI, Mars-Avril, pp. 354-368, 559-573.)

— En Indo-Chine Saigon — Cambodge — Ruines d'Angkor — Par M. le Capitaine Ch. Chibourg — 28 avril. (*Soc. Géogr. comm. du Havre, Bull.*, Année 1894, pp. 278-313, 377-384.)

— *A. Tissandier. — Cambodge et Java, 1893-1894. Ruines khmères et javanaises. Paris, 1896, in-4, pp. 160.

— Marquis de Barrel de Pontevès — De Saïgon à Battambang et aux ruines d'Angkor. — Paris, Impr. de Kugelmann, 1896, in-12, pp. 105.

Tiré à 50 exemplaires.

— Le Cambodge et ses Monuments — La Province de Ba Phnom par M. Etienne Aymonier. — Extrait du *Journal Asiatique*. Paris, Imprimerie nationale, MDCCCXCVII, in-8, pp. 40.

Ext. du N° de Mars-Avril 1897.

— E. Aymonier. — Les fondateurs d'Angkor-Vat. (Album Kern, p. 165; Leide, 1903, in-4.)

— Voyage aux ruines d'Angkor. Par J. Faivre. (*Soc. Bret. Géog. Lorient*, 1898, pp. 135-150; 1899, pp. 28-38.)

— Une excursion au pays d'Angkor Par Emile Vedel. (*Revue des Deux Mondes*, 1er février 1899, pp. 596-622.)

— Les ruines bouddhiques de Angkor. (*Bull. Soc. roy. Géogr. Anvers*, XXIV, 1900, pp. 122-124.)

A propos d'un article de M. G. Verschuur: «Vier Maanden in Achter-Indiën» dans *Tijdschrift van het Koning. Nederl. Aardrijkskundig Genoots.*, Déc. 1899.

— Monuments khmers, par Henri Cordier. (*Revue Universelle Larousse*, 19 oct. 1901, pp. 985-989, ill.)

— Pierre Loti de l'Académie française — Un Pèlerin d'Angkor. Paris, Calmann-Lévy, s. d., gr. in-18, pp. II-234.

Cent ex. sur papier de Hollande et 25 ex. sur papier impérial du Japon, tous numérotés.

Pèlerinage en nov. et déc. 1901.

— *Pierre Loti. — Un Pèlerin d'Angkor. — *L'Illustration* (tirage à part formant supplément au n° du 6 janvier 1912), 24 pp. in-fol.

Henri Dufour.

— Dufour. — [Mission au Bayon.] (*Ctes. rendus Ac. Insc. et B.-L.*, 1902, p. 493.)

— H. Dufour. [Travaux au Bayòn (Angkor Thom).] (*Bull. École franç. Ext.-Orient*, II, 1902, p. 110.)

— Dufour. — [Travaux du Bayon.] (*Ctes. rendus Ac. Insc. et B.-L.*, 1904, p. 422.)

— H. Dufour. [Mission à Angkor Thom.] (*Bull. École franç. Ext.-Orient*, IV, 1904, pp. 1142-1143.)

— Les ruines d'Angkor. Par H. Dufour. (*Bull. Com. Asie française*, Juin 1902, pp. 271-275.)

— Les fouilles exécutées au Bayon d'Angkor, par M. Dufour, Architecte, ancien élève de l'École des Beaux-Arts. Note de M. Émile Senart, Membre de l'Académie. (*Ctes. rendus Ac. Insc. et B.-Let.*, 1906, pp. 123-128.)

— Ministère de l'Instruction publique et des Beaux-Arts — Le Bayon d'Angkor Thom Bas-Reliefs publiés par les soins de la Commission archéologique de l'Indochine d'après les documents recueillis par la mission Henri Dufour avec la collaboration de Charles Carpeaux. Paris, Ernest Leroux, 1910, pet. in-fol.

135 planches dans une couverture.

Notice : *Bull. École franç. Ext.-Orient*, Juillet-Déc. 1911, pp. 429-430, par George Coedès.

— Cl. Madrolle. — De Marseille à Canton, 1902. — Voir col. 910 et 2445.

— Madrolle — Vers Angkor — Saigon — Phnom-penh — Cartes et Plans. Hachette, Paris, 1913, in-16, pp. 52.

Extrait des *Guides Madrolle*.

— Gaston Donnet. — Siam et Cambodge — Angkor-la-Grande et Oudong-la-Royale. (*Revue bleue*, 5 avril 1902, pp. 430-436.)

Général de Beylié.

— Le Palais d'Angkor Vat Ancienne Résidence des Rois khmers par Le Général de Beylié — Hanoi, F.-H. Schneider, 1904, in-8, pp. vii-34 + 3 ff. n. ch. à la fin.

Notices : *Toung pao*, Mai 1904, pp. 225-226, par H. C.[ordier]. — *Bull. École fr. Ext.-Orient*, IV, Nos. 1 & 2, Janv.-Juin 1904, pp. 443-445, par L. F.[inot]. — *Rev. Hist. Religions*, XLIX, Mai-Juin 1904, pp. 431-432, par Ant. Cabaton.

— Général L. de Beylié — Les Ruines d'Angkor Notice illustrée de 16 gravures — Paris, Ernest Leroux, 1909, gr. in-8, pp. 31.

— Allocution de M. Edmond Pottier, président de l'Académie des Inscriptions et Belles-Lettres, à l'occasion de la nouvelle de la mort de M. le Général de Beylié, Correspondant de l'Académie. Séance du vendredi 22 juillet 1910. (*Ctes. rendus Acad. Inscr. & B.-Lettres*, Juillet 1910, pp. 408-411.)

— Le Général de Beylié. (*Bull. Com. Asie franç.*, Juillet 1910, pp. 297-298.)

— Le Général de Beylié. Nécrologie par L. Finot. (*Journal Asiatique*, Juillet-Août 1910, pp. 195-197.)

— Le Général de Beylié. Nécrologie Par L. Finot. (*Bull. École française Ext.-Orient*, X, Juillet-Sept. 1910, pp. 661-663.)

Reproduit du *Journal Asiatique*, Juillet-Août 1910.

— Le Général de Beylié. Par Georges Maspero. (*Revue indochinoise*, Oct. 1910, pp. 317-319.)

Nécrologie. Soctrang, le 18 juillet 1910. Extrait du *Courrier Saigonnais*.

— Le Général de Beylié. Nécrologie Par G. D. (*Bull. Assoc. amic. franco-chinoise*, Oct. 1910, pp. 416-418.) — Portrait.

— Nécrologie. Le Général de Beylié. (*Bull. Comm. archéol. de l'Indochine*, 1910, 2e liv., pp. 171-172.)

† 15 juillet 1910 dans les rapides du Mékong.

— Institut de France — Académie des Inscriptions et Belles-Lettres — Inauguration du monument élevé à la mémoire du Général de Beylié à Grenoble Le Dimanche 23 novembre 1913. Paris Typographie de Firmin-Didot et Cie.... MDCCCCXIII, in-4, pp. 12.

Discours de M. Henri Cordier.

— Le monument du général de Beylié. (*La Géographie*, 15 janvier 1914, pp. 69-70.)

Inauguration à Grenoble le 23 novembre 1913, par M. Henri Cordier, de l'Institut.

*
* *

— Guide pratique des Ruines d'Angkor Par le Docteur Hagen, Médecin chef de l'Hôpital de Phnom-Penh (Cambodge). — Phnom-penh, Claude & Cie, Imprimeurs-Editeurs, 1904, in-8, pp. 43.

— ***Note sur les moulages des bas-reliefs d'Angkor-Vat exposés à Berlin au Museum für Völkerkunde. (*Deutsche Literaturzeitung*, 1904, p. 1119.)

— ***Note sur les mêmes moulages. (*Ost-asiat. Lloyd*, XVIII, 1904, p. 742.)

— H. Clifford. — Cambodia and Angkor Thom. (*Macmillan's Mag.*, LXXXVIII, 416.)

— Aux ruines d'Angkor Par M. le Vicomte de Miramon-Fargues. (*Tour du Monde*, N. S., XI, 5 août 1905, pp. 361-372.)

— Reconnaissance de l'ancienne chaussée Khmer d'Angkor au Mékong par Kompongtom Par M. Albrecht, lieutenant d'infanterie coloniale — (Première Partie.) Saigon, Imprimerie Saigonnaise — 1905. (*Bull. Soc. Et. indo-chin. de Saigon*, No 48, 2e sem. 1904, pp. 1-17.) — (Deuxième Partie.) Ibid., 1906. (*Ibid.*, Nos. 49-50, 1905, pp. 1-38.)

— A Trip to the Ancient Ruins of Kamboja. By Lieutenant-Colonel G. E. Gerini, Part II. (*Imp. & Asiat. Quart. Rev.*, Part I, XVII, April 1904, pp. 355-398; Part II, XIX,

Jan.-April 1905, pp. 361-394); Part III, XX, July-Oct. 1905, pp. 89-101.)

—— The Hanoi Exhibition — The first international Congress of Far Eastern Studies — A trip to the ancient ruins of Kamboja by Lieutenant-Colonel G. E. Gerini, M. R. A. S. — [Reprinted from the *Imperial and Asiatic Quarterly Review*] — Publishing Department, Oriental Institute Woking, Surrey, England 1906, in-8, pp. 165.

—— *E. Candler. — The Temple at Angkor. (*The Acorn*, 1906, No. 1.)

—— *A. C. Coolidge. — The Ruins of Angkor. (*The Nation*, New York, LXXXII, 1906, p. 136.)

—— *P. Dieulefils et Paul Vivien. — L'Indo-Chine pittoresque et monumentale, Cambodge et Ruines d'Angkor. Paris, Challamel, 1906, album in-4 oblong de 50 planches en phototypie, avec texte explicatif, 50 fr.

—— *Indo-Chine pittoresque et monumentale, Ruines d'Angkor (Cambodge). Préface d'Etienne Aymonier et Introduction de Louis Finot; texte français, anglais et allemand. P. Dieulefils, éditeur. Hanoï (Tonkin). 1910. Album in-4 jésus (40 × 29 cm.) 120 héliogravures. Prix : Fr. 50. — relié sur onglets.

Notice : *Anthropos*, V, Hft. 5 & 6, Sept.-Déc. 1910, pp. 1198-1199, par Antoine Cabaton — Paris.

—— Georges Morand. — Notes et images — 1906-1907. — Voir col. 1042.

Notice : *Bull. École franç. Ext.-Orient*, VII, Juillet-Déc. 1907, pp. 385-386, par L. Finot.

—— *Maas. — Die Ruinen von Angkor. (*Allgemeine Zeitung*, München, *Beilagen*, 4 mars 1906, p. 415.)

—— ***[Note sur les Ruines Khmères.] (*Ost-asiat. Lloyd*, XX, 1906, p. 1042.)

—— *Antoine Cabaton. — Angkor et la France. (*La Nature*, No. 1776, 8 juin 1907, p. 247.)

— Mission de La Jonquière. (*La Géographie*, 15 oct. 1907, p. 271.)

—— Plan d'ensemble des monuments du groupe d'Angkor, dressé par M. le lieutenant Ducret (Mission du Commandant Lunet de Lajonquière). (*Bull. Comm. archéol. de l'Indochine*, 1908, 1ère liv., p. 95.)

— Lettre de M. de La Jonquière. Angkor-vat, le 4 Janvier 1908. (*Bull. Soc. Géog. comm.*, Février 1908, pp. 130-131.)

— Mission E. de La Jonquière en Indo-Chine. (*La Géographie*, 15 mars 1908, pp. 254-255.)

— Indo-Chine. (*Bull. Soc. Géogr. comm.*, Août 1907, p. 518.)

—— Conférence de M. A. Foucher sur les ruines d'Angkor. Réunion du 22 Janvier 1908. (*Bull. Com. Asie franç.*, Février 1908, pp. 49-55.)

—— Les Ruines d'Angkor de Duong-Duong et de My-son (Cambodge et Annam) — Lettres, journal de route et clichés photographiques par Charles Carpeaux chef des travaux pratiques à l'École française d'Extrême-Orient publiés par Mme J.-B. Carpeaux [grav.]. Paris, Augustin Challamel, 1908, in-8, pp. 258 + 1 f. n. ch. table, ill.

Notice : *Bull. Com. Asie française*, Janv. 1908, p. 43.

— Charles Carpeaux. Nécrologie par L. Finot et H. Parmentier. (*Bull. École franç. Ext.-Orient*, IV, Nos 1 et 2, Janv.-Juin 1904, pp. 537-538.)

Voir col. 2447.

—— Rapport sur les travaux à exécuter à Angkor par M. H. Parmentier. (*Bull. Comm. archéol. de l'Indochine*, 1908, 1ère liv. pp. 46-81.)

Nhatrang, le 13 mars 1908.

—— Jean-Paul Lafitte. — Les ruines d'Angkor. (*La Nature*, 16 mai 1908, pp. 375-378, fig.)

—— Le temple d'Angkor par L. de Milloué. (*Conférences faites au Musée Guimet*, Bibl. de Vulgarisation, t. XXIX, 1908, pp. 89-122.)

—— Les Prouesses de l'Automobile — Au Cambodge De Saïgon aux Ruines d'Angkor par Mgr le Duc de Montpensier. Edité par la S[té] Lorraine-Diétrich 12, Avenue de Madrid, Neuilly-sur-Seine, in-8, pp. 17 à 2 col., Port. du Duc de Montpensier et illust.

S. l. n. d. [Paris, Imp. Paul Dupont, 1908].

«M. Pierre Jeantet, directeur de *la Cochinchine française*, a interviewé l'intrépide voyageur à son retour de cette aventureuse expédition et en a publié dans son journal le récit plein d'intérêt que voici.»

—— *Duc de Montpensier. — La Ville au bois dormant. De Saigon à Angkor. 1910, in-4, pp. 252, ill.

Jean Commaille.

—— Commaille. [Rapports sur les travaux exécutés à Angkor.] (*Bull. École franç. Ext.-Orient*, VIII, 1908, pp. 287-294, 591-595; IX, 1909, pp. 413-414.)

—— Le crépuscule des dieux Par J. Commaille. (*Revue indo-chinoise*, 15 mars 1908, pp. 332-342.)

—— Les Monuments d'Angkor. Par J. Commaille, Conservateur du Groupe d'Angkor. (*Revue indochinoise*, 1910, Mai, pp. 363-373; 1 grav. hors texte : Bayon, tête décorative; Juillet, pp. 7-14; Août, pp. 142-151; Octobre, pp. 346-353.)

—— * Guide aux ruines d'Angkor, par J. Commaille. — Paris, Hachette et Cie, 1912, in-12, pp. 241, 154 grav. et 3 plans.

Notice : *Revue Indochinoise*, Juill.-Août 1912, pp. 154-155. — Du *Bull. de la Soc. Belge d'Études coloniales*.

—— Notes sur la décoration cambodgienne. Par Jean Commaille, Membre de l'École française d'Extrême-Orient, Conservateur des monuments du groupe d'Angkor. Hanoi Imprimerie d'Extrême-Orient. — 1913, gr. in-8, pp. 38, 49 pl., fig.

Bull. École française Ext.-Orient, T. XIII, No. 3.

* * *

—— Aux ruines d'Angkor Par Augustin Alquier. (*Bull. Soc. Études indochinoises Saigon*, N° 56, 1er Sem. 1909, p. 63.)

—— Les fêtes d'Angkor. (*Bull. Com. Asie franç.*, Nov. 1909, pp. 498-500.)

Discours de MM. Luce, résident supérieur, de S. E. Oskak Veang Thioum, ministre de l'Instruction publique, du bonze délégué par le pape des bonzes et réponse du Gouverneur général.

—— Georges Maspero. — Les Ruines d'Angkor. (*La Nature*, No. 1883, 26 juin 1909, pp. 54-59.)

—— Rapport sur les travaux exécutés à Angkor pendant le second semestre de 1908, par M. Cl. E. Maitre. (*Bull. Comm. archéologique de l'Indochine*, Année 1909, pp. 136-143.)

Hanoï, le 25 janvier 1909.

—— Aux ruines d'Angkor. Par Ed. Cauchois. (*Revue indochinoise*, 1910, Janvier, pp. 74-90; Février, pp. 145-176; Mars, pp. 228-256.)

—— Aux Ruines d'Angkor par Ed. Cauchois. — Hanoi-Haiphong, Imprimerie d'Extrême-Orient — 1910, gr. in-8, pp. 78.

Extrait de la *Revue indochinoise*, Nos. 1, 2 et 3 (Janvier-Février-Mars 1910).

—— Conférence de M. Pierre Guesde, résident de France au Cambodge, sur Angkor. Extrait. (*Bull. Com. Asie franç.*, Juin 1910, pp. 262-264.)

—— Les bas-reliefs de Bapuon, par M. L. Finot. (*Bull. Comm. archéol. de l'Indochine*, 1910, 2e liv., pp. 155-161; planches.)

—— Les Bas-reliefs de Bapuon par M. L. Finot. — (Extrait du *Bulletin de la Commission archéologique de l'Indochine*, 1910.) Paris, Imprimerie nationale, MDCCCCX, in-8, pp. 11, 5 pl.

Bapuon est situé dans Angkor Thom, tout près de la face méridionale de l'enceinte du palais.

G. Coedès.

—— Catalogue des pièces originales de sculpture Khmère conservées au musée indochinois du Trocadéro et au Musée Guimet Par M. G. Coedès. (*Bull. Comm. arch. de l'Indo-*

chine, 1910, 1ère liv., pp. 19-62; 12 planches hors texte.)

—— Catalogue des pièces originales de sculpture Khmère conservées au Musée indochinois du Trocadéro et au Musée Guimet par M. G. Coedès. — (Extrait du *Bulletin de la Commission archéologique de l'Indochine*, 1910.) Paris, Imprimerie nationale, MDCCCCX, in-8, pp. 46, 12 pl.

—— The Great Temple of Angkor Wat By George Coedès. Reprinted from the *Buddhist Review* for July, 1911, in-8, pp. 11, 1 pl.

—— Les bas-reliefs d'Angkor-Vat, par M. G. Coedès. (*Bull. Comm. archéol. de l'Indochine*, 1911, 2e livraison, pp. 170-220; 30 planches.)

—— Les Bas-reliefs d'Angkor-Vat par M. G. Coedès Licencié ès Lettres, élève diplomé de l'École des Hautes Études — (Extrait du *Bulletin de la Commission archéologique de l'Indochine*, 1911.) Paris, Imprimerie nationale, MDCCCCXI, in-8, pp. 59 + 1 f. n. ch. p. l. tab. + 30 pl.

—— Trois piédroits d'Añkor-Vat, par M. G. Coedès. (*Bull. Comm. archéol. Indochine*, 1913, 2e livr., pp. 105-109; 5 planches.)

Añkor-Thom, Octobre 1913.

*
* *

—— Sur la date probable d'Angkor Vat. Par le Commandant Lefebvre des Noëttes. (*Journal Asiatique*, Janv.-Février 1912, pp. 219-223.)

—— Henri Gourdon. — Guide aux Ruines d'Angkor. — Saigon, Imprimerie F.-H. Schneider, 1912, in-8, pp. 79 + 1 p. n. ch.

Notice : *Revue Indochinoise*, Mai 1912, pp. 532-533.

—— Pèlerinage à Ang-kor, en 1912. (*Bull. Soc. Géog. Rochefort*, XXXIV, 1912, pp. 185-192.)

Signé : Souso-Hannah.

(Angkor : Divers.)

—— *Hugo Suter. Angkor, eine Reise nach den Ruinen von Angkor. Berlin, 1912, in-8, pp. 80.

—— The Forgotten Ruins of Indo-China. The most Profusely and Richly Carved Group of Buildings in the World. By Jacob E. Conner American Consul at St. Petersburg; Formerly American Consul at Saigon, Cambodia). Illustrations. (*National Geog. Mag.*, March 1912, pp. 209-272, ill.)

— Angkor-Vat By F. W. Thomas. (*Journ. Roy. Asiat. Soc.*, April 1913, pp. 419-420.)

— Voyage aux villes mortes hindoues de Ceylan, de Java et d'Angkor. Conférence de M. Robert Chauvelot. (*La Geographie*, 15 mai 1914, pp. 367-371.)

Société d'Angkor.

—— Bulletin n° 1 Société d'Angkor pour la conservation des monuments anciens de l'Indochine — Extrait du *Bulletin du Comité de l'Asie Française* — Paris Au Siège social du Comité de l'Asie Française 19-21, Rue Cassette, 19-21 — 1908, in-8, pp. 30.

—— Société d'Angkor pour la conservation des monuments anciens de l'Indo-Chine. (*Bull. Com. Asie franç.*, Juillet 1908, pp. 283-287.)

—— Société d'Angkor pour la conservation des monuments anciens de l'Indochine. [Statuts; Composition du Comité; Assemblée générale du 29 avril 1910.] (*Bull. Com. Asie franç.*, Juin 1910, pp. 278-280.)

— La Société d'Angkor. (*La Géographie*, 15 oct. 1907, p. 272.)

— Preservation of Ancient Monuments. (*Journ. R. A. Soc.*, Oct. 1907, pp. 1064-1065.)

Société d'Angkor.

— Société d'Ankor. Pour La Conservation des Monuments anciens de l'Indo-Chine. (*Journal Siam Society*, Vol. IV, Pt II, Bangkok, 1907, pp. 107-111.)

— Note sur la fondation à Phnom-Penh d'un sous-comité local de la Société d'Angkor. (*Bull. École franç. Ext.-Orient*, VII, 1907, p. 422.)

(Société d'Angkor.)

ÉPIGRAPHIE.

A. Bastian.

—— Translation of an Inscription copied in the temple of Nakhon Vat or the City of Monasteries, near the capital of ancient Kambodia. By Dr. A. Bastian. (*Jour. As. Soc. Bengal*, Vol. 36, 1867, Pt. I, pp. 76-83.)

— Dr. A Bastian bei den Ruinen von Ancor in Cambodia. (*Petermann's Mitt.*, 1864, p. 223.)

* * *

—— Jules Mohl. — Rapport sur les inscriptions cambodgiennes adressées à l'Académie le 2 avril 1874. (*Ctes. rendus Ac. Insc. et B.-L.*, 1874, pp. 174-177.)

Sept inscriptions envoyées par l'amiral de Dompierre d'Hornoy, Ministre de la Marine et des Colonies.

E. Aymonier.

—— Etienne Aymonier. — Inscriptions cambodgiennes. (*Revue orientale et américaine*, 1877, p. 180. — *Actes de l'Inst. ethnographique*, VIII (1878), p. 299.)

—— Chronique des Anciens Rois du Cambodge Traduite et commentée par E. Aymonier représentant du Protectorat au Cambodge. (*Excursions et Reconnaissances*, No. 4, 1880, pp. 149 seq.; Nlle. éd., No. 3, 1894, pp. 58-99.)

—— Chronique des Anciens Rois du Cambodge, Traduite et commentée par E. Aymonier, representant du Protectorat au Cambodge, in-8, pp. ch. 149-190.

—— Quelques notions sur les inscriptions en vieux Khmêr, par M. Aymonier. (*Journ. As.*, Avril-Mai-Juin 1883, pp. 441-505; Août-Sept. 1883, pp. 199-228.)

Notice : *Bull. Soc. Acad. Indo-Chinoise*, 2e sér., III, 1890, pp. 421-432. Par C.

—— Quelques notions sur les inscriptions en vieux Khmêr, par Étienne Aymonier. — Extrait du *Journal Asiatique*. — Paris, Imprimerie Nationale, MDCCCLXXXIII, in-8, pp. 95.

—— L'Épigraphie kambodjienne par Étienne Aymonier. (*Exc. et Recon.*, No. 20, 1884, pp. 253-296.)

—— L'Épigraphie kambodjienne par É. Aymonier — Saigon, Imprimerie du Gouvernement, 1885, in-8, pp. 46.

—— Les inscriptions du Preah Peân (Angkor Vat), par M. Etienne Aymonier. (*Journ. Asiat.*, 9e Sér., XIV, Nov.-Déc. 1899, pp. 493-529.)

—— Errata à l'article de M. Aymonier paru dans le numéro de Novembre-Décembre 1899. (*Journ. Asiat.*, Janv.-Fév. 1900, p. 200.)

—— Les inscriptions du Bakan et la grande inscription d'Angkor Vat, par M. Etienne Aymonier. (*Journ. Asiat.*, 9e Sér., XV, Janv.-Fév. 1900, pp. 143-175.)

—— Les inscriptions modernes d'Angkor Vat Preah Peân Bakan et la Grande Inscription par M. Étienne Aymonier Directeur de l'École coloniale — Extrait du *Journal Asiatique*. Paris, Imprimerie Nationale - MDCCCC, in-8, pp. 71.

Ext. des Nos. de Nov.-Déc. 1899 et Janv.-Fév. 1900.

—— La Stèle de Sdok Kâk Thom, par M. Etienne Aymonier. (*Jour. Asiat.*, Janv.-Fév. 1901, pp. 5-51.)

—— La Stèle de Sdok Kâk Thom par M. Etienne Aymonier Directeur de l'Ecole coloniale — Extrait du *Journal Asiatique*. — Paris, Imprimerie Nationale, MDCCCCI, in-8, pp. 52, 1 pl.

Ext. du No. de Janv.-Fév. 1901.

Léon Feer.

—— L. Feer. — Les inscriptions cambodgiennes provenant des papiers du Commandant de Lagrée et donnés par ses frères à la Bibliothèque nationale. (*Annales Ext.-Orient*, I, 1878-1879, p. 345.)

—— Les inscriptions du Cambodge Par Léon Feer, Bibliothécaire du Département des Manuscrits de la Bibliothèque Nationale, Membre du Conseil de la Société. (*Bull. Soc. Acad. Indo-Chinoise*, 2e sér., III, 1890, pp. 294-297.)

J. Harmand.

—— Notes de Voyage en Indo-Chine — Les Kouys — Ponthey-Kakèh — Considérations sur les Monuments dits Khmers par le Dr. J. Harmand. (Communication faite à la Société Académique Indo-Chinoise, le 29 avril 1879.) (*Annales Ext.-Orient*, I, 1878-1879, pp. 329-337, 361-379.)

Pl. I. : Fig. 1. — Trois lignes de l'Inscription de Hanh Khieï. — Fig. 2. — Inscription de Phnôm Somboc. — Pl. II : Fig. 3. — Specimen de l'Inscription de Bassac. — Fig. 4. — Inscription de Melu Prey. — Pl. III : Fig. 5. — Inscription du village de Bang, pays des Kouys-Porrh. — Pl. IV : Fig. 6. — Spécimen de l'Inscription de Préa Khang (Compong Soai). — Fig. 7. — Spécimen des inscriptions de Ponthey-Kakèh. — Pl. V : Fig. 8. — Inscription de l'entrée du Sanctuaire de Kouk Kedey. — Fig. 9. — Inscription de la porte du péristyle E de Préa-Khan (Pr. de Siem-réap). — Fig. 10. — Portion de mur montrant la superposition des pierres. — Fig. 11. — Machine de la galerie des supplices (Angkôr Wât).

—— Inscriptions cambodgiennes Lettre de M. le Dr Harmand accompagnée de quatre dessins. Paris, 4 Février 1879. (*Ann. de l'Ext.-Orient*, 1879-1880, II, pp. 271-272.)

—— Note sur les inscriptions des monuments de l'ancien Cambodge, par le Dr J. Harmand. (*Bull. Soc. Géog.*, 1880, I, pp. 445-447.)

H. Kern.

—— Opschriften op Oude Bouwwerken in Kambodja. Door Prof. H. Kern. (*Bijd. Taal-L.- Volk. Ned. Ind.*, 4e Sér., III, 1879, pp. 268-272.)

—— Inscriptions cambodgiennes Par le Docteur H. Kern Professeur à l'Université de Leyde. (Traduit des *Bijdragen* de l'Institut royal des Indes-Néerlandaises.) (*Ann. de l'Extr.-Orient*, II, pp. 193-196.)

—— Inscriptions cambodgiennes par le Docteur H. Kern, Professeur de l'Université de Leyde... — Art. 1er. — Inscription de PreaKhan (Compong Soai). (*Ann. de l'Ext.-Orient*, 1879-1880, II, pp. 333-341.) — Art. II. — Inscription de Bassac. Estampages du Dr Harmand déchiffrés par le Dr Kern. (*Ibid.*, 1880-1881, III, pp. 65-76.)

—— L'époque du roi Suryavarman. Par H. Kern. (*Annales de l'Ext.-Orient*, 1881-1882, IV, pp. 195-196.)

—— H. Kern. — Inscriptions cambodgiennes — Inscription de Hanh-Khiei. (*Ann. Ext.-Orient*, IV, 1881-1882, pp. 225-229, 4 pp. de facsimilés.)

Estampages du D[r]. Harmand déchiffrés par le D[r]. Kern.

—— Les inscriptions Khmers recueillies au Cambodge par M. J. Moura. (*Bul. Soc. Acad. Indo-Chinoise*, II, 1882-1883, p. 1.)

—— Over den aanhef eener buddhistische Inscriptie uit Battambang. Bijdrage van H. Kern. (*Verslagen en Meded. d. Konni. Akad. van Weten.*, Afd. Letterkunde, IV R., III D., 1899, pp. 65-81.)

—— Sur l'invocation d'une inscription bouddhique de Battambang par H. Kern. (*Le Muséon*, N. S., VII, 1-2, 1906, pp. 46-66.)

Trad. par L. de la Vallée Poussin des *Verslagen Letterkunde*, 4e Reeks, Deel III, pp. 65-81, de l'Ac. des Sciences d'Amsterdam, 1899.

Cf. Bergaigne, *Jour. Asiat.*, 1882, I, p. 178.

—— Inscriptions cambodgiennes. (*Bul. Soc. Ac. indo-chinoise*, 2e sér., I, pp. 250-269.)

Série d'articles sur les travaux du D[r]. H. Kern. (*Ann. Ext.-Orient*, II, pp. 333-341; III, pp. 65-76), Aymonier (*Rev. Or. et Amér.*, 1877, pp. 180-182; *Act. de l'Inst. Ethn.*, VIII, 1878, pp. 299-303; *Voy. au Cambodge*, par Delaporte, pp. 411-412; *Cochinchine fr. Exc. et Reconn.*, n° 4, 1880, pp. 179-190; n° 8, 1881, pp. 346-350, p. 349, n° 10, pp. 169-174), Dr A. Corre (*Exc. et Reconn.*, n° 3, 1880, pp. 365-366.)

K.-F. Holle.

—— Inscriptions cambodgiennes & javanaises. (*Ann. de l'Ext.-Orient*, 1879-1880, II, pp. 168-169.)

Lettre de Mr. K. F. Holle, de Batavia, à propos de l'article du Dr. Harmand dans les *Ann. de l'Ext.-Orient*, I, p. 361.

E. Lorgeou.

—— Inscription cambodgienne trouvée à Lophabouri (Siam) Par M. A. Lorgeou Chancelier du Consulat de France à Bang-Kók... Communication lue à la Société Académique Indo-Chinoise dans sa séance du 30 Juin 1880. (*Ann. de l'Extr.-Orient*, 1880-1881, III, pp. 33-36.)

Cf. E. Aymonier, *Exc. et Recon.*, No. 8, 1881, p. 349.

—— Etude sur quelques fragments épigraphiques des monuments Khmers, par Edouard Lorgeou, interprète et chancelier du Consulat de France à Bang-Kôk. (*Bull. Soc. Acad. Indo-Chinoise*, 2e sér., I, pp. 20-27.)

Abel Bergaigne.

—— Une nouvelle inscription cambodgienne, par M. Abel Bergaigne. (*Journ. Asiat.*, 7e Sér., XIX, 1882, pp. 208-232.)

—— Une nouvelle inscription du Cambodge par Abel Bergaigne. — Extrait du *Journal Asiatique*. Paris, Imprimerie nationale, MDCCCLXXXII, in-8, pp. 27.

Enfouie au hameau de Phum-Da.

—— Les inscriptions sanscrites du Cambodge. — Examen sommaire d'un envoi de M. Aymonier, par MM. Barth, Bergaigne et Senart. — Rapport à M. le Président de la Société asiatique par M. Bergaigne. (*Journ. Asiat.*, 7e Sér., XX, 1882, pp. 139-230.)

—— Les inscriptions sanscrites du Cambodge. — Examen sommaire d'un envoi de M. Aymonier, par MM. Barth, Bergaigne et Senart. — Rapport à M. le Président de la Société Asiatique, par M. Bergaigne. — Extrait du *Journal Asiatique*. Paris, Imprimerie nationale. — MDCCCLXXXII, in-8, pp. 56.

—— *Inscriptions Khmers. — La chute du règne de Sûryavarman. (*Bull. Soc. Acad. Indo-chinoise*, II, 1882-1883, p. 6.)

—— Chronologie de l'ancien royaume Khmêr, d'après les inscriptions, par M. Abel Bergaigne. (*Journ. As.*, Janvier 1884, pp. 51-76.)

Notice : *Bull. Soc. Acad. Indo-Chinoise*, 2e sér., III, 1890, pp. 434-437. Par C.

—— Chronologie de l'ancien royaume Khmêr, d'après les inscriptions par Abel Bergaigne. — Extrait du *Journal Asiatique*. Paris, Imprimerie nationale, MDCCCLXXXIV, in-8, pp. 30.

—— Communication de M. Bergaigne sur un nouvel envoi d'inscriptions recueillies dans l'Indo-Chine par M. Aymonier. (*Ctes. rendus Ac. Insc. et B.-Let.*, 1885, pp. 136-140.)

—— Sur les dernières inscriptions recueillies par M. Aymonier en Indo-Chine. (Communication de M. Bergaigne.) (*Ctes. rendus Ac. Insc. et B.-Let.*, 1885, pp. 356-357.)

—— Abel Bergaigne. — Les découvertes récentes sur l'histoire ancienne du Cambodge. (*Journal des Savants*, Sept. 1885, pp. 546-559.)

—— Les découvertes récentes sur l'histoire ancienne du Cambodge par M. Abel Bergaigne. (*Rev. d'Ethnographie*, IV, 1885, pp. 477-497.)

Réimp. du *Journal des Savants*.

—— Les découvertes récentes sur l'histoire ancienne du Cambodge par M. Abel Bergaigne, Membre de l'Institut. Br. in-8, pp. 21.

Ext. de la *Revue d'Ethnographie*, par le Dr. Hamy.

—— Inscriptions sanscrites du Cambodge, par M. Abel Bergaigne. (*Not. et Ext. des Mss. de la Bib. Nat.*, XXVII, 1re partie, 2e fasc., 1893, pp. 293-588.)

—— Note additionnelle au sujet des dates contenues dans les inscriptions du Cambodge du 1er fascicule et dans les Inscriptions de Campã. (*Ibid.*, pp. 589-604.)

—— Index des deux premiers fascicules. (*Ibid.*, pp. 605-628.)

—— Errata. (*Ibid.*, p. 629.)

A. Barth.

—— Inscriptions sanscrites du Cambodge, par M. Auguste Barth. (*Journ. Asiat.*, Août-Sep. 1882, pp. 195-230.)

Inscriptions envoyées par Aymonier. — Cf. *Ibid.*, Fév.-Mars 1883, p. 160.

—— Inscriptions sanscrites du Cambodge, par M. Auguste Barth. — Extrait du *Journal Asiatique.* Paris, Imprimerie nationale, MDCCCLXXXII, in-8, pp. 36.

—— Inscription sanscrite de Han Chey par M. Auguste Barth. (*Journ. As.*, Fév.-Mars 1883, pp. 160-170.)

—— Inscriptions sanscrites du Cambodge, par M. A. Barth. (*Not. et Ext. des Mss. de la Bib. Nat.*, XXVII, 1re partie, 1er fasc., 1885, pp. 1-180.)

—— Inscriptions sanscrites du Cambodge, par M. A. Barth. — Extrait des *Notices et Extraits des Manuscrits de la Bibliothèque Nationale*, tome XXVII, 1re partie. Paris, Imprimerie nationale. — MDCCCLXXXV, in-4, pp. 180.

—— —— Atlas. — *Ibid.*, in-fol., 17 planches (19 inscriptions).

— I. Han Chey. — II. Ponhear Hor. — III. Phnom Banteai Neang. — IV. Veal Kantel. — V. Bayang. — VI. Vat Chakret. — VII. Svai Chno. — VIII. Ang Pou. — IX. Ang Chumnik. — X. Vat Prey Vier. — XI. Ang Chumnik. — XII. Vat Prey Vier. — XIII. Barai. — XIV. Prea Eynkosey. — XV. Prea Kév. — XVI. Vat Praptus. — XVII. Lovêk. — XVIII. Prea ngouk. — XIX. Prasat Prah Khset.

—— [Observations de Barth sur deux inscriptions rapportées récemment du Siam par M. Fournereau.] (*Ctes. rendus Ac. Insc. et B.-Let.*, 1893, pp. 64-65.)

—— Stèle de Vat Phou. — Voir col. 1039.

—— Inscription sanscrite du Phou Lokhon. — Voir col. 1039.

—— Les doublets de la stèle de Say-fong. [Lettre de M. A. Barth.] (*Bull. École franç. Ext.-Orient*, III, N° 3, Juill.-Sept. 1903, pp. 460-466.)

Avec note additionnelle du D[r]. Palmyr Cordier.

James Darmesteter.

—— Rapport sur les travaux du Conseil de la Société asiatique pendant l'année 1882-1883, fait à la séance annuelle de la Société le 6 juillet 1883, par M. James Darmesteter. (*Journ. As.*, Juillet 1883, pp. 12-122.)

Epigraphie du Cambodge, pp. 44-52.

Notice : *Bull. Soc. Acad. Indochinoise*, 2e sér., III, 1890, pp. 432-434. Par E. G.

E. Senart.

—— Inscription sanscrite de Srey Santhor, par M. Senart. (*Ctes. rendus Ac. Insc. et B.-Let.*, 1883, pp. 90-92.)

—— Une inscription buddhique du Cambodge par M. Emile Sénart. — Extrait de la *Revue archéologique*, Mars-Avril 1883, in-8, pp. 11.

Inscription de la pagode de Çrey Santhor, sur la rive gauche du Mékhong; l'érection en peut être fixée approximativement vers les années 975 à 980. — Lu à la séance trimestrielle des Cinq Académies, 4 avril 1883.

François Joseph Schmitt.

Né à Gugenheim, dioc. de Strasbourg, 1er avril 1839; Miss. ét. de Paris; † à Bangkok, 19 sept. 1904.

—— Schmitt. — Les deux inscriptions de la pagode de Pra-kéo à Bangkok. (*Exc. et Reconn.*, No. 18, 1884, pp. 429-438, 4 pl.; No. 19, 1884, pp. 169-187, 9 pl.)

Saigon, le 10 février 1884.

Cf. Aymonier, No. 20, pp. 253 seq.

— Cambodge. — Inscriptions, voir col. 901.

Lucien Fournereau.

— Siam ancien. — Voir col. 815-816.

GEORGE COEDÈS.

—— Inscription de Bhavavarman II roi du Cambodge (561 çaka) Par M. George Coedès, Elève de l'École des Hautes Études. (*Bull. École franç. Ext.-Orient*, IV, No. 3, Juill.-Sept. 1904, pp. 691-697.)

— Note sur une inscription récemment découverte au Cambodge par G. Coedès. (*Bull. École Franç. Ext.-Orient*, V, Nos. 3-4, Juill.-déc. 1905, p. 419.)

—— La stèle de Ta-prohm Par M. George Coedès Élève de l'École des Hautes Études. (*Bull. École franç. Ext.-Orient*, Janv.-Juin 1906, pp. 44-81.) — Note additionnelle sur l'inscription de Ta-prohm Par le Dr P. Cordier. (*Ibid.*, pp. 82-85.)

Cf. Aymonier, *Cambodge*, III, 30.

—— Inventaire des inscriptions du Champa et du Cambodge Par M. George Coedès. (*Bull. Éc. fr. Ext.-Orient*, VIII, Janv.-Juin 1908, pp. 37-92.)

—— Extrait du *Bulletin de l'École française d'Extrême-Orient* (T. VIII, n°s 1-2, Janvier-Juillet 1908). — Inventaire des Inscriptions du Champa et du Cambodge par George Coedès — Hanoi, Imprimerie d'Extrême-Orient, 1908, gr. in-8, pp. 56.

—— La stèle de Tép Pranaṃ (Cambodge), par M. George Coedès. (*Journal Asiatique*, Mars-Avril 1908, pp. 203-225.)

—— La stèle de Tép Pranam (Cambodge) par M. George Coedès — Extrait du *Journal asiatique* (Mars-Avril 1908). Paris, Imprimerie nationale, MDCCCCVIII, in-8, pp. 27.

«La stèle découverte par la mission Aymonier, dans le temple de Tép Pranaṃ, situé à Aṅkor Thom «à une centaine de mètres droit au nord de la face septentrionale du Palais Royal», est identique pour la forme, les dimensions, les caractères et le nombre des stances sanskrites, aux stèles du Thnăl Bàrày : elle émane du du même roi et sort sans nul doute du même atelier. Bergaigne, qui la connaissait, avait cru devoir, en raison de son caractère buddhique, l'exclure du second fascicule des *Inscriptions sanskrites du Cambodge*, où ne devaient figurer que des textes brâhmaniques.»

—— Les inscriptions de Bàt Čuṃ (Cambodge), par M. George Coedès. (*Journ. Asiat.*, Sept.-Oct. 1908, pp. 213-254.)

—— Note additionnelle sur les inscriptions de Bàt Čuṃ. Par G. C[oedès]. (*Journ. Asiat.*, Mai-Juin 1909, pp. 511-513.)

—— Les incriptions de Bàt Čuṃ (Cambodge) par M. George Coedès — Extrait du *Journal asiatique* (Septembre-Octobre 1908). — Paris, Imprimerie nationale, MDCCCCVIII, in-8, pp. 44.

—— L'inscription de Bàksĕi Čàṃkrŏn, par M. George Coedès. (*Journ. Asiat.*, Mai-Juin 1909, pp. 467-510.)

No. 286 de l'*Inventaire des inscriptions du Cambodge* (*B. E. F. E.-O.*, VIII, pp. 50 seq.).

—— L'Inscription de Bàksĕi Čàṃkrŏn par M. George Coedès avec une note de M. A. Barth sur la date de cette inscription — Extrait du *Journal Asiatique* (Mai-Juin 1909). — Paris, Imprimerie nationale, MDCCCCIX, in-8, pp. 48.

Inscription sanskrite No. 286 de l'*Inventaire des inscriptions du Cambodge* (*B. E. F. E.-O.*, tome VIII, pp. 50 et suiv.). — Bergaigne en a donné un court résumé dans le *Journ. Asiatique*, 1882, II, p. 151.

—— Les deux inscriptions de Vat Thĭpdĕi Province de Siem Rĕp (Inventaire des inscriptions du Cambodge : n° 253. — Bibliothèque nationale : n°s 146 et 147). Par G. Coedès. In-8, pp. 17.

Cf. Aymonier, *Cambodge*, II, p. 379. — *Journ. Asiat.*, 7e série, XX (1882), p. 166.

—— Études cambodgiennes. Par George Coedès, Pensionnaire de l'École française d'Extrême-Orient. — I. La légende de la Nāgī. — II. Une inscription du sixième siècle Çaka. — III. Une nouvelle inscription du Phnom Bàkheṅ. — IV. La grotte de Poṅ Phrăḥ Thvăr (Phnoṃ Kulĕn). — V. Une inscription d'Udayādityavarman I. — VI. Des édicules appelés «Bibliothèques». (*Bull. École franç. Ext.-Orient*, Juillet-Déc. 1911, pp. 391-406.)

—— Études cambodgiennes. Par George Coedès, Pensionnaire de l'École française d'Extrême-Orient. — I. La légende de la Nāgī — II. Une inscription du VIe siècle Çaka. — III. Une nouvelle inscription du Phnoṃ Bàkheṅ. — IV. La grotte de Poṅ Phrăḥ Thvăr (Phnoṃ Kulĕn). — V. Une inscription d'Udayādityavarman I. — VI. Des édicules appelés «Bibliothèques». Hanoi Imprimerie d'Extrême Orient — 1911, gr. in-8, pp. 16.

Extrait du *Bulletin de l'École française d'Extrême-Orient*, Tome XI, N°s 3-4, Juillet-Déc. 1911.

— Études cambodgiennes. Par George Coedès, Pensionnaire de l'École française d'Extrême-Orient. — VII. Seconde étude sur les bas-reliefs d'Aṅkor-Vat. — VIII. La fondation de Phnom Péñ au xve siècle d'après la Chronique cambodgienne. — IX. Le serment des fonctionnaires de Sūryavarman I. — X. Inscription de Pràsàt Pràm (province de Promtép). — XI. La stèle de Pàlhàl (province de Mòṅ Ru͘sëi), 12 planches, 1 plan.

Fait partie du *Bull. de l'École franç. d'Ext.-Orient*, T. XIII, No. 6, Hanoi 1913.

—— Les inscriptions du Bayon, par M. G. Coedès. (*Bull. Comm. archéol. Indochine*, 1913, 2e livraison, pp. 81-91.)

Plan. — «L'épigraphie du Bayon est pauvre et postérieure d'environ trois siècles à l'édification du monument. M. Aymonier avait relevé 20 inscriptions. (*Cambodge*, III, 78), M. de Lajonquière, 24 (*Inventaire*, III, 29). Des découvertes récentes en ont porté le nombre à 40.»

A. Leclère.

—— Mémoire sur une charte de fondation d'un monastère bouddhique où il est question du roi du Feu et du roi de l'Eau. (*Ctes. rendus Ac. Insc.*, 1903, infra, col. 2727.)

L. Finot.

Voir col. 1879-1880.

—— Notes d'archéologie cambodgienne, par M. L. Finot. — I. Nouvelles inscriptions cambodgiennes. — II. Deux bas-reliefs d'Angkor Vat. (*Bull. Comm. archéol. de l'Indochine*, 1912, 2e livr., pp. 183-192; 2 planches.)

NUMISMATIQUE.

Voir col. 1883-1886.

—— * Coins of Cambodia, new issue. (*Numismatist*, Vol. XVI (1903), p. 251, ill.)

X. — RELIGION.

BOUDDHISME ET RELIGIONS INDIGÈNES.

—— Notices of the Religion of the Cambojans. Extracted from a Manuscript of Monsigneur Miche, Bishop of Dansara, by the Bishop of Isauropolis. (*Journ. Indian Archip.*, VI, 1852, pp. 605-617.)

—— Un temple khmer voué au Nirvàna Par le lieutenant de vaisseau Delaporte. (*Ann. de l'Ext.-Orient*, II, pp. 139-141.)

— Un temple Khmer voué au Nirvàna par M. Louis Delaporte, Lieutenant de vaisseau. (*Mém. Soc. acad. Indo-Chinoise*, I, 1879, pp. 294-297.)

—— Pagodes cambodgiennes. Par J. Moura. (*Revue d'ethnographie*, Tome IV, N° 4, 1885, pp. 351-353.)

—— Notice sur le Boudha et sa doctrine à propos d'une grande statue boudhique qui se trouve dans les collections de la Société de Géographie de Rochefort. (*Bull. Soc. Géog. Rochefort*, t. VIII, 1886-1887, pp. 266-283.)

Voir col. 2692.

—— Une douzaine d'équitables jugements des Bodisttawa [*sic*] traduits du cambodgien par M. J. Taupin Tiré des textes Khmers recueillis par M. Aymonier. (*Bull. Soc. Et. Indochinoises*, 1886, 2ᵉ sem., pp. 15-31.)

—— Aperçu succinct et partiel des idées cosmogoniques et mythologiques des Khmêrs par J. Taupin. (*Bull. Soc. Et. Indochin. Saigon*, 1886, 2ᵉ sem., pp. 32-42.)

Adhémard Leclère.

—— *Les Fêtes religieuses buddhiques chez les Cambodgiens. Par Adhémard Leclère. Br. in-12.

Tirage à part du *Bull. de la Soc. ethnographique, section sinico-japonaise*, 1895.

—— Les divers types connus au Cambodge du *pied sacré* du Buddha. Note de M. Adhémard Leclère, Résident à Kratié (Cambodge). (*Acad. Insc. Belles-Let., Ctes. rendus*, 28 mai 1897, pp. 289-295.)

—— Le *Lakkhana préas Putthéa rûp*, ou *Canon de la Statue du Buddha au Cambodge*, par M. Adhémard Leclère, Résident de France au Cambodge. (*Ctes. rendus Ac. Insc. et B.-L.*, XXVI, Mai-Juin 1898, pp. 368-376.)

—— Adhémard Leclère Résident de France au Cambodge — Le Buddhisme au Cambodge. Paris, Ernest Leroux, 1899, in-8, pp. XXXI-535.

Notice : *Journ. Asiat.*, Nov.-Déc. 1901, pp. 558-562, par L. Feer.

—— Mémoire de M. Adhémard Leclère, Résident de France au Cambodge, sur une charte de fondation d'un monastère bouddhique où il est question du Roi du Feu et du Roi de l'Eau. (*Acad. Insc. et Belles-Lett., Ctes. rendus*, 1903, pp. 369-378.)

—— Mémoire de M. Adhémard Leclère Résident de France au Cambodge sur une charte de fondation d'un monastère bouddhique où il est question du Roi du Feu et du Roi de l'Eau, in-8, pp. 13.

Extrait des *Comptes rendus des séances de l'Académie des Inscriptions et Belles-Lettres*, 1903, p. 369.

—— Cambodge — Le Thvoeu chaul chhnam des Bakous. Par Adhémard Leclère. (*Revue indochinoise*, 30 juillet 1904, pp. 120-123.)

—— Cambodge — Le Thvoeu-bon Âphisêk Prah fête de la consécration d'un Buddha. Par Adhémard Leclère. (*Revue indochinoise*, 31 août 1904, pp. 276-281.)

—— Adhémard Leclère — Les livres sacrés du Cambodge. Première partie. Paris Ernest Leroux — 1906, in-8, pp. 340 + 1 f. p. l. tab.

Annales du Musée Guimet — Bibliothèque d'études, Tome vingtième.

Notice : *Rev. Hist. Religions*, Juillet-Août 1907, pp. 121-122, par Antoine Cabaton.

—— Buddhisme et Brahmanisme — Trois petits livres Traduit du Cambodgien en Français par Adhémard Leclère — Paris, Ernest Leroux, s. d. [1911], in-16, pp. 11-16.

—— Buddhisme et Brahmanisme — Trois petits livres Traduit du Cambodgien en Français par Adhémard Leclère. (*Bull. Soc. Et. Indochinoises*, No. 62, 1ᵉʳ sem. 1912, pp. 33-38.)

*
* *

—— A Cambodjan Mahāvaṃsa. By E. Hardy. (*Journ. R. As. Soc.*, Jan. 1902, pp. 171-174.)

— E. Hardy. — Notes on an enlarged text of the Mahāvaṃsa extant in a Cambodjan manuscript. (Der hier auszugsweise mitgeteilte Vortrag wurde in englischer Sprache gehalten.) (*Verhandl. XIII, Intern. Oriental. Kongresses*, Hamburg, Sept. 1902, pp. 38-39.)

—— Les Religions au Cambodge Par M. Lazard, des Missions Etrangères de Paris. — Bouddhisme — Mahométisme — Christianisme. (*Miss. Cath.*, XXXIX, 23 août 1907, pp. 400-402 ; 30 août, pp. 416-420 ; 6 sept., pp. 428-431 ; 13 sept., pp. 441-443 ;

20 sept., pp. 454-456; 27 sept., pp. 460-463; 4 oct., pp. 473-477.)

—— Ministère de l'Instruction publique et des Beaux-Arts — Bibliothèque, Office et Musée de l'Enseignement public (Musée pédagogique) — Service des projections lumineuses — Notices sur les vues — Les grands temples de l'Extrême-Orient par le Docteur A. Le Play... — Melun, Imprimerie administrative, 1909, in-8, pp. 29.

—— Louis Finot. — Buddhist in Indo-China. [Reprinted from «The Buddhist Review», October, 1909.] In-8.

—— Note sur l'apothéose au Cambodge par M. G. Coedès. (*Bull. Comm. archéol. de l'Indochine*, 1911, 1ère livraison, pp. 38-49.)

—— Note sur l'apothéose au Cambodge, par M. G. Coedès. (Extrait du *Bulletin de la Commission archéologique de l'Indochine*, 1911.) Paris, Imprimerie nationale, MDCCCCXI, in-8, pp. 16.

—— La mort du chef suprême des bonzes Traduit par Gustave Janneau. (*Revue indochinoise*, Février 1914, pp. 175-191; planches.)

—— La crémation du chef suprême des bonzes Par E. Flaugergues. (*Revue indochinoise*, Mai 1914, pp. 481-490; planches.)

—— La fête de Hèkathoen à la pagode Vat Lanka Par E. Flaugergues. (*Revue indochinoise*, Mars 1914, pp. 315-318.)

MISSIONS CATHOLIQUES.

Le Vicariat apostolique du Cambodge fut créé en 1850 aux dépens de la Cochinchine occidentale.

— Vicariat apostolique du Cambodge. (*Ann. Prop. Foi*, No. 322, Mai 1882, pp. 163-165.)

OUVRAGES DIVERS.

—— De la mission que piden en el Reyno de Camboya. (L. de Guzman, *Historia de las Missiones... de la Compañia de Iesus*, Alcala, 1601, in-fol., Vol. I, pp. 173-175, Cap. XLV.)

—— Historia ‖ de las Islas ‖ del Archipielago, ‖ y Reynos de la Gran China, Tar ‖ taria, Cvchinchina, Malaca, ‖ Sian, Camboxa y Iappon, ‖ Y de lo sucedido en ellos a los Religiosos Descalços, de la Orden del ‖ Seraphico Padre San Francisco, de la Prouincia de San ‖ Gregorio de las Philippinas. ‖ Compvesta por Fray Marcello de Ribade ‖ neyra, compañero de los seys frayles hijos de la misma Prouincia Martyres glorio ‖ sissimos de Iappon, y testigo de uista de su admirable Martyrio. ‖ Dirigida a nvestro reverendissimo Padre ‖ Fray Francisco de Sosa, Generalissimo de toda la ordē de N. P. S. Francisco. ‖ Con Licencia, y Privilegio. ‖ En Barcelona. En la Emprenta de Gabriel Graells y Giraldo Dotil, Año M.DCI. ‖ In-4., 5 ff. n. ch. p. l. tit., déd., etc. + 725 ff. + 1 f. n. ch. p. l. tab.

—— Breve // y verdadera // relacion de los successos // del Reyno de Camboxa. // Al Rey don Philipe // nuestro Señor. // Por Fray Gabriel de // S. Antonio de la orden de // S. Domingo. // En S. Pablo de Valladolid. // Por Pedro Lasso. 1604, in-4, 83 ff. chif.

Contient : *Titre ut supra*, f. 1. — Dédicace, f. 2. — Primera parte de los sucessos del Reyno de Camboxa, ff. 3-26. — Segvnda parte de los sucessos del Reyno de Camboxa, y de los que tuuo en su viaje don Luys Perez das Mariñas, ff. 27-32. — Tercera parte de los sucessos del Reyno de Camboxa. Viaje del padre fray Gabriel de San Antonio de la Orden de Santo Domingo, desde que salio de España hasta que boluio a ella, ff. 32-83.

Très rare. — Bibl. royale de Munich, H. As. 216.

—— Brève et véridique relation des évènements du Cambodge par Gabriel Quiroga de San Antonio De l'Ordre de Saint Dominique — Nouvelle édition du texte espagnol avec une traduction et des notes par Antoine Cabaton ancien membre de l'Ecole française d'Extrême-Orient. Paris Ernest Leroux — 1914, in-8, pp. XXVII-261.

Forme le T. II de la collection de *Documents historiques et géographiques relatifs à l'Indochine publiés sous la direction de MM.* Henri Cordier et Louis Finot.

Notices : *La Géographie*, 15 avril 1914, pp. 297-298, par A. Pavie. — *Revue indochinoise*, Juillet 1914, pp. 135-136, par A. Pavie. — *Revue du Monde Musulman*, XXVI, Mars 1914, pp. 351-352, par L. B.[ouvat].

—— Relatione // Della Prouincia // del Giappone, // scritta dal Padre // Antonio Francesco Cardim // Della Compagnia di Giesv, Procu- // ratore di quella Prouincia. // Alla Santità di Nostro Signore // Papa Innocentio X. // [*fleuron*] // In Roma, Nella Stamperia di Andrea Fei. // M. DC. XLV. // Con licenza de' Superiori, in-8, 6 ff. n. ch. tit., etc. + pp. 160.

—— Cambogia, voir p. 174 de la *Relation de la Prov. du Japon*... par le P. F. Cardim, Paris, 1646.

Voir *Bibliotheca Japonica*, col. 359-360.

—— Breve Relacion y exactas noticias de los estragos hacaecidos en nuestras Seraphicas Missiones en los dominios del Regulo de Kan-Koo, reyno de Camboja, en los tumultuosos asaltos que dieron los levantados Chinos, Malayos y Cambojas en los años de 1769 y en el de 1770. Escrivelo el P. Fr. Julian de Nuestra Señora del Pilar, Salmantino, Predicador, Missionario Apostolico de las Missiones, que la Sancta y Apostolica Provincia de San Gregorio de Religiosos Descalzos de nuestro Serafico Padre San Francisco de las Islas Philippinas tiene en los reynos de Cochinchina, Champa y Camboja; Notario Apostolico y Vicario que fuè de dicha provincia de Kan-Koo : con cuyo motivo se elucida con varias noticias y sucesos pertenecientes a dichas Seraphicas Missiones. Año de 1770.

Manoscritto interessantissimo in 8, di 65 carte, inviatomi da' nostri Padri di Manila. (M. da Civezza, No. 508, pp. 460-461, *Bib. Sanfrancescana*.)

—— Relation des Missions des Evesques français, 1674. — Voir col. 826-827, 1927.

—— Documents sur les missions Portugaises au Cambodge et en Cochinchine, par S. E. le vicomte de San Januario. Extrait du *Bulletin de la Société académique Indo-Chinoise*, II, 1882. Challamel ainé.

—— History of the Churches of India, Burma, Siam, the Malay Peninsula, Cambodia, Annam, China, Tibet, Corea, and Japan, entrusted to the Society of the «Missions étrangères». By E. H. Parker. (*China Review*, XVIII, No. 1, 1889, pp. 1-33.)

VIES DES MISSIONNAIRES CATHOLIQUES.

Missions étrangères de Paris.

— Voir col. 2043-2046.

ARVIEU, *Bernard-Louis*, né le 9 nov. 1868, à Combret, p. N.-D.-de-Bétirac (dioc. de Rodez); parti 8 avril 1896 pour le Cambodge.

— L. à Mgr. Grosgeorge, vicaire apostolique du Cambodge. An Thon, 25 août 1898. (*Ann. Prop. Foi*, LXXI, 1899, No. 424, pp. 254-277; carte et fig.)

Voyage chez les Kouys.

BARBIER, *Joseph-Marie-Delphin*, né à Mailleroncourt-Saint-Pancras (Hte.-Saône), le 8 sept. 1858; parti pour le Cambodge 21 nov. 1883; + 23 fév. 1894, à Saigon.

Notice. (*Cte. rendu* 1894, pp. 352-356.)

BARREAU, *Jean-Baptiste*, né 17 juin 1826, à Libourne; parti 27 août 1857; + 9 janvier 1867, à Meat Krasa, prov. Prey Veng.

— L. du P. Eveillard, Saigon, 31 janvier 1867. (*Ann. Prop. Foi*, XXXIX, No. 233, juillet 1867, pp. 333-335.)

BLONDET, *Joseph-Jules-Alphonse*, né 5 mars 1870, à Mièges (Jura); parti 31 juillet 1895.

— Lettre. Extrait. (*Miss. Cath.*, XXIX, 16 avril 1897, p. 197.)

BOUCHUT, *Jean-Claude*, né à Saint-Christo-en-Jarret (Loire), le 4 mars 1860; parti 28 mars 1883; 23 juillet 1902, évêque de Panemotichus, vicaire apostolique du Cambodge.

— Sacre de Mgr. Bouchut, évêque titulaire de Panémotique, vicaire apostolique du Cambodge. (*Ann. Prop. Foi*, LXXV, 1903, No. 446, p. 66.)

A la chapelle du séminaire des Missions Etrangères de Paris, le 21 septembre 1902.

— L. de Phnom-Penh. (*Ann. Prop. Foi*, LVII, No. 342, Juillet 1885, pp. 319-320.)

— L. Ruine de Chrétientés par les Rebelles. Phnom-Penh. (*Ann. Prop. Foi*, No. 342, Sept. 1885, pp. 319-320.)

— Lettre. (*Miss. Cath.*, XXXV, 31 juillet 1903, pp. 361-363.)

— Lettre de Phnom-Penh. (*Miss. Cath.*, XXXVII, 7 avril 1905, p. 159.)

BOUCHUT, *Jean-Marie*, né à Saint-Christo-en-Jarret (Loire), 10 mai 1863; parti pour le Cambodge 15 déc. 1886; + 24 août 1887, à Saigon.

Notice. (*Cte. rendu* 1887, pp. 278-280.)

BOUSSEAU, *Joseph-Gustave-Marie-Jean*, né le 4 nov. 1872, à St.-Hilaire-de-Loulay (Vendée); parti 18 nov. 1896.

— L. de Soairieng (Cambodge). (*Miss. Cath.*, 20 fév. 1914, pp. 88-89, grav.)

CHAUDIER, *Jean-Joseph*, né 1er août 1869, à Saint-Romain-la-Chalm, dioc. du Puy; parti pour le Cambodge 31 juillet 1895; + 19 janvier 1903, à Battambang.

Notice. (*Cte. rendu* 1903, pp. 355-357.)

CORDIER, *Marie-Laurent-François-Xavier*, né le 1er mai 1821, à Villard St-Pancrace (Hautes-Alpes); parti 29 mars 1848; + 14 août 1895, à Pnom Penh; év. de Gratianopolis; vic. ap. du Cambodge, 18 juin 1882.

Notice. (*Cte. rendu* 1895, pp. 333-339.)

— Extrait de lettre. Massacres au Cambodge. Phnôm-Penh, 19 février 1885. (*Ann. Prop. Foi*, No. 341, Juillet 1885, pp. 209-211.)

— Mgr Cordier, des Missions Etrangères de Paris, vicaire apostolique du Cambodge. Nécrologie. (*Ann. Prop. Foi*, LXVII, 1895, No. 403, p. 475.)

COUDERT, *André-Firmin*, né à Sexcles, dioc. de Tulle, 9 déc. 1862; parti 4 avril 1888 pour le Cambodge; + 12 oct. 1902, à la Procure des Miss. ét. à Marseille.

Notice par A. Sajot. (*Cte. rendu* 1902, pp. 435-440.)

— Lettre du P. Sajot [voir col. 2108] de Marseille au sujet de la mort du P. André Coudert, missionnaire au Cambodge. (*Miss. Cath.*, XXXIV, 31 oct. 1902, p. 521.)

GAZIGNOL, *Augustin-Baptiste*, né 28 août 1843, à Aussillon (Tarn); parti 15 mars 1868.

— Un souvenir des grandes persécutions par M. Gazignol, Miss. ap. (*Ann. Soc. Miss. Et.*, No. 39, Mai-Juin 1904, pp. 155-162.)

(Vies des Missionnaires catholiques.)

GROSGEORGE, *Jean-Baptiste*, né 15 juin 1846, à La Voivre, village près de Saint-Dié (Vosges); parti pour le Cambodge 15 fév. 1870; + 1er mars 1902, à Dau-nuoc, Long Xuyen; évêque de Tripoli, vicaire apostolique du Cambodge, 28 janvier 1896.

Notice. (*Cte. rendu* 1902, pp. 312-320.)

— Nécrologie — Monseigneur Grosgeorge, vicaire apostolique du Cambodge. (*Ann. Prop. Foi*, LXXIV, 1902, No. 442, pp. 237-238.)

— (*Miss. Cath.*, XXXIV, 7 mars 1902, p. 120.)

— Nécrologie, par M. Raison, vic. gén. de St-Dié. (*Miss. Cath.*, XXXIV, 14 mars 1902, p. 132.)

GUIBÉ, *Léon-Auguste*, né 16 juin 1878, à Bellou-en-Houlme (Orne); parti 5 août 1903.

— Eugène Louis, caporal d'Infanterie coloniale à Pnom Penh. Lettre sur M. Guibé, curé de Pnom Penh, avec portrait. (*Miss. Cath.*, 12 juin 1914, pp. 280-281.)

GUILLOT, *Joseph-Émile*, né à Rognaix, arrondissement d'Albertville (Savoie), 18 avril 1861; parti 2 déc. 1885, pour le Cambodge; + 27 juin 1894, à My-tho.

Notice. (*Cte. rendu* 1894, pp. 368-372.)

GUYOMARD, *Louis-Marie*, né 28 fév. 1858, à Baud (Morbihan); parti 28 mars 1883; + 30 janvier 1885, à Tra-ho, prov. Soai Rieng, décapité. — Voir lettre de Mgr. Cordier, 19 fév. 1885, supra.

Notice. (*Cte. rendu* 1885, pp. 168-170.)

JACQUEMARD, *Charles-Marie-Alphonse*, né 16 juillet 1865, à Doucy (Tarentaise); parti 23 avril 1889; + 5 sept. 1903, à Phnom Penh.

Notice. (*Cte. rendu* 1903, pp. 407-412.)

JANIN, *Jean-Claude-Joseph-Constantin*, né 29 ou 31 janvier 1835, à Nantey, dioc. de Saint-Claude; parti pour le Cambodge 15 juillet 1860; + 18 mars 1900, à Sadec.

Notice par J.-B. Grosgeorge. (*Cte. rendu* 1900, pp. 330-333.)

JUGE, *Jean-Pierre*, né à Bessamorel, canton d'Yssingeaux, dioc. du Puy-en-Velay, 11 août 1879; parti 29 avril 1903; + 24 août 1903, à Chau doc.

Notice. (*Cte. rendu* 1903, pp. 403-407.)

LABORIER, *Jean-Louis*, né à la Chapelle-de-Bragny, dioc. d'Autun, 11 mai 1873; parti 23 nov. 1898; + 24 janvier 1903, à Phnom Penh.

Notice. (*Cte. rendu* 1903, pp. 363-366.)

LAVASTRE, *Jean-François-Léon*, né à Sainte-Eulalie, canton de Burzet (Ardèche), 11 ou 12 oct. 1853; parti 27 déc. 1877; + 22 nov. 1894, à Colombo, Ceylan.

Notice. (*Cte. rendu* 1895, pp. 340-342.)

LAZARD, *Jean-Joseph*, né 12 juillet 1847, à Châteauneuf-Calcernier (Vaucluse); parti 16 avril 1879.

— L. à ses parents, 23 mai 1880. (*Ann. Prop. Foi*, LIV, No. 322, Mai 1882, pp. 165-177; carte.)

(Vies des Missionnaires catholiques.)

— L. du même à son oncle. Croch-Chhmar, 11 oct. 1881. (*Ibid.*, pp. 178-187.)

— Lettre à M. Pernot, dir. au Sém. des Miss. Etr. de Paris. (*Miss. Cath.*, XXX, 9 déc. 1898, p. 579.)

— Une Mission nouvelle au Cambodge Par M. Jean-Joseph Lazard, des Missions Etrangères de Paris. (*Miss. Cath.*, XXXIX, 12 avril 1907, pp. 173-176.)

MAILLARD, *Félicien-Jacques-Joseph*, né à Sermange (Jura), 1er janvier 1859; parti pour le Cambodge, 21 nov. 1883; † 19 nov. 1887, à Dau nuoc, Long xuyen.

Notice. (*Cte. rendu* 1887, pp. 282-286.)

MAILLE, *Séraphin-Joseph-François-Xavier*, né 14 déc. 1852, à Uzelle, dioc. de Besançon; parti 30 déc. 1875; † 24 juin 1877, au Collège de la Mission à Cù-lao-giên.

Notice. (*Cte. rendu* 1877, p. 62.)

MICHE, *Jean-Claude*. [Voir col. 2090].

— Copie d'une Lettre de M. Miche, missionnaire apostolique, à Mlles Duguiny, à Nantes. Pulo-Pinang, 15 février 1837. (*Ann. Prop. Foi*, No. LVII, Mars 1838, pp. 307-314.)

— L. à son frère. Battambang, 10 mai 1839. (*Ann. Prop. Foi*, T. XIII, No. LXXVII, pp. 311-319.)

— L. du même au même. Bang Kok, 6 avril 1840. (*Ibid.*, pp. 320-325.)

— L. à M** Directeur du grand séminaire de Saint-Dié. Battambang, 15 janvier 1839. (*Ann. Prop. Foi*, XII, 1840, pp. 488-499.)

— L. à son frère. Battambang, 10 mai 1839. (*Ibid.*, XIII, 1841, pp. 311-319.)

— L. au même. Bangkok, 6 avril 1840. (*Ibid.*, pp. 320-325.)

— Let. de Mgr. Miche, Vicaire apostolique du Cambodge, à son frère, 11 août 1853. (*Ann. Prop. Foi*, XXVI, 1854, pp. 132-137.)

— L. à MM. les Dir. du Sém. des Miss. Etr. à Paris. Cambodge, le 26 décembre 1861. (*Ann. Prop. Foi*, XXXV, No. 210, Sept. 1863, pp. 403-409.)

MISNER, *Alphonse*, né à Vittenheim (Alsace), 16 déc. 1844; parti 19 juin 1872; † 24 déc. 1897, au sanatorium de Montbeton.

Notice par J.-B. Grosgeorge. (*Cte. rendu* 1898, pp. 286-288.)

REVIRON, *Pierre*, né 22 ou 23 mai 1864, à Aurec-sur-Loire (Hte.-Loire); parti 14 nov. 1888; † 25 mai 1891, à Phnom-Penh.

Notice. (*Compte rendu* 1891, pp. 275-279.)

SAUVEBOIS, *Cyrien*, né 21 ou 25 mai 1854, à La Beaume, dioc. de Gap; parti pour le Cambodge. 30 oct. 1878; prov. apost; † 23 sept. 1891, au sanatorium de Béthanie.

Notice. (*Compte rendu* 1891, pp. 319-322.)

SAY, *Laurent*, né à Saint-Marcellin (Loire), 21 janvier 1873; parti 3 août 1898; † 8 fév. 1899, au sanatorium de Béthanie, Hong Kong.

Notice. (*Cte. rendu* 1899, pp. 339-341.)

SILVESTRE, *Edme-Nicolas*, né à Savoisy (Côte-d'Or), 2 avril 1826; parti 6 oct. 1849 pour le Cambodge; † 1er déc. 1894, au sanatorium de Béthanie, Hong Kong.

Notice. (*Cte. rendu* 1895, pp. 344-346.)

THIERRY, *Joseph-Gabriel*, né 13 oct. 1862, à Lyon; parti 15 déc. 1886; † 26 janvier 1896, à Lyon.

Notice. (*Cte. rendu* 1896, pp. 359-360.)

VALOUR, *Jean-Marie*, né au Suc-Rousset, paroisse d'Yssingeaux, dioc. du Puy, 26 déc. 1851 [M. Launay dit 17 fév. 1850]; parti 27 déc. 1877; † 9 mars 1896, à Dau nuoc, Long xuyen.

Notice. (*Cte. rendu* 1896, pp. 375-378.)

Livres publiés à Hong Kong par les Missions étrangères de Paris.

—— Âcsâr latinh. — Alphabet.

—— Nĕ chéa sombŏt sângruom âs Prĕa bŏndau P. săssena Cristang. — Catéchisme.

—— Nĕ chéa P. thơr têng nưng sôt rŏl thngay atŭt nou thngay sél khuŏp chhnam. — Livre de prières.

—— Prĕa bŏndau P. săssena P. C. A. S. nŏ bêng chéa prâmbey căn têng núng tisna predau kenong prămbey thngay. — Traduction du Catéchisme du P. de Rhodes, faite par le P. Langenois, 1892, in-12, pp. 192.

—— Phcŏm Rosario srai chéa dochmedéch. — Catéchisme du St. Rosaire, 1891, in-18, pp. 22.

XI. — SCIENCES ET ARTS.

SCIENCES MORALES ET PHILOSOPHIQUES.

ÉDUCATION.

—— A. Leclère. — A Cambodian Primary School. (*Popular Science Monthly*, XLIX,688.)

—— Protectorat du Cambodge. — Société d'enseignement mutuel de Kompong-cham. Statuts. — Phnom-Penh, Imprimerie du Protectorat, 1905, in-8, pp. 8.

SCIENCES MATHÉMATIQUES.

— L'aritmetica nel Cambogie. (*Geog. per tutti*, IV, 1894, p. 30.)

D'après un art. de M. Leclère dans la *Revue scientifique*.

—— Le Zodiaque cambodgien par Adhémard Leclère (Cambodge), gr. in-8, pp. 16.

Revue des Études ethnographiques, Juillet-Août 1909.

—— L'Almanach Cambodgien et son Calendrier pour 1907-1908 par Adhémard Leclère, Résident de France au Cambodge, gr. in-8, pp. 7.

Revue des Études ethnographiques, Nov.-Déc. 1909.

—— Un Almanach Cambodgien. Traduit par Ph. Hahn et L. Finot. (*Revue Indo-Chinoise*, 15 février 1904, pp. 138-142.)

—— Observations de l'éclipse annulaire du soleil du 16-17 mars 1904 à Pnom-Penh (Cambodge). Par M. N. Donitch. Avec 2 phototypies. (*Bull. Acad. Imp. Sc. St.-Pét.*, 1905, Juin et Sept., Ve Sér., T. XXIII, No. 1 et 2, pp. 23-35.)

—— Astronomie cambodgienne — Par F. G. Faraut — Phnom-Penh, 1910, in-4, pp. 283.

Couverture extérieure recto: Saigon, F.-H. Schneider, 1910; verso de la couv. ext. f. 2 : Achevé d'imprimer par F.-H. Schneider, Saigon Octobre 1910.

Notice : *La Géographie*, 15 déc. 1910, p. 438, par J.-H[armand].

—— A propos de l'astronomie cambodgienne de M. F. G. Faraut. Par G. Maspero. (*Revue indochinoise*, Janvier 1911, pp. 15-18.)

Soctrang, 5 novembre 1910.

—— Réponse à M. Maspero à propos de l'astronomie cambodgienne Par F. G. Faraut. (*Revue Indochinoise*, Avril 1911, pp. 338-344.)

— Réponse à M. Faraut à propos de l'astronomie cambodgienne. Par G. Maspero. (*Revue Indochinoise*, Juin 1911, pp. 608-609.)

Soctrang, 24 avril 1911.

— Nécrologie. — F. G. Faraut. Par Cl. E. Maitre. (*Bull. École franç. Extr.-Orient*, Janvier-Juin 1911, pp. 254-255.)

— Nécrologie. M. G.-F. Faraut. Par L. D. (*Bull. Comm. archéol. de l'Indochine*, 1911, 2e livraison, pp. 257-258.)

—— Métrique Khmère, *Bat* et *Kalabat*, Par M. Rœské, Paris. (*Anthropos*, T. VIII, Fasc. 4-5. Juill.-Oct. 1913, pp. 670-687; Fasc. 6, Nov.-Déc. 1913, pp. 1026-1043.)

—— La Numération chez les Khmêrs ou Cambodgiens Par Khmêr. (*L'Ethnographie*, 15 janvier 1914, pp. 69-79.)

SCIENCES MÉDICALES.

—— Essai sur les eaux du Cambodje Province de My-thô (Cochinchine) par le Dr. A. Foucaut Médecin de 1re classe de la Marine. (*Arch. Médecine navale*, IV, 1865, pp. 225-241.)

—— Hydrologie des postes militaires de la Cochinchine, du Cambodge et du Tonkin par M. Lapeyrère, Pharmacien de 1re classe. Avec cartes et planches. I. (*Arch. Médecine navale*, XXXI, 1879, pp. 401-419.) — II. (*Ibid.*, XXXII, 1879, pp. 5-44.)

Notice : *Bull. Soc. Géogr. Rochefort*, I, 1879-1880, pp. 162-164, par Ch. Delavaud.

—— Relation d'une épidémie de choléra observée à Pnom-penh (Cambodge), Fév., Mars, Avril, Mai, Juin 1888 par le D[r] Le Jollec. (*Arch. Médecine navale*, II, 1889, pp. 175-188, 294-295.)

—— Notes médicales sur l'épidémie de choléra qui a régné au Cambodge en 1895. Par le Dr. Angier. (*Archives Méd. navale*, LXV, 1896, pp. 450-457; LXVI, 1896, pp. 32-46.)

—— Cochinchine et Cambodge — Rapport médical annuel. — Année 1890 par le Dr. Trucy. (*Arch. Méd. navale*, LVII, 1892, pp. 298-313.)

—— Adhémard Leclère. — L'Anatomie chez les Cambodgiens. (*Revue scientifique*, 4e Sér., I, 1894, pp. 392-398.)

—— La médecine chez les Cambodgiens. Par Adhémard Leclère. (*Revue scientifique*, No. 23, 8 déc. 1894, pp. 715-721.)

—— Service de santé du 11e régiment d'infanterie de marine stationné en Indo-Chine (1896) par le Dr Vinas. (*Arch. Médecine navale*, LXIX, 1898, pp. 360-374.)

—— Contribution à la géographie médicale. — Missions de vaccine au Cambodge par le Dr. J. Nogué, Médecin de première classe des Colonies. (*Ann. d'hyg. et de méd. colon.*, I, 1898, pp. 169-234.)

—— Service de la vaccine au Cambodge, par M. le Dr. Gustave Martin, Médecin Aide-Major de 1re classe des Troupes coloniales. (*Ann. d'hyg. et de méd. colon.*, V, 1902, pp. 497-501.)

—— Le Cambodge. — Géographie médicale, par M. Dr. Angier, Médecin principal des Colonies. (*Ann. d'hyg. et de méd. colon.*, IV, 1901, pp. 5-59, carte.)

—— La Lèpre au Cambodge. Croyances et Traditions, par M. le Dr. Angier. (*Ann. d'hyg. et de méd. colon.*, VI, 1903, pp. 176-180.)

—— Note sur la lèpre au Cambodge, par M. le Dr. Angier... (*Ann. d'hyg. et de méd. colon.*, VII, 1904, pp. 74-84.)

—— La tuberculose au Cambodge, par M. le Dr. Angier... (*Ann. d'hyg. et de méd. colon.*, VI, 1903, pp. 61-66.)

—— Notes sur les abcès du foie au Cambodge, par M. le Dr. Gustave Martin. (*Ann. d'hyg. et de méd. colon.*, VI, 1903, pp. 420-423.)

—— Note sur le pian au Cambodge, par M. le Dr. Hagen. (*Ann. d'hyg. et de méd. colon.*, VII, 1904, pp. 547-551.)

—— Quelques notes sur le pian au Cambodge. Par M. le Dr. Montel. (*Ibid.*, VIII, 1905, pp. 154-160.)

—— Géographie médicale — Poste consulaire de Battambang, par M. le Dr. Pannetier. (*Ann. d'hyg. et de méd. colon.*, IX, 1906, pp. 170-181.)

AGRICULTURE ET ÉCONOMIE RURALE.

Divers.

—— Catalogue raisonné des principaux produits de l'Inde française dont la culture réussirait au Cambodge et en Cochinchine Par M. Jules Tardivel... — Pondichéry, Imprimerie du Gouvernement 1881, in-8, pp. 48.

—— Note sur les arbres à caoutchouc et à gutta-percha de Cochinchine et du Cambodge Par L. Pierre, Directeur du Jardin botanique de Saigon. (*Exc. et Recon.*, No. 11, 1882, pp. 213-228.)

Paris, 24 septembre 1881.

—— La «gutta percha» au Cambodge. Par Ch. Crozat de Fleury. (*Bull. Soc. Géog. commerciale de Paris*, X, 1887-1888, pp. 633-636.)

— Notice sur le *Mac-lua* Plante tinctoriale. (*Bull. Soc. Et. Indo-Chin.*, 1887, 2e sem., pp. 23-24.)

Par Girard, Agriculteur à Phu-Quoc (Cochinchine). — Pnom-Penh, le 1er avril 1887.

—— Produits et utilisations du rondier (*Borassus flabellifer* L.) Par Jules Grisard. (*Revue Cultures colon.*, IX, 1901, pp. 231-237.)

—— Blandin, Agent de culture. — Le Ma : Kluâ (Arbre à teinture). (*Bull. écon. Indochine*, Sept.-Oct. 1910, pp. 604-608.)

Originaire de Siam; importé au Cambodge. — Espèce de *Diospyros*.

— Le Ouatier au Cambodge. Extrait d'une note de M. Leblanc, Ancien Secrétaire de la Chambre mixte de Commerce et d'Agriculture du Cambodge. (*Bull. écon. Indo-Chine*, 1er sept. 1899, p. 520.)

—— E. Achard. — Rapport sur un essai de plantation, à Kampot, d'*Isonandra gutta* et de *Dichopsis oblongifolia*. (*Bull. écon. Indo-Chine*, 1900, 1er juillet, pp. 350-353.)

—— Concours général agricole et industriel du Cambodge du mercredi 30 janvier au lundi 4 février 1901. Phnom-Penh. — S. d., in-8, pp. 21.

Programme.

—— A. Cassier. — Le Palmier à sucre du Cambodge. (*Bull. écon. Indo-Chine*, 1901, pp. 689-693.)

Nom botanique : *Borassus flabelliformis*. — Nom vulgaire : Rondier éventail. — Nom cambodgien : Dôm Thuot. — Nom annamite : Cây Thôt lôt.

—— A. Cassier... — Le Bananier au Cambodge *Dom chec*. (*Bull. écon. Indo-Chine*, 1901, pp. 782-795.)

— L'élevage des bœufs au Cambodge. (*Bull. Com. Asie française*, Sept. 1901, pp. 250-251.)

Extrait d'une étude de M. Vandelet.

—— Baudoin. — Rapport sur la foire aux bestiaux de Prek-po (Cambodge). (*Bull. écon. Indochine*, Sept.-Oct. 1909, pp. 451-473.)

—— Pallier, Résident de la Province de Kampot. — Note sur un arbre à suif du Cambodge. (*Bull. écon. Indo-Chine*, 1903, pp. 191-192.)

—— La flottabilité du kapok. (*Bull. écon. Indo-Chine*, 1903, pp. 585-586.)

Kapok (*Eriodendron anfractuosum*), faux cotonnier ou fromager du Cambodge.

Cf. *Bulletin*, Oct. 1901 et Fév. 1903.

— Expertise de Kapok cambodgien. (*Bull. écon. Indochine*, 1910, pp. 363-364.)

—— Ed. L. Achard. — Note sur les terres riveraines du Mékong, au Cambodge. (*Bull. écon. Indo-Chine*, 1904, pp. 375-379.)

—— Paul Lofler, Résident de France. — Les Cardamomes de la province de Pursat

(Cambodge). (*Bull. écon. Indo-Chine*, 1904, pp. 1299-1303.)

—— Robin. — Les Cardamomes au Cambodge. (*Bull. écon. Indo-Chine*, 1907, pp. 340-342.)

—— Note sur la culture potagère au Cambodge. Par Robin, Chef *p. i.* du Service de l'Agriculture au Cambodge. (*Bull. écon. Indo-Chine*, 1905, pp. 565-572.)

—— Les plantes utiles de la Cochinchine et du Cambodge par D. Bois, Assistant au Museum, professeur à l'Ecole Coloniale. (*Bull. Com. Asie française*, Mai 1906, pp. 197-203.)

—— Le Cambodge et ses ressources par M. Martial Dupuy Président de la Chambre de Commerce et d'Agriculture du Cambodge. (*Bull. Soc. Géog. Marseille*, 1906, pp. 252-264.)

—— L. Blandin. — La canne à sucre au Cambodge. (*Bull. écon. Indo-Chine*, 1907, pp. 236-238.)

—— Perfectionnement de la charrue cambodgienne. (*Bull. écon. Indochine*, Mars-Avril 1911, pp. 258-260; 2 fig.)

D'après le rapport de M. Magen, Chef des Services Agricoles et Commerciaux locaux du Cambodge.

—— Notes agrologiques sur le Cambodge, par M. Magen, Inspecteur des Services Agricoles et Commerciaux de l'Indochine, Chef de Service au Cambodge. (*Bull. écon. Indochine*, Juillet-Août 1911, pp. 557-578.)

- Note sur la sélection du maïs au Cambodge Par Martin de Flacourt, Chef des Services Agricoles et Commerciaux au Cambodge. (*Bull. écon. Indochine*, No. 107, Mars-Avril 1914, pp. 215-218.)

Forêts. — Bois.

—— E. Boude, Chef du Service forestier de la Cochinchine. — Les Forêts du Cambodge. (*Bull. écon. Indo-Chine*, 1er déc. 1898, pp. 204-207.)

—— Les forêts du Cambodge par M. Boude Chef du Service forestier Vice-Président de la Société des Etudes Indo-Chinoises. (*Bull. Soc. Etudes Indochin. Saigon*, N° 38, 1899, pp. 19-35; tableaux.)

Tirage à part, Saigon, Rey, 1900, in-8, pp. 19.

—— Les Bois du Cambodge. (*Rev. Indo-Chinoise*, IV, 1900, pp. 830-833.)

D'après le *Bull. de la Société des Études Indo-Chinoises*.

—— G.-H. Monod. — Deux richesses du Cambodge — Forêts et Pêcheries. (*Revue des Troupes coloniales*, I, 1912, pp. 176-189.)

Poivre.

—— Les plantations de Poivriers au Cambodge en 1899. (*Bull. écon. Indo-Chine*, 1er déc. 1899, pp. 659-671.)

Ext. d'un rapport de M. Adhémar Leclère. — Voir également la *Revue des Cultures coloniales*, VI, 1900, pp. 87-91, 116-121.

—— Les plantations de poivre au Cambodge en 1900 et l'avenir de cette culture. (*Revue scient.*, 37e année, 1900, 2e sem., p. 349.)

Extrait d'un Rapport de M. Adhémar Leclère dans le *Bull. économique de l'Indo-Chine* du 1er déc. 1899.

—— Les poivrières du Cambodge. (*Bull. écon. Indo-Chine*, 1902, pp. 643-649.)

Ext. d'un rapport officiel de l'Inspecteur des Douanes Blanc.

—— Le Roy. — Les poivres de la province de Takéo (Cambodge). (*Bull. écon. Indo-Chine*, 1904, pp. 1202-1206.)

—— Le Roy. — La culture du poivre au Cambodge. (*Bull. écon. Indo-Chine*, 1907, pp. 361-380.)

Coton.

— Le Coton au Cambodge. (*Bull. écon. Indo-Chine*, 1901, pp. 571-572.)

Ext. d'un compte rendu de M. Cassier.

— Le coton du Cambodge. (*Bull. Com. Asie française*, Déc. 1901, p. 398.)

— La récolte du coton au Cambodge (1902). (*Bull. Com. Asie française*, Septembre 1902, p. 407.)

—— H. Brenier. — Note sur le Coton du Cambodge. (*Bull. écon. Indo-Chine*, 1903, pp. 619-623.)

—— Paul Ancel. — Un essai industriel du Coton du Cambodge. (*Bull. écon. Indo-Chine*, 1904, pp. 752-758.)

— Le Coton du Cambodge (Résumé d'un rapport présenté à l'Association Cotonnière Française). Par Paul Ancel. (*Bull. Soc. Ét. Col. et Mar.*, 1904, pp. 242-246.)

—— Note sur le Coton au Cambodge (Province de Kompong-Cham). Par Baudouin, Administrateur-Résident. (*Bull. écon. Indo-Chine*, 1905, pp. 531-547.)

—— Notice sur la culture du cotonnier et sur le commerce du coton dans la circonscription de Kompong-Cham au Cambodge par F. M. Baudoin, Administrateur, Résident de France. — Phnom-Penh, Imprimerie du Protectorat, 1905, in-8, pp. 19.

—— Baudoin, Administrateur, Résident de France à Kompong-Cham. — Culture du Coton au Cambodge. (*Bull. écon. Indochine*, Sept.-Oct. 1908, pp. 507-512.)

— Le coton cambodgien. (*Asie française*, Juillet 1912, pp. 283-284.)

—— Note sur le Coton au Cambodge. Par Martin de Flacourt Chef des Services Agricoles et Commerciaux au Cambodge. (*Bull. écon. Indochine*, No. 107, Mars-Avril 1914, pp. 212-215.)

Riz.

—— Adhémard Leclère, Résident de France à Kampot. — La culture du riz au Cambodge. (*Bull. écon. Indochine*, 1er juin 1899, pp. 383-389; 1er juillet 1899, pp. 406-417.)

—— Statistique de la production du riz dans la Province de Phnompenh. (*Bull. écon. Indo-Chine*, 1902, pp. 123-126.)

D'après un rapport de M. Adhémard Leclère, Administrateur-résident de la province de Phnompenh.

—— Adhémard Leclère. — Statistique de la production du riz dans la circonscription de Kratié (Cambodge) en 1903. (*Bull. écon. Indo-Chine*, 1903, pp. 565-569.)

—— Baudoin, Administrateur des Services civils, Résident de France à Kompong Cham. — La Culture du riz au Cambodge. (*Bull. écon. Indochine*, 1910, pp. 129-149, 271-307.)

Pages 302-307 : Magen. — Appendice — Concours de paddys à Kompong-Cham (26-28 février 1910).

INDUSTRIES DIVERSES.

—— Rapport sur l'exploitation des carrières de pierres à chaux de Pnum-coulan. Par J. Renaud, Ingénieur hydrographe de la marine. (*Excursions et Reconnaissances*, 1879, N° 1, Déc., pp. 89-93.)

On y arrive par le rach de Gien than, vers le Cambodge.

—— Note sur l'huile de poisson provenant de la dernière pêche faite à Phnum-Penh, Par M. Léonard, pharmacien de 1re classe de la marine. (*Excursions et Reconnaissances*, N° 6, 1880, pp. 403-404.)

Saigon, le 9 février 1880.

—— Léonard. — Conservation des fleurs à la façon cambodgienne. (*Bull. Soc. Et. Indo-chin. Saigon*, 1886, pp. 66-68.)

—— Fabrication du fer chez les Cuois du Compong-Soai, par J. Moura, ancien représentant du Gouvernement français au Cambodge. (*Revue d'Ethnographie*, I, n° 5, 1882, pp. 435-437.)

—— Les poteries de Kompong-Chnang et de Prey-kri au Cambodge. (*Bull. écon. Indo-Chine*, 1er janvier 1899, pp. 236-240.)

D'après un rapport du résident de Kompong Chnang.

—— A. Cassier, Chef du service de l'agriculture au Cambodge. — La culture et la préparation de l'Indigo au Cambodge. (*Bull. écon. de l'Indo-Chine*, 1900, pp. 23-29.)

— La culture et la préparation de l'Indigo au Cambodge. (*Rev. Cultures colon.*, VI, 1900, pp. 214-216, 278-279.)

—— A. C. — Le Tuc-âp cambodgien. (*Bull. écon. Indo-Chine*, 1903, pp. 514-515.)

Pêcheries.

— Voir col. 2678.

—— Notes sur la pêche du Tonli-sap (lac du Cambodge). Par Moura, lieut. de vaisseau. (*Rev. mar. et col.*, 1879, Vol. 61, pp. 535-553.)

—— Note sur la pêche de commencement d'année à Phnum-Penh (Cambodge), Par le Dr A. Corre, médecin de 1re classe de la marine. (*Excursions et Reconnaissances*, N° 6, 1880, pp. 393-402.)

Saigon, le 4 février 1880.

—— La Pêche dans le Grand Lac du Cambodge. (*Bull. écon. Indo-Chine*, 1901, pp. 675-679.)

D'après un rapport de M. Adhémard Leclère.

—— La Pêche dans le Grand Lac du Cambodge. (*Bull. Com. Asie française*, Oct. 1901, pp. 292-294.)

Rapport de M. Adhémard Leclère.

—— E. Marguet, Commis de 1re classe des Services Civils. — La Pêche au Grand Lac (Cambodge). (*Bull. écon. Indo-Chine*, 1905, pp. 885-891.)

BEAUX-ARTS.

—— A History of Architecture in all countries, from the earliest times to the present day, by James Fergusson, ... In three volumes... — London, J. Murray, 1865-1867, in-8, fig.

—— History of Indian and Eastern Architecture, by James Fergusson,... Forming the IIIrd volume of the new edition of the «History of Architecture». — London, J. Murray, 1891, in-8, pp. XVIII-756, fig. et cartes.

—— History of Indian and Eastern Architecture, by the late James Fergusson.... Revised and edited with additions : Indian Architecture, by James Burgess,... and Eastern Architecture, by R. Phené Spiers,... — London, J. Murray, 1910, 2 vol. in-8, fig. et pl.

—— Histoire de l'Architecture cambodgienne d'après M. James Fergusson Mémoire transcrit de l'anglais, avec l'autorisation de l'auteur et annoté par M. le Mis de Croizier.... (*Mém. Soc. Acad. Indo-Chinoise*, I, 1879, pp. 85-106.)

—— Bibliothèque de l'Enseignement des Beaux-Arts publiée sous la direction de M. Jules Comte — L'Art Indo-Chinois par Albert de Pouvourville (Matgioi). Paris, Quantin, s. d., in-8, pp. 291.

—— Note sur l'Architecture indienne ancienne et ses influences au dehors Par le Général de Beylié. (*Bull. Soc. Etudes indochin. de Saigon*, N° 47, 1904, 1er Sem., pp. 5-17.)

—— Général L. de Beylié. — L'Architecture hindoue en Extrême-Orient. Illustrations de Tournois et Doumenq. — Paris, Ernest Leroux, 1907, gr. in-8, pp. 416.

Notices : *Bull. École franç. Ext.-Orient*, VII, Juill.-Déc. 1907, pp. 403-406, par H. Parmentier. — *Revue Indo-chinoise*, 15 fév. 1908, p. 236, par S.

—— *Gaston Knosp. — La Musique indochinoise. — La Musique cambodgienne. (*Mercure Musical*, IIIe année 1907, pp. 889-956.)

—— Gaston Knosp. — Rapport sur une mission officielle d'étude musicale en Indochine. (*Int. Archiv für Ethnog.*, Bd. XXI. — Hft. 1, 1912, pp. 1-25; Hft. 2 & 3, 1912, pp. 49-77.)

XII. — LANGUE ET LITTÉRATURE.

ORIGINES. — ÉTUDES COMPARÉES.

—— On the Relations of the Indo-Chinese and Inter-Oceanic Races and Languages. By A. H. Keane, Esq. M. A. I. (*Journ. Anthrop. Institute*, London, Vol. IX, 1880, pp. 254-289.)

—— Bemerkungen über die Wortbildung des Mon. Von K. Himly. (*Sitzungsb. phil.-philol. u. hist. Cl. k. Bayer. Ak. Wiss.*, 1889, Bd. II Hft. II, pp. 260-277.)

—— G. A. Grierson, 1904. — Voir col. 130.

—— P. W. Schmidt. — Grundzüge einer Lautlehre der Mon-Khmer Sprachen. — 1905. — Voir col. 131.

Notice : *Man*, 1906, N° 106, pp. 173-174, by Sidney H. Ray.

—— P. W. Schmidt. — Slapat rāgāwaṅ datow smim roṅ. — 1906. — Voir col. 131.

Notice : *T'oung pao*, Mars 1907, p. 133, par L. Finot.

—— Die Mon-Khmer-Völker ein Bindeglied zwischen Völkern Zentralasiens und Austronesiens von P. W. Schmidt, S. V. D. — Mit drei Karten. — Braunschweig Druck und Verlag von Friedrich Vieweg und Sohn 1906, pet. in-8, pp. x + 1 f. n. ch. + pp. 157.

Notices : *T'oung pao*, Mars 1907, pp. 134-137, par L. Finot. — *Journ. Roy. As. Soc.*, Jan. 1907, pp. 187-191, par G.-A. Grierson. — *Man*, 1907. No. 107, pp. 189-192, par Sidney H. Ray.

Voir col. 131-132.

LEXICOGRAPHIE.

DICTIONNAIRES ET VOCABULAIRES.

—— អក្សរ ខ្មែរ Vocabulaire Cambodgien-Français par M. E. Aymonier, Administrateur des Affaires Indigènes. — Saigon, Collège des Stagiaires, 1874, in-fol., pp. 158 autog.

—— Dictionnaire Français-Cambodgien précédé d'une notice sur le Cambodge et d'un aperçu de l'écriture et de la langue cambodgiennes par E. Aymonier Lieutenant d'infanterie de marine, professeur du cours de Cambodgien au Collège des Administrateurs stagiaires. — Saigon, Imprimerie nationale, 1874, in-4, 1 f. n. ch. + pp. 58 + pp. 184 à 2 col.

Autographié, sauf le titre et le f. n. ch. table.

—— Dictionnaire Khmêr-Français par E. Aymonier Directeur du Collège des Administrateurs stagiaires. — Saigon — 1878. — Autographié par Son Diệp Interprète titulaire de 2e classe, pet. in-fol., pp. XVIII-436 à 2 col.

Notice : *Annales Ext.-Orient*, 1880-1881, III, pp. 37-41.

—— Vocabulaire français-cambodgien et cambodgien-français contenant une règle à suivre pour la prononciation, les locutions en usage pour parler au roi, aux bonzes, aux mandarins, la numération, la division du temps, les poids, les mesures, les monnaies et quelques exercices de traduction. Par M. Moura, Lieutenant de vaisseau Représentant du Protectorat français au Cambodge. — Paris, Challamel aîné, 1878, gr. in-8, pp. 235.

—— *J. B. Bernard, missionnaire apostolique au Cambodge. — Dictionnaire cambodgien-français. Précédé des Eléments de l'écriture et de notions de Grammaire Cambodgienne. Hong-Kong, Imprimerie de la Société des Missions étrangères, 1902, in-4, pp. 47 + 386.

Notice : *Bull. École franç. Ext.-Orient*, III, No. 1, Janv.-Mars 1903, p. 91. Par L. F.[inot].

—— Dictionnaire Français-Cambodgien par S. Tandart Missionnaire apostolique au Cambodge. — Première Partie. Hong Kong, Imprimerie de la Société des Missions-Etrangères 1910, gr. in-4, 5 ff. n. ch. f. tit., tit., Avant-Propos, Transcription + 1 f. bl. + pp. 1104 à 3 col. + 1 f. er.

A.-Kyste.

—— Deuxième Partie. Ibid., 1911, gr. in-4, pp. 1135 à 3 col. + 2 ff. er.

L.-Zygoma.

La 1re col. renferme le nom français; la 2e les caractères cambodgiens et la 3e la transcription.

Notices : *Bull. École franç. Ext.-Orient*, X, Juillet-septembre 1910, pp. 623-625, par Ed. Huber. — *T'oung pao*, Déc. 1912, pp. 744-745, par H. C.[ordier]. — *Miss. Cath.*, 12 sept. 1913, p. 444.

—— J. Guesdon. — Dictionnaire cambodgien-français.

Voir sur ce dictionnaire, resté manuscrit, le *Bulletin de la Commission archéologique de l'Indochine*, 1913, pages XIV, XV, XVIII, XXIII, XXVI, XXVIII, XXIX. — Marie-Joseph Guesdon, né 20 janvier 1852, à Palluau, Vendée; Miss. ét.; parti 2 déc. 1874 pour le Cambodge; quitte la mission et la Société en 1882.

MANUELS DE CONVERSATION.

—— Le Cambodgien tel qu'on le parle Par Emile Faraut & P. Raquez. — Pnom-Penh, Imp. Coudurier & Montégout, 1907, in-8, pp. 190.

CHRESTOMATHIES. — MANUELS.

G. Janneau.

† A Phnom Penh, le 7 avril 1872; il n'avait pas trente ans.

—— អក្សរ រៀន Étude de l'Alphabet Cambodgien par G. Janneau. — 1er Fascicule. — Saigon 1869, in-8, pp. 92 autog. et 5 pl.

—— *Janneau. — Manuel pratique de la langue Cambodgienne. Listes de mots usuels groupés par Catégories; Dialogues pratiques et Carton. Saïgon — 1870 — Imp. nat. de Saïgon, in-4, pp. 274, autographiées.

—— Œuvres de G. Janneau Reimprimées au Collège des Administrateurs stagiaires. — Saïgon, 1877, in-fol. autog.

Etude de l'Alphabet Cambodgien, pp. 46. — Manuel pratique, pp. XVIII-274 : Préface; renseignements divers et mots usuels; dialogues; supplément.

Avait paru d'abord en 1869.

—— Œuvres de G. Janneau. — Reimprimées à l'Imprimerie du Protectorat (Tous droits de reproduction et de traduction réservés). — Phnom-Penh, 1898, in-4. [Autogr.; titre seul typogr.]

Étude de l'alphabet Cambodgien, pp. 46 + 5 planches.

Manuel pratique [préface], pp. XVIII.

1re Partie. Renseignements et mots usuels, pp. 158.
2e Partie. Dialogues, pp. 111.
1 table [numérotée 271-273].

E. Aymonier.

—— Cours de Cambodgien par M. Aymonier. — Saigon, Collège des Stagiaires, 1875, in-4, pp. 216 autog.

Ce Cours se divise en trois parties : 1° Notions sur l'écriture et sur la langue cambodgiennes; 2° Notions sur le Cambodge; 3° Exercices.

—— Textes Khmers Publiés avec une traduction sommaire par E. Aymonier Directeur du Collège des Administrateurs stagiaires. 1re Série — Choix de Contes populaires — Thmenh Chey — Le Juge Lièvre — Satra Keng Kantray — Méa Joëung (Fragment) — Édification d'Angkor Vat — Saigon — 1878 (Tous droits de reproduction réservés), pet. in-fol., 1 f. n. ch. l'avert. + 84 + texte (pp. 299).

Entièrement autographié.

—— Leçons sur l'alphabet Combodgien [*sic*] par M. Prioux. — Saigon, Collège des Stagiaires, 1879, in-fol., pp. 34 autographiées.

—— Cours de français aux élèves cambodgiens par Monsieur Taupin. S. l. n. d., in-4, pp. 4-4-4-4-4-4-4-4-155-189-102.

[Autogr.]

—— Prophéties Kmères (Traduction d'anciens textes cambodgiens). Par J. Taupin. (*Bull. Soc. Et. Indo-Chin.*, 1887, 2e sem., pp. 5-20.) — Prédictions bouddhiques pour toute la durée du Bâdra-Kalpa, ou Kalpa (espace de temps égal à 81.000.000 d'années) dans lequel nous vivons. (*Ibid.*, pp. 20-22.)

—— Fernand Champa. — Lectures Pour Les Cambodgiens. Premier livret — Saigon, Imprimerie typo-litho F. H. Schneider, 1912. Prix : 0$20. — in-8, pp. 41.

OUVRAGES DIVERS. — DISSERTATIONS.

—— Notre transcription du Cambodgien Par M. L. Finot Directeur de l'École Française d'Extrême-Orient. (*Bull. École française d'Ext.-Orient*, II, N° 1, Janv. 1902, pp. 1-15.)

—— L'orthographe dite «Quôc Ngũ» appliquée au Cambodgien Par G. H. Monod Résident de France au Cambodge. (*Revue indo-chinoise*, 31 août 1907, pp. 1172-1177.)

ÉCRITURE.

—— Les nouveaux caractères Cambodgiens de l'Imprimerie Nationale par M. Léon Feer. (*Mém. Soc. Acad. Indo-Chinoise*, I, 1879, pp. 270-272.)

— Cambodian Writing. By E. H. Parker. (*China Review*, XVII, N° 2, p. 113.)

LITTÉRATURE.

—— Études sur la littérature khmère. Par J. Taupin. — Néath Outtami, Poème cambodgien. (*Bull. Soc. Et. Indochin. Saigon*, 1886, pp. 23-47.)

(Ouvrages divers. — Dissertations. — Écriture.)

—— Néang Roum-Say-Sock. (*Mission Pavie, Études*, I, 1898, pp. 1-26, ill.)

—— Les Douze Jeunes Filles. (*Mission Pavie, Études*, I, 1898, pp. 27-51.)

Textes cambodgien, pp. 325-334; siamois, pp. 335-342; laotien, pp. 343-350.

—— Vorvong et Saurivong. (*Mission Pavie, Études*, I, 1898, pp. 52-154, ill. en noir et en couleurs.)

Texte cambodgien, pp. 169-224.

—— Néang-Kakey. (*Mission Pavie, Études*, I, 1898, pp. 155-168, ill.)

Textes cambodgien, pp. 351-356; siamois, pp. 357-364; laotien, pp. 365-367.

—— Auguste Pavie — Contes populaires du Cambodge du Laos et du Siam. — Paris, Ernest Leroux, 1903, in-12, pp. 209 + 1 f. n. ch. tab.

Forme le Tome XXVII de la *Collection de Contes et Chansons populaires*.

—— Cambodge — Contes et légendes recueillis et publiés en français par Adhémard Leclère Résident de France au Cambodge avec introduction par Léon Feer de la Bibliothèque nationale. Paris, Emile Bouillon, 1895, in-8, pp. XXII-308.

—— Collection de Contes et Chansons populaires — Contes laotiens et Contes cambodgiens recueillis, traduits et annotés par Adhémard Leclère, Résident de France au Cambodge. Paris, Ernest Leroux, 1903, in-12, pp. 272.

Forme le Tome XXV de la *Collection de Contes et Chansons populaires*.

Notice : *Bull. École franç. Ext.-Orient*, Janv.-Mars 1903, pp. 91-92, par É. Huber.

—— Adhémard Leclère. — Kâma-Deva. Poésie. — Phnôm-pénh. — Imprimerie Coudurier & Montégout, 1908, in-8, pp. 15 + 1 errata.

—— *Ad. Leclère. — Théâtre Cambodgien. (*Revue d'Ethn. et de Sociologie*, 1910, p. 257.)

—— Proverbes cambodgiens Par L. Finot. (*Revue Indo-chinoise*, 30 janvier 1904, pp. 71-73.)

—— Réach Kol. Analyse et critique du poème Khmêr. Par l'Abbé J. Guesdon, Paris, ancien Missionnaire en Cambodge. (*Anthropos*, I, 1906, Heft 4, pp. 804-817.)

—— Douze fables cambodgiennes. I. — Le roi Khmer. II. — Le Hangsa et la tortue. III. — Comment l'éléphant docile devint furieux. IV. — Le serpent et la tortue. V. — Le cheval boiteux. VI. — Le crocodile et le lièvre. VII. — Le gros éléphant et le petit Thiep. VIII. — Le cerf, l'aigle et la tortue. IX. — Le singe et le Kleng Klong. X. — Le bonze et le chasseur. XI. — L'ours et le figuier sauvage. XII. — La vieille femme et le chat. Par F. Poulichet. (*Revue indochinoise*, Juillet 1913, pp. 75-87.)

— Rimes Khmères. Par Mary Gerny-Marchal. (*Revue indochinoise*, 31 déc. 1908, pp. 901-902.)

BIBLIOGRAPHIE.

Voir col. 2390.

—— Études cambodgiennes. — La Collection Hennecart de la Bibliothèque nationale, par M. L. Feer. (*Journ. Asiat.*, VIIe Sér., IX, 1877, pp. 161-234.)

Alexandre Hennecart, médecin militaire, attaché à la Mission du Cambodge (1863); † à Raucourt (Ardennes) à 42 ans.

Comprend : I. Manuscrits sur feuilles de palmier. — II. Manuscrits sur papier. — III. Travaux personnels. Ces travaux personnels comprennent :

1. Lexicographie [*Dictionnaire cambodgien. — Vocabulaire latin-français-annamite. — Petit vocabulaire cambodgien-annamite. — Histoire de Joseph* (fils de Jacob) en siamois et en cambodgien]. — 2. Traductions. — 3. Travaux divers.

IV. Les études cambodgiennes.

A la suite, M. L. Feer a donné les morceaux suivants tirés des papiers du Dr. Hennecart : 1° Sommaire du *Lacsa navong*; 2° *Tray Bhum* (ext. du premier chapitre); 3° *Almanach prophétique pour 1865* (an du Bœuf);

4° *Almanach prophétique pour 1866* (au du Tigre); 5° *Amendes pour le meurtre* (extrait du code); 6° *Plantes utiles rangées dans l'ordre alphabétique cambodgien.*

—— Notice des Manuscrits birmans et des Manuscrits cambodgiens de la Bibliothèque nationale de Paris par M. Léon Feer. (*Mém. Soc. Acad. Indo-Chinoise*, I, 1879, pp. 189-197.)

—— Les nouveaux Manuscrits Pâlis De la Bibliothèque Nationale — La collection Habardelle par M. Léon Feer Attaché au département des manuscrits de la Bibliothèque Nationale. Communication faite à la Société Académique Indo-Chinoise dans sa séance du 29 décembre 1879. (*Ann. de l'Ext.-Orient*, 1879-1880, II, pp. 327-332.)

—— Rapport sur les littératures cambodgienne et chame, par M. Antoine Cabaton, Membre de l'École française d'Extrême-Orient. (*Acad. des Insc. et Belles-Let., Ctes. rendus*, 1901, I, pp. 64-76.)

—— Liste des manuscrits khmers de l'École française d'Extrême-Orient. (*Bull. Éc. franç. Ext.-Orient*, II, No. 4, 1902, pp. 387-400.)

XIII. — MŒURS ET COUTUMES.

—— G. d'Abain. — Strange Scenes in Cambodia. — (*Scribner's Monthly*, VIII, 355.)

—— Notes sur les coutumes et croyances superstitieuses des Cambodgiens, par M. Étienne Aymonier. (*Exc. et Recon.*, No. 16, 1883, pp. 133-206.)

—— Les superstitions au Cambodge. (*Ann. de l'Ext.-Orient*, 1883-1884, VI, pp. 377-379.)

D'après Aymonier dans les *Excursions et Reconnaissances*.

—— Aperçu succinct et partiel des idées cosmogoniques et mythologiques des Khmêrs. Par J. Taupin. (*Bull. Soc. Et. Indo-chinoises*, 1886, 2e sem., pp. 32-42.)

—— Note sur la chanson cambodgienne Par A. Chéon. (*Bull. Soc. Et. indo-chin. de Saigon*, 1890, 1er Sem., 2e fasc., pp. 18-21.)

—— Note sur la chanson cambodgienne — Légende tonkinoise. — Par A. Chéon. Saigon, Rey et Curiol, 1890, br. in-8, pp. 11.

— Chansons et danses étrangères. Par Julien Tiersot. Rapsodie cambodgienne de M. L. A. Bourgault-Ducoudray. (*Revue des Traditions populaires*, V, 1890, p. 116.)

Adhémard Leclère.

—— Adhémard Leclère. — Mœurs et Coutumes des Cambodgiens. (*Revue scientifique*, LI, 1893, pp. 65-73, 108-112.)

—— A. Leclère. — Incidents of Life in Cambodia. (*Popular Science Monthly*, XLIV, 776.)

—— A. Leclère. — Superstition and Magic in Cambodia. (*Popular Science Monthly*, LIII, 525.)

—— La Fête des Eaux à Phnom-Penh Par M. Adhémard Leclère, Administrateur des Services civils, Résident au Cambodge. (*Bull. École française Ext.-Orient*, IV, Nos. 1 et 2, Janvier-Juin 1904, pp. 120-130.)

—— La Fête des Eaux à Phnom-Penh par Adhémard Leclère, Administrateur des Services civils, Résident au Cambodge. Hanoi, F.-H. Schneider, 1904, gr. in-8, pp. 11.

Ext. du *Bull. de l'École franç. d'Ext.-Orient*, Janvier-Mars 1904.

—— Cambodge Le premier jour de l'an 12 avril 1904 Par Adhémard Leclère.

(*Revue indo-chinoise*, 15 mai 1904, pp. 624-635.)

—— Cambodge Le Pithi Trut Maha Sangkran 14 mars 1904 Par Adhémard Leclère. (*Revue indo-chinoise*, 15 avril 1904, pp. 480-486.)

Sacrifice à l'occasion de la nouvelle année.

—— Cambodge — Le Thvœu bon chaul chhnam au Palais en 1903 Par Adhémard Leclère. (*Revue indochinoise*, 30 juin 1904, pp. 856-863.)

—— Cambodge. — Le Thvœu-bon Chrat Prah Angkéal Pisakh, 4e jour de la lune décroissante. — 3 mai 1904. Par Adhémard Leclère. (*Revue indochinoise*, 15 août 1904, pp. 198-203.)

—— Cambodge — I. Le Tâng-tok. Par Adhémard Leclère. (*Revue indochinoise*, 15 sept. 1904, pp. 335-341.)

—— Cambodge — Le Thvœu-bon Kantbœnt — Les phka-bœnt — Le Thvœu Phchum-bœnt Samnên — Le Thvœu bon Phchum bœnt des Bakou — Par Adhémard Leclère. (*Revue indo-chinoise*, 30 janv. 1905, pp. 114-125.)

—— Cambodge — Le Thvœu-bon hê Kathœn Par Adhémard Leclère. (*Revue indochinoise*, 15 mars 1905, pp. 326-335.)

—— Cambodge — Le Thvœu-bon ak ambok sampah prah khe Par Adhémard Leclère Administrateur des Services civils. (*Revue indo-chinoise*, 15 mai 1905, pp. 658-663.)

—— Cambodge — Le Thvœu-bon Chenh Prah Vossa Par Adhémard Leclère Administrateur des Services Civils. (*Revue indochinoise*, 30 mai 1905, pp. 717-725.)

—— Cambodge — Thvœu-bon sdach meak Par Adhemard Leclère, Administrateur des Services civils. (*Revue indo-chinoise*, 15 oct. 1905, pp. 1378-1389.)

—— Les fêtes locales au Cambodge Par Adhémard Leclère Administrateur des Services civils. (*Revue Indo-Chinoise*, 30 janvier 1906, pp. 90-102; 15 avril, pp. 519-522; 30 avril, pp. 581-586.)

—— La crémation et Les rites funéraires au Cambodge. — Crémation de Sa Majesté Noroudam Roi du Cambodge Par Adhémard Leclère. — Hanoi. — F.-H. Schneider, Imprimeur-Editeur, 1907, in-4.

Notices : *Revue Indochinoise*, 31 août 1907, p. 1203. — *Bull. École franç. Ext.-Orient*, Juillet-Déc. 1907, pp. 384-385, par L. Finot.

—— Contes et Jatakas. Par Adhémard Leclère. (*Revue des Traditions populaires*, 1912, Janv., Fév., Mars, Avril.)

*
* *

—— Une «tour du silence» au Cambodge? Par E. Lunet de Lajonquière. (*Bull. Ecole française Ext.-Orient*, II, N° 3, Juillet 1902, pp. 286-288.)

—— Le Mariage Cambodgien, par Arthur Daguin... et Alphonse Dubreuil... — Paris, L. Dorbon (1906), in-8, pp. XVI-89.

Le Mariage indigène dans les Colonies et les Protectorats de la France, III.

— Richard Bourdet. — Une fête chez les Khmers. (*Le Censeur*, 14 déc. 1907, pp. 455-458.)

—— Jules-Adrien Marx. — Les premières larmes du Bouddha. — Légende cambodgienne. (*Bull. Soc. Et. Indo-Chinoises*, No. 54, 1er sem. 1908, pp. 157-159.)

—— La vie domestique au Cambodge Par A. Cabaton, ancien membre de l'École française d'Extrême-Orient. (*Revue indochinoise*, Février 1910, pp. 103-114.)

Conférence faite à l'École Coloniale, le 11 mars 1909.

—— Les fêtes du Tang-tok à Pnom-Penh. Par E. Ménétrier. (*Revue Indochinoise*, Oct. 1912, pp. 334-345.)

—— Danseuses cambodgiennes anciennes et modernes. Cent cinquante dessins et croquis et texte de George Groslier Artiste-peintre — Préface de Charles Gravelle

Président du Comité Cambodgien d'Angkor. Paris, Augustin Challamel; gr. in-4.

150 dessins dans le texte; 17 pl. hors texte dont une en couleurs. — Publié à 40 fr. — 25 ex. numérotés sur papier vélin à la forme, 80 fr. — 5 ex. numérotés sur papier des Manufactures Impériales du Japon, accompagné d'un dessin original de l'auteur, 225 fr. l'ex. — Pour paraître le 1er décembre 1912.

—— Les danseuses cambodgiennes en France Par George Bois. (*Revue indochinoise*, Sept. 1913, pp. 261-277; fig.)

— *Rothison (Légende cambodgienne), par L. Fourcault. (*France d'Indochine*, Déc. 1914.)

— Entrée solennelle d'une Éléphante blanche à Pnom Penh. Par Francis Mury. (*A Travers le Monde*, XX, 1914, pp. 109-110, ill.)

XIV. — VOYAGES.

—— Fernão Mendes Pinto. — Voir col. 108-116.

—— Voyage aux Indes orientales et occidentales, dans lequel on raconte le voyage que les Espagnols qui résident aux îles Philippines du Ponent firent au royaume de Camboge, et ce qui leur arriva dans ce pays ainsi que dans la Cochinchine, avec une description des forteresses que les Portugais possèdent dans l'Inde, la Perse, l'Arabie et l'Ethiopie inférieure, et de tous les établissements espagnols dans les Indes occidentales; par Christoval de Jaque de los Rios de Mancaned, natif de Ciudad Rodrigo, écrit en 1606. (H. Ternaux-Compans, *Archives des Voyages*, I, pp. 241-350.)

—— De Feynes, 1615. — Voir col. 872-883.

—— Three Months in Cambodia. By a Madras Officer. (*Journ. Ind. Archip.*, VIII, 1854, pp. 285-328.)

— Travels in Siam and Cambodia. By D. O. King, Esq. (*Proc. Roy. Geog. Soc.*, III, 1859, pp. 365-368.)

—— Travels in Siam and Cambodia. By D. O. King, Esq. Read, June 27, 1859. To the Sec. of the Roy. Geog. Soc. of London. [Newport, Rhode Island, Febr. 7th. 1859.] (*Journ. Roy. Geog. Soc.*, XXX, 1860, pp. 177-182.)

—— Report of an Expedition made into Southern Laos and Cambodia in the early part of the year 1866. By H. G. Kennedy, Student Interpreter at the British Consulate, Bangkok. (*Journ. Roy. Geog. Soc.*, Vol. XXXVII, 1867, pp. 298-328; carte.)

Communicated by the Foreign Office. Voyage avec le photographe J. Thompson.

Henri Mouhot.

Voir col. 1064-1065.

—— Notes on Cambodia, the Lao Country, &c. By Henri Mouhot. [Translated from the original French, by Dr. Thomas Hodgkin, M. D., &c., Foreign Secretary.] Read March 10, 1862. Brelum among the savages of Stien; N. Lat. 11° 58′, E. long. 107° 12, 15th Oct. 1859. (*Journ. Roy. Geog. Soc.*, XXXII, 1862, pp. 142-163.)

—— Travels in Cambodia. By M. Mouhot. (*Proc. Roy. Geog. Soc.*, VI, 1862, pp. 80-82.)

—— Combodia. By Mr. Mohout [*sic*]. (*Siam Repository*, Jan. 1870, Vol. 2, art. 13, pp. 33-36; art. 21, pp. 42-43; art. 28, pp. 52-54; art. 58, pp. 120-123; art. 75, pp. 159-160; art. 81, pp. 171-172.)

— Jules Roy. — Henri Mouhot. (*Revue Franc-Comtoise*, 1893, Oct., pp. 230-234; Nov., 256-261; Déc., pp. 273-283.)

— Henri Mouhot, par M. J.-M. Suchet, de l'Académie de Besançon. (*Annales Franc-Comtoises*, 31 déc. 1869.)

Adolf Bastian.

Voir col. 896 et 2898.

—— Indo-Chine. — Etudes d'après les voyages du Dr Bastian. Par M. le Marquis de Croizier. (*Ann. de l'Extr.-Orient*, I, pp. 152-158, 169-178, 277-282, 306-310, 380-390.)

— Obituary : Adolf Bastian. By Edward B. Tylor. (*Man*, 1905, No. 76, pp. 138-143.)

— Geheimrat Bastian. Nécrologie par O. F. (*Journal Siam Society*, Vol. II, Pt I, Bangkok, 1905, pp. 67-69.)

Né à Brême, 26 juin 1826; mort à Portof Spain, 3 février 1905.

* * *

—— Doudart de Lagrée. — Voir col. 1012-1018.

—— Francis Garnier. — Voir col. 1012-1018, 2521-2526.

—— L. M. de Carné. — Voir col. 1016-1018.

—— Louis Delaporte. — Voir col. 1012-1014.

—— Thorel. — Voir col. 1014.

—— Joubert. — Voir col. 1018.

—— J. Dupuis. — Voir col. 2517-2522.

—— Trip to Cambodia. By S. G. M. (*Siam Repository*, Vol. 5, Jan. 1873, pp. 120-122.)

Dr. Jules Harmand.

Voir col. 1067, 2428-2429.

—— Voyage au Cambodge par le Dr. Harmand. (*Bull. Soc. Géog.*, 6e Sér., XII, 1876, pp. 337-367, carte.)

—— Excursion de Bassac à Attopeu par le Dr. J. Harmand. (*Bull. Soc. Géog.*, 6e Sér., XIV, 1877, pp. 239-247.)

—— Exploration du Cambodge à l'ouest du Mé-kong Par le Dr. Harmand. (*Rev. géog. int.*, Juin 1879, pp. 136-140.)

—— Rapport sur le Voyage d'Exploration fait par le Dr Harmand, du mois de décembre 1875 au mois de février 1876, dans les provinces de Mulu-Prey, Tonlé-Repau et Compong-Soaï, sur la rive droite du Mé-Kong, par A. de Quatrefages. (*Archives des Miss. scientif. et litt.*, 3e Sér., V, 1879, pp. 9-17.)

* * *

—— F. von Hellwald, 1876. — Voir col. 897-898 et 2429.

—— A.-A.-H. Filoz, 1876. — Voir col. 2701.

—— Les Explorateurs du Cambodge Par M. le Marquis de Croizier. (*Ann. de l'Extr.-Orient*, I, pp. 57-62.)

—— Les Explorateurs du Cambodge par M. le Marquis de Croizier. — (Extrait des *Annales de l'Extrême-Orient*). Paris, Challamel aîné, 1878, br. in-8, pp. 8.

Portraits de Bouillevaux, Mouhot, Delaporte.

—— Note sur les explorations du Mé-Kong et du Song-Coï par M. Bartet Lue dans la séance du 29 juillet 1879. (*Bull. Soc. Géog. Rochefort*, t. I, 1879-1880, pp. 100-106.)

—— Rapport à M. le Gouverneur sur la mission du Grand-Lac Confiée à M. Buchard, enseigne de vaisseau. Par H. Buchard. (*Excursions et Reconnaissances*, No 5, 1880, pp. 243-282; 3 planches.)

—— Suite du Rapport sur le Grand-Lac Tonly-sap. — Le lac au point de vue hygiénique. — Description des espèces trouvées dans ses eaux, Par M. Ricard, aide-médecin de la marine. (*Excursions et Reconnaissances*, No 5, 1880, pp. 283-319.)

—— Les voyages des Européens des côtes de l'Annam à la vallée du Mé-Kong Notes sur l'identification du port de Cachan, la relation de Christoval de Jaque de los Rios de Mançanedo, et les globes de Mercator et de Coronelli Par M. de Villemereuil, capitaine de vaisseau Membre correspondant. Lu dans la séance du 22 juillet 1880. (*Bull. Soc. Géogr. Rochefort*, t. II, 1880-1881, pp. 117-129.)

— Le royaume de Cambodge. (*Soc. belge Géogr., Bull.*, 1881, pp. 549-551.)

Voyage de M. Boulangier.

—— Un hiver au Cambodge. Chasses au tigre à l'éléphant et au buffle sauvage. Souvenirs d'une mission officielle remplie en 1880-1881 par M. Edgar Boulangier, Ingénieur des Ponts et Chaussées. Tours, Alfred Mame et Fils — MDCCCLXXXVII, gr. in-8, pp. 400, grav.

—— Un voyage à la cour du roi Nom-Rodon. Lettre sur le Cambodge (Nocor-Khmer). Par L. Charles, Cap. au long cours. (*Bull. Soc. Géog. com. Bordeaux*, 1881, pp. 497-515.)

—— Auguste-Jean-Marie Pavie. — Voir col. 898-903.

—— Reconnaissance des routes entre Pnom Penh et la Frontière de Siam. — Voyage chez les Pears 1881-1882. A. Pavie, 1 gr. f. Atlantique.

Échelle : 1/190.000. — Carte Ms. à la Soc. de Géographie, No. 195.

—— Excursion dans le Cambodge central par E. Aymonier. (*Bull. Soc. Géogr. Paris*, 4e trim. 1882, pp. 656-663; carte.)

A bord de l'*Annamite*, le 26 janvier 1882.

— Exploration au Cambodge par le capitaine Aymonier. Saigon, le 11 août 1883. (*Cte. rendu Soc. Géog.*, 1883, pp. 486-490.)

—— Une mission en Indo-Chine relation sommaire par Etienne Aymonier — Extrait du *Bulletin de la Société de Géographie* (2e et 3e trimestres 1892) — Paris, Société de Géographie — 1892, in-8, pp. 70.

—— De Phnom-Penh à Pursat en compagnie du roi de Cambodge et de sa Cour Par Moura, Lieutenant de vaisseau. (*Revue de l'Extrême-Orient*, I, No 1, Janv.-Fév.-Mars 1882, pp. 84-112; No 2, Avril-Mai-Juin 1882, pp. 247-310.)

—— E. Prud'homme, Lieutenant d'Infanterie de Marine. — Excursion au Cambodge. (*Exc. et Recon.*, No. 13, 1882, pp. 48-73; carte.)

—— Cochinchine française. — Excursion au Cambodge Par E. Prud'homme, Lieutenant d'Infanterie de Marine. — Saigon, Imprimerie du Gouvernement — 1882, in-8, pp. 27.

—— Septans. — Reconnaissance dans le Cambodge et le Laos. (*Exc. et Recon.*, No. 12, 1882, pp. 536-551.)

Septans et le S. lieut. Gauroy. — Carte photog. — Saigon, le 7 mai 1882.

—— Cochinchine française — Reconnaissance dans le Cambodge et le Laos Par MM. Septans et Gauroy Lieutenants d'Infanterie de Marine — Saigon, Imprimerie du Gouvernement — 1882, in-8, pp. 18.

—— Notice sur le voyage des Lieutenants Septans et Gauroy dans le Cambodge oriental et le Laos. (Janv., Fév., Mars 1882.) (*Soc. Bretonne Géog.*, 1882, pp. 69-71.)

Par Septans.

—— Journal du Lieutenant Septans (Voyage dans le Cambodge Oriental et le Laos). Janv., Fév. et Mars 1882. (*Soc. Bretonne Géog.*, 1882, pp. 123-150.)

— Paul Sorin, Officier d'Infanterie de marine [Lettres sur le Cambodge] (*Cte. rendu Soc. Géog*, 1882, pp. 327, 501.)

—— Frank Vincent Jr. — The Land of the White Elephant, 1882. — Voir col. 421, 903.

—— Lord Harris. — Fortnight in Cambodia. (*National Review*, III, 125.)

— Une excursion dans le Cambodge. (*Ann. de l'Ext. Orient*, 1883-1884, VI, pp. 190-191.)

D'après la *Revue libérale*.

—— Voyage de l'aviso l'*Alouette* de Pnom-Penh à Sambor. (*Exc. et Recon.*, No. 18, 1884, pp. 505-513.)

Le lieut. de vaisseau, capitaine de l'*Alouette* [P. Campion], à M. le Gouverneur de la Cochinchine.

Pnom-Penh, le 4 août 1884.

—— Voyage de l'aviso l'*Alouette* de Pnom Penh à Sambor — Saigon, Imprimerie du Gouvernement — 1884, in-8, pp. 11.

Par P. Campion.

— [L. Frederick Moore]. — Quelques mots sur le Cambodge. (*Le Courrier de la Vienne et des Deux-Sèvres de Poitiers*, Samedi 12 juillet 1884.)

—— Quinze jours au Cambodge Mœurs. Coutumes. Superstitions. Légendes. — Excursion dans les provinces de Roléa-Paier et de Compong-leng Par MM. L.-C. Roux et J.-M. Vidal Officiers du Corps de santé de la Marine. (Souvenirs intimes.) (*Bull. Soc. languedocienne de Géographie*, T. VII, 1884, pp. 221-256, 313-351, 457-504; carte, pl. et fac-simile).

Tirage à part : Montpellier, Imp. Bœhm et fils, in-8, pp. 128, pl.

—— De Neuchatel au Tonkin. Souvenirs de Voyage. Par C. Bovet. (*Bull. Soc. neuchateloise de Géographie*, I, 1885, pp. 52-82.)

—— Notes sur le Cambodge — Passage des rapides de Préapatang par un torpilleur Fêtes à P'nom-peñ. Par H. Vignot Lieutenant de vaisseau. (*Bull. Soc. Géog. Est*, 1885, pp. 741-748.)

—— Impressions de voyage d'un artiste en Annam et au Tonkin Par Gaston Roullet. (*Bull. Soc. Géogr. Rochefort*, t. IX, 1887-1888, pp. 161-186, pl.; pp. 267-285, pl.)

—— F. Méré. — Une promenade de Saigon à Battambang et aux ruines d'Angkor. (*Bull. Soc. Et. Indo-chin. Saigon*, 1888, 2e sem., 3e fasc., pp. 5-42.)

—— Voyage aux lacs du Cambodge. Par de Saint-Sernin, lieutenant de vaisseau. (*Revue maritime et coloniale*, XCVIII, 1888, pp. 369-410.)

—— Voyage au Cambodge. By G. T. Novi. (*Bull. Soc. Géog. Est*, 1889, pp. 484-502; 1890, pp. 30-49, 265-287.)

—— Voyage au Cambodge par M. L.-B. Rochedragon. (*Bull. Soc. Géog. Lyon*, IX, 1890, pp. 349-376, 465-494.)

—— Au Cambodge. — De Kampot à Romang-Chol. Par M. G. Presseq-Rolland. (*Bull. Soc. Géog. Toulouse*, 1890, pp. 308-341.)

(Divers.)

Henri d'Orléans.

Voir col. 905-906, 2436, 2437.

—— Voyage du Prince Henri d'Orléans en Indo-Chine, en 1892. (*Bull. Soc. Géogr. Rochefort*, t. XIII, 1891-1892, pp. 218-232.)

Conférence au Congrès de l'Association pour l'Avancement des Sciences tenu à Pau, d'après le *Temps*.

—— Hon. George N. Curzon, 1893. — Voir col. 2437.

—— ** Voyage de Bangkok à Pnompenh par Angkor-Vat. (*Nouvelle Revue*, t. LXXXI, Mars-Avril 1893, pp. 354-368, 559-573.)

—— En Indo-Chine. Saigon — Cambodge — Ruines d'Angkor — Par M. le Capitaine Chibourg. (*Bull. Soc. Géog. com. Havre*, 1894, pp. 278-313, 376-384.)

—— *L. Henry. — Promenade au Cambodge et au Laos, suivi d'une excursion à Bienhoa. Paris, 1894, in-12, pp. 99.

—— John T. Revilliod, 1894. — Voir col. 907.

—— No Oriente — De Napoles á China (Diario de viagem) por Adolpho Loureiro S. S. G. L. — Lisboa, Imprensa Nacional, 1896, 2 vol. in-8, pp. 369 + 1 f. n. ch., 419 + 1 f. n. ch.

Quarto Centenario do Descobrimento da India. — Contribuições da Sociedade de Geographia de Lisboa.

—— Surgeon-Major John Macgregor, 1896. — Voir col. 907.

—— Jules Agostini. — Au Cambodge. In-8, pp. 32.

No. 60. — *Bibliothèque illustrée des Voyages autour du Monde par terre & par mer.* Directeur : C. Simond. [Plon, 1898.]

—— Isabelle Massieu, 1898, 1901. — Voir col. 909.

—— Eug. Lagrillière-Beauclerc, 1900. — Voir col. 1547.

—— G. Verschuur — Aux Colonies d'Asie et dans l'Océan Indien. — Paris, Hachette, 1900, in-18, pp. 409.

(Henri d'Orléans. — Divers.)

— Sur le Me-Kong — De Saigon à Phnom-Penh. Par Gaston Donnet. (*La Revue d'Asie*, 15 nov. 1901, pp. 15-24.)

— Les «Pols» de la Région de Pursat. — Voyage dans les Montagnes des Cardamomes. Par A. Bousseau. (*Revue Indo-Chinoise*, 2 nov. 1903, pp. 1007-1009; 9 nov., pp. 1025-1028.)

— Stönner. — Reiseskizzen aus Siam und Kambodscha. (*Zeitschft. f. Ethnolog.*, 1903, Hft. IV, pp. 619-630; ill.)

— Le Carnet d'un Marsouin. (*Bull. Soc. Géog. Rochefort*, XXVII, 1905, pp. 177-186; XXVIII, 1906, pp. 188-201, 262-273; XXIX, 1907, pp. 33-45.)

Par le Commandant XXX, de l'Infanterie de Marine.

— Pauline Gräfin Montgelas Bilder aus Südasien Mit sechs Abbildungen und einer Kartenskizze. München, Theodor Ackermann, 1906, in-8, pp. 146.

Cochinchina und Cambodja. — Siam. — Java. — Birma. — Indien.

— Docteur Albert E. Le Play. — Notes et Croquis d'Orient et d'Extrême-Orient. — Ouvrage orné de 224 Phototypies hors texte. Paris, Moreau frères, 1908, in-8, pp. 428.

5 ex. sur Japon. — 10 sur papier de Hollande.

— Les Prouesses de l'Automobile. — Au Cambodge. De Saïgon aux Ruines d'Angkor par Mgr le Duc de Montpensier. — Édité par la Sté Lorraine-Diétrich, 12, avenue de Madrid. — Neuilly-sur-Seine, in-8, pp. 17 à 2 col., ill.

Paris, Imp. Paul Dupont (1908).

— Raymond Escholier. — Vers l'Aventure. (*Le Monde illustré*, 2 déc. 1911, ill.)

Le Duc de Montpensier au Cambodge.

— Notes de voyage. — De Haïphong à Angkor, par Henri Laumônier. — 1909, Imprimerie de l'Avenir du Tonkin, Hanoi, in-8, pp. 121.

— M. et Mme Émile Jottrand. — Indo-Chine et Japon. — Journal de voyage accompagné de trois cartes. — Paris, Plon, 1909, in-18, pp. 348.

— Rose Quaintenne. — Quinze jours au Pays des Rois Khmers. — Préface de M. le Général de Beylié. — Illustrations de A. J. L'ouvrage est suivi d'un Guide. Tous droits réservés. Saigon, Imprimerie Coudurier & Montégout, 1909, in-8, pp. 186.

Le Guide comprend la Cochinchine, l'Annam, le Tonkin et le Cambodge.

— Jean Ajalbert. — Notes sur l'Indochine. — Au Cambodge. (*Mercure de France*, 16 mars 1909, pp. 218-234.)

— Chanoine Rossignot. — Un Franc-Comtois au Cambodge. — Extrait des *Mémoires de la Société d'Émulation du Doubs* (8e série, tome IV, 1909). Besançon, Dodivers, 1910, in-8, pp. 16.

Charles Tournier, né à Morteau, 10 oct. 1837; + 2 juillet 1906.

— De Saigon à Singapour, par Angkor autour du Golfe de Siam, par le Commandant Lunet de Lajonquière. (*Le Tour du Monde*, N. S., XVI, 1910, pp. 409-456.)

— Un Tour du Monde (Octobre 1908-Juillet 1909) par O.-M. Lannelongue Professeur à la Faculté de Médecine de Paris, Membre de l'Institut, 112 reproductions photographiques. Librairie Larousse — Paris, s. d. [1910], in-8, pp. 350.

— Lieutenant Barjou, de l'infanterie coloniale. — A travers l'Indo-Chine. — Une promenade de Pnom-penh à Ben-thuy. (*Revue des Troupes coloniales*, II, 1912, pp. 299-314.)

XV. — COMMERCE.

—— Renseignements topographiques, statistiques et commerciaux sur l'intérieur du Cambodge à la fin de 1862. (*Annales du Commerce extérieur,* Mai 1865.)

—— [Société Vandelet et Dussutour.] Sig. A. Dussutour. [Saigon, C. Guilland, 1881], in-4, pp. 18.

—— Rapport sur la situation économique du Cambodge Par Badens, Résident général provisoire. (*Excursions et Reconnaissances*, N° 26, Mars-Avril 1886, pp. 161-168.)

—— Principaux articles d'exportation de la Cochinchine et du Cambodge par M. Kloss, négociant. (*Bull. Soc. Et. indo-chin. de Saigon*, 1896, 2e fasc., pp. 41-48.)

—— Principaux Articles d'exportation de la Cochinchine et du Cambodge, par M. Kloss, négociant. — Saigon, Rey, Curiol & Cie, 1896, br. in-8, pp. 10.

—— L'avenir économique du Cambodge Par G. Caillard, Administrateur des Services civils en Indo-Chine, Résident de France au Cambodge. (*Soc. Géog. commerciale*, XXVIII, No. 6, Juin 1906, pp. 361-373).

— La situation économique au Cambodge. (*Bull. Com. Asie française*, Nov. 1906, pp. 446-447.)

Extrait d'une lettre du 10 Septembre 1906, adressée de Pnom-Penh au *Courrier de Haïphong*.

—— Faculté de Droit de l'Université de Paris — Le Cambodge économique — Thèse pour le Doctorat Présentée et soutenue le Vendredi 11 Novembre 1910, à 3 heures par Pierre Dreyfus. — Paris (Ve), V. Giard & E. Brière, 1910, in-8, pp. 172.

—— Le Commerce d'Oubône Par Topenot, gérant du Consulat de France à Oubône. (*Bull. économique de l'Indochine*, N° 101, Mars-Avril 1913, pp. 230-235.)

XVI. — RELATIONS ÉTRANGÈRES.

DIVERS.

—— *Annales Siamoises*. — The past and present relations between Cambodia and Siam. — Traduction anglaise des Annales Siamoises. — Missionnaires Américains. — Bangkok. 1861.

—— L'habitation européenne au Cambodge Par Paul Bergue, Conducteur des Ponts et Chaussées. (*Revue Indo-Chinoise*, 15 avril 1905, pp. 490-499.)

PORTUGAL.

—— Cochinchine française. — Les Portugais au Cambodge Par M. Biker. — Saigon, Imprimerie du Gouvernement — 1883, in-8, pp. 11.

—— Les Portugais au Cambodge. (*Excursions et Reconnaissances*, N° 15, 1883, pp. 476-484.)

Lisbonne, 28 juillet 1882.

—— Les Portugais au Cambodge. (*Revue indochinoise*, 15 juin 1907, pp. 747-753.)

ESPAGNE.

— Señor. // El Capitan Pedro Seuil de Guarga dize, que el fue vno // de los quarenta Españoles, que aportaron al Reyno de // Camboja, y restituyeron al Rey natural en la possessiō // de aquel Reyno, matando al tyrano, sin otra ninguna ayuda si- // no por la misericordia y permission diuina, con perdida de solo // vn hombre : ... [Valladolid?, 1603.] In-fol., 2 ff. n. ch. + 19.

Retana, *Aparato bibliografico*, No. 56.

— Gabriel de S. Antonio, 1604. — Voir col. 2730.

— Christoval de Jaque, 1606. — Voir col. 2761.

— Memorial, // y Relacion // para sv magestad, del // procvrador general de las // Filipinas, de lo que conuiene remediar, y de // la riqueza que ay en ellas, y en las // Islas del Maluco. // Año [*Armes*] 1621. // En Madrid // — Por la viuda de Fernando Correa. In-4, 2 f. n. ch. p. l. tit. et l'er. + 87 ff.

Cap. IIII. De la jornada q̄ hizo el Capitan Iuan Suarez Gallinato al Reyno de Camboxa, y lo que en ella succedio, ff. 12 r. - 14 v.

Bib. nat., Ol - 434.

— Cesáreo Fernandez Duro, 1893. — Voir col. 928.

— Quelques documents espagnols et portugais sur l'Indochine aux XVIe et XVIIe siècles, par M. Antoine Cabaton. (*Journ. Asiat.*, Sept.-Oct. 1908, pp. 255-292.)

— Quelques Documents espagnols et portugais sur l'Indochine aux XVIe et XVIIe siècles par M. Antoine Cabaton. — Extrait du *Journal Asiatique* (Septembre-Octobre 1908). Paris, Imprimerie Nationale — MDCCCCVIII, in-8, pp. 40.

— Le Cambodge et le Champa au XVIe siècle, d'après des documents espagnols, Par M. A. Cabaton. (*Bull. Géog. hist. et descr.*, 1908, N° 3, pp. 404-409.)

— Une intervention européenne au Cambodge à la fin du XVIe siècle. Par A. Cabaton, Ancien membre de l'École française d'Extrême-Orient. (*Revue indochinoise*, Déc. 1909, pp. 1171-1188.)

Conférence faite à l'École Coloniale, le 25 février 1909.

— Missions en Espagne et en Portugal par M. Antoine Cabaton, Ancien membre de l'École française d'Extrême-Orient Chargé de Cours à l'École des Langues Orientales vivantes. (Extrait du *Bulletin de Géographie historique et descriptive*, Nos 1-2. — 1910.) Paris, Imprimerie Nationale — MDCCCCXI, in-8, pp. 24.

HOLLANDE.

Gerraerd van Wusthof.

— Vremde Geschiedenissen... Haerlem, 1669. — Voir col. 1062-1063.

Dans son mémoire sur *les Hollandais au Cambodge*, M. Ant. Cabaton a donné, pp. 216-218, une description de ce volume fort rare et il ajoute :

« Les *Vremde Geschiedenissen* sont une relation extraite et remaniée du document suivant encore inédit et conservé aux Archives de l'État à la Haye :

« Journael ofte dagelijx aanteeckeninge van de reyse uyt het ryck van Cambodia naer der Lauwen landt, gehouden door den ondercoopman Gerrit Wuysthoff gecommiteert nevens twee assistenten Willem de Goyer ende Huybert Boudewijns, den barbier Mr. Pieter Smits, Intsie Lannangh als tolcq ende twee Nederlantsche jongens in Compagnie gaande om d. E. Hr. Generaal ende Ed. Heeren Raden van India haere achtbaerheyts missive ende geschencken aan zijn coninklijke Maijt der Lauwen 't overhandingen, sedert 20 July 1641 dat uyt des Compagnies logie bennen geschoyden.»

—— Voyage de Henry Hagenaar aux Indes Orientales, Commencé l'an 1631. & achevé l'an 1638. pour le Service de la Compagnie des Indes Orientales des Provinces-Unies. Avec une Description de l'Empire du Japon, & une Relation de la persécution qui y a été faite, pendant certaines années, aux Chrétiens Romains; avec quelques autres pièces qui concernent les affaires des Hollandais dans ce même Empire. (*Recueil des Voy... de la Comp. des Indes Orient.*, IX, Rouen, 1725, pp. 309-486.)

Cambodge, pp. 430 seq.

—— Même Collection. — Amsterdam,... Etienne Roger,... V, 1706, pp. 156-458.

—— François Valentyn. — Oud en Nieuw Oost-Indien. — Voir col. 927-930, T. III.

—— Les relations de la Hollande avec le Cambodge et la Cochinchine au XVIIe siècle. (*Exc. et Recon.*, No. 12, 1882, pp. 492-514.)

Ext. par le Dr. Winckel du livre posthume de M. L. C. D. Van Dijk, publié à Amsterdam en 1862. — Voir col. 927.

—— Cochinchine française — Les Relations de la Hollande avec le Cambodge et la Cochinchine au XVIIe siècle, Par le docteur Winckel. — Saigon, Imprimerie nationale — 1882, in-8, pp. 25.

—— Geschiedenis en reizen der Hollanders in Kambodja in de 17° au 18° eeuw, door J. A. B. Wiselius. (*De Gids*, Jul. 1878, pp. 73-97.)

—— Antoine Cabaton. — Les Hollandais au Cambodge au XVIIIe siècle. (*Revue de l'Hist. des Colonies franç.*, 1914, 2e trim., pp. 129-220.)

L'Appendice renferme : I. Liste de documents relatifs à l'Indo-Chine conservés aux Archives de l'État à la Haye, pp. 198-215. — II. Bibliographie, pp. 216-220.

Il a été fait un tirage à part.

ANGLETERRE.

—— Al. Hamilton — 1717. (Pinkerton, *Voyages*, 1811, VIII.)

—— A Letter of Instructions from the East-Indian Company to its Agent, circ. 1614. With Notes by W. G. Maxwell. (*Journ. Straits Br. Roy. Asiat. Soc.*, No. 54, Jan. 1910, pp. 63-98.)

Ms. Cottonian, Otho E. VIII, ff. 231-240.

FRANCE.

Traités, etc.

1863, 11 août. — Traité d'amitié et de commerce conclu à Oudong entre la France et le Cambodge.

1870, 9 juillet. — Décision du Contre Amiral de Cornulier-Lucinière au sujet de la délimitation des frontières du Cambodge.

1880, 17 novembre. — Déclaration échangée entre la France et le Cambodge au sujet de l'administration de la justice dans le royaume du Cambodge.

1881, 21 décembre. — Déclaration échangée entre la France et le Cambodge pour le règlement des conflits en matière de contentieux administratif.

1882, 12 mars. — Convention portant création d'une zone neutre entre la Cochinchine et le Cambodge, et concession par S. M. Norodom au Gouvernement de la République, de l'îlot de Trey-Ka.

1882, 26 mars. — Convention réglementant le commerce des armes et munitions au Cambodge.

1882, 12 avril. — Convention relative à l'inscription, au Protectorat, des Annamites, sujets Français et à la suppression de l'impôt de capitation pour les inscrits.

1883, 10 septembre. — Convention signée à Pnom-Penh entre la France et le Cambodge pour régler la perception des droits sur l'opium et les alcools.

(Hollande. — Angleterre. — France.)

1883, 9 octobre. — Convention annexe à celle du 10 septembre.

1884, 13 mars. — Convention intervenue entre Norodom I et le Gouvernement de la Cochinchine pour la constatation et la répression de la fraude en matière de contributions indirectes au Cambodge.

1884, 17 juin. — Convention conclue à Pnom-Penh, entre la France et le Cambodge pour régler les rapports respectifs des deux pays (1 annexe).

1887, 27 juin. — Convention relative à l'aliénation des terrains au Cambodge.

1889, 16 octobre. — Convention entre S. M. Norodom et M. Huyn de Verneville, dans le but de faciliter l'application de la Convention du 27 juin 1887 relative à l'aliénation des terrains dans la ville de Pnom-Penh.

1890, 8 août. — Convention portant modification au régime de la perception de divers impôts fonciers.

1891, 1er avril. — Acte additionnel à la Convention du 27 juin 1887.

—— L. de Reinach. — Recueil des Traités. — Voir col. 931.

—— Traité d'Amitié et de Commerce conclu à Oudong le 11 août 1863 entre la France et le Cambodge. (L. de Reinach, *Laos*, II, pp. 1-4.)

Échange des ratifications à Oudong, le 14 avril 1864.

—— Treaty between the Viceroy of Cambodia and the Emperor of the French. August 11, 1863. (*Siam Repository,* January 1869, Vol. I, Art. XIX, pp. 38-40.)

—— Cambodia & Cochin China. (From the *Courrier de Saigon.*) Arrangement conclu entre S. M. le Roi du Cambodge et M. le Contre-Amiral Dupré, Gouverneur et Commandant en Chef en Cochinchine. (*Siam Repository,* Vol. 6, Oct. 1874, p. 481.)

—— Complément de l'Ordonnance royale du Cambodge du 15 janvier 1877. — Saigon, Imprimerie du Gouvernement. — 1877, in-8, pp. 7.

—— Gouvernement de la Cochinchine française. — Traités, Ordonnances royales, Conventions, etc., concernant le Cambodge. Saigon, Imprimerie du Gouvernement — 1884, in-8, pp. 56.

—— Gouvernement de la Cochinchine française. — Convention conclue le treize mars mil huit cent quatre-vingt-quatre, entre Sa Majesté Norodom Ier, Roi du Cambodge, et M. Charles Thomson, Gouverneur de la Cochinchine, relative à la constatation et à la répression de la fraude en matière de contributions indirectes au Cambodge. — Saigon, Imprimerie du Gouvernement — 1884, in-8, pp. 16.

—— Gouvernement de la Cochinchine française. — Convention conclue entre la France et le Cambodge le 17 juin 1884 pour régler les rapports respectifs des deux pays. Saigon, Imprimerie du Gouvernement. — 1884, in-8, pp. 6.

—— La France et le Cambodge. — Convention conclue entre la France et le Cambodge, le 17 juin 1884, pour régler les rapports respectifs des deux pays. (*Ann. de l'Ext.-Orient,* 1885-1886, VIII, pp. 214-216.)

Texte.

—— République française. Liberté, Égalité, Fraternité. Gouvernement général de l'Indo-Chine. Protectorat du Cambodge. — Prise de possession des territoires de Krat et Koh-Kong de Melou-prey et Tonlé-Repou cédés à la France par la convention franco-siamoise du 12 décembre 1904. Cession par la France au Cambodge des territoires annexés et de ceux de Stung-treng et Siempang. — Phnom-Penh, Imprimerie du Protectorat, 1905, in-8, pp. 24.

Histoire.

—— Établissement du Protectorat français au Cambodge. — Exposé chronologique des relations du Cambodge avec le Siam, l'Annam & la France. Par Charles Lemire... Paris, Challamel aîné, 1879, br. in-8, pp. IX-48 + 1 f. n. ch., carte.

—— Au Cambodge. (*Asie Coloniale illustrée,* 10 mai 1901, pp. 5-6.)

Extrait de l'Exposé chronologique des relations du Cambodge avec le Siam, l'Annam et la France, par Charles Lemire.

—— Aster. — La France représentée au Cambodge. — Deuxième édition, revue et corrigée. — Paris, Imprimerie du Moniteur des Colonies, Populus, Directeur, 221, Rue Saint-Jacques, 221 — 1883, in-8, p. VII-61 + 1 f. n. ch. tab.

—— Organisation du Cambodge. (*Exc. et Recon.*, No. 20, 1884, pp. 205-252.)

—— Organisation du Cambodge. — Saigon, Imprimerie coloniale. — 1885, in-8, pp. 50.

—— Gabriel Marcel. — Le Kambodj et le protectorat français. (*Revue scientifique*, 7 février 1885, pp. 174-183.)

—— Histoire de l'établissement du Protectorat français au Cambodge par Émile Remy, Docteur en Droit Juge sup[t] au Tribunal civil de Grenoble... Henri Arnaud, Substitut du Procureur de la République à Grenoble. — Grenoble, 1897, in-8, pp. 76.

Notice : *Bull. Soc. Géog. com. Paris*, XX, 1898, pp. 296-298, par Noguès.

—— Les Origines du Protectorat Français au Cambodge. Par Henri Froidevaux. (*Bull. Com. Asie française*, Février 1906, pp. 53-59; Mars 1906, pp. 103-110.)

—— Les Origines du Protectorat français au Cambodge par Henri Froidevaux. — Extrait du *Bulletin du Comité de l'Asie Française*. — Paris, Comité de l'Asie Française, 1906, br. in-8, pp. 47.

Divers.

—— La France en Indo-Chine. Par J. Moura. (*Soc. géog. com. Havre*, Nov. 1884, pp. 121-136; Fév. 1885, pp. 3-18.)

—— A. Dufour. — Insurrection du Cambodge en 1885. (*Exc. et Recon.*, No. 29, 1887, pp. 5-50.)

—— *Carte du théâtre des opérations militaires pendant les années 1883-1886 dans le Cambodge, par l'Etat-Major du Cd[t] sup. des Troupes.

Carte inédite aux archives de Saigon.

—— La première insurrection cambodgienne Pu'Kom bo Mars 1866 - 3 Décembre 1867 Par Baulmont, Lieutenant de l'Infanterie Coloniale. (*Revue indo-chinoise*, 15 juin 1905, pp. 794-801.)

— Mission de M. Vallée. (*La Géographie*, 15 juin 1913, pp. 488-489.)

—— រឿងបទុំមពាមាស [Texte cambodgien du récit d'un nommé Méas qui raconte à ses contemporains ce qu'il a vu, et qui dit ce qu'était le pays avant la proclamation du Protectorat français sur le Cambodge et les avantages pour le pays que procure le régime nouveau.] In-8, pp. 38.

Répandu à 1000 exemplaires. — Adhémard Leclère. — Bibl. nat., 8° O[2] I 374.

—— * A travers le monde. Nos soldats en campagne. Les Français au Siam et au Cambodge; par Salmon. [Bibliothèque universelle de poche (série Y, 20).] Paris, Fayard, pp. 160, 25 cent.

ADMINISTRATION FRANÇAISE.

Divers.

—— Budget du Cambodge. Recettes [et dépenses]. — Voies et moyens de l'Exercice 1890. — S. l. n. d., in-8, pp. 45.

[Typographie.]

...d° ..... 1891, in-8, pp. 86.

[Mss.].

—— Protectorat du Cambodge. Projet du budget pour l'exercice 1892. — S. l. n. d., in-4, sans pagination. [70 pages + 2 arrêtés.]

[Manuscrit.]

...d° ..... 1893, s. l. n. d., in-4, pp. 83.

...d° ..... 1894, s. l. n. d., in-4, pp. 72.

[Typographie.]

...d° ..... 1895, s. l. n. d., in-4, sans pagination, [102 pages]. [Manuscrit.]

—— République Française. Liberté - Égalité - Fraternité. Gouvernement Général de l'Indo-Chine. Protectorat du Cambodge. Compte administratif Pour l'exercice 1902. — Pnom-Penh, Imprimerie du Protectorat, 1904, in-4, pp. IV + 4 tableaux + 66.

[A la page titre, on lit : « .... Cambodge. Compte rendu des recettes et des dépenses du service local. Exercice 1902, ... »]

—— République Française. Liberté - Égalité - Fraternité. Gouvernement Général de l'Indo-Chine. Protectorat du Cambodge. Compte administratif. Exercice 1906. — Phnom-penh, Imprimerie du Protectorat, 1907, in-4, pp. III + 3 tableaux + 67.

[En cours.]

—— Protectorat du Cambodge. Budget pour l'exercice 1896. — Phnom-penh, Imprimerie du Protectorat, 1896, in-4, pp. XII + 128 + 2 pages non chiffrées.

[En cours.]

Imprimé ensuite à Saigon, Imprimerie Commerciale M. Rey.

A partir de 1902, on lit :
République Française. — Gouvernement Général de l'Indo-Chine. — Protectorat du Cambodge. Budget local pour l'exercice...

—— *Annuaire du Cambodge*, 1890. — Phnom-Penh, Imprimerie du Protectorat, 1890, in-8, pp. 148.

—— Id. 1891. — Phnom-Penh, Imprimerie du Protectorat, 1891, in-8, pp. 178.

—— République Française. Liberté, Egalité, Fraternité. *Annuaire du Cambodge*. Pour l'année 1892. — Phnom-Penh, Imprimerie du Protectorat, 1892, in-8, pp. 252.

—— Id. Pour l'année 1893. — Phnom-Penh, Imprimerie du Protectorat, 1893, in-8, pp. 252.

—— Id. Pour l'année 1894. — Phnom-Penh, Imprimerie du Protectorat, 1894, in-8, pp. 264.

—— Id. Pour l'année 1895. — Phnom-Penh, Imprimerie du Protectorat, 1895, in-8, pp. 273.

—— Id. Pour l'année 1896. — Phnom-Penh, Imprimerie du Protectorat, 1896, in-8, pp. 438.

—— Id. Pour l'année 1897. — Phnom-Penh, Imprimerie du Protectorat, 1897, in-8, pp. VII-527.

—— Id. Année 1905. — Phnom-Penh, Imprimerie du Protectorat, 1905, in-8, pp. 418-XII.

—— *Annuaire illustré du Cambodge*, 1904. — Claude et Cie, libraires-éditeurs,... Saigon, in-8, pp. 317.

—— République Française. Liberté - Égalité - Fraternité. *Bulletin Administratif du Cambodge*. Année 1902. Pnom-penh, Imprimerie du Protectorat, 1902, in-8, pp. 33 + 404.

[En cours.]

—— Gouvernement de la Cochinchine. Session ordinaire du Conseil Colonial. Rapport lu, dans la séance du 17 décembre 1883, par M. Jourdan, Conseiller colonial, rapporteur de la commission des affaires diverses, sur l'organisation au Cambodge de la régie de l'opium et des alcools. — Saigon, Imprimerie du Gouvernement, 1884, in-8, pp. 8.

—— Protectorat du Cambodge. Rapport sur la situation du Cambodge [de M. de Lamothe, Résident Supérieur]. (Octobre 1902-Juillet 1903.) — Pnom-Penh, Imprimerie du Protectorat, 1903, in-8, pp. 16.

— Le nouveau gouverneur de Cochinchine à Pnom-Penh. (*Ann. de l'Ext.-Orient*, 1886-1887, IX, p. 96.)

D'après le *Saigonnais*.

— Le Cambodge. [Extrait du discours prononcé le 4 décembre 1905 par M. Beau, Gouverneur général de l'Indo-Chine.] (*Bull. Soc. Ét. Col. et Mar.*, 1906, pp. 5-8.)

— M. Klobukowski à Pnom-penh, Réception au Palais royal, par S. M. Sisowath, roi du Cambodge; discours. (*Asie française*, Août 1910, pp. 354-355.)

—— Gouvernement de la Cochinchine. — Session ordinaire du Conseil Colonial — Discours prononcé dans la séance du 8 janvier 1884 par M. Garcerie, conseiller colonial, en faveur de la création de deux lignes de bateaux à vapeur reliant Pnom-penh (capitale du Cambodge), à Battambang et à Samboc. — Saigon, Imprimerie du Gouvernement, 1884, in-8, pp. 11.

— La session du Conseil supérieur à Pnom-Penh. (*Bull. Com. Asie franç.*, Janvier 1908, pp. 26-27.)

—— Université de Poitiers. Faculté de Droit — Le Protectorat français du Cambodge — Organisation politique, administrative et financière — Thèse pour le Doctorat Sciences politiques et économiques, présentée et soutenue le Mardi 28 juin 1904, à 3 heures dans la salle des Actes publics de la Faculté par Armand Rousseau ... — Dijon, Pillu-Roland, 1904, in-8, pp. 198.

—— Note pour MM. les Membres du Conseil colonial relativement à la fixation de l'indemnité due aux Fermiers de l'Opium et de l'Alcool au Cambodge. — Saigon, C. Guilland & Martinon — 1883, in-8, pp. 23.

—— La ligne télégraphique de Pnom-Penh à Bangkok (Cambodge et Siam) par M. A. Pavie, Commis des Postes et Télégraphes. (*Exc. et Recon.*, No. 18, 1884, pp. 487-504.)

— Création de comités d'hygiène en Cochinchine, au Tonkin, en Annam et au Cambodge. (*Bull. Com. Asie Française*, Août 1902, pp. 373-374.)

—— Le Chemin de fer de Battambang (Cambodge et Provinces siamoises) par M. Truffot Chancelier de Résidence à Compong-Chhnang. — Troyes, Paul Nouel, 1905, in-8, pp. 24; carte.

—— A mes Électeurs. — Affaire du Cambodge. Aix, 17 août 1885. [Par Jules Blancsubé. — Aix-en-Provence, J. Remondet-Aubin], in-8, pp. 22.

(Administration française.)

—— W. E. Maxwell. — French Land Decree in Cambodia. (*Journ. Straits Br. Roy. As. Soc.*, No. 15, 1885, pp. 81-92.)

Décret du 28 oct. 1884, signé à Pnom Penh, par Charles Thomson, Gouverneur de Cochinchine.

—— République française. Liberté - Égalité - Fraternité. — Décrets du 17 mai 1895 portant réorganisation de la Justice en Cochinchine et au Cambodge — Saigon, Imprimerie coloniale — 1895, br. in-8, pp. 51.

—— Note sur l'organisation des tribunaux français et indigènes au Cambodge Par A. Tricon Procureur de la République à Pnom-Penh. (*Revue indochinoise*, Juillet 1909, pp. 623-640.)

—— Extrait du Mémorial de l'Artillerie de la Marine — Du transport de l'artillerie au Cambodge (Colonnes expéditionnaires de 1885-1886) par le Lieutenant Gaudel de l'Artillerie de la Marine. Paris, L. Baudoin, 1889, in-8, pp. 20; 9 pl.

— Les rapports avec les indigènes. Pnom Penh, Décembre 1911. (*Le Temps*, 10 janv. 1912.)

—— Le Poste militaire de Phnom-Penh Par Charles Lambert, Administrateur des Services civils. (*Revue indochinoise*, Février 1913, pp. 195-200.)

A Monsieur le Colonel Rongel, Commandant le 1er Régiment de Tirailleurs Annamites.

—— La colonisation et l'Élément colonisable dans la vallée du Tonlé-Sap. Par Gaston Caillard, Administrateur des Services civils (*Revue Indo-Chinoise*, 15 juin 1906, pp. 823-839.)

— L'évolution du Cambodge. (*Bull. Com. Asie franç.*, Avril 1907, pp. 139-140.)

—— Enquête sur la question des Métis I. — Les Métis et l'œuvre de la protection de l'enfance au Cambodge Par Ch. Gravelle, Président de la Société de Protection de l'Enfance au Cambodge. (*Revue indochinoise*, Janvier 1913, pp. 31-43.)

Enseignement.

— La réorganisation de l'enseignement au Cambodge. (*Bull. Com. Asie française*, Juin 1905, pp. 258-259.)

(Administration française.)

— L'enseignement au Cambodge. (*Bull. Com. Asie française*, Oct. 1905, pp. 396-398.)

— L'organisation de l'enseignement au Cambodge. (*Asie française*, Janvier 1912, pp. 29-33.)

—— L'enseignement élémentaire au Cambodge, Par Henri Russier. (*Revue indochinoise*, Avril 1913, pp. 409-420.)

Communication faite par M. le Chef de Service de l'Enseignement du Cambodge à la 4e session du Conseil de Perfectionnement de l'Enseignement indigène.

—— Notes sur les débuts de l'enseignement français au Cambodge (1863-1890) par Magnant. (*Revue indochinoise*, Avril 1913, pp. 454-469.)

—— Comment nous instruisons nos Protégés cambodgiens Par Paul Salmon. (*A travers le Monde*, XIX, 1913, pp. 145-148; ill.)

LAOS.

I. — OUVRAGES GÉNÉRAUX.

—— Description du royaume de Laos et des pays voisins présentée au Roi de Siam, en 1687, par des ambassadeurs du Roi de Laos. (*Revue Indochinoise*, Sept. 1912, pp. 203-206.)

Ext. des *Lettres édifiantes*, IV, éd. du *Panthéon littéraire*. — Voir col. 998.

—— Conférence sur le Laos. Étude sur une partie du Laos [par le capitaine Bobo, Saigon, 1899]. Autographié, in-4, pp. 111.

—— Lucien de Reinach. — Le Laos, 1911. — Voir col. 1000-1001.

Notices : *Bull. Géog. hist. et desc.*, 1911, No. 3, p. 451, par E. Aymonier. — *Revue Indochinoise*, Oct. 1911, pp. 441-442. — *Bull. École franç. Ext.-Orient*, Juill.-Déc. 1911, pp. 431-432, par Cl.-E. Maître. — *Lond. & China Express*, Feb. 23, 1912. — *Bull. Soc. Géog. com.*, Février 1912, pp. 140-141, par G. Capus.

— La Fondation Lucien de Reinach. (*Revue indochinoise*, Février 1913, pp. 236-238.)

—— * Le Laos, par H. Ardin. (*France d'Indo-chine*, Déc. 1914.)

II. — GÉOGRAPHIE.

—— Ti-ma-sa By G. E. Gerini. (*Journ. R. As. Soc.*, July, 1913, pp. 690-694.)

Cisano (Albenga) — May 6, 1913.
Cf. Col. Gordon's *The Origin of the Ahoms*. (*Jour. R. As. Soc.*, April 1913, pp. 283-287.)

MÉKONG.

—— Étude sur le Passage des bateaux à vapeur a travers les chutes de Khon (Mékong). Découverte de la passe Pelletier-Mougeot. Observations et études sur les pays laotiens. Par le Dr A. Mougeot, Colon à Ca-Logneu (Haut-Cambodge), Conseiller Colonial, Président de la Société des Études Indo-Chinoises. — Saïgon, Imprimerie Rey et Curiol, 1890, in-8, pp. 32.

Voir col. 1008.

—— Étude sur le Passage des bateaux à vapeur A travers les rapides du Mékong de

Khon à Luang-Prabang Par le Dr Mougeot, Colon à Ca-Logneu (Haut-Cambodge), Conseiller colonial, Président de la Société des Études Indochinoises de Saigon. — Saigon, Imprimerie Rey et Curiol, 1890, in-8, pp. 17 + 1 carte.

Voir col. 1008.

—— Passe des Chutes de Khon. Réponse au travail de M. le Dr Mougeot. — Saigon, Rey, Curiol & Cie, Imprimeurs-Éditeurs, 1891, in-8, pp. 24.

Voir col. 1008.

—— La Navigation du Mékong. (*A travers le Monde*, I, 1895, pp. 433-436, fig. et carte.)

—— Marché de gré à gré Pour l'exploitation des lignes fluviales du Haut-Mékong De Khone sud à Luang-Prabang. — Saigon, Imprimerie Commerciale Marcellin Rey, 1908, in-8, pp. 12.

—— La chaloupe *Marthe* dans la passe Pelletier-Mougeot Au-dessus des Rapides réputés infranchissables Par le Dr Mougeot, Conseiller colonial. (*Bull. Soc. Études indochinoises*, *Saigon*, 1893, pp. 5-27.)

Photographies.

—— Notice sur le voyage d'exploration effectué en Indo-Chine par une Commission française pendant les années 1866-67-68 par M. Francis Garnier Lieutenant de Vaisseau, chef de la mission — Extrait de la *Revue Maritime et Coloniale* (Avril, Juin, Juillet et Août 1869). Paris, Challamel aîné... — 1869, in-8, pp. 80, carte.

—— Voyage d'exploration en Indo-Chine, par Francis Garnier, Lieut. de vaisseau. — Résumé of the work read at the Meeting of the North China Branch of the Royal Asiatic Society on the 2nd June 1873. By S. A. Viguier, Esquire, in-4, pp. 6 à 2 col.

PROVINCES DU LAOS.

Province.	Chef-lieu.
Attopeu	Attopeu, sur la Sékamane, à 12 kil. en amont de son confluent avec la Se Kong.
Bassac	Pak-sé, sur la rive gauche du Mekong, à l'embouchure de la Sedone.
Cammon	Pak hin boun, au confluent du Nam hin boun et du Mekong.
Klong	
Haut Mekong	Ban houei sai.
Luang Prabang	Luang Prabang.
Houa-Phans ou de Sam neua	Sam neua.
Saravane	Saravane.
Savannakhet	Savannakhet, sur la rive gauche du Mekong.
Tran ninh	Xieng Khouang.
Vientiane	Vientiane, sur la rive gauche du fleuve.

(Mékong. — Provinces du Laos.)

—— Monographie de la province de Savannakhet (Laos français) Par M. Damprun Administrateur des Services civils de l'Indo-Chine. (*Bull. Soc. Études indo-chin. de Saigon*, No. 47, 1904, 1er sem., pp. 19-71; carte.)

—— Carte de la province de Savannakhet.

Bull. Soc. Études indo-chinoises, No. 47, Saigon, 1904.

III. — ETHNOGRAPHIE ET ANTHROPOLOGIE.

Divers.

—— Notes sur quelques populations du Nord de l'Indo-Chine par M. Pierre Lefèvre-Pontalis. — Extrait du *Journal Asiatique*. — Paris, Imprimerie nationale, MDCCCXCVI, in-8, pp. 43.

Voir col. 1020.

—— Douze Mois chez les Sauvages du Laos, par Alfred Coussot,... et Henri Ruel,... — Paris, A. Challamel, 1898, in-8, pp. 352, fig. et cartes.

—— Le royaume des Pungs (Légende Thai) Par A. Plunian, Commis des Services civils. (*Revue indochinoise*, 30 janvier 1905, pp. 126-131.)

—— Aux Hua Phans Ha-tang-hoc. — Une noce à Ban Ngone Par A. Plunian, Commis des Services Civils. (*Revue indochinoise*, 30 janvier 1905, pp. 132-137.)

— L'évocation des Morts dans le royaume de Muong-Sing Par Ph. Sérizier, Administrateur des Services civils. (*Revue indochinoise*, 15 mars 1906, pp. 325-328.)

—— Réflexions sur les indigènes du Laos siamois Par le Docteur Georges Maupetit, Médecin-Chef du Poste consulaire d'Oubône (Siam). (*Revue indochinoise*, Mai 1912, pp. 457-463.)

Oubône, le 27 mars 1912.

— L'homme, type laotien Par le docteur Georges Maupetit. (*Revue indochinoise*, Mars 1913, pp. 316-318.)

—— Essai de psychologie laotienne. — L'âme laotienne Par le Docteur Georges Maupetit. (*Revue indochinoise*, Nov.-Déc. 1913, pp. 629-656).

(Divers.)

Khas.

—— Les Khas de la région d'Attopeu Par A. Baudenne. (*Revue indochinoise*, Mars 1913, pp. 260-274, carte; *ibid.*, Avril 1913, pp. 421-443, fig.)

—— Laos — Les Kha Tahoï Par M. Daupley Administrateur Colonial. (*L'Ethnographie*, 15 avril 1914, pp. 43-51.)

— Les Tribus Khas du Bas Laos. (*A travers le Monde*, VII, 1901, pp. 337-339, carte et ill.)

Moïs.

—— Étude sur l'Indo-Chine. Par M. Silvestre. (*Bull. Soc. Géog. Rochefort*, I, 1879-1880, pp. 57-74 [2 cartes : le Pays des Môïs, d'après la carte du voyage dans l'Indo-Chine et les renseignements du P. Dourisbourg; Bassin inférieur du Mékong, d'après la carte de M. Aymonier], pp. 107-140 [2 pl. anthrop.].)

—— Rapport sur une excursion faite chez les Mois, du 1er Novembre 1880 au 8 Janvier 1881, Par le docteur Paul Néis, médecin de 1re classe de la marine. (*Excursions et Reconnaissances*, No. 10, 1881, pp. 5-14.)

Col. 1025.

—— Notes recueillies pendant trois voyages chez les Moïs de l'Indo-Chine par le Dr. Yersin. (*Arch. Méd. navale*, LXI, 1894, pp. 310-312.)

Col. 1028.

— Trois années de mission chez les Moïs de l'Indochine méridionale, par M. Henri Maitre. — Résumé de la conférence par M. Frédéric Lemoine. (*La Géographie*, 15 décembre 1911, pp. 412-414.)

(Khas. — Moïs.)

—— Henri Maître. — Les Jungles Moï, 1912. — Voir col. 1790.

—— Notice ethnique sur les Moïs de la région de Quang-ngai Par H. Haguet, Inspecteur de 1re classe de la Garde indigène. (*Revue indo-chinoise*, 15 octobre 1905, pp. 1419-1426; carte.)

— L'envoûtement chez les Moïs. (*A travers le Monde*, XIX, 1918, p. 364.)

— L'Annam et le pays Moïs Par Mme Jules Guénot. (*Bull. Soc. Géog. Toulouse*, xxxiie année, 1913, pp. 329-331.)

Bahnars.

—— Extrait d'une lettre de M. Vialleton, missionnaire chez les Bahnars. (*Cte rendu Soc. Géog.*, 1882, pp. 23-24.)

—— Séjour à la mission catholique des Bahnars. (*Mission Pavie*, III, *Géog. et Voy.*, *Voyages au Laos* par le Capitaine Cupet, 1900.)

—— Quelques notes sur les Sadet Par J.-B. Guerlach. (*Revue indochinoise*, 15 février 1905, pp. 184-188.)

— Une Imprimerie chez les Sauvages de la Cochinchine orientale et l'École Cuénot — Lettre de M. Guerlach, des Missions Étrangères de Paris, missionnaire en Cochinchine orientale. (*Miss. Cath.*, 10 juin 1910, pp. 266-268.)

— La Mission des Sauvages en Cochinchine Orientale — Lettre de M. Guerlach, des Missions Étrangères de Paris, pro-vicaire apostolique. (*Miss. Cath.*, 3 févr. 1911, pp. 49-50.)

— L'École des Catéchistes Bahnars — Lettre de M. Guerlach, des Missions Etrangères de Paris. (*Miss. Cath.*, 22 sept. 1911, pp. 447-448.)

Voir col. 1032-1033, 2074-2075.

— L'école de catéchistes des Sauvages Ba-Hnars Par Mgr Grangeon Des Missions Étrangères de Paris Vicaire apostolique de la Cochinchine orientale. (*Miss. Cath.*, XL, 7 février 1908, pp. 64-66.)

—— Bô Teuloum. L'ogre albinos, ou l'histoire du Petit Poucet chez les Reungao. (*Ann. Soc. Miss. Ét.*, No. 68, Mars-Avril 1909, pp. 105-108; No. 69, Mai-Juin 1909, pp. 152-156.)

—— Une Pépinière de Catéchistes et de Prêtres au pays des sauvages Ba-hnars — Lettre de M. Jannin, des Missions Étrangères de Paris. (*Miss. Cath.*, 25 févr. 1910, pp. 85-87; fig.)

—— Au Pays Jaraï (Cochinchine orientale) Par M. Kemlin, des Missions Etrangères de Paris, Missionnaire chez les Sauvages Ba-hnars (Annam). (*Miss. Cath.*, 7 mai 1909, pp. 225-227; *ibid.*, 14 mai 1909, pp. 238-239; *ibid.*, 21 mai 1909, pp. 246-248; fig.)

—— Rites agraires des Reungao (Suite) Par MM. J. Kemlin, De la Société des Missions étrangères de Paris. (*Bull. École franç. Ext.-Orient*, X, Janv.-Mars 1910, pp. 131-158.)

Voir col. 1034.

—— Les songes et leur interprétation chez les Reungao Par M. Kemlin, de la Société des Missions Étrangères de Paris. (*Bull. École franç. Ext.-Or.*, X, Juill.-Sept. 1910, pp. 507-538.)

IV. — CLIMAT ET MÉTÉOROLOGIE.

—— Le Climat de France sous les Tropiques. — Le Plateau du Tran-ninh Par le Capitaine Danchaud. (*Bull. Com. Asie française*, Novembre 1904, pp. 523-532.)

—— Le climat de France sous les tropiques. — Le Plateau du Tranninh Par le Capitaine Danchaud. (*Revue Indochinoise*, Août 1911, pp. 151-165.)

V. — HISTOIRE NATURELLE.

—— Description d'un genre nouveau, appartenant à la famille des *Helicinidae* et provenant du Laos (Indo-Chine). Par le Commandant L. Morlet. (*Journ. de Conchyl.*, 1891, pp. 316-317.)

—— Coquilles nouvelles, provenant des récoltes de M. L. Levay, dans les rapides du Haut-Mékong, pendant la campagne du *Massie*. 1893-1894-1895, par A. Bavay, (*Journ. de Conchyl.*, 1895, pp. 82-94; 1898, pp. 15-19.)

VI. — HISTOIRE.

—— Notes d'épigraphie. Par Louis Finot, Ancien directeur de l'École française d'Extrême-Orient, Chargé de cours au Collège de France. — XIII. L'inscription de Ban That. (*Bull. École française d'Ext.-Orient*, T. XII, n° 2, Hanoi 1912, pp. 28.)

—— Rapport de M. H. Parmentier, chef du Service archéologique, adressé de Xieng-Khouang, le 23 avril 1912, sur les travaux de conservation à exécuter dans certains groupes de monuments du Laos. (*Bull. École franç. Ext.-Orient*, T. XII, No. 9, Hanoi, 1912, pp. 188-197.)

VII. — RELIGION.

MISSIONS CATHOLIQUES.

VIES DES MISSIONNAIRES CATHOLIQUES.

La Mission du Laos a été séparée de celle de Siam pour former un vicariat apostolique distinct par décret du 4 mai 1899. — Mgr Cuaz a été nommé premier vicaire apostolique avec le titre d'évêque d'Hermopolis.

BOHER, *Eugène-Pierre-Félix-Gandérique*, né le 29 juin 1879, à Latour-de-France (Pyrénées-Orientales); parti 26 sept. 1906 pour le Laos.

(Vies des Missionnaires catholiques.)

— L. du Laos. (*Miss. Cath.*, 3 juillet 1914, pp. 316-317.)

—— A travers le Laos par un missionnaire de la Société des Missions Etrangères de Paris — Navigation sur le Mekong. Faune et Flore. Le Laotien, son caractère, ses

(Vies des Missionnaires catholiques.)

mœurs, sa religion. (*Miss. Cath.*, 26 juin 1914, pp. 306-309, portraits; 3 juillet, pp. 320-323, carte du Mekong et ill.; 10 juillet, pp. 330-333, ill.; 17 juillet, pp. 345-347; 24 juillet, pp. 354-357, ill.; pp. 31 juillet, pp. 368-372, ill.)

—— *A travers le Laos, par M. Eugène Boher, de la Société des Missions Étrangères de Paris, missionnaire apostolique au Laos. Br. ill., pp. 64.

Notice : *Miss. Cath.*, 28 août 1914, p. 420.

COURRIER, *Joseph*.

— L. d'Oubone à M. l'abbé Martin, curé de Marches (Savoie). (*Miss. Cath.*, 22 avril 1910, pp. 184-185.)

Voir vol. 1049.

CUAZ, *Marie-Joseph*.

— Douloureuses Épreuves et consolants progrès au Laos — Lettre de Mgr Cuaz, des Missions Étrangères de Paris, vicaire apostolique. Lettre de M. Pierre Excoffon, des Missions Étrangères de Paris, Oubone (via Saïgon), 5 avril 1912. (*Miss. Cath.*, 7 juin 1912, pp. 265-266.)

— La famine au Laos — Lettre de Mgr Cuaz, des Missions Étrangères de Paris, vicaire apostolique. (*Miss. Cath.*, 23 août 1912, pp. 397-398.)

DÉZAVELLE, *Casimir-Marie-Joseph-Alphonse*, né 22 avril 1882, à Fontenoy-la-Joute (Meurthe-et-Moselle); parti 16 août 1905 pour le Laos.

— Pour l'église d'Oubone (Laos), s'il vous plaît! — Lettre de M. Dézavelle, des Missions étrangères de Paris. (*Miss. Cath.*, 14 août 1914, p. 387.)

EXCOFFON *Anthelme*, né à Chignin (Savoie), 15 août 1871; parti 21 nov. 1894 pour le Siam; en 1899 au Laos.

— Un naufrage au Laos — Lettre de M. Excoffon, des Missions Etrangères de Paris. (*Miss. Cath.*, 17 mars 1911, pp. 121-122.)

— L. d'Oubone (Laos). (*Miss. Cath.*, 20 octobre 1911, pp. 496-497.)

EXCOFFON, *Pierre*.

— L. du Laos, 21 mai 1911, à M. Mollard, directeur du séminaire des Missions Étrangères de Paris. (*Miss. Cath.*, 1er sept. 1911, p. 412.)

Voir col. 834.

— Le premier prêtre indigène du Laos. — Lettre de M. Pierre Excoffon, missionnaire en convalescence à Montbeton, à Mgr Cuaz, des Missions Étrangères de Paris. (*Ann. Prop. Foi.*, T. LXXXV, 1913, N° 508, pp. 211-212; portr.)

Le P. Moun.

PAULIN, *Pierre-Eugène*, né 28 mai 1885, à Yssingeaux (Hte-Loire); parti 11 déc. 1910 pour le Laos.

— L. du Laos (Indo-Chine). (*Miss. Cath.*, 16 mai 1913, p. 232.)

PRODHOMME. — Voir col. 1050.

— Laos. — Lettre de Nong-Seng. Sacre de Mgr. Prodhomme. (*Miss. Cath.*, 6 fév. 1914, p. 64.)

*
* *

— Laos. Lettre d'une religieuse de Saint-Paul de Chartres, d'Oubone. (*Miss. Cath.*, 27 sept. 1912, pp. 460-461.)

— Laos. — Lettre de la Supérieure des religieuses d'Oubone. (*Miss. Cath.*, 1er août 1913, p. 364.)

— Laos. — Lettre d'Oubone, 12 nov. 1913, des religieuses de Saint-Paul de Chartres. (*Miss. Cath.*, 9 janvier 1914, p. 15.)

IX. — LANGUE ET LITTÉRATURE.

—— Petit vocabulaire laotien. Par J. Taupin. (*Bull. Soc. Études indochinoises Saïgon*, 1892, 2e sem., 1er fasc., pp. 3-89.)

Voir col. 1057.

—— Petit vocabulaire laotien. Par J. Taupin. — Saïgon, Imprimerie Rey, Curiol et Cie, 1892, in-8, pp. 89.

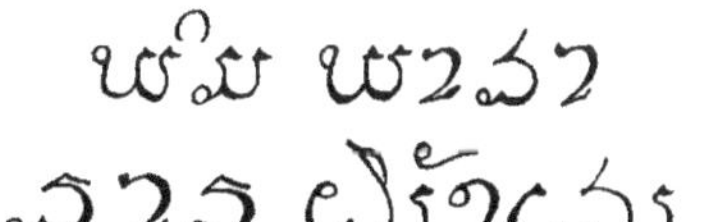

—— Dictionnaire laotien-français par Théodore Guignard, de la Société des Missions Étrangères de Paris. Hongkong, Imprimerie de Nazareth, 1912, in-4, pp. LXX + 1 tab. + pp. 959 à 3 col. + pp. 4 errata.

Notices : *Revue Indochinoise*, Avril 1912, p. 437, par V. B. — *T'oung Pao*, Mai 1913, pp. 299-302, par H. C. [ordier]. — *Miss. Cath.*, 10 oct. 1913, p. 492.

X. — MŒURS ET COUTUMES.

— Aperçu du Code laotien. (*A travers le Monde*, IV, 1898, p. 142.)

Étude du Cap. Bobo, de l'Infanterie de marine.

—— Contes et légendes du pays laotien Recueillis et Publiés Par le Dr Jean Brengues. — Saïgon. Imprimerie Coudurier & Montégout, 1905, in-8, pp. 155.

—— Jean Ajalbert — Sao Van Di Roman — Mœurs du Laos — Paris, Bibliothèque Charpentier, 1905, in-12, pp. 270 + 1 f. n. ch.

XI. — VOYAGES.

—— Henri Mouhot (de Montbéliard) ses voyages dans le royaume de Siam au Cambodge et au Laos par M. Henry Chotard. Besançon Imprimerie Dodivers et Cie, Grande-Rue, 87. — 1874, in-8, pp. 15.

Extrait des *Mémoires de la Société d'Émulation du Doubs*. Séance publique du 18 décembre 1873.

— Le Laos tonkinois, annamite et siamois. Par E. Moulié. (*Bull. Soc. Géog. com.*, VII, 1884/5, pp. 176-177.)

Ninh-Binh, 16 sept. 1884.

—— Carte de la Mission d'Exploration et d'Études de J. Taupin au Laos 1887-1888, 1 f. in-fol.

Échelle au 1/900.000. — Tirage de Juillet 1893. — Copie exécutée au Bureau Topographiqne des Troupes de l'Indo-Chine.

— La Cochinchine et le Laos; les principautés du Laos; le pays et les habitans; les mariages, le *peng hoeuon*; les ressources, le commerce et les moyens de transport; la navigation du Mékong; les tentatives du capitaine Reveillère et de M. de Fésigny; le voyage de M. Gauthier; leurs résultats pour l'exportation des produits; l'importation au Laos par le Tonkin; voyage de M. le Consul Pavie. (*Journal des Débats*, lundi 25 juin 1888; Lettre de Saïgon, le 19 mai.)

—— De Chine aux Indes — Lettre de M. Roux, enseigne de vaisseau, compagnon du prince Henri d'Orléans. (*A travers le Monde*, II, 1896, pp. 49-52; ill.)

A bord du «Mishmi» sur le Brahmapoutra (Assam).

—— *Id.*, pp. 53-55; carte.

Calcutta. — Voir col. 194-195.

— Le prince Henri d'Orléans. (*A travers le Monde*, VII, 1901, pp. 269-270; portrait.)

Nécrologie.

—— Prosper Odend'hal. Nécrologie par L. Finot. (*Bull. École française Ext.-Orient*, IV, Nos. 1 et 2, Janvier-Juin 1904, pp. 529-537.)

Voir col. 1073.

— Un monument à Odend'hal. (*Bull. Com. Asie franç.*, Juin 1909, pp. 257-258.)

Inauguré le 30 avril 1909.

—— A. Raquez. — Pages Laotiennes. Le Haut-Laos, Le Moyen-Laos, Le Bas-Laos. Préface par Sa Majesté Somdet Pra Chao Zakarine Roi du Luang-Prabang. Ouvrage illustré de 312 photo-gravures et accompagné d'une carte avec itinéraire. — Hanoi, F.-H. Schneider, Imprimeur-éditeur, 1902, in-4, pp. II + 1 «lettre originale de Sa Majesté» + II + 537 + 1 carte + III + III + VI + VIII.

Voir col. 1002.

— La capitale du Haut-Laos Luang-Prabang à vol d'oiseau Par Georges Hubert. (*A travers le Monde*, VII, 1901, pp. 241-243; ill.)

— De l'Annam au Mékong. (*Bull. Soc. Études col. et marit.*, 29ᵉ année, 1904, pp. 287-288.)

Voie découverte par le capitaine Billes.

— Paul Vitry. — Rapport sur le voyage effectué du 9 au 20 septembre 1907 dans le bassin de la Sémoun, à bord du «Haïphong» et du «Hamluong», chaloupes de la Flottille du Laos. Pp. 9 avec deux cartes itinéraires, manuscrit.

Bibliothèque de la Société de Géographie.

—— Un ignoré : Le Lieutenant Grillières (1868-1905). — Son voyage en Perse; ses explorations et sa mort au Yun-nan Par le Capitaine Méra. (*Revue Troupes Coloniales*, 1ᵉʳ sem. 1913, pp. 657-692; portrait.)

—— * Un ignoré : Le Lieutenant Grillières (1868-1905). — Son voyage en Perse; ses explorations et sa mort au Yun-nan, par le capitaine Méra, breveté d'état-major. — Une plaquette avec un portrait, une carte et quatre photographies... Librairie militaire universelle, Paris.

Notice : *Asie française*, Janvier 1914, p. 48. Par Edmond Rottach.

— Mort du Lieutenant Grillières. (*Bull. Soc. Géog. Toulouse*, 1905, p. 324.)

Voir col. 1078-1079.

—— Un voyage au Laos, il y a trente ans. (*Ann. Soc. Miss. Ét.*, No. 81, Mai-Juin 1911; pp. 130-145.)

— Mission de M. Gaston Vallée en Indo-Chine. (*La Géographie*, 15 novembre 1912, pp. 355-356.)

—— Au Laos et au Siam par Mᵐᵉ Marthe Bassenne. I. — Bas-Mékong et Rapides de Kemmarat. (*Tour du Monde*, XVIII, 1912, pp. 37-48.) II. — De Vientiane à Luang-Prabang. — Les ruines de Vientiane (*ibid.*, pp. 49-60.) III. — Luang-Prabang. (*ibid.*, pp. 61-72.) IV. — Luang-Prabang (*ibid.*, pp. 73-84.) V. — Du Mékong au Ménam. — A travers la forêt, de Paklay à Outaradit. (*ibid.*, pp. 85-96.) VI. — Descente du Ménam-Bangkok. (*ibid.*, pp. 97-108; ill. et carte.)

—— En Pays Chan : de Xieng Tong à la Vallée de la Salouen Par L. Martin. (*A travers le Monde*, XIX, 1913, pp. 33-36, 41-44; illustrations.)

—— Vingt jours au Laos Par Léon Hautefeuille. (*Revue indochinoise*, Août 1914, pp. 157-172; carte.)

—— De Suyut à Xieng-Khouang. Par d'Osmoy. (*Revue indochinoise*, Janvier 1914, pp. 61-70); — Xien-Khouang et le Tran-ninh. (*Ibid.*, Février 1914, pp. 193-207; carte.)

XIV. — FRANCE.

—— Indo-Chine Française. Budget du Laos pour l'exercice 1896. — Hanoi, Imprimerie typo-lithographique F.-H. Schneider, 1895, in-4, pp. II + 55 + 2 pages non chiffrées.

[En cours.]

Successivement imprimé à :

— Saigon, Imprimerie coloniale.

— Saigon, Imprimerie commerciale M. Rey.

— Hanoi, Imprimerie d'Extrême-Orient.

—— République Française. Liberté - Égalité - Fraternité. Gouvernement Général de l'Indochine. Rapport de présentation du Budget du Laos. — Saigon, Imprimerie commerciale Marcellin Rey, C. Ardin, successeur, 1912, in-4, pp. 12.

—— Gouvernement Général de l'Indo-Chine. Laos. — Compte Administratif de l'Exercice 1899. — S. l. n. d., in-4, pp. 51.

[Autographié.] — A la fin, on lit :
Hanoi, Autographie F.-H. Schneider, 49, 51, rue du Coton.

—— République Française. Liberté - Égalité - Fraternité. Gouvernement Général de l'Indo-Chine Française. Laos. — Compte administratif de l'exercice 1906. — Hanoi-Haiphong, Imprimerie d'Extrême-Orient, 1907, in-4, pp. II + 45 + 2 tableaux.

— République Française. Liberté-Egalité-Fraternité. Première année. N° 1. Janvier 1902 [à n° 12, décembre 1902]. *Bulletin administratif du Laos.* [Imprimerie d'Extrême-Orient], in-8, pp. 164, sans la table.

[En cours.]

— * Georges Demanche. — La France et le Siam au Laos. (*Revue Franç. de l'Et. et des Colon.*, XVII, 538-545.)

— La France au Laos et la question du Siam — Conférence par M. E. Guillot. (*Soc. Géog. Lille, Bull.*, XXII, 1894, 2e sem., pp. 69-87, 125-138.)

* * *

— La mort de M. de Coulgeans. Par Ch. Lemire. (*Bull. Com. Asie française*, Avril 1903, pp. 169-170.)

— Le royaume de Luang-Prabang et le traité franco-siamois Par Claudius Madrolle. (*Bull. Com. Asie française*, Avril 1904, pp. 176-182.)

— Création d'un poste sur la frontière du Laos. (*Bull. Com. Asie franç.*, Déc. 1904, p. 580.)

— Haut-Laos et Yunnan. (*Revue indo-chinoise*, 15 sept. 1905, pp. 1276-1278.)

Extr. de l'*Écho de Chine*. — Se-mao.

— Situation politique du Laos. (*Bull. Com. Asie française*, Avril 1906, pp. 159-160.)

— Réformes laotiennes. (*Bull. Com. Asie française*, Février 1907, pp. 72-73.)

— P. de la Brosse. — Le Laos devant le Parlement. (*Revue Indo-Chinoise*, 15-30 mars 1907, pp. 332-339.)

— L'enseignement indigène au Laos Par P. de la Brosse. (*Revue indo-chinoise*, 15 janvier 1908, pp. 8-14.)

— Codes laotiens. Code civil. — Code pénal. — Code de procédure. — Hanoi-Haiphong, Imprimerie d'Extrême-Orient, 1908, in-8, pp. VI + 106 + XXX.

— Organisation administrative et situation économique du Laos siamois. Par M. (*Revue indo-chinoise*, 15 août 1908, pp. 141-152; 31 août 1908, pp. 245-256.)

— La prise de possession du Laos en 1893 (Mission Dufrénil). (*Revue indo-chinoise*, 15 juillet 1908, pp. 11-32; 30 juillet 1908, pp. 115-120).

— Réforme des taxes locales au Laos. (*Bull. Com. Asie franç.*, Sept. 1909, p. 394.)

— Comment débloquer le Laos Par le Cap. L. Butault. (*Revue indochinoise*, Octobre 1913; pp. 409-423; 2 cartes.)

Keng-Kabao, 1er juillet 1913.

— * Le Laos, zone franche par ***. (*Quinzaine coloniale*, 25 février [1914].)

TCHAMPA.

I. — OUVRAGES GÉNÉRAUX.

—— Lin-y 林邑. (*Ethnographie des Peuples étrangers à la Chine*... par Ma Touan-lin trad... par le Mis d'Hervey de Saint-Denys — *Méridionaux* — 1883, pp. 417-435.)

—— Marco Polo. — Voir *Bibliotheca Sinica*.

—— Viage ‖ del mvndo. ‖ Hecho y compvesto por el ‖ Licenciado Pedro Ordoñez de Ceuallos, natural de ‖ la insigne ciudad de Iaen. ‖ Contiene tres libros. ‖ Dirigido a don Antonio Davila ‖ y Toledo, sucessor y mayorazgo en la casa de Velada. ‖ Con Privilegio. ‖ En Madrid, Por Luis Sanchez impressor del Rey N. S. ‖ Año M.DC.XIIII. In-4., 10 ff. prél. n. ch. + 290 ff. ch. + 4 ff. n. ch. p. l. tab.

Voir col. 1524.

—— M. de La Bissachère, 1811. — Voir col. 997.

—— Lettre de Mgr. Miche aux Directeurs du Séminaire des Missions étrangères à Paris. Camboge, le 26 décembre 1861. (*Ann. Prop. Foi*, XXXV, Sept. 1863, pp. 403-409.) — Voir col. 2735.

—— Adolf Bastian. — Die Voelker des Oestlichen Asien. — IV, 1868. — Voir col. 896.

—— Champa. By H. Y. (*Geog. Mag.*, March, 1877, pp. 66-67.)

Réimp. de l'art. du Col. Henry Yule dans l'*Encyclop. Britannica*, 9th ed.

—— Champa. By H. Yule. (*Indian Antiquary*, VI, 1877, pp. 228-230.)

—— Le Ciampa Par M. l'Abbé C.-E. Bouillevaux..... Communication faite à la Société Académique Indo-Chinoise dans sa séance du 30 janvier 1880. (*Ann. de l'Ext.-Orient*, 1879-1880, II, pp. 321-326; 1880-1881, III, pp. 77-82, 99-108, 303-310.)

Notice par E.-T. Hamy, *Revue d'Ethnographie*, I, 1882, pp. 344-346.

—— Les Chams. Par E. Aymonier. (*Revue d'Ethnographie*, Tome IV, n° 2, 1885, pp. 158-160.)

—— Nouvelles Recherches sur les Chams par Antoine Cabaton, ancien élève diplômé de l'École pratique des Hautes Études, ancien Membre de l'École française d'Extrême-Orient, Attaché à la Bibliothèque nationale. — Paris, Ernest Leroux, 1901, in-8, pp. 215, ill.

Forme le Vol. II des *Publications de l'École française d'Extrême-Orient*.

Notices : *Journ. Asiat.*, Nov.-Déc. 1901, pp. 540-550, par L. Finot. — *Journ. Roy. As. Soc.*, July, 1902, pp. 672-676, par C. O. Blagden.

— Les Chams de l'Indo-Chine par Antoine Cabaton Ancien membre de l'École française d'Extrême-Orient. (*Revue coloniale*, Juin 1905, pp. 321-334.)

— Les Chams musulmans de l'Indo-Chine française Par Antoine Cabaton. (*Revue du Monde musulman*, II, Avril 1907, pp. 129-180.)

— Les Chams de l'Indochine Par Antoine Cabaton, Ancien Membre de l'École française d'Extrême-Orient. (*Revue indochinoise*, Août 1909, pp. 735-746.)

— Chams. By Antoine Cabaton. (*Encyclop. of Religion and Ethics* by James Hastings, III, 1910, pp. 340-351.)

— États Chans français. Par Xieng-la (*Rev. Indo-chinoise*, 207, 6 oct. 1902, pp. 925-931.)

— Les Chams Bani Par le R. P. Durand, missionnaire apostolique. (*Bull. École franç. Ext.-Orient*, III, n° 1, Janv.-Mars 1903, pp. 54-62.)

— Notes sur les Chams Par M. E.-M. Durand, De la Société des Missions étrangères de Paris, Correspondant de l'École française d'Extrême-Orient. (*Bull. École franç. Ext.-Orient*, V, n°s 3-4, Juill.-Déc. 1905, pp. 368-386; VI, Juill.-Déc. 1906, pp. 279-289; VII, Déc. 1907, pp. 313-355.)

— Notes sur les Chams Par E.-M. Durand, Missionnaire apostolique. (*Revue indo-chinoise*, 15 avril 1908, pp. 486-498.)

— Les Cham de Tayninh, par M. V. Cudenet. (*Bull. Comm. archéol. de l'Indochine*, 1910, 1re liv., pp. 63-64.)

— Notes sur quelques emplacements Chams de la province de Quảng-tri. Par M. L. Cadière, de la Société des Missions Étrangères de Paris. (*Bull. Éc. fr. Ext.-Orient*, Juill.-Déc. 1911, pp. 407-416; fig.)

II. — ETHNOGRAPHIE ET ANTHROPOLOGIE.

— Les Tiams et les Stiengs. Par A. Morice, Médecin de la marine. (*Revue de Linguistique*, VII, Avril 1875, pp. 347-377.)

— Faculté de Médecine de Paris — Année 1880 N° 286. Thèse pour le Doctorat en Médecine présentée et soutenue le 7 Juillet 1880, à 1 heure. Par Alfred Reynaud Né à Grenoble, le 20 Janvier 1851, Médecin de la marine — Contribution à l'histoire naturelle de l'homme. Les Tsiams et les Sauvages bruns de l'Indo-Chine — *Président :* M. Broca, professeur. *Juges :* MM. Potain, professeur. Chantreuil, Straus, agrégés. Le Candidat répondra aux questions qui lui seront faites sur les diverses parties de l'enseignement médical. — Paris, A. Parent, Imprimeur de la Faculté de Médecine de Paris, 31, Rue Monsieur-le-Prince, 31. — 1880, in-4, pp. 60.

Notice par le Dr. J. Harmand, *Archives Médecine Navale*, XXXIV, 1880, pp. 385-391.

— Rapport sur les Chams et les Malais de l'arrondissement de Chaudoc Par l'Inspecteur des Affaires indigènes A. Labussière. (*Excursions et Reconnaissances*, n° 6, 1880, pp. 373-380; carte.)

Saigon, le 30 juillet 1880.

— Bijdrage tot de kennis der verhouding van het Tjam tot de talen van Indonesie, door G. K. Niemann. (*Bijd. Taal-, L. Volk. Ned. Ind.*, XL, 1891, pp. 27-44.)

— Ethnographische mededeeling omtrent de Tjams en eenige andere volkstammen van Achter-Indië, door Prof. Dr. G. K. Niemann. (*Bijd. Taal-, L. Volk. Ned. Ind.*, XLV, 1895, pp. 329-353.)

— Zaborowski — Populations de l'Indo-Chine Les Tsiams, Origine et Caractères. Paris, Bureaux de la *Revue scientifique*, 1895, br. in-8, pp. 29.

Ext. de la *Revue scientifique* du 9 mars 1895. — Conférences faites à l'École d'Anthropologie.

III. — HISTOIRE.

DIVERS.

— The history of Tchampa (The Cyamba of Marco Polo, now Annam or Cochin-China) By Commandant E. Aymonier. (*Imp. & As. Quart. Rev.*, N. S., VI, 1893, pp. 140-148; pp. 365-381.)

— The History of Tchampa (the Cyamba of Marco Polo, now Annam or Cochin-china). By Commandant E. Aymonier. Publications of The Ninth International Congress of Orientalists, London, 1891. Oriental University Institute, Woking, 1893, in-8, pp. 28.

Reprinted from the *Imperial and Asiatic Quarterly Review*, July, 1893.

— Madjapahit et Tchampa par M. Aristide Marre. (*Cent. École Langues Orientales vivantes*, 1895, pp. 93-113. — *Muséon*, XIV, pp. 342-351.)

— Balonga, the oldest Capital of Champa. By C. Otto Blagden. (*Journ. Roy. As. Soc.*, July, 1899, pp. 665-667.)

(Divers.)

— Çanf et Campã. Par A. Barth. (*Bull. École fr. Ext.-Orient*, II, 1902, pp. 98-99.)

— Vestiges de l'occupation chame au Quang-Binh. Lettre du R. P. Cadière. (*Bull. École française Ext.-Orient*, IV, n°s 1 et 2, Janvier-Juin 1904, pp. 432-436.)

— Les origines de la colonisation indienne en Indochine. Par Louis Finot, Professeur au Collège de France, ancien directeur de l'École française d'Extrême-Orient. (*Bull. École franç. Ext.-Orient*, 1912, XII, n° 8, pp. 1-4.)

— Le Royaume de Champa par Georges Maspero, Administrateur des Services civils de l'Indo-Chine, Correspondant-Délégué de l'École française d'Extrême-Orient. — Librairie et imprimerie ci-devant E.-J. Brill, Leide — 1914, in-8, pp. 374.

Ext. du *T'oung Pao*, avec l'addition d'un index historique et archéologique.

Cf. *T'oung Pao*: 1910, Mars, 125-136; Mai, 165-220; Juillet, 319-350; Oct., 489-526; Déc., 547-566; 1911, Mars, 53-87; Mai, 236-258; Juillet, 291-315; Oct., 451-482; Déc., 589-626; 1913, Mai, 153-201.

(Divers.)

ARCHÉOLOGIE.

DIVERS.

Charles Lemire.

—— Les tours Kiams de la province de Binh-Dinh (Annam) Par M. Ch. Lemire, Résident de France au Binh-Dinh. (*Revue d'Ethnographie*, VI, Nos 5-6, 1887, p. 383.)

—— Nouvelles observations sur les tours Kiams de la province de Binh-Dinh (Annam) Par M. Ch. Lemire, Résident de France au Binh-Dinh. (*Revue d'Ethnographie*, VII, N° 3, 1888, pp. 215-222.)

—— Les Tours Kiames de la province de Binh-dinh (Annam) par Ch. Lemire, Résident de France au Binh-dinh. (*Exc. et Recon.*, N° 32, 1890, pp. 207-216.)

—— Monuments Kiams de la province de Binh-dinh (Annam) par Ch. Lemire, Résident de France au Nghé-an et Ha-tinh. (*Exc. et Recon.*, N° 32, 1890, pp. 217-226.)

—— Les anciens Monuments des Kiams en Annam et au Tonkin, par M. Ch. Lemire. (*L'Anthropologie*, III, 1892, pp. 133-136.)

—— Aux monuments anciens des Kiams (Excursion archéologique en Annam), par M. Charles Lemire. (*Tour du Monde*, 1894, II, pp. 401-416.)

—— Ch. Lemire. — Les Mouvements (*lire :* Monuments) anciens des Kiams de la province de Binh-dinh (Annam). (*Rev. Indo-Chinoise*, 1er sem. 1900, pp. 479-482.)

—— Charles Lemire. — Les Arts et les Cultes anciens et modernes de l'Indo-Chine.... Monuments des Kiams et des Annamites. (*Bull. de la Soc. franç. des Ingénieurs coloniaux*, n° 21. — Paris, 1er trim. 1901.)

(Charles Lemire.)

C. Paris.

—— Les ruines Tjames de Tra-Kéou, province de Quang-nam (An-nam), par C. Paris. (*L'Anthropologie*, II, 1891, pp. 283-288.)

—— Les ruines Tjames de la province de Quang-nam (Tourane), par M. C. Paris. (*L'Anthropologie*, III, 1892, pp. 137-144.)

—— Ruines tjames de Tây-loc. Par C. Paris. (*Bull. de Géog. hist. et descript.*, Année 1895. — N° 2, pp. 234-236.)

Tourane, 23 juin 1894.

—— Inventaire sommaire des Monuments Chams de l'Annam, par Louis Finot, Directeur de l'École Française d'Extrême-Orient et E. Lunet de Lajonquière, Capitaine d'Infanterie de Marine. — Hanoï, 1900, in-fol., tit. et 6 ff. de texte autog. + 9 feuilles de cartes.

—— La Religion des Chams d'après les monuments, par M. Louis Finot, Directeur de l'École française d'Extrême-Orient. (*Bull. École franç. Ext.-Orient*, T. I, 1901, pp. 12-33; ill.)

Les pp. 27-33 renferment un Inventaire sommaire des monuments chams de l'Annam, par L. Finot.

—— Lunet de Lajonquière. — Atlas archéologique de l'Indo-Chine. — Monuments du Champa et du Cambodge. 1901, in-fol. — Voir col. 2693.

— Durgā, statue chame. (*Bull. École franç. Ext.-Orient*, II, 1902, pp. 109-110; 1 fig.)

Donnée par M. Crestien; trouvée au village de Liêu-Hu'u, huyện de Bactrang.

(C. Paris.)

H. Parmentier.

—— Nouvelles découvertes archéologiques en Annam. Par H. Parmentier. (*Bull. École française Ext.-Orient*, II, n° 3, Juillet 1902, pp. 280-282.)

I. Le trésor des rois Chams. — II. Le Monument ruiné de Phu'o'c-thinh. — III. La Tour de Cheo Reo.

—— Le trésor des rois Chams par MM. H. Parmentier, architecte, chef du Service archéologique de l'École française d'Extrême-Orient, et E.-M. Durand, Missionnaire apostolique, correspondant de l'École française d'Extrême-Orient. (*Bull. École française Ext.-Orient*, V, n°s 1 et 2, Janv.-Juin 1905, pp. 1-46.)

—— Rapport sur la création d'un musée Cham Par M. H. Parmentier. (*Bull. Comm. Archéol. de l'Indochine*, 1908, 1re livr., pp. 89-94.)

—— Inventaire descriptif des Monuments Cams de l'Annam par H. Parmentier... — Tome Premier *Description des Monuments.* Paris, Imprimerie nationale — Ernest Leroux, MDCCCCIX, in-8, pp. XX-598.

—— —— Planches d'après les relevés et les dessins de l'auteur. Ibid., in-8, pp. XVII + 114 pl. et cartes.

Forment les vol. XI et XI *bis* des *Publications de l'École française d'Extrême-Orient.*

Notice : *Journ. Roy. As. Soc.*, Oct. 1910, pp. 1373-1375, par C. O. Blagden.

—— Le Temple de Po Romé à Phanrang Par le R. P. E.-M. Durand, missionnaire apostolique. (*Bull. École française Ext.-Orient*, III, Oct.-Déc. 1903, pp. 597-603.)

—— Monuments et souvenirs chams du Quảng-trị et du Thừa-thiên. Par L. Cadière. (*Bull. École française Ext.-Orient*, V, n°s 1-2, Janv.-Juin 1905, pp. 185-195.)

—— A la recherche des ruines chames Par M. Léopold-Michel Cadière des Missions Étrangères de Paris, missionnaire en Cochinchine. (*Miss. Cath.*, XXXVIII, 20 juillet 1906, pp. 340-345 ; 27 juillet, pp. 352-356 ; 3 août, pp. 366-368 ; 10 août, pp. 381-384 ; 17 août 1906, pp. 389-393 ; ill.)

—— Notes sur la tour chame du Nam-lieu (Darlac Septentrional). Par Henri Maitre des Services civils de l'Indochine. (*Bull. École franç. Ext.-Orient*, VI, Juillet-Déc. 1906, pp. 342-344.)

Avec itinéraire.

—— Études indochinoises Par Edouard Huber, Professeur à l'École française d'Extrême-Orient. — VI. Les bas-reliefs du temple d'Ananda à Pagan. — VII. Nouvelles découvertes archéologiques en Annam. 1. — La stèle de Báng-An. 2. — La stèle de Phú-thuận. 3. — Vestiges et stèle chams à Hu'o'nq-quê. 4. — La citadelle chame et la stèle sanscrite de Lai-trung. (*Bull. École franç. Ext.-Orient*, Janvier-Juin 1911, pp. 1-22 ; fig.).

Suivi d'un Appendice. Vestiges chams découverts par M. Eberhardt. Par H. Parmentier. (*Ibid.*, pp. 23-24 ; fig.)

Voir col. 1880.

—— Nouvelles découvertes čames au Quang-Nam, par M. Virgile Rougier. (*Bull. Comm. archéol. de l'Indochine*, 1912, 2e livr., pp. 211-214 ; 2 pl.)

—— Albert Maybon. — L'Art Cham. (*L'Art décoratif*, Avril 1911, pp. 157-172.)

ÉPIGRAPHIE.

—— A. Bergaigne. — [Deux inscriptions sanscrites relatives au Tchampa trouvées par Aymonier dans le Kanh Hoa.] (*Ctes. rendus Ac. Insc. et B.-Let.*, 1887, pp. 305-306.)

(H. Parmentier.)

—— L'ancien royaume de Campa, dans l'Indo-Chine, d'après les inscriptions, par M. Abel Bergaigne. (*Journ. Asiat.*, VIIIe sér., X, Janvier 1888, pp. 5-105.)

(H. Parmentier.)

—— L'ancien royaume de Campa, dans l'Indo-Chine, d'après les inscriptions, par Abel Bergaigne. — Extrait du *Journal Asiatique*. — Paris, Imprimerie nationale, MDCCCLXXXVIII, in-8, pp. 106.

Notice : *Revue d'Ethnographie*, VII, 1888, pp. 167-168, par E. H. [amy].

—— Inscriptions sanscrites de Campā, par M. Abel Bergaigne. (*Not. et Ext. des Mss. de la Bib. Nat.*, XXVII, 1re partie, 2e fasc., 1893, pp. 181-292.)

Voir col. 2720.

—— L'œuvre d'Abel Bergaigne et l'Indo-Chine française. Par A. Lemire. (*Journ. Asiat.*, IXe sér., XIII, N° 1, Janv.-Fév. 1899, pp. 177-182.)

—— Première étude sur les inscriptions tchames, par M. Etienne Aymonier. (*Journ. Asiat.*, VIIIe sér., XVII, Janv.-Févr. 1891, pp. 5-86.)

—— Rapport sommaire de M. Aymonier sur les inscriptions du Tchampa, découvertes et estampées par les soins de M. Camille Paris. (*Journal Asiatique*, IXe sér., VII, N° 1, 1896, pp. 146-151.)

—— E. Aymonier. [Inscription tchame découverte par le P. Durand, près du village de Kon Tra, sur le bord du Ca Xom, affluent de la rivière de Qui Nh'on.] (*Journ. Asiat.*, Nov.-Déc. 1899, pp. 544-545.)

—— Les inscriptions chames de Phong-Nha (Quảng-Bình) par M. Camille Paris. (*Prem. Cong. Intern. Études Ext.-Orient*, Hanoï (1902), pp. 99-100.)

—— L'inscription čame de Po saḥ, par M. Etienne Aymonier. (*Bull. Comm. Archéol. de l'Indochine*, 1911, 1re liv., pp. 13-19.)

Dans la plaine de Phanrang.

—— L. Finot. [Deux inscriptions sanscrites du Champa, Ve s. ap. J.-C.] (*Journ. Asiat.*, Mai-Juin 1901, pp. 542-543.)

—— Notes d'épigraphie Par M. L. Finot Directeur de l'École française d'Extrême-Orient. (*Bull. École française Ext.-Orient*, II, n° 2, Avril 1902, pp. 185-191.)

I. Deux nouvelles inscriptions de Bhadravarman Ier, roi de Champa.

—— Notes d'épigraphie Par M. L. Finot Directeur de l'École française d'Extrême-Orient. (*Bull. École franç. Ext.-Orient*, III, n° 1, Janv.-Mars 1903, pp. 18-33.)

II. L'inscription sanskrite de Say-fong.

—— Note sur les dates de deux inscriptions de Campā Par M. A. Barth. (*Bull. École française Ext.-Orient*, IV, n°s 1 et 2, Janvier-Juin 1904, pp. 116-119.)

—— L'inscription chame de Bien-hoa par Antoine Cabaton, ancien membre de l'École française d'Extrême-Orient. Hanoi, F.-H. Schneider, 1904, in-8, pp. 4.

Ext. du *Bull. de l'École franç. d'Ext.-Orient*, Juillet-Sept. 1904.

—— Note sur un monument čam de la province de Quảng-trị (Annam) par M. L. Cadière. (*Bull. Comm. archéol. de l'Indochine*, 1911, 1re livraison, pp. 50-57.)

—— Note sur deux inscriptions du Champa. Par George Coedès, Pensionnaire de l'École française d'Extrême-Orient. — I. La stèle III de Mĩ-sơn. — II. L'inscription de Phú-quí (province de Phanrang). (*Bull. École franç. Ext.-Or.*, 1912, XII, n° 8, pp. 15-17.)

IV. — RELIGION.

—— Étienne Aymonier. — Les Tchames et leurs religions. (*Revue Hist. Religions*, XXIV, 1891, pp. 187-237, 261-315.)

(ÉPIGRAPHIE.)

—— Les Tchames et leurs religions par M. E. Aymonier. — Paris, Ernest Leroux, 1891, in-8, pp. 111.

(ÉPIGRAPHIE.)

—— La Religion des Chams d'après les Monuments par M. Louis Finot, Directeur de l'École française d'Extrême-Orient. (*Bull. de l'École française d'Ext.-Orient*, I, n° 1, Janvier 1901, pp. 12-33.)

Se termine par un «Inventaire des Monuments Chams de l'Annam».

—— La Religion des Chams d'après les Monuments. Étude suivie d'un inventaire des monuments chams de l'Annam par M. L. Finot, Directeur de l'École française d'Extrême-Orient. Hanoi, F.-H. Schneider, 1901, gr. in-8.

V. — LANGUE ET LITTÉRATURE.

—— Étude sur deux dialectes de l'Indo-Chine. — Les Tiams et les Stiengs (Cochinchine et Cambodge) par A. Morice, Médecin de la Marine. — Paris, Maisonneuve, 1875, in-8, pp. 32.

—— Recherches et mélanges sur les Chams et les Khmers, Par É. Aymonier. (*Excursions et Reconnaissances*, N° 8, 1881, pp. 319-350; N° 10, 1881, pp. 167-186.)

—— Cochinchine française. Recherches et Mélanges sur les Chams et les Khmers. Par M. E. Aymonier. (2 fascicules.) — Saïgon, Imprimerie du Gouvernement, 1881, in-8, pp. 34, 22.

I. Les monuments du Cambodge central.

II. Inscription cham de Dambang Dek. Notions sur les écritures et les dialectes chams.

Extr. des *Excursions et Reconnaissances*.

—— Grammaire de la langue Chame par Etienne Aymonier. (*Exc. et Recon.*, N° 31, 1889, pp. 5-92.)

—— Grammaire de la langue Chame par Etienne Aymonier. Saigon, Imprimerie coloniale, 1889, in-8, pp. 92 + 5 tab.

—— * K. F. Holle. — Tabel van Oud en Nieuw Indische Alphabetten. — Batavia, 1882, in-4.

—— * R. Humann. — Vocabulaire tjame-français... — Saigon (1886?), in-8.

Autographié.

—— K. Himly. — Sprachvergleichende Untersuchung des Wörterschatzes der Tscham-Sprache. (*Sitzb. philos.-philol. Cl. k. Bay. Ak. Wiss.*, 1890, pp. 322-456.)

—— Dictionnaire Čam-Français comprenant les dialectes de l'Annam et du Cambodge, par Étienne Aymonier, Directeur de l'École coloniale et Antoine Cabaton... — Paris, Imprimerie Nationale, Ernest Leroux, MDCCCCIII, in-8, pp. XII-4.

Spécimen. — Préfaces d'Aymonier et de Cabaton. — 4 pages du dictionnaire.

—— Dictionnaire Čam-Français par Étienne Aymonier Résident supérieur honoraire Ancien Directeur de l'École Coloniale [et] Antoine Cabaton Attaché à la Bibliothèque nationale Ancien Membre de l'École française d'Extrême-Orient. — Paris, Imprimerie nationale — Ernest Leroux, MDCCCCVI, in-8, pp. XLVI + 1 f. n. ch. + pp. 587.

Forme le Volume VII des *Publications de l'École française d'Extrême-Orient*.

« Le Dictionnaire est imprimé avec les nouveaux caractères gravés à l'Imprimerie nationale [d'après M. Cabaton]. Ils représentent l'écriture des Čams de l'Annam, qui diffère d'ailleurs assez peu de celle des Čams du Cambodge. »

Notices : *Bull. École franç. Ext.-Orient*, VI, Juillet-Déc. 1906, pp. 347-348, par E. M. Durand. — *T'oung Pao*, Mars 1907, pp. 137-138, par L. Finot. — *Anthropos*, 1907, fasc. 2, pp. 330-332, par P. G. Schmidt, S. V. D. — *Journ. Asiat.*, Sept.-Oct. 1907, pp. 381-383, par Gabriel Ferrand. — *Journ. R. As. Soc.*, Oct. 1907, pp. 1086-1096, par C. O. Blagden. — *Revue Indo-Chinoise*, 15 janvier 1908, par L. Finot, d'après le *T'oung Pao*.

—— La transcription du Čam, par M. A. Cabaton. — Extrait des *Mémoires de la Société de Linguistique de Paris*, tome XIII, [1905], br. in-8, pp. 10.

—— Vocabulaire français Cho-Mạ Par H. Oddéra. (*Revue indo-chinoise*, Janvier 1909, pp. 1-19.)

« Les Cho-Mạ forment une population importante qui occupe toute la haute vallée du Yon Maï. Son dialecte a ceci de particulier qu'il représente une sorte d'intermédiaire très net entre le *cham* et le *stieng*. Or les Chams comprennent les Cho-Mạ, les Khmèr comprennent les Stieng et Stieng et Cho-Mạ se comprennent. »

VI. — MŒURS ET COUTUMES.

—— Contes Tjames. Texte en caractères tjames accompagné de la transcription du premier conte en caractères romains et d'un lexique par A. Landes, Administrateur des Affaires indigènes, Directeur du Collège des Interprètes. — Saigon, Collège des Interprètes, 1886, in-4, pp. 7 + XI + 256 + 238.

[Autogr.]

« Sous ce titre, M. A. Landes, dont la *Revue* a annoncé récemment les *Contes Annamites* (n° du 25 octobre 1886, p. 315), a fait autographier deux contes en langue tjame, le premier texte étendu qui ait été publié en cet idiome de l'antique royaume de Campā. Le manuscrit original a été écrit par des Tjames ramenés du Binh-Thuân à Saïgon en 1885 par M. Aymonier, et c'est d'après les explications fournies par ces mêmes hommes que M. Landes a rédigé le glossaire. L'exactitude bien connue de M. Landes est une garantie que le volume contient les matériaux nécessaires pour une étude sérieuse de la langue tjame. Malheureusement il manque la traduction. De sorte que ceux-là seuls qui voudront entreprendre cette étude, pourront apprécier à son mérite cette nouvelle publication de l'infatigable travailleur. Le texte remplit 256 pages; le glossaire en comprend 238. — A. B. » (*Revue Critique*, 2 mai 1887, p. 357.)

—— Contes tjames par A. Landes, Administrateur des Affaires indigènes. (*Exc. et Recon.*, N° 29, 1887, pp. 51-130.)

—— Contes tjames traduits et annotés par A. Landes, Administrateur des Affaires indigènes. — Saïgon, Imprimerie coloniale — 1887, in-8, pp. 116 + 1 f. n. ch. tab.

Notice : *Revue d'Ethnographie*, VII, 1888, p. 569, par E. H. [amy].

—— Légendes historiques des Chames. Par E. Aymonier. (*Exc. et Recon.*, N° 32, 1890, pp. 145-206.)

—— Légendes historiques des Chames Par Etienne Aymonier — Saïgon, Imprimerie coloniale — 1890, in-8, pp. 42.

—— Adhémar Leclère. — Le conte de Cendrillon chez les Chams. (*Revue des Traditions populaires*, XIII, pp. 311-337.)

—— * Deux Contes Indo-chinois : La Sandale d'or (Le Conte chame de Cendrillon); — Prang-Iyang (Conte pnong). Paris, 1898, br. in-8.

Tirage à part de la *Revue des Traditions populaires.*

—— Notes sur les Chams. XII. Le Conte de Cendrillon par E.-M. Durand. Hanoi, Imprimerie d'Extrême-Orient, 1912, gr. in-8, pp. 35.

Bull. de l'École fr. d'Ext.-Orient, T. XII, No. 4.

Cf. Landes, *Contes tjames*, 1887, pp. 79-93.

Notice : *Revue Hist. Religions*, Nov.-Déc. 1913, pp. 391-392, par P. O.

—— La pantoufle de Cendrillon dans l'Inde Par Emmanuel Cosquin. (*Revue des Traditions populaires*, XXVIII, Juin 1913, pp. 241-269.)

—— Un peuple mourant dans l'Annam — Les Cham et leurs superstitions Par M. Damien Grangeon, des Missions Etrangères de Paris, Missionnaire en Cochinchine orientale. (*Miss. Cath.*, XXVIII, 3 janvier 1896, pp. 7-10; 10 janv., pp. 21-23; 17 janv., pp. 34-36 ; 24 janv., pp. 45-47; 31 janv., pp. 58-59 ; 7 février, pp. 69-71 ; 14 fév., pp. 81-83 ; 21 fév., pp. 93-95; 28 fév., pp. 105-107; 6 mars, pp. 117-119.)

— Notes sur une crémation chez les Chams Par le R. P. E. M. Durand, missionnaire apostolique. (*Bull. École franç. Ext.-Orient*, III, n° 3, Juill.-Sept. 1903, pp. 447-459.)

— * Souvenirs d'Annam : Funérailles chams, par Jules Dubois. (*Revue France d'Indochine*, Novembre 1913.)

— Albert Maybon. — L'Art Cham. (*L'Art décoratif*, Paris, Avril 1911, pp. 157-172; ill.)

DERNIÈRES ADDITIONS

BIRMANIE.

I. — OUVRAGES GÉNÉRAUX.

—— J. Talboys Wheeler. — Burmah, Past and Present. (*Calcutta Review*, Vol. 53, 1871, pp. 227-243.)

—— * H. F. Hertz. — Om Birma og dets Beboere. (*Museum*, 1894, VII, pp. 41-66.)

— [Bericht über einen Vortrag von Ehrenreich über Birma.] (*Verh. Gesellsch. f. Erdkunde Berlin*, XXIII, 1896, pp. 162-163.)

Cf. *Mitt. Geog. Ges. Hamburg*, XIII, 1897, pp. 145-146. — Sitzung, 6 Feb. 1896.

—— Gazetteer of Upper Burma... by J. George Scott, 1900. — Voir col. 8.

Notice : *Man*, 1901, No. 150, pp. 190-191, par T. H. Holdich.

—— * Burma : A Handbook of Practical Information. By Sir J. George Scott. New Edition. London : A. Moring, Ltd., 1911, pet. in-8, pp. 520. Sketch-map and Illustrations.

Voir col. 9.

—— A People at School. By H. Fielding Hall. . . . 1906. — Voir col. 12.

Notice : *Man*, 1906, No. 48, pp. 76-77. By H. A. R.

—— Twentieth Century Impressions of Burma. Its History, People, Commerce, Industries, and Resources. — Editor-in-Chief : Arnold Wright (London). Assistant Editors : H. A. Cartwright and O. Breakspear (Rangoon). — London, Durban, Perth (W. A.), Colombo, Singapore, Hongkong, Shanghai, Bangkok (Siam), Cairo, Batavia, Rangoon, and Buenos Aires : Lloyd's Greater Britain Publishing Company, Ltd., 1910, in-4, pp. 416.

—— Joseph Dautremer Consul de France, Professeur à l'École des Langues Orientales — Une Colonie modèle — La Birmanie sous le régime britannique — Librairie Orientale et Américaine E. Guilmoto, 1912, in-8, pp. 300, pl. et cartes.

Notices : *Geog. Journ.*, Déc. 1912, p. 633. — *T'oung Pao*, Mars 1913, p. 138, par H. C[ordier]. — *Revue des Troupes Coloniales*, 2° sem. 1912, pp. 609-612.

—— * Burma under British Rule. By Joseph Dautremer. (Translated by Sir J. G. Scott, K. C. I. E.) London : Fisher Unwin, 1913. Map and Illustrations.

Notice : *Geogr. Journal*, January 1914, pp. 73-74. By E. A. R. B.

II. — GÉOGRAPHIE.

OUVRAGES DIVERS.

—— Routes by Land and Water in British Burma. — Printed at the Rangoon Daily News Press, 1877, in-8, pp. 20.

— La frontière Sino-Birmane. (*Revue indo-chinoise*, 30 mai 1905, pp. 757-758.)

Ext. du *Siam Observer*, 24 avril.

BIRMANIE.

— Mud Island off the Arakan Coast. (*Geogr. Journal*, July 1914, pp. 96-97.) Col. 66.

—— * *The New Calcutta Directory* for the Town of Calcutta, Bengal, the North-West Provinces, Punjab, Arracan, Assam, Pegu, Tenasserim, &c., &c. for 1858, compiled by A. G. Roussac. Calcutta, Military Orphan Press, 1858.

CHITTAGONG.

—— The Feringhees of Chittagong. (*Calcutta Review*, Vol. 53, 1871, pp. 57-89.)

—— Charles P. Caspersz. — Revenue History of Chittagong. (*Calcutta Review*, Vol. 71, 1880, pp. 169-175.)

D'après : Memorandum on the Revenue History of Chittagong. By H. J. S. Cotton, Esq., Collector and Magistrate of Chittagong, Bengal Secretarial Press, 1880.

—— Eastern Bengal and Assam District Gazetteers. Chittagong Hill Tracts by R. H. Sneyd Hutchinson, Indian Police. Printed at the Pioneer Press Allahabad — 1909, in-8, pp. III – 108.

RANGOON.

—— * Joseph Moore. 18 Views taken at or near Rangoon. In-4, text, with an oblong folio Atlas containing an engraved leaf of subscribers, engraved dedication, and 18 plates beautifully coloured by hand. 1825-1826.

A fine copy sewed 7. 7. 0. — Cat. 312, B. Quaritch, Lond., 1912.

—— Gazetteer of the District of Rangoon. Pegu Province, British Burma ; together with an historical Account of that portion of the province which was formerly known as Han-tha-wa-dee. By Malcolm B. S. Lloyd, Captain, Madras Staff Corps, Deputy Commissionner of the Rangoon District. — Rangoon : J. Bartholomew, 1868, in-8, pp. IV-123.

Au verso de la dernière page . Printed and Published at the Rangoon Central Gaol Press.

— Moulmein, Rangoon. (Cᵗ Lunet de Lajonquière, *Le Siam et les Siamois*, Paris, 1906, Chap. IV.)

— Our Museum. By C. D. (*Journ. Burma Research Soc.*, Vol. II, Pt. I, June 1912, pp. 103-106.)

—— * The port and city of Rangoon. By G. C. Buchanan. Plan, Section and Illustrations. (*J. R. S. Arts*, 62, 1914, pp. 531-546.)

—— * Burma : Entrance to Rangoon River. Elephant Point to Fairway Buoy, surveyed January and February, 1911, by V. G. Smith, Assistant River Surveyor under the direction of H. G. G. Ashton, F. R. G. S., Deputy Conservator of the Port. Scale 1 : 36,505 or 1.7 inch to 1 stat. mile. Rangoon : Commissioners for the Port of Rangoon, 1911.

—— * Burma : Rangoon River, Kyauktan or Hmawun Creek to Elephant Point. Surveyed November and December, 1911, and January, 1912, by A. S. Hunton, River Surveyor, and V. G. Smith, Assistant River Surveyor, under the direction of H. G. G. Ashton, Deputy Conservator of the Port. Scale 1 : 18,153 or 3.5 inches to 1 stat. mile. Rangoon : Commissioners for the Port of Rangoon, 1912.

—— * Rangoon Harbour. Surveyed March to June, 1912, by A. S. Hunton, River Surveyor, and V. G. Smith, Assistant River Surveyor, under the direction of H. G. G. Ashton, Deputy Conservator of the Port. Scale 1 : 12,102 or 5,2 inches to 1 stat. mile. Rangoon : Commissioners for the Port, 1912.

—— *The Journal of the Burma Research Society.* Vol. I, Parts I and II; Vol. II, Part I. Rangoon, 1911, 1912.

Notice : *Journ. Roy. As. Soc.*, Jan. 1913, pp. 209-211. By C. O. Blagden.

PÉGOU.

— Voir Pierre d'Avity. — Col. 1525-1529.

—— * Voyage de Nikitin, 1466, par R. Ditmar. (*Zemlevyedenie* 17, 1910, N° 2, pp. 56-65.) Col. 95.

—— V. A. Malte-Brun. — La province anglaise du Pégou. (*Nouv. Ann. des Voy.*, 1859, I, pp. 129-137.)

D'après le rapport du Major Phayre, 1855-1856.

—— Immigration of the Mons into Siam By R. Halliday. (*Journ. Siam Society*, X, Pt. 3, 1913, pp. 1-51.) Col. 130.

—— P. W. Schmidt. — Buch des Rāgāwan. 1906. Col. 131.

Notice : *Bull. École franç. Ext.-Orient*, X, Juillet-Sept. 1910, pp. 625-627, par Ed. Huber.

— Prome and the Pyus By M. O. (*Journ. Burma Research Soc.*, Vol. II, Pt I, June 1912, pp. 72-73.)

— The Derivation of Prome. (A note on the above) By C. D. (*Ibid.*, pp. 94-100.) Col. 134.

*
* *

— Une visite à Ténasserim par V. F. D'après une correspondance adressée au *Rangoon Gazette*. (*Revue Indo-Chinoise*, 30 déc. 1905, pp. 1831-1832.) Col. 138.

— Le Cimetière tamoul de Toungoo (Birmanie). Lettre du R. P. Gustave Maria, du Séminaire lombard de Milan. (*Miss Cath.*, 5 mai 1911, pp. 205-206.) Col. 150.

MANDALAY.

—— A Mandalay, la dernière capitale des rois de Birmanie par le docteur Kurt Boeck. Adapté de l'allemand par Francis Ricard. (*Tour du Monde*, 1903, pp. 553-564; ill.)

—— En Birmanie par le commandant Pilate I. — Rangoon. (*Tour du Monde*, XVII, 1911, pp. 481-492, ill.) II. — L'Iraouaddy et Mandalay. (*Ibid.*, pp. 493-504, ill.) III. — Mandalay, Amaarapoura et Pégu. (*Ibid.* pp. 505-516, ill.)

— The «Mogaung Kyàung», Mandalay. (*Geogr. Journal* July 1911, p. 73.) Col. 162.

Brûlé en 1910.

*
* *

—— Naissance et Enfance chez les Katchins (Birmanie). Par le P. Ch. Gilhodes, Miss. Étr. de Paris, Bhamo, Birmanie. (*Anthropos*, Bd. VI, Hft. 6, 1911, pp. 868-884.) Col. 108.

—— Mariage et Condition de la Femme chez les Katchins (Birmanie). Par le P. Ch.

Gilhodes, Sém. des Miss. Étr. de Paris, Bhamo, Birmanie. (*Anthropos*, Bd. VIII, Hft. 2-3, Mars-Juin 1913, pp. 363-375.)

—— Ratanapunna : Yadanabon ; Mandalay By J. F. Fleet. (*Journ. Roy. As. Soc.*, Oct. 1911, pp. 1123-1125.)

III. — ETHNOGRAPHIE ET ANTHROPOLOGIE.

— Notes on Photographs illustrating Cases of Hypertrichosis. By Dr. J. G. Garson. (*Journal Anthrop. Institute*, London, Vol. XIII, 1884, pp. 6-7.)

Family of Mandalay presented to the King of Ava.

—— On the Source of the Jade used for Ancient Implements in Europe and America. By F. W. Rudler, F. G. S., Hon. Sec., Anthr. Inst. (*Journal Anthrop. Institute*, London, Vol. XX, 1891, pp. 332-342.)

Birmanie, Chine, Yunnan, Nyu River, Mogaung.

—— Un Birman curieusement tatoué. — Arabesques et pierres précieuses. (*A travers le Monde*, VI, 1900, p. 406.)

— Note on a Hkoung bebt set [Burma] Communicated by H. Ling Roth. (*Journ. Anthrop. Institute*, Vol. XXX, 1900, Misc., No. 64, pp. 66-67.)

— Native Smoking Pipes from Burma. By R. Quick, Curator of the Horniman Museum. (*Man*, 1902, No. 3, pp. 4-5; fig.)

—— Ethnographic Survey of India. — Anthropometric Data from Burma. Calcutta : Office of the Superintendent, Government Printing, India 1906, in-8, pp. 235.

— Rain making in Burma. By R. Grant Brown. [With Plate K.] (*Man*, 1908, No. 80, pp. 145-146; fig.)

— Cheating Death. By R. Grant Brown. (*Man*, 1909, No. 13, p. 26.)

— The Origin of the Burmese. By R. Grant Brown. (*Journ. Burma Research Soc.*, Vol. II, Pt. I, June 1912, pp. 1-7.)

— * Lisu (Yawyin). Tribes of the Burma China Frontier. By Archibald Rose and J. Coggin Brown, Sketch map and Illustrations. (*Mem. Asiatic S. Bengal*, III, 1910, pp. 249-277.)

— Notes on some Burmese Amulets and Magical Objects. By W. L. Hildburgh, M. A., Ph. D. [With Plate XXXIX.] (*Journ. Anthrop. Institute*, London, Vol. XXXIX, 1909, pp. 397-407.)

—— «Jugement de Dieu» chez les Thay, Birmanie. Par le P. A. Bourlet, du Sém. des Miss. étr. de Paris. (*Anthropos*, Bd. VIII, Hft. 2-3, Mars-Juin 1913, p. 555.)

—— Pactes d'amitié chez les Thay, Birmanie. Par A. Bourlet. (*Anthropos*, Bd. VIII, Hft. 4-5, Juill.-Oct. 1913, pp. 881-883.)

—— Les races de l'Indo-Chine Par M. Joseph Dautremer, professeur à l'Ecole des Langues orientales vivantes. (*L'Ethnographie*, 15 janvier 1914, pp. 33-43; 15 avril, pp. 17-34; 15 juillet, 25-42.)

V. — HISTOIRE NATURELLE.

ZOOLOGIE.

—— A. O. Hume & E. W. Oates. — A first list of the birds of Upper Pegu. (*Stray Feathers*, III, 1875, pp. 1-194, 500.)

—— A. O. Hume & William Davison. — [Lists] of the birds of the Tenasserim Provinces. (*Stray Feathers*, II, 1874, pp. 467-484; III, 1875, pp. 317-326; IV, 1876, pp. 223-225; VI, 1878, p. 524; VIII, 1879, pp. 168-170.)

—— A. O. Hume & James Inglis. — [Lists] of the birds of North-Eastern Cachar. (*Stray Feathers*, V, 1877, pp. 1-47; IX, 1880, pp. 241-259.)

—— Note sur les espèces de Gibbons (*Hylobates*) et de Semnopithèques (*Semnopithecus*), propres à la Birmanie anglaise et à la presqu'île de Malacca. Par le Docteur Trouessart. (*Bull. Soc. Philom. Paris*, III, 1878-1879, pp. 122-129.)

—— * Eugene W. Oates. — Handbook to the Birds of British Burmah, including those of Karennee. 1883, 2 vol. in-8.

G.-A. Boulenger.

—— An Account of the Batrachians obtained in Burma by M. L. Fea, of the Genoa Civic Museum. (*Annali Museo Civico di Storia Natur. di Genova*, XXV, 1887-1888, pp. 418-424.)

—— An Account of the Reptiles and Batrachians obtained in Tenasserim by M. L. Fea. (*Ibid.*, XXV, 1887-1888, pp. 474-486.)

—— An Account of the Reptilia obtained in Burma, north of Tenasserim, by M. L. Fea... (*Ibid.*, XXVI, 1888, pp. 593-604.)

—— Description of a new Batrachian of the genus Leptobrachium, obtained by M. L. Fea, in the Karens Mountains, Burma. (*Ibid.*, XXVII, 1889, pp. 748-750.)

—— Viaggio di Leonardo Fea in Birmania e regioni vicine. LII. Concluding Report on the Reptiles and Batrachians obtained in Burma by Signor L. Fea, dealing with the collection made in Pegu and the Karin hills in 1887-1888. (*Ibid.*, XXXIII, 1893, pp. 304-347.)

* * *

—— * C. H. E. Adamson. — Catalogue of Butterflies collected in Burmah up to the end of 1895. Newcastle-on-Tyne, 1897, in-8, pp. IV-59.

—— Note sur quelques espèces nouvelles ou peu connues de coléoptères de l'Inde et de la Birmanie (*Cebrionidae*, *Rhipidoceridae*, *Dascillidae*), par J. Bourgeois. (*Bull. Soc. entomol. France*, 1896, pp. 117-121.)

— Note sur le *Conothele birmanica* Thorell [*Arachn.*] Par E. Simon. (*Bull. Soc. entomol. France*, 1900, p. 151; p. 219.)

GÉOLOGIE ET MINÉRALOGIE.

—— The Recorrelation of the Pegu System in Burma with notes on the Horizon of the Oil-bearing strata (including the Geology of Padankpin, Banbyin and Aukmanein). By Murray Stuart. (*Records Geolog. Survey India*, XXXVIII, Pt. 4, 1910, pp. 271-291; 1 pl.)

—— Fossil Fish Teeth from the Pegu System, Burma. By Murray Stuart. (*Records Geolog. Survey India*, XXXVIII, Pt. 4, 1910, pp. 292-301; 3 pl.)

—— * Geology of Northern Shan States. (*Memoirs Geolog. Survey India*, XXXIX, Pt. 2, 1912.)

—— * Identity of Ostrea Promensis from Pegu System of Burma and Ostrea Digitalina Eichwald from Miocene to Europe. (*Records Geolog. Survey India*, XLI, Pt. 1, 1911-12.)

—— * Pegu-Eocene Succession in Minbu District, near Ngape. (*Records Geolog. Survey India*, XLI, Pt. 4, 1911-12.)

—— The Geology of the Henzada District, Burma. By Prof. Murray Stuart. (*Records Geolog. Surv. India*, XLI, 1912, pp. 240-265.)

—— Report on certain Gold-Bearing Deposits of Mong Long, Hsipaw State, Northern

Shan States, Burma. By J. Coggin Brown, Plans and Illustrations. (*Records Geolog. Surv. India*, XLII, 1912, pp. 37-51.)

—— * Theold-bearing Alluvium of the Chindwin River and tributaries. By H. S. Bion. Sketch-maps and Diagrams. (*Records Geol. Survey India*, 43, 1913, pp. 241-263.)

—— On Some Occurences of Wolframite Lodes and Deposits in the Tavoy District of Lower Burma. By A. W. G. Bleeck. (*Records Geolog. Survey India*, XLIII, Pt. 1, 1913, pp. 48-73; 1 pl.)

—— Geology and Prospects of Oil in Western Prome and Kama, Lower Burma (including Namayan, Padaung, Taungbogyi, and Ziaing). By Murray Stuart. (*Records Geolog. Survey India*, XXXVIII, Pt. 4, 1910, pp. 259-270; 1 pl.)

—— The Northern Part of the Yenangyat Oil-Field. By G. de P. Cotter. (*Records Geolog. Survey India*, XXXVIII, Pt. 4, 1910, pp. 302-307; 3 pl.)

—— The Sedimentary Deposition of Oil. By Murray Stuart. (*Records Geolog. Survey India*, XL, Pt. 4, 1910, pp. 320-333.)

—— * The Oil-Fields of Burma. By E. H. Pascoe. Maps, Sections, and Illustrations. (*Mem. Geol. Surv. India*, XL, 1912, Pt. I, pp. 270 and XL.)

—— * The Oil-Fields of Burma. By N. G. Cholmeley. Illustrations. (*J. R. S. Arts*, LXI, 1913, pp. 639-658.)

IX. — HISTOIRE.

—— Pierre Khorat. — L'Odyssée d'un Prétendant birman. (*Revue des Troupes coloniales*, I, 1909, pp. 236-254, 295-316.)

Avait paru dans la *Revue des Deux Mondes*, 1er déc. 1908.

—— The Chronology of Burma. By Mg. May Oung. (*Journ. Burma Research Soc.*, Vol. II, Pt. I, June 1912, pp. 8-29.)

ANTIQUITÉS.

—— An Archaeological Find at Toungoo. By S. Z. A. (*Journ. Burma Research Soc.*, Vol. II, Pt. I, June 1912, pp. 78-88.)

Reprinted from the *Rangoon Gazette*.

— An Archaeological Collection for Munich. (*Journ. Roy. As. Soc.*, October 1912, pp. 1085-1087.)

Rapportée par L. Scherman, de Munich.

—— Report of the Superintendent, Archaeological Survey, Burma, for the year ending 31st March 1913. Rangoon, Office of the Superintendent, Government Printing, Burma, 1913, in-fol., pp. II-2-51.

Voir col. 268.

ÉPIGRAPHIE.

—— Two Corrected Readings in the Myazedi (Talaing) Inscription. By C. O. Blagden. (*Journal Roy. As. Soc.*, April 1912, pp. 486-487.)

(Antiquités : Épigraphie.)

—— The Inscriptions of the Myazedi Pagoda, Pagan, Burma. By R. F. St. Andrew St. John. (*J. R. A. S.*, Oct. 1914, pp. 1058-1063.)

(Antiquités : Épigraphie.)

—— The Myazedi Inscriptions By C. O. Blagden. (*J. R. A. S.*, Oct. 1914, pp. 1063-1069.)

—— Remen. By N. J. Krom. (*Ibid.*, p. 1069.)

—— Notes on Talaing Epigraphy. By C. O. Blagden, Straits Settlements Civil Service (Retired). (*Journal Burma Research Soc.*, Vol. II, Pt. I, June 1912, pp. 38-43.)

—— Some Talaing inscriptions on glazed tiles. By C. O. Blagden. (*Journ. R. As. Soc.*, July 1912, pp. 689-698; pl.)

—— Inventaire des inscriptions pālies, sanskrites, mōn et pyū de Birmanie. Par Charles Duroiselle, Conservateur de la Bernard Free Library, Rangoon. (*Bull. École franç. Ext.-Orient*, XII, No. 8, 1912, pp. 19-34.)

—— Inventaire des inscriptions pālies, sanskrites, mōn et pyū de Birmanie. Par Charles Duroiselle, Conservateur de la Bernard Free Library, Rangoon, gr. in-8, pp. 15.

Extrait du *Bulletin de l'École française d'Extrême-Orient*, XII, 1912, No. 8.

— L'étude des inscriptions anciennes de la Birmanie. (*Asie française*, Avril 1914, p. 173.)

—— The Dates in the Burmese Inscription at Bodh-Gaya. By J. F. Fleet. (*Journ. Roy. Asiat. Soc.*, April 1913, pp. 378-384.)

NUMISMATIQUE.

—— S. B. [irch]. — Tin Coins of Tavoy. (*Numismatic Chronicle*, VI, 1844, pp. 91-93.)

—— B. Nightingale. — Tin-Money of the Trading Ports of the Burman Empire. (*Numismatic Chronicle*, VII, 1845, pp. 27-29.)

—— W. B. Dickinson. — Tin-Money of the Trading Ports of the Burman Empire. (*Numismatic Chronicle*, VII, 1845, pp. 29-33.)

—— Henry Christmas. — Tin-Money of the Trading Ports of the Burman Empire. (*Numismatic Chronicle*, VII, 1845, pp. 33-34.)

X. — RELIGION.

BOUDDHISME.

—— Introduction à la légende de Gaudama. Par Mgr Bigandet. Par Ph. Ed. Foucaux. in-8, pp. 8.

—— Le Bouddhisme et l'Éducation des femmes birmanes. Par V. F. (*Revue Indo-Chinoise*, 15 oct. 1906, pp. 1587-1588.)

D'après la *Rangoon Gazette*.

—— An Outline of Buddhism or Religion of Burma by Bhikkhu Ananda M. Reprinted, with Introductory Note, from « The Theosophist » of April and May 1911, C. E. and Published by the International Buddhist Society Rangoon, Burma. — (Price: six pence net), in-8, pp. 8-54 + 1 f. n. ch.

—— Die Religion von Burma. Von Bhikkhu Ananda Metteya, Rangoon. — Übersetzt von Müller-Uhlitz. — Breslau 1911, Walter Markgraf, in-16, pp. 80.

INDIEN. Veröffentlichungen über Geschichte, Kultur und Religion der indisch-asiatischen Völker, Heft 1.

— The Bodhisattva Maitreya in Burma. By C. D. (*Journal Burma Research Soc.*, Vol. II, Pt. I, June 1912, pp. 101-102.)

—— Mahayana Sutralamkara. By G. K. N. (*Journ. Burma Research Soc.*, Vol. II, Pt. I, June 1912, pp. 112-116.)

A propos de l'ouvrage de Sylvain Lévi paru en 1907.

—— * The Story of Wunzin Min Yaza. Written in Burmese by U Maung Maung, lately editor of the Myanma Magazine and now Principal of the Buddhist Commercial School. Printed at the Tain Lon Zambu Press.

Notice : *Journ. Burma Research Soc.*, Vol. II, Pt. I, June 1912, pp. 117-119. By C. D.

—— Un nouveau document sur le bouddhisme birman, par M. Louis Finot. (*Journal Asiatique*, Juillet-Août 1912, pp. 121-136; planche.)

Fragments d'inscription trouvés dans les fouilles exécutées à Hmawza, sur l'ancien site de Prome.

—— Un nouveau document sur le bouddhisme birman par M. Louis Finot — Extrait du *Journal Asiatique* (Juillet-Août 1912). Paris, Imprimerie Nationale — MDCCCCXII, in-8, pp. 20; 1 pl.)

—— Le plus ancien témoignage sur l'existence du canon pāli en Birmanie. Par L. Finot. (*Journal Asiatique*, Juillet-Août 1913, pp. 193-195; planche.)

—— Five Questions on Kamma and subjects relating thereto, with their answers by the Venerable Ledi Sayadaw, in-12, s. l. n. d. [Mandalay, 1913].

En birman.

MISSIONS CATHOLIQUES.

VIES DES MISSIONNAIRES CATHOLIQUES.

BIGANDET,

Voir col. 290.

— Jubilé sacerdotal de Mgr. Bigandet. (*Ann. Prop. Foi*, T. LIX, No. 352, Mai 1887, p. 191; portrait.)

FREYNET, *Étienne*, né le 26 juillet 1853, à Lyon; parti 29 oct. 1879.

—— La léproserie de Rangoon (Birmanie). — Lettre de M. Freynet, des Missions étrangères de Paris. (*Miss. Cath.*, 16 décembre 1910, pp. 589-591; fig.)

— Léproserie de Rangoon (Birmanie). — Lettre de M. E. Freynet, des Missions étrangères de Paris. (*Miss. Cath.*, 25 août 1911, pp. 398-399.)

HUDRY, *Gustave-Marius*, né 4 nov. 1883, à Dijon; parti 10 juillet 1907.

— Une intéressante Mission birmane. — Lettre de M. Gustave Hudry, des Missions étrangères de Paris. (*Miss. Cath.*, 23 février 1912, pp. 87-88; fig.)

MARIA, *Gustave*, miss. étr. de Milan. — Voir col. 294.

— L. de Toungoo (Birmanie orient.) (*Miss. Cath.*, 22 juillet 1910, p. 341.)

— L. de Toungoo (Birmanie), 13 janvier 1913. (*Miss. Cath.*, 7 mars 1913, p. 112.)

— L. de Toungoo (Birmanie). (*Miss. Cath.*, 14 fév. 1913, p. 76.)

ROCHE, *Claudius*, né le 17 mai 1879, à Parigny (Loire); parti 9 nov. 1904. — Voir col. 295.

— L. de Bhamo (Birmanie sept.), le 14 avril 1910. (*Miss. Cath.*, 15 juillet 1910, pp. 328-329.)

VULLIEZ, *Clément*, né 18 juin 1873, à La Baume (Haute-Savoie); parti 28 juillet 1897. — Voir col. 296.

— L. de Chanthaywa (Birmanie sept.), 30 mai 1910. (*Miss. Cath.*, 29 juillet 1910; pp. 353-354; fig.)

— Le Fléau de l'usure en Birmanie. — Lettre. (*Miss. Cath.*, 20 février 1914, pp. 86-87.)

XI. — SCIENCES ET ARTS.

—— *Empoisonnement par la « Gloriosa Superba » à Myaungmya (Birmanie) par Lawrence G. Fink. (Traduit de *The Journal of Tropical Medicine and Hygiene*, 1er avril 1912.)

Notice : *Arch. Méd. navale*, T. 99, 1913, pp. 394-396. Par F. Lecalvé.

ÉCONOMIE RURALE ET AGRICULTURE.

—— Cochinchine française. — Étude sur la végétation, l'administration et les produits des forêts de la Birmanie anglaise. Par M. Harmand. — Saigon, Imprimerie du Gouvernement — 1883, in-8, pp. 91. — Voir col. 321.

— L'agriculture en Birmanie. La culture du tabac. Par V. F. d'après le *Rangoon Times*. (*Revue Indo-Chinoise*, 30 décembre 1905, p. 1831.)

— La culture expérimentale en Birmanie, d'après le *Rangoon Gazette*, par V. F. (*Revue Indo-Chinoise*, 30 mars 1906, pp. 476-477.)

— La culture du thé en Birmanie par V. F. (*Revue Indo-Chinoise*, pp. 1355-1356.)

D'après la *Rangoon Gazette*.

— Les exportations de riz de Birmanie de 1910 à 1913. (*Bull. écon. Indo-Chine*, No. 106, Janvier-Février 1914, pp. 102-103.)

— Les acheteurs du riz Birman depuis quinze ans. (*Bull. écon. Indo-Chine*, No. 106, Janvier-Février 1914, pp. 103-104.)

XII. — LANGUE.

—— Progress Report of the Linguistic Survey of India up to the end of the year 1911. By George A. Grierson. (*Journ. Roy. As. Soc.*, Oct. 1912, pp. 1079-1085.)

—— Origin of the word « Talaing ». By M. O. (*Journ. Burma Research Soc.*, Vol. II, Pt. I, June 1912, pp. 73-74.)

—— Note on the word « Talaing ». By C. D. (*Ibid.*, pp. 100-101.)

— Query. By E. N. Bell. — Answer to Mr. Bell's Query. By Taw Sein Ko. (*Journ. Burma Research Soc.*, Vol. II, Pt. I, June 1912, pp. 74-76.)

Origin of Pagoda.

—— Note on the numeral Systems of the Tibeto-Burman Dialects. By T. C. Hodson East London College, University of London. (*Journ. Roy. As. Soc.*, April 1913, pp. 315-336.)

— Numeral Systems of the Tibeto-Burman Dialects *Errata*. By T. C. Hodson. (*J. R. A. S.*, Oct. 1913, pp. 1064-1065.)

—— Note on the word for « Water » in Tibeto-Burman Dialects By T. C. Hodson. (*Journ. Roy. As. Soc.*, Jan. 1914, pp. 143-150.)

*
* *

—— Grammar of the Burmese Language, by A. Judson. — Rangoon : America Baptist Mission Press, F. D. Phinney, Supt., 1883, in-8, pp. 52.

This is the same as Appendix B in the new edition of Dr. Judson's Burmese and English Dictionary... E. O. Stevens, Prome, June 5th 1883.

*
* *

—— The International Phonetic Association By R. Grant Brown. (*Journ. Burma Research Soc.*, Vol. II, Pt. I, June 1912, pp. 57-61.)

— The use of Roman Characters for Oriental Languages By O. Hanson. (*Journ. Roy. As. Soc.*, April 1913, pp. 423-426.)

Namhkam, Northern Shan States, Burma. August 24, 1912.

— Mr. Grant Brown on « the use of the Roman Character for Oriental Languages ». (*Journ. Burma Research Soc.*, Vol. II, Pt. I, June 1912, p. 77.)

Tiré de *The Athenaeum*, March 16, 1912.

XIII. — LITTÉRATURE.

—— *E. B. Sladen and Sparks. — The Silver Hill; a Burmese Drama. Rangoon, 1856, in-8.

—— *Compendium of Philosophy, being a Translation now made for the first time from the Original Pali of the Abhidhammattha Sangaha, with Introductory Essay and Notes by Shwe Zan Aung, B. A. Revised and edited by Mrs. Rhys Davids. London : Published for the Pali Text Society by Henry Frowde, 1910, pp. xxvi and 298.

Notice : *Journ. Roy. As. Soc.*, Oct. 1911, pp. 1154-1157, By M. Winternitz.

—— « The Burmese Drama. » By J. A. Stewart, M. A., I. C. S. (*Journ. Burma Research Society*, Vol. II, Pt. I, June 1912, pp. 30-37.)

— Note on a Burmese Saying. By E. N. Bell. (*Journ. Burma Research Soc.*, Vol. II, Pt. I, June 1912, p. 76.)

—— Burmese Prosody. By K. M. (*Journ. Burma Research Soc.*, Vol. II, Pt. I, June 1912, pp. 89-92.)

— Notes to the above, by M. O. (*Ibid.*, pp. 92-93) and C. D. (*Ibid.*, p. 94.)

—— A Catalogue of the Burmese Books in the British Museum by L. D. Barnett, M. A., Litt. D. Keeper of the Department of Oriental Printed Books and MSS. — Printed by order of the Trustees — London: Sold at the British Museum... 1913, in-4, pp. vii-346 à 2 col.

XIV. — MOEURS ET COUTUMES.

— Napée. (*Bull. Soc. Géogr. Rochefort*, XXXV, 1913, p. 109.)

Friandise de Birmanie; fosse remplie de poissons et d'eau puis fermée par du sable et couverte pendant 6 mois par la mousson. Bonne à manger après.

—— Hypnotism in Burma. By Maung Shwe Zan Aung, B. A. (*Journ. Burma Research Soc.*, Vol. II, Pt. I, June 1912, pp. 44-56.)

— Note on « Hypnotism in Burma » By C. D. (*Ibid.*, pp. 102-103.)

—— Burmese folklore. By R. A. S. (*Journ. Burma Research Soc.*, Vol. II, Pt. I, June 1912, pp. 62-64.)

—— Lahoo folklore. The hunt for the bees-wax. Translated by Rev. Ba Te. (*Journ. Burma Research Soc.*, Vol. II, Pt. I, June 1912, pp. 65-71.)

—— Relics of the Worship of Mud-Turtles (Trionychidae) in India and Burma. By N. Annandale..., and Mahamahopadhyaya Haraprasād Shāstri. (Read at the First Indian Science Congress, Jan. 17th, 1914.) (*Journ. & Proc. As. Soc. Bengal*, May 1914, pp. 131-138.)

XV. — VOYAGES.

—— *Voyage chez les Birmans, dans l'Inde et une partie de la Chine, contenant principalement l'usurpation d'Alompra, les guerres civiles, les horreurs commises au sujet de son élévation, les combats et faits mémorables qu'il eut à soutenir jusqu'à sa mort, par le baron de B*** (Charles Doris?). Paris, Germain Mathiot, 1835, 3 vol. in-8.

Frontispice en couleurs représentant la fête de la pêche.

—— The Golden Dagon. — Col. 420.

First ed. New York, 1856.

—— Léon Feer. — L'Empire Birman. — Séjour d'un médecin européen à la Cour de Mandalay. (*Revue des Deux Mondes*, 1er nov. 1866, pp. 102-141.)

— Fritz Noetling. — Reise in der Saltrange. — Birmanische Wald-Messer. (*Zeitschrift für Ethnologie*, XXXI, 1899, pp. 651-652.)

—— Sanctuaires et paysages d'Asie, par André Chevrillon, 1905. — Voir col. 430-431.

Notice : *Revue Indo-Chinoise*, 15 déc. 1905, pp. 1750-1752. Par P. de la Brosse.

—— Notes on Burma. By Thomas Barbour. With Photographs by the Author. (*Nat. Geog. Mag.*, Washington, XX, 1909, pp. 841-866.)

—— *Through India and Burmah with pen and brush. London : T. Werner Lauri [1911], pp. XII-358. Illustrations.

—— *An Eastern Voyage : A Journal of the Travels of Count Fritz Hochberg Through the British Empire in the East and Japan. With 25 coloured and 48 black and white Illustrations. London : J. M. Dent and Sons. New-York : E. P. Dutton and Co., 2 vol. in-8.

Notice : *Lond. & China Express*, Nov. 3, 1911, p. 781.

—— Untoured Burma. By Charles H. Bartlett. (*National Geog. Mag.*, Washington, XXIV, 1913, pp. 835-853; ill.)

—— A Journey from Myitkyina to Sadiya viâ the N'mai Kha and Khamti Long. By the late Captain B. E. A. Pritchard, Indian Army. (*Geogr. Journal*, May 1914, pp. 521-535; fig.)

—— A Handbook for India, Burma and Ceylon, By C. E. Buckland. Ninth edition. London : John Murray, 1913, pet. in-8, pp. CLXVII-664; 79 Maps and Plans.

Notice : *Geogr. Journal*, August 1914, p. 223. By E. A. R. B. — Voir col. 428.

—— *India, Ceylon, Burma, Malaya, Siam and Java. By Karl Baedeker. Leipzig : Baedeker, 1914, pp. LXXIV-358; 63 Maps and Plans.

Notice : *Geogr. Journal*, August 1914, p. 223. By E. A. R. B.

XVI. — COMMERCE ET NAVIGATION.

— Le commerce de la Birmanie sur ses frontières indo-chinoises Par V. Fournier. (*Revue Indo-Chinoise*, 30 sept. 1905, pp. 1347-1348.)

Extr. de la *Rangoon Gazette* du 21 août 1905.

Le commerce entre la Birmanie et la Chine (via Szemao). D'après la *Rangoon Gazette*. Par V. Fournier. (*Revue Indo-Chinoise*, 15 mai 1906, pp. 721-722.)

—— Le commerce français en Birmanie Par J. Dautremer, Consul à Rangoon de 1904 à 1908. (*Bull. Soc. Géog. comm.*, Avril 1912, pp. 258-261; Déc., pp. 786-790.)

—— Beginnings of Currency. By Colonel R. C. Temple. (*Journ. Anthr. Institute*, London, Vol. XXIX, 1899, pp. 99-122; 4 planches.)

XVII. — RELATIONS ÉTRANGÈRES.

DIVERS.

—— Intercourse between Burma and Siam as recorded in Hmannan Yazawindawgyi. By Nai Thien. (*Journ. Siam Society*, VIII, Pt. II, 1911, pp. III-119.) Col. 438.

—— La lutte des Thaïs contre les Birmans au XVIe siècle. Par Pierre Lefèvre-Pontalis. (*Revue Indochinoise*, Juillet 1914, pp. 1-24; Août 1914, pp. 173-195.)

Bangkok, Octobre 1918.

ANGLETERRE.

—— *Capt. W. White. — Political History of the Extraordinary Events which led to the Burmese War. 1827, in-8, carte.

—— *Lieut. H. Lister Maw, R. N. — Memoir of the Early Operations of the Burmese War. 1832, in-8, carte.

—— Burma, the third Burmese War, and Indian Mythology. By Colonel A. F. Laughton, C. B. (*Asiatic Quart. Review*, January 1913, pp. 147-160.) Col. 459.

—— *W. H. Targett. — The Asian Pocket Book 1892-1893. Calcutta, 1893, in-8, pp. 634.

Contains a full and complete record of racing in India, Burma and Ceylon.

— Convention anglo-chinoise relative à la frontière de la haute Birmanie. (*Bull. Soc. Géogr. Rochefort*, XVI, 1894, pp. 277-278.)

—— The Pacification of Burma by Sir Charles Croswaite K. C. S. I. Chief Commissioner of Burma 1887-1890 Member of the Council of India, etc., etc. With Illustrations and Maps. London, Edwin Arnold, 1912, in-8, pp. XII-355.

Notice : *The Times Lit. Supp.* (Weekly Edition), March 15, 1912, pp. 105-106.

— *A Hand-book of Indian Companies Acts. By Maung Pu. Published at the *Sun* Press, Rangoon.

Notice : *Journ. Burma Research Soc.*, Vol. II, Pt. 1, June 1912, pp. 122-123. By C. D.

— L'occupation de P'ien-ma par les Anglais. (*L'Asie française*, Mars 1913, pp. 144-145.)

— *Supplementary Survey in Upper Burma. Directions to Revenue Officers concerning, in Burmese. Compiled by the Government of Burma. Gr. in-8.

— Le sort des Eurasiens et le Mariage des fonctionnaires anglais dans l'Inde et la Birmanie. Par G. Labadie-Lagrave. (*A travers le Monde*, XIX, 1913, pp. 117-118.)

FRANCE.

— Mémoires sur le Pégou. — I. Journal Depuis notre arrivée avec le vaisseau de la Cie la *Favorite*, à Siriam, royaume de Pégu : Les articles proposés au Roy et les réponses faites par le dit Roy et par Oupraraja, frère du Roy, son héritier présomptif et Général de ses armées. — II. Lettres et Instructions concernant le Pégu. — Deuxième expédition par le *Duc de Bourgogne*. — III. Mémoire. — IV. Journal du voyage de M. Feraud au Royaume d'Ava [1770]. Remarques sur l'argent du Pégu. Réduction de l'argent. La Compagnie des Indes de France. Son compte avec le soussigné envoyé par la Nation française au Pégu. A Messieurs du Conseil supérieur d'administration. Signé : Blin de Grincourt, teneur de livres en chef. (*Revue de l'Extrême-Orient*, II, Octobre-Décembre 1884, pp. 505-572.)

Extrait du vol. XVII, *Colonies*, *Extrême-Orient*, Ava et Pégou, 1751-1787, Archives des Colonies.

— P. P. Darrac. — Des Établissements français en Asie. — Établissement du Pégou. (Henri Cordier, *La France en Chine*, 1883, pp. XXX-XL.)

ASSAM.

—— A Peculiarity of the River Names in Asam and some of the countries adjoining. S. l. n. d., pièce in-8, pp. 24.

Signé p. 5 : S. E. Peal, Sibsagor, Asam. — India Office. — Col. 522.

—— Note on the Recent Immigrations of Khônds and other Central Indian Tribes into the Jungle-Country of Assam. By F. Fawcett, Local Correspondent of the Anthropological Institute. (*Man*, 1902, No. 30, p. 40.) — Col. 576.

— Captains Pritchard and Waterfield on the Indian North-East Frontier. (*Geogr. Journal*, December 1913, pp. 571-572.)

— The Akha Promenade, North-East Frontier of India, November, 1913 to April, 1914. (*Geogr. Journal*, August 1914, pp. 228-229.)

—— Further Notes on the Rude Stone Monuments of the Khasi Hill Tribes, By Major H. H. Godwin-Austen, F. R. G. S., F. Z. S., etc... (*Journ. Anthrop. Institute*, London, Vol. V, 1876, pp. 37-41; pl.) — Col. 582.

—— Sub-Himalayan. — A Grammar of the Khassi Language. For the use of Schools, Native Students, Officers and English Residents. By the Rev. H. Roberts, Formerly Head Master of the Cherrapoonjee Govt. Normal School,... London : Kegan Paul, Trench, Trübner and Co., 1891, in-8, pp. xx-209.

—— Die Quantität der Vokale im Khassi. Von P.W. Schmidt S. V. D. (*Wiener Zeitschft. f. d. Kunde d. Morgenl.*, XVII. Bd., pp. 303-322.) — Col. 584.

(Divers.)

—— Khasi-English Dictionary by U Nissor Singh Edited by Major P. R. T. Gurdon, I. A., U Dohory Ropmay, B. A., and U Hajom Kissor Singh. — Printed at the Eastern Bengal and Assam Secretariat Press. Shillong, 1906, in-8, 3 ff. n. ch. + pp. 247.

—— The Khasis. By Major P. R. T. Gurdon, 1907. — Voir col. 585.

Notice : *Man*, 1908, No. 12, pp. 29-30, By M. Longworth Dames.

— —— Second Edition. London, 1914.

—— Note on the Poisoned Arrows of the Akas. By L. A. Waddell, M. B., F. L. S., etc. (*Journ. Anthrop. Institute*, London, Vol. XXIV, 1895, p. 57; planche.) — Col. 586.

—— The A-ch'ang (Maingtha) Tribe of Hohsa-Lahsa, Yünnan. By J. Coggin Brown, Geological Survey of India. (*Journ. & Proc. As. Soc. Bengal*, March 1913, pp. 137-148.)

Abor Expedition.

Col. 590.

—— Dans la Jungle de l'Assam. (Ch. Eudes Bonin, *Les Royaumes des Neiges* [Etats Himalayens], Paris, 1911, in-18, pp. 129-166; carte et gravures.)

— L'expédition anglaise du Haut-Assam. Par Charles-Eudes Bonin. (*Asie française*, Décembre 1911, pp. 545-547.)

Ext. dans la *Revue des Troupes coloniales*, Janv.-Juin 1912, pp. 232-235.

— L'exploration du Haut-Assam. Par Charles-Eudes Bonin. (*Asie française*, Juin 1912, pp. 239-240.)

(Divers.)

— Geographical Work of the Abor Expedition. (*Geogr. Journal*, March 1912, pp. 279-280.)

—— *The Abor Expedition. By Angus Hamilton. (From the *United Service Magazine*, vol. 166, May 1912. London, 1912, pp. 153-167.)

—— *In Abor Jungles; being an account of the Abor Expedition, the Mishmi Expedition, and the Miri Mission. By Angus Hamilton. London: Eveleigh Nash, 1912, Maps and Illustrations.

Notice: *Geographical Journal*, March 1913, pp. 274-275. By T. H. H.

— The Geographical Results of the Abor Expedition. (*Geogr. Journal*, May 1912, pp. 487-488.)

— Exploration Work with the Abor Expedition. (*Geogr. Journal*, April 1912, p. 394.)

—— Native Suspension Bridge over the Dihong. (*Geogr. Journal*, August 1912, pp. 213-215; fig.)

—— *Powell Millington. — On the Track of the Abor. — London, Smith, Elder and Co., 1912, in-8, pp. XII-218.

Notices: *Petermanns Mitt.*, Juli 1914, Geog. Lit., p. 35, par M. Hammer (Kiel). — *Geog. Journ.*, May 1913, p. 476.

—— Account of an Expedition among the Abors in 1853. By Rev. Fr. Krick (of the Foreign Missions of Paris and Superior of the South Tibetan Mission). Translated by the Rev. A. Gille, S. J. (*Journ. & Proceed. As. Soc. Bengal*, Feb. 1913, pp. 107-122.)

Voir *Bib. Sinica*, col. 1134.

—— The Abor Expedition: Geographical Results. By A. Bentinck. (*Geogr. Journal*, February 1913, pp. 97-114; ill.)

— Exploration dans le pays des Abors. Par A. Allix. (*La Géographie*, 15 novembre 1913, pp. 326-327.)

D'après Bentinck.

— The Tsang-po and the Dihong. By Dr. Du Riche Preller, F. G. S., F. R. G. S., F. R. S. E. (*Geographical Journal*, March 1913, pp. 293-295.)

61, Melville Street, Edinburgh, February 15, 1913.

— The Tsang-Po and the Dihong. By A. Bentinck. (*Geogr. Journal*, May 1913, pp. 499-500.) — By C. Du Riche Preller. (*Ibid.*, pp. 500-502.)

(Divers.)

—— The History of the Exploration of the Upper Dihong. By J. A. Field, Lieutenant R. E., Abor Survey Detachment. [*Geographical Journal*, March 1913, pp. 291-293.)

— The Rev. L. Bernard among the Abors, and the Cross as a Tattoo Mark (1855). A Note by the Rev H. Hosten, S. J. (*Journ. & Proc. As. Soc. Bengal*, Aug. & Sept. 1913, pp. 326-327.)

* * *

Col. 596.

—— *The Kacháris. By the late Rev. Sydney Endle. (Published under the orders of the Government of Eastern Bengal and Assam.) London: Macmillan and Co., 1911, pp. xx-128. Map and Illustrations.

—— A.-W. Botham. Quelques monnaies de Kachari. (*Journal and Proceedings, Asiatic Society of Bengal*, VIII, 1912, pp. 556-557, pl. XXVIII, III.)

Monnaies avec légendes en bengali, probablement trouvées près de Maibong, capitale des rois Kachari, de 1536 à 1706.

—— Eastern Bengal and Assam District Gazetteers. — Tippera by J. E. Webster, Indian Civil Service. Printed at the Pioneer Press Allahabad — 1910, in-8, pp. III + 1 f. n. ch. + pp. 119; carte.

Tippera, the most Northerly district of the Chittagong division. Voir col. 604.

—— The Garos. By Major A. Playfair, 1909. Voir col. 600.

Notice: *Man*, 1910, No. 43, pp. 78-80. By T. C. Hodson. Col. 613.

—— *Septans. — Les Expéditions anglaises en Asie. Organisation de l'armée des Indes (1859-1895); Lushai Expedition (1871-1872); les Trois Campagnes de Lord Roberts en Afghanistan. Limoges et Paris, Charles Lavauzelle, p. 351.

—— The Mikirs. By Sir C. Lyall, 1908. — Voir col. 613-614.

Notice: *Man*, 1908, No. 94, pp. 169-170. By T. C. Hodson.

(Divers.)

— The Lushei Kuki Clans by Lt.-Colonel J. Shakespear Published under the orders of the Government of Eastern Bengal and Assam With illustrations and map. Macmillan and Co... London, 1912, in-8, pp. XXII + 1 f. + pp. 250. — Col. 616.

Notices : *T'oung Pao*, Mars 1913, pp. 135-136, par H. C.[ordier]. — *Anthropos*, VIII, Mars-Juin 1913, p. 589, par P. F. Hestermann.

— The Native Tribes of Manipur. By T. C. Hodson. [Presented 10th December 1901.] (*Journ. Anthrop. Institute*, London, XXXI, 1901, pp. 300-309.) — Col. 622.

— Note on the Manipuri « Yek ». By Lieut.-Colonel J. Shakespear, C. I. E., D. S. O. (*Man*, 1910, No. 33, pp. 59-61.) — Col. 623.

— The Meitheis. By T. C. Hodson, 1908. — Voir col. 623-624.

Notice : *Man*, 1908, No. 106, pp. 187-190. By J. Shakespear.

— On the Aboriginal and other Tribes of Yünnan and the Shan Country. By A. R. Colquhoun, Esq. (Abstract.) (*Journ. Anthrop. Institute*, London, Vol. XIII, 1884, pp. 3-4.) — Col. 629.

— Les États shans et le Yun-nan, « par un qui les connaît ». (*Revue indo-chinoise*, 15 juillet 1905, pp. 972-974.) — Col. 632.

Ext. de *The Rangoon Gazette*, 12 juin 1905.

— *A Guide to the Study of Shan. Prepared by Major F. Bigg-Wither. Rangoon, 1911, pp. XII-226. — Col. 634.

Notice : *Journ. Burma Research Soc.*, Vol. II, Pt. I, June 1912, pp. 107-112. By W. W. Cochrane.

— Shans and Buddhism of the Northern Canon. By W. W. Cochrane. (*Journ. Roy. As. Soc.*, April 1912, pp. 487-495.)

Hsipaw, N. S. S., November, 1911. — Col. 634.

— Shan Buddhism. By C. O. Blagden. (*Journ. Roy. As. Soc.*, April 1912, pp. 495-496.)

— Shan Buddhism. By J. George Scott. (*Journ. Roy. As. Soc.*, April 1912, pp. 496-499.)

— Die nördlichen Schanstaaten und ihre Bewohner. Von Anton K. Gebauer, Wien. (Mit 8 Abbildungen auf 4 Tafeln.) (*Mitt K. K. Geog. Ges., Wien*, Bd. 55, 1912, pp. 434-467.)

— The Origin of the Ahoms. By Colonel P. R. Gurdon, C. S. I., M. R. A. S. (*Journ. Roy. As. Soc.*, April 1913, pp. 283-287; planche.)

— The Origin of the Ahoms. By W. W. Cochrane. (*Journ. Roy. As. Soc.*, Jan. 1914, pp. 150-152.)

Suivi de :

— Reply by Taw Sein Ko. (*Ibid.*, pp. 152-156.)

Et de :

— Further Letter from Mr. Cochrane. (*Ibid.*, pp. 156-158.)

— On a Trip from Upper Assam into the Kampti Country and the Western Branch of the Irrawady River, made by Colonel R. B. Woodthorpe, R. E., and Major C. R. Mac Gregor. By Lieut.-Colonel H. H. Godwin-Austen. (*Report Brit. Ass. Adv. Science*, Aberdeen, 1885, p. 1126.) — Col. 635.

— On the Artificial Enlargment of the Earlobe. By J. Park Harrison, M. A. (*Journ. Anthrop. Institute*, London, Vol. II, 1873, pp. 190-199; planches.) — Col. 637.

— *Ch. Vander Moore. — Assam-Thee. Batavia-S'Gravenhage, Wolff & Co., 1898, in-16, pp. 110, 1 pl.

— On Two-Shouldered Stone Implements from Assam. By Hem Chandra Das-Gupta. (*Journ. & Proceed. As. Soc. Bengal*, July 1913, pp. 291-293.)

— The Limestone Caves of Burma and the Malay Peninsula. By N. Annandale...,

J. Coggin Brown..., and F. H. Gravely... (*Journ. & Proceed. As. Soc. Bengal*, Nov. 1913, pp. 391-424.)

Appendix. I. Note on clay tablets from a cave in Kedah, pp. 423-424. — II. Note on clay tablets from caves near Moulmein, p. 424.

—— Grooved Stone Hammers from Assam and the Distribution of Similar Forms in Eastern Asia. By J. Coggin Brown. (*Journ. & Proceed. As. Soc. Bengal*, April 1914, pp. 107-109.)

—— *Geology of the Northern Shan States. By T. H. D. La Touche. Maps, Sections, and Illustrations. (*Mem. Geol. Surv. India*, 39, 1913, Pt. 2, pp. 380 and XLII.) — Col. 652.

—— Coal-Fields in North-Eastern Assam. By H. H. Hayden.. (*Records Geolog. Survey India*, XL, Pt. 4, 1910, pp. 283-319; 6 pl.) — Col. 654.

—— *Petroleum Occurences of Assam and Bengal. (*Memoirs Geolog. Survey of India*, XL, Pt. 2.)

—— *Coal in Namchik Valley, Upper Assam. (*Records Geolog. Survey India*, XLI, Pt. 3, 1911-1912.)

—— Dicotyledonous Leaves from the Coal Measures of Assam. By A. C. Seward... (*Records Geolog. Survey India*, XLII, Pt. 2, 1912, pp. 93-101, 2 pl.)

—— *Census of India, 1911. Vol. II, Andaman and Nicobars; III, Assam; IV, Baluchistan; VII et VIII, Bombay; etc. — Calcutta, 1912-1913. — Col. 658.

Notice : *Journal Asiatique*, Mars-Avril 1914, pp. 484-487. Par Jules Bloch.

—— Revival in Assam. (*Miss. R.*, XVIII, 614.) — Col. 666.

—— J. Allan. — The Coinage of Assam. (*Numismatic Chronicle*, 1909, pp. 300-331; 3 pl.)

Missions Catholiques.

FONTAINE, Cong. S. V. D., Vice-Préfet apostolique.

- L. d'Assam. (*Miss. Cath.*, 24 avril 1914.)

(Divers.)

MADELEINE-CAROLINE, Mère, Catéchiste de Marie-Immaculée.

— L. de Shillong (Assam), le 30 mars 1913. (*Miss. Cath.*, 15 août 1913, pp. 388-389.)

— L. de Gauhati (Assam). (*Miss. Cath.*, 19 juin 1914, p. 293.)

Agriculture et Économie rurale.

—— Note sur la culture de la ramie (rhea) en Assam. Par F. J. Monaham, Off. g. Director Dept. Land Records and Agriculture, Assam. (*Rev. Cultures Coloniales*, VIII, 1901, pp. 53-59.)

Shillong, 12 avril 1897.

Traduit du Bull. No. 3 du Département de l'Agriculture d'Assam. — *Vegetables Products*, Série No. 1.

—— Rapports sur la culture des *ficus elastica* en Assam. Par G. Maun, Conservateur des Forêts, Assam, et D. P. Copeland, Conservateur des Forêts, division de Darange. (*Revue Cultures Coloniales*, XII, 1903, pp. 84-88.)

Traduits de *Brief Account of how Rubber trees are grown at Assam*, paru dans «*Agricultural Bull. of the Straits and Federated Malay States*».

Voyages.

F. M. Bailey.

Col. 684.

—— Journey through a portion of South-Eastern Tibet and the Mishmi Hills. By Captain F. M. Bailey. (With Map and Illustrations.) (*Scottish Geog. Mag.*, April 1912, pp. 189-203.)

— Du Tibet aux Indes par le pays des Mishmis. Par C. M. (*Asie française*, Mai 1912, pp. 206-207.)

Voyage du Capt. Bailey.

—— *A Traverse across the Naga Hills of Assam from Dimapur to the neighbourhood of Sarameti Peak. By E. H. Pascoe (*Records Geol. Surv. India*, 42, 1912, pp. 254-264; maps and illustrations.)

— Exploration of the Upper Irawadi. (*Geogr. Journal*, February, 1913, p. 166.)

Nmai Expedition.

— Explorations in the Dibong and Dihong Valleys. (*Geogr. Journal*, November 1913, p. 491.)

(Missions catholiques. — F. M. Bailey.)

— Esplorazioni nelle valli del Dihong e Dibong. (*Boll. Reale Soc. Geografica*, 1° Dicembre 1913, pp. 1435-1436.)

Tiré du *Geographical Journal*, Nov. 1913.

— The Tsangpo Expedition of Captains Bailey and Morshead. (*Geogr. Journal*, December 1913, p. 571.)

— The Bailey-Morshead Expedition to the Tsang-po. (*Geogr. Journal*, January 1914, p. 80.)

—— Note on the Exploration of the Tsangpo By Captain F. M. Bailey. (*Geogr. Journal*, February 1914, pp. 184-186; map.)

—— Exploration on the Tsang po or Upper Brahmaputra. By Captain F. M. Bailey. (*Geogr. Journal*, Oct. 1914, pp. 341-364; illustrations.)

— Kinthup's Exploration of the Tsang-po. (*Geogr. Journal*, Nov. 1914, pp. 503-504.)

— Le Chemin de fer de l'Assam. (*Bull. Com. Asie française*, Mai 1902, pp. 236-237.)

SIAM.

I. — OUVRAGES GÉNÉRAUX.

— J. James, Maître d'anglais au Collège de Bangkok. Lettre de Siam. (*Union géog. Nord de la France*, X, Mars-Avril-1889, pp. 97-106.)

Trad. par E. Martin, prof. d'anglais à Douai.

— Au Siam. (*Revue Encyclopédique*, 15 août 1896.)

—— The Kingdom of the Yellow Robe: By Ernest Young, 1900 (new. ed.), in-8, pp. xiv-399. — Col. 742.

Notice: *Man*, 1901, No. 99, pp. 121-122. By H. W. S.

—— Lotus Land. By P. A. Thompson, 1906. — Col. 744.

Notice: *Man*, 1907, No. 39, pp. 62-64. By R. G. B.

—— Twentieth Century Impressions of Siam: its history, people, commerce, industries, and resources. Editor in Chief: Arnold Wright (London). Assistant Editor: Oliver T. Breakspear (Bangkok). London,... Lloyd's Greater Britain Publishing Company, Ltd., 1908, in-4, pp. 302.

—— Octave J.-A. Collet. — Étude publique et économique sur le Siam moderne. (*Bull. Soc. d'Ét. colon.*, Sept.-Oct. 1911, pp. 633-674.)

—— *A half-Century among the Siamese and the Lão. An autobiography by Dr. Daniel Mc Gilvary. New York and London: Fleming H. Revell Co., [1912], pp. 436; Maps and Illustrations.

(Divers.)

—— Siam and its Productions, Arts, and Manufactures A Descriptive Catalogue of the Siamese Section at the International Exhibition of Industry and Labour held in Turin April 29-November 19, 1911 Supplemented with historical, technical, commercial, and statistical summaries on each subject Compiled by Colonel G. E. Gerini, M. R. A. S. Commissioner-General of H. M. the King of Siam to the Turin and Rome International Exhibitions, 1911 With contributions from several specialist writers, and illustrated with numerous plates, a specially designed map of Siam in colours, a plan, and a trichromic picture of the Siamese Pavilion — English Edition revised and brought up to date, with the addition of an Appendix on the results of the Siam Exhibition at Turin 1912, in-8, pp. lxiv-339.

— Necrologia. — Il colonello G. E. Gerini. (*Bollettino della Reale Società geografica*, Ser. V, Vol. II, n° 11, 1° Nov. 1913, p. 1312.)

Né à Cisano d'Albenga, en 1860; mort à Turin, le 10 octobre 1913.

— Colonel G. E. Gerini. (*Geogr. Journal*, January 1914, p. 94.)

— Nécrologie. — Colonel G. E. Gerini. Par H. C.[ordier]. (*T'oung Pao*, Mai 1914, pp. 280-281.)

—— Siam: A Handbook of Practical, Commercial, and Political Information. By A. W. Graham, M. R. A. S. With 99 Illus-

(Divers.)

trations and a Map. London, Alexander Moring, 1912, in-8, pp. XIV + 1 f. n. ch. er. + 637.

Notices : *T'oung Pao*, Mars 1912, pp. 134-136, par Henri Cordier. — *Lond. & China Express*, Oct. 18, 1912. — *Journ. Roy. As. Soc.*, April 1913, pp. 464-465, par C. O. Blagden.

— Deux années au Siam, par M. P. L. Rivière, ancien conseiller légiste du Gouvernement siamois, avocat à la Cour d'appel. (*La Géographie*, 15 mars 1913, pp. 232-234.)

— Deux années au Siam. Conférence de M. P. L. Rivière, ancien conseiller légiste du Gouvernement siamois, à la Société de Géographie de Paris. Compte rendu de M. Raymond Duguay au *Journal Officiel*. (*Revue indochinoise*, Juillet 1913, pp. 97-101.)

— Deux années au Siam — Le Siam historique, économique, archéologique et pittoresque Par M. Louis Rivière, avocat à la Cour d'Appel de Paris, ancien conseiller légiste du Gouvernement siamois. (*Bull. Soc. Géog. Toulouse*, XXXIIe année, 1913, pp. 15-23.)

Séance du 17 février 1913.

II. — GÉOGRAPHIE.

OUVRAGES DIVERS.

— *Siam. General Report on the operations of the Royal Survey Department, Season 1909-10. Bangkok, 1911, pp. 30. Index Maps.

— *Siam. General Report on the operations of the Royal Survey Department, Season 1911-1912. Bangkok, 1913, pp. 46. Maps.

— La Navigabilité du Mé-nam-khong. (*C. R. S. Géog. Paris*, 1891, pp. 16-20.)

— La région de Krat et de Chantaboun. Par le Lt-Colonel Guichard-Montguers. (*Revue indochinoise*, Mai 1913, pp. 487-501; carte.)

— Lettre de M. Bellion, lieutenant de vaisseau. — Départ pour l'isthme de Krà « Paris, le 5 Novembre 1882 ». (*Bull. Soc. Géogr. Rochefort*, t. IV, 1882-1883, p. 159.)

BANGKOK.

Col. 772.

— Bangkok par Mézynski. (*Bull. Soc. Ét. indochin. Saigon*, No. 28, 1895, pp. 61-67; 1 pl. et 1 plan.)

— Notes from Bangkok. (*The Athenaeum*, 6 June 1896, pp. 746 seq.)

— Bangkok (Impressions et souvenirs). — Les Pagodes. Par George Dürrwell, Vice-Président de la Cour d'Appel de l'Indo-Chine. (*Bull. Soc. Ét. indo-chin. de Saigon*, 1er Sem. 1899, pp. 7-12; planches.)

— Bangkok (Impressions et souvenirs) Suite — Quelques coins curieux de la capitale siamoise — Le Sampeng — La musique militaire — Le théâtre du Châu-Phya Mahin. Par George Dürrwell, Vice-Président de la Cour d'Appel de l'Indo-Chine, Président de la Société. (*Bull. Soc. Ét. indochin. de Saigon*, 1899, 2e Sem., pp. 5-10.)

— Bangkok. — Premières impressions d'arrivée. La « Mei-nam ». — Le port de Bangkok. — Légations et Consulats. — Une demeure hospitalière. — Les tombes des héros de Paknam. — Visite à un grand original et à sa maison flottante. (*Bull. Soc.*

Ét. indo-chin. de Saigon, 1900, 1er Sem., pp. 5-11; 2 planches.)

—— Bangkok (Impressions et souvenirs) Suite — L'administration et la justice au Siam La presse. — Par George Dürrwell, Vice-Président de la Cour d'Appel de l'Indo-Chine. (*Bull. Soc. Ét. indo-chin. de Saigon*, 1900, 2e Sem., pp. 5-8.)

—— Les Distractions de Bangkok. — La loterie royale. Par J.-G. de Poutrol. (*Bull. Soc. Géog. Toulouse*, 1906, pp. 106-112.)

J. G. de Poutrol. — Jules Guénot.

—— I. M. Casanowicz. — The Wat Chang Pagoda of Bangkok, Siam. (*Smithsonian Institution, Miscellan. Collections*, XLVII, 1904, No. 1478, pp. 273-274; 1 pl.)

— L'Université de Bangkok. Par L. de L. (*Asie française*, Sept. 1913, p. 391.)

—— The Climate of Bangkok. By H. Campbell Highet, C. M.; M. D.; D. P. H.; Principal Medical Officer Local Sanitary Department Bangkok... (*Journ. Siam Society*, IX, Pt. 2, 1912, pp. 1-38; 5 tableaux et 17 appendices.)

Siam Society.

—— The Journal of the Siam Society. Volume VIII. (Part 2.) — Bangkok, 1911. Issued to Members of the Society, March, 1912. — London : Luzac & Co. Leipzig : Otto Harrassowitz, in-8, pp. III-119.

Contents :
Intercourse between Burma and Siam as recorded in Hmannam Yazawindawgyi, by Nai Thien, pp. III-119.

—— Volume VIII. (Part 3.) — Bangkok, 1911. Issued to Members of the Society, May, 1912. Ibid., in-8, pp. IV-36.

Contents :
L'Imprimerie au Siam, par P. Petithuguenin, pp. I-IV. — The Abbé de Choisy, by Ronald W. Giblin, pp. 1-16. — The Mission of Sir James Brooke to Siam, by O. Frankfurter, pp. 19-33. — Annual Report for 1911, pp. 34-36.

—— Volume IX. (Part 1.) — Bangkok, 1912. Issued to Members of the Society, November, 1912. Ibid., in-8, 1 f. n. ch. + pp. V-16.

Contents :
List of the Commoner Birds found in Siam. — With the corresponding Siamese names. By K. G. Gairdner, Sept., 1912, pp. V-16.

—— Volume IX. (Part 2.) — Bangkok, 1912. Issued to Members of the Society, January, 1913. Ibid., in-8, 1 n. f. ch. + pp. 3 + 5 tab.

Contents :
The Climate of Bangkok, by H. Campbell Highet, C. M., M. D., D. P. H., pp. 1-38; 5 tableaux et 17 appendices.

—— Volume IX. (Part 3.) — Bangkok, 1912. Issued to Members of the Society, February, 1913. Ibid., in-8, 1 f. n. ch. + pp. 19.

Contents :
Method for Romanizing Siamese, by P. Petithuguenin, p. 1. — Table of Transliterations, p. 5. — Samples of Transliteration, p. 8. — General Meeting of the Society, p. 11. — Meteorological Tables, p. 15.

—— Volume IX. (Part 4.) — Bangkok, 1912. Issued to Members of the Society, January, 1913. Ibid., in-8, 1 f. n. ch. + pp. 10 + 1 f. n. ch.

Contents :
The Romanisation of Siamese words, by His Majesty the King [Vajiravudh], pp. 1-10.

—— Volume X. (Part 1.) — Bangkok, 1913. Issued to Members of the Society, May, 1913. Ibid., in-8, 2 ff. n. ch. + pp. 15.

Contents :
The Proximate Source of the Siamese Alphabet, by Cornelius Beach Bradley, p. 1. — Recent Advances in our Knowledge of the Flora of Siam, by A.F.G. Kerr, p. 13.

—— Volume X. (Part 2.) — Bangkok, 1913. Issued to Members of the Society, June, 1913. Ibid., in-8, pp. 35; pl.

Contents :
The Attitudes of the Buddha, by O. Frankfurter, Ph. D., pp. 35; planches.

—— Volume X. (Part 3.) — Bangkok, 1913. Issued to Members of the Society, September, 1913. Ibid., in-8, 2 ff. n. ch. + pp. 19.

Contents :
Immigration of the Mons into Siam, by R. Halliday, p. 1. — Note, p. 15. — General Meeting of the Society, p. 17. Etc.

—— Volume X. (Part 4.) — Bangkok, 1913. Issued to Members of the Society, March, 1914. Ibid., in-8, 2 ff. n. ch. + pp. 38.

Contents :

Bibliothèque nationale Vajirañâṇa

—— รามัญสมณวงษ์ [A Translation and Commentary on the Kalyani Inscription in Pegu, by Phra Maha Vidyadharm distributed at the Cremation of Phra Sasanasobhana and Phra Dharmarajanuvatti, Bangkok, 1912], in-8.

—— ไตรภูมิ์พระร่วง [« Traibhumi » Buddhist Cosmogony ascribed to Phraya Lidaya King of Srisajanalay Sukhoday about 660 A. D. copied in 1778 in Bejrapuri Edited with a preface of His Royal Highness Prince Damrong and distributed at the Cremation of Their Royal Highnesses Princesses Prasansrisai & Prabaisrisaat, Bangkok, 1912], in-8.

—— [Sârattha Samuccaya Part II Atthakathâ Bhânavâra on The ten moral Practices edited with a preface by Prince Damrong Râjânubhâp, Bangkok, 1912], in-8.

—— Sixteen Tables of Thai Alphabets current in Siam. Bangkok. — Vajirañāṇa National Library, 1914, in-folio.

—— The Vajirañāṇa National Library. S. l. n. d. [Bangkok]. Pièce pet. in-8, pp. 7.

—— อัฏฐธรรมปัณหาของพระเพทราชา [The Eight Questions of King Bedraja of Ayuddhya solved by Somdej Phra Buddha Ghosacariya A. D. 1690 with a preface of His Royal Highness Prince Damrong, Bangkok, 1912, distributed at the Cremation of His Royal Highness Prince Candrasudeb], in-8.

—— หนังสือเรื่องเซอเซมสบรุก [Royal Historical Research Society II The Mission of Sir James Brooke to Siam in 1850 Official Documents], in-8.

—— พระราชพิธี ๑๒ เดือน [The Festivals of the twelve months by His Majesty the late King Culalongkorn printed and distributed by Lady Se at the Cremation of Chao Phraya Nararatna rajmanit (To) With a preface of His Royal Highness Prince Damrong, Bangkok, 1912], in-8.

—— โบราณคดีสโมสร [Porāna Gati Samoson. Royal Historical Research Society — พระราช พงษาวดาร Vararāj Vamsāvatara. The History of Siam from A. D. 1350–1809, according to the version of Somdet Phra Paramanujit, with the corrections of King Mongkut, and a preface by Prince Damrong « On the sources of Siamese History ». Bangkok, 1913], 3 vol. in-8.

—— พระราช พงษาวดาร [The History of Siam according to the version of His Majesty King Mongkut Volume I with a commentary, introduction and explanations by H. R. H. Prince Damrong, up to the reign of King Phra Ekadasaratha A. D. 1613 (Second Edition). Vajirañāṇa National Library, Bangkok, A. D. 1914], in-8.

—— จดหมายเหตุ เรื่องทรงตั้ง พระบรมวงษานุวงษ์ ตั้งแต่ ราชกาลที่๑ — ๕ กรุงเทพ ฯ พ. ศ, ๒๔๕๙ [Titles of the Royal Family from the Establishment of the Dynasty in Bangkok 1782 up to 1910. Edited by Prince Sommot Amorabandhu, with a preface by Prince Damrong. Bangkok, B. E. 2457 [2459 ?] — Vajirañāṇa National Library, Bangkok, 1914], in-8.

III. — ETHNOGRAPHIE ET ANTHROPOLOGIE.

—— Siamese Twins. (*Index-Catalogue of the Library of the Surgeon-General's Office United States Army*, XIII, 1892, pp. 1-2.)

—— Körpermessungen verschiedener Menschenrassen. Von Dr. A. Weisbach... Berlin, Wiegandt, 1878, in-8, 2 ff. n. ch. + pp. 336; 10 tableaux.

— Siamesen, p. 66. — Nordchinesen, p. 79. — Japaner, p. 93.

—— *R. Virchow. — Zwei Siamesen Schädel. (*Verhandl. d. Berl. Gesellchaft f. Anthrop.*, 1888, pp. 578-581.)

—— G. Sergi. — Crani Siamesi. (*Bull. d. r. Accad. med. di Roma*, 1889-90, t. XVI, pp. 274-286.)

—— Clay Tablets from Caves in Siamese Malaya. By A. Steffen. With Notes by Nelson Annandale. (*Man*, 1902, No. 125, pp. 177-180.)

—— The Dynastic Genius of Siam. By Nelson Annandale. (*Man*, IV, 1904, No. 13, pp. 23-24.)

—— Die Bedeutung der Bambusstaude auf Grund eigener Studien in Siam. Von Dr. Carl Curt Hosseus, Bad Reichenhall. (*Archiv. für Anthropologie*, Neue Folge, Band X, Heft I, Brunswick, 1911, pp. 55-73.)

V. — HISTOIRE NATURELLE.

ZOOLOGIE.

—— F. Bocourt. — Notes sur les Reptiles, les Batraciens et les Poissons recueillis pendant un voyage dans le royaume de Siam. (*Nouv. Archives Mus. Hist. Nat. Paris*, II, 1886, pp. 4-19.)

—— Notes d'Ornithologie (3e série). Par M. E. Oustalet. (*Bull. Soc. Philom. Paris*, 7e Sér., T. VI, 1881-1882, pp. 254-271.)

Voir pp. 260-267, sur les oiseaux envoyés du Siam par J. Harmand.

—— Sur une nouvelle espèce d'Unio provenant du Mekkong, par le Dr. A. T. de Rochebrune. (*Bul. Soc. Philom. Paris*, 7e Sér., T. VII, 1882-1883, pp. 26-31; 1 pl.)

Envoi du Dr. Harmand.

—— Sur une collection de poissons recueillie dans le Mé-Nam (Siam) par M. Harmand. Par M. H. E. Sauvage. (*Bull. Soc. Philom. Paris*, 7e Sér., T. VII, 1882-1883, pp. 150-155.)

— Les éléphants et leur avenir en Afrique et en Asie. Par V. Fournier. (*Revue Indo-chinoise*, 15 nov. 1905, pp. 1588-1589.)

D'après le *Siam Observer*.

—— The White Elephant. Pièce in-8 carré, s. l. n. d., pp. 5.

—— List of the Commoner Birds found in Siam — With the corresponding Siamese names. By K. G. Gairdner, Sept., 1912, (*Journ. Siam Society*, IX, Pt. 1, 1912, pp. v-16.)

Cf. Crosby's Translation of the « Book of the Birds ». (*Journ. Siam Soc.*, VII, Pt. 2.)

BOTANIQUE.

—— The Flora of Lower Siam. By H. N. Ridley. (*Journ. Straits Br. R. As. Soc.*, No. 59, Aug. 1911, pp. 15-26.) — An Account of a Botanical Expedition to Lower Siam. (*Ibid.*, pp. 27-234; carte.)

—— Fougères récoltées par M. le Dr Hosseus dans le Siam, par M. Ed. Jeanpert. (*Bull. Mus. Hist. nat.*, 1912, N° 3, pp. 176-177.)

—— Recent Advances in our Knowledge of the Flora of Siam. By A. F. G. Kerr. (*Journ. Siam Society*, X, Pt. 1, 1913, pp. 13-15.)

GÉOLOGIE.

—— Contributions to the Geology and Morphology of Siam. By Bertil Högbom. (Plate I.) (*Bull. Geolog. Institution University Upsala*, Vol. XII, 1914, pp. 65-128; fig.)

VI. — POPULATION.

—— Le dernier recensement du Siam, Par J.-G. de Poutrol. (*Bull. Soc. Géog. Toulouse*, XXVe année, 1906, pp. 102-106.)

VII. — GOUVERNEMENT.

—— O. Frankfürter. — Die Emancipation der Sklaven in Siam. (*Festschrift Bastian*, pp. 575-581.)

— Service du Cadastre. (*Asie française*, Janvier 1912, pp. 36-37.)

— Mouvement dans les Ministères. (*Asie française*, Avril 1912, p. 158.)

— Remaniements ministériels. (*Asie française*, Mai 1912, p. 198.)

— Contrôle financier. (*Asie française*, Mai 1912, pp. 198-199.)

— Caisse d'épargne. (*Asie française*, Mai 1912, p. 199.) *Bangkok Times*.

— Ferme des Jeux. (*Asie française*, Mai 1912, p. 199.)

— Municipalités. Par L. de L. (*Asie française*, Juin 1912, pp. 247-248.)

— L'administration provinciale au Siam — L'irrigation dans la vallée du Ménam. Par C. Mus. (*Revue indochinoise*, Octobre 1913, pp. 526-528.)

—— The Coronation of His Majesty King Maha-Vajiravudh of Siam By Colonel Lea Febiger, U. S. Army. (*The National Geographic Magazine*, Washington, April 1912, pp. 389-416; illustrations.)

—— *S. A. I. le grand-duc Boris de Russie et Ivan de Schaeck. — Aux Fêtes du Siam pour le Couronnement du Roi. Ouvrage orné de 97 gravures hors texte. Prix : 10 fr. Librairie Plon-Nourrit, Paris.

Notice : *A travers le Monde*, XX, 1914, p. 71.

— Le développement des Caisses d'épargne. (*Revue indochinoise*, Juillet 1914, pp. 131-132.)

CHEMINS DE FER.

—— Les voies de communication au Siam. (*Mouvement géogr.*, 1899, col. 593.)

— Les chemins de fer siamois pendant l'année 1910. (*Asie française*, Janvier 1912, pp. 37-39.)

— Chemin de fer. Ligne du Sud. (*Asie française*, Mai 1912, p. 199.)

— Bénéfices de navigation et de chemins de fer. (*Asie française*, Mai 1912, p. 199.)

— Siam. — Contre les chemins de fer. (*Revue indochinoise*, Juill.-Août 1912, p. 146.)

De l'*Écho de Chine*, 30 juillet 1912.

— Main-d'œuvre laotienne pour les travaux de chemin de fer. (*Asie française*, Juillet 1912, p. 286.)

— État d'avancement des travaux de la ligne Sud. (*Asie française*, Sept. 1912, pp. 390-391.)

POSTES ET TÉLÉGRAPHES.

— La télégraphie sans fil au Siam. Par C. Mus. (*Revue indochinoise*, Nov.-Déc. 1913, pp. 676-677.)

ÉDUCATION.

—— Note sur les écoles siamoises d'Oubone, Laos siamois. Par L. Caillat et Dr Brengues. (*Revue indo-chinoise*, 15 mars 1904, pp. 276-286.)

—— Un ouvrage d'enseignement primaire au Siam (Notes et traductions). Par François Maccy. (*Revue Indochinoise*, Janvier 1912, pp. 76-87.)

— Réorganisation de l'instruction publique. (*Asie française*, Juillet 1912, pp. 284-285.)

— Siam. — Le développement de l'instruction publique. — La mortalité infantile. — Le béribéri. Par C. Mus. (*Revue indochinoise*, Juillet 1913, pp. 116-119.)

VIII. — JURISPRUDENCE.

—— L'organisation judiciaire du Siam. (*Asie française, Bull.*, Juin 1911, pp. 277-283.)

IX. — HISTOIRE.

— *W. Christmas. — Et Aar i Siam. Kjøbenhavn, Gyldendal, pp. 300.

— S. M. Chulalongkorn Roi de Siam. (*A travers le Monde*, III, 1897, pp. 254-255.)

— La crémation du roi Chulalongkorn, à Bangkok, Mars 1911. Par Alfred Meynard, Ancien Attaché Commercial à la Légation de France au Siam. (*Revue Indochinoise*, Juin 1912, pp. 588-601.) — Col. 814.

Bangkok, avril 1911.

— Programme of the Coronation of His Majesty Vajiravudh, King of Siam. S. l. n. d. [Bangkok, 1911], in-fol., pp. 57.

En anglais.

— The Coronation of His Majesty Maha-Vajiravudh of Siam. By Colonel Lea Febiger, U. S. Army. (*National Geographic Magazine*, April 1912, pp. 389-416.)

— Le couronnement du roi de Siam. Par Kelian. (*Asie française*, Janvier 1912, pp. 35-36.)

— Une tentative révolutionnaire. (*Asie française*, Avril 1912, p. 158.)

Du *Bangkok Times*.

— Le complot contre le roi. (*Asie française*, Mai 1912, pp. 196-198.)

— Une recension pālie des Annales d'Ayuthia. Par George Coedes. Hanoi, 1914, gr. in-8, pp. 31.

Forme le No. 3 du T. XIV du *Bull. École franç. Ext.-Orient.* Cf. col. 778 (Frankfurter).

— Étude sur la Vérification des Dates des Inscriptions Siamoises traduites par le P. Schmitt publiées par la Mission Pavie Indochine 1879-1895. — Paris 1898. Conclusions par F. G. Faraut. (*Bull. Soc. Et. indo-chin. de Saigon*, No. 59, 2e sem. 1910, pp. 141-177.)

(Divers.)

— F. G. Faraut. — Étude sur la Vérification des Dates des Inscriptions Siamoises traduites par le P. Schmitt publiées par la Mission Pavie. — Saigon, Imprimerie Commerciale, 1911, in-8, pp. 41. — Col. 814.

— Le Siam Ancien. (E. Aymonier, *Le Cambodge*, III, pp. 656 seq.) — Col. 816.

— Essai d'inventaire archéologique du Siam, par M. L. de Lajonquière. (*Bull. Comm. archéol. de l'Indochine*, 1912, 1re livr., pp. 19-181; fig.) — Col. 818.

— Essai d'inventaire archéologique du Siam par E. Lunet de Lajonquière Chef de bataillon de l'Infanterie coloniale — (Extrait du *Bulletin de la Commission archéologique de l'Indochine*, n° 1 de 1912.) Paris, Imprimerie Nationale, MDCCCCXII, in-8, pp. 178; ill. et pl.

Bib. nat., 8° O² l 369.

— Note on a Tamil Inscription in Siam By E. Hultzsch. (*Journ. Roy. As. Soc.*, April 1913, pp. 337-339; pl.) — Col. 820.

— Supplementary Note on a Tamil Inscription in Siam By E. Hultzsch. (*Journ. Roy. As. Soc.*, April 1914, pp. 397-398.)

— W. B. Dickinson. — Silver Coinage of Siam. (*Numismatic Chronicle*, XI, April 1848-Jan. 1849, pp. 40-48; 1 pl.)

— W. B. Dickinson. — Further Remarks on the Silver Fish-Hook Money, and the Ticals of Siam. (*Ibid.*, XII, April 1849-Jan. 1850, pp. 82-91.)

— *Catalogue d'une collection de monnaies de Siam exposée par Mme da Costa, Hanoi, 1902. Notice par G.-E. Gerini. — Bangkok, 1902.

(Divers.)

X. — RELIGION.

BOUDDHISME.

—— Notes on the Code and Historical MSS. of the Siamese and on the Progress of Buddism to the Eastward. By Lieutenant T. J. Newbold... (*Madras Journal of Literature and Science*, N° 16, July 1837, pp. 16.)

— Les restes de Bouddha. Leur offre au roi de Siam. (*A travers le Monde*, V, 1899, p. 7.)

—— The Attitudes of the Buddha, By O. Frankfurter Ph. D. (*Journ. Siam Society*, X, Pt. 2, 1913, pp. 35; planches.)

—— Buddhistische Zeitrechnung in Siam. Von Dr. O. Frankfurter, Bangkok. (*Anthropos*, T. VIII, fasc. 4-5, Juill.-Oct. 1913, pp. 736-737.)

—— Guide illustré du Musée Guimet de Lyon. Chalon-sur-Saône — 1913, in-16, pp. 191.

Siam, pp. 71-77.

MISSIONS CATHOLIQUES.

BELLAMY, *Joseph-Marie-Jean-Yves*, né le 13 nov. 1880, à Comblessac, hameau Loron (dioc. de Rennes); parti 3 août 1904 pour le Siam.

— L. à M***, à Rennes. Macao, le 31 mars 1828. (*Ann. Prop. Foi*, N° XVII, Mai 1829, pp. 404-409.)

CARTON, *Maurice-Joseph-Armand*, né 28 déc. 1875, à St-Germain-la-Poterie (Oise); parti 26 juillet 1899.

— Une île siamoise qui s'effondre — Une Chrétienté menacée — Lettre de M. Maurice Carton, des Missions Etrangères de Paris, missionnaire à Pak-nam-pho (Siam). (*Miss. Cath.*, 23 août 1912, pp. 399-400; fig.)

CHASTAN, *Jacques-Honoré*, né le 7 oct. 1803, à Marcoux (dioc. de Digne); parti le 22 avril pour le Siam; transféré en 1833 en Corée; martyrisé le 21 sept. 1839. — Voir *Bibliotheca Sinica*.

— L. à M. P., Macao, le 28 octobre 1828. (*Ann. Prop. Foi*, N° XVII, Mai 1829, pp. 482-484.)

JUGLAR, *Honorat-Jean-Baptiste*, né 16 janvier 1868, à St-André-les-Alpes (Basses-Alpes): parti 15 avril 1891.

—— Dans le Siam Oriental — Le Mei-nam de Petriou Par M. Honorat Juglar, des Missions Etrangères de Paris. (*Miss. Cath.*, 28 avril 1911, pp. 202-204, portr.; 5 mai, pp. 213-215, fig.; 12 mai, pp. 225-227; 5 juillet 1912, pp. 321-322; 12 juillet, pp. 332-334.)

JURINES, *Jean-Claude*, né le 22 mai 1806, à St-Just-Malmonte (dioc. de St-Flour); parti du Havre, 23 mars 1834, pour le Siam.

— L. à M. Peala, sup. du grand sém. du Puy. De Padang, sur la côte de l'île de Sumatra, 13 sept. 1834. (*Ann. Prop. Foi*, VIII, 1835, pp. 150-157.)

MALDONADO, *Jean-Baptiste*, S. J., né à Mons, 15 octobre 1634; † au Cambodge, le 5 août 1699.

—— Correspondance de Jean-Baptiste Maldonado de Mons Missionnaire belge au Siam et en Chine au XVIIe siècle par H. Bosmans, S. J. — Louvain, Bureaux des Analectes, Typographie et lithographie de Joseph Van Linthout, 1910, in-8, pp. 104 + 1 f. n. ch. tab. de la correspondance.

Ext. des *Analectes pour servir à l'histoire ecclésiastique de la Belgique*, 3e série, VI, 1910.

XI. — SCIENCES ET ARTS.

— Ecole royale de médecine [Bangkok]. (*Asie française*, Février 1912, p. 79.)

— La lèpre, par C. Mus. (*Revue indochinoise*, Juillet 1914, pp. 132-133.)

— La crise du bétail. (*Revue indochinoise*, Juillet 1914, pp. 130-131.)

ARTS ET INDUSTRIES.

Col. 847-848.

—— G. Dauphinot. — Le Teck au Siam, 1905. — Voir col. 846.

Cf. *Bull. Soc. Ét. Col. et Marit.*, 1905, pp. 214-223.

—— The Place of Manufacture of Celadon Ware. By T. H. Lyle. [Extracts from a letter from Mr. T. H. Lyle, 1st Assistant Consular Service, Siam, to Mr. Thomas Boynton, F. S. A., of Norman House... The letter is dated : H. B. M. Consulate, Nan, viâ Moulmien, May 12, 1900.] (*Man*, 1901, No. 41, pp. 54-56; fig.)

Voir col. 847.

Art militaire et Navigation.

—— Capitaine Tixier, de l'artillerie coloniale. — Aperçu sur l'Organisation et la Puissance militaire et maritime du Siam. (*Revue des Troupes coloniales*, 1908, I, pp. 619-629.)

— Les tigres de la jungle. Par le Commandant E. Lunet de Lajonquière. (*Asie française*, Novembre 1911, pp. 512-513.)

— Manœuvres des Tigres de la Jungle. (*Asie française*, Mars 1912, p. 124.)

— L'aviation au Siam Par E. Lunet de Lajonquière. (*Asie française*, Mars 1912, p. 124.)

— Les lois militaires. Une interview du ministre de la guerre. (*Asie française*, Juin 1912, pp. 246-247.)

— Siam. — Les lois militaires. Une interview du Ministre de la Guerre. (*Revue indochinoise*, Sept. 1912, pp. 274-276.)

De l'*Asie française*.

— Siam. — La nouvelle loi militaire. — Les fonctionnaires et la taxe de capitation. — L'Aviation au Siam. Par C. Mus. (*Revue indochinoise*, Sept. 1913, pp. 370-373.)

—— *On the Boat-building of Siam. By H. Warington Smyth, M. A., F. R. G. S.

XII. — LANGUE.

—— *Samuel J. Smith. — The Principles of Siamese Grammar, Comprising the Subtance of Previous Grammars of the Language. Bangkok, 1889.

—— Über die Siamesischen Laut- und Tonaccente, von Hrn. Dr. Bastian. (*Monatsber. d. Kön. Preuss. Akad. d. Wiss. zu Berlin*, 1867, pp. 357-386.)

—— Graphic Analysis of the Tone accents in the Siamese Language. By Cornelius Beach Bradley, Professor in the University of California, Berkeley, Cal. — (*Journal of the American Oriental Society*, XXXI, June 1911, pp. 282-289.)

Notice : *Bull. École franç. Ext.-Orient*, T. XII, Hanoi, 1912, N° 9, pp. 21-22. Par Henri Maspero.

—— The Proximate Source of the Siamese Alphabet By Professor Cornelius Beach Bradley University of California, in-8, pp. ch. 23 à 33.

Extracted from *Transactions of the American Philological Association*, Vol. XLIII, 1912, pp. 23-33.

—— The Proximate Source of the Siamese Alphabet by Cornelius Beach Bradley. (*Journ. Siam Society*, X, Pt. 1, 1913, pp. 1-12; alphabet.)

—— Method for Romanizing Siamese by P. Petithuguenin. (*Journ. Siam Society*, IX, Pt. 3, 1912, pp. 1-9.)

—— The Romanisation of Siamese Words by His Majesty the King Vajiravudh. (*Journ. Siam Society*, IX, Pt. 4, 1912, pp. 1-10.)

—— Proposed System for the Transliteration of Siamese words into Roman Characters (*Journ. Siam Society*, X, Pt. 4, 1913, pp. 1-21.)

—— Notes On the proposed system for the Transliteration of Siamese words into Roman Characters by His Majesty the King. (*Journ. Siam Society*, X, 1913, Pt. 4, pp. 25-33.)

—— L'imprimerie au Siam, Par P. Petithuguenin. (*Journ. Siam Society*, VIII, Pt. 3, 1911, pp. I-IV.)

— Le cri du fantôme, texte siamois traduit par Camille Notton. (*T'oung Pao*, N° 4, Octobre 1912, pp. 654-657.)

XIV. — MŒURS ET COUTUMES.

—— On Certain Burial Customs as illustrative of the Primitive Theory of the Soul. By James G. Frazer, Esq., M. A. (*Journ. Anthrop. Institute*, London, Vol. XV, 1886, pp. 64-104.)

— Some commoner Siamese superstitions. « Kow Meh See », the Malay « Lattah ». (*T'oung Pao*, N° 4, Octobre 1912, pp. 658-659.)

Extrait du *Bangkok Daily Mail*.

— Phi Mohn. — Surviving superstitions. — Ram Phi. (*The Bangkok Times Weekly Mail*, June 20, 1913, pp. 2-3.)

— Le Siam adopte notre système métrique. (*Asie française*, Février 1912, p. 79.)

— Le Siam adopte notre système métrique. (*Revue Indochinoise*, Mai 1912, pp. 505-506.)

De l'*Asie française*.

— Le jeu et les sports au Siam par C. Mus. (*Revue indochinoise*, Nov.-Déc. 1913, pp. 677-678.)

—— Leçons d'un veuf à son fils par Camille Notton. (*T'oung Pao*, T. XIV, N° 4, Octobre 1913, pp. 451-464.)

—— The greatest Hunt in the world By Eliza Ruhamah Scidmore, Foreign Secretary National Geographic Society, etc... (*National Geogr. Mag. Washington*, XVII, 1906, pp. 673-692.; ill.)

XV. — VOYAGES.

Col. 900.

—— Mission Pavie. VI, 1911.

Notice : *Bull. École franç. Ext.-Orient*, XII, 1912, pp. 7-10, par Cl.-E. Maitre.

(Divers.)

—— La Mission Auguste Pavie. — Trente ans à travers l'Indo-Chine. — Conférence faite à la Société de Géographie de Lille, le dimanche 6 décembre 1903, par

(Divers.)

M. Francis Mury. (*Bull. Soc. Géogr. Lille*, I, 1904, pp. 307-322.)

—— L'Épopée Auguste Pavie en Indo-Chine. Par M. Francis Mury. (*Bull. Soc. Géog. Toulouse*, 1904, pp. 8-11.)

—— Présentation de deux membres d'honneur — MM. Pavie et Liotard. Par M. le Dr Maurel. (*Bull. Soc. Géog. Toulouse*, 1904, pp. 74-79.)

—— Mission Pavie (Indo-Chine, 1879-1895). Compte-rendu par M. Jules Guénot, Administrateur des Services civils de l'Indo-Chine. (*Bull. Soc. Géog. Toulouse*, 1911, pp. 411-419.)

— Le lieutenant-colonel Cupet. Nécrologie. (*Bull. Soc. Géog. Toulouse*, 1908, p. 123.)

*
* *

—— Surveying and Exploring in Siam. By James Mc Carthy, 1900. — Col. 909.

Notice : *Man*, 1901, No. 12, pp. 14-15. By H. W. S.

—— De Bangkok à Nan. — Épisodes de la vie coloniale. Par J. de Poutrol. (*Bull. Soc. Géog. Toulouse*, 1906, pp. 328-337.)

—— *Durch König Tschulalongkorns Reich : eine deutsche Siam-Expedition. Von Dr. Curt Carl Hosseus. Stuttgart : Strecker & Schröder, 1913, pp. XII-219. Carte et Illustrations. — Col. 914.

—— *Siam. By Pierre Loti. Translated from the French by W. P. Baines. With 19 Illustrations in colour and tone. London : T. Werner Laurie.

Notice : *Lond. & China Express*, June 27, 1913, *Suppl.*, p. 1.

—— Siam and China. By the late Salvatore Besso. Translated from the Italian by C. Mathews. London : Simpkin, Marshall & Co., s. d., gr. in-8, pp. XX-287; portrait et ill.

Notice : *London & China Express*, May 1, 1914, *Suppl.*, p. 2.

—— *From Russia to Siam. By Ernest Young, ... London : Max Goschen.... — Col. 914.

Notice : *Lond. & China Express*, May 29, 1914, *Suppl.*, pp. 1-2.

XVI. — COMMERCE.

—— Siam : Some general Remarks on its Productions, and particularly on its Imports and Exports, and the Mode of transacting business with the people. By D. E. Malloch. — Calcutta : Printed by J. Thomas at the Baptist Mission Press, 1852, in-8, pp. IV-77.

India Office.

— Commerce de la France et de ses Colonies au Siam. (*Bull. Soc. Ét. Col. et Marit.*, 1906, pp. 118-120.)

— La production et le commerce du poivre au Siam. (*Bull. écon. Indochine*, N° 102, Mai-Juin 1913, pp. 462-464.)

—— La situation économique du Siam en 1912 Par P. Petithuguenin, Premier Interprète de la Légation de France au Siam. (*Bull. écon. Indochine*, N° 107, Mars-Avril 1914, pp. 114-143.)

—— Mouvement économique d'Oubone en 1913. Par Topenot, Gérant du Consulat de France à Oubone. (*Bull. écon. Indochine*, N° 107, Mars-Avril 1914, pp. 200-207.)

—— La Question Monétaire au Siam Par Maurice Pernotte. (*Asie française*, Oct. 1912, pp. 417-427.)

XVII. — RELATIONS ÉTRANGÈRES.

DIVERS.

—— *A Collection of letters in the Siamese language and character; written on the peculiar Paper of the Country : with a letter in the Portuguese language from PHEJA CALOHOM, Minister of the King of Siam, to Captain Lee (probably Captain Light, of Pº Pinang) dated 19th Nov. 1787.

Bib. Marsdeniana, p. 302.

—— Extracts from A. Loudon's « Journal of a Mission to Siam ». By Dr. R. Rost, Secretary of the Royal Asiatic Society, &c., &c. (*Chin. & Jap. Repos.*, May 3, 1864, art. V, pp. 469-472.) — Col. 927.

—— Notes sur la Question siamoise par Le Dr Louis Pichon (de Shanghaï). — Paris, E. Plon, 1893, in-16, pp. 47.

— La question chinoise au Siam. Traduit du *Hongkong Daily Press*, par G. Girand commis des Services Civils. (*Revue indochinoise*, Juillet 1911, pp. 105-106.)

— Siam. — Traité [du Siam] avec le Danemark. — Les Siamois vus par un Médecin de la Cour de Bangkok. Par C. Mus. (*Revue indochinoise*, Août 1913, pp. 247-248.)

—— Université de Grenoble. — Faculté de Droit. — Condition des étrangers au Siam. Thèse pour le doctorat ès-sciences politiques et économiques..... par Louis Duplatre..... — Grenoble, impr. de Allier frères, 1913, in-8, pp. 119.

FRANCE.

—— France et Siam. Par Ch. Lemire. (*Annales Coloniales*, 1er juin 1903, pp. 166-169.) — Col. 931.

—— H. Seauve, Capitaine d'artillerie. — Les Relations de la France et du Siam (1680-1907). (*Revue des Troupes coloniales*, 1907, II, pp. 185-218, 304-345, 388-426.)

— Les relations Franco-Siamoises Par Henri Auriol, Député de la Haute-Garonne. (*Revue Indochinoise*, Juin 1912, pp. 612-613.) — Col. 932.

Des *Annales Coloniales*.

— Arrivée à Bangkok du nouveau ministre de France. (*Asie française*, Sept. 1912, p. 390.)

Pierre Lefèvre-Pontalis.

—— The Abbé de Choisy. — Libertine, Missionary, Academician. — By Ronald W. Giblin, (Late of the Royal Survey Department, Siam) Cheltenham. (*Journ. Siam Society*, VIII, Pt. III, 1911, pp. 1-16.) — Col. 945.

—— Mémoires // du comte // de Forbin, // chef d'escadre, // chevalier de l'ordre militaire // de Saint-Louis. // Nouvelle édition. // — A Marseille, // Chez Jean Mossy, Imprimeur du Roi, de // la Marine, & Libraire au Parc. // — M. DCC. LXXXI, // Avec Approbation & Permission. 2 vol. in-12, pp. 383, 342 + 1 f. n. ch. p. l. permission.

Édition tirée à 1,500 exemplaires. — En tête du Vol. I, portrait de Forbin, en amiral siamois. — Col. 945.

—— P. Petithuguenin. — The French Consulate in King Mongkut's time. (*Bangkok Times Weekly Mail*, June 27, 1914.) — Col. 962.

—— Le traité franco-siamois du 23 mars 1907, par Joseph Joubert. (*Bull. Soc. Ét. Col. et Marit.*, 1907, pp. 97-111.)

—— Chronique du Siam — Siam — Siam et Japon — Le traité Franco-Siamois, Par S. Guénot. (*Bull. Soc. Géog. Toulouse*, XXVIe année, 1907, pp. 236-246.)

—— Jean Ajalbert. — Les dessous des traités avec le Siam. (*Le Censeur*, 27 avril 1907, pp. 527-531.) — Col. 972.

—— Les dernières acquisitions de la France au Siam. (Notes et aperçus) [par P. de La Brosse]. S. l. n. d., in-4, pp. 56 + 1 carte.

[*Annales de la Société de Géographie*. Hanoi.] — Col. 974.

ANGLETERRE.

Col. 978.

—— Printed for private Circulation. — The Burney Papers I. (October 1825 to April 1826.) Printed by order of the Committee of the Vajirañāṇa National Library. Bangkok 1910, in-8, pp. 192.

—— —— —— II. (May to June 1826.) Printed..... Bangkok 1910, in-8, pp. 193 à 319.

—— —— —— III. (May to September 1826.) Printed..... Bangkok 1910, in-8, pp. 320 à 556.

—— —— —— IV. (February 1822 to August 1825.) Printed..... Bangkok 1910, in-8, pp. 557-772.

—— —— —— Vol. II. Part I. (January to June 1825.) Printed..... Bangkok 1911, in-8, pp. 239.

—— —— —— Vol. II. Part II. (May 1824 to July 1826.) Printed..... Bangkok 1911, in-8, pp. 266.

—— —— —— Vol. II. Part III. (August 1825 to March 1826.) Printed..... Bangkok 1911, in-8, pp. 239.

—— —— —— Vol. II. Part IV. (November 1824 to June 1827.) Printed..... Bangkok 1911, in-8, pp. 233.

—— —— —— Vol. II. Part V. (February 1825 to October 1827.) Printed..... Bangkok 1912, in-8, pp. 215.

—— —— —— Vol. II. Part VI. (January 1826 to February 1831.) Printed..... Bangkok 1912, in-8, pp. 304.

—— —— —— Vol. III. Part I. (March 1827 to June 1833.) Printed..... Bangkok 1912, in-8, pp. 326.

Notices : *Journal Asiatique*, Mars-Avril 1913, pp. 490-491, par L. Finot. — *Journ. Roy. As. Soc.*, July 1913, pp. 722-726, par C. O. Blagden.

—— The Mission of Sir James Brooke to Siam (September 1850) By O. Frankfurter. (*Journ. Siam Society*, VIII, Pt. III, 1911, pp. 19-33.)

Voir col. 978.

—— Les sujets anglais et la juridiction siamoise. Par L. de L. [ajonquière]. (*Asie française*, Juillet 1912, p. 285.)

QUESTIONS CONTEMPORAINES.

—— La richesse du Siam. Par Robert de Caix. (*Bull. Soc. Géog. Toulouse*, 1906, pp. 360-366.)

Bangkok, le 18 décembre.

—— Une tentative révolutionnaire. (*Asie française*, Mars 1912, pp. 123-124.)

—— Chronique de l'Extrême Orient III. Siam. Un compte rendu royal de l'année 1912. Une université siamoise. La question de l'opium. Par G. Saint-Yves. (*Revue indochinoise*, Février 1913, pp. 230-235.)

PÉNINSULE MALAISE.

II. — GÉOGRAPHIE.

OUVRAGES DIVERS.

—— G. E. Gerini's Ptolemy's Geography. — Voir col. 1127.

Review by W. Makepeace. (*Journ. Straits Br. R. As. Soc.*, No. 57, Jan. 1911, pp. 167-169.)

— Ptolemy's Geography of South-Eastern Asia. (*Geogr. Journal*, May 1914, pp. 579-580.)

—— *Federated Malay States. Report on Survey Department for the year 1911. By Colonel H. M. Jackson, Surveyor-General. Kuala Lumpur, 1912, pp. 34. Maps.

—— *Federated Malay States. Report on Survey Department for the year 1912. By Colonel H. M. Jackson, Surveyor-General. Kuala Lumpur, 1913, pp. 32. Maps.

—— *Topographical Survey of the Federated Malay States. Scale 1 : 63,360 or 1 inch to 1 stat. mile. Sheets : 2 M-7, Parts of Matang, Kuala Kangsar, Larut districts, and Dindings territory; 2 M-11, Part of Dindings territory, K. Kangsar, and Lower Perak districts; 2 M-15, Parts of Dindings territory and Lower Perak district. Size 18 by 19 inches. Kuala Lumpur : Surveyor-General's Office, 1912.

PINANG.

—— Promenade à l'île de Poulo Pinang par M. Emile Deschamps. (*Tour du Monde*, 1903, pp. 133-144.)

MALACCA.

—— C. O. Blagden. — Antiquity of Malacca. (*Journ. Straits Br. R. As. Soc.*, No. 57, Jan. 1911, pp. 189-190.)

— An Account of De Siqueira's Voyage to Malacca. By W. George Maxwell. (*Journ. Straits Br. R. As. Soc.*, No. 57, Jan. 1911, pp. 193-195.)

Note d'après le Ms. Add. 20.902 du British Museum.

—— *Britisch Malakka. Door Dr. Hendrik P. N. Muller. (*De Gids*, 1913, No. 11, N P., 1913, pp. 38.) Carte.

—— Le traité franco-siamois du 23 mars 1907, par Joseph Joubert. (*Bull. Soc. Ét. Col. et Marit.*, 1907, pp. 97-111.)

—— Chronique du Siam — Siam — Siam et Japon — Le traité Franco-Siamois, Par S. Guénot. (*Bull. Soc. Géog. Toulouse*, XXVIe année, 1907, pp. 236-246.)

—— Jean Ajalbert. — Les dessous des traités avec le Siam. (*Le Censeur*, 27 avril 1907, pp. 527-531.) — Col. 972.

—— Les dernières acquisitions de la France au Siam. (Notes et aperçus) [par P. de La Brosse]. S. l. n. d., in-4, pp. 56 + 1 carte.

[*Annales de la Société de Géographie.* Hanoi.] — Col. 974.

ANGLETERRE.

Col. 978.

—— Printed for private Circulation. — The Burney Papers I. (October 1825 to April 1826.) Printed by order of the Committee of the Vajirañāṇa National Library. Bangkok 1910, in-8, pp. 192.

—— —— —— II. (May to June 1826.) Printed..... Bangkok 1910, in-8, pp. 193 à 319.

—— —— —— III. (May to September 1826.) Printed..... Bangkok 1910, in-8, pp. 320 à 556.

—— —— —— IV. (February 1822 to August 1825.) Printed..... Bangkok 1910, in-8, pp. 557-772.

—— —— —— Vol. II. Part I. (January to June 1825.) Printed..... Bangkok 1911, in-8, pp. 239.

—— —— —— Vol. II. Part II. (May 1824 to July 1826.) Printed..... Bangkok 1911, in-8, pp. 266.

—— —— —— Vol. II. Part III. (August 1825 to March 1826.) Printed..... Bangkok 1911, in-8, pp. 239.

—— —— —— Vol. II. Part IV. (November 1824 to June 1827.) Printed..... Bangkok 1911, in-8, pp. 233.

—— —— —— Vol. II. Part V. (February 1825 to October 1827.) Printed..... Bangkok 1912, in-8, pp. 215.

—— —— —— Vol. II. Part VI. (January 1826 to February 1831.) Printed..... Bangkok 1912, in-8, pp. 304.

—— —— —— Vol. III. Part I. (March 1827 to June 1833.) Printed..... Bangkok 1912, in-8, pp. 326.

Notices : *Journal Asiatique*, Mars-Avril 1913, pp. 490-491, par L. Finot. — *Journ. Roy. As. Soc.*, July 1913, pp. 722-726, par C. O. Blagden.

—— The Mission of Sir James Brooke to Siam (September 1850) By O. Frankfurter. (*Journ. Siam Society*, VIII, Pt. III, 1911, pp. 19-33.)

Voir col. 978.

—— Les sujets anglais et la juridiction siamoise. Par L. de L. [ajonquière]. (*Asie française*, Juillet 1912, p. 285.)

QUESTIONS CONTEMPORAINES.

—— La richesse du Siam. Par Robert de Caix. (*Bull. Soc. Géog. Toulouse*, 1906, pp. 360-366.)

Bangkok, le 18 décembre.

—— Une tentative révolutionnaire. (*Asie française*, Mars 1912, pp. 123-124.)

—— Chronique de l'Extrême Orient III. Siam. Un compte rendu royal de l'année 1912. Une université siamoise. La question de l'opium. Par G. Saint-Yves. (*Revue indo chinoise*, Février 1913, pp. 230-235.)

SINGAPORE.

—— Right Revd. George Frederick Hose, D. D. Bishop of Singapore and Sarawak, 1881-1908. With portrait. By R. N. Bland and H. N. Ridley. (*Journ. Straits Br. R. As. Soc.*, No. 57, 1911, pp. 1-4.)

Né 3 sept. 1838. — Premier évêque de Singapore. — Se retire en 1908.

Straits Branch of the Royal Asiatic Society.

Col. 1208.

—— Journal of the Straits Branch of the Royal Asiatic Society. — December 1910. [No. 56]. — Singapore : Printed at The Methodist Publishing House, 1910, in-8, pp. 157.

Contents. — Rembau, one of the Nine States. Its History, Constitution, and Customs. By C. W. C. Parr and W. H. Mackray, of the Federated Malay States Civil Service.

—— Journal of the Straits Branch of the Royal Asiatic Society. — January 1911. [No. 57]. — Singapore : Printed at The Methodist Publishing House, 1911, in-8, pp. 196.

Contents. — Right Revd. George Frederick Hose, D. D. Bishop of Singapore and Sarawak, 1881-1908. With portrait. By R. N. Bland and H. N. Ridley. — A Scientific Expedition to Temengoh, Upper Perak. By H. N. Ridley. — Material for a Fauna Borneensis : a list of Bornean Cicadidae. By J. C. Moulton, F. E. S., Curator of the Sarawak Museum. — Appendix. Description of a new Cicada by Howard Ashton. — Rats and Plague. By C. B. Kloss. — Researches on Ptolemy's Geography of Eastern Asia, by Colonel G. E. Gerini. (Review) by W. Makepeace. — Two Religious Ceremonies in Vogue among the Milanos of Sarawak. By the Rev. Fr. Bernard Mulder and John Hewitt. — The History of the Peninsula in Folk-Tales. By R. O. Winstedt. — Short Notes.

—— Journal of the Straits Branch of the Royal Asiatic Society. — September 1911. [No. 58]. — Singapore : Printed at The Methodist Publishing House, 1911, in-8, pp. 252.

Contents. — Hikayat Saif-al-Yezan. By the Right Rev. Bishop Hose.

—— Journal of the Straits Branch of the Royal Asiatic Society. — July 1911. [No. 59]. — Singapore : Printed at The Methodist Publishing House, 1911, in-8, pp. xv + 1 f. n. ch. + pp. 234.

Contents. — Council for 1911... — A Sketch of the Geological Structure of the Malay Peninsula, by J. B. Scrivenor. — The Flora of Lower Siam, by H. N. Ridley. — An Account of a Botanical Expedition to Lower Siam, by H. N. Ridley.

SELANGOR.

— Statistiques économiques du sultanat de Selangor. (*Asie française*, Octobre 1911, pp. 474-475.)

NEGRI-SEMBILAN.

—— Rembau, One of the Nine States. Its History, Constitution, and Customs. By C. W. C. Parr and W. H. Mackray, of the Federated Malay States Civil Service. (*Journal Straits Branch Royal Asiatic Society*, No. 56, 1910.)

DJOHORE.

—— *Map of Johore. Scale 1 : 190,080 or 1 inch to 3 stat. miles. Size 39 by 48 inches. Johore: Department of Lands, Mines and Surveys, 1914.

—— Une promenade à Johore. Par Ant. Brébion. (*Revue indo-chinoise*, Juillet 1914, pp. 109-113.)

A Alexis Auvergne.

(Singapore. — Selangor. — Etc.)

PROVINCES SIAMOISES.

— Un épisode de l'action anglaise dans les sultanats malais. Par le C[t] E. Lunet de Lajonquière. (*Asie française*, Septembre 1911, pp. 433-435.)

Kelantan. — Du *Financial Times*.

V. — HISTOIRE NATURELLE.

— Note on the habits of Malayan Phasmidae, and of a flowerlike beetle larva. [1900]. (*Proc. Roy. Phys. Soc. Edinb.*, XIV, 1902, pp. 439-444.)

— Seventy New Malayan Mammals. By Gerrit S. Miller Jr. (*Smithson. Miscel. Collections*, Vol. XLV, No. 1419, 1903, pp. 1-73; 19 pl.)

— A Scientific Expedition to Temengoh, Upper Perak. By H. N. Ridley. (*Journ. Straits Br. R. As. Soc.*, No. 57, Jan. 1911, pp. 5-122.)

H. C. Robinson, C. B. Kloss, H. N. Ridley.

— A. O. Hume. — [Lists] of the birds of the Western half of the Malay Peninsula. (*Stray Feathers*, VIII, 1879, pp. 37-72, 151-163; IX, 1880, pp. 107-132.)

— *A Vertebrate Fauna of the Malay Peninsula from the Isthmus of Kra to Singapore, including the adjacent Islands. Published under the authority of the Government of the Federated Malay States. Edited by H. C. Robinson, C. M. Z. S., Director of Museums, F. M. S. Reptilia and Batrachia. By George A. Boulenger, D. Sc., Ph. D., F. R. S. London: Taylor and Francis. Kuala Lumpur: F. M. S. Government Press.

Notice: *Lond. & China Express*, Jan. 17, 1913, *Suppl.*, p. 2.

— Materials for a Flora of the Malayan Peninsula. — Voir col. 1299. No. 22. By J. Sykes Gamble... late of the Indian Forest Department. (*Journ. & Proceed. Asiat. Soc. Bengal*, LXXV, Pt. I, 1912, pp. 1-204.) — No. 23. (*Ibid.*, Pt. II, 1912, pp. 205-278.) — No. 24. (*Ibid.*, Pt. III, 1914, pp. 279-391.)

— Some new Species of Malesian and Philippine Ferns. By Dr. Hermann Christ, Basel. Communicated, with an Introductory Note, by C. G. Matthew, Fleet-Surgeon, R. N. (*Journ. Linnean Soc.*, Botany, XXXIX, 1909-1911, pp. 213-215.)

— An Expedition to Mount Mĕnuang Gasing, Selangor. By Henry N. Ridley...; with an account of the Journey by C. B. Kloss. (*Journ. Linnean Soc.*, Botany, XLI, 1912-1913, pp. 285-304.)

— Expedition to Mount Menuang Kasing, Selangor. (*Geogr. Journal*, February 1914, pp. 201-202.)

By Henry N. Ridley and C. B. Kloss.

— A Sketch of the Geological Structure of the Malay Peninsula. By J. B. Scrivenor..., Geologist to F. M. S. Government. (*Journ. Straits Br. R. As. Soc.*, No. 59, Aug. 1911, pp. 1-13.)

— The Geological History of the Malay Peninsula. By John Brooke Scrivenor..., Geologist to the Government of the Federated Malay States. (*Quart. Journal Geolog. Society*, June 1913, pp. 343-371.)

— The Gopeng Beds of Kinta (Federated Malay States). By John Brooke Scrivenor..., Geologist to the F. M. S. Government. (*Quart. Journal Geolog. Soc.*, June 1912, pp. 140-163.)

Étain.

— Exportation de l'étain en 1911. (*Asie française*, Avril 1912, p. 165.)

— * **The Romance of a Malayan Tin Field.** By E. J. Valentine. London : The Mining Journal, 1913.

Notice : *Journ. Roy. As. Soc.*, Jan. 1914, pp. 214-216. Par C. O. Blagden.

VI. — POPULATION.

— La population des États confédérés malais. Par le Cᵗ E. Lunet de Lajonquière. (*Asie française*, Juillet 1911, pp. 339-340.)

— Documents démographiques. Recensement de la population totale des Straits Settlements. Rapport de M. Mariott pour 1911. (*Asie française*, Mars 1912, pp. 129-130.)

IX. — HISTOIRE.

Col. 1324.

— H. Leslie Ellis. — Bristish Copper Tokens of the Straits Settlements and Malayan Archipelago. (*Numismatic Chronicle*, 1895, pp. 135-153; 1 pl.)

— The obsolete Tin Currency and Money of the Federated Malay States. By Sir R. C. Temple, Bart. (*Indian Antiquary*, 1913, April, pp. 85-124, 3 pl.; May, pp. 125-132; June, pp. 153-159; July, pp. 181-185, 3 pl.)

X. — RELIGION.

MISSIONS CATHOLIQUES.

CAZENAVE, *Pierre-Xavier*, né 22 avril 1834, à Sendets (Basses-Pyrénées); parti 29 août 1858 pour la Procure de Hongkong; 1862, procureur à Singapore; directeur du Séminaire des Miss. étrangères, 20 mai 1867; procureur général à Rome, 1883; † 29 sept. 1912, à Paris, 128, rue du Bac.

— Nécrologie — M. Pierre-Xavier Cazenave, Procureur général à Rome, de la Société des Missions étrangères de Paris. Par M. Compagnon, Directeur du Séminaire des Missions étrangères de Paris. (*Miss. Cath.*, 4 octobre 1912, p. 479.)

DELPECH, *Prosper-Bernard*, né à St.-Antonin (Tarn-et-Garonne), le 9 avril 1827; parti 22 oct. 1851; Supérieur du Séminaire des Miss. étrangères; † à Paris, au Séminaire, 19 nov. 1909.

— Nécrologie — M. Delpech, supérieur honoraire du Séminaire des Missions étrangères de Paris. (*Miss. Cath.*, 26 nov. 1909, p. 576.)

— Nécrologie — M. P.-B. Delpech, par P. M. Compagnon, Directeur du Séminaire des Miss. étr. (*Miss. Cath.*, 3 déc. 1909, pp. 586-588.)

GASNIER, *Édouard*, év. de Malacca. [Voir col. 1333.] — — Lettre de Penang. (*Miss. Cath.*, XXV, 15 déc. 1893, p. 593.)

NAIN, *Charles-Bénédict*, né le 5 mai 1870, à Farges-lès-Mâcon (Saône-et-Loire); parti le 21 nov. 1894 pour Malacca.

— Lettre de Singapour. (*Miss. Cath.*, XXX, 21 oct. 1898, p. 495.)

RENARD, *Victor-Jean-François*, né 8 juin 1866, à St-Marcan (Ille-et-Vilaine); parti 25 nov. 1891.

— L. (*Miss. Cath.*, 27 sept. 1912, p. 461.)

XI. — SCIENCES ET ARTS.

Col. 1361.

— La Gutta Percha. (*Rev. Cultures colon.*, VII, 1900, pp. 678-688, fig.; 716-724.) Ext. du *Bull. Soc. Ét. Colon. Bruxelles.*

— Les plantes à caoutchouc indigènes de la Péninsule malaise. (*Ibid.*, VIII, 1901, pp. 108-111.)

Trad. de H. N. Ridley, *Agricultural Bulletin Straits and F. M. S.*

— La culture des plantes à caoutchouc. Les plantations de Java. Par le Dr. Yersin. (*Ibid.*, VIII, 1901, pp. 46-50.) — Les plantations de la Péninsule malaise. (*Ibid.*, pp. 49-50.) — Cf. col. 1358.

— Gutta Rambong (*Ficus elastica*) à Malacca. (*Ibid.*, XI, 1902, pp. 148-152.)

Trad. de l'*Agricultural Bulletin Straits and F. M. S.*

—— Les plantations d'*hevea* dans les Etablissements des Détroits par M. Henri Jumelle Professeur à la Faculté des Sciences de Marseille. (*Ibid.*, XIII, 1903, pp. 6-14.)

Col. 1363.

— Rapport du directeur de l'agriculture sur les plantations de caoutchouc (année 1910) dans les États confédérés malais et les Straits Settlements. (*Asie française*, Novembre 1911, pp. 521-523.)

—— Rats and Plague. By C. B. Kloss. (*Journ. Straits Br. R. As. Soc.*, No. 57, Jan. 1911, pp. 157-166.)

Col. 1364.

— Premiers résultats de la culture du camphrier aux États-Unis et dans les États-Malais. — Le camphre à Formose et au Japon. (*Bull. écon. Indochine*, N° 102, Mai-Juin 1913, pp. 458-462.)

— Notice agricole sur les différentes cultures de la presqu'île malaise. Par M. Poulain. (*Rev. Cultures colon.*, VII, 1900, pp. 508-509.)

Ext. de la *Revue Indo-Chinoise*, No. 74.

—— Culture et préparation du gambir ou gambier. Par J. Bosscha. (*Rev. Cultures colon.*, XI, 1902, pp. 207-212, 302-306.)

XII. — LANGUE.

— Vilhelm Volz, Erlangen. — Malayisch-malaiisch. (*Petermanns Mitt.*, Juin 1914, p. 333.)

Renward Brandstetter.

Col. 1374.

—— XI. Indonesisch und Indogermanisch im Satzbau. — Luzern, E. Haag, 1914, in-8, pp. 56.

La publication des mémoires suivants est annoncée :

—— XII. Synonymik eines indonesischen Idiomes, auf vergleichender Grundlage.

—— XIII. Geschichte der indonesischen Sprach- und Literatur-forschung.

Col. 1408.

—— Malay Grammar by R. O. Winstedt Malay Civil Service. Oxford At the Clarendon Press, 1913, in-8, pp. 205.

Bibliography, pp. 8-10.

XIII. — LITTÉRATURE.

—— The History of the Peninsula in Folk-Tales. By R. O. Winstedt. (*Journ. Straits Br. R. As. Soc.*, No. 57, Jan. 1911, pp. 183-188.)

—— Hikayat Saif-al-Yezan. By the Right Rev. Bishop Hose. (*Journ. Straits Br. R. As. Soc.*, No. 58, Sept. 1911, pp. 1-252.)

—— Bibliothèque Nationale Departement des Manuscrits — Catalogue sommaire des Manuscrits indiens indo-chinois & Malayo-Polynésiens par A. Cabaton... — Paris, Ernest Leroux, 1912, in-8, pp. II-319.

Notice : *Bull. École franç. Ext.-Orient*, T. XII, No. 9, 1912, Hanoi, pp. 155-157. Par George Coedès.

XIV. — MŒURS ET COUTUMES.

Col. 1442.

—— *Malayan Monochromes. By Sir Hugh Clifford, K. C. M. G. (Author of Studies in Brown Humanity, etc.). London: John Murray.

Notice : *Lond. & China Express*, Suppl., April 25, 1913, p. 1.

XV. — VOYAGES.

—— Abbé Nain. — En Extrême-Orient [1913]. — Voir col. 2452.

Notice : *Miss. Cath.*, 1er mai 1914, p. 216.

XVII. — RELATIONS ÉTRANGÈRES.

CHINE.

— Straits Settlements. — Les idées révolutionnaires dans les milieux chinois de la colonie. (*Asie française*, Janvier 1912, pp. 45-46.)

— La révolution chinoise et l'opinion publique à Singapour. Par E. Lunet de Lajonquière. (*Asie française*, Mars 1912, pp. 130-131.)

Straits Times.

— Répercussion de la révolution chinoise sur l'état d'esprit des coulis en Malaisie. (*Asie française*, Avril 1912, p. 165.)

— Straits Settlements. — Immigration chinoise Par L. de L. (*Asie française*, Sept. 1912, p. 402.)

ANGLETERRE.

—— Some Account of the Independent Native States of the Malay Peninsula, especially of the circumstances which led to the more intimate relations recently adopted towards some of them by the British Government. — In two Parts. — Part I. — Singapore : Printed at the Government Printing Office, 1880, in-8, pp. 44, carte.

Sig. : Frank A. Swettenbam, 1st June 1875.

—— Arnold Wright and Thomas H. Reid. — Malay Peninsula, 1912. — Voir col. 1498.

Notice : *Geog. Journ.*, Aug. 1913, pp. 181-182, par W. W. Skeat.

ADMINISTRATION ANGLAISE.

— La situation économique des États confédérés malais. Par le C^t E. Lunet de Lajonquière. (*Asie française*, Août 1911, pp. 386-387.)

— Le nouveau gouverneur des Straits Settlements, haut commissaire près des États confédérés malais. (*Asie française*, Sept. 1911, pp. 432-433.)

Sir John Anderson.

— Enquête sur la situation des fonctionnaires civils dans les États confédérés malais. (*Asie française*, Nov. 1911, pp. 519-520.)

— États confédérés malais Par le Commandant Lunet de Lajonquière. (*Asie française*, Décembre 1911, pp. 568-570.)

— États confédérés malais. — Critiques sur la parcimonie des divers services. (*Asie française*, Janvier 1912, pp. 46-47.)

—— *The Life of Sir Frederick Weld, G. C. M. G. A Pioneer of Empire. By Alice, Lady Lovat. With a Preface by Sir Hugh Clifford, K. C. M. G. With illustrations. London, John Murray.

Governor of the Straits Settlements.

Notice : *Lond. & China Express*, April 17, 1914, p. 279.

Col. 1504.

—— *Federated Malay States Railways, 1913, and their connections. Scale 1 : 950,400 or 1 inch to 15 stat. miles. Size 30 by 20 inches. Kuala Lumpur : Central Survey Office, 1913.

XVIII. — QUESTIONS DIVERSES.

Coolies hindous.

— Une question de main-d'œuvre dans les États confédérés malais. (*Asie française*, Novembre 1911, p. 521.)

— Les coulis hindous dans la Malaisie britannique. (*Asie française*, Juin 1912, pp. 254-255.)

— Straits-Settlements et États confédérés malais. Par L. de L. (*Asie française*, Juillet 1912, pp. 293-294.)

Recrutement des coolies tamouls ou Klings.

— Singapore et presqu'île de Malacca. La question de la main-d'œuvre hindoue Par C. Mus. (*Revue indochinoise*, Juillet 1913, pp. 119-120.)

— La main-d'œuvre dans la péninsule malaise. (*Asie française*, Mars 1914, pp. 127-128.)

— L'exploitation ancienne de la péninsule malaise par des travailleurs indiens. (*Asie française*, Avril 1914, pp. 173-174.)

INDOCHINE FRANÇAISE.

I. — OUVRAGES GÉNÉRAUX.

Col. 1535.

—— Cochinchine. (*Rev. Mar. et Colon.*, 1865, XIV, pp. 121-156, carte, 299-335.)

—— Kiao-tchi 交趾. (*Ethnographie des Peuples étrangers à la Chine*... par Ma Touan-lin, trad... par le Mis d'Hervey de Saint-Denys — *Méridionaux* — 1883, pp. 307-367.)

—— La Cochinchine contemporaine, par MM. Bouinais et Paulus, 1884. — Voir col. 1540.

Notice : *Bull. Soc. Géog. Rochefort*, VI, 1884-1885, pp. 162-164. Par le Cte de Bizemont.

Col. 1538.

— Dutreuil de Rhins. (*Bull. Soc. Géog. Rochefort*, XVI, 1894, pp. 223-225.)

— L'Indo-Chine, par M. Jardel. (*Bull. Soc. Géog. Toulouse*, XXVIIIe année, 1909, pp. 143-144.)

Col. 1552.

—— *H. Busson, J. Fèvre et H. Hauser. — Notre empire colonial. Paris, Alcan, 1910, in-8, pp. 11-272, 108 grav. et cartes dans le texte.

Notice : *Revue indochinoise*, Mars 1911, pp. 307-308. Par L. Perruchot. — Tirée du *Bull. de la Soc. de Géogr.*

—— E. Langlet — Le Peuple Annamite Ses Mœurs, Croyances et Traditions — Préface de M. Albert de Pouvourville — Avec 8 photographies et une carte — Berger-Levrault, ... Paris [et] Nancy, 1913, in-16, pp. xiv-308.

Notice : *Bull. Soc. Géog. com.*, Février 1914, p. 159, par A. Cabaton.

—— L'Indo-Chine et le Tonkin. Conférence de M. Louis Cuisinier à la Société de Géographie de Genève, le 23 Janvier 1914. (*Le Globe*, Nov. 1913-Janvier 1914, pp. 52-63.)

—— *P. Eberhardt, Délégué du Tourisme colonial — Guide de l'Annam. Paris, Augustin Challamel, 1914, in-4.

Accompagné de 87 figures et photographies dans le texte et de 3 cartes hors texte en couleurs.

Notice : *Bull. Soc. Géog. com.*, Juillet 1914, p. 519, par E. G.

—— *L'Indochine — Histoire — Géographie — Organisation — Productions végétales, animales et manufacturées — Commerce — Notice publiée à l'occasion de l'Exposition de Lyon 1914 sous la direction de M. Mahé, ancien résident supérieur en Annam. Paris, Augustin Challamel, 1914, in-8, photographies et cartes. 5 fr.

II. — GÉOGRAPHIE.

OUVRAGES DIVERS.

—— Phép địa dư Tóm lại nhủng điều cần hơn cho kẻ mới học. In lần thứ 2 [2ᵉ édition]. — In tại Kẻ Sở, 1891, in-8, pp. 106 + 2.

La Géographie. Résumé des principes les plus usuels à l'usage des élèves [des écoles] primaires.

—— Notions élémentaires de Géographie. L'Indochine française, par Henri Russier. Hanoi, Imprimerie d'Extrême-Orient, 1913. — Voir col. 1556.

Notice : *Revue indochinoise,* Juin 1913, pp. 696-697.

—— *Notice sur des Formules nouvelles de calculs des coordonnées géographiques des points d'une chaîne géodésique par le Capitaine E. Benoit, du Service géographique de l'Indochine.

Notice : *Revue indochinoise,* Octobre 1913, pp. 529-531. Par Ch. Patris.

COURS D'EAU.

Divers.

— DESGODINS, pro-vicaire apostolique du Thibet. — Lettre. (Rectification de la position géographique des fleuves indo-chinois.) Darjeeling, le 4 septembre 1881. (*Bull. Soc. Géogr. Rochefort,* t. III, 1881-1882, pp. 241-242.)

—— Un projet de canal de Mytho au Bassac, canalisation générale de la Basse-Cochinchine Par A. Fouquier. (*Bull. Soc. Géogr. Rochefort,* t. II, 1880-1881, pp. 141-146; carte.)

— Multiplication des canaux dans le Bas-Delta du Tonkin. (*A travers le Monde,* V, 1899, pp. 70-71.)

—— Le régime des eaux du Tonkin Par C. Morice. (*Revue indochinoise,* Août 1913, pp. 177-183.)

—— E. Chassigneux. — L'Irrigation dans le delta du Tonkin. 1912. — Voir col. 1563.

Notice : *Bull. École franç. Ext.-Orient,* T. XII, N° 9, Hanoi, 1912, pp. 11-15. Par Cl.-E. Maitre.

—— Les inondations et les digues au Tonkin Par E. Chassigneux. (*Revue indochinoise,* Juillet 1914, pp. 93-107.)

Conférence faite à l'École Coloniale, le 13 mars 1914.

Mékong.

—— Exploration du Grand Fleuve du Cambodge. (Septembre 1862.) (*Revue Maritime et Coloniale,* VII, 1863, pp. 240-251; carte.)

Exploration de l'amiral Bonard, à bord de l'*Ondine.*

— Une nouvelle route du Tonkin vers le Haut Mékong. (*A travers le Monde,* I, 1895, p. 387.)

D'après Ch.-E. Bonin.

— La navigation du Mékong. Par Paul Combes. (*A travers le Monde,* IV, 1898, pp. 49-52; ill.)

—— Une nouvelle voie d'accès de la cote annamitique au Mékong. Par R. C. (*Bull. Com. Asie française,* Mai 1904, pp. 220-224.)

—— E. Doucet. — Sur la formation du delta du Mékong. (*Annales de Géographie,* 15 juillet 1914, pp. 339-350.) (9 croquis et diagrammes dans le texte.)

Houng-Kiang (*Fleuve Rouge*).

—— Tonquin — Bassin du Fleuve Rouge

— Supplément au journal «Le Temps» — (Paris, Juin 1883.) 1 f. gr. in-fol.

— Du Tonkin en Chine. La navigabilité du Fleuve Rouge. (*A travers le Monde*, I, 1895, pp. 97-98; fig.)

— Le renforcement des digues du Fleuve Rouge. (*Asie française*, Mai 1912, p. 195.)

—— Inondations de 1913 dans le bassin du Fleuve Rouge et les bassins secondaires. Par Lefebvre, Ingénieur en Chef de la Circonscription Territoriale du Tonkin. (*Bull. Écon. Indochine*, N° 105, Nov.-Déc. 1913, pp. 1002-1041; carte.)

—— A. Normandin, Ingénieur des Ponts et Chaussées. — Les irrigations à Java. (Rapport de Mission.) — Saigon, Imprimerie Nouvelle, Albert Portail, 1912, in-8. pp. 209 + 1 carte.

[Album des planches.] 28 pl. in-4.

—— Les crues du Fleuve Rouge. Par A. Normandin, Ingénieur des Ponts et Chaussées Chef de Service des Travaux Publics de l'Indochine. (*Bull. écon. Indochine*, Janv.-Février 1914, No. 106, pp. 15-45; tableaux.)

— Les irrigations en Indochine. (*Asie française*, Avril 1914, pp. 160-161.)

—— Les crues du Fleuve Rouge (Déboisement et inondations) Par A. Verdaguer, Garde Forestier au Gouvernement général de l'Indochine. (*Bull. écon. Indochine*, No. 108, Mai-Juin 1914, pp. 240-245.)

—— Le Fleuve Rouge Par Ch. Patris. (*Revue Indochinoise*, Juin 1914, pp. 589-607; carte.)

—— Delta du Tonkin — Mémoire sur l'aménagement des eaux du fleuve Rouge en vue de l'agriculture et de la navigation, in-4, pp. 91, autog.

*
* *

Col. 1601.

—— Mission hydrographique de l'Indo-Chine. (Novembre 1906-Novembre 1907.) — Rapport de M. de Vanssay, Ingénieur hydrographe principal. [I. Baie d'Halong. — II. Baie de Cam-ranh. — III. Estuaire de Saint-Jacques.] (*Annales hydrographiques*, 1913, pp. 269-311.) — (Novembre 1907-Novembre 1908.) Rapport sur les Travaux exécutés par la Mission, par M. D. Cot, Ingénieur hydrographe principal. [Abords Sud de la Baie d'Halong. — Abords du Cap Tiwan. — Baie de Tourane. — Publications.] (*Ibid.*, pp. 313-339; 3 pl.) — (Novembre 1908-Novembre 1909.) Rapport de M. Ricard. [I. Abords de la Baie d'Halong. — II. Abords du Cap Baké. — III. Baie de Cam-ranh.] (*Ibid.*, pp. 341-355; carte.) — (Novembre 1909-Novembre 1910.) Rapport sur les Travaux exécutés par la Mission, par M. E. Fichot, Ingénieur hydrographe principal. [Golfe du Tonkin. — Côte Sud d'Annam. — Cap Baké.] (*Ibid.*, pp. 357-393; carte.) — (Novembre 1910-Novembre 1911.) Rapport sur les Travaux exécutés par la Mission, par M. P. de Vanssay... [I. Tonkin. — II. Côte Sud de l'Indo-Chine. — III. Côte Est d'Annam.] (*Ibid.*, pp. 395-423.)

SERVICE GÉOGRAPHIQUE DE L'INDOCHINE.

Col. 1612.

—— Groupe de l'Indochine — État-Major — Service géographique — Année 1912 — Compte rendu annuel des travaux exécutés par le Service géographique de l'Indochine. Hanoi-Haiphong, Imprimerie d'Extrême-Orient, 1913, in-8, pp. 28+tab.

Notice : *Revue indochinoise*, Juin 1913, pp. 695-696.

Parait régulièrement tous les ans.

—— *Compte rendu annuel des travaux exécutés par le Service géographique de l'Indochine, année 1913. Hanoi, Imprimerie d'Extrême-Orient.

Notice : *Revue indochinoise*, Mai 1914, pp. 543-544.

Col. 1574.

—— La Préfecture — Royaume. Notice sur l'île de Phuquoc, arrondissement d'Hatien, Cochinchine française... (par L.-H. Chessé) — Paris, Challamel, 1891, in-8, pp. 16 et carte.

IMPRIMERIE NATIONALE.

TONG-KING.

Col. 1620-1621.

—— Histoire du royavme de Tvnqvin.

Traduction française du P. H. Albi, S. J.

—— Description du royaume de Tonquin Par S. Baron. (*Revue Indochinoise*, Juillet 1914, pp. 59-75; carte et grav.; Août 1914, pp. 199-208.)

D'après la Collection de Churchill. — Voir col. 1621.

—— Communication sur le Tong-King [Par M. Lapeyrère]. (*Bull. Soc. Géogr. Rochefort*, I, 1879-1880, pp. 278-285.)

—— Lettres sur divers produits du Tonkin [Hanoï, 11 novembre 1886]. (*Bull. Soc. Géogr. comm. Bordeaux*, 1887, pp. 334-338.)

—— L'Archipel du Tonkin. (*A travers le Monde*, IV, 1898, pp. 305-307; ill.)

Par un Officier de Marine.

—— Commandant Lagarrue, de l'Infanterie coloniale. — Aperçu sur le Régime politique, économique et administratif des territoires militaires du Tonkin. (*Revue des Troupes coloniales*, 1907, I, pp. 353-368, 433-451, 515-529.)

DESCRIPTION PARTICULIÈRE DES PROVINCES.

—— Une Ville de bains de mer au Tonkin — Do-Son. Par M. de M. (*A travers le Monde*, IV, 1898, pp. 245-246.)

—— Les Régions du Haut-Tonkin — Notes sur la Région de Ha-Giang Par Ned Noll. (*A travers le Monde*, V, 1899, pp. 22-23.)

—— Les Hautes Régions du Tonkin Par Ned Noll. (*A travers le Monde*, V, 1899, pp. 137-140; ill.)

—— Un an de prospection en Haute-Région. — Études sur la province de Bac-kan, publiées dans *l'Avenir du Tonkin* et *l'Indochinois* sous le pseudonyme *Listica* par Charles Calisti, Ingénieur, Directeur de l'Office Minier du Haut Song-Cau Bac-kan. — In-4, pp. 486 [dact.].

—— La pagode de Huong-tich Par ***. (*Revue indochinoise*, Février 1914, pp. 135-146; pl.)

Province de Ha-dông.

—— Capitaine Hugues. — Une excursion à la cascade de Ban-gioc (Tonkin). (*Revue des Troupes coloniales*, 1907, II, pp. 503-520.)

HANOI.

—— Réponse au Rapport de M. le Maire de Hanoï Tendant au rejet du 3e Acte Additionnel aux Contrats d'Eclairage et lu à la Séance du Conseil Municipal du 5 Avril 1905. — Hanoï, Imprimerie litho-typographique express, 1905, in-8, pp. 6.

—— Hanoi. Les récentes transformations de la capitale tonkinoise par M. Gaston Cahen. (*Tour du Monde*, 1907, pp. 361-372.)

—— Le Temple de la Littérature de Hanoi Par Léonard Aurousseau. (*Revue indochinoise*, Juillet 1913, pp. 1-12; plan et figures.)

— Un Voyage en Extrême-Orient. — Le Caire — Ceylan — Siam — Exposition d'Hanoi. (*A travers le Monde*, VIII, 1902, p. 270.)

Voyage du *Notre Dame du Salut*.

— L'Exposition de Hanoi. (*A travers le Monde*, VIII, 1902, p. 316.)

— La Mission Archéologique d'Indo-Chine. (*A travers le Monde*, V, 1899, p. 55.)

—— Louis Finot. — Rapport annuel du Directeur de l'École française d'Extrême-Orient au Gouverneur général sur les travaux de l'École pendant l'année 1899. (*Bul. École franç. Ext.-Orient*, T. I, 1901, pp. 69-76.)

Hanoï, le 1er février 1900.

—— Nécrologie. — Edouard Huber. Par Ed. Chavannes. (*T'oung Pao*, Mai 1914, p. 282.)

Cf. Gaston Cahen, dans *Gazette de Lausanne*, 19 janvier 1914.

—— Société de Protection des Enfants métis abandonnés Reconnue d'utilité publique par Décret du 31 Juillet 1907 Assemblée générale du 1er Mars 1912.

1° Rapport du Président sur le fonctionnement de la Société pendant l'année 1911.

2° Rapport du Trésorier.

3° Compte de Gestion de l'année 1911.

4° Budget de la Société pour l'année 1912.

5° Composition pour 1912 du Bureau et du Conseil d'Administration.

(Exécution de l'Art. 14 § 5 des statuts.)

Hanoï — Impr. de l'Avenir du Tonkin, 1912, in-8, pp. 28.

—— Ligue Française pour la Défense des Droits de l'Homme et du Citoyen — Section d'Hanoï — Son œuvre au Tonkin durant ces trois dernières années 1910-1911-1912 par Me Gounelle, Avocat-Défenseur Président de la Section.

J'ai aimé la justice
et haï l'iniquité.

Hanoï, Imprimerie Tonkinoise, 1913, in-8, pp. 123.

—— Cercle de l'Union — Hanoï — Hanoï, Imprimerie de l'Indo-Chine Française, 1899, in-8, pp. 10.

—— Amicale Artistique Franco-Annamite — Statuts. — Hanoï-Haïphong, Imprimerie d'Extrême-Orient, 1912, in-8; pp. 6.

—— Amicale Artistique Franco-Annamite. — Statuts — Hanoï-Haïphong, Imprimerie d'Extrême-Orient, 1913, in-8, pp. 6.

—— Amicale Artistique Franco-Annamite. — Catalogue, IVe Exposition. Hanoï — Novembre 1913.

—— Paris-Tonkin — Revue Franco-Annamite en un prologue et deux tableaux de Musette. Couplets de la Revue.

PERSONNAGES

La Franco-annamite	Mme Kenn.
Mme Helstein (l'acquittée)	Mme Herbez.
Mme Frappa (la bâillonnée)	Mme Pitiot.
M[iss] Eva Dong (féministe anglaise)	Mme Gally.
Mme Mac Dhur (députée finlandaise)	Mme Duranty.
M. Asmodée (reporter)	M. Herbez.
M. Rioblé (aviateur)	M. Pitiot.
M. Moulins (agent de la Sûreté)	M. Duranty.
M. Manmane (fonctionnaire)	M. Pryot.

Prix .... 0 $ 40

—— Les «A la Manière de...» indochinois — A la Manière de... A. de Pouvourville, Jean Ricquebourg, Henri Laumônier, J. Marquet, René Crayssac, Le Nhà-quê, Măt-Giới, le P. Lecornu, Jean Renaud, Maurice Violette, Ernest Babut, par Măt-Giăng — Hanoï-Haïphong. Imprimerie d'Extrême-Orient 1913, in-8, pp. 36.

—— Les «A la manière de...» indochinois (2e série) A la Manière de... M. Albert Sarraut, Gouverneur Général de l'Indochine (Discours aux Incrusteurs) A la Manière de... Paul Roque (Popol... O minora canamus!), par Măt-Giăng — Prix 0$30 — Hanoï-Haïphong. Imprimerie d'Extrême-Orient 1913, in-8, pp. 11.

—— Hội Pháp Việt kỹ saó — Điều Lệ — Hanoï-Haïphong. Imprimerie d'Extrême-Orient 1913, in-8, pp. 6.

—— Les Flamboyants — Hanoï-Haïphong. Imprimerie d'Extrême-Orient 1913, in-8, pp. 20.

—— *Les Pages indochinoises.* — Voir col. 1670.

Le No. 1 est du 1er septembre 1912.

—— *Notre Journal* Journal hebdomadaire

paraissant tous les lundis. Organe des fonctionnaires et employés indigènes de l'Administration française et du Commerce de l'Indochine : Hanoi, 21 rue de l'Intendance, in-fol., 4 pages à 3 col., Prix 10 cents le numéro.

Hanoi, Imprimerie Express. — Imprimeurs gérants : M. Dufour et Ng.-van-Ninh.

HAI PHONG.

— Entrées et sorties des navires et mouvement commercial du port de Haiphong en 1912 et 1913. (*Bull. écon. Indochine*, No 108, Mai-Juin 1914, pp. 369-376.)

ANNAM.

—— Yves Kerlago. — A Cam-Ranh (Côte d'Annam). (*Bull. Soc. Géog. com. Bordeaux*, 1904, pp. 343-344.)

—— *Bulletin trimestriel des Amis du Vieux Hué.* Hanoi, Imprimerie d'Extrême-Orient.

Sommaire du premier No. dans la *Revue indochinoise*, Juillet 1914, p. 138.

COCHINCHINE.

—— George Dürrwell. — Ma chère Cochinchine. — Voir col. 1694.

Notice : *Bull. École franç. Ext.-Orient*, T. XII, No 9, Hanoi, 1912, pp. 10-11. Par Cl.-E. Maitre.

— L'assèchement de la cuvette de Phu-xuyen. (*Bull. Com. Asie française*, Mai 1904, pp. 254-255.)

—— Aperçu sur les ressources de la partie Nord de la province de Gia-Dinh (Cochinchine). (*Rev. Mar. et Colon.*, XVI, 1866, pp. 407-412.)

D'après un rapport de Turc, chirurgien de la Marine, du 16 sept. 1865.

SAIGON.

—— * Chamecin. Cochinchine française en 1878, avec plan de Saïgon.

—— N° 2 — Aug. Bock — Guide Saigonnais pour l'année 1889 avec plan de la ville de Saigon — Imprimerie Aug. Bock (Saigon, Cochinchine), in-8, pp. 80.

—— République Française. — Ville de Saïgon. Compte administratif du Maire Présenté au Conseil Municipal dans sa séance du 19 Juin 1893 — Exercice 1892 — Saïgon. Imprimerie commerciale Rey, Curiol & Cie, 1892, in-4, pp. 18.

—— Impressions de voyage — La Cochinchine Saïgon et Cholon Par M. E. Jardel (*Bull. Soc. Géog. Toulouse*, XXXIIe année, 1913, pp. 76-86; 241-261.)

— L'autonomie du port de Saïgon. (*Asie française*, Janvier 1914, pp. 31-32.)

— L'autonomie du Port de Saïgon et ses Possibilités de Développement. (*A travers le Monde*, 1914, p. 76.)

—— Rapport de la Commission chargée d'examiner le projet de création d'un Musée Commercial à Saigon — (Séance du 7 septembre 1883.) (*Bull. Soc. Études indochinoises de Saigon*, 1883, 3e et 4e fasc., Juill.-Déc., p. 144.)

— Musée commercial à Saïgon. (*Ann. de l'Ext.-Orient*, 1883-1884, VI, pp. 191-192.)

Col. 1713.

Les pages 65-99 du *Bulletin du Comité agricole et industriel de la Cochinchine* renferment des rapports de M. Turc signalés au chapitre consacré à l'ÉCONOMIE RURALE.

KOUANG TCHEOU WAN.

— La Baie de Kouang-Tchéou. (*A travers le Monde*, IV, 1898, p. 148, 245, carte.)

—— Kouang-tchéou-ouan Renseignements géographiques sommaires Par le Dr Buffon. Médecin de la Marine. (*Bull. Soc. Géogr. Toulouse*, 1900, pp. 302-306.)

De la *Quinzaine coloniale*. — Voir col. 1767.

—— République Française — Liberté — Égalité — Fraternité — Gouvernement Général de l'Indochine — Territoire de Kouang-Tchéou-Wan — Compte administratif 1910 [et suivant]. Saïgon, Imprimerie Nouvelle Albert Portail, in-4.

— Mouvement Commercial de Kouang-tchéou-Wan pendant l'année 1912. (*Bull. écon. Indochine*, No. 105, Nov.-Déc. 1913, pp. 1107-1110.)

III. — ETHNOGRAPHIE ET ANTHROPOLOGIE.

—— The Mantses and the Golden Chersonese. By T. W. Kingsmill. (*Journ. C. B. R. A. Soc.*, XXXV, 1903-1904, pp. 76-101.)

—— Les races pré-chinoises du haut Tonkin. (*Revue des Troupes coloniales*, 1907, I, p. 223.)

—— Lieut. Ch. Martin Saint-Léon. — Nouvelle étude sur la race annamite. (*Revue des Troupes Coloniales*, II, 1910, pp. 40-62.)

—— Vingt jours chez les barbares du Haut-Tonkin Par Léon Hautefeuille. (*Revue indochinoise*, Nov.-Déc. 1913, pp. 537-562; carte.)

IV. — CLIMAT ET MÉTÉOROLOGIE.

Voir Sciences Médicales.

—— Climat et valeur sanitaire du Tonkin, par M. le Docteur Maget, médecin de 1re classe. (*Archives de Médecine navale*, mai 1881.) — Voir col. 2159.

Notice : *Bull. Soc. Géogr. Rochefort*, IV, 1882-1883, pp. 164-165, Par le Dr A. Thèze.

—— Note sur le climat du Tong-King et l'hygiène que les Européens y doivent observer Par le Dr Alfred Thèze. (*Bull. Soc. Géogr. Rochefort*, III, 1881-1882, pp. 173-177.)

—— Climat du Tong-King Par M. le docteur H. Bourru. (*Bull. Soc. Géogr. Rochefort*, VI, 1884-1885, pp. 21-25; tableau et carte.)

— Un Observatoire météorologique au Tonkin. (*A travers le Monde*, V, 1899, p. 399.)

Voir col. 1791.

— Les dépressions continentales et le climat du Tonkin. Par E. Bénévent. (*La Géographie*, 15 mai 1914, pp. 355-357.)

A propos du livre de E. Chassigneux, Les dépressions continentales et le climat du Tonkin, 1913. Voir col. 1792-1793.

— Un typhon dans le Sud-Annam. Lettre de M. Durand, des Miss. Étr. de Paris, missionnaire en Cochinchine orientale. (*Miss. Cath.*, 7 mars 1913, pp. 109-110.)

Mission de Daï-dien.

V. — HISTOIRE NATURELLE.

—— Diard, naturaliste français dans l'Extrême-Orient par Ant. Brébion. (*T'oung Pao*, Mai 1914, pp. 203-213.)

—— Aperçu sur la Faune ichthyologique de la basse Cochinchine. (*Rev. Mar. et Colon.*, XV, 1865, pp. 652-658.)

Tiré du *Courrier de Saïgon*. — Par le Dr. C. Thorel.

—— Liste des Coquilles recueillies au Tonkin, par M. Jourdy, Chef d'escadron d'artillerie, et description d'espèces nouvelles. (*Journal de Conchyliologie*, XXXIV, 1886, p. 289, n° 13, pl. XIII, fig. 5-5ª.)

—— Coléoptères Cétoniines de la Collection du Muséum. Description d'une espèce nouvelle du genre Clerota : Cl. Bodhisattva, par M. J. Künckel d'Herculais. (*Bull. Mus. Hist. nat.*, 1912, No. 7, pp. 402-404; fig.)

—— Coléoptères du Tonkin récoltés par M. le Colonel Bonifacy : Rhysodidae, Nitidulidae, Ostomidae, par M. Ant. Grouvelle. (*Bull. Mus. Hist. nat.*, 1912, No. 8, pp. 502-505.)

—— C. Thorel. — Excursion botanique faite dans les forêts qui s'étendent entre Tay-Ninh et Relim. (*Courrier de Saïgon*, 10 juillet et 10 sept. 1864; 20 fév. et 5 mars 1865.)

—— Coup d'œil sur la Flore de la Basse-Cochinchine. (*Rev. Mar. et Colon.*, XVI, 1866, pp. 832-844.)

Ext. du *Courrier de Saïgon*. — Par le Dr. C. Thorel.

—— Fougères récoltées par M. Mouret en Indo-Chine, par M. Ed. Jeanpert. (*Bull. Mus. Hist. nat.*, 1911, No. 6, p. 467.)

—— Fougères récoltées par M. d'Alleizette en Indo-Chine, par M. Ed. Jeanpert. (*Bull. Mus. Hist. nat.*, 1912, No. 1, pp. 50-51.)

—— Fougères de l'Indo-Chine récoltées par MM. Lecomte et Finet, par M. Jeanpert. (*Bull. Mus. Hist. nat.*, 1912, No. 7, pp. 469-471.)

—— Classification des Palmiers d'Indo-Chine, par M. le Professeur O. Beccari, de Florence. (*Bull. Mus. Hist. nat.*, 1911, No. 3, pp. 148-160.)

Avec un Avant-propos du Professeur H. Lecomte.

—— Note préliminaire sur deux espèces nouvelles de Dictyophyllum du Tonkin, par M. Fernand Pelourde. (*Bull. Mus. Hist. nat.*, 1912, No. 4, pp. 263-265; fig.)

—— Convention entre la France et l'Annam sur le régime des mines de l'Annam et du Tonkin. (*Ann. de l'Ext.-Orient*, 1885-1886, VIII, p. 282.)

—— Les mines du Tonkin. (*Bull. Soc. Géogr. Rochefort*, XI, 1889-1890, pp. 261-263.)

Extrait du *Temps*.

—— Mines d'Argent de Ngan-Son — Province de Cao-bang (Tonkin) — Rapport Exploitation ancienne. — Exploitation future — Hanoï. Imprimerie typo-lithographique F.-H. Schneider, Rue du Coton, 1890, in-8, pp. 31.

— Les Phosphates au Tonkin. Par M. de Mathuisieulx. (*A travers le Monde*, V, 1899, p. 367.)

— L'avenir de l'Indo-Chine au point de vue minier. (*A travers le Monde*, VII, 1901, p. 284.)

— Les minerais du Tonkin depuis dix ans — leurs sorties depuis 1909 et leurs destinations en 1913. (*Bull. écon. Indochine*, No. 108, Mai-Juin 1914, pp. 380-381.)

—— Le nouveau Régime minier de l'Indochine — Recueil des Textes législatifs, décrets, arrêtés et instructions administratives en vigueur Accompagné d'une table chronologique et d'un index alphabétique et analytique par H. Deseille — Licencié en droit. Septembre 1912 — Hanoï-Haïphong. Imprimerie d'Extrême-Orient. 1912, in-8, pp. 125.

Voir col. 1836.

—— Notes sur Nong-Son. Par M. Louis de Saugy, Ingénieur des Mines. (*Revue Coloniale.*) (*Bull. Soc. Ét. Col. et Marit.*, 1903, pp. 341-350.) — Voir col. 1839.

— L'importation des houilles tonkinoises, japonaises et autres à Swatow en 1912 et pendant le 1er Semestre de 1913. Par le Vice-Consul de France, Fcer. (*Bull. écon. Indochine*, No. 103, Juillet-Août 1913, pp. 776-777.)

— La production et les sorties des charbons du Tonkin en 1912 et 1913. (*Bull. écon. Indochine*, No. 108, Mai-Juin 1914, pp. 377-379.)

—— Géologie. — Sur l'existence possible de gisements pétrolifères dans l'Indo-Chine française d'après les indices toponymiques. Note de M. Paul Durandin. (*Comptes Rendus Académie des Sciences*, t. 158, p. 900, séance du 23 mars 1914.) In-4, pp. 3.

VII. — GOUVERNEMENT.

—— Jules Boissière, Vice-Résident au Tonkin. — Au Pays d'Annam. (Les examens triennaux à Nam-Dinh.) (Octobre 1894.) (*La Revue des Revues*, 1er déc. 1895, pp. 419-427.)

VIII. — JURISPRUDENCE.

—— La Cochinchine française. — Le Code annamite. — Note sur l'esclavage. (*Revue Maritime et Coloniale*, VII, 1863, pp. 71-80.)

—— Código de las Leyes tunquinas. (*El Correo Sino-Annamita*, Por Fr. Wenceslao Fernández, O. P., XXV, 1891, pp. 179-189; XXVI, 1892, pp. 107-116; XXVII, 1893, pp. 208-222; XXVIII, 1894, pp. 221-246.) — Voir col. 1849.

—— La Justice dans l'Ancien Annam (Suite). Traduction et Commentaire du Code des Lê. Par M. Raymond Deloustal,... Hanoi Imprimerie d'Extrême-Orient — 1913, gr. in-8, pp. 59.

Fait partie du *Bull. École française Extrême-Orient*, Treizième année, T. XIII, N° 5, 1913. — Voir col. 1853-1854.

—— Les terrains dits «Công-Điền» Par A. T. (*Revue indochinoise*, Mai 1914, pp. 503-509.)

—— Le droit de propriété en Annam Par Charles Prêtre. (*Revue indochinoise*, Août 1914, pp. 147-155.)

IX. — HISTOIRE.

—— 大南歷代紀年 Đại Nam lịch đại kỷ niên — Chronologie des Souverains de l'Annam par Albert Schroeder. Paris, Imprimerie nationale — Ernest Leroux,... — MDCCCCIV, gr. in-8, pp. 28.

Extrait de l'ouvrage intitulé : *Annam-Études numismatiques* en cours d'impression.

—— Documents pour servir à l'histoire de la langue et des mœurs de l'Annam Note par M. Bartet Lue dans la séance du 30 mai 1879. (*Bull. Soc. Géogr. Rochefort*, I, 1879-1880, pp. 219-224.) — 1er Document. — Brevet en forme d'oraison funèbre donné par le roi de Cochinchine Thieu-tri pour honorer la mémoire de son père le roi Minh-Mang communiqué par M. Bartet Dans la séance du 30 mai 1879. (*Ibid.*, pp. 225-230.) — 2e Document. — Proclamation impériale aux soldats et au peuple des six provinces de Nam ky (Cochinchine française). (*Ibid.*, pp. 269-275.) — 3e Document. — Traduction d'une pétition adressée par les Annamites de la province de Bien-hoa A l'Amiral Bonnard lors de la cession de cette province à la France. (*Ibid.*, pp. 275-277.)

—— Documents pour servir à l'histoire de la langue et des mœurs de l'Annam (Deuxième Partie) Par M. Bartet. (*Bull. Soc. Géogr. Rochefort*, IV, 1882-1883, pp. 212-222.)

Vol. col. 1539.

—— The Far East. By Sir Robert Kennaway Douglas. (*Cambridge Modern History*, XII, 1910, Chap. XVII, pp. 500-536.)

—— E. Perreaux. — Abrégé de l'Histoire contemporaine d'Annam (1802-1912). — Librairie-Imprimerie Quinhon (Annam). 1912. — In-8, pp. 43.

—— Une visite aux Tombeaux des Rois d'Annam par A. R. [de la Richerie?]. (*A travers le Monde*, III, 1897, pp. 165-167; fig.)

—— En Annam : Un Palais, tombeau d'un Empereur. Par Jean de Mecquenem. (*A travers le Monde*, XIX, 1913, pp. 329-332; ill.)

—— Aux tombeaux des empereurs d'Annam Par G. Cordhéri. (*Revue indochinoise*, Juin 1913, pp. 661-668.)

—— La révolte de Nông-văn-Vân Par Auguste L. M. Bonifacy. (*Revue indochinoise*, Juillet 1914, pp. 25-57 ; ill. et carte.)

—— *Histoire de Gia-Long, Gia-Long Phuc-Quôc, avec plusieurs documents inédits. Co Hinh Khéo, par Lê-vân-Thơm, Thuông Tho Ngân Bài Hàn-Lâm. 1re édition. Saïgon, Imprimerie F.-H. Schneider, 1914, in-8, pp. 77, grav.

ANTIQUITÉS.

—— C. Paris. — Les ruines de Buong-an. (*La Nature*, 14 mars 1896, pp. 237-238; fig.)

—— B. des M. — Curieuses statues au temple de Nhan-tho. (*La Nature*, 16 mai 1896, p. 384; 1 fig.)

Sud de Tourane.

—— Arrêté relatif à la conservation en Indo-Chine des monuments et objets ayant un intérêt historique ou artistique. (*Journ. Officiel*, 1900, p. 502. — *Bull. École franç. Ext.-Orient*, I, 1901, pp. 76-78.)

Daté : Hanoi, 9 mars 1900. — Signé : Paul Doumer.

—— Arrêté classant les immeubles et objets divers compris dans les tableaux annexés parmi les Monuments historiques de l'Indo-Chine [Annam-Cochinchine-Cambodge-Laos]. (*Bull. École franç. Ext.-Orient*, I, 1901, pp. 170-181.)

Daté : Saigon, 6 février 1901. — Signé : Paul Doumer.

—— Arrêté classant comme historiques les monuments suivants [Annam — Cambodge]. (*Journ. Officiel*, 24 avril 1905, p. 521; *Bull. École franç. Ext.-Orient*, V, 1905, pp. 251-252.)

Daté 15 avril 1905.

—— Arrêté ministériel créant une Commission archéologique de l'Indochine. (*Bull. École franç. Ext.-Orient*, VIII, 1908, pp. 326-327.)

Paris, 18 janvier 1908. — Signé : Gaston Doumergue.

— [Lettre de Finot sur les fouilles du temple de Bhadreçvara à My-Son (Annam) par H. Parmentier, Hanoi, 2 oct. 1903.] (*Ctes rendus Ac. Insc. et B.-L.*, 1903, pp. 600-601.)

—— L'archéologie en Indochine (1911-1912), par M. L. Finot. (*Bull. Comm. archéol. Indochine*, 1913, 2e livr., pp. 111-118.)

Ext. du *Journ. Asiat.*, Sept.-Oct. 1913, pp. 425 seq.

—— H. Parmentier. — [Fouilles en août 1901 au sanctuaire de Po-Klong-Garai.] (*Ctes rendus Ac. Insc. et B.-L.*, 1901, pp. 865-867; fig.)

X. — RELIGION.

OUVRAGES DIVERS.

—— Le Clergé et les Temples bouddhiques au Tonkin Par G. Dumoutier. (*Revue indochinoise*, Octobre 1913, pp. 443-461; fig. et pl.)

—— Le Manuel du Noviciat des bonzes annamites. D'après G. Dumoutier. (*Revue indochinoise*, Octobre 1913, pp. 495-514.)

—— Pierre Rey soạn Bụt sử lược biên Thiệt truyện. A. Joyeux, trợ hoạ 佛史畧編寔傳卷二 — Saïgon Imprimerie typo-litho F.-H. Schneider 1913, in-8, pages 35 à 58.

Pierre Rey — Résumé de l'Histoire du Bouddha illustré par A. Joyeux. — Voir col. 1892.

—— In làn thư nhứt (1re édition) Giá (prix): 0$15. — 歌善勸 Khuyên thiện ca Tân thơ (Lấy trong kinh phật soạn ra) par Trần-phúc-Lễ dit Khắc-Kỷ Instituteur principal, Secrétaire à la Direction de l'Enseignement Officier d'Académie publié par Võ-Văn-Mâu tự Mẫn-Thiệp Tous droits réservés Saïgon Imprimerie F.-H. Schneider Septembre 1913, in-8, pp. 16.

Soyez bons — (en prose rythmée) (sujets tirés des livres bouddhiques).

—— Guide illustré du Musée Guimet de Lyon. — Chalon-sur-Saône — 1913, in-16, pp. 191.

Religions de l'Inde et de l'Indochine, pp. 58-70.

MISSIONS CATHOLIQUES.

OUVRAGES DIVERS.

— La situation des missions dans l'extrême Orient. (*Ann. Prop. Foi*, T. LVIII, No. 349, Nov. 1886, pp. 346-348.)

Tong-King.

—— Les Missions Catholiques françaises dans la Cochinchine Orientale. (*A travers le Monde*, II, 1896, pp. 161-163; ill.)

D'après les renseignements de M. Chanel.

—— Les Missions Catholiques Françaises dans le pays des Moïs. (*A travers le Monde*, II, 1896, pp. 305-308; ill.)

Notes de M. Chanel.

Compagnie de Jésus.

Col. 1921.

—— *Catechismvs Pro ijs, qui volunt suscipere Baptismvm In Octo dies diuisus.

Phép giàng tám ngày cho ke muán chiu phép rica toi, ma bĕào dao thanh dwe Chúa bloi Ope Sacrae Congregationis de Propaganda Fide in lucem editus Ab Alexandro de Rhodes è Societate Iesv, eiusdemque Sacrae Congregationis Missionario Apostolico. Romae, Typis Sacrae Congregationis de Propaganda Fide, in-4, pp. 319 à 2 col., l'une latine, l'autre tonkinoise, 2 pp. d'errata.

La permission du Général est du 8 juillet 1651.

Col. 1921.

—— Catechismus // in octo dies divisus, // ab Alexandro de Rhodes, è Societate // Jesu, latino et annamitico idiomate // compositus, // in linguam Siamicam translatus // operâ D^ni^. Laurentii. // et ipsius manu litteris Siamicis exaratus. Pet. in-4, 3 ff. n. ch. + pp. 311 (papier de Chine).

1er f. blanc. — 2e f. recto : «J'ai acquis ce manuscrit à Besançon en 1809 ; la note & la signature sont de la main de l'abbé Vuillemin qui après avoir passé plusieurs années dans les Indes était venu s'établir en Franche-Comté où il est mort il y a quelque temps.» [Note d'Abel Rémusat; voir son Catalogue, No. 98, p. 11.] — 3e f. recto : Titre ut supra. — 3e f. verso : «Catechismus in octo dies divisus. — Ab Alexandro de Rhodes e Societate Jesu Latino & anamitico idiomate compositus, in Linguam Siamicam translatus operà Domini Laurentii» et au-dessous : «Ce Mr Laurent etoit fils du Barkalom ou 1er Ministre du Roy de Siam sur la fin du règne de Louis 14. Il est écrit de sa main en langue sçavante, en character siamois. Je lai acquis à Bankok. Vuillemin.»

Ce ms. appartient aujourd'hui à M. A. Salles, Administrateur des Colonies qui y a ajouté la note suivante sur une feuille volante :

«Au séminaire des Missions étrangères, M. Adrien Launay devant moi a rapproché de lettres anciennes aux archives, l'écriture non signée qui figure en 1er, au revers du titre : «Catechismus... domini Laurentii».

«Cette écriture est manifestement celle du missionnaire Le Bon, Olivier Simon, né le 17 mars 1710 à St-Malo ; parti le 18 mai 1745, pour Siam, procureur des M. E. à Macao en 1754, évêque de Metellopolis (ou Mitelopolis) le 22 août 1764 et coadjuteur de Mgr. Brigot (vicaire apostolique du Siam), sacré à Rome le 28 déc. 1766; vicaire apostolique du Siam le 30 sept. 1776 ; mort à Goa le 27 oct. 1780. (V. *Mémorial de la Société des M. E*, p. 30, n° 180.)

Paris, avril 1914.

A. Salles.»

Pierre-Claude-Alexis Vuillemin ou Willemin, du diocèse de Besançon; parti pour le Siam, 10 fév. 1782; 1787, provicaire; 1789, quitte la mission et la Société des Missions étrangères. (Voir *Mémorial*, No. 262.)

Ce ms. a fait partie de la collection d'Alphonse Pinart.

Missions étrangères de Paris.

—— Documenta recta rationis seu forma instructionis ad usum alumnorum sinensium, annamitarum, necnon et catechistarum concinnata a J.-L. Taberd Episcopo Isauropolitano prius edita. Hongkong, Typis Societatis Missionum ad Exteros, 1893, in-8, pp. 298 + 1 f. n. ch.

—— Instructions pratiques pour les missionnaires qui font des observations religieuses Par le P. L. Cadière des Missions-Étrangères de Paris (Fin). (*Anthropos*, Bd. VIII, Hft. 6, Nov.-Dez. 1913, pp. 913-928.)

Dominicains.

—— Missions des RR. PP. Dominicains. (*Ann. Prop. Foi*, T. LXXIX, 1907, No. 470, pp. 24-38; fig. et cartes.)

Chap. III. — Au Tonkin, pp. 31-34.

PUBLICATIONS PÉRIODIQUES.

Col. 2044.

—— El Correo Sino-Annamita... — Volumen XXXVIII — Manila-Tip. de Sto. Tomás, 1911, pet. in-4, pp. 455 + 1 tab. + 9 tab. + 5 ff. n. ch. ind.

Misiones de China.

(Vicariato de Emuy.)

I. El P. Fr. José V. Blasco al P. Vic. General-Chang-chow fu y Enero 25 de 1911, pp. 9-10.

Usos, costumbres y supersticiones en las principales fiestas del año chino. Preparativos de Año nuevo, pp. 11-14. Año Nuevo, pp. 15-22. — Acerca de los eclipses, pp. 25-26. — Preparativos de las bodas, pp. 26-33. — Acerca del pentágrama, pp. 33-34. — Elección de día feliz, pp. 34-35. — Preparativos immediatos de la boda, pp. 35-42. Por El P. Fr. José Vicente Blasco.

(Compagnie de Jésus.)

II. El P. Fr. Ildefonso Barba al P. Vic. Provincial. Aupoa, 27 Febrero de 1911, pp. 43-54.

III. El P. Fr. Celedonio Arranz al P. Provincial. Emuy, 22 de Marzo 1911, pp. 55-61.

IV. El P. Fr. Gregorio Arnáiz al Vic. General. Au-hái, 27 de Marzo de 1911. — La actual ciudad de Choân-chiu. Fo-Kien Sur, China. — La celebre Zaitún. — La Religión católica en Zaitún, pp. 62-79.

(El Correo Sino-Annamita.)

V. El P. Fr. Gregorio Arnáiz al P. Vic. General. An-hái, 4 de Abril de 1911, pp. 81-87.

VI. El P. Fr. José V. Blasco al P. Provincial. Amoy, Chiang-chiufu y Julio 15 de 1911, pp. 88-99.

MISIONES DE CHINA.

Vicariato de Foochow ó Fokien Norte.

I. El P. Fr. José Valls al P. Provincial. Hinhoa-Pinhai, 25 Abril 1911, pp. 100-108.

Mision de Fógan.

I. El. P. Fr. Silvestre Garcia al P. Provincial, Fogan, Kong-chu, 22 de Abril año 1911, pp. 109-119.

II. El P. Fr. Miguel Vila al P. Provincial. Soe-uin (Fo-ngan), 29 de Mayo 1911, pp. 120-127.

III. El P. Fr. Francisco Pagés al P. Provincial. Mouc-yiong y Julio 19 de 1911, pp. 128-145.

MISIONES DEL TUN-KING.

Vicariato oriental.

I. El P. Fr. Gregorio Carbajo al P. Vicario General. Ke-Sat, Agosto 23 de 1910, pp. 149-157.

II. El mismo Padre al P. Vicario Gral. Ke-Sat, 22 de Marzo 1911, pp. 158-172.

MISIONES DEL TUN-KING.

Vicariato central.

I. El P. Fr. Marcos Gispert, Vicario Provincial, al P. Vicario Gral. Phú-Nhai, 23 de Diciembre 1910, pp. 173-186.

II. El P. Fr. Victor Coloma al P. Provincial. Ninh Cuong, 25 de Julio de 1911, pp. 187-200.

MISIONES DEL TUN-KING.

Vicariato Septentrional.

I. El P. Fr. Teodoro Gordaliza al P. Provincial. Phú-lang-thúong, 7 de Julio de 1910, pp. 201-212.

MISIONES DE JAPÓN.

I. El P. Fr. Isidoro Adanez al P. Vicario General. Kochi, 18 de Noviembre de 1910, pp. 215-254.

II. El P. Fr. Tomás de la Hoz al P. Provincial. Kochi y Diciembre 1 de 1910, pp. 255-279.

Supersticiones de los Igorrotes Ifugaos [Fr. Juan Fernández Villaverde], pp. 283-455.

Estado general de las Misiones, ec.

Indice.

—— **El Correo Sino-Annamita... — Vol. XXXIX — Manila-Tipografía de Sto. Tomás, 1913, pet. in-4, pp. 375 + 7 tab. + 2 ff. n. ch. ind.**

MISIONES DE CHINA.

(Vicariato de Emuy.)

I. El P. Fr. José V. Blasco al M. R. P. Vic. General. — Amoy y Junio 20 de 1912, pp. 9-28; pl.

II. El P. Fr. David de Miguel al P. Provincial. — Hui-Oá, 24 de Julio de 1912, pp. 29-49.

III. El P. Fr. Ildefonso Barba al P. Provincial. — Au-poa, 22 de Agosto de 1912, pp. 50-59.

IV. El P. Fr. Gregorio Arnáiz al P. Provincial. — An-hai, Septembre de 1912, pp. 60-73; pl.

V. El P. Fr. José V. Blasco al P. Provincial. — Chiang-chiu y Enero de 1913, pp. 74-101; pl. — Relato de la invasión de los Taipin en Chiang-chiu (Sud de Fokien) 1864.

MISIONES DE CHINA.

Vicariato de Foochow ó Fokien Norte.

I. El P. Fr. Rufo Ramos al P. Provincial. — Foochow, 7 de Marzo de 1912, pp. 102-111.

II. Sor Rosa, religiosa dominica, á la M[e]. Priora del Beaterio de Sta. Catalina de Manila. — Foocheu, Junio 1° de 1912, pp. 112-116; planches.

III. El P. Fr. Rufo Ramos al P. Provincial. — Hin-Hua, Antao, 20 de Septiembre de 1912, pp. 117-126; pl.

Estado general de las Misiones, por Fr. J. V. Blasco, pp. 127-134.

MISIONES DEL TUN-KING.

Vicariato Oriental.

I. El P. Fr. Alejandro García al P. Provincial. — Dong-Xuyen, Septiembre 15 de 1912, pp. 137-160; pl.

II. El P. Fr. Francisco Gómez al P. Provincial. — Lieu Dinh, 15 de Noviembre de 1912, pp. 161-176; pl.

III. El P. Fr. José Masip al P. Prior de Sto. Domingo. — Yen-Trí, Noviembre 27 de 1912, pp. 177-189; pl.

IV. El P. Fr. Guillermo García Plaza al P. Provincial. — Mi-Dong, Diciembre 13 de 1912, pp. 190-203; pl.

V. El P. Fr. Mateo Díez al P. Provincial. — Haiduong, Diciembre 30 de 1912, pp. 204-229; pl.

MISIONES DEL TUN-KING.

Vicariato Central.

I. El P. Fr. Pedro Domingo Soriano al P. Provincial. — Bui-Chu, 30 de Junio de 1912, pp. 230-234.

II. El P. Fr. Marcos Gispert, Vicario Provincial al P. Vicario General. — Phú-Nhai, Febrero de 1913, pp. 235-248; pl.

III. El P. Fr. Eugenio Andrés Martin al P. Provincial. — Báo-Dáp, 17 de Febrero de 1913, pp. 249-258.

IV. El P. Fr. Clemente Martin al P. Provincial. Febrero de 1913, pp. 259-268. — Necrología del Misionero R. P. Fr. Anselmo Foronda.

MISIONES DEL TUN KING.

Vicariato Septentrional.

I. El P. Fr. Gaspar Tobar al P. Provincial. — Dao-ngan, 2 de Diciembre 1912, pp. 269-293.

II. El P. Fr. Paulino Giraldos, Vicario Provincial al P. Provincial. — Xuan-Hoá, 28 de Diciembre de 1912, pp. 294-308.

III. El P. Fr. Julian Merino al P. Provincial. — Vinh-Yen, 30 de Diciembre de 1912, pp. 309-314.

MISIONES DE FORMOSA.

I. El P. Fr. Manuel Prat al P. Provincial. — Iurin, 17 de Noviembre de 1911, pp. 327-332; pl.

II. El P. Fr. Angel M. Rodríguez al P. Provincial. — Chiu á Kha, Diciembre de 1911, pp. 333-350; pl.

MISIONES DE JAPÓN.

I. El P. Fr. Juan Calvo al P. Provincial. — Matsuyama, 15 de Enero de 1913, pp. 353-375.

Estado general de las Misiones.

Indice.

(EL CORREO SINO-ANNAMITA.)

(EL CORREO SINO-ANNAMITA.)

VIES DES MISSIONNAIRES CATHOLIQUES.

MISSIONS ÉTRANGÈRES DE PARIS.

ALLYS, *Eugène-Marie-Joseph.* — Voir col. 2046.

— L. de Hué. [L'orphelinat de Thanh-Tân.] (*Miss. Cath.*, 13 juin 1913, p. 282; fig.)

— Lettre. (*Miss. Cath.*, 9 janvier 1914, p. 15. — Hué.)

BARBIER, *Alfred.* — Voir col. 2048.

— L. de Phat-Diem (Tonkin maritime). (*Miss. Cath.*, 14 nov. 1913, pp. 546-547; fig.)

BARBIER, *Victor.* — Voir col. 248.

— Les Petits Séminaires au Tonkin Par M. Victor Barbier, des Missions étrangères de Paris, missionnaire au Tonkin méridional. (*Miss. Cath.*, 10 janvier 1913, pp. 15-16.)

— Le trésor de Saint Laurent Par M. V. Barbier, des Missions étrangères de Paris Missionnaire au Tonkin méridional. (*Miss. Cath.*, 7 mars 1913, pp. 111-112; fig.)

Les hôpitaux du Tonkin Par M. Victor Barbier, des Missions étrangères de Paris, missionnaire au Tonkin méridional. (*Miss. Cath.*, 11 juillet 1913, pp. 330-332; phot. de l'hôpital de Son-Tay.)

— Un sacre épiscopal au Tonkin Lettre de M. Victor Barbier, des Missions étrangères de Paris, missionnaire au Tonkin méridional. (*Miss. Cath.*, 25 juillet 1913, p. 349; fig.)

Sacre de Mgr. Andréa Eloy, vic. ap. du Tonkin méridional.

— Lettre. (*Miss. Cath.*, 15 août 1913, p. 390.)

BELLEVILLE, *François*, † 7 juillet 1912. — Voir col. 2049.

—— * Notice biographique sur Mgr François Belleville, Vicaire apostolique du Tonkin méridional, par M. l'abbé Bogey, curé de Sallenave (Haute-Savoie). — En vente à Annecy, chez Mme veuve Léon Miel, rue Sommeiller, au prix de 1 fr., in-12, pp. VI-128.

Notice : *Miss. Cath.*, 14 août 1914, p. 396.

BERTIN, *Louis-Noël-Alphonse*, né 16 juillet 1886, à Ste-Reine (Savoie); parti 12 déc. 1909.

— Lettre de Hué (Cochinchine sept.). (*Miss. Cath.*, 20 mars 1914, p. 137.)

BINDER, *Émile.* — Voir col. 2050.

— Lettre de Loan-ly par Quang-tri (Cochinchine septentrionale). (*Miss. Cath.*, 23 janvier 1914, p. 40.)

BRUYERE, *Pierre-Auguste*, né 29 mars 1886, à St-Pal-de-Mons (Haute-Loire); parti 10 nov. 1910.

— L. de Muong-Nhân par Thanh-Hoa (Tonkin maritime). (*Miss. Cath.*, 19 déc. 1913, p. 605.)

CHABERT, *Louis-Eugène*, né 17 mars 1879, à Geyssans (Drôme); parti 5 août 1903.

— L. (*Miss. Cath.*, 15 août 1913, p. 390; fig.)

— Lettre de Sontay (Haut Tonkin). (*Miss. Cath.*, 27 mars 1914, pp. 147-148.)

CHAIZE, *Antoine.* — Voir col. 2055.

— Lettre de Phu-nho-quan (Tonkin maritime), 21 janvier 1914. (*Miss. Cath.*, 3 avril 1914, p. 161.)

COROMPT, *Claudius*, né 16 octobre 1881, à St.-Etienne (Loire); parti 28 oct. 1906.

— Lettre de Kon-Tum (Cochinchine orientale), le 30 novembre 1913. (*Miss. Cath.*, 17 avril 1914, p. 184.)

DENIS, *Julien-Joseph-Marie.* — Voir col. 2063.

— Lettre de Dong-Thap, le 18 décembre. (*Miss. Cath.*, 23 janvier 1914, pp. 39-40.)

DÉPAULIS, *Joseph-Antoine.* — Voir col. 2063.

— Lettre. Une église de Notre-Dame de Lourdes au Tonkin. (*Miss. Cath.*, 12 juin 1914, pp. 278-279; grav.)

DRONET, *Jean-Baptiste.* — Voir col. 2064.

— L. de Ha-Noï. (*Miss. Cath.*, 29 août 1913, p. 413.)

GENDREAU, Mgr. *Pierre-Jean.* — Voir col. 2070.

— L. de Hanoi, 27 août 1913. (*Miss. Cath.*, 10 octobre 1913, p. 484.)

— Extr. de lettre du même. (3 sept.) (*Ibid.*, pp. 484-485.)

— Les inondations et les derniers troubles du Tonkin — Lettres de Mgr. Gendreau, des Missions étrangères de Paris, vicaire apostolique, à MM. les Présidents des Conseils centraux de l'œuvre de la Propagation de la Foi. Hanoï, 16 août 1913. (*Miss. Cath.*, 24 oct. 1913, pp. 505-508; fig.)

GIROD, *Paul-Joseph*, né 4 mars 1878, à la Mouille (Jura); parti 5 août 1903.

— Lettre de Thai-Yen (prov. de Thanh-hoa). Pour une église du Tonkin maritime. (*Miss. Cath.*, 20 mars 1914, pp. 133-134; grav.)

GRANGEON, Mgr. *Damien.* — Voir col. 2073-2074.

— Lettre de Qui-Nhon (Annam). (*Miss. Cath.*, 3 janvier 1913, pp. 5-6.)

GROSJEAN, *Joseph-Victor*, † 12 sept. 1914, à Paris. — Voir col. 2074.

— Nécrologie. — M. Joseph Victor Grosjean Directeur du Séminaire des Missions étrangères, procureur général à Rome de la Société des Missions étrangères. (*Miss. Cath.*, 2 oct. 1914, p. 480; portrait.)

JACCARD, *François.* — Voir col. 2078.

— Une église sur la tombe du Bienheureux Jaccard. — Lettre de M. François Lemasle, des Missions étrangères de Paris, missionnaire à Quang-tri, par Huê. (*Miss. Cath.*, 8 août 1913, pp. 373-375; fig.)

LÉCULIER, *Jean-Pierre-Hilaire-Francis-Auguste*, né 3 mars 1876, à Sergenon (Jura); parti 23 nov. 1898; curé de Huê.

— L. à M. le Comte Albert de Mun, Huê, 5 mai 1914. (*Figaro*, 19 juin 1914).

LEMASLE, *François.* — Voir col. 2083.

— Lettre de Quang-Tri (Cochinchine septentrionale). (*Miss. Cath.*, 10 avril 1914, pp. 171-172.)

LESSERTEUR, *Charles-Émile*, né 7 avril 1841, à Rennes (Ille-et-Vilaine); parti 15 juillet 1864 pour le Tongking occidental; Directeur au Séminaire des Miss. étr., 2 sept. 1872.

— Jubilé sacerdotal de M. Lesserteur Directeur du Séminaire des Missions étrangères de Paris [Notes de M. l'abbé Launay]. (*Miss. Cath.*, 29 mai 1914, pp. 255-256; portrait.)

MARCOU, Mgr. — Voir col. 2085-2086.

— L. de Phat Diêm (Tonkin maritime), le 1er sept. 1913. (*Miss. Cath.*, 3 octobre 1913, p. 471.)

PATUEL, *Adolphe-Antoine.* — Voir col. 2094.

— Lettre de Huu-Le (Thanh-Hoa, Tonkin maritime). (*Miss. Cath.*, 24 avril 1914, p. 197.)

— Lettre de Muc-Son (Annam). (*Miss. Cath.*, 23 oct. 1914, p. 509; ill.)

PERREAUX, *Emile-Albert.* — Voir col. 2095.

— L. de Kien-tong (Binh-dinh). (*Miss. Cath.*, 19 déc. 1913, p. 605.)

PIGNEAU DE BEHAINE. — Voir col. 2096-2098.

— [Achat et inauguration de la maison natale de Pigneau de Behaine, le 1er juin 1914.] (*La Géographie*, 15 juillet 1914, pp. 57-67. — *Toung Pao*, Juillet 1914, pp. 465-467.)

RAMOND, Mgr. *Paul-Marie.* — Voir col. 2102.

— Lettre de Hung-Hoa (Haut-Tonkin). (*Miss. Cath.*, 10 janvier 1913, p. 15.)

(Missions étrangères de Paris.)

— Lettre de Hung-hoa (Ht Tonkin). (*Miss. Cath.*, 23 oct. 1914, pp. 509-510; portrait de Mgr. Ramond.)

— Les inondations du Tonkin. Lettre de Mgr Ramond, des Missions étrangères de Paris, vicaire apostolique du Haut-Tonkin. Hung-hoa, le 29 août 1913. (*Miss. Cath.*, 31 oct. 1913, pp. 518-519.) — Lettre de Mgr Munagorri, des Frères Prêcheurs, vicaire apostolique du Tonkin central. Bui-Chu, par Lac-Quam (Nam-Dinh), 10 septembre 1913. (*Ibid.*, p. 519.)

SÉGURET, *Joseph-Auguste.* Voir col. 2109.

— *L'abbé Ernest Ricard. — Le Jeune Martyr du Laos. Joseph Auguste Séguret. Episode de la dernière guerre au Tonkin. Paris, Palmé, 1885, in-12.

— Le Jeune Martyr du Laos. — Joseph Auguste Séguret Par l'Abbé E. Ricard Vicaire Général. — Nouvelle Édition — Rodez, E. Carrère — Paris, Bloud et Barral, s. d. [1899], gr. in-8, pp. 325.

SOUBEYRE, *Jean-André.* — Voir col. 2110.

— Lettre de Quang-Phuc par Phat-Diêm (Tonkin maritime), 20 octobre 1912. (*Miss. Cath.*, 31 janvier 1913, p. 52.)

— L. de Phat-Diêm, 12 juin 1913, à M. Lesserteur, dir. du Sém. des Miss. étr. Paris. (*Miss. Cath.*, 1er août 1913, p. 364.)

— L. de Phat-Diêm (Tonkin maritime). (*Miss. Cath.*, 7 nov. 1913, pp. 533-534.)

— Lettre de Phat-Diêm (Tonkin maritime). (*Miss. Cath.*, 6 février 1914, p. 64.)

— Lettre de Quang-Phuc, par Phat-Diêm (Tonkin maritime). (*Miss. Cath.*, 6 mars 1914, p. 113.)

— Lettre de Quang-Phuc, par Phat-Diêm (Tonkin maritime). (*Miss. Cath.*, 11 sept. 1914, p. 440.)

TISSIER, *Marie-Honoré.* — Voir col. 2114.

— Lettre de Quang-Ngai par Qui Nhon (Cochinchine orientale), le 4 novembre 1912. (*Miss. Cath.*, 24 janvier 1913, p. 41.)

Dominicains.

COTHONAY, Préfet apostolique de Langso'n. — Voir col. 2120.

— Lettre. Une nouvelle Préfecture apostolique au Tonkin. (*Miss. Cath.*, 13 mars 1914, pp. 121-122.)

La Préfecture apostolique de Lang so'n comprend les trois centres de Cao-bang, Cao-binh et Bân-Cuon. Elle a été détachée par la Propagande du vicariat du Tonkin sept. le 30 déc. 1913 et confiée au P. Cothonay.

— Lettre. (*Miss. Cath.*, 3 avril 1914, pp. 160-161.)

— Lettre du 13 juillet. — Dans la nouvelle mission française du Tonkin. (*Miss. Cath.*, 4 septembre 1914, pp. 422-423.)

FRAISSE. — Voir col. 2121.

— L. de Cao-bang. (*Miss. Cath.*, 7 mars 1913, p. 113; fig.)

MUNAGORRI, Mgr. — Voir col. 2122.

— Lettre de Bui-Chu (Nam Dinh, Tonkin central), le 5 mars 1914. (*Miss. Cath.*, 17 avril 1914, p. 184.)

DIVERS.

EDMOND, Sœur, des Sœurs de Saint-Paul de Chartres, Supérieure de la Sainte-Enfance de Hué (Cochinchine septentrionale).

— Lettre de Hué. (*Miss. Cath.*, 27 mars 1914, p. 147.)

XI. — SCIENCES ET ARTS.

SCIENCES MORALES ET PHILOSOPHIQUES.

—— Sach Tap Hoc đẻ mà dùng trong các nhà trường. Traduit par E. Potteaux. — Sáigon, Bãn in Nhà nước 1875, in-8, pp. 79.

—— 訓蒙曲歌卡 Huấn mông khúc ca — Sách dạy trẻ nhỏ học chữ nhu... Par P. J. B. Trương-vĩnh-ký. Saigon. Imprimerie de la Mission, 1884, br. in-8, pp. 47.

—— L'Éducation d'après le Tam-Tu-Kinh par M. Simard. — Voir col. 2126.

Notice : *Revue Indo-Chinoise*, 30 janvier 1906, pp. 154-155, par P. de la Brosse.

—— Gia Huấn diễn ca... Chủ bổn Nguyễn-hữu — Sanh Employé à la Société des Etudes Indochinoises... Saigon, Imprimerie saigonnaise Royer et Cie, 1910, in-8, pp. 32.

Imp. sur papier rose. — Bib. nat., 8° Z. Pièce 1774.

—— 孔子誕義 Origine de Confucius. Exhortations du Philosophe. Traduction du Chinois Par Michel Tinh, Membre de la Société des Etudes Indo-chinoises, Titulaire des médailles de Bronze, d'Argent, et de Vermeil. — Saigon, Imprimerie Huynh-kim-Danh, 1913, in-8, pp. 22 + 1 errata.

[En français, en chinois et en annamite.]

—— La question de l'Enseignement Secondaire Annamite et des caractères chinois Par Ch. Fournier-Vailly. (*Asie française*, Mai 1914, pp. 183-188.)

—— L'enseignement secondaire aux Annamites par Ch. Fournier-Vailly. (*Revue indochinoise*, Juillet 1914, pp. 118-121.)

De l'*Asie française*, Mai 1914.

—— L'instruction des indigènes au Tonkin Par Henri Russier. (*Revue indochinoise*, Juin 1914, pp. 575-587.)

Discours prononcé à la distribution des prix aux élèves des écoles franco-annamites de Hanoï, le 15 juin 1914.

SCIENCES MÉDICALES.

OBSERVATIONS EUROPÉENNES.

—— Relation médicale de la campagne De la Corvette de la Marine Impériale *la Constantine*, dans les mers de l'Indo-Chine et du Japon et dans l'Océan Pacifique, pendant les années 1853, 1854, 1855 et 1856. — Thèse Présentée et publiquement soutenue à la Faculté de Médecine de Montpellier, le 16 août 1859, par Anselme Lallemand, De Tonnay-Boutonne (Charente inférieure), Chirurgien de 1re Classe de la Marine Impériale, pour obtenir le grade de Docteur en Médecine. — Montpellier, F. Gelly, 1859, in-4, pp. 37.

— Faculté de Médecine. N° 16. — Thèse pour le Doctorat en Médecine Presentée et soutenue le 12 février 1864, par Pierre-Étienne Col, né au Bourg-d'Oisans (Isère), Chirurgien auxiliaire de la Marine... — Histoire médicale du Poste militaire du Rach-tra (Cochinchine) du 1er mars 1861 au 15 avril 1863... — Paris, A. Parent, 1864, in-4, pp. 47.

— Faculté de Médecine de Paris. No. 235. — Thèse pour le Doctorat en Médecine Présentée et soutenue le 22 août 1866, Par Auguste Thil, né à Toulouse (Haute-Garonne), Chirurgien de la Marine. Quelques remarques sur les principales maladies de la Cochinchine... Paris, A. Parent, 1866, in-4, pp. 38.

— No. 8 — De l'influence du Climat de la Cochinchine sur les maladies des Européens — Thèse Presentée et publiquement soutenue à la Faculté de médecine de Montpellier le 11 février 1867 par Bernard (François-Eugène) né à Serres (Hautes-Alpes) Médecin de 2me classe de la Marine impériale pour obtenir le titre de Docteur en Médecine. — Montpellier, Gras, 1867, in-4, pp. 58 + 1 f. n. ch.

— No. 26. — Des formes de la fièvre intermittente pernicieuse observées en Cochinchine. — Thèse présentée et publiquement soutenue à la Faculté de Médecine de Montpellier, le 23 mars 1868, par Morani (Antoine-François), Né à Muro (Corse), pour obtenir le grade de Docteur en Médecine. — Montpellier, L. Cristin et Ce, 1868, in-4, pp. 73 + 3 ff. n. ch.

— No. 40. — De la Fièvre rémittente bilieuse hémorrhagique observée en Cochinchine. — Thèse présentée et publiquement soutenue à la Faculté de Médecine de Montpellier, le 9 mai 1868, par Disser (François-Joseph), Né à Hirzbach (Haut-Rhin), Chirurgien de la Marine Impériale. Pour obtenir le grade de Docteur en Médecine. Montpellier, L. Cristin et Ce, 1868, in-4, pp. 35 + 2 ff. n. ch.

— No. 60. — Considérations médicales sur la Cochinchine son climat et ses maladies — Thèse présentée et publiquement soutenue à la Faculté de Médecine de Montpellier le 6 juillet 1868 Par Girard La Barcerie (Eugène) né à Saint-Lô (Manche) Médecin de 1re classe de la Marine; Médecin-Major du 1er régiment d'infanterie de Marine à Cherbourg;... pour obtenir le grade de Docteur en Médecine. — Montpellier, Boehm et fils, 1868, in-4, pp. 62 + 1 f. n. ch.

— No. 35. — De la Diphthérie — Relation d'une épidémie de cette maladie observée à Tong-Keou (Cochinchine). — Thèse présentée et publiquement soutenue à la Faculté de Médecine de Montpellier, le 5 juin 1869, par Lange (Michaël-John-Charles), Né à Rompsay (Charente-Inférieure), Médecin de 2e classe de la Marine impériale. Pour obtenir le grade de Docteur en Médecine. Montpellier, L. Christin et Ce, 1869, in-4, pp. 62 + 3 ff. n. ch.

— No. 48. — De la Colique sèche observée en Cochinchine de ses rapports et de ses différences avec la colique de plomb — Thèse présentée et publiquement soutenue à la Faculté de Médecine de Montpellier le 23 août 1869 par Roumieu (Louis-Joseph-Euryale) Né à Marseille (Bouches-du-Rhône) Médecin de la Marine impériale Pour obtenir le grade de Docteur en Médecine — Montpellier, Pierre Grollier, 1869, in-4, pp. 64 + 1 f. n. ch.

— Faculté de Médecine de Paris. — Thèse pour le Doctorat en Médecine Présentée et soutenue à la Faculté de Médecine de Paris le lundi 7 mars 1870 par C. Thorel, Docteur en Médecine, Médecin de la Marine impériale... — Notes médicales du voyage d'exploration du Mékong et de Cochinchine (de 1862 à 1868). Paris, E. Boutmy, 1870, in-4, pp. 184.

— *A. Gueirard, ex-Médecin de la Marine. — Essai de topographie médicale de la

Basse-Cochinchine. — Toulon, Robert, 1873, in-8, pp. 85.

—— Au Tonkin — Souvenirs médicaux d'une campagne de guerre (1883-1884) Relation Précédée d'une Etude géographique et d'une Carte orographique du pays Par le Dr Paul-Henri Chasseriaud Médecin de 2me classe de la Marine. — Bordeaux, Imprimerie nouvelle A. Bellier & Cie 16 — rue Cabirol — 16 — 1885, in-8, pp. 122; carte et tableau de tracés thermométriques.

—— Notes sur quelques hôpitaux de l'Extrême-Orient et du Pacifique, par M. le Dr Kergrohen, médecin en chef de 2e classe de la Marine. (*Arch. Méd. Navale*, T. 99, MDCCCCXIII, pp. 197-207, 270-284, 351-360, 430-449; T. 100, MDCCCCXIII, pp. 39-51, 109-123, 185-206, 249-265, 353-365, 423-437.)

Saigon, Shanghai, Tchen tou fou, Sui-fou, Tchong-King, Wan Kia touo, Y-tchang, Kiu Kiang, Tsing tao, Tche fou, Tong-Kou, Tien tsin, Ching Wen-tao, Dairen, Chemulpo, Tsuruga, Vladivostok, Nagasaki, Kobé, Yokohama, Honolulu, Seattle, San Francisco, Acapulco, Callao, Valparaiso, Tahiti, Nouméa, Nouvelles Hébrides, Sydney, Melbourne et Batavia.

—— Une série de vingt cas personnels d'abcès du foie des pays chauds, par MM. les Drs Pervès et Oudard, médecins de la Marine. (*Arch. Méd. Navale*, T. 99, 1913, pp. 241-270, 321-350.)

—— La Médecine et les Médecins chez les Annamites. (*A travers le Monde*, III, 1897, pp. 350-351.)

Hygiène.

—— No. 18 — Basse Cochinchine — Considérations sur l'hygiène et les habitudes des Indigènes — Thèse présentée et publiquement soutenue A la Faculté de médecine de Montpellier, le 5 mai 1863, par Léon Faucheraud Né à Veille (Charente-Inférieure), Chirurgien de la Marine, pour obtenir le grade de Docteur en Médecine. — Montpellier, Malaret, 1863, in-4, pp. 46 + 1 f. n. ch.

Sanatoria.

— Le Sanatorium de Lam-Biang. (*A travers le Monde*, IV, 1898, p. 412.)

—— Capitaine Debay. — Un Sanatorium pour l'Annam central. — Paris, H. Charles-Lavauzelle (1904), in-8, pp. 43, fig.

Extrait de la *Revue des Troupes Coloniales*.

— Le Tam-Dao. (*Asie française*, Mai 1914, p. 209.)

Choléra.

—— No 94. — Des fièvres paludéennes à détermination gastro-intestinale et à forme cholérique observées en Cochinchine. — Thèse présentée et publiquement soutenue à la Faculté de Médecine de Montpellier, le 17 décembre 1864; par Fournier (Amant), Né à Laval (Mayenne), Chirurgien de 1re classe de la Marine impériale... pour obtenir le grade de Docteur en Médecine... — Montpellier, L. Cristin et Ce, 1864, in-4, pp. 76 + 2 ff. n. ch.

—— Faculté de Médecine. No. 27. — Thèse pour le Doctorat en Médecine Présentée et soutenue le 25 janvier 1868, par Arthur Poujade, Ex-Médecin de la Marine impériale — Du Choléra dans la Cochinchine française — Paris, A. Parent, 1868, in-4, pp. 40.

Peste.

— La peste et le docteur Yersin. — L'Institut Pasteur de Nha-Trang. Par Henri Turot. (*A travers le Monde*, V, 1899, pp. 381-382; fig.)

Beri-beri.

—— *E. Reaucar. — Le béribéri à Poulo-Condore. Mayenne, 1886, in-4.

Dengue.

—— Note sur une épidémie de Dengue à bord de la «Manche» en 1911, par M. le Dr Rouché, médecin de 2e classe de la Marine. (*Arch. Méd. Navale*, t. 99, 1913, pp. 450-461; tableaux.)

Diarrhée et dysenterie.

—— No. 62. — Aperçu sur les lésions anatomiques de la Dyssenterie en Cochinchine — Thèse présentée et publiquement soutenue à la Faculté de Médecine de Montpellier le 19 août 1864, par Charles-Marie Julien, Né à Salon (Bouches-du-Rhône) Chirurgie [*sic*] de 1re classe de la Marine Impériale,... pour obtenir le grade de Docteur en Médecine. Montpellier, L. Cristin et Ce, 1864, in-4, pp. 75 + 2 ff. n. ch.

—— Faculté de Médecine de Paris. No. 288. — Thèse pour le Doctorat en Médecine Présentée et soutenue le 30 août 1866 par M. J. Paul Rochette né à Chaudesaigues (Cantal) Ancien Externe des hôpitaux de Paris, ancien chirurgien de la Marine militaire... — Des différentes formes de la Dysenterie en Cochinchine... — Paris, E. Martinet, 1866, in-4, pp. 40.

—— No. 14. — De la Dysenterie endémique en Cochinchine — Thèse présentée et publiquement soutenue à la Faculté de Médecine de Montpellier le 26 février 1870 Par Ernest Pichez né à Rochefort-sur-Mer (Charente-Inférieure) Médecin de Deuxième Classe de la Marine Impériale pour obtenir le grade de Docteur en Médecine — Montpellier, Boehm et fils, 1870, in-4, pp. 67.

—— *Eugène Antoine Leclerc, Médecin de 2e classe, né à Toulon (Var). — Considérations sur la rectite dysentérique et l'herpès circiné non contagieux, observés en Cochinchine. Montpellier, 1871, thèse in-4, pp. 52.

—— No. 65. — Étude sur la Diarrhée endémique des pays chauds et plus spécialement sur la Diarrhée dite de Cochinchine — Thèse Présentée et publiquement soutenue devant la Faculté de Médecine de Montpellier le 7 août 1872 par Elzéar-Alexandre Layet Médecin de 1re classe de la Marine pour obtenir le grade de Docteur en Médecine — Montpellier, Ricateau, Hamelin et Cie, MDCCCLXXII, in-4, pp. 74 + 1 f. n. ch.

—— *Eugène Normand, Médecin de la Marine, Né à Brest (Finistère). — De la rectite dysentérique endémique en Cochinchine. Paris, 1872, thèse in-4.

—— Faculté de Médecine de Paris. No 256. — Thèse pour le Doctorat en Médecine Présentée et soutenue le 2 juillet 1873, Par Ferdinand Antoine, Né à Toulon (Var), Médecin de 2e classe de la Marine — Essai sur la Diarrhée endémique de Cochinchine... — Paris, A. Parent, 1873, in-4, pp. 60.

—— La dysenterie à Saigon, par M. le Dr Denier, médecin de 1re classe de la Marine, sous-directeur de l'Institut Pasteur de Saigon. (*Arch. Méd. Navale*, t. 102, 1914, pp. 120-127.)

Ko-sam.

—— Sur la graine de Ko-sam Brucea Sumatrana (*Roxb.*) et sur sa constitution chimique, par les professeurs Docteurs Edouard Heckel et Fr. Schlagdenhauffen. (*Rev. Cultures Coloniales*, VI, 1900, pp. 97-104.)

—— Un nouveau remède contre la dysenterie Par J. Dybowski. (*Revue Cultures Coloniales*, VI, 1900, pp. 1-2.)

—— Un nouveau remède contre la dysenterie Par J. Dybowski. (*Revue Cultures Coloniales*, VI, 1900, pp. 129-131.)

—— Le Ko-sam, ou Brucea Sumatrana, Roxb. Par J. Dybowski. (*Rev. Cultures Coloniales*, VI, 1900, pp. 196-198.)

—— Encore le Ko-sam Par J. Dybowski. (*Rev. Cultures Coloniales*, VI, 1900, pp. 225-228.)

—— Au sujet d'un nouveau médicament contre la dysenterie, le Ko-sam Par E. Heckel. (*Rev. Cultures Coloniales*, VI, 1900, pp. 193-195.)

—— Sur la composition chimique du Kô-sam Par M. Gab. Bertrand. (*Rev. Cultures Coloniales*, VI, 1900, p. 198.)

—— Contribution à l'étude physiologique du Kô-Sam. Par M. C. Phisalix. (*Rev. Cultures Coloniales*, VI, 1900, pp. 199-201.)

AGRICULTURE ET ÉCONOMIE RURALE.

Divers.

—— Note sur l'écorce d'une liane L'ecdysanthera glandulifera (Apocynées) Par M. Lapeyrère. (*Bull. Soc. Géogr. Rochefort*, T. III, 1881-1882, pp. 75-79; fig.)

Dans le pays des Moïs; est appelée *Dô-trong* par les Annamites et *Ang-Kôt* par les Cambodgiens.

—— La culture du blé au Tonkin Par Ch. Lemarié, Directeur de l'Agriculture au Tonkin. (*Rev. Cultures Coloniales*, VI, 1900, pp. 54-60.) — Col. 2204.

— Une mission d'études agricoles. (*Asie française*, Janvier 1914, p. 31.)

— Lettre de M. Auguste Chevalier (Indochine). (*Bull. Soc. Géogr. comm.*, Mars 1914, pp. 230-231.)

— La mission Chevalier et les cultures riches. (*Asie française*, Mai 1914, pp. 208-209.)

— Missione Chevalier nell'Indocina. (*Boll. Reale Soc. Geografica*, 1° Dicembre 1913, p. 1436.)

Agriculture.

— Les Agriculteurs français au Tonkin Par M. de M. [athuisieulx]. (*A travers le Monde*, I, 1895, pp. 497-499; fig.)

— L'Agriculture au Tonkin D'après des renseignements offerts par M. E. Duchemin, planteur à Phu-Doan. (*A travers le Monde*, II, 1896, pp. 277-278; fig.)

— Analyses de terres de Cochinchine Par Lefeuvre. (*Rev. Cultures Coloniales*, V, 1899, pp. 68-70.) — Col. 2202.

—— Une mission agricole en Extrême-Orient Par Em. Prudhomme, Directeur du service de l'agriculture de Madagascar. (*Revue Cultures Coloniales*, VIII, 1901, pp. 321-336; fig.)

—— Le métayage en Annam-Tonkin Par Henri Durieu. (*Bull. Soc. Études Col. et marit.*, 29° année, 1904, pp. 176-181.)

Administration.

— Indo-Chine. — Création d'une direction de l'agriculture et du commerce. (*Rev. Cultures Coloniales*, II, 1898, p. 156.)

Nomination de Guillaume Capus comme directeur et de Guillaume Monod comme collaborateur.

Champs d'essai.

— Tonkin. — Note relative aux essais entrepris sur une concession située dans la province de Thai-Nguen. (*Revue Cultures Coloniales*, III, 1898, pp. 154-155.)

—— Rapport sur les champs d'essais du Jardin Botanique de Saigon Par E. Haffner, Directeur du Jardin Botanique. (*Rev. Cultures Coloniales*, V, 1899, pp. 46-51, 78-84.)

Saïgon, le 30 janvier 1899.

—— Compte rendu des travaux exécutés dans les stations expérimentales de cultures et champs d'essais de l'Annam en 1913 Par Georges Devraigne, Chef des Services Agricoles et Commerciaux locaux de l'Annam. (*Bull. écon. Indochine*, No. 108, Mai-Juin 1914, pp. 348-363.)

Cf. *Ibid.*, Mars-Avril 1913, No. 101, pp. 224 seq.

Engrais, etc.

—— Les engrais phosphatés dans la culture du riz en Cochinchine. (*Rev. Cultures Coloniales*, VII, 1900, pp. 473-475.)

Communication de M. Josselme à la Chambre d'Agriculture de Cochinchine. (*Revue Indo-Chinoise*, No. 86.)

—— Le *Thua-meo* comme engrais vert. Par Ch. Lemarié, Directeur des Services Agricoles et commerciaux du Tonkin. (*Bull. écon. Indochine*, No. 106, Janv.-Févr. 1914, pp. 93-95.)

Forêts. — Bois.

—— Rapport De la Commission chargée d'étudier les questions qui se rattachent au commerce des bois et à l'exploitation des forêts. Par Les membres de la Commission, Pierre, Thorel, de Lauriston, Garnier, Berrier-Fontaine. (*Bull. Com. Agricole Cochinchine*, T. I, N° 11, Année 1866, pp. 23-58.)

—— Excursion dans les forêts du haut de la rivière de Saigon et de l'arroyo de Ti-tinh Par Thorel. (*Bull. Com. Agricole Cochinchine*, T. I, N° 11, Année 1866, pp. 59-68.)

—— Le déboisement de l'Annam. Par Camille Paris, Planteur à Tourane. (*Rev. Cultures Colon.*, II, 1898, pp. 86-94.)

Ext. d'un Mémoire adressé au Résident Supérieur d'Annam.

—— *Boude, Chef du Service forestier. — Notice sur les forêts de la Cochinchine. Juin 1899, in-4, pp. 9.

Lithographié.

— Les produits forestiers de la Cochinchine. (*Rev. Cultures colon.*, VIII, 1901, pp. 311-313.)

—— Les régions forestières du Hà-tĩnh (Annam) et les voies de communication entre cette province et le Laos Par Trinquet Inspecteur de la Garde Indigène, en mission. (*Bull. écon. Indochine*, No. 105, Nov.-Déc. 1913, pp. 1042-1058; 3 cartes.)

—— Nomenclature des principales essences forestières de la province du Binh-Dinh (Annam) Par Trinquet, Inspecteur de la Garde Indigène et Chaillot, Surveillant des Travaux Publics. (*Bull. écon. Indochine*, No. 105, Nov.-Déc. 1913, pp. 1059-1064.)

— Au sujet des bois de Lim de l'Indochine Par Aug. Chevalier, Chef de la Mission permanente d'études des cultures et des jardins d'essais coloniaux, en mission en Indochine. (*Bull. écon. Indochine*, No. 106, Janv.-Février 1914, p. 90.)

—— Le gemmage des pins et l'exploitation résinifère au Tonkin Par Carrière, Inspecteur des Eaux et Forêts. (*Bull. écon. Indochine*, No. 108, Mai-Juin 1914, pp. 329-335; fig.)

Cheval.

— Le Cheval tonkinois. (*A travers le Monde*, V, 1899, p. 388.)

—— Ant. Brébion. — Le cheval indochinois et les courses. Br. in-8, pp. 10.

Extrait du *Bulletin de la Société des Sciences naturelles de Saône-et-Loire*, 4e trimestre 1913.

—— Les Jumenteries en Annam en 1913 (*Bull. écon. Indochine*, No. 105, Nov.-Déc. 1913, pp. 1104-1107.)

Camphre.

—— Le camphre Par M. Kelway Bamber, Chimiste du Gouvernement [et] J. C. Willis, Directeur des Jardins Botaniques royaux. (*Rev. Cultures Coloniales*, XI, 1902, pp. 106-114.)

Trad. d'une partie de la circulaire, série 1, n° 24, nov. 1901, publiée par les *Royal Botanic Gardens* de Ceylan.

— La formation et la distribution du camphre dans le Camphrier. (*Rev. Cultures Coloniales*, XIII, 1903, pp. 369-370.)

Résumé d'une étude de M. Homi Shirasawa dans *The Bulletin of the College of Agriculture* de Tokyo, V, No. 3, 1903.

—— Les camphriers et leur culture. [Par M. Zimmermann.] (*Rev. Cultures Coloniales*, XIV, 1904, pp. 204-207.)

Paru dans *Usambara Post* et faisant partie des *Mitt. aus dem Biologisch-Landwirtschaftlichen Institut Amani*, Janvier 1904.

Cocotier.

— Le cocotier : *Cocos nucifera* (Linn.) — I. — Nom et description sommaire. — II. — Climatologie et terrains. — III. — Répartition géographique en Indo-Chine. — IV. — Culture. (*Rev. Cultures Coloniales*, VI, 1900, pp. 182-188, 243-249.) — Voir col. 2224.

— Notes sur la culture et l'exploitation du cocotier dans la province de Binh-Dinh (Annam) Par L. Rideau Colon-planteur à Tan-My (Quin-hone). (*Rev. Cultures Coloniales*, IX, 1901, pp. 76-82, 117-121.) — Voir col. 2224.

— La fibre de coco ou «coir». (*Rev. Cultures Coloniales*, X, 1902, pp. 24-25.)

Traduit de *Archief voor den landbouw in Insulinde*.

Coton.

—— *Le Coton, son histoire, son emploi et son importance chez les différentes peuplades, par Ed. Jardin. Paris, Palmé, 1881.

Notice : *Bull. Soc. Géogr. Rochefort*, t. III, 1881-1882, pp. 167-168.

VIGNE.

—— La vigne de Cochinchine. Extrait du rapport au Comité agricole et industriel, au sujet de la vigne sauvage de Cochinchine Par Lourme, Membre correspondant. (*Bull. Soc. Géogr. comm. Bordeaux*, 1882, pp. 304-306.)

CAFÉ.

— Les planteurs de café au Tonkin Réfutation des critiques dirigées contre la culture du café au Tonkin — Recherche des meilleurs procédés de culture du caféier Préparation et conservation des produits — Ecoulement des produits. (*Rev. Cultures Coloniales*, V, 1899, pp. 344-346.)

Rapport de M. Duchemin au Syndicat des planteurs du Tonkin.

—— Les arbres d'abri pour les plantations de caféiers Par L. Pierre. (*Rev. Cultures Coloniales*, VI, 1900, pp. 4-8.)

— Établissement et compte de culture d'une plantation de café à Hon-héo (Cochinchine) [Par M. Blanc, planteur à Hon-héo, petite île du golfe de Siam, dépendant de la province de Hatien]. (*Rev. Cultures Coloniales*, VIII, 1901, pp. 111-116.) — Voir col. 2227.

—— La culture du caféier au Tonkin. (Extrait du livre sur la Culture du Caféier au Tonkin de M. Marius Borel, Planteur, Vice-Président de la Chambre d'Agriculture, Chevalier de la Légion d'Honneur.) (*Bull. écon. Indochine*, No. 106, Janv.-Févr. 1914, pp. 54-69.)

THÉ.

—— La culture du thé Par V. Boutilly, Inspecteur adjoint des forêts. (*Rev. Cultures Coloniales*, I, 1897, pp. 89-97, 123-137; fig.)

—— *Le thé. Sa culture et sa manipulation, par V. Boutilly. — Paris, Georges Carré et C. Naud, éditeurs, in-8, pp. 108, fig.

Compte-rendu : *Revue Cultures Coloniales*, III, 1898, pp. 26-27, Par Henri Bocher.

—— Notice sur la culture et la préparation du thé à Phuthuong, près de Tourane province de Quang-Nam (Annam). Par Lombard. (*Rev. Cultures Coloniales*, I, 1897, pp. 145-150.)

— Le Thé de Ceylan. — Echec au thé de Chine. — Un exemple pour notre Indo-Chine. (*A travers le Monde*, VI, 1900, p. 244.)

— Moyens d'éviter que le thé ne tourne au rouge ni au gris. (*Rev. Cultures Coloniales*, VI, 1900, pp. 84-85.)

A propos de l'article de M. Geo Thornton dans le *Tropical Agriculturist* de septembre 1899.

—— Le matériel nécessaire à la fabrication du thé Par F. Main, Ingénieur agronome. (*Rev. Cultures Coloniales*, XIII, 1903, pp. 353-356.)

— Les succédanés du thé. (*Rev. Cultures Coloniales*, XI, 1902, pp. 114-117.)

Trad. du *The Tropical Agriculturist*, déc. 1901.

—— Les thés d'Annam et de Ceylan. Par C.-A. Guigon. (*Rev. Cultures Coloniales*, IX, 1901, pp. 267-270.)

— Progression dans les thés d'Annam. Lettre de M. C.-A. Guigon. (*Rev. Cultures Coloniales*, XI, 1902, pp. 168-170.)

— Thés de l'Annam. Lettre de M. Guigon. (*Rev. Cultures Coloniales*, XIV, 1904, p. 244.)

CACAOYER.

—— Le Cacaoyer. Sa culture et son exploitation dans tous les pays de production, par Henri Jumelle, professeur adjoint à la Faculté des Sciences de Marseille. Paris, Challamel, 1900, in-8, pp. 210, fig. botaniques.

Notice : *Rev. Cultures Coloniales*, VI, 1900, pp. 92-93.

PAVOT.

—— Note sur la culture du pavot à opium Par Lemarié, Directeur de l'Agriculture au Tonkin. (*Rev. Cultures Coloniales*, I, 1897, pp. 239-242.)

TABAC.

— Essais de culture du Tabac faits à Hong-Quan par le Jardin Botanique de Saigon en 1897. Par E. Haffner, Directeur du Jardin Botanique. (*Revue Cultures Coloniales*, IV, 1899, pp. 251-254, 281-285, 310-316, 332-343.) — Voir col. 2230.

— La culture du tabac en Indo-Chine. (*Bull. Soc. Études Col. et marit.*, 29e année, 1904, pp. 285-286.)

Arbre à suif.

—— Note sur un arbre à suif du Cambodge Par Pallier, Résident de la province de Kampot. (*Rev. Cultures Coloniales*, XIII, 1903, pp. 24-26.)

Le Châmbâk.

— Les arbres à suif Par Ch. Lemarié, Directeur de l'Agriculture en Annam. (*Rev. Cultures Coloniales*, XIII, 1903, pp. 84-90, 112-115.) — Voir col. 2232.

Bananes.

— Le bananier sauvage en Indo-Chine son utilisation possible comme textile Par Henri Brenier.... (*Rev. Cultures Coloniales*, VIII, 1901, pp. 267-272.)

Extr. du *Bull. écon. Indo-Chine*. — Voir col. 2233.

Ramie.

—— L'intérêt de la culture de la ramie pour les Colonies, Par le Dr M. Gürke. (*Rev. Cultures Coloniales*, V, 1899, pp. 354-359.) — Annotation au mémoire précédent, par M. Ch. Rivière. (*Ibid.*, pp. 359-362.)

Traduit de l'article de Mr le Dr M. Gürke, paru dans *Der Tropenpflanzer*, 1899, n° 10.

— La culture et l'industrie de la ramie et de l'ortie de Chine en Indo-Chine. Par H. Brenier. (*Revue Cultures Coloniales*, VII, 1900, pp. 562-566.) — Voir col. 2233.

—— La Ramie Situation de sa culture et de son industrie en 1900. Par Ch. Rivière [Rapport lu à la 1ère session du Congrès International de la Ramie, à Paris, 28, 29 et 30 Juin 1900]. (*Revue Cultures Coloniales*, VII, 1900, pp. 389-406, 417-426, 449-464.)

Canne à sucre.

—— L'extension géographique de la canne à sucre [en Asie]. (*Rev. Cultures Coloniales*, VII, 1900, pp. 594-602.)

Extr. de l'étude de M. Walter Luck, publiée dans l'un des fascicules du *Tropenpflanzer* de Berlin ; d'après le *Bull. de la Soc. d'Études coloniales*.

Jute.

—— La culture du Jute Par M. Henri Lecomte. (*Rev. Cultures Coloniales*, I, 1897, pp. 77-85, fig.; 113-122.)

Assam, Chine, Indochine.

Caoutchouc.

— Les cultures de caoutchouc coloniales Par Édouard Heckel, Professeur, Directeur fondateur de l'Institut colonial de Marseille. (*Rev. Cultures Coloniales*, II, 1898, pp. 102-104.)

— La gomme élastique de l'*Eucommia ulmoides*. (*Rev. Cultures Coloniales*, V, 1899, pp. 306-307.)

Caoutchouc de Chine «Tu-chung».

— Nouveau procédé de récolte du caoutchouc Par J. Josselme, secrétaire de la Chambre d'Agriculture de la Cochinchine. (*Revue Cultures Coloniales*, V, 1899, pp. 338-340.)

— Sur une liane à caoutchouc de l'Indo-Chine. Lettre de M. H. Jumelle, professeur adjoint à la Faculté des Sciences de Marseille. (*Rev. Cultures Coloniales*, IX, 1901, pp. 10-11.)

— Sur une liane à caoutchouc de l'Indo-Chine. Lettres de M. L. Achard, inspecteur d'agriculture et de M. H. Jumelle. (*Rev. Cultures Coloniales*, IX, 1901, pp. 362-363.)

— Le *Xylinabaria Reynaudi*, liane à caoutchouc du Tonkin Par Henri Jumelle, Professeur à la Faculté des Sciences de Marseille. (*Rev. Cultures Coloniales*, X, 1902, pp. 361-364.)

— L'exploitation des lianes à caoutchouc en forêt, dans le nord de l'Annam [Communiqué par M. Coqui, ancien directeur des douanes-régies en Annam-Tonkin]. (*Rev. Cultures Coloniales*, VIII, 1901, pp. 274-275.)

Extr. du *Bull. écon. Indo-Chine*, 1er oct. 1900.

— Le traitement des écorces de lianes à caoutchouc. (*Rev. Cultures Coloniales*, VIII, 1901, pp. 309-310.)

Extr. du *Bull. écon. Indo-Chine*, 1er oct. 1900.

— Sur les plantes à caoutchouc de l'Indo-Chine Par Pierre, Ancien Directeur du Jardin Botanique de Saïgon. (*Rev. Cultures Coloniales*, XI, 1902, pp. 225-229.) — Voir col. 2237.

— Notes sur une liane à caoutchouc de l'Indo-Chine *Khua-Mak-Khao-Ngoua*. — *Liane à fruits en cornes de bœuf.* [Par M. P. Macey, commissaire du gouvernement des Hua-phans Ha-tang-Hoc dans le Laos central.] (*Rev. Cultures Coloniales*, VII, 1900, pp. 437-439.) — Extr. du *Bull. écon. Indo-Chine*. — Voir col. 2238.

— Le *ficus elastica* en Annam Par Jacquet, Directeur de l'Agriculture de l'Annam. (*Rev. Cultures Coloniales*, VIII, 1901, pp. 218-221, fig.; 279-282.)

Suivi d'une Note de la rédaction. — Extr. du *Bull. écon. Indo-Chine*. — Voir col. 2238.

— La culture des plantes à caoutchouc en Cochinchine Par M. E.-L. Achard, Inspecteur d'agriculture, Directeur de l'Agriculture p. i. en Cochinchine. (*Rev. Cultures Coloniales*, VI, 1900, pp. 51-52.)

Extr. du *Bull. écon. Indochine*, 1er nov. — Voir col. 2238.

— Deux lianes à caoutchouc d'Indo-Chine par M. Gustave Quintaret. (*Rev. Cultures Coloniales*, X, 1902, pp. 206-208).

Extr. des *Ctes Rendus de l'Acad. des Sciences*, 17 février 1902. — Voir col. 2239.

— Note sur les guttas. Par le Dr Spire, En mission botanique en Indo-Chine. (*Revue Cultures Coloniales*, XIII, 1903, pp. 78-81, 106-109.) — Voir col. 2239.

—— L'hévéa en Cochinchine — Considérations générales sur la culture et l'exploitation Par Girard, Président de la Chambre d'Agriculture de Cochinchine. (*Bull. écon. Indochine*, No. 106, Janv.-Février 1914, pp. 46-53.)

— Le caoutchouc en 1913. Par P. Saint-Germain et Cie. (*Bull. écon. Indochine*, No. 106, Janv.-Février 1914, p. 98.)

— Caoutchouc et coprah en Indochine Par Henri Froidevaux. (*La Géographie*, 15 février 1914, pp. 122-123.)

A propos de *Les Richesses naturelles de l'Indochine*, par M. Henri Brenier.

— Le crédit bancaire et les plantations de caoutchouc de Cochinchine. (*Asie française*, Février 1914, p. 71.)

— Lettre de M. Auguste Chevalier. (*Bull. Soc. Géogr. comm. Paris*, Juin 1914, p. 437.)

Riz.

—— L'Agriculture au Tonkin. Le riz. (Signé: P. Chaffanjon, C. Métral.) — Lyon, Impr. de Geneste, 1898, in-8, pp. 18.

— Étude sur la valeur alimentaire et industrielle des riz de Cochinchine Par E. Lefeuvre, Directeur du Laboratoire de la Cochinchine. (*Rev. Cultures Coloniales*, V, 1899, pp. 372-375; *ibid.*, VI, 1900, pp. 44-51.) — Voir col. 2245.

—— Le riz. — Culture. — Commerce. — Industrie. Par M. Lahille étudiant en pharmacie, interne des hopitaux. (*Soc. Géogr. Toulouse*, *Bull.*, 1900, pp. 176-195, 222-246, 463-492.)

—— Expériences rizicoles au Tonkin Par Paul Braemer, Ingénieur Agricole, Sous-Inspecteur des Services Agricoles et Commerciaux. (*Bull. écon. Indochine*, No. 106, Janv.-Février 1914, pp. 70-76.)

(Caoutchouc.)

— Le commerce du riz en Indochine. Extrait de l'Essai d'Atlas Statistique de l'Indochine française (Actuellement sous presse) par Henri Brenier Chef du Service des Affaires Economiques du Gouvernement Général de l'Indochine, Ancien Directeur de la Mission Lyonnaise d'exploration commerciale en Chine. (*Bull. écon. Indochine*, No. 108, Mai-Juin 1914, pp. 346-347; tableau.)

Sériciculture.

—— Rapport sur la culture du mûrier dans le huyên de Kien-Dang, province de Mitho, adressé au Gouverneur, par M. Turc, chirurgien de marine, et communiqué au Comité agricole et industriel (séance du 11 août). (*Bull. Com. agricole Cochinchine*, T. I, No. 1, 26 nov. 1865, pp. 75-81.)

—— Extrait d'un rapport de M. Turc, chirurgien de marine, communiqué au Comité agricole, au sujet de l'élevage des vers à soie. (*Bull. Com. agricole Cochinchine*, T. I, No. 1, 26 nov. 1865, pp. 82-92.)

Caï-bé, le 10 novembre 1865.

—— Lettre de M. Turc, chirurgien de la marine, en mission pour l'étude de la question séricicole en Cochinchine, à M. le Directeur de l'Intérieur. (*Bull. Com. agricole Cochinchine*, T. I, No. 1, 26 nov. 1865, p. 99.)

Caï-bé, le 7 novembre 1865.

—— La Sériciculture en Cochinchine, son présent, son avenir, par J. Chamecin, ... — Lyon, «Moniteur des Soies», 1874, gr. in-8, pp. 11.

— Un nouveau murier du Tonkin. Article de M. Charles Naudin, de l'Institut, dans le Bulletin de la Société nationale d'Acclimatation du mois d'Août. (*Rev. Cultures Coloniales*, I, 1897, p. 174.)
A ce propos :

Lettre de M. Godefroy Lebœuf, horticulteur. (*Ibid.*, pp. 219-220.)

— L'éducation des vers à soie au Tonkin Par Du Crouzet. (*Rev. Cultures Coloniales*, VI, 1900, pp. 305-310.)

Extr. de la *Rev. Indochinoise*. — Voir col. 2251.

— La filature de soie à vapeur de Thai-Binh pendant l'année 1913 Extrait d'un rapport de M. Gachon Sous-Inspecteur des Services Agricoles et Commerciaux de l'Indochine. (*Bull. écon. Indochine*, No. 105, Nov.-Déc. 1913, pp. 1100-1102.)

— Soies bassines à feu. Par A. Gachon, Sous-Inspecteur des Services Agricoles et Commerciaux. (*Bull. écon. Indochine*, No. 106, Janv.-Février 1914, pp. 97-98.)

(Sériciculture.)

— L'industrie séricicole au Tonkin en 1913. (*Bull. écon. Indochine*, No. 108, Mai-Juin 1914, p. 381.)

— Les recherches séricicoles au Cambodge Par Martin de Flacourt, Chef des Services Agricoles et Commerciaux du Cambodge. (*Bull. écon. Indochine*, No. 108, Mai-Juin 1914, pp. 388-389.)

Cultures diverses.

—— Rapport sur les industries agricoles du huyên de Kien-Hung et particulièrement sur les plantations de riz, de cocotiers et d'aréquiers, adressé au Gouverneur par M. Turc, chirurgien de marine et communiqué au Comité agricole (séance du 9 octobre). (*Bull. Com. agricole Cochinchine*, T. I, No. 1, 26 nov. 1865, pp. 65-74.)

—— Culture, distillation et commerce de la badiane Par Radisson, Capitaine-Commandant le poste de Dong-dang. (*Rev. Cultures Coloniales*, V, 1899, pp. 65-68, 138-141.)

Chez les Thos, et en Chine.

—— Note sur deux arbres à huile du Tonkin Par Ch. Lemarié. (*Rev. Cultures Coloniales*, V, 1899, pp. 141-144.)

Cây-trâu pour les Annamites — Bancoulier ou Noyer des Moluques.

— Note sur la culture de la pomme de terre Par Ch. Lemarié, Directeur de l'Agriculture à Hanoï. (*Rev. Cultures Coloniales*, V, 1899, pp. 270-272.) — Cf. col. 2253.

— L'huile de Mu-u (Calophyllum inophyllum) Par Lefeuvre, Directeur du Laboratoire de Cochinchine. (*Rev. Cultures Coloniales*, VI, 1900, pp. 280-282.) — Col. 2255.

— Le Bancoulier Par E. Duchemin. (*Rev. Cultures Coloniales*, VII, 1900, pp. 443-444.)

Extr. de la *Revue Indo-Chinoise*, No. 75.

— Note sur la culture des *Plectranthus*. (*Revue Cultures Coloniales*, VII, 1900, pp. 444-446.)

(Extrait du rapport de M. le Directeur de l'Agriculture au Tonkin, *Revue Indo-Chinoise*, No. 79.) — Col. 2256.

— Rendement du manioc. Communication de M. le Dr Josselme, au Syndicat des planteurs européens de Cochinchine, le 5 juillet 1900. (*Rev. Cultures Coloniales*, VIII, 1901, pp. 153-154.) — Cf. col. 2254 et 2255.

—— Les plantes à fibres et la culture des *Boehmeria* en Chine Par Moritz Schaux. (*Rev. Cultures Coloniales*, IX, 1901, pp. 15-22.)

Traduit du *Tropenpflanzer*, V, n° 3, 1901, p. 126.

— Le cardamome d'Indo-Chine. (*Rev. Cultures Coloniales*, IX, 1901, pp. 278-282.) — Col. 2256.

—— Note pour contribuer à la vulgarisation du *Manihot Glaziovii* (*Ceara*) en Annam. (*Rev. Cultures Coloniales*, XI, 1902, pp. 212-215.)

Communication de la Direction de l'Agriculture du Gouvernement général de l'Indo-Chine.

—— L'abaca aux Philippines et au Tonkin Par Ch. Remery, chargé de mission. (*Revue Cultures Coloniales*, XIII, 1903, pp. 203-208, 242-247, 271-273, 304-308.) — Col. 2256.

— Culture de l'Ylang-Ylang Par Martin de Flacourt, Sous-Inspecteur de l'Agriculture. (*Revue Cultures Coloniales*, XIII, 1903, pp. 366-368; *ibid.*, XIV, 1904, pp. 16-18.)

Extr. du *Bull. écon. Indochine*. — Col. 2256.

— L'arbre à papier du Tonkin (Cay Gio) Par F. Claverie, Rédacteur à la Direction de l'Agriculture et du Commerce de l'Indochine. (*Rev. Cultures Coloniales*, XIV, 1904, pp. 175-182, 271-275, 300-307.)

Extr. du *Bull. écon. Indochine*, No. 24, Déc. 1903. — Col. 2256.

—— L'*Erythrina indica* Lamk. en Indo-Chine: son extension géographique, ses applications, son bois, par MM. M. Dubard et Ph. Eberhardt. (*Bull. Mus. Hist. Nat.*, 1910, pp. 333-337; fig.)

—— Rapport d'ensemble sur les essais de textiles entrepris à La-pho (Tonkin) (Suite) Par Léon Hautefeuille, Chargé de Mission. (*Bull. écon. Indochine*, No. 105, Nov.-Déc. 1913, pp. 1065-1078.) — Voir col. 2061.

— Une graminée nouvelle intéressante du Tonkin Par Ch. Lemarié. (*Bull. écon. Indochine*, No. 105, Nov.-Déc. 1913, pp. 1099-1100.)

— Plantes à tannin; à teinture; à essence. Par Ch. L. (*Bull. écon. Indochine*, No. 106, Janv.-Février 1914, pp. 95-96.)

—— La culture des arbres fruitiers des pays tempérés dans le Moyen et le Haut-Tonkin Par Auguste Chevalier Chef de la Mission Permanente d'études des Cultures et des Jardins d'essais Coloniaux, en Mission en Indochine. (*Bull. écon. Indochine*, No. 107, Mars-Avril 1914, pp. 107-113.)

—— Ilipé du Tonkin. Par Ch. Lemarié, Directeur des Services Agricoles et Commerciaux du Tonkin. (*Bull. écon. Indochine*, No. 107, Mars-Avril 1914, pp. 208-210.)

Cay-sen. — Cay-vinh. — Cay-nhan. — Voir col. 2260.

—— Les plantes de la zone tempérée au Tonkin Par Ch. Lemarié, Directeur des Services Agricoles et Commerciaux du Tonkin. (*Bull. écon. Indochine*, No. 108, Mai-Juin 1914, pp. 364-366.)

—— Les raisins de table au Tonkin Par Lafitan, Inspecteur des Services Agricoles et Commerciaux. (*Bull. écon. Indochine*, No. 108, Mai-Juin 1914, pp. 366-367.)

Produits divers.

— Indo-Chine. Produits de l'Annam. (*Rev. Cultures Colon.*, I, 1897, p. 34.)

— Les écorces tannantes de l'Inde et de l'Indo-Chine Par. Achard, Dir. p. i. de l'Agriculture de Cochinchine. (*Revue Cultures Coloniales*, VII, 1900, pp. 753-756.)

Extr. du *Bull. écon. Indo-Chine*, No. 29, 1900. — Voir col. 2262.

— Huile de Cardamome sauvage. (*Bull. Imp. Institute*, Vol. XI, No. 3, 1913.) (*Bull. écon. Indochine*, No. 6, Janv.-Février 1914, pp. 96-97.)

—— L'abrasin du Tonkin Par Ch. Lemarié, Directeur des Services Agricoles et Commerciaux du Tonkin. (*Bull. écon. Indochine*, No. 107, Mars-Avril 1914, pp. 144-150.)

—— Le raffinage de la gomme laque à Lapho (Tonkin). Par B. Pidance, Inspecteur des Services Agricoles et Commerciaux. (*Bull. écon. Indochine*, No. 108, Mai-Juin 1914, pp. 227-239.)

Parasitologie.

—— Notes sur quelques maladies et ennemis des plantes cultivées en Extrême-Orient Par L. Duport, Agent des Services Agricoles et Commerciaux de l'Indochine (Suite et fin). (*Bull. écon. Indochine*, No. 105, Nov.-Déc. 1913, pp. 947-1001.)

—— Note sur les chenilles perforantes des tiges de riz Par L. Duport, Agent des Services Agricoles et Commerciaux de l'Indochine. (*Bull. écon. Indochine*, No. 105, Nov.-Déc. 1913, pp. 1102-1104.)

INDUSTRIES DIVERSES.

—— Note sur les salines de Baria, adressée au Comité agricole par Mourin d'Arfeuille, inspecteur des Affaires indigènes. (*Bull. Com. agricole Cochinchine*, T. I, No. 1, 26 nov. 1865, pp. 93-98.)

— La renaissance de l'industrie du sel en Indo-Chine. (*Bull. Com. Asie française*, Nov. 1906, pp. 444-446.)

— La production locale du Ciment au Tonkin. (*Bull. écon. Indochine*, No. 108, Mai-Juin 1914, pp. 376-377.) — Voir col. 2270.

—— Les poteries du Nghệ-An Par V. Barbier, de la Société des Missions Etrangères. (*Revue indochinoise*, Juin 1914, pp. 609-615; fig.)

ART MILITAIRE ET NAVIGATION.

—— Lettre du docteur Candé au secrétaire général. — Du choix des troupes pour les expéditions militaires aux colonies. Le Lude, 3 décembre 1884. — Réponse du docteur H. Bourru, secrétaire général. Rochefort, 2 février 1885. (*Bull. Soc. Géogr. Rochefort*, VI, 1884-1885, pp. 159-161.)

—— Relations du terrain et de la fortification dans l'offensive au Delta tonkinois. (*Revue des Troupes coloniales*, 1907, I, p. 167.)

—— L'école des sous-officiers en Indo-Chine. (*Revue des Troupes coloniales*, 1907, I, p. 68.)

—— L'ancienne armée annamite. Mémoire de Bénigne Vachet, publié par M. L. Cadière. (*Revue indochinoise*, Septembre 1913, pp. 351-359.)

—— Le service militaire dans l'Annam d'autrefois Par Capne Baulmont. (*Revue indochinoise*, Nov.-Déc. 1913, pp. 581-600.)

BEAUX-ARTS.

—— Les ouvriers d'art au Tonkin La décoration du métal Par Marcel Bernanose. (*Revue indochinoise*, Sept. 1913, pp. 279-290; planches et figures.)

—— Les Arts décoratifs au Tonkin La quatrième exposition de l'Amicale artistique franco-annamite Par Marcel Bernanose, Professeur de dessin au Collège du Protectorat. (*Revue indochinoise*, Janvier 1914, pp. 75-94; pl.)

—— Sur l'art annamite Par Henri Gourdon Président de l'Amicale artistique franco-tonkinoise. (*Revue indochinoise*, Juin 1914, pp. 547-562; planches.)

Conférence faite à l'École Coloniale, à Paris, le 9 janvier 1914.

XII. — LANGUE ET LITTÉRATURE.

LITTÉRATURE.

ROMANS, CONTES ET NOUVELLES.

—— Commandant Bonifacy. — Légendes indo-chinoises. — Le Pèlerin (Conte annamite). (*Revue des Troupes coloniales*, 1907, I, pp. 395-397.)

—— Commandant Bonifacy. — Légendes indo-chinoises. — Le pieux orphelin (Conte thô). (*Revue des Troupes coloniales*, 1907, II, pp. 64-70.)

—— Commandant Bonifacy. — Fragilité de la vertu des femmes (Conte man). (*Revue des Troupes coloniales*, 1907, II, pp. 264-266.)

—— Ct. Bonifacy. — L'inaltérable patience. Conte thô. (*Revue des Troupes coloniales*, 1907, II, pp. 371-373.)

—— Commandant Bonifacy. — Histoire du roi Cam-Lo. (*Revue des Troupes coloniales*, 1907, II, pp. 458-460.)

—— Le silure et la grenouille Satire des mœurs judiciaires. Traduit par Georges Cordier, Yunnan-fou, 1er juillet 1910. (*Revue indochinoise*, Janvier 1911, pp. 69-79.)

Voir col. 2350, 2352, 2354.

—— Ly-Cong. Par P. Cordier. (*Revue indochinoise*, 31 juillet 1907, pp. 985-995; 15 août 1907, pp. 1069-1083.)

Voir col. 2351 et 2360.

—— Le marchand d'huile Conte annamite

Par Gustave Janneau. (*Revue indochinoise*, Août 1913, pp. 185-192.)

—— Cám et Tám Conte annamite Par Gustave Janneau, publié par Jean Ricquebourg. (*Revue indochinoise*, Nov.-Déc. 1913, pp. 601-610.)

THÉÂTRE.

—— Le Théâtre annamite Par Nguyên-van-Vinh. (*Revue indochinoise*, Janvier 1914, pp. 95-97; pl.)

OUVRAGES DIVERS.

Col. 2318.

—— G. Janneau et son Œuvre. (*Bull. Soc. Ét. Indochinoises*, 1883, 3e & 4e fasc., pp. 184-185.)

—— Essai sur l'origine de la langue annamite. Par G. Janneau. (*Ibid.*, pp. 187-199.)

Cette étude est datée de Saigon, 23 novembre 1867.

Janneau † à Pnompenh, 7 avril 1872; il n'avait pas 30 ans.

—— 對古奇尖 Đối-cổ Kỳ-quang truyện dời nay 傳代聆 — Tân soạn Đặng-le-Nghi — Edité par Đinh-Thai-sơn.... Saigon, Phát-Toán, libraire-imprimeur, Mars 1910, 2 fasc. in-8, pp. 44 + 1 f. n. ch., pp. ch. 45 à 88.

Tiré à 2500 exemplaires.

Bib. nat., 8° O²l 337.

—— Vấn quốc-ngữ, có phụ tiểu-lâm và Khuyến-hiếu ca — Huấn-sĩ ca bổn xưa sửa lại và bỏ thêm par 陳豐色 Trần-Phong-sắc Professeur de caractères chinois et Huỳnh-Khắc-thuận Tri-huyện du Secrétariat du Gouvernement. — Tous droits réservés — Prix : 0 $ 15 — Saigon, Imprimerie nouvelle, 1911, in-16, pp. 27.

Saigon. — Imprimerie Albert Portail. Bib. nat., 8° X. Pièce 2155.

—— La littérature coloniale française Par XXX. (*Revue indochinoise*, Sept. 1910, pp. 253-256.)

Trad. de l'anglais par Jean Ajalbert.

—— Essai sur la littérature annamite Par G. Cordier. (*Revue indochinoise*, Janvier 1914, pp. 1-36; *ibid.*, Février 1914, pp. 147-174; *ibid.*, Mars 1914, pp. 273-297.)

XIII. — MŒURS ET COUTUMES.

— Quelques coutumes de l'Annam. (*A travers le Monde*, VI, 1900, p. 396.)

—— De la rizière à la montagne Par J. Marquet (Suite). (V, *Revue indochinoise*, Janvier 1913, pp. 44-62; VI, *ibid.*, Mars 1913, pp. 299-315; VII, *ibid.*, Avril 1913, pp. 444-453.) — Voir col. 2200, 2452.

—— Traits de mœurs cochinchinoises Par Ant. Brébion. (*Revue indochinoise*, Octobre 1913, pp. 463-469.) — Voir col. 2395.

— En Annam. — L'Homme, la Femme, la Famille. [Par M. d'Enjoy.] (*A travers le Monde*, I, 1895, pp. 165-167; fig.)

—— La conquête de la femme indigène en

pays d'Annam Par Marie Poirier. (*Revue indochinoise*, Mars 1914, pp. 319-334.)

Publié dans *Pages libres.*

— Les Annamites et la foudre. (*A travers le Monde*, VII, 1901, p. 4.)

—— La géomancie chez les Annamites Par G. Dumoutier. (*Revue indochinoise*, Février 1914, pp. 209-232; fig. et pl.) — Origine géomantique de la dynastie des Đinh (x^e-xie siècle). (*Ibid.*, Mars 1914, pp. 301-314; pl.)

—— Charles Gide. — Le Monopole de l'Opium dans l'Indo-Chine française. (*Rev. Polit. et Parlem.*, 10 juillet 1914, pp. 5-28.)

XIV. — VOYAGES.

—— Colonies françaises — La Cochinchine en 1881 par G. Favre Capitaine d'infanterie de marine, membre de la Société de Géographie de Rochefort. — De Toulon à Saigon à bord du transport l'*Aveyron* par le même Ire édition Paris Pougeois libraire-éditeur 13, place Saint-André des Arts, 13 Dépôt général chez M. Grousset 41, rue des Fonderies, 41 Rochefort (*sur mer*) 1881 pet. in-4, pp. 102, carte.

Notice : *Bull. Soc. Géogr. Rochefort*, III, 1881-1882, pp. 166-167, par le docteur H. B.

—— Relation du voyage de M. Gauthier lieutenant d'infanterie de marine dans la presqu'île de l'Indo-Chine Par M. le Dr Lecorre. (*Bull. Soc. Géogr. Rochefort*, IV, 1882-1883, pp. 119-126.)

Voir col. 2431.

—— Conférence de M. le lieutenant-colonel Mignot sur ses «Souvenirs et impressions de voyage au Tonkin». (*Bull. Soc. Géogr. comm. Bordeaux*, 1887, pp. 280-283.)

Séance du lundi 28 mars 1887.

—— Conférence de M. le lieutenant-colonel Mignot, sur l'«Annam». (*Bull. Soc. Géogr. comm. Bordeaux*, 1887, pp. 381-384.)

Séance du lundi 16 mai 1887.

—— De Tourane à Kemmarat. Voyage de l'Enseigne de Vaisseau Étienne Mercié. (*A travers le Monde*, II, 1896, pp. 209-212; fig.)

—— Épisode de la vie coloniale — Excursion à Quan-Han. Par X. (*Bull. Soc. Géog. Toulouse*, XXIIIe année, 1904, pp. 139-148.)

—— La France en Asie Du Fleuve Rouge au Fleuve Bleu par le Yunnan Par M. Gervais Courtellemont. (*Bull. Soc. Géog. Toulouse*, XXIII, 1904, pp. 14-24.)

Séance du Lundi 25 Janvier 1904. — Voir col. 2445.

—— Journal de voyage du Général de Beylié en Orient et en Extrême-Orient. (*Revue des Troupes coloniales*, 1908, I, pp. 125-145, 245-272, 339-360, 443-465.)

—— Aux confins de l'Indo-Chine — Épisodes de la vie coloniale Par Jules de Poutrol. (*Bull. Soc. Géog. Toulouse*, XXVIIIe année, 1909, pp. 73-88.)

—— Mes trois ans d'Annam par Gabrielle M. Vassal Traduit et adapté par le Dr J.-J. Vassal. (*Tour du Monde*, XVII, 1911, pp. 61-72, 73-84, 85-96, 97-108, ill. et carte; 253-264, 265-276, 277-288, 289-300, ill., carte.) — Voir col. 2450.

—— De Saigon à Singapour, par Angkor, Autour du Golfe de Siam par le Commandant E. Lunet de Lajonquière Chargé de Missions archéologiques. (*Tour du Monde*, XVI, 1910, pp. 385-396, 397-408, 409-420, 421-432, 433-444, 445-456; ill. et carte.) — Voir col. 2450.

—— La vie européenne au Tonkin Par M. Alfred Meynard Publiciste, ex-chargé de Mission du Gouvernement général de l'Indo-Chine, Membre de la Société de Géographie de Marseille. (*Bull. Soc. Géog. Toulouse*, XXVIIIe année, 1913, pp. 195-211.)

Conférence faite à la Soc. de Géog. de Marseille le 16 janvier 1908.

— Sur la frontière tonkinoise par M. Louis de Saint André Ancien aumônier des Troupes du Tonkin. (*Tour du Monde*, XIX, 1913, 13 sept., pp. 433-444; 20 sept., pp. 445-456; illustr.)

— De Chapa à Cho-bo par Dien-Bien-Phu Par Léon Hautefeuille. (*Revue indochinoise*, Juillet 1914, pp. 77-91; carte.)

— Au Tonkin Par J. Reynier. (*Revue indochinoise*, Juillet 1914, pp. 115-118.)

XV. — COMMERCE.

— Le commerce européen dans l'Annam. Lettre de Hué, 16 janvier 1887. (*Bull. Soc. Géogr. comm. Bordeaux*, 1887, pp. 182-183.)

— Conférence de M. J. Chailley sur le «commerce du Tonkin». (*Bull. Soc. Géogr. comm. Bordeaux*, 1887, pp. 315-318.)

Séance du lundi 25 avril 1887.

— Du développement des relations commerciales de la France avec l'Extrême-Orient par la création de ventes publiques de marchandises dans les principaux ports par Clément Routier. (*Bull. Soc. Acad. Indo-Chinoise*, 2e sér., III, 1890, pp. 274-277.)

— Colonies françaises Indo-Chine française. — Son commerce Par Paul Barré. (*Bull. Soc. Géogr. Toulouse*, 1900, pp. 297-300.)

— Le mouvement commercial de l'Indo-Chine en 1900. (*A travers le Monde*, VII, 1901, p. 231.)

— Le commerce maritime en Indo-Chine. (*A travers le Monde*, VII, 1901, p. 263.)

— Progrès commercial de notre Colonie. (*A travers le Monde*, VIII, 1902, p. 399.)

— Le commerce de l'Indo-Chine pendant l'année 1902. (*Bull. Soc. Ét. colon. et marit.*, 1903, pp. 311-314.)

— Commerce de transit de l'Indo-Chine avec la Chine méridionale en 1900 et 1901. Résumé d'un Rapport de M. Ed. Clavery, Consul en Mission. (*Bull. Soc. Ét. colon. et marit.*, 1903, pp. 375-378.)

— L'Indo-Chine Economique Par M. Brenier sous-directeur de l'Agriculture, des Forêts et du Commerce de l'Indo-Chine Ancien Directeur de la Mission Lyonnaise. (*Bull. Soc. Géog. Toulouse*, XXVIe année 1907, pp. 40-47.)

— La réglementation du commerce asiatique. (*Asie française, Bull.*, Nov. 1910, p. 483.)

Décret du 21 octobre 1910.

— Le mouvement de la navigation de la Cochinchine pendant les deux dernières années. (*Bull. écon. Indochine*, No. 108, Mai-Juin 1914, pp. 382-388.)

— La situation économique de l'Indochine en 1913. (*Bull. écon. Indochine*, No. 106, Janv.-Février 1914, pp. 77-89.)

* * *

— La piastre de commerce en Indo-Chine. Lettre de M. G. Lesieur, Président de la Chambre de Commerce de Paris. (*Bull. Soc. Ét. colon. et marit.*, 1905, pp. 83-85.)

XVI. — RELATIONS ÉTRANGÈRES.

FRANCE.

— Expédition de la plaine des Joncs (Cochinchine). (*Rev. Mar. et Colon.*, XVII, 1866, pp. 642-643.)

Ext. du *Moniteur Universel*.

—— Éd. du Hailly. — La France en Cochinchine. — Débuts d'une Colonie. (*Rev. Mar. et Colon.*, XVIII, 1866, pp. 744-778.)

Ext. des articles de la *Revue des Deux-Mondes* de M. du Hailly. Voir col. 2504.

—— Souvenirs de Campagne — Les Ports de l'Extrême-Orient — Débuts de l'occupation française en Cochinchine par le Dr A. Benoist de la Grandière.... Ancien Médecin de la Marine — Paris, Le Chevalier, 1869, in-12, 2 ff. n. ch. + pp. 232 + 1 f. n. ch.

—— Hommage à la Marine française. Au Tonkin et en Chine : Francis Garnier; Rivière, la vérité sur sa mort; Courbet, conséquences d'un traité, par Jules Carayol. Préface de M. le vice-amiral de Cuverville. — Paris, A. Challamel, 1902, in-8, pp. xx-83.

—— Rapport du Capitaine de «la Massue». Par Gros-Desvaux. (*Excursions et Reconnaissances*, No. 6, 1880, pp. 381-391.)

Voir col. 2530-2531.

— Lettre de M. le capitaine Gautier. Situation en Annam. — Tuanan, le 14 juin 1887. (*Bull. Soc. Géogr. Rochefort*, VIII, 1886-1887, pp. 319-320.)

—— La France, la Haute-Birmanie, et le Tong-Kin Par Fernand d'Avéra Membre et Délégué Général de la Société pour la Birmanie Britannique, Ancien Secrétaire de Commandements du feu roi de Birmanie. (*Bull. Soc. Acad. Indo-Chinoise*, 2e sér., III, 1890, pp. 191-204.)

— Les Lyonnais en Indo-Chine. (*Bull. Soc. Géogr. Toulouse*, 1900, pp. 394-396.)

—— La prise de Sontay, en 1883 Par le Capitaine Magnabal, de l'Infanterie Coloniale. (*Rev. Troupes Coloniales*, 2e sem. 1912, pp. 429-457; carte.)

— Le régent Nguyen-Than et la politique française en Annam Par G. H. (*A travers le Monde*, VIII, 1902, pp. 163-164.)

—— Un épisode de la conquête de l'Annam — L'exil du Prince Thuong à Tahiti par F. V. Picquenot Commis Principal en retraite de l'Administration de Tahiti Membre de la Société nationale Académique de Cherbourg — Cherbourg Imprimerie Emile Le Maout, 25, rue Tour-Carrée, 1910, br. in-8, pp. 27.

—— Paul Vitry. — Rapport sur la tournée de reconnaissance effectuée en Avril-Mai 1908 dans la région du Nam Kadinh (Cours moyen et inférieur). Cahier de 23 feuillets dactylographiés; cartes itinéraires manuscrites en couleur.

—— Étude sur les relations actuelles de l'Indo-Chine Par Franck Anabase. (*Bull. Soc. Géog. comm.*, Juillet 1909, pp. 493-502.)

De-Tham.

—— Monographie d'un Chef de Pirates au Tonkin. Par le Commandant Verraux. (*A travers le Monde*, IV, 1898, pp. 225-228; portr., plan, dessins, carte; *ibid.*, pp. 233-236; ill. et plan.)

— Mort du Dé-Tham. (*A travers le Monde*, XIX, 1913, pp. 69-70.)

—— Jules Patenôtre, Ancien Ambassadeur — Souvenirs d'un Diplomate Voyages d'Autrefois — Avec un Portrait en héliogravure — Paris, Librairie Aubert, 2 vol. in-8, pp. 320, 332.

* * *

—— Publication du «Courrier Saigonnais» ... — La Politique indigène en Cochinchine depuis la Conquête jusqu'en 1905 — Saigon, Claude & Cie — 1905, in-16, pp. 19.

Signé : ***

—— Règlement Pour l'exécution d'une police mixte sur la Frontière Annamite. Application de l'Article 1er de la Convention complémentaire de commerce du 20 juin 1895. Hanoi, Imprimerie-Librairie G. Taupin & Cie, 1913, in-8, pp. 10.

Col. 2573.

— Procédés de colonisation française Par Ch. Lemire. (*Bull. Soc. Géog. Toulouse*, XXIVe année, 1905, pp. 320-322.)

ADMINISTRATION FRANÇAISE.

ADMINISTRATION.

Colonisation.

— La Colonisation Européenne en Indo-Chine. (*A travers le Monde*, VI, 1900, pp. 286-287.)

Indigènes.

— La réglementation du travail des indigènes en Indo-Chine. (*Bull. Soc. Ét. Col. et marit.*, 1903, pp. 315-317.)

Extr. de *La Quinzaine Coloniale*.

—— L'indigène et l'impôt en Indo-Chine — (Comité de l'Asie française) Par Jean Varela. (*Bull. Soc. Études Col. et marit.*, 1904, pp. 357-364; *ibid.*, 30e année, 1905, pp. 19-30.)

— La Politique Indigène de M. Klobukowski Gouverneur Général de l'Indo-Chine. Par Camille Fidel. (*Bull. Soc. Études Col. et marit.*, 34e année, 1909, pp. 42-45.)

JUSTICE.

—— Cochinchine française — Recueil de Jurisprudence — Tribunaux indigènes. — Saigon Imprimerie du Gouvernement, 1880, in-8, pp. 140.

ARMÉE.

— La Défense de l'Indo-Chine [Conclusions du rapport de M. F. Deloncle approuvées par la Sous-Commission des Colonies]. (*Bull. Soc. Etudes Col. et marit.*, 30e année, 1905, pp. 107-109.)

—— Le soldat indigène en Indo-Chine. Extrait d'une étude de M. le Chef d'escadron H. Garbit, publiée dans la Revue des Troupes Coloniales — Aptitudes militaires des diverses races de l'Indo-Chine. (*Bull. Soc. Études Col. et marit.*, 31e année, 1906, pp. 71-76.)

—— Colonel Diguet. — Pour conserver l'Indo-Chine. (*Revue des Troupes coloniales*, 1908, II, pp. 1-27; photog.)

—— Une Conférence de troupe — Marsouins de France, qui êtes-vous donc? Par le Commandant Vacher, de l'infanterie coloniale. (*Rev. Troupes coloniales*, Janv.-Juin 1912, pp. 658-677.)

— *Les Officiers indigènes en Indo-Chine. (*L'Armée Coloniale*, 18 février 1912.)

Extr. reproduit dans la *Revue des Troupes coloniales*, Janv.-Juin 1912, pp. 353-355.

—— *Les Milices d'Indo-Chine : l'inquiétante réforme, par A. de Pouvourville. (*Dépêche Coloniale* des 1er, 8 et 13 mars 1912.)

Compte rendu: *Revue Troupes coloniales*, Janv.-Juin 1912, pp. 476-481.

CHEMINS DE FER.

— Au Tonkin Voie ferrée de Hanoi à la Frontière de Chine. (*A travers le Monde*, I, 1895, p. 78.)

Les Chemins de fer de l'Indo-Chine. (*A travers le Monde*, VI, 1900, pp. 341-342; carte.)

— Le chemin de fer de Haïphong à Yunnan-Sen. (*A travers le Monde*, VII, 1901, pp. 221-222; carte.)

— Les Chemins de fer de l'Indo-Chine et du Yunnan. *A travers le Monde*, VIII, 1902, pp. 285-286; carte.)

—— Chemin de fer reliant la Sibérie à l'Indo-Chine française. (*Bull. Soc. Études Col. et marit.*, 29e année, 1904, pp. 154-157.)

—— La Civilisation et le Transindochinois Par Xiem. (*Bull. Soc. Études Col. et marit.*, 36e année, 1911, pp. 119-123.)

—— Madrolle La ligne du Yun-nan Tonkin — Chine — Excursions et Itinéraires — Cartes et Plan Librairie Hachette Paris — 1913, in-16, pp. 152, cartes.

—— L'exploitation du réseau ferré indochinois en 1912 Par Constantin, Inspecteur général des Travaux publics en Indochine. (*Bull. écon. Indochine*, No. 108, Mai-Juin 1914, pp. 336-345.)

POSTES ET TÉLÉGRAPHES.

— Câbles télégraphiques en Indo-Chine. (*A travers le Monde*, V, 1899, p. 44.)

— Poteaux télégraphiques au Tonkin. (*A travers le Monde*, VI, 1900, p. 31.)
Nature du bois.

QUESTIONS CONTEMPORAINES.

—— Les possibilités économiques de l'Indo-Chine par Pierre Padaran — Extrait du *Bulletin du Comité de l'Asie française*. — Paris, 1902, in-8, pp. 124.

—— La Politique française en Cochinchine. Par M. Paul Merruau. (*Revue des Deux-Mondes*, 1er Oct. 1877, pp. 618-642.)

— La mise en valeur de l'Indo-Chine. (*Bull. Soc. Géogr. comm. du Havre*, Année 1894, pp. 63-64.)

A propos du livre intitulé : *La Politique Indo-Chinoise*, par M. A. de Pouvourville, Paris, Savine.

— Le Développement de l'Indo-Chine. (*A travers le Monde*, VI, 1900, pp. 246-247.)

—— Capitaine Fernand Bernard. — L'Indo-Chine, erreurs et dangers, un programme. — Paris, E. Fasquelle, 1901, in-12, pp. III-305, carte.

— L'Indo-Chine Par Paul Dreyfus-Bing. (*Bull. Soc. Études Col. et marit.*, 29e année, 1904, pp. 129-133.)

De l'*Économiste Français*.

—— L'action sociale de la France en Indo-Chine Par Émile Traiper. (*Bull. Soc. Études Col. et marit.*, 29e année, 1904, pp. 332-340.)

—— L'avenir de l'Indo-Chine et le péril jaune Par M. le comte de Pouvourville. (*Bull. Soc. Géog. Toulouse*, XXIVe année, 1905, pp. 117-121.)

Séance du lundi 17 avril 1905.

— Réflexions sur l'Indo-Chine Septembre 1905 — Par Paul Lechesne. (*Bull. Soc. Études Col. et marit.*, 30e année, 1905, pp. 237-240, 256-268, 289-298.) — Voir col. 2633.

—— *L'espionnage en Extrême-Orient. (*Revue Indo-Chinoise*, Juin 1912.)

Notice : *Revue Troupes coloniales*, 2e sem. 1912, pp. 491-493.

— L'agitation révolutionnaire en Indo-Chine. (*A travers le Monde*, XIX, 1913, pp. 246-247.)

—— *Les Erreurs françaises en Indochine, par André Dussauge. (*Questions dipl. et colon.*, 16 mai 1913.)

Notice : *Revue Troupes coloniales*, 1er sem. 1913, p. 784.

—— Le loyalisme des populations indo-chinoises (suite), par Gabriel Noll. (*Revue France d'Indochine*, Novembre 1913.)

XVIII. — DIVERS.

—— Paris Capitale de la France — Recueil de Vers composés par Nguyen-trọng-Hiệp dit Kim-giang, Văn-minh-điện Đại-học-sỹ Commandeur de la Légion d'honneur. Hanoi, F.-H. Schneider, 1897, gr. in-8.

Texte chinois et traduction.

—— Une Vendetta au Tonkin Par le Commandant Verraux. (*A travers le Monde*, V, 1899, pp. 193-196, carte et fig.; 201-203, fig.)

— Psychologie de l'interprète en Indo-Chine. (*A travers le Monde*, VI, 1900, p. 372.)

—— Impressions d'une Française au Tonkin. I. — D'Hanoï à Cao-Son. Par Mme Henry Bister. (*A travers le Monde*, XII, 1906, pp. 265-268, ill.); II. — La Vie en dehors des grands Centres. (*ibid.*, pp. 273-276, ill.); III. — La vie à Cao-Son. (*ibid.*, pp. 281-284, ill.)

—— Về Máy Bay Tầu Bay Chủ-bút : Đặng-lễ-nghi — Édité par : Đinh-Thái-sơn. Saigon, Phát-Toán, Mars 1911, in-8, pp. 16.

Bibl. nat., 8° Ya. Pièce 124.

Col. 2648.

† Jules Boissière, Résident de France au Tonkin Par Log. (*A travers le Monde*, IV, 1898, p. 351; portr.)

Nécrologie.

POSTFACE.

Je termine aujourd'hui une œuvre commencée en Chine il y a quarante-cinq ans, en 1869; la Bibliographie des Pays d'Extrême-Orient comprend les trois ouvrages suivants : *Bibliotheca Sinica, Bibliotheca Japonica, Bibliotheca Indosinica*. La *Bibliotheca Sinica*, dont la première édition et un Supplément ont été épuisés, forme quatre volumes dans la seconde édition parue de 1904 à 1907. La *Bibliotheca Japonica* ne comprend qu'un volume édité en 1912; j'ai expliqué dans la Préface de ce livre pourquoi il n'avait pas pris le même développement que les ouvrages consacrés à la Chine et à l'Indochine. La *Bibliotheca Indosinica* qui clôt la série comprend quatre volumes comme la *Bibliotheca Sinica*. J'espère qu'il me sera permis de donner à ces deux ouvrages le complément nécessaire d'un index alphabétique qui est d'ailleurs déjà en préparation.

Je n'ai pas eu pour la *Bibliotheca Indosinica* comme pour la *Bibliotheca Sinica* l'avantage d'un long séjour dans le pays. Je n'ai fait que deux brèves apparitions à Saïgon à une époque déjà fort lointaine; mais ce désavantage a eu sa compensation pour l'Indochine française dans l'aide que j'ai trouvée chez le Directeur de l'École française d'Extrême-Orient, M. Cl.-E. Maitre; grâce à lui et à M. Charles-B. Maybon, aujourd'hui Directeur de l'École française de Chang-Haï, j'ai obtenu une série considérable de fiches d'ouvrages imprimés dans notre grande Colonie de l'Asie orientale dont, sans leur bonne volonté — je les en remercie — j'eusse ignoré l'existence de la plupart. On trouvera (col. 2385-2390) au chapitre consacré à la Bibliographie une liste de quelques travaux qui avaient paru avant celui-ci et dont j'ai tiré des indications utiles. Dans la préface du premier volume, j'ai indiqué pour la *Birmanie* les sources qui avaient été utilisées; pour le *Siam*, la Bibliographie de Sir Ernest Mason Satow (voir col. 863), pour la *Péninsule Malaise*, celles de Marsden et de Dennys (voir col. 1432, 1435) m'ont également rendu de grands services. On trouvera sans aucun doute des erreurs et surtout beaucoup d'omissions dans cette collection de neuf volumes de bibliographie : je serai toujours reconnaissant à ceux qui auront l'obligeance de me les signaler.

Henri CORDIER.

Paris, rue de Siam, 8 (XVIe). Décembre 1914.

IMPRIMERIE NATIONALE.

TABLE DES MATIÈRES.

I

BIRMANIE.

BIRMANIE. (*Suite.*)

BIRMANIE. (*Suite.*)

ASSAM.

Assam. (*Suite.*)

Assam. (*Suite.*)

SIAM.

Siam. (*Suite.*)

LAOS.

Laos. (*Suite.*) — Péninsule malaise.

II

PÉNINSULE MALAISE.

PÉNINSULE MALAISE. (*Suite.*)

PÉNINSULE MALAISE. (*Suite.*)

III

INDOCHINE FRANÇAISE.

Indochine française. (*Suite.*)

INDOCHINE FRANÇAISE. (*Suite.*)

XI. — SCIENCES ET ARTS. (*Suite.*)

IMPRIMERIE NATIONALE

INDOCHINE FRANÇAISE. (*Suite.*)

IV

INDOCHINE FRANÇAISE.

INDOCHINE FRANÇAISE. (*Suite.*)

CAMBODGE.

Cambodge. (*Suite.*)

Cambodge. (*Suite.*) — Laos.

LAOS.

TCHAMPA.

DERNIÈRES ADDITIONS.

(Voir le détail dans les colonnes à droite, *supra*.)

DOCUMENTS HISTORIQUES ET GÉOGRAPHIQUES
RELATIFS À L'INDOCHINE,
PUBLIÉS SOUS LA DIRECTION
DE MM. HENRI CORDIER ET LOUIS FINOT.

Textes d'auteurs grecs et latins relatifs à l'Extrême-Orient, depuis le IVe siècle avant Jésus-Christ jusqu'au XIVe siècle, publiés par G. Coedès. In-8, cartes........ **7 fr. 50**

Brève et véridique relation des événements du Cambodge, par Gabriel Quiroga de San Antonio, de l'Ordre de Saint-Dominique. Nouvelle édition du texte espagnol (d'après celle publiée à Valladolid en 1604), avec une traduction et des notes, par A. Cabaton. In-8........ **12 fr.**

Recueil de voyages et textes géographiques, arabes, persans et turks, relatifs à l'Extrême-Orient, du VIIIe au XVIIIe siècle, traduits, revus et annotés par G. Ferrand. 3 vol. in-8. Chaque volume........ **12 fr.**

PUBLICATIONS BIBLIOGRAPHIQUES
DE M. HENRI CORDIER,
MEMBRE DE L'INSTITUT.

Bibliotheca Sinica. Dictionnaire bibliographique des ouvrages relatifs à l'Empire chinois. Deuxième édition. 4 tomes en 8 fascicules gr. in-8, à 2 colonnes........ **200 fr.**

— Le même, sur papier de Hollande........ **250 fr.**

— Le même. Première édition. 3 volumes gr. in-8 sur papier de Hollande........ **60 fr.**

Essai d'une bibliographie des ouvrages publiés en Chine par les Européens au XVIIe et au XVIIIe siècle. Gr. in-8........ **6 fr.**

— Le même, sur papier de Hollande........ **8 fr.**

L'imprimerie sino-européenne en Chine. In-8, planches........ **7 fr. 50**

— Le même, sur papier de Hollande........ **10 fr.**

Bibliotheca Japonica. Dictionnaire bibliographique des ouvrages relatifs à l'Empire japonais, rangés par ordre chronologique jusqu'à 1870, suivi d'un appendice renfermant la liste alphabétique des principaux ouvrages parus de 1870 à 1912. Gr. in-8, de XII pages et 762 colonnes........ **25 fr.**

Bibliotheca Indosinica. Dictionnaire bibliographique des ouvrages relatifs à la Péninsule indochinoise. 4 volumes gr. in-8, à 2 colonnes :

I. Birmanie, Assam, Siam, Laos. 8 pages et 1104 colonnes........ **50 fr.**
II. Péninsule malaise. Col. 1105-1510........ **15 fr.**
III. Indochine française. Col. 1510-2280........ **40 fr.**
IV. Indochine française. Col. 2281-3030........ **40 fr.**

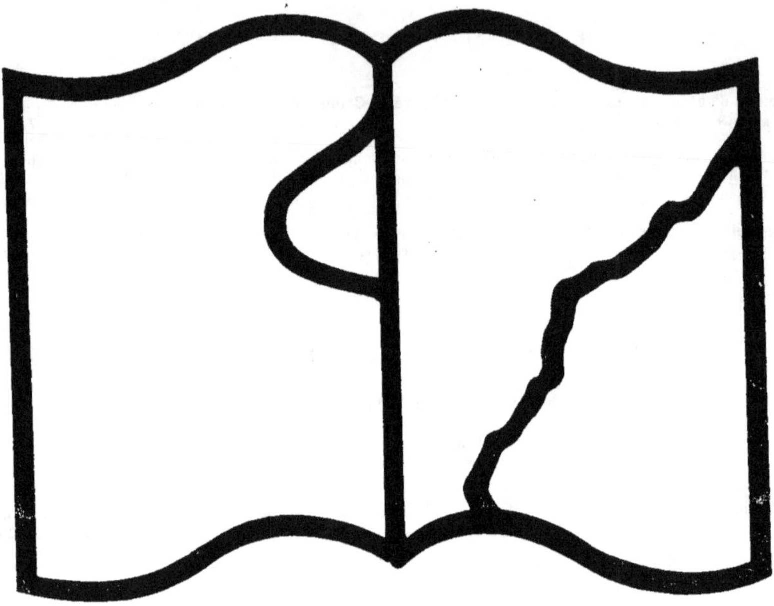

Texte détérioré — reliure défectueuse

NF Z 43-120-11

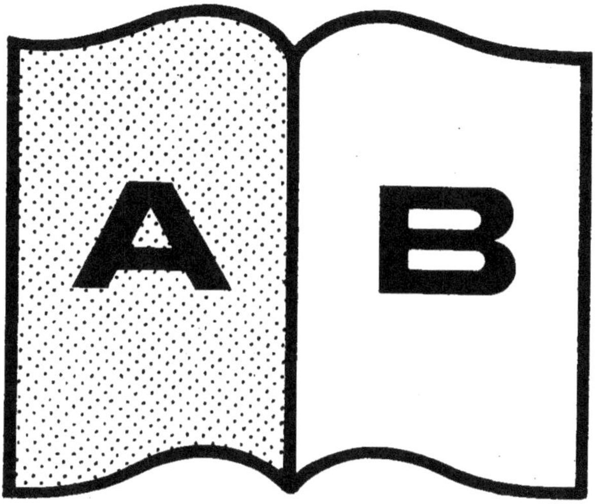

Contraste insuffisant

NF Z 43-120-14

www.ingramcontent.com/pod-product-compliance
Lightning Source LLC
Chambersburg PA
CBHW050312030726
47505CB00003B/679
* 9 7 8 2 0 1 3 6 2 2 1 3 4 *